MARIO PUZO | El Padrino

byblos

Título original: *The Godfather*

Traducción: Ángel Arnau

1.ª edición: agosto 2005

© The Estate of Mario Puzo 1969
© Ediciones B, S.A., 2005
   Bailén, 84 - 08009 Barcelona (España)
   www.edicionesb.com
   www.edicionesb-america.com

Traducción cedida por Grupo Editorial Random House
Mondadori S.L., Barcelona, España

Diseño de cubierta: MRH
Fotografía de cubierta: © Album
Diseño de colección: Ignacio Ballesteros

ISBN: 84-666-1743-4

Impreso por Quebecor World

Mario Puzo | El Padrino

Para Anthony Cleri

Detrás de cada gran fortuna hay un crimen.

BALZAC

PRIMERA PARTE

Amerigo Bonasera estaba sentado en la Sala 3 de lo Criminal de la Corte de Nueva York. Esperaba justicia. Quería que los hombres que tan cruelmente habían herido a su hija, y que, además, habían tratado de deshonrarla, pagaran sus culpas.

El juez, un hombre de formidable aspecto físico, se recogió las mangas de la toga, como si se dispusiera a castigar físicamente a los dos jóvenes que permanecían de pie delante del tribunal. Su expresión era fría y majestuosa. Sin embargo, Amerigo Bonasera tenía la sensación de que en todo aquello había algo de falso, aunque no podía precisar el qué.

—Actuaron ustedes como unos completos degenerados —dijo el juez, severamente.

Eso, eso, pensó Amerigo Bonasera. Animales. Animales. Los dos jóvenes, con el cabello bien cortado y peinado, y el rostro claro y limpio, eran la viva imagen de la contrición. Al oír las palabras del juez, bajaron humildemente la cabeza.

—Actuaron ustedes como bestias salvajes —prosiguió el juez—; y menos mal que no agredieron sexualmente a aquella pobre chica, pues ello les hubiera costado una pena de veinte años.

El representante de la justicia hizo una pausa. Sus ojos, enmarcados por unas cejas sumamente pobladas, miraron disimuladamente al pálido Amerigo Bonasera, para luego detenerse en un montón de documentos relacionados con el caso que tenía delante. Frunció el ceño, como si lo que iba a decir a continuación estuviera en desacuerdo con su punto de vista.

—Pero teniendo en cuenta su edad, su limpio historial, la buena reputación de sus familias... y porque la ley, en su majestad, no busca venganzas de tipo alguno, les condeno a tres años de prisión. La sentencia queda en suspenso.

Gracias a que llevaba cuarenta años en contacto más o menos directo con el dolor, pues era propietario de una funeraria, el rostro de Amerigo Bonasera no dejó traslucir en absoluto la decepción y el inmenso odio que le embargaban. Su joven y bella hija estaba todavía en el hospital, reponiéndose de su mandíbula rota, ¿y aquellos dos bestias iban a quedar en libertad? ¡Todo había sido una farsa! Miró a los felices padres, que en ese momento rodeaban a sus queridos hijos, y pensó que eran plenamente dichosos; no cabía la menor duda, sus sonrisas así lo indicaban.

Por la garganta de Bonasera subió una hiel negra y amarga, que le llegó a los labios a través de los dientes fuertemente apretados. Se limpió la boca con el blanco pañuelo que llevaba en el bolsillo. En aquel preciso instante los dos jóvenes pasaron junto a él, sonrientes y confiados, sin dignarse a dirigirle una mirada. Bonasera no dijo nada; se limitó a apretar el pañuelo contra sus labios.

Los padres de los bestias iban detrás. Tanto ellos como ellas tenían más o menos su edad; pero vestían de forma más americana. Le miraron a hurtadillas. La vergüenza se reflejaba en sus caras, aunque en sus ojos brillaba una luz triunfante. Entonces Bonasera perdió el control.

—¡Os prometo que lloraréis como yo he llorado! —gritó amargamente—. ¡Os haré llorar como vuestros hijos me hacen llorar a mí! —Había llevado el pañuelo hasta sus ojos.

Los abogados defensores, con la mano en el brazo de

sus defendidos, indicaron a éstos que siguieran pasillo adelante, pues los dos jóvenes habían retrocedido unos pasos, como si quisieran proteger a sus padres, aunque ya un gigantesco alguacil corría para cerrar el paso a Bonasera. Pese a todo, no era necesario.

Durante los años que llevaba en América, Amerigo Bonasera había confiado en la ley, y no había tenido problemas. En ese momento, a pesar de que en su cerebro hervía el odio, a pesar de sus inmensos deseos de comprar un arma y matar a los dos jóvenes, Bonasera se volvió hacia su mujer, que todavía no se había dado cuenta de la farsa que se había desarrollado ante sus ojos.

—Nos han puesto en ridículo —le dijo. Guardó silencio y luego, con voz firme, sin temor alguno al precio que pudieran exigirle, añadió—: Si queremos justicia, deberemos arrodillarnos ante Don Corleone.

En la profusamente decorada suite de un hotel de Los Ángeles, Johnny Fontane estaba tan borracho como pudiera estarlo cualquier marido celoso. Tendido sobre una cama de color rojo, bebía whisky directamente de la botella que tenía en la mano, y luego, para eliminar el mal sabor, sorbía un poco un vaso lleno de agua y cubitos de hielo. Eran las cuatro de la madrugada; su mente ebria elaboraba fantásticos planes para asesinar a su infiel mujer tan pronto como ésta volviera a casa.

Si es que volvía. Era demasiado tarde para llamar a su primera esposa y preguntarle por los niños; tampoco serviría de nada telefonear a alguno de sus amigos, ahora que su carrera estaba prácticamente destrozada. Hubo un tiempo en que muchos se hubieran sentido halagados de recibir su llamada; ahora ya no. No pudo contener una leve sonrisa al pensar cómo, tiempo atrás, los problemas de Johnny Fontane habían quitado el sueño a algunas de las más rutilantes estrellas de América.

Finalmente, mientras sorbía el enésimo trago, oyó que abrían la puerta. Siguió bebiendo hasta que su mujer se plantó ante él. Le pareció hermosísima, con su cara angelical, sus espirituales ojos color violeta y su cuerpo, frágil pero perfectamente formado. En la pantalla, su belleza destacaba todavía más. Cien millones de hombres de todo el mundo estaban enamorados del rostro de Margot Ashton, y pagaban por verlo en la pantalla.

—¿Dónde diablos has estado? —preguntó Johnny Fontane.

—Por ahí... —fue la respuesta.

Evidentemente, Margot había juzgado erróneamente la borrachera de su marido. Vio que derribaba la mesita de cóctel y sintió que sus dedos le atenazaban la garganta. Johnny estaba furioso, pero al ver tan de cerca el mágico rostro de su mujer, con aquellos fascinantes ojos violeta, su ira desapareció y volvió a sentirse inerme. Entonces ella cometió el error de sonreír burlonamente. El cerró los puños y su brazo derecho tomó impulso.

—¡En la cara no, Johnny! ¡Estoy haciendo una película! —gritó Margot.

La golpeó en el estómago. Ella cayó al suelo, y Johnny se le echó encima. Podía oler su aliento fragante, mientras ella luchaba por respirar. Golpeó a su esposa en los brazos y en los bronceados muslos. La golpeó como años atrás lo había hecho con los chicos del barrio. Era un castigo doloroso, pero que no provocaría ninguna desfiguración duradera, ni la pérdida de dientes, o la deformación de la nariz.

Sin embargo, sus puñetazos no tenían fuerza suficiente. No podía pegarle, algo se lo impedía. Y ella se mofó abiertamente. Tendida en el suelo, con el vestido subido hasta los muslos, Margot gritó, riendo:

—¡Vamos, Johnny, sigue golpeando si ello te divierte!

Johnny Fontane se levantó. La odiaba, pero nada podía contra su mágica belleza. Con una ágil pirueta de bailarina, Margot se levantó. Quedó frente a su marido y se puso a bailar a su alrededor, al tiempo que cantaba: «Johnny no me hace daño, Johnny no me hace daño.»

—¡Pobre hombre! —añadió con voz triste—. Se entretiene dándome azotes, como si yo fuera una niña. Siempre serás un chiquillo romántico y estúpido; incluso haciendo el amor eres infantil. Te imaginas que ha de ser algo tan suave y aletargado como las canciones que cantabas. —Meneó la cabeza y añadió—: Pobre Johnny. Adiós, Johnny.

Luego se dirigió a su dormitorio y él oyó que cerraba la puerta con llave.

Johnny estaba sentado en el suelo, con el rostro entre las manos. La humillación y el desespero lo abrumaban. Poco después, sin embargo, la dureza que le había ayudado a sobrevivir en la jungla de Hollywood le hizo buscar el teléfono y pedir un automóvil que le trasladara al aeropuerto. Había una persona que podía salvarlo. Regresaría a Nueva York y acudiría al hombre que tenía el poder y la sabiduría que él necesitaba, al hombre que le apreciaba sinceramente, al único hombre en quien todavía confiaba. Su padrino Corleone.

El panadero Nazorine, un hombre regordete y tosco como sus enormes panes italianos, cubierto por una capa de harina, miró ceñudamente a su mujer, a su hija casadera, Katherine, y a su ayudante en la tahona, Enzo. Este último llevaba el uniforme de prisionero de guerra, con una inscripción en letras verdes sobre la manga, y el mero pensamiento de que la escena que iba a seguir podía hacerle llegar tarde a la oficina del gobernador de la Isla, donde tenía que presentarse periódicamente, le aterrorizaba. Era uno de los miles de prisioneros del Ejército italiano que tenían permiso para trabajar en América, y vivía bajo el constante temor de que dicho permiso le fuera revocado.

Por ello, la pequeña comedia de Nazorine era, para él, un asunto muy serio.

—¡Has deshonrado a mi familia! ¿Querías darle a mi hija un regalito para celebrar el final de la guerra? ¿Sabes que van a enviarte a tu polvorienta aldea de Sicilia de una patada en el trasero?

Enzo, muchacho de corta estatura pero fuerte constitución, se puso la diestra en el corazón.

—Patrón —dijo casi llorando—, juro por la Santísima Virgen que nunca he abusado de su bondad. Amo sinceramente a su hija, y con todo respeto le pido su mano. Sé que no tengo derecho, pero si me mandan a Italia, ya nunca podré regresar a América. Nunca podré casarme con Katherine.

—Basta ya de esta locura —intervino Filomena, la esposa de Nazorine—. Sabes perfectamente lo que tienes que hacer. Nuestros primos de Long Island ocultarán a Enzo.

Katherine estaba llorando. No tenía buen tipo ni su cara era muy agraciada. Además, la sombra de un bigote afeaba su rostro. Nunca encontraría a otro hombre tan elegante como Enzo, nunca otro hombre sabría quererla con tanto amor y respeto.

—Me iré a vivir a Italia. Si haces algo contra Enzo, me marcharé de casa —gritó repentinamente.

Nazorine la miró pensativo. La jovencita era dura de pelar. La había visto apretar las nalgas contra los muslos de Enzo cuando éste, para sacar los panes del horno, tenía que pasar por detrás de ella. Si no tomaba las medidas apropiadas, el duro y caliente «pan» del granuja de su ayudante no tardaría en estar dentro del «horno» de Katherine, pensó Nazorine lascivamente. Enzo debía permanecer en América y convertirse en un ciudadano estadounidense, resolvió el panadero. Pero el asunto era difícil; tanto, que sólo un hombre podía solucionarlo: Don Corleone, el Padrino.

Todas estas personas y muchas más recibieron invitaciones para la boda de la señorita Constanzia Corleone, que debía celebrarse el último sábado del mes de agosto de 1945. El padre de la novia, Don Vito Corleone, nunca se había olvidado de sus antiguos amigos y vecinos, a pesar de que ahora vivía en una enorme y suntuosa casa de Long Island. La recepción se celebraría allí y la fiesta duraría todo el día. Era indudable que sería todo un acontecimiento. La guerra con Japón acababa de terminar, de modo que nadie estaría angustiado por la suerte de un hijo o familiar en el campo de batalla. El momento era propicio.

Así, durante toda la mañana del día señalado, la casa se llenó de amigos que deseaban honrar a Don Corleone. Todos traían unos paquetitos envueltos en papel color crema, que contenían dinero en efectivo. Nada de cheques ni objetos de regalo: billetes de banco y una tarjeta con el nombre de quien ofrecía el presente. La cantidad de dinero establecía el grado de respeto por el Padrino. Un respeto bien ganado.

Don Vito Corleone era un hombre a quien todos acudían en demanda de ayuda, y nadie salía defraudado. Nunca hacía promesas vagas ni se excusaba alegando que sus manos estaban atadas por fuerzas más poderosas que él mismo. No era necesario que uno fuera amigo suyo, como tampoco tenía importancia que uno no tuviera medios de devolverle el favor. Sólo existía una condición: que uno, uno mismo, proclamara su amistad hacia él. Y luego, por pobre que fuera el suplicante, Don Corleone asumía sus problemas y no se concedía descanso hasta haberlos solucionado. ¿Su premio? La amistad, el respetuoso título de «Don», a veces el más íntimo de «Padrino», y tal vez, sólo en prueba de agradecimiento y nunca con ánimo de lucro, algún que otro regalo, como una botella de vino casero o una canasta de *taralles* hechas especialmente para ser saboreadas en la mesa de Don Corleone el día de Navidad. Así pues, sólo se trataba de pruebas de amistad, una forma de reconocer que se estaba en deuda con él y que Don Vito, en cualquier momento, tenía el derecho de pedir, en pago, cualquier pequeño servicio que precisara.

En el gran día de la boda de su hija, Don Vito Corleone estaba de pie ante la puerta principal de su casa de Long Beach para recibir a los invitados, todos gente conocida, personas de confianza. Muchos debían su éxito al Don, y en una ocasión tan solemne se sentían con el derecho de llamarle «Padrino». Ese día incluso el personal de servicio estaba formado por amigos suyos. El encargado del bar era un viejo camarada cuyo regalo había consistido en la aportación de todos los licores para la fiesta, además de sus servicios como experto barman. Los camareros eran amigos de los hijos de Don Corleone. La comida dispuesta sobre las mesas del jardín había sido preparada por la esposa del Don y sus amigas, mientras que las amigas de la novia se habían encargado de la alegre decoración del jardín.

Don Corleone recibía a todos —ricos y pobres, poderosos y humildes— con iguales muestras de afecto. Era su carácter. Los invitados se maravillaban en voz alta de lo bien que le sentaba el esmoquin; tanto, decían, que cualquiera hubiera podido confundirlo con el novio.

En la puerta, de pie junto a él, se hallaban dos de sus tres hijos. El mayor, de nombre Santino pero al que todo el mundo llamaba Sonny —menos su padre— recibía la admiración de los italianos más jóvenes, aunque los maduros lo miraban con recelo. Sonny Corleone era alto, teniendo en cuenta que pertenecía a la primera generación americana de una familia oriunda de Italia. Medía un metro ochenta y su abundante cabellera ondulada le hacía parecer aún más alto. Su cara semejaba la de un Cupido gigantesco; sus facciones eran correctas, pero sus labios eran gruesos y sensuales, y su barbilla, con un hoyuelo en el centro, resultaba casi obscena. De aspecto fuerte como un toro, se decía que su esposa odiaba tanto el lecho matrimonial como en otros tiempos habían odiado la hoguera los infieles. Las malas lenguas habían llegado a afirmar que, de joven, cuando visitaba las casas de mala nota, las rameras más curtidas le pedían tarifa doble.

Durante la fiesta nupcial, algunas señoras jóvenes uniformemente entraditas en carnes miraban a Sonny Corleone con ojos lánguidos. Sin embargo, aquel día concretamente estaban perdiendo el tiempo. A pesar de la presencia de su esposa y de sus tres hijos de corta edad, Sonny Corleone tenía la vista puesta en Lucy Mancini, la dama de honor de su hermana. La muchacha, que conocía los planes de Sonny, estaba sentada junto a una de las mesas del jardín. Llevaba el traje de gala, con una tiara de flores encima de su lustroso pelo negro. Había flirteado con Sonny en el curso de la última semana, durante los ensayos de la ceremonia, y aquella mañana, ante el altar, había rozado su mano. Una joven soltera no podía hacer más.

A Lucy no le importaba que Sonny no fuera un gran hombre como su padre, ni tuviera probabilidades de serlo. Sonny Corleone era fuerte, tenía valor, se mostraba siempre generoso, y era del dominio público que tenía un corazón muy grande, noble y a menudo tierno. Por desgracia carecía de la humildad de su padre, y su genio, pronto y vivo, le hacía caer a menudo en errores de apreciación. Si bien se le consideraba un excelente colaborador en los negocios de su padre, muchos dudaban de que éste lo nombrara su heredero.

El segundo vástago de don Corleone, Frederico, conocido como Fred o Fredo, era el hijo con el que sueñan todos los padres italianos. Cumplidor, leal, siempre al servicio de su padre... Tenía treinta años y seguía viviendo con sus progenitores. Era más bajo y corpulento que su hermano, pero se le parecía: la misma cabeza de Cupido, el mismo pelo ondulado, idénticos labios gruesos. Pese a ello, los labios de Fred no eran sensuales, sino graníticos. Aunque de carácter más bien terco, nunca discutía con su padre ni le causaba disgusto alguno por causa de las mujeres. A despecho de tales virtudes, no poseía el magnetismo personal ni la fuerza animal tan necesaria para los conductores de hombres. Así pues, tampoco se le consideraba un heredero probable de los negocios familiares.

El tercero, Michael, no se encontraba junto a su padre y hermanos. Había ido a sentarse en el más apartado rincón del jardín, aunque ni allí logró escapar a las atenciones de los amigos de la familia.

Michael Corleone era el menor de los hijos del Don y el único que no se había dejado guiar por el gran hombre. No tenía la cara de Cupido de sus hermanos, y su negro pelo era más bien liso. Su piel, apenas morena, hubiera sido la envidia de cualquier muchacha. Poseía una belleza delicada, casi femenina, hasta el punto que el Don había tenido sus dudas acerca de la masculinidad del menor de sus hijos. Afortunadamente, tales inquietudes se disiparon en cuanto Michael cumplió diecisiete años.

Michael se había sentado en la mesa más apartada del jardín, como si quisiera dar a entender su voluntaria separación de la familia. A su lado estaba la muchacha de la que todos habían oído hablar, pero a quien nadie hasta entonces había visto. Michael se había portado bien, naturalmente, y la había presentado a todos los invitados y a su familia. La verdad era que la chica no había causado gran sensación, ni mucho menos. Les había parecido demasiado delgada, demasiado fina, y su rostro excesivamente inteligente para una mujer. Por no mencionar sus maneras, muy desinhibidas para una muchacha soltera, y su nombre, que sonaba tan extraño a los oídos de todos los presentes. Se llamaba Kay Adams, y si hubiera dicho al resto de invitados que su familia residía en América desde hacía más de doscientos años y que su nombre era de lo más corriente, ellos se hubieran encogido de hombros.

Todos se dieron cuenta de que el Don apenas prestaba atención a su tercer hijo. Michael había sido su favorito antes de la guerra y, por lo tanto, el presunto heredero de los negocios familiares cuando llegara el momento. Había heredado la fuerza reposada y la inteligencia de su padre, y tenía un modo de actuar innato que le granjeaba el respeto de todos. Pero cuando, al estallar la Segunda Guerra Mundial, Michael Corleone se alistó voluntario en la Marina, contrarió abiertamente los deseos de su padre.

Don Corleone no tenía el deseo ni la intención de dejar que su hijo menor muriera al servicio de un país que él consideraba extraño. Se hicieron arreglos secretos y algunos médicos fueron sobornados. Preparar todo aquello costó mucho dinero, pero Michael tenía veintiún años y nada podía hacerse contra su voluntad. Al final se alistó. Luchó en el Pacífico, llegó a capitán y recibió varias condecoraciones. En 1944, la revista *Life* publicó un reportaje gráfico de sus numerosas hazañas.

Cuando un amigo mostró la revista a Don Corleone (su familia no se había atrevido), después de lanzar un gruñido de desdén, éste dijo: «Realiza estas proezas por cuenta de extraños.»

Michael se licenció a principios de 1945 a causa de una herida, sin tener la menor sospecha de que su padre había hecho todos los preparativos para que se le diera de baja. Permaneció en casa durante unas semanas, pero luego, sin consultar a nadie, se matriculó en el Dartmouth College de Hanover, en New Hampshire. No había vuelto al hogar paterno desde entonces, y en esta ocasión lo hacía para asistir a la boda de su hermana y para mostrar a la familia su futura esposa, aquella descolorida muchacha americana.

Michael Corleone se había retirado hasta aquel rincón del jardín para contar a Kay Adams chismes y anécdotas relacionados con algunos de los invitados. Le divertía ver que Kay encontraba pintorescas a todas aquellas personas y, como siempre, le encantaba el interés que la muchacha mostraba por todo cuanto no conocía. Finalmente, la atención de Kay se concentró en un grupito de hombres que se hallaban reunidos alrededor de un barril de vino casero. Los componentes del pequeño grupo eran Amerigo Bonasera, el panadero Nazorine, Anthony Coppola y Luca Brasi. Con su agudeza habitual, ella comentó que ninguno de los cuatro parecía excesivamente feliz.

—No, no lo son —contestó Michael, riendo—. Están esperando ver a mi padre en privado. Todos tienen favores que pedirle.

En efecto, los cuatro hombres no perdían de vista al Don.

Mientras Don Corleone recibía efusivamente a los invitados que llegaban, un Chevrolet negro se detuvo en la entrada de la alameda. Sus dos ocupantes sacaron del bolsillo unas libretas y, sin disimulo alguno, fueron anotando los números de matrícula de los coches allí aparcados.

—Deben de ser policías —dijo Sonny, volviéndose hacia su padre.

—La calle no es mía. Que hagan lo que quieran —respondió Don Corleone, encogiéndose de hombros.

Los toscos rasgos de Sonny enrojecieron de ira.

—Estos piojosos no respetan nada —vociferó.

Bajó los escalones de la casa y se dirigió hacia donde habían aparcado el Chevrolet negro. Furioso, se enfrentó al conductor y éste, sin parpadear siquiera, se limitó a mostrarle una tarjeta de identificación de color verde. Sonny retrocedió sin decir palabra y escupió sobre el maletero del vehículo. Supuso que el conductor saldría del automóvil para pedirle explicaciones, pero no sucedió nada.

—Son del FBI —informó a su padre cuando llegó a la puerta de la casa—. Anotan el número de matrícula de los coches de nuestros invitados. ¡Los muy cerdos!

Don Corleone sabía perfectamente quiénes eran. Había advertido a sus amigos más íntimos que no acudieran a la fiesta en sus propios automóviles. Aunque desaprobaba el comportamiento de su hijo mayor, el berrinche no había resultado del todo inútil; con toda seguridad había servido para convencer a los agentes federales de que no esperaban su presencia. Por ello, Don Corleone no se enfadó. Hacía muchos años que había aprendido que es preciso soportar algunos insultos, y también sabía que en este mundo siempre llega el momento en que el más humilde de los hombres, si mantiene los ojos bien abiertos, puede vengarse de los más poderosos. Era esto lo que evitaba que el Don perdiera la humildad que siempre le había caracterizado y que tanto admiraban sus amigos.

En el jardín de la parte posterior de la casa, la orquestina empezó a tocar. Ya habían llegado todos los invitados. Don Corleone se olvidó de los intrusos y, acompañado de sus dos hijos mayores, se dirigió al lugar donde se celebraba la fiesta.

En el enorme jardín había centenares de personas. Algunas bailaban sobre la improvisada pista de madera engalanada con flores; otras permanecían sentadas junto a las largas mesas cubiertas de sabrosos manjares y vino tinto. La joven desposada, Connie Corleone, estaba en una mesa algo más elevada que las demás en compañía del novio, de las damas de honor y de algunos servidores. Todo estaba preparado al viejo estilo italiano. No era del gusto de Connie, pero había consentido para no disgustar a su padre, considerando que ya le había contrariado bastante al escoger al que ahora era su marido.

El novio, Carlo Rizzi, era hijo de padre siciliano y madre del norte de Italia, de la que había heredado el cabello rubio y los ojos azules. Sus padres vivían en Nevada, pero Carlo había abandonado aquel estado debido a un pequeño problema con la ley. En Nueva York conoció a Sonny Corleone y, a través de éste, a Connie. Don Corleone, naturalmente, envió algunos amigos suyos a Nevada para averiguar qué clase de problema había tenido Carlo con la policía: resultó ser una simple imprudencia juvenil con una pistola; nada grave, por lo que sin muchas dificultades se pudo conseguir que quedara sin registrar para que el historial de Carlo fuera inmaculado. Además, los enviados del Don habían aprovechado la ocasión para obtener información detallada del juego en Nevada, y fue tanto el interés de Corleone por el asunto que empezó a considerar la posibilidad de efectuar una importante inversión en Las Vegas. Parte de la grandeza del Don radicaba en que sabía sacar partido de todo.

Connie Corleone no era una belleza. Delgada y nerviosa, tenía todas las probabilidades de convertirse en una vieja gruñona. Pero ese día, con su blanco vestido de novia y su aire virginal, parecía casi hermosa. Bajo la mesa de madera, su mano descansaba sobre uno de los fuertes muslos de Carlo, mientras sus gruesos labios de Cupido enviaban un beso al que ya era su marido. Encontraba a Carlo increíblemente guapo.

Muy joven todavía, Carlo Rizzi había trabajado de bracero en Nevada, y como recuerdo de aquellos años poseía unos brazos tremendamente musculosos y unos hombros que amenazaban con romper el esmoquin. Contempló los amorosos ojos de su esposa y le sirvió vino. Se mostraba afectadamente cortés con ella, como si estuviera representando una comedia. Sin embargo, los ojos se le iban con frecuencia hacia la bolsa de seda que la novia llevaba en el hombro derecho, y que ya estaba llena de sobres de dinero. ¿Cuánto habría? ¿Diez mil? ¿Veinte mil? Carlo Rizzi sonrió. Era sólo el principio. Después de todo, ahora formaba parte de la familia. Tendrían que mantenerlo.

Entre los invitados, un apuesto joven cuya cabeza semejaba la de un hurón, tenía también los ojos fijos en la bolsa de seda. Por puro hábito, Paulie Gatto se preguntaba cómo podría hacerse con la abultada bolsa. La idea le divertía, aunque sabía que era una locura, un sueño inocente como el de los niños cuando abaten tanques con pistolas de juguete. Miró a su jefe, Peter Clemenza, gordo y de mediana edad, que bailaba alegres *tarantellas* con las jovencitas. Clemenza, inmensamente alto, tremendamente pesado, danzaba con una maestría y un abandono tales que, a pesar de que su prominente estómago chocaba lascivamente una y otra vez con los senos de sus jóvenes compañeras de baile, todo el mundo le aplaudía. Cuando terminaba un baile, algunas mujeres de más edad le tomaban del brazo para ser su siguiente pareja. Los hombres más jóvenes se habían retirado respetuosamente de la pista y aplaudían para acompañar la música de las mandolinas. Al final, completamente rendido, Clemenza se sentó. Entonces Paulie Gatto le sirvió un vaso de vino tinto bien frío y, con su pañuelo de seda, le secó la sudorosa frente. Clemenza jadeaba como un cachalote. Apuró el vaso y, en lugar de dar las gracias a Paulie, le dijo con aspereza:

—El papel de jurado de concursos de baile no te va. Dedícate a tu trabajo. Date una vuelta por ahí fuera para comprobar que todo está en orden.

Sin hacer comentario alguno, Paulie desapareció entre la gente justo cuando los músicos se tomaban un pequeño respiro. Entonces, un joven llamado Nino Valenti tomó una mandolina, apoyó el pie izquierdo sobre una silla y comenzó a cantar una obscena canción siciliana. El rostro de Nino Valenti era de facciones muy correctas, pero en él empezaban a verse las huellas del alcohol. Permaneció con los ojos entornados mientras su lengua acariciaba las groseras palabras de la canción. Las mujeres chillaban jubilosamente y los hombres coreaban la última palabra de cada estrofa.

Don Corleone, especialmente reacio a tales demostraciones, y a pesar de que su corpulenta esposa gritaba gozosamente con las demás mujeres, desapareció disimuladamente en el interior de la casa. Sonny Corleone se apresuró a dirigirse a la mesa de los novios y se sentó al lado de Lucy Mancini, la dama de honor. No había peligro. Su esposa estaba en la cocina, dando los últimos toques al pastel de bodas. Sonny murmuró unas palabras al oído de la joven, que se levantó. Al cabo de unos minutos, él siguió a la muchacha, aunque para disimular, de vez en cuando, mientras pasaba entre la muchedumbre, se detenía a intercambiar unas pocas palabras con algún que otro invitado.

Todos los ojos le seguían. La dama de honor, completamente americanizada por tres años de escuela superior, era una espigada muchacha que tenía ya cierta «reputación». Durante los ensayos de la boda había coqueteado con Sonny Corleone de forma desenfadada, como sin darle importancia, al considerar que no había nada malo en bromear un poco con el hermano de la novia. En ese instante, levantándose un poco el vestido para evitar que rozara la hierba, Lucy Mancini se dirigía al interior de la casa, sonriendo con falsa inocencia. Una vez dentro, emprendió el camino del cuarto de baño, donde permaneció breves momentos. Cuando salió, Sonny Corleone, que la esperaba en el rellano del piso superior, le indicó que subiera.

Desde detrás de la ventana cerrada del despacho de Don Corleone, Thomas Hagen contemplaba la fiesta que se celebraba en el jardín. A su espalda, las paredes estaban cubiertas por estanterías atestadas de libros de Derecho. Hagen era el abogado del Don, además de su *consigliere*, y como tal su posición dentro de la familia era de capital importancia, pese a no pertenecer a ella. En aquella habitación, él y el Don habían resuelto muchos problemas, algunos verdaderamente espinosos. Por ello, cuando vio que el Padrino abandonaba la fiesta y entraba en la casa, comprendió que, a pesar de la boda, tendrían un poco de trabajo. Seguramente el Don venía a verlo. Luego vio que Sonny hablaba al oído de Lucy Mancini y fue testigo de la pequeña comedia que se había desarrollado a continuación. Dudó sobre la conveniencia de informar al Don de ello, pero decidió que era mejor no hacerlo. Regresó a su mesa de trabajo, abrió un cajón y sacó una lista de las personas que habían obtenido permiso para hablar con el Don en privado. Cuando el Don entró en la estancia, Hagen le entregó la lista. Don Corleone asintió con un gesto.

—Deja a Bonasera para el final —indicó.

Hagen salió al jardín, donde los que habían solicitado entrevista estaban reunidos alrededor del barril de vino, y señaló al panadero, el gordo Nazorine.

Don Corleone recibió al hombretón con un abrazo. De niños habían jugado juntos, allá en Italia, y su amistad nunca se había roto. Cada año, por Pascua, Don Corleone recibía unas tortas grandes como ruedas de camión, hechas de queso y trigo, con la corteza de color dorado. En Navidad y en ocasión de fiestas familiares, toda clase de pasteles confeccionados en el horno de Nazorine proclamaban el respeto que éste sentía por el Don. Y desde hacía largos años, malos y buenos, Nazorine pagaba religiosamente su tributo a la unión de panaderos organizada por el Don. Nunca había pedido un favor, a excepción de los cupones para adquirir azúcar durante la guerra. Ahora había llegado el momento de hacer valer sus derechos de amigo leal, y Don Corleone se sentiría muy complacido de poder ayudarle.

Don Vito dio al panadero un cigarro Di Nobili y un vaso de dorado Strega, y apoyó la mano en el hombro de Nazorine, como animándole a hablar: una prueba evidente de la humanidad del Don. Por amarga experiencia sabía cuánto valor se necesitaba para pedir un favor a un amigo.

El panadero contó la historia de su hija y Enzo, un buen muchacho italiano, oriundo de Sicilia, que había sido capturado por las tropas americanas, enviado a Estados Unidos como prisionero de guerra, y puesto en libertad bajo palabra para sustituir en algunos trabajos a los que luchaban en el frente. Entre el honrado Enzo y la pura Katherine había nacido un gran amor, pero ahora que la guerra había terminado, el pobre muchacho sería repatriado a Italia y ella seguramente moriría de pena. Sólo el Padrino Corleone podía ayudar a los jóvenes enamorados. Era su última esperanza.

El Don y Nazorine paseaban de un lado a otro de la habitación, la mano del Don siempre sobre los hombros del panadero. Don Corleone comprendía perfectamente —sus gestos afirmativos así lo indicaban— el problema. Cuando el panadero hubo terminado, Don Corleone sonrió amistosamente.

—Deja de preocuparte, amigo mío —dijo.

Luego le explicó cuidadosamente lo que había que hacer. Hablaría con el miembro de la Cámara de Representantes del distrito, quien se ocuparía de que Enzo se convirtiera en ciudadano americano. Con toda seguridad, el Congreso no se opondría, pues los congresistas suelen ayudarse mutuamente. Don Corleone añadió que el asunto costaría dinero, unos dos mil dólares, más o menos, y que él personalmente se haría cargo de todo. ¿Tenía el amigo Nazorine algún inconveniente?

El panadero negó vigorosamente con la cabeza. Nunca se hubiera atrevido a esperar semejante favor a cambio de nada. Y es que Nazorine sabía que un acta especial del Congreso no era cosa fácil de obtener.

El panadero casi lloraba de agradecimiento. Don Corleone lo acompañó hasta la puerta, asegurándole que recibiría la visita de las personas encargadas de los detalles y de rellenar los documentos necesarios. Antes de adentrarse en el jardín, el panadero lo abrazó con emoción.

—Nazorine hará un buen negocio —observó Hagen, sonriendo—. Obtendrá un yerno y un ayudante barato y perpetuo, todo por dos mil dólares. —Luego, tras una pequeña pausa, añadió—: ¿A quién tengo que encargar el asunto?

—No a nuestro *paesano* —respondió Don Corleone, tras unos instantes de reflexión—. Encárgaselo al judío del distrito vecino. Ahora que la guerra ha terminado, supongo que se nos presentarán otros muchos casos parecidos. Deberíamos tener más gente en Washington, para que pudieran absorber el trabajo que nos espera, y eso sin alterar los precios.

Hagen anotó en su libreta: «No el congresista Luteco, sino Fischer.»

El hombre que Hagen acompañó en segundo lugar estaba atormentado por un problema muy simple. Se llamaba Anthony Coppola, y era hijo de un hombre con el que Don Corleone había trabajado en su juventud, en el tendido de una vía ferroviaria. Necesitaba quinientos dólares para abrir una pizzería y pagar el depósito de los muebles y enseres, incluido el horno especial, y por razones que no hacen al caso no querían concederle el crédito. El Don sacó de uno de sus bolsillos un fajo de billetes y contó, pero el dinero no alcanzaba.

—Préstame cien dólares. Te los devolveré el lunes, cuando vaya al banco —dijo a Tom Hagen, sonriendo.

Coppola se apresuró a asegurar que con cuatrocientos ya se arreglaría, pero Don Corleone le dio un golpecito amistoso en el hombro.

—Esta boda me ha dejado un poco corto de dinero —le confesó humildemente, como disculpándose.

Don Corleone tomó el dinero que le entregaba Hagen, lo añadió al que había sacado de su bolsillo, y se lo tendió todo a Anthony Coppola.

Hagen no podía disimular su admiración. El Don siempre insistía en que, si un hombre es verdaderamente generoso, hace los favores de un modo personal. Seguro que Anthony Coppola se sentía halagado al ver que un hombre como el Don pedía prestado para él. Naturalmente, Anthony Coppola sabía que el Don era millonario, pero ¿cuántos millonarios habrían hecho por un pobre amigo lo que Corleone acababa de hacer?

En cuanto Coppola hubo salido, el Don interrogó con la mirada a Hagen.

—No está en la lista, pero Luca Brasi desea verle —anunció—. Comprende que no puede ser en público, pero quiere felicitarle a usted personalmente.

Por primera vez, el Don parecía disgustado.

—¿Es necesario? —preguntó.

—Usted le conoce mejor que yo —alegó Hagen—. Está muy contento por haber sido invitado a la boda. Creo que no lo esperaba. Supongo que querrá darle las gracias.

Don Corleone asintió e indicó con un ademán que Luca Brasi podía ser llevado a su presencia.

En el jardín, Kay Adams quedó impresionada por la furia violácea impresa en el rostro de Luca Brasi. Michael había llevado a Kay a la fiesta para que la muchacha, poco a poco, fuera comprendiendo qué clase de hombre era su padre. Sin embargo, Kay sólo parecía considerar al Don como un hombre de negocios poco escrupuloso. Michael decidió contarle parte de la verdad, aunque de modo indirecto. Le explicó que Luca Brasi era uno de los hombres más temidos de los bajos fondos del Este. Según se contaba, su mayor talento consistía en realizar personalmente los asesinatos que se le encomendaban. Al no tener cómplices, era casi imposible que la ley lo descubriera.

—No sé hasta qué punto es cierto todo esto. Lo que sí sé es que es una especie de amigo de mi padre —dijo Michael, sonriendo levemente.

Por vez primera, Kay empezó a comprender.

—¿Insinúas que un hombre así trabaja para tu padre? —preguntó, insegura.

Al diablo con todo, pensó Michael. Kay podía y debía saberlo.

—Hace casi quince años, algunos individuos trataron de hacerse con el negocio de importación de aceite de mi padre. Trataron de matarlo y casi lo lograron. Luca Brasi se encargó de ellos. Resultado: mató a seis hombres en dos semanas, con lo cual terminó la famosa guerra del aceite de oliva —explicó Michael, quien al final sonrió como si hubiese explicado un chiste.

—¿Quieres decir que tu padre fue tiroteado por una banda de gángsters? —preguntó Kay, con voz estremecida.

—Hace quince años. Desde entonces todo ha sido una balsa de aceite —respondió él, temiendo haber ido demasiado lejos.

—Sólo quieres asustarme —dijo Kay—. Lo que ocurre es que no quieres que me case contigo —bromeó la muchacha, dándole un amistoso codazo en las costillas—. Te crees muy listo, ¿eh?

—Sólo pretendo que lo medites bien —contestó Michael, devolviéndole la sonrisa.

—¿De verdad mató a seis hombres? —interrogó Kay.

—Eso dijeron los periódicos —contestó Mike—. Nadie pudo probarlo. Pero se cuenta otra historia de Luca Brasi, una historia de la que nadie habla. Debe de ser tan terrible, que ni siquiera mi padre la menciona jamás. Tom Hagen la sabe, pero nunca ha querido contármela. En cierta ocasión, bromeando, le dije: «¿Cuándo seré lo bastante mayor para que me expliquéis esa historia relacionada con Luca?» Tom me contestó: «Cuando tengas cien años.»

Realmente, Luca Brasi era un hombre capaz de asustar al mismo diablo. De corta estatura y cuadrado, su sola presencia llevaba la intranquilidad a cualquier ambiente. Sus ojos eran color marrón pero fríos como el hielo. Su boca, más que cruel, parecía sin vida; delgada, como de goma y de color morado.

Tenía fama de ser un hombre terriblemente violento y era legendaria su devoción por Don Corleone. De hecho, en sí mismo era una de las bases sobre las que se asentaba el poder del Don. No había muchos como él. No temía a la policía, ni a la sociedad, ni a Dios, ni al infierno; no temía ni amaba a nadie. Pero había elegido, había escogido temer y amar a Don Corleone.

Una vez en presencia del Don, el terrible Brasi se convirtió en manso cordero. Dio la enhorabuena a Don Corleone y expresó su esperanza de que el primer vástago fuera un niño. Luego entregó al Don un paquete lleno de dinero como obsequio para los recién casados. Había logrado su objetivo.

Hagen se dio perfecta cuenta del cambio operado en Don Corleone, quien recibió a Brasi tal como un rey saludaría a un súbdito que le hubiese prestado un gran servicio, es decir, guardando las distancias pero con respeto y consideración. Todos los gestos, todas las palabras de Don Corleone indicaban a Luca Brasi con toda claridad que se le valoraba en gran medida. El Don no mostró sorpresa ni por un momento ante el hecho de que el regalo le fuera entregado personalmente. Lo comprendía.

La suma que había en el sobre superaba, casi con toda seguridad, la de los demás sobres. Brasi había pasado muchas horas decidiendo cuál sería la suma más adecuada, teniendo en cuenta, claro está, lo que probablemente darían los demás. Quería ser el más generoso, para demostrar el alcance de su respeto, y ésa era la razón por la que había querido entregar en persona su sobre al Don, torpeza que el Don supo disculpar. Hagen vio que el rostro de Luca Brasi mudaba su expresión, por lo general siniestra, por otra casi alegre y amable. Antes de salir de la estancia, el hombre besó la mano del Don mientras Hagen, prudente, le dedicaba una amistosa sonrisa que Brasi agradeció con una mueca cortés de sus finos y amoratados labios.

Cuando la puerta se cerró detrás de Luca Brasi, Don

Corleone lanzó un suspiro de alivio. Aquél era el único hombre del mundo capaz de ponerle nervioso; era una fuerza de la naturaleza, una fuerza que nadie podía controlar del todo. Al tratar con él, era preciso poner el mismo cuidado que al manejar dinamita. El Don se encogió de hombros. También era posible hacer estallar dinamita sin peligro alguno, si llegaba el caso. Miró interrogativamente a Hagen.

—¿Es Bonasera el único que queda? —preguntó.

Hagen asintió. Don Corleone pareció meditar durante unos instantes.

—Antes de hacerlo entrar, di a Santino que venga —indicó finalmente—. Debo enseñarle algunas cosas.

En el jardín, Hagen buscó ansiosamente a Sonny Corleone. Dijo a Bonasera que tuviera paciencia, y se dirigió hacia donde estaban Michael Corleone y Kay Adams.

—¿Has visto a Sonny por aquí? —preguntó.

Michael negó con la cabeza. ¡Vaya!, pensó Hagen, si Sonny se pasaba toda la fiesta dale que te pego en una habitación con la dama de honor, habría lío grande. Su esposa, los familiares de la chica... un desastre. Preocupado, apresuró el paso hacia el lugar por el que hacía media hora había desaparecido Sonny.

Al ver que Hagen se dirigía a la casa, Kay Adams preguntó a Michael Corleone:

—¿Quién es? Me has dicho que es tu hermano, pero su apellido es diferente y, además, no parece italiano.

—Tom vive con nosotros desde que tenía doce años —respondió Michael—. Sus padres murieron, y él vagabundeaba por las calles con una infección en los ojos. Sonny lo trajo a casa una noche, y se quedó. No tenía adónde ir. Vivió con nosotros hasta que se casó.

Kay Adams estaba maravillada.

—¡Qué romántico! Tu padre debe ser una persona de gran corazón. No todo el mundo se dedica a adoptar niños, teniendo tantos hijos propios.

Michael consideró que no valía la pena explicarle que los inmigrantes italianos consideraban que cuatro hijos eran pocos.

—Tom no fue adoptado. Simplemente vivió con nosotros —se limitó a decir.

—Ya. ¿Y por qué no lo adoptasteis? —preguntó ella con curiosidad.

Michael se rió.

—Porque mi padre dijo que no teníamos derecho a cambiar el apellido de Tom. Siempre consideró que sería una falta de respeto hacia sus padres.

Vieron cómo Hagen y Sonny se dirigían al despacho del Don, y Kay señaló a Amerigo Bonasera.

—¿Por qué molestan a tu padre con asuntos de negocios en un día como éste? —preguntó.

Michael volvió a reír.

—Porque saben que un siciliano no puede negar nada el día de la boda de su hija —contestó—. Y ningún siciliano es capaz de dejar escapar una oportunidad como ésta.

Lucy Mancini se levantó un poco la falda y subió las escaleras. El abotargado rostro de Cupido de Sonny Corleone, más obsceno todavía a causa del alcohol, la atemorizaba, pero su juego con él durante toda la semana había sido emprendido y mantenido con el único propósito de terminar en una cama. Los dos flirteos que había sostenido en su época de estudiante no le habían hecho sentir nada, y sólo habían durado una semana.

Durante el verano, mientras preparaban la boda de su mejor amiga, Connie Corleone, Lucy oyó lo que se murmuraba de Sonny. Una tarde de domingo, en la cocina de los Corleone, Sandra, la esposa de Sonny, habló muy claramente. Sandra era una mujer tosca y afable que había nacido en Italia, pero que fue llevada a América siendo aún muy niña. Era de complexión fuerte y poseía unos pechos muy desarrollados. En cinco años de matrimonio había dado a luz tres veces. Sandra y las otras mujeres se pusieron a bromear con Connie acerca de los tormentos que se sufren en el lecho nupcial.

—¡Dios mío! —había exclamado Sandra—. Cuando dormí por primera vez con Sonny por poco me muero del susto. Después del primer año, mis partes ya estaban como los macarrones después de hervir una hora. Cuando supe que hacía la misma faena a otras muchachas, fui a la iglesia y encendí un cirio.

Todas se habían reído. En cambio Lucy sintió un hormigueo entre las piernas.

En ese momento, mientras subía a encontrarse con Sonny, sentía que su cuerpo se estremecía de lujuria. En el rellano, Sonny la tomó de la mano y la condujo hasta una habitación vacía. Cuando la puerta se cerró tras ellos, Lucy se dio cuenta de que las piernas le flaqueaban. Notó la boca de Sonny en la suya; sus labios sabían a tabaco y alcohol...

Permanecieron en el lecho, tendidos uno al lado del otro, muy juntos, recuperando las fuerzas.

Oyeron unos golpes en la puerta. Tal vez llamaban desde hacía rato, pero ellos no se habían dado cuenta. Sonny se puso rápidamente los pantalones y bloqueó la puerta con el pie con objeto de que, quien fuera, no pudiese abrirla. Lucy se compuso apresuradamente el vestido con los ojos llameantes. De todos modos, pensó, no se darán cuenta de nada. Luego oyeron la voz de Tom Hagen, muy baja.

—Sonny, ¿estás ahí?

—Sí, Tom. ¿Qué ocurre? —dijo Sonny, tras un suspiro de alivio.

—El Don quiere que vayas a su despacho, enseguida —explicó Hagen, todavía en voz baja.

Oyeron que se alejaba. Sonny esperó unos momentos, dio a Lucy un fuerte beso en los labios, y luego se encaminó al despacho de su padre.

Lucy se peinó. Terminó de arreglarse el vestido y se colocó las ligas. Tenía el cuerpo magullado y los labios más sensibles y pulposos que nunca. Salió de la habitación y se dirigió directamente al jardín. Se sentó en la mesa nupcial, junto a Connie, que exclamó con petulancia:

—Pero Lucy, ¿dónde estabas? Tienes aspecto de haber bebido. No te muevas de mi lado.

La novia llenó de vino el vaso de Lucy y sonrió maliciosamente. A Lucy no le importaba; temblando, levantó el vaso hasta su boca y bebió al tiempo que sus ojos buscaban afanosamente, a través del cristal del vaso, a Sonny Corleone. Nadie más le preocupaba.

—Sólo unas horas más y sabrás lo que es bueno —murmuró maliciosamente al oído de Connie.

La novia soltó una risita de circunstancias mientras Lucy, con fingida modestia, unía las manos sobre la mesa. Se sentía alevosamente triunfante, como si hubiese robado a la novia un valioso tesoro.

Amerigo Bonasera siguió a Hagen hasta el despacho, donde encontró a Don Corleone sentado detrás de una mesa imponente. Sonny Corleone estaba de pie junto a la ventana, mirando al jardín. Por vez primera en el curso de aquella tarde, el Don se conducía con frialdad. No abrazó ni dio la mano al visitante. El pálido empresario de pompas fúnebres debía su invitación al hecho de que su esposa y la del Don eran amigas íntimas. En cuanto a Amerigo Bonasera, el Don estaba muy resentido con él.

Bonasera empezó su petición hábilmente y dando muchos rodeos.

—Debe usted excusar a mi hija, la ahijada de su esposa, por no haber venido hoy. Todavía está en el hospital.

Miró a Sonny Corleone y a Tom Hagen, como indicando que no quería hablar delante de ellos. Pero el Don no quiso darse por enterado.

—Todos sabemos la desgracia que ha padecido tu hija —dijo Don Corleone—. Si puedo ayudarla de algún modo, no tienes más que hablar. Después de todo, mi esposa es su madrina. Nunca he olvidado ese honor.

Eso era una reprimenda. El empresario de pompas fúnebres nunca había llamado «Padrino» a Don Corleone.

—¿Puedo hablar con usted a solas? —preguntó Bonasera, ruborizado.

—Tengo absoluta confianza en estos dos hombres —dijo Don Corleone, negando con la cabeza—. Ambos constituyen mi brazo derecho. No puedo insultarlos enviándolos fuera de esta habitación.

Bonasera cerró los ojos durante un segundo y luego empezó a hablar. Su voz era apenas audible, la misma que empleaba para consolar a los familiares de los muertos.

—He dado a mi hija una educación americana. Creo en América. Este país ha hecho mi fortuna. He concedido a la chica absoluta libertad, pero le he enseñado siempre que no debía hacer nada que pudiera avergonzar a su familia. Se hizo amiga de un muchacho no italiano. Iba al cine con él, regresaba a casa muy tarde... Pero el muchacho nunca vino a saludarnos, como padres de ella que somos. Lo acepté todo sin protestar; la falta es mía. Hace dos meses, él y otro chico se la llevaron a dar un paseo en coche. Los dos hicieron beber whisky a mi hija y luego trataron de abusar de ella. Mi hija resistió, supo guardar su honra. Entonces le pegaron como si fuera una bestia. Cuando acudí al hospital, tenía los ojos morados, la nariz rota, la mandíbula destrozada. La pobre no cesaba de llorar. «¿Por qué lo han hecho, papá? ¿Por qué tenían que hacerme esto?» No pude contenerme; yo también me eché a llorar.

Bonasera no pudo decir nada más. Estaba sollozando,

a pesar de que su voz no había traicionado la emoción que sentía.

Don Corleone, como a pesar de sí mismo, hizo un gesto de simpatía, y Bonasera continuó, con la voz ahora rota por el sufrimiento:

—¿Por qué lloré en el hospital? Ella era la luz de mi vida, era una hija muy cariñosa y muy hermosa. Confiaba en la gente, pero ahora nunca más confiará en nadie. Ya nunca volverá a ser hermosa.

Estaba temblando y su rostro, por lo general pálido, había adquirido un intenso color grana.

—Acudí a la policía —prosiguió—, como todo buen americano, y los dos muchachos fueron arrestados. Las pruebas eran abrumadoras. Se confesaron culpables y el juez los condenó a tres años de cárcel, pero suspendió la sentencia. Salieron en libertad el mismo día. Yo estaba de pie en la sala del tribunal, y comprendí que había hecho el ridículo. Al pasar, esos dos me sonrieron con sorna. En ese preciso instante le dije a mi esposa: «Debemos acudir a Don Corleone, si queremos que se haga justicia.»

El Don tenía la cabeza inclinada en señal de respeto por la pena de Bonasera. Sin embargo, cuando habló, las palabras sonaron frías, con la frialdad de la dignidad ofendida.

—¿Por qué acudiste a la policía? ¿Por qué no viniste a mí desde el primer momento?

—¿Qué quiere de mí? —dijo Amerigo Bonasera con voz apenas perceptible—. Pídame lo que quiera, pero atienda a mi ruego.

Pese a sus palabras, su tono tenía cierto deje de insolencia.

—¿Y qué es lo que me pides? —dijo Don Corleone, con voz grave.

Bonasera miró a Hagen y a Sonny Corleone y negó con la cabeza. El Don, sentado todavía en la mesa de Hagen, se inclinó hacia el empresario de pompas fúnebres.

Bonasera dudaba. Luego acercó los labios a la velluda oreja del Don, hasta rozarla. Don Corleone escuchó tal como lo hace un cura en el confesonario: con la mirada ausente, impasible, remoto. Estuvieron así durante mucho rato. Al cabo Bonasera se enderezó, se separó del Don, que le miraba gravemente, y con la faz encendida sostuvo aquella mirada.

—Eso no puedo hacerlo —respondió el Don finalmente—. No hay nada que hacer.

—Pagaré todo lo que me pida —dijo Bonasera en voz alta y clara.

Al oír estas palabras, Hagen hizo un movimiento nervioso con la cabeza. Sonny Corleone, con los brazos cruzados, sonrió sardónicamente y se alejó de la ventana para acercarse a los otros tres.

Don Corleone se levantó con el rostro tan impasible como siempre.

—Tú y yo hace muchos años que nos conocemos —dijo con una voz helada como la muerte—. A pesar de ello, hasta hoy nunca me habías pedido consejo ni ayuda. Ni siquiera soy capaz de recordar cuándo fue la última vez que me invitaste a tu casa para tomar café, a pesar de que mi esposa es la madrina de tu única hija. Seamos francos: has rechazado mi amistad porque no querías deberme nada.

—No quería verme envuelto en líos —murmuró Bonasera.

El Don levantó la mano en señal de disconformidad.

—No. No hables. Creías que América era un paraíso. Tenías un buen negocio y vivías muy bien. Pensabas que el mundo era un edén del que podías tomar todo lo bueno. Nunca te has preocupado de rodearte de buenos y verdaderos amigos. Después de todo ya tenías a la policía y los tribunales para protegerte. Nada malo podía ocurrir; ni a ti ni a los tuyos. Para nada necesitaban a Don Corleone. Muy bien. Has herido mis sentimientos, y no soy de los que dan su amistad a quienes no saben apreciarla, a quienes no me tienen en consideración.

El Don hizo una pequeña pausa, y antes de continuar dirigió a Bonasera una sonrisa a la vez cortés e irónica.

—Ahora acudes a mí diciendo: «Don Corleone; quiero que haga justicia.» Y no sabes pedir con respeto. No me ofreces tu amistad. Vienes a mi casa el día de la boda de mi hija, me pides que mate a alguien y dices —aquí el Don se puso a imitar la voz y los gestos de Bonasera—: «Pagaré todo lo que me pida.» No, no. No te guardo rencor, pero ¿puedes decirme qué te he hecho para que me trates con esta absoluta falta de respeto?

—América se ha portado bien conmigo. Quería ser un buen ciudadano y que mi hija fuera americana —dijo Bonasera, con la voz ahogada por la angustia y el temor.

El Don aplaudió.

—Has hablado bien, pero que muy bien. Así pues, de nada puedes quejarte. El juez ha dictado sentencia. América ha dictado sentencia. Cuando vayas al hospital, lleva a tu hija un ramo de flores y una caja de bombones, eso la consolará. ¡Alégrate, hombre! Después de todo, no ha sido nada grave; los muchachos eran jóvenes y alegres, y uno de ellos es hijo de un político muy influyente. No, mi querido Amerigo, siempre has sido honrado. A pesar de que hayas despreciado mi amistad, debo admitir que para mí la palabra de Amerigo Bonasera vale más que la de cualquier otro hombre. En fin, dame tu palabra de que vas a olvidarte de todo, como harían los americanos. Perdona y olvida. La vida está llena de desgracias.

La cruel y desdeñosa ironía de estas palabras, la ira contenida del Don, hicieron temblar al pobre empresario de pompas fúnebres, quien, a pesar de todo, aún encontró fuerzas para decir con arrogancia:

—Sólo le pido que haga justicia.

—El tribunal ya hizo justicia —adujo Don Corleone, con sequedad.

—No —replicó Bonasera, con un gesto de obstinación—. Hizo justicia a los jóvenes, pero no a mí.

Con una ligera inclinación, el Don dio a entender que había sabido apreciar la sutil diferencia.

—¿Cuál es tu justicia? —preguntó seguidamente.

—Ojo por ojo —respondió Bonasera.

—Has pedido más. Tu hija está viva —señaló el Don.

—Que sufran como sufre ella —convino Bonasera.

El Don aguardó a que el otro siguiera hablando. Bonasera hizo acopio de valor.

—¿Cuánto quiere? —dijo en tono desesperado.

Don Corleone le volvió la espalda, queriendo indicar que la entrevista había terminado. Pero Bonasera no se movió.

Finalmente, como un hombre de buen corazón que no puede enfadarse con un amigo descarriado, Don Corleone se volvió hacia el empresario de pompas fúnebres, que estaba tan pálido como uno de sus cadáveres. No cabía duda; Don Corleone era amable y paciente.

—Ante todo, ¿por qué temes mostrarme lealtad? —dijo—. Acudes a los tribunales y tienes que esperar meses. Te gastas el dinero en abogados que saben perfectamente que sólo conseguirás ponerte en ridículo. Aceptas la sentencia de un juez que se vende como la peor de las rameras. Años atrás, cuando necesitabas dinero, ibas a los bancos, pagabas unos intereses ruinosos y aguardabas, sombrero en mano, como un pordiosero, mientras ellos metían sus narices en tus asuntos para asegurarse de que podrías devolverles el dinero.

Después de hacer una pequeña pausa, la voz del Don se endureció.

—En cambio, si hubieses acudido a mí, mi bolsa hubiera sido tuya. Si hubieses acudido a mí en demanda de justicia, aquellos cerdos que dañaron a tu hija estarían llorando amargamente desde hace tiempo. Si por desgracia, por circunstancias de la vida, un hombre honrado como tú se hubiese creado algún enemigo, éste se hubiera convertido automáticamente en enemigo mío. —El Don apuntó con el dedo a Bonasera—. Y créeme, te hubiese temido.

Bonasera inclinó la cabeza.

—Quiero su amistad. La acepto —murmuró.

Don Corleone apoyó la mano sobre el hombro de Bonasera.

—Bien, tendrás justicia —aseguró—. Algún día, un día que tal vez nunca llegue, te llamaré para pedirte algún pequeño servicio. Hasta entonces, considera esta justicia como un regalo de mi esposa, la madrina de tu hija.

Cuando la puerta se cerró detrás del agradecido empresario de pompas fúnebres, Don Corleone se volvió a Hagen.

—Encarga este asunto a Clemenza y dile que se asegure de emplear gente preparada, gente que no se emborrache con el olor de la sangre —ordenó—. Después de todo, y aunque este ayuda de cámara de cadáveres desee lo contrario, no somos asesinos.

Notó que su hijo mayor, desde la ventana, estaba contemplando la fiesta que se desarrollaba en el jardín. Don Corleone pensó que era un caso perdido. Si se negaba a aprender, Santino nunca podría hacerse cargo de los negocios familiares, nunca podría llegar a ser un Don. Tenía que encontrar a algún otro, y pronto. Después de todo, él, Don Corleone, no era inmortal.

En el jardín se alzó un fuerte y alegre grito, tan fuerte que los tres hombres se sobresaltaron. Sonny Corleone se acercó a la ventana. Lo que vio le hizo correr hacia la puerta, con una complacida sonrisa en los labios.

—Es Johnny, que ha venido a la boda. ¿No os lo había dicho?

Hagen se acercó a la ventana.

—Realmente, es su ahijado —dijo a Don Corleone—. ¿Le hago pasar?

—No —respondió el Don—. Deja que todos le saluden. Cuando haya terminado, que entre a verme. ¿Has visto? —le dijo a Hagen—. Es un buen ahijado.

Por un momento, Hagen se sintió celoso.

—Hace dos años que no había venido por aquí —replicó con sequedad—. Probablemente tiene algún problema y querrá que usted le ayude.

—¿Y a quién va acudir, sino a su padrino? —preguntó Don Corleone.

La primera persona que vio a Johnny Fontane entrar en el jardín fue Connie Corleone. Olvidando su dignidad de novia, gritó: «¡¡Johnnyyyy!!», y acto seguido se echó en sus brazos. Johnny la abrazó, le dio un beso en la boca y la mantuvo abrazada mientras los demás acudían a saludarlo. Eran todos viejos amigos, gente que había crecido en el West Side. Momentos después, Connie le presentó a su marido. Johnny, divertido, advirtió que el rubio y joven marido parecía un poco disgustado por haber perdido protagonismo y le estrechó la mano con gran cordialidad. Ambos brindaron con un vaso de buen vino.

—¿Por qué no nos cantas una canción, Johnny? —dijo alguien desde el estrado de los músicos.

Entonces vio a Nino Valenti que le sonreía amistosamente. Johnny Fontane subió de un salto al estrado y abrazó a Nino. Habían sido inseparables, cantaban y salían juntos con chicas, hasta que Johnny empezó a hacerse famoso y a cantar por la radio. Cuando se marchó a Hollywood para participar en diversas películas, telefoneó a Nino y le prometió que le conseguiría un contrato para una sala de fiestas. Pero luego se olvidó de hacerlo. Ahora, al ver a Nino, con su alegre y burlona sonrisa de alcoholizado, el viejo afecto se reavivó.

Nino comenzó a rasguear la mandolina. Johnny Fontane apoyó la mano sobre el hombro de su amigo.

—Ésta va dedicada a la novia —dijo, y siguiendo el compás con el pie, cantó una obscena canción siciliana de amor.

Mientras Johnny cantaba, Nino movía expresivamente el cuerpo. La novia sonreía con orgullo y todos los invitados expresaban ruidosamente su aprobación. A la mitad de la canción, todos seguían el compás con el pie y al final de cada estrofa coreaban las últimas palabras, todas con doble sentido. Cuando terminaron, los aplausos fueron tan fuertes, que Johnny, después de carraspear, se dispuso a cantar otra canción.

Todos estaban orgullosos de él. Era uno de ellos y había llegado a convertirse en un cantante famoso, en un astro cinematográfico que se acostaba con las mujeres más deseadas del mundo. Sin embargo, había hecho un viaje de casi cinco mil kilómetros para asistir a la boda, con lo que demostraba el respeto que sentía por su padrino. Todavía amaba a los viejos amigos como Nino Valenti. Muchos de los invitados habían visto a Johnny y a Nino cantar juntos cuando no eran más que dos muchachos, cuando nadie imaginaba que Johnny Fontane llegaría a tener en sus manos el corazón de cincuenta millones de mujeres.

Acabada aquella segunda canción, Johnny saltó al suelo para subir al estrado a la novia, que quedó de pie entre él y Nino. Ambos hombres se miraron ferozmente, como si fueran a pegarse, y Nino empezó a rasguear las cuerdas de la mandolina con rabia. Era una vieja costumbre, una batalla burlona, en la que uno de los dos cantaba una estrofa que molestaba a su rival, y luego, el otro cantaba otra más hiriente y burlona todavía. Al final, acababan cantando los dos a coro. Con exquisita cortesía, Johnny dejó que la voz de Nino ahogara la suya, y que la novia se fuera con él; en pocas palabras: se dejó vencer. Cuando al final los tres se abrazaron, los aplausos fueron atronadores. Los invitados pedían con insistencia otra canción.

Sólo Don Corleone, de pie en un rincón, parecía como fuera de lugar. Con voz alegre, cuidando de no ofender a sus invitados, gritó:

—Mi ahijado ha recorrido cinco mil kilómetros para honrarnos a todos; ¿es que nadie piensa darle un vaso de vino?

Al instante, Johnny Fontane se encontró con una docena de vasos para escoger. Bebió un sorbo de cada uno y corrió a abrazar a su padrino. Al hacerlo, murmuró algo al oído del Don, quien le acompañó al interior de la casa sin perder tiempo.

Tom Hagen tendió la mano a Johnny cuando éste entró en el despacho. Johnny se la estrechó y se limitó a murmurar un saludo frío, totalmente desacorde con su cordialidad habitual. Hagen, naturalmente, se sintió un poco molesto, pero no dio demasiada importancia al asunto. Era uno de los inconvenientes de ser el hombre de confianza del Don.

—Cuando recibí la invitación comprendí que mi padrino ya no estaba enfadado —dijo Johnny Fontane al Don—. Le llamé cinco veces después de mi divorcio, pero Tom siempre me dijo que estaba usted fuera, o que se hallaba muy ocupado. Supuse que se sentía disgustado conmigo.

Don Corleone estaba llenando los vasos con Strega.

—Todo olvidado. ¿Puedo hacer algo por ti? Me cuesta creer que me necesites. Eres un hombre famoso y muy rico, ¿no es cierto?

Johnny vació el vaso de un sorbo e hizo ademán de que el Don volviera a llenárselo.

—No soy rico, Padrino —dijo en tono que quería ser despreocupado—. Voy de baja. Tenía usted razón. Nunca debería haber dejado a mi esposa y a los niños por aquella vagabunda con la que me casé después. No me extraña que se disgustara conmigo.

—Estaba preocupado por ti, ni más ni menos. Después de todo, eres mi ahijado, ¿no? —dijo el Don, encogiéndose de hombros.

Johnny andaba de un lado a otro de la estancia.

—Estaba loco por esa zorra con cara de ángel, la más rutilante estrella de Hollywood. ¿Sabe usted qué hace después de terminar una película? Si el maquillador ha realizado un buen trabajo, se acuesta con él. Si el cámara le ha sacado unos buenos primeros planos, se lo lleva al camerino y le permite disfrutar de su cuerpo. La muy zorra se sirve de su cuerpo como yo utilizo la calderilla: para dar propinas. Es una mala mujer engendrada por el mismísimo diablo.

—¿Cómo está tu familia? —le interrumpió Don Corleone con aspereza.

—Creo que me porté bien —contestó Johnny, titubeando—. Después del divorcio, a Ginny y a los niños les di más de lo que dictaminó el juez. Voy a verlos una vez por semana. Los echo mucho de menos, tanto que a veces creo que voy a volverme loco. —Hizo una pausa para servirse otro vaso—. Ahora, mi segunda esposa se ríe de mí porque no comprende mis celos. Me llama pobre diablo anticuado y se burla de mi forma de cantar. Antes de salir hacia aquí, le di una buena paliza; eso sí, sin tocarle la cara, pues está en pleno rodaje. Le pegué duro, en los brazos y en las piernas, pero ella continuó riéndose de mí. —Hizo una breve pausa para encender un cigarrillo y añadió—: Mire, Padrino: en estos momentos, para mí la vida carece de valor.

—Éstos son problemas que yo no puedo solucionar —se limitó a decir Don Corleone—. Y ahora, dime, ¿qué ocurre con tu voz?

La segura y simpática expresión de Johnny Fontane sufrió una repentina mutación.

—Padrino; no puedo cantar. Se ve que me ha pasado algo en la voz. Los médicos no saben qué puede ser.

Hagen y el Don lo miraron con expresión de sorpre

sa, ya que Johnny se había expresado con palabras entrecortadas, y siempre había sido un muchacho duro.

—Mis dos películas dieron mucho dinero —continuó—. Era una estrella muy cotizada. En cambio ahora me echan a la calle. El jefe de los estudios siempre me ha odiado, y ahora ha podido vengarse.

—¿Y por qué te odia? —preguntó Don Corleone en tono severo, de pie frente a su ahijado.

—Como usted ya sabe, yo cantaba para las organizaciones liberales, a pesar de que usted me aconsejó que no lo hiciera. Bien, pues a Jack Woltz no le gustaba y me llamaba comunista, pero no logró hacerme desistir. Luego le robé una chica que él se reservaba. Fue sólo cosa de una noche, y en mi descargo puedo asegurar que fue ella la que vino detrás de mí. ¿Qué podía hacer yo? Después, la muy zorra de mi segunda esposa se dedica a vivir su vida sin tenerme en cuenta para nada. Además, Ginny y los niños no quieren saber nada de mí, a menos que me arrodille ante ellos. Y ahora, para colmo de males, no puedo cantar. Dígame, padrino, ¿qué diablos voy a hacer?

La cara de Don Corleone era una máscara de extrema frialdad.

—Puedes empezar por portarte como un hombre —dijo bruscamente, y de repente, enrojeció de ira—: ¡Como un hombre! —gritó.

Cogió a Johnny Fontane por los cabellos, con gesto airado, aunque no exento de afecto.

—¡Dios santo! —añadió el Don—. ¿Es posible que después de estar tanto tiempo a mi lado no hayas llegado a ser mejor de lo que eres? Ahora resulta que no eres sino un *finocchio*, un petimetre de Hollywood que llora e implora piedad, que solloza como una mujer. Dime, ¿qué supones que puedo hacer yo?

La mímica del Don era tan extraordinaria, tan inesperada, que Hagen y Johnny se echaron a reír. Don Corleone estaba complacido. Durante un breve instante pensó en lo mucho que amaba a su ahijado y se preguntó cómo hubieran reaccionado sus tres hijos ante la reprimenda. Santino habría estado malhumorado durante varias semanas. Fredo se habría sentido intimidado. Michael le habría dirigido una fría sonrisa antes de salir inmediatamente de la casa para no aparecer durante varios meses. En cambio Johnny, el bueno de Johnny, sonreía y recuperaba fuerzas, pues comprendía el verdadero propósito de su padrino.

—Te lías con la chica de tu jefe —prosiguió Don Corleone—, un hombre mucho más poderoso que tú, y luego te quejas de que no te ayude. Dejas a tus hijos para casarte con una puta, y lloras porque no te reciben con los brazos abiertos. A la puta no te atreves a pegarle en la cara porque está haciendo una película, y te extraña que se ría de ti. ¡Vamos, hombre! Te has portado como un idiota, eso es evidente. Por lo tanto, todo lo que te ha ocurrido es completamente lógico.

Don Corleone hizo una pausa.

—¿Estás dispuesto a seguir mi consejo, esta vez? —preguntó en tono comprensivo.

—No puedo volver a casarme con Ginny, por lo menos no de la forma que ella quiere —dijo Johnny—. Tengo que jugar, tengo que beber, tengo que salir con los muchachos. Muchas mujeres hermosas corren detrás de mí, y nunca he sabido resistirme a sus encantos. Luego, al llegar a casa, no me atrevería a mirar a Ginny a la cara. Como entonces... ¡Dios, no quiero volver a pasar todo aquello!

Don Corleone se exasperaba en contadísimas ocasiones, pero ésta fue una de ellas.

—Yo no te he dicho que volvieras a casarte —le explicó a Johnny—. Haz lo que te parezca. Me parece bien que quieras ser un verdadero padre para tus hijos; un hombre que no sabe ser un buen padre, no es un auténtico hombre. Entonces, lo primero es conseguir que su madre te acepte. ¿Quién dice que no puedes verlos cada día? ¿Quién dice que no puedes vivir en la misma casa? ¿Quién dice que no puedes vivir como mejor te parezca?

Johnny Fontane se echó a reír.

—Pero, padrino, ¡dese cuenta de que no todas las mujeres son como las antiguas esposas italianas! Ginny no lo aceptaría.

—Porque te has portado como un *finocchio* —dijo el Don en tono burlón—. A una le has dado más de lo que dijo el juez. A otra no le has pegado en la cara, porque estaba haciendo una película. Dejas que las mujeres dicten tus actos y te olvidas de que no tienes por qué hacerlo. Ellas se creen ángeles del cielo, están convencidas de que los hombres, todos los hombres, irán al infierno por los siglos de los siglos. Además —prosiguió el Don con voz repentinamente seria—, no olvides que te he estado observando durante todos estos años. Has sido un buen ahijado; me has demostrado siempre un profundo respeto. Pero, ¿qué me dices de tus viejos amigos? Durante una temporada concedes tu amistad a unos, después, a otros. Aquel muchacho italiano tan gracioso que también hacía películas tuvo mala suerte, pero tú nunca te preocupaste por él porque ya eras famoso. ¿Y qué me dices de tu viejo camarada de la infancia, el que formaba dúo contigo en tus primeros tiempos de cantante? Me refiero a Nino. Los desengaños y las decepciones le han llevado a la bebida, pero nunca se queja. Trabaja como un condenado conduciendo un camión de grava, y canta los fines de semana por unos pocos dólares. Nunca se ha quejado de ti. ¿No hubieras podido ayudarle un poco? ¿Por qué no? Canta bien.

—Padrino, Nino no tiene bastante talento —respondió Johnny, con voz cansada—. Canta bien, pero le falta algo.

Don Corleone abrió los ojos, que tenía casi cerrados.

—Tú tampoco tienes suficiente talento, y lo sabes

51

—replicó—. ¿Qué? ¿Te apetece un empleo de conductor de camión?

Al ver que Johnny no contestaba, el Don prosiguió:

—La amistad lo es todo. La amistad vale más que el talento. Vale más que el Gobierno. La amistad vale casi tanto como la familia. Nunca lo olvides. Si te hubieses preocupado de rodearte de buenos amigos, ahora no tendrías que venir a pedirme ayuda. Pero, dime, ¿por qué no puedes cantar? En el jardín has cantado bien, tan bien como Nino.

Hagen y Johnny sonrieron ante la delicada alusión. Ahora le tocaba a Johnny hablar con condescendiente paciencia.

—Mi voz es débil. Canto una o dos canciones, y luego ya no puedo cantar en varias horas o incluso días. Ni siquiera resisto los ensayos o la repetición de escenas en las que debo cantar. Mi voz es débil, está enferma.

—Eso es cosa de mujeres. ¡Que tu voz está enferma...! Ahora cuéntame tus problemas con ese *pezzonovante* de Hollywood, ese pez gordo que no te deja trabajar —dijo el Don, que había entrado ya decididamente en el terreno de los negocios importantes.

—Es más fuerte que uno de sus *pezzonovanti* —afirmó Johnny—. Es el dueño del estudio y consejero del presidente de Estados Unidos en asuntos de propaganda cinematográfica para la guerra. Hace un mes adquirió los derechos de la novela más vendida del año, cuyo protagonista es un personaje muy parecido a mí. Ni siquiera tendría que actuar, sino limitarme a ser yo mismo. Tampoco tendría que cantar. Incluso podría ganar un Oscar. Todo el mundo sabe que ese papel me va como anillo al dedo. Volvería a ser grande, esta vez como actor. Pero ese cerdo de Jack Woltz no quiere saber nada de mí. Me ofrecí a hacer el papel por un precio simbólico, y ni así quiso dármelo. Al parecer ha dicho que si yo le besara el trasero en el estudio, delante de todo el mundo, tal vez reconsideraría el asunto.

Don Corleone interrumpió la perorata con un gesto. Entre personas razonables, los problemas de negocios siempre podían solucionarse. Puso la mano en el hombro de su ahijado.

—Estás desanimado, piensas que nadie se preocupa de ti y has adelgazado mucho. Bebes con exceso, ¿no? Además, estoy seguro que duermes poco y tomas pastillas. —Mientras hablaba movía la cabeza en un reiterado movimiento de desaprobación—. Ahora quiero que sigas mis órdenes —prosiguió el Don—. Quiero que permanezcas en mi casa durante un mes. Quiero que comas bien, que descanses, que duermas. Quiero que seas mi compañero; me gusta tu compañía, y quizás incluso aprendas algo del mundo en el que se mueve tu padrino. Además, incluso es posible que lo que aprendas te sirva para moverte mejor en el gran Hollywood. Pero nada de cantar, y mucho menos de alcohol o de mujeres. Después podrás regresar a Hollywood, y ese *pezzonovante* te dará el papel que tanto deseas. ¿Hecho?

Johnny Fontane no podía creer que el Don tuviera tanto poder. Pero su padrino era un hombre que nunca había fallado: si decía que una cosa podía hacerse, se hacía. No obstante, se atrevió a plantear una objeción.

—Este tipo es amigo personal de J. Edgar Hoover. Me parece que ni siquiera usted podrá levantarle la voz.

—Es un hombre de negocios —replicó el Don, suavemente—. Le haré una oferta que no podrá rechazar.

—Es demasiado tarde —se lamentó Johnny—. Ya han firmado todos los contratos. Además, empezarán a rodar dentro de una semana. Es absolutamente imposible.

Don Corleone, con suma paciencia, despidió a Johnny.

—Regresa a la fiesta, muchacho. Tus amigos te están esperando. Déjalo todo en mis manos.

Hagen estaba sentado en la mesa del despacho, tomando notas. El Don exhaló un suspiro y preguntó si había alguna cosa más.

—Lo de Sollozzo no puede demorarse más. Tendrá usted que verle esta semana —dijo Hagen, señalando al calendario con la pluma.

—Ahora que la boda ya ha terminado, haré lo que quieras —asintió el Don, encogiéndose de hombros.

Esta respuesta aclaró a Hagen dos puntos. El primero y más importante: que la respuesta a Virgil Sollozzo sería un no. Segundo, que Don Corleone, dado que no quería responder a Sollozzo antes del casamiento de su hija, esperaba que su negativa causara problemas. Teniendo todo ello en cuenta, Hagen preguntó:

—¿Digo a Clemenza que algunos de sus hombres vengan a vivir aquí?

—¿Por qué? —dijo el Don con impaciencia—. No quise responder antes de la boda porque en un día tan importante no podía haber ninguna nube, ni siquiera en la distancia. También quería saber lo que Sollozzo tiene que decirme. Ahora ya lo sé, y lo que quiere proponerme es una infamia.

—Entonces, ¿va usted a negarse? —preguntó Hagen. El Don asintió.

—Creo que sería conveniente discutir el asunto entre toda la Familia, antes de dar una respuesta —manifestó Tom Hagen.

—¿Tú crees? Bien —dijo el Don, sonriendo—, pues lo discutiremos cuando regreses de California. Quiero que vayas allí mañana y arregles el asunto de Johnny. Entrevístate con ese *pezzonovante* del cine y di a Sollozzo que le veré a tu regreso de California. ¿Algo más?

—Han llamado del hospital —dijo Hagen, con voz grave—. El *consigliere* Abbandando se está muriendo; no creen que pase de esta noche. Su familia debe presentarse en el hospital para aguardar el momento del fatal desenlace.

Hagen había ocupado el puesto del *consigliere* durante el último año, desde que el cáncer postró a Genco

Abbandando en una cama del hospital. Ahora esperaba que Don Corleone le dijera que la plaza era definitivamente suya, aunque no era probable que le confirmara en el puesto. Una posición tan alta sólo se concedía a un hombre cuyos padres fueran ambos italianos. El mero hecho de haber actuado como *consigliere* interino ya había provocado algunos problemas. Además, tenía sólo treinta y cinco años; insuficientes, según la opinión general, para haber adquirido la experiencia y la astucia que todo buen *consigliere* necesitaba.

Pese a todo ello, el Don no hizo referencia al asunto que tanto preocupaba a Hagen.

—¿Cuándo se marchan mi hija y su marido? —se limitó a preguntar.

—Dentro de pocos minutos cortarán el pastel —respondió Hagen después de consultar su reloj—, y luego supongo que no tardarán más de media hora. —Eso le recordó otra cuestión—. En lo que se refiere a su nuevo yerno, ¿tendrá algún cargo importante dentro de la Familia?

La vehemencia de la respuesta del Don le sorprendió.

—Nunca.

El Don golpeó la mesa con la palma de la mano y luego añadió:

—Nunca. Dale algo para que pueda ganarse bien la vida, pero no quiero que le dejes meter las narices en los negocios de la Familia. Díselo también a los otros. Me refiero a Sonny, Fredo y Clemenza.

Don Corleone hizo una pequeña pausa, antes de seguir hablando:

—Di a mis hijos, a los tres, que deben acompañarme al hospital a ver al pobre Genco. Quiero que le presenten sus respetos por última vez. Pídele a Freddie que saque el coche grande y pregunta a Johnny si quiere venir con nosotros. Hazle saber que se lo pido como un favor personal.

»Quiero que vayas a California esta misma noche —continuó el Don, al ver que Hagen le dirigía una mirada interrogativa—. No tendrás tiempo de ver a Genco, pero no te marches antes de que yo regrese del hospital y hable contigo. ¿Entendido?

—Entendido —asintió Hagen—. ¿A qué hora debe tener Fred el automóvil a punto?

—Cuando se hayan marchado los invitados. Genco me esperará.

—El senador ha llamado por teléfono —dijo Hagen—. Se disculpó por no haber venido personalmente, pero dijo que usted lo comprendería. Supongo que se refería a los dos agentes del FBI que estaban anotando las matrículas de los automóviles de los invitados. De todas formas, mandó un regalo.

El Don asintió. No consideró necesario mencionar que había sido él mismo quien había avisado al senador para que no hiciera acto de presencia.

—¿Un buen regalo?

Hagen hizo un exagerado gesto de aprobación, que resultó extrañamente italiano en sus rasgos germanoirlandeses.

—Plata antigua y muy valiosa. Los chicos pueden sacar mil dólares, por lo menos. Según parece, el senador empleó mucho tiempo en decidir qué sería más apropiado. Para esa clase de gente, eso es más importante que el precio.

Don Corleone no disimuló lo mucho que le complacía que un hombre como el senador le hubiese mostrado tanto respeto. El senador, lo mismo que Luca Brasi, era uno de los grandes pilares en que se apoyaba el poder del Don, y también él, con su regalo, había reafirmado su lealtad.

Cuando Johnny Fontane apareció en el jardín, Kay Adams lo reconoció de inmediato. Estaba realmente sorprendida.

—No me habías dicho que tu familia conocía a Johnny Fontane. Ahora estoy segura de que me casaré contigo.

—¿Quieres que te lo presente? —preguntó Michael.

—Ahora no —respondió Kay—. Durante tres años estuve enamorada de él. Cuando venía a Nueva York a cantar en el Capitol, no me perdía ninguna de las galas. ¡Era maravilloso!

—Lo veremos más tarde —dijo Michael.

Cuando Johnny terminó de cantar y se adentró en la casa con Don Corleone, Kay dijo a Michael, mitad en broma, mitad en serio:

—No me digas que una estrella del cine como Johnny Fontane tiene que pedir favores a tu padre.

—Es el ahijado de mi padre. De no ser por él, tal vez no hubiese alcanzado la fama.

Kay Adams empezaba a interesarse.

—Debe de ser una historia apasionante —observó.

Michael hizo un gesto negativo con la cabeza.

—Lo es, sí, pero no puedo contártela.

—Vamos, ¿es que no confías en mí? —insistió Kay.

Michael le contó la historia llanamente, sin darle importancia alguna. Se la relató sin adornos y se limitó a explicarle que ocho años atrás su padre había sido un hombre más impetuoso y que, dado que el asunto concernía a su ahijado, el Don lo había considerado un asunto personal.

Michael narró la historia en pocos minutos. Ocho años atrás, Johnny Fontane había conseguido un éxito extraordinario como cantante de una orquesta de baile. Se había convertido en uno de los cantantes más solicitados por las emisoras de radio. Desgraciadamente, el director de la orquesta, un hombre muy conocido en el mundillo artístico, había hecho firmar a Johnny un contrato por cinco años, algo por otra parte bastante corriente. Les Halley, el director, podía prestar a Johnny a otras orquestas, clubs, etc., y él se embolsaba la mayor parte del dinero.

Don Corleone se encargó personalmente de las negociaciones. Ofreció a Les Halley veinte mil dólares para que anulara el contrato que Johnny Fontane tenía con él. Cuando Halley ofreció quedarse sólo el cincuenta por ciento de las ganancias de Johnny, Don Corleone estuvo a punto de echarse a reír y bajó su oferta de veinte mil a diez mil. El director de orquesta, que evidentemente no conocía otro mundo que el de las variedades, confundió completamente el significado de la segunda oferta. No quiso aceptarla.

Al día siguiente, Don Corleone fue a ver de nuevo a Les Halley, esta vez con sus dos mejores amigos: Genco Abbandando, su *consigliere*, y Luca Brasi. Sin ningún otro testigo, Don Corleone persuadió al director de orquesta de la conveniencia de firmar un documento por el que renunciaba a todos sus derechos en relación con Johnny Fontane, contra pago de un cheque garantizado por valor de diez mil dólares. Don Corleone convenció a Halley poniéndole una pistola en la frente y asegurándole que, al cabo de un minuto justo, en el documento estaría estampada su firma, o bien sus sesos. Les Halley firmó. Don Corleone guardó su pistola y entregó el cheque al director de orquesta.

El resto era historia. Johnny Fontane se convirtió en el cantante-actor más cotizado del país. Hizo algunas películas musicales, que dieron a ganar verdaderas fortunas a los estudios. Sus discos produjeron millones de dólares. Después se divorció de su primera esposa, a la que había conocido cuando ambos eran todavía niños, y dejó a sus dos hijos, para casarse con la estrella rubia más seductora de Hollywood. No tardó en comprobar que era una verdadera arpía, y entonces se aficionó a la bebida, al juego y a las mujeres. Perdió la voz. Sus discos dejaron de venderse. El estudio no le renovó el contrato. Debido a todo ello, acudía ahora a su padrino.

—¿Seguro que no estás celoso de tu padre? —dijo

Kay, meditativamente—. Por lo que me has contado de él, siempre ha ayudado a los demás. Debe de ser un hombre de muy buen corazón. —Sonrió astutamente y añadió—: Aunque sus métodos no parecen ser muy ortodoxos.

—Supongo que eso es lo que parece —suspiró Michael—, pero deja que te lo explique de otro modo. Habrás oído hablar de que los exploradores del Ártico esconden cajas de víveres a lo largo de la ruta hacia el Polo Norte. ¿Sabes por qué lo hacen? Para tener comida en el caso de que la necesiten. Pues bien, mi padre hace lo mismo con los favores. Llegará un día en que todos y cada uno de los que han recibido su ayuda tendrán que hacer algo por él. ¡Y pobres de ellos si no lo hacen!

Anochecía casi cuando hizo su aparición el pastel de bodas. Realizado por Nazorine, estaba bellamente decorado con bolitas de crema, tan deliciosas que la novia no pudo resistir la tentación de comérselas todas, antes de partir con su rubio marido para la luna de miel. El Don se despidió cortésmente de sus invitados, fijándose, mientras lo hacía, en que el sedán negro de los hombres del FBI había desaparecido ya.

Por fin, el único coche visible en la zona de aparcamiento era el largo Cadillac negro con Freddie en el asiento del conductor. El Don se acomodó en la parte delantera, moviéndose con insospechada agilidad, teniendo en cuenta su edad y corpulencia. Sonny, Michael y Johnny Fontane se sentaron detrás.

—¿Tu amiga va a regresar sola a la ciudad? —dijo Don Corleone, dirigiéndose a su hijo Michael.

—Tom dijo que se ocuparía de ella —replicó Michael.

Don Corleone no pudo reprimir un gesto de satisfacción ante la eficiencia de Hagen.

Dado que el racionamiento de la gasolina estaba todavía en vigor, no encontraron mucho tráfico en su camino hacia Manhattan. Durante el trayecto, Don Corleone preguntó al menor de sus hijos qué tal iban sus estudios. Michael dijo que bien. Luego, Sonny, desde el asiento posterior, preguntó a su padre:

—Johnny dice que vas a preocuparte de arreglarle lo de su asunto de Hollywood. ¿Quieres que vaya allá, para ayudar en lo que haga falta?

—Tom se marcha para allá esta noche —respondió el Don, lacónico—. No va a necesitar ayuda alguna. El asunto es muy sencillo.

—Johnny cree que no podrás solucionarlo —dijo Sonny, riendo—. Por ello había pensado que tal vez yo podría ser de utilidad.

—¿Por qué dudas de mí? —preguntó el Don a Johnny, moviendo la cabeza—. ¿No ha cumplido siempre tu padrino su palabra? ¿Es que me he puesto alguna vez en ridículo?

—Padrino —se disculpó Johnny con nerviosismo—, el hombre que está detrás de todo este asunto es un verdadero *pezzonovante*. No podrá usted comprarlo, ni aun con dinero. Está muy bien relacionado. Y me odia. No alcanzo a comprender cómo podrá usted doblegarlo.

—Escucha bien: el papel será tuyo —se limitó a responder el Don en tono amistoso. Volviéndose a Michael, añadió, haciendo un guiño de complicidad—: No vamos a decepcionar a mi ahijado, ¿verdad, Michael?

Michael, que tenía ciega confianza en la palabra de su padre, hizo un gesto de asentimiento.

Mientras se dirigían a la entrada del hospital, Don Corleone se quedó un poco atrás, con su hijo menor. Le apoyó la mano en el hombro, y sin que los otros pudieran oír sus palabras, le dijo:

—Cuando termines los estudios, ven a verme; quiero hablar contigo. Tengo algunos planes que te gustarán.

Michael no contestó.

—Sé cómo eres, hijo —gruñó el Don, exasperado—.

No te voy a pedir que hagas nada que no te guste. Esto es algo especial. Ahora, muchacho, ve a lo tuyo. Pero ven a verme cuando hayas terminado tus estudios.

La esposa y las tres hijas de Genco Abbandando, toda su familia, estaban muy juntas en el pasillo del hospital, de pie, vestidas de luto riguroso. Cuando vieron a Don Corleone salir del ascensor, se acercaron a él en un movimiento instintivo, como si buscaran su protección. La madre, majestuosa con su vestido negro; las hijas, robustas y sencillas; pero todas con la aflicción pintada en el rostro. La señora Abbandando besó la mejilla de Don Corleone.

—Es usted un santo —le dijo entre sollozos—. ¿Quién iba a pensar que vendría aquí en el día de la boda de su hija?

—¿No debo un gran respeto al amigo que ha sido mi brazo derecho durante veinte años? —contestó el Don, como quitando importancia a su gesto.

Había comprendido que la que pronto sería viuda no pensaba que su marido moriría aquella misma noche. Genco Abbandando llevaba un año en el hospital, muriendo cada día un poco —tenía cáncer—, y su esposa se había acostumbrado a considerar la fatal dolencia de su esposo como una circunstancia normal. Para ella, sólo se trataba de otra crisis.

—Vaya a ver a mi marido —dijo—, ha preguntado varias veces por usted. ¡Pobrecito! Quería venir a la boda, pero el médico no se lo permitió. Luego dijo que usted vendría a verle aquí al hospital, pero yo no lo creí posible. Está visto que los hombres sienten la amistad más que las mujeres. Pase, pase a su habitación; le hará feliz.

De la habitación de Genco Abbandando salieron una enfermera y un médico. El doctor era joven, de expresión seria, y todo en él indicaba que había nacido para mandar.

Dicho de otro modo: tenía el aire del que ha sido inmensamente rico toda su vida.

—Escuche, doctor Kennedy, ¿podemos pasar a verle? —preguntó tímidamente una de las hijas.

El doctor Kennedy, con un gesto de exasperación, dirigió una mirada al grupo. ¿Es que no se daban cuenta de que aquel hombre estaba muriéndose y que sufría lo indecible? Hubiese sido mucho mejor que lo dejaran morir en paz.

—Solamente los familiares más próximos —dijo con su voz exquisitamente educada.

El doctor quedó sorprendido al ver que la esposa y las hijas se volvían hacia el hombre bajo y fuerte que estaba con ellas, como si esperaran su decisión.

El hombre corpulento habló con un apenas perceptible acento italiano.

—Estimado doctor Kennedy, ¿es cierto que se está muriendo?

—Sí —afirmó el médico.

—Entonces, su trabajo ha terminado ya —dijo Don Corleone—. Nosotros le relevaremos. Consolaremos al moribundo, le cerraremos los ojos, nos ocuparemos de su entierro, lloraremos en su funeral, y después velaremos para que nada falte a su esposa y a sus hijas.

Al oír las anteriores palabras, la señora Abbandando comprendió la situación y se echó a llorar.

El doctor Kennedy se encogió de hombros. Era inútil intentar explicar nada a aquellos campesinos. Pero al mismo tiempo comprendió la desnuda verdad que encerraban las palabras del hombre bajo y gordo: su papel había terminado. Siempre con su perfecta cortesía, el médico dijo:

—Por favor, esperen a que la enfermera les dé permiso para entrar, pues tiene todavía un poco de trabajo con el paciente.

Y se alejó del grupo, con su bata blanca agitándose por el impulso que sus rápidos pasos producían.

La enfermera volvió a entrar en la habitación. Final-mente, salió otra vez y sostuvo la puerta para que entrara el grupo.

—Está delirando a causa del dolor y de la fiebre. Tra-ten de no excitarle. Podrán permanecer en la habitación sólo durante unos pocos minutos, excepto la esposa —di-jo, en voz baja.

La enfermera reconoció a Johnny Fontane cuando éste pasó junto a ella, y sus ojos, asombrados, se abrieron desmesuradamente. Johnny le dedicó una de sus simpá-ticas sonrisas, y la chica le dirigió una mirada invitadora mientras él seguía a los otros al interior de la habitación del enfermo.

Genco Abbandando había disputado una larga lucha con la muerte, y ahora, vencido, yacía exhausto sobre aque-lla blanca cama. Se había convertido en un esqueleto, y lo que antaño había sido una cabellera espesa y negra era ahora un puñado de pelo lacio y sin vida.

—Genco, amigo mío —dijo Don Corleone en tono alegre—. He venido con mis hijos, pues todos querían ve-nir a presentarte sus respetos. Y, mira, también está Johnny, que ha viajado desde Hollywood.

El moribundo levantó sus ojos hacia el Don en señal de gratitud y permitió que los jóvenes tomaran entre las suyas su huesuda mano. Su esposa e hijas, de pie a ambos lados de la cama, le dieron un beso en la mejilla mientras le sostenían la otra mano.

El Don apretó la mano de su viejo amigo, y, para ani-marle, le dijo:

—Date prisa en recuperarte, pues quiero ir contigo a hacer un viaje a Italia, a nuestro pueblo. Jugaremos a las bochas delante de la taberna, como hacían nuestros padres.

El moribundo movió la cabeza. Con un gesto indicó a los jóvenes y a su familia que se alejaran de la cama e instó al Don a que se aproximara más. Trataba de hablar. El Don se sentó junto a la cama y acercó el oído a la boca del enfermo. Genco balbuceaba algo sobre sus años de infancia. Luego, sus ojos, negros como el carbón, adquirieron una expresión de astucia. Murmuró algo. El Don se acercó aún más y los otros se asombraron al ver que lloraba. La cavernosa voz se hizo más fuerte, llenando la habitación. Con un esfuerzo sobrehumano, Abbandando levantó la cabeza, y señalando al Don con uno de sus sarmentosos dedos, dijo:

—Padrino, Padrino, sálvame de la muerte, te lo ruego. La carne me está quemando, y siento que los gusanos me están comiendo el cerebro. Cúrame, Padrino, sé que tienes poder para hacerlo; seca las lágrimas de mi esposa. De niños, en Corleone, jugábamos juntos. ¿Vas a dejarme morir ahora? ¿No te das cuenta de que temo ir al infierno por todos los pecados que he cometido?

El Don permaneció en silencio.

—Es el día de la boda de tu hija. No puedes negarme nada —prosiguió Abbandando.

El Don habló con suavidad y en tono grave, cortando el blasfemo delirio del enfermo:

—Amigo mío, no tengo tal poder. Si lo tuviera, sería más misericordioso que Dios, no lo dudes. Pero no temas a la muerte ni al infierno. Haré que digan una misa por ti todas las noches y todas las mañanas. Tu esposa y tus hijas rezarán por ti. ¿Cómo quieres que Dios te castigue, si seremos tantos abogando por ti?

El esquelético rostro adquirió una expresión socarrona.

—Así, pues, ¿está todo arreglado?

Cuando el Don respondió, su voz sonó fría, sin asomo de cordialidad.

—No blasfemes. Resígnate.

Abbandando apoyó la cabeza en la almohada. Sus ojos perdieron el destello de esperanza que hasta entonces habían mantenido. La enfermera entró en la habitación y les hizo salir. El Don se levantó, pero Abbandando le tomó de la mano.

—Padrino —dijo—, quédate junto a mí y ayúdame a encontrarme con la muerte. Quizá si te ve a mi lado, se asustará y me dejará en paz. O tal vez puedas convencerla, moviendo algunos hilos, ¿eh? —El moribundo parpadeó, como si estuviera burlándose del Don, que ya no estaba tan serio como instantes antes. Enseguida añadió—: Somos hermanos de sangre, después de todo.

Y luego, como si temiera haber ofendido al Don, le tomó la mano.

—Quédate conmigo, déjame tener mi mano entre las tuyas. Venceremos al enemigo que me está atacando, como hemos vencido a los otros. No me traiciones, Padrino.

Con un gesto, el Don indicó a los demás que salieran. Una vez a solas con Genco Abbandando le tomó la seca mano entre las suyas. Con suavidad, muy amistosamente, consoló a su amigo, en espera de que llegara la muerte. Como si el Don pudiera realmente arrancar la vida de Genco Abbandando de las garras de la más loca y criminal enemiga del hombre.

El día terminó muy bien para Connie Corleone. Carlo Rizzi cumplió con su deber de esposo con destreza y vigor, estimulado por el contenido de la bolsa de la novia, que totalizaba más de veinte mil dólares. La novia, sin embargo, entregó su virginidad más a gusto que su bolsa. Tanta fue su resistencia a desprenderse del dinero, que Carlo tuvo que ponerle un ojo morado.

Lucy Mancini esperaba en su casa a que Sonny Corleone la llamara, convencida de que le pediría una cita. Finalmente, llamó a casa de Sonny, pero cuando oyó a través del hilo una voz de mujer, colgó. Lo que ella no podía saber era que prácticamente todos los invitados se habían dado cuenta de la larga ausencia de ellos dos durante la fiesta, como tampoco podía saber que se murmuraba que Santino Corleone había encontrado otra víctima, que «se había aprovechado» de la dama de honor de su propia hermana.

Amerigo Bonasera tuvo una terrible pesadilla. En sueños vio a Don Corleone ataviado con una visera, polainas y guantes, descargando unos cadáveres acribillados a balazos enfrente de la funeraria, y gritando: «Recuerda, Amerigo, ni una palabra a nadie, y entiérralos enseguida.» Tan apremiantes debieron de ser sus gruñidos, que su esposa se despertó.

—¡Eh! ¿Pero qué clase de hombre eres? —se quejó—. Mira que tener pesadillas después de una boda...

Paulie Gatto y Clemenza escoltaron a Kay Adams hasta su hotel de Nueva York. El automóvil era grande y lujoso, y lo conducía Gatto, a cuyo lado se sentó ella, mientras Clemenza lo hacía en el asiento posterior. Los dos hombres le parecieron tremendamente exóticos. Hablaban con la jerga típica de Brooklyn, pero a ella la trataron con exagerada cortesía. Durante el trayecto, la conversación se centró en menudencias, y Kay se sorprendió al observar el respeto y el afecto que parecían sentir por Michael. Pese a que éste le había hecho creer que era completamente ajeno al mundo en el que su padre se movía, Clemenza le aseguró, con su extraño lenguaje y su voz gutural, que «el viejo» estaba convencido de que Michael era el mejor de sus hijos, el que seguramente heredaría los negocios de la familia.

—¿Qué clase de negocios son? —preguntó Kay, con toda naturalidad y con más o menos fingida inocencia.

Paulie Gatto le dirigió una rápida mirada mientras tomaba una curva.

—¿No se lo ha dicho Michael? —respondió Clemenza en tono de sorpresa—. Don Corleone es el mayor importador de aceite de oliva italiano de Estados Unidos. Ahora que la guerra ha terminado, el negocio marchará viento en popa. Necesitará a un muchacho listo como Michael.

En el hotel, Clemenza insistió en acompañarla hasta el mostrador de recepción.

—El patrón dijo que nos aseguráramos que llegara bien —adujo, ante las protestas de la muchacha—, y debo asegurarme de que así sea.

Cuando le hubieron entregado la llave de su habitación, Clemenza la acompañó hasta el ascensor y esperó a que entrara. Ella, sonriente, se despidió con la mano y de nuevo se sorprendió al ver la amistosa sonrisa de Clemenza. Claro que su impresión hubiera sido muy diferente si hubiera podido ver al hombre de Don Corleone acercándose al recepcionista para preguntarle con qué nombre se había registrado.

El empleado del hotel miró fríamente a Clemenza. Éste puso un billete en la mano del empleado, quien lo tomó inmediatamente, al tiempo que respondía: «Señora Corleone.»

—Una dama muy distinguida, ¿eh? —dijo Paulie Gatto, una vez en el automóvil.

—Mike se la está tirando —gruñó Clemenza.

Aunque tal vez se habían casado en secreto, pensó.

—Llámame mañana temprano —dijo a Paulie Gatto—. Hagen tiene un trabajo para nosotros. Parece que es algo delicado.

El domingo por la noche, Tom Hagen se despidió cariñosamente de su esposa y se dirigió al aeropuerto. Con su tarjeta especial de prioridad (regalo de un alto funcionario del Pentágono) no tuvo problema alguno para encontrar plaza en un avión con destino a Los Ángeles.

Para Tom Hagen, el día había sido agotador, pero se sentía satisfecho. Genco Abbandando había muerto a las tres de la mañana, y cuando Don Corleone regresó del hospital, había informado a Hagen de que a partir de aquel momento pasaba a ser el *consigliere* oficial de la Familia. Por ello, Tom Hagen estaba seguro de que llegaría a ser un hombre muy rico, y, además —¿por qué no decirlo?— también muy poderoso.

El Don había roto una larga tradición. Los *consiglie-re* habían sido siempre de sangre cien por cien siciliana. Sólo a un siciliano, a un iniciado en el sistema de la *omertà*, la ley del silencio, podía confiársele el puesto clave de *consigliere*.

Entre el cabeza de la Familia, Don Corleone, que dictaba lo que debía hacerse, y los ejecutivos, que llevaban a cabo lo ordenado por el Don, había tres abogados. De este modo, los ejecutivos no tenían contacto alguno con el más alto nivel. Para el jefe, el único peligro podía venir únicamente de un *consigliere* traidor. Aquel domingo por la mañana, Don Corleone dio instrucciones explícitas sobre lo que debía hacerse con los dos jóvenes que habían maltratado a la hija de Amerigo Bonasera. Sin embargo, las órdenes las había dado en privado a Tom Hagen, quien a su vez, más tarde y también sin testigos, dio instrucciones a Clemenza. Este último era quien debía transmitir la orden a Paulie Gatto para que realizara el encargo, cuidara de reclutar a los hombres necesarios y dirigiera la operación. Ni Paulie Gatto ni sus hombres sabrían por qué tenían que realizar aquella tarea, ni quién la había ordenado. Para que un eslabón de la cadena se rompiera, habría sido necesario que alguien traicionara al Don, y esto nunca había ocurrido, aunque nadie aseguraba que no pudiera suceder en un futuro. En tal caso, también estaba previsto el remedio. Haciendo desaparecer el eslabón de la cadena afectado, todo solucionado.

El *consigliere* era también lo que su nombre indicaba: el consejero del Don, su mano derecha, su cerebro auxiliar, su mejor compañero y su más íntimo amigo. En los viajes importantes, conducía el automóvil del Don; en las conferencias, salía a buscar refrescos, café, bocadillos o cigarros para el Don. Sabía todo o casi todo lo que sabía el Don, conocía todas las células del poder. Era el único hombre que podía destruir al Don. Sin embargo, ningún *consigliere* había traicionado jamás a un Don; por lo menos ninguna de las poderosas familias sicilianas que se habían establecido en América recordaba que tal cosa hubiese ocurrido. La traición a un Don era un acto sin futuro. Todos los *consiglieri* sabían que si permanecían fieles, tendrían dinero, poder y el respeto de todos. Si alguna desgracia ocurría a un *consigliere*, su esposa e hijos no carecerían de nada y serían protegidos como si él viviera o estuviera libre. La única condición era que se mantuviera fiel.

En algunos asuntos, el *consigliere* tenía que actuar por cuenta de su Don de manera más abierta, pero sin comprometerlo en modo alguno. Hagen volaba hacia California para solucionar uno de tales asuntos. Se daba perfecta cuenta de que en su carrera de *consigliere* influiría considerablemente el éxito o el fracaso de esa misión. En realidad, teniendo en cuenta la envergadura de los negocios de la Familia, el que Johnny Fontane obtuviera o no el papel en la película era una menudencia. Mucho más importante era, en cambio, la entrevista que Hagen había concertado para el viernes siguiente con Virgil Sollozzo. Pero Hagen sabía que, para el Don, ambos asuntos tenían igual importancia, y siendo así, todo buen *consigliere* dejaba automáticamente de hacer cábalas al respecto.

El ruido de los motores del avión puso nervioso a Tom Hagen, que para tranquilizarse pidió un martini a la azafata. Tanto el Don como Johnny le habían hablado del carácter del productor cinematográfico Jack Woltz. Por lo que Johnny había dicho, Hagen estaba convencido de que no lograría hacer entrar en razón al productor. Por otra parte, tampoco tenía la menor duda de que el Don cumpliría la palabra dada a Johnny. Su papel se reducía al de mero negociador.

Recostado en su butaca, Hagen pasó revista a toda la información que le habían proporcionado. Jack Woltz era uno de los tres productores más importantes de Hollywood, propietario de su propio estudio, que había firmado contrato con docenas de grandes estrellas. Era miembro de la sección cinematográfica del Gabinete Asesor de Información Bélica del presidente de Estados Unidos, lo cual significaba que colaboraba en la realización de películas de propaganda. Había cenado en la Casa Blanca y J. Edgar Hoover había estado en su casa de Hollywood. No obstante, todo aquello era menos importante de lo que parecía. No eran sino relaciones oficiales. Woltz no tenía ningún poder político personal; en primer lugar, porque era un reaccionario de mucho cuidado, y, en segundo lugar, porque era un megalómano que imponía su criterio despótica y dictatorialmente, sin pararse a pensar en que ello le granjeaba la enemistad de cuantos estaban a sus órdenes.

Hagen suspiró. No veía la forma de convencer a Jack Woltz. Abrió su portafolios y trató de trabajar un poco, pero estaba demasiado cansado. Pidió otro martini y se puso a reflexionar sobre su pasado. No se arrepentía de nada. Al contrario, se daba cuenta de que había tenido una suerte extraordinaria. Por lo que fuere, el camino que había escogido diez años atrás era el mejor. El éxito le sonreía, era tan feliz como pudiera serlo cualquier hombre adulto, y encontraba que la vida merecía la pena.

Tom Hagen tenía treinta y cinco años. Era un hombre de figura esbelta y facciones agradables. Se había graduado como abogado, pero su trabajo para la Familia no era en calidad de tal, a pesar de que después de terminar sus estudios llegó a ejercer durante tres años.

A los once años había sido compañero de juegos de Sonny Corleone. La madre de Hagen se había quedado ciega y murió cuando su hijo contaba precisamente esa edad. El padre, un bebedor empedernido, estaba completamente alcoholizado; era carpintero y, aunque en su vida jamás había hecho nada reprobable, la bebida acabó por arruinar a su familia y fue la causa de su propia muerte. Al quedarse huérfano, Tom se pasaba los días vagando por las calles, y por la noche dormía en cualquier rincón.

Su hermana menor había sido puesta en manos de una buena familia por una institución benéfica. Pero en los años veinte, tales organizaciones no se preocupaban demasiado de los niños de doce años que eran tan desagradecidos como para huir de la caridad. Hagen sufrió una infección en la vista. Los vecinos decían que la había heredado de su madre y que la infección era contagiosa. Todos se apartaron de él. Sonny Corleone, un muchacho de once años, enérgico y de buen corazón, llevó a su amigo a casa y pidió a su padre que le dejara vivir con ellos. La primera comida que Tom Hagen hizo en casa de los Corleone fueron unos espaguetis con salsa de tomate. Hagen nunca había logrado olvidar el sabor de aquel primer plato. Después le dieron una buena cama de metal donde dormir. Fue como un sueño.

Del modo más natural, sin una sola palabra y sin que el asunto fuera discutido en modo alguno, Don Corleone había permitido que el muchacho se quedase a vivir en su casa. El mismo Don Corleone llevó al chico a un especialista, quien logró curarle completamente la infección ocular. Lo envió a la escuela y, después, a la universidad. En todo ello, el Don no actuó como un padre, sino como un guardián. Aunque no le demostraba afecto alguno, lo trataba con más cortesía que a sus propios hijos y nunca le imponía su voluntad. Fue el muchacho quien decidió por sí mismo cursar Derecho. Una vez había oído decir a Don Corleone que un abogado, con su cartera de mano, podía robar más que un centenar de hombres con metralletas. Mientras, y contra la voluntad de su padre, Sonny y Freddie insistieron en entrar en los negocios familiares una vez terminada la enseñanza media. Sólo Michael había querido continuar estudiando, y se había alistado en la Marina al día siguiente del ataque japonés a Pearl Harbor.

Con el título de abogado en el bolsillo, Hagen se casó con una muchacha italiana de Nueva Jersey que, cosa rara por aquel entonces, había ido a la universidad. Después de la boda, que por supuesto se celebró en casa de los Corleone, el Don se ofreció a ayudar a Hagen en cuanto estuviera en su mano: conseguirle clientes para su bufete, amueblar su oficina, etc.

—Me gustaría trabajar para usted —había declarado Tom.

El Don se mostró tan sorprendido como complacido.

—¿Sabes quién soy? —preguntó.

Hagen asintió. Por supuesto, ignoraba cuál era realmente el poder del Don, y seguiría ignorándolo durante los años que precedieron a su nombramiento de *consigliere* interino, debido a la enfermedad de Genco Abbandando. Pese a ello, aseguró que sí lo sabía, mirando directamente a los ojos del Don. «Trabajaré para usted, del mismo modo que lo hacen sus hijos», había dicho Hagen, y el tono de sus palabras traslucía su inamovible intención de ser leal y de aceptar totalmente la voluntad del Don. Con la comprensión que por aquel entonces ya empezaba a ser considerada como un distintivo de su genio, Don Corleone mostró por vez primera un afecto paternal hacia el joven. Le dio un fuerte abrazo y desde entonces lo trató como a un verdadero hijo, aunque de vez en cuando le recordaba que no olvidara a sus padres. Era una especie de recordatorio para Hagen, aunque tal vez lo era más todavía para el propio Don Corleone.

No obstante, no era probable que Hagen los olvidara. Su madre había estado casi loca, además de haber sido una mujer muy descuidada. Tom no recordaba de ella una sola muestra de afecto. En cuanto a su padre, siempre lo había odiado. La ceguera de su madre, poco antes de su muerte, había terminado de desmoralizar al muchacho, y su propia infección ocular le parecía un funesto preámbulo. Cuando su padre murió, la joven mente de Tom Hagen sufrió una curiosa transformación. Había vagabundeado por las calles como un animal en espera de la muerte hasta el día en que Sonny lo encontró durmiendo en un rincón y se lo llevó a casa. Lo que había sucedido después fue un milagro. Sin embargo, durante años Tom Hagen había tenido horribles pesadillas en las que tanto él como sus hijos perdían la vista. Algunas mañanas, al despertar, lo primero que recordaba era el rostro de Don Corleone, y entonces se sentía seguro.

Pese a todo ello, el Don había insistido en que durante tres años compaginara el ejercicio de la abogacía con el trabajo en los negocios de la Familia. Con el tiempo esta experiencia le fue muy valiosa y le sirvió para despejar cualquier duda que pudiera albergar en relación con el tipo de negocios a que se dedicaba el Don. Luego había pasado dos años trabajando en una importante firma de criminalistas en la que Don Corleone tenía cierta influencia, y donde pronto se hizo evidente que el joven Hagen estaba muy bien dotado para esta rama de la abogacía. Después pasó a dedicarse en exclusiva a los negocios de la Familia, y Don Corleone nunca había tenido, en los seis años que siguieron, nada que reprocharle.

Cuando ocupó el cargo de *consigliere* interino, las otras poderosas familias sicilianas empezaron a referirse a la familia Corleone calificándola de «la banda irlandesa». Hagen encontró el mote muy divertido, pero también se dio cuenta de que nunca podría aspirar a suceder al Don en los negocios familiares. A pesar de todo, estaba satisfecho. En realidad, nunca había aspirado a suceder al Don, pues tal ambición hubiera sido una gran «falta de respeto» para con su benefactor y para con la verdadera familia de éste.

Era todavía de noche cuando el avión aterrizó en Los Ángeles. Hagen se dirigió a su hotel, se duchó y afeitó, y luego se puso a contemplar el amanecer sobre la ciudad. Ordenó que le subieran el desayuno y los periódicos y se tomó un descanso, pues la entrevista con Jack Woltz estaba fijada para las diez de la mañana. Había sido sorprendentemente fácil concertar la cita.

El día anterior, Hagen había telefoneado al hombre más poderoso del sindicato de trabajadores del cine, un individuo llamado Billy Goff. Siguiendo instrucciones de Don Corleone, Hagen le había pedido que le concertara una entrevista con Jack Woltz, y que de paso le insinuara que si Hagen no salía satisfecho de la entrevista, podía producirse una huelga en su estudio. Una hora más tarde, Hagen recibió una llamada de Goff: la entrevista se celebraría a las diez de la mañana. Woltz había captado muy bien la indirecta sobre la posible huelga, pero en opinión de Goff, no se había impresionado demasiado.

—Claro que para lo de la huelga —puntualizó Goff—, tendría que hablar yo personalmente con el Don.

—No se preocupe. Si se diera el caso, sería el Don quien hablaría con usted.

Al decir estas palabras, Hagen evitó hacer promesas. No se sorprendió en absoluto ante el hecho de que Goff se mostrara tan bien dispuesto a acatar los deseos del Don. El imperio familiar, técnicamente hablando, se limitaba al área de Nueva York, pero Don Corleone había empezado a conseguir su poder ayudando a los líderes de los sindicatos. Muchos de ellos le debían todavía grandes favores.

Hagen consideraba un mal síntoma el hecho de que la cita fuera a las diez de la mañana. Significaba que sería la primera de las que Woltz concedería durante el día, y ello suponía, lógicamente, que el productor cinematográfico no pensaba invitarlo a almorzar. Seguro que Goff no había amenazado lo suficiente a Jack Woltz, probablemente debido a que figuraba en la nómina secreta del productor. A veces, se decía Hagen, el hecho de que el Don nunca diera la cara iba en detrimento de los negocios familiares, ya que su nombre nada significaba para la mayoría de la gente.

Su análisis se demostró acertado. Woltz le tuvo esperando durante más de media hora. Hagen no lo tomó a mal.

La sala de espera era lujosa y confortable, y en el sofá color ciruela que había frente al lugar donde estaba sentado esperaba la niña más bonita que recordaba haber visto en su vida. No tendría más de once o doce años, e iba vestida con la elegancia que otorga la sencillez, aunque con un estilo demasiado adulto, como una mujer hecha y derecha. Sus cabellos eran como el oro y sus ojos azules como el mar. En cuanto a su boca, recordaba una fresca y roja frambuesa. Iba acompañada de una mujer —su madre, sin duda—, cuya arrogante mirada hizo que Hagen sintiera deseos de pegarle un puñetazo en pleno rostro. La niña angelical y la madre monstruosa, pensó Hagen, devolviendo a la madre una fría mirada.

Finalmente, una mujer de mediana edad exquisitamente vestida se acercó a Hagen para rogarle que la acompañara. Pasaron por un pasillo flanqueado de puertas —sin duda correspondientes a otras tantas oficinas—, y finalmente llegaron al despacho donde trabajaban los colaboradores directos del productor. Hagen quedó impresionado ante la belleza de las oficinas... y de las muchachas que en ellas trabajaban. Sonrió. Eran chicas que querían entrar en el mundo del cine y que de momento se conformaban con trabajos de oficina, aunque la mayoría tendría que seguir con el trabajo administrativo durante toda su vida, a menos que, desengañadas, regresaran a sus respectivas ciudades de origen.

Jack Woltz era un hombre alto y corpulento, cuya barriga quedaba casi disimulada gracias a un traje de corte perfecto. Hagen conocía su historia. A los diez años de edad, trabajó en el East Side repartiendo barrilitos de cerveza con una carretilla de mano. A los veinte, ayudó a su padre a meter en cintura a los trabajadores de la industria de la confección. A los treinta, abandonó Nueva York para trasladarse al Oeste, donde pronto se interesó en la naciente industria del cine. A los cuarenta y ocho años se convirtió en el más poderoso de los magnates del séptimo arte, conservando, eso sí, su rudo lenguaje de siempre. En asuntos de amor era como un lobo, y eso lo sabían muy bien gran cantidad de aspirantes a estrellas. A los cincuenta, sin embargo, sufrió una completa transformación: tomó lecciones de oratoria, aprendió a vestir bien gracias a un ayuda de cámara inglés, y otro sirviente suyo, también inglés, le enseñó a comportarse correctamente en sociedad. Cuando murió su primera esposa, se casó con una bella actriz mundialmente famosa que estaba ya cansada de actuar ante las cámaras. En ese momento, a sus sesenta años, se dedicaba a coleccionar obras de afamados artistas, era miembro del Gabinete Asesor de la Presidencia, y había donado grandes sumas a una fundación que llevaba su nombre para promocionar el arte en las películas. Su hija se había casado con un lord inglés, y su hijo, con una princesa italiana. Su más reciente pasión, como muy bien habían cuidado de airear todos los columnistas del país, eran sus cuadras de purasangres. El último año había invertido en ellas más de diez millones de dólares. Su nombre apareció en los titulares de muchos periódicos cuando compró el famoso caballo inglés *Jartum* por el increíble precio de seiscientos mil dólares, sobre todo tras el anuncio de que el invencible caballo no volvería a correr, ya que sería destinado exclusivamente a adornar los establos de Woltz.

Recibió a Hagen con ademanes corteses, y en su bronceado y perfectamente rasurado rostro apareció una levísima sonrisa. A pesar de todo su dinero, a pesar de los cuidados de los más reputados técnicos, aparentaba la edad que realmente tenía, y unas profundas arrugas surcaban su rostro. No obstante, sus movimientos poseían una enorme vitalidad, y tenía, al igual que Don Corleone, el aire del hombre que manda de un modo absoluto en el mundo donde se desenvuelve.

Hagen fue directo al grano y le informó de que era el emisario de un amigo de Johnny Fontane. Le dijo que este amigo, un hombre muy poderoso, agradecería infinitamente al señor Woltz que le concediera un pequeño favor. El pequeño favor consistía en la inclusión de Johnny Fontane en la nueva película bélica que el estudio comenzaría a rodar al cabo de una semana.

El arrugado rostro de Woltz permaneció impasible, fríamente cortés. Luego, habló con un deje de condescendencia apenas perceptible.

—¿Cómo me demostraría su agradecimiento el amigo de Johnny Fontane?

Hagen fingió no haber reparado en la condescendencia de Woltz.

—Parece que en el horizonte hay algunos nubarrones en forma de conflictos laborales. Mi amigo puede garantizarle la desaparición de tales nubarrones. Por ejemplo, usted tiene un contrato con una estrella que hace ganar a sus estudios grandes cantidades de dinero, pero que acaba de pasarse de la marihuana a la heroína. Mi amigo le garantizaría que esa gran estrella no volvería a conseguir más heroína. Y si en el transcurso de los años se le presentara a usted algún otro pequeño obstáculo, quedaría resuelto con una simple llamada telefónica.

Jack Woltz escuchó las palabras de Hagen como lo hubiera hecho con las baladronadas de un niño. Luego, con voz cortante y en un tono deliberadamente barriobajero, preguntó:

—Intentan presionarme, ¿eh?

—En absoluto —replicó Hagen con frialdad—. Me limito a pedirle un favor para un amigo. Sólo trato de explicarle que usted no perdería nada con ello.

De repente, en el rostro de Woltz se dibujó una expresión de profunda ira. Apretó los labios y sus espesas cejas teñidas de negro formaron una gruesa línea sobre sus ojos centelleantes. Se inclinó sobre la mesa, acercándose a Hagen.

—Muy bien, hijo de puta. Dejemos las cosas claras, tanto para usted como para su jefe, sea quien sea: Johnny Fontane no tendrá el papel. No me preocupa que la Mafia quiera imponerme su voluntad. Y ahora —añadió, apoyándose de nuevo en el respaldo—, quisiera darle un consejo, amigo: J. Edgar Hoover, ¿ha oído hablar de él, verdad?, es amigo mío. Si le explico que me están presionando, los amigos de usted nunca sabrán de dónde habrá partido el golpe.

Hagen escuchó con paciencia. Había esperado otra actitud de un hombre de la categoría de Woltz. ¿Era posible que un individuo capaz de reaccionar de manera tan estúpida hubiera llegado a ser el propietario de una empresa valorada en centenares de millones de dólares? Era algo que debía meditar profundamente, pues el Don buscaba nuevas actividades para invertir dinero, y si los mejores cerebros de la industria cinematográfica eran tan brutos, el cine podía ser el negocio ideal. Las palabras de Woltz no habían afectado a Hagen en absoluto. Éste había aprendido del mismo Don el arte de la negociación. «Nunca te enfades —le había repetido miles de veces—. No profieras amenaza alguna. Razona con la gente.» El arte del razonamiento consistía en desoír todos los insultos, todas las amenazas; algo así como poner la otra mejilla. Hagen había visto al Don sentado en una mesa de negociaciones durante ocho horas, tragando insultos, tratando de persuadir a un hombre testarudo para que cambiara su punto de vista sobre determinado asunto. Al final de las ocho horas, Don Corleone había levantado las manos en señal de desesperanza, y dirigiéndose a los otros hombres de la mesa, había dicho: «Es totalmente imposible razonar con este individuo», y acto seguido levantarse para salir de la habitación. El individuo testarudo había palidecido de terror. Alguien corrió a convencer al Don para que regresara a la mesa de negociaciones. El acuerdo se había realizado, pero dos meses más tarde, el individuo testarudo había aparecido mortalmente herido en su barbería favorita.

Así, pues, Hagen, con voz completamente serena, volvió a tomar la palabra:

—Mire mi tarjeta. Soy abogado. ¿Cree usted que pondría en peligro mi carrera? ¿He proferido alguna amenaza? Déjeme decirle que estoy preparado para aceptar cualquier condición que usted imponga para que Johnny Fontane haga la película. Creo que ofrezco mucho, teniendo en cuenta la pequeñez del favor que pido. Un favor que redundaría, creo yo, en su propio beneficio. Según me ha contado Johnny, usted mismo admite que él sería el intérprete ideal de esa película. Y permítame asegurarle que de no ser así, no le pediríamos el favor. De hecho, si le preocupa la inversión monetaria, mi cliente estaría dispuesto a financiar la película. Pero, por favor, que queden las cosas claras. Si usted se niega, entenderemos que lo hace conscientemente y por su voluntad. Nadie puede ni quiere presionarle. Sabemos de su amistad con el señor Hoover, y puedo asegurarle que mi jefe le respeta a usted mucho por eso.

Woltz había estado jugueteando con una larga pluma roja. A la sola mención de la palabra dinero se despertó su interés.

—El presupuesto de la película es de cinco millones —dijo, muy serio.

Hagen emitió un ligero silbido, para demostrar que estaba impresionado.

—Mi jefe tiene amigos que apoyarán su opinión —comentó luego sin darle importancia.

Por vez primera Woltz pareció tomar en serio el asunto y leyó atentamente la tarjeta de visita de Hagen.

—Nunca había oído hablar de usted —dijo—, aunque conozco a la mayoría de los grandes abogados de Nueva York.

—Trabajo para un solo cliente —contestó Hagen con sequedad, y se levantó, dispuesto a marcharse—. No quiero robarle más tiempo.

Tendió la mano a Woltz, que la estrechó. Hagen se dirigió a la puerta, pero antes de llegar a ella se detuvo y se volvió para mirar al productor.

—Comprendo que tiene usted que tratar con mucha gente que intenta parecer más importante de lo que en realidad es —dijo—. En mi caso ocurre lo contrario. ¿Por qué no pregunta sobre mí a nuestro mutuo amigo? Si cambia de opinión sobre el asunto, llámeme a mi hotel. —Después de una corta pausa, Hagen añadió—: Esto le parecerá un sacrilegio, pero la verdad es que mi cliente puede hacer por usted muchas cosas que no están al alcance del señor Hoover.

Vio que Woltz entornaba los ojos. El productor comenzaba a comprender. Entonces, Hagen aprovechó para concluir, en el tono de voz más amable que pudo:

—Por ejemplo, soy un gran admirador de sus películas. Espero y deseo que pueda continuar usted su excelente trabajo. Nuestro país lo necesita.

Durante la tarde de aquel mismo día, Hagen recibió una llamada telefónica de la secretaria del productor, diciéndole que antes de una hora un coche pasaría a recogerlo para llevarlo a cenar a la finca campestre del señor Woltz. La chica le dijo que el viaje duraría unos tres cuartos de hora, pero que el vehículo tenía bar y que podría tomar un aperitivo durante el trayecto. Hagen sabía que Woltz había hecho el viaje en su avión particular, y se preguntaba por qué no le había invitado.

La voz de la secretaria interrumpió sus elucubraciones.

—El señor Woltz ha sugerido que lleve usted un traje de etiqueta. Mañana por la mañana él mismo le llevará al aeropuerto.

—De acuerdo —dijo Hagen.

Ya tenía otra cosa en qué pensar. ¿Cómo sabía Woltz su intención de regresar a Nueva York en avión a la mañana siguiente? Lo más probable, decidió Hagen después de meditar unos minutos, era que el productor hubiera contratado un detective para que le investigara. En consecuencia, era muy posible que Woltz ya supiera que representaba al Don, lo cual significaba que ya había averiguado algo sobre Don Corleone y que estaba dispuesto a considerar seriamente el asunto. Algo podría hacerse, después de todo, pensó Hagen. Y quizá Woltz era más listo de lo que había aparentado por la mañana.

La casa de campo de Jack Woltz parecía un lujoso escenario de película. Era una enorme mansión que recordaba las de las antiguas plantaciones, rodeada de verdes campos y circundada por un camino en herradura sembrado de tierra negra, por establos y por pastos para una manada de caballos. Las cercas y los jardines estaban tan bien cuidados como el rostro de una estrella de la pantalla.

Woltz saludó a Hagen en un porche acristalado, en cuyo interior se disfrutaba de un ambiente perfectamente climatizado. El productor iba vestido con sencillez. Llevaba una camisa de seda azul con el cuello abierto, unos pantalones color mostaza y unas sandalias de cuero. Enmarcada en el lujoso y multicolor ambiente, su arrugada cara destacaba notablemente. Ofreció a Hagen un martini y se sirvió otro, de una bandeja en la que había otros vasos llenos de diversas bebidas. Parecía más amistoso que por la mañana.

—Como todavía tenemos un poco de tiempo antes de cenar —dijo, apoyando la mano en el hombro de Hagen—, vamos a echar una mirada a mis caballos.

Mientras se dirigían a los establos, prosiguió:

—Me he enterado de quién es usted, Tom; debería haberme dicho que su jefe es Corleone. Pensé que era usted un picapleitos de tres al cuarto que Johnny enviaba para asustarme. Y yo no me asusto, aunque por supuesto tampoco deseo tener enemigos. Bueno, hablemos de otras cosas y dejemos los negocios para después de la cena.

Sorprendentemente, Woltz demostró ser un anfitrión muy amable y considerado. Explicó sus nuevos métodos, con los cuales convertiría su cuadra en la mejor del país. Hagen comprobó que los establos estaban construidos a prueba de incendios, desinfectados hasta el máximo, y protegidos por un equipo de guardas privados. Finalmente, Woltz lo acompañó hasta un establo especial, en cuya puerta estaba clavada una enorme placa de bronce. En la placa se leía la palabra JARTUM.

El caballo que ocupaba el establo era, incluso a los ojos inexpertos de Hagen, un animal hermosísimo. La piel de *Jartum* era de un negro intenso, a excepción de una mancha blanca que tenía en la ancha frente. Sus grandes ojos color marrón brillaban como manzanas doradas, y su negra piel parecía de seda.

—Es el mejor caballo de carreras del mundo —dijo Woltz, con orgullo infantil—. Lo compré el año pasado en Inglaterra por seiscientos mil dólares. Apuesto cualquier cosa a que ni siquiera los zares rusos llegaron a pagar tanto por un solo caballo. Pero no voy a hacerlo correr; sólo quiero que constituya un adorno para mis establos. Voy a tener la mejor cuadra americana de todos los tiempos.

Mientras acariciaba la negra crin del noble animal, murmuró para sí:

—*Jartum*, *Jartum*.

Su voz sonaba amorosa, y el animal pareció reconocerla. Luego, Woltz dijo a Hagen:

—Soy un buen jinete, como debe usted saber; y eso que empecé a montar a los cincuenta años. —Soltó una carcajada y añadió—: Tal vez alguna de mis antepasadas, allá en Rusia, fue raptada por un cosaco, y yo llevo su sangre.

Regresaron a la mansión para cenar. La mesa estuvo servida por tres camareros que trabajaban a las órdenes de un mayordomo. Los cubiertos eran de oro y plata, pero la comida, en opinión de Hagen, fue mediocre. Era evidente que Woltz vivía solo y que el productor no era hombre que se preocupara demasiado de la comida. Hagen esperó a que ambos hubieran encendido sus respectivos habanos.

—¿Tendrá o no tendrá Johnny el papel? —preguntó Hagen entonces.

—Imposible —dijo Woltz—. No podría dar el papel a Johnny aunque quisiera. Los contratos ya están firmados y empezaremos el rodaje la próxima semana. No existe posibilidad alguna de cambiar las cosas.

—Señor Woltz —dijo Hagen con cierta impaciencia—, la gran ventaja de tratar con el jefe supremo es que una excusa como ésta no es válida. Usted puede hacer todo lo que quiera. ¿Acaso no cree que mi cliente cumpla las promesas?

—Creo que voy a tener problemas laborales —dijo Woltz, ásperamente—. Goff me lo advirtió, el muy cerdo, y por el tono de sus palabras, nadie hubiera imaginado que le estoy pagando cien mil dólares anuales, bajo mano. También creo que pueden ustedes lograr que mi supuesta estrella masculina deje la heroína. Pero todo esto me tiene sin cuidado, pues puedo financiar mis propias películas. Odio profundamente a ese cerdo de Fontane. Diga a su jefe que no puedo hacerle el favor que me pide, pero que estoy dispuesto a complacerle en cualquier otra cosa. En todo lo que pida.

Hagen se preguntó para qué diablos le había hecho ir a su finca. El productor estaba tramando algo.

—No creo que entienda usted la situación —dijo Hagen fríamente—. El señor Corleone es el padrino de Johnny Fontane. Como usted seguramente sabe, se trata de una relación religiosa, sagrada y muy íntima.

Woltz inclinó respetuosamente la cabeza ante la referencia que Hagen acababa de hacer a la religión.

—Los italianos dicen que la vida es tan dura que el hombre debe tener dos padres que velen por él —prosiguió Hagen—, por eso todos tienen un padrino. Dado que el padre de Johnny murió, el señor Corleone se siente obligado a velar por su ahijado. Además, quisiera que tuviera usted en cuenta que el señor Corleone es un hombre muy sensible. Nunca pide un segundo favor a quien ya le ha negado uno.

Woltz se encogió de hombros.

—Lo siento. La respuesta sigue siendo no. Pero ya que está usted aquí, ¿cuánto me costaría arreglar lo del problema laboral? El pago sería inmediato y en efectivo.

Eso esclareció una de las preguntas que Hagen se habían planteado. Ya sabía por qué Woltz le dedicaba tanto tiempo, pese a haber decidido negar el papel a Johnny. Hagen comprendió que no podría cambiar nada, al menos en el curso de aquella entrevista. Woltz se sentía seguro, y no temía en absoluto el poder de Don Corleone. Desde luego, con sus relaciones con destacados políticos, su amistad con el jefe del FBI, su enorme fortuna personal y su inmenso poder en la industria cinematográfica, ni siquiera Don Corleone podía amenazarlo. Cualquier hombre inteligente, y Hagen lo era, hubiera pensado que Woltz había sabido valorar correctamente su posición. Nada podría hacer el Don si el productor estaba dispuesto a afrontar las pérdidas causadas por la huelga. Sin embargo, había algo más, algo con lo que Woltz no contaba. El Don había prometido a su ahijado que obtendría el papel de protagonista en la película, y que Hagen supiera, Don Corleone nunca había faltado a su palabra.

—Está usted tratando de hacerme cómplice de una extorsión —replicó Hagen sin alterarse—. Yo creo que usted finge no entenderme, aunque me parece haber hablado muy claro. El señor Corleone sólo le promete abogar en favor de usted, en lo que se refiere a este problema laboral, en prueba de amistad por haber obrado usted en favor de su cliente. Un amistoso intercambio de influencias, sólo eso. Pero ya veo que no me toma en serio. Creo que está usted cometiendo un error.

Como si hubiese estado esperando estas palabras de Hagen, Woltz dio rienda suelta a su ira.

—Comprendo perfectamente. Es el estilo de la Mafia. En apariencia todo va como la seda, pero lo que hacen en realidad es amenazar. Voy a ser muy claro. Johnny Fontane no tendrá el papel, aunque reconozco que es el más indicado para interpretarlo y se convertiría en una estrella de primera magnitud. Pero nunca lo será, porque le odio y pienso destruir su carrera. Y voy a decirle por qué. Arruinó a una de mis más prometedoras protegidas. Durante cinco años tuve a la muchacha con los mejores profesores de arte dramático, de canto y de baile. Invertí en ella centenares de miles de dólares para convertirla en una gran estrella. Y seré todavía más franco, sólo para que se dé usted cuenta de que no soy un hombre sin corazón, de que no todo fue cuestión de dinero. Esa muchacha era bella, la más bella de cuantas he poseído, y he poseído a muchas en todos los lugares del mundo. Era capaz de acabar con las energías de cualquier hombre en menos tiempo del que se tarda en contarlo. Y entonces llegó Johnny, con su voz meliflua y su encanto barato, y ella huyó de mi lado. Estoy seguro de que sólo quiso ponerme en ridículo, algo que un hombre de mi posición no puede permitirse. Por eso tengo que acabar con Johnny.

Por vez primera, Woltz consiguió asombrar a Hagen. Éste encontraba absurdo que un hombre adulto dejara que tales trivialidades interfirieran en los negocios, menos aun cuando se trataba de negocios de tanta importancia. En el mundo de Hagen, en el mundo de Corleone, la belleza física y el poder sexual de las mujeres no contaban para nada en los asuntos de tipo financiero, aunque, por supuesto, todo cambiaría si ello afectaba al honor familiar. Hagen decidió hacer un último intento.

—Tiene usted toda la razón, señor Woltz. Pero, ¿tan fuerte es el agravio? Pienso que no se hace usted cargo de la importancia que tiene este pequeño favor para mi cliente. Cuando Johnny fue bautizado, el señor Corleone lo sostuvo en sus brazos. Cuando el padre de Johnny murió, el señor Corleone asumió para con el muchacho todas las responsabilidades paternales. De hecho, muchas personas, mucha gente que desea mostrarle su gratitud por los favores recibidos le llaman Padrino. El señor Corleone nunca deja a sus amigos en la estacada.

Bruscamente, Woltz se puso de pie.

—Ya he oído bastante —dijo—. No admito órdenes de asesinos. Si descuelgo el teléfono, tenga la seguridad de que pasará la noche en la cárcel. Y si ese jefecillo de la Mafia trata de hacerme alguna mala faena, se dará cuenta de que no soy un director de orquesta. Sí, ya he oído esa historia. Escuche: sepa que su señor Corleone no sabrá siquiera de dónde le habrá caído el golpe. Si es preciso, utilizaré mi influencia en la Casa Blanca.

Tanta estupidez era inconcebible. Hagen se preguntaba cómo demonios habría llegado aquel hombre a ser un *pezzonovante*, consejero del presidente, propietario del mayor estudio cinematográfico del mundo. Evidentemente, el Don tendría que intervenir en el negocio del cine. Aquel individuo, Woltz, no había comprendido nada.

—Gracias por la cena y por esta agradable velada —dijo Hagen—. ¿Le importaría hacerme conducir hasta el aeropuerto? No creo conveniente pasar la noche aquí. El señor Corleone es un hombre que insiste en enterarse pronto de las malas noticias.

Las últimas palabras de Hagen fueron acompañadas de una fría sonrisa.

Mientras esperaba en la iluminada columnata de la mansión a que llegara el automóvil que debía llevarlo al aeropuerto, Hagen vio a dos mujeres que se disponían a entrar en una lujosa limusina estacionada en la vía de acceso al garaje. Eran la hermosa muchachita rubia y su madre, a quienes Hagen había visto por la mañana en la oficina de Woltz. Pero en ese momento la exquisitamente dibujada boca de la niña era una masa rosácea. Sus ojos azules ya no brillaban, y Hagen notó que las piernas parecían negarse a sostenerla. Su madre la ayudaba a entrar en el automóvil, mientras le murmuraba algo al oído. La madre volvió la cabeza y dirigió una mirada a Hagen. Éste vio en sus ojos un destello triunfal.

Ahora comprendía Hagen por qué el productor no le había invitado a hacer el viaje desde Los Ángeles en avión. La muchachita y su madre habían sido las compañeras de viaje de Woltz. Así, el productor había tenido tiempo de estar con la chica. ¿Y Johnny deseaba vivir en aquel ambiente? Que les aprovechara, tanto a él como a Woltz.

Paulie Gatto odiaba los trabajos apresurados, especialmente cuando debía recurrir a la violencia. Y lo de esa noche, aunque no era nada complicado, podía resultar peligroso si alguien cometía algún error. En ese instante, mientras se tomaba la cerveza, dirigía frecuentes miradas a los dos jóvenes, que estaban charlando animadamente con las dos chicas de detrás de la barra.

Paulie Gatto sabía todo cuanto había que saber de aquel par de inútiles. Se llamaban Jerry Wagner y Kevin Moonan. Tenían unos veinte años, iban bien vestidos, eran altos y tenían los ojos castaños. Ambos debían volver a la universidad —fuera de la ciudad— al cabo de un par de semanas, ambos eran hijos de hombres bastante influyentes, y esto, junto con su buen expediente académico, les había bastado para librarse de pasar por la oficina de reclutamiento. También habían sido juzgados por asalto a la hija de Amerigo Bonasera. «¡Los muy miserables!», pensó Paulie Gatto. Dando esquinazo al ejército y bebiendo alcohol en un bar después de medianoche, lo cual violaba la libertad condicional que les había sido concedida. Eran escoria. Paulie Gatto también se había librado del uniforme militar gracias a que su médico había certificado que Paulie Gatto, varón de raza blanca, de veintiséis años de edad y soltero, se había sometido a un tratamiento médico a base de corrientes eléctricas como consecuencia de una enfermedad mental. Todo falso, naturalmente, pero Paulie Gatto estaba convencido de que se había ganado la dispensa de servir en el ejército. Lo había arreglado Clemenza cuando ya Gatto «había hecho suficientes méritos» en el negocio de la Familia.

Fue también Clemenza quien le dijo que ese trabajo tenía que llevarse a cabo antes de que los muchachos regresaran a la universidad. Gatto se preguntaba por qué ese trabajo debía hacerse precisamente dentro de la ciudad de Nueva York. Clemenza siempre se sacaba órdenes de la manga, en lugar de limitarse a transmitir los encargos recibidos. Si los dos muchachos se llevaban a las camareras fuera de la ciudad, perdería otra noche.

Paulie oyó que una de las chicas decía, riendo:

—¿Estás loco, Jerry? ¿Crees que voy a subir a tu coche? No quiero terminar en el hospital, como aquella pobre chica.

Gatto había adivinado en su voz una mezcla de rencor y satisfacción.

Como ya había oído bastante, Paulie Gatto terminó su cerveza y salió a la oscuridad de la calle. Perfecto. Era más de medianoche. Sólo se veía luz en otro bar, los demás establecimientos estaban cerrados. Clemenza se había ocupado del coche patrulla del distrito, y no daría señales de vida hasta que recibieran una llamada por radio, y aun entonces se acercarían a poca velocidad.

Se apoyó en el Chevrolet de cuatro puertas. En el asiento posterior iban dos hombres que, a pesar de su corpulencia, apenas resultaban visibles.

—Ocupaos de ellos cuando salgan —dijo Paulie.

Pensaba que todo se había hecho con demasiada rapidez. Clemenza le había entregado fotografías policiales de los dos muchachos, así como datos sobre los lugares que solían frecuentar en las noches que dedicaban a la caza de alguna camarera. Paulie había reclutado a dos de los hombres más fuertes de la Familia y les había dado las instrucciones pertinentes. Nada de golpes en la cabeza —en la cara, sí—, pues no interesaba que ocurriera algo irreparable. Por lo demás, tenían plena libertad de acción. Otra cosa les había advertido: si los muchachos salían del hospital antes de un mes, ellos tendrían que volver a su oficio de camioneros.

Los dos hombres de Paulie Gatto se apearon del coche. Ambos eran antiguos boxeadores que no habían llegado muy lejos en su carrera, y a los que Sonny Corleone había prestado algún dinero, el suficiente para llevar una vida sin estrecheces. Por supuesto, estaban ansiosos por demostrar su gratitud, máxime cuando, con un poco de suerte, podían entrar en la nómina de la Familia.

Cuando Jerry Wagner y Kevin Moonan salieron del bar, no podían imaginar que estaban perdidos. Las camareras habían herido su vanidad de adolescentes, y Paulie Gatto lo sabía. Apoyado en el guardabarros de su automóvil, éste les llamó, acompañando sus palabras con una risa burlona:

—¡Eh, Casanova! ¡Vaya éxito que habéis tenido con esas dos fulanas!

Los dos jóvenes se volvieron hacia él. Al verlo, sonrieron complacidos, pensando que aquel desconocido pagaría las consecuencias de la humillación infligida por las chicas del bar. Con su cara de hurón, su corta estatura y su escasa corpulencia, sería para ellos la ocasión ideal. Se abalanzaron sobre él, pero antes de que llegaran a ponerle las manos encima, sintieron que alguien les agarraba los brazos por detrás. Mientras, Paulie Gatto se había colocado en la mano derecha un puño americano. Se encontraba en forma, pues acudía al gimnasio tres veces por semana. Estrelló el puño contra la nariz del golfo llamado Wagner. El hombre que lo agarraba lo levantó de modo que sus pies no tocaran el suelo, y entonces Paulie le golpeó fuertemente en la mandíbula. Wagner perdió el conocimiento, y el hombre lo dejó caer. Había sido cuestión de segundos.

Seguidamente, ambos dedicaron su atención a Kervin Moonan, que trató de gritar. El hombre de Paulie lo tenía inmovilizado con un solo brazo; con el otro le atenazaba la garganta, impidiéndole emitir sonido alguno.

Paulie Gatto entró rápidamente en el automóvil y puso el motor en marcha. Los dos corpulentos hombres golpearon a Moonan con fuerza. Se recrearon en la paliza, como si dispusieran de mucho tiempo. No lanzaban sus golpes a tontas y a locas, sino que lo hacían despacio y aplicando en cada puñetazo todo el peso de sus cuerpos. Gatto echó una mirada al rostro de Moonan, totalmente irreconocible, al tiempo que los dos hombres lo dejaban tendido en el suelo, dispuestos a dedicar su atención a Wagner. Éste, que intentaba ponerse en pie, empezó a gritar. Alguien salió del bar y los dos hombres tuvieron que darse prisa. Hicieron arrodillar a Wagner, y uno de ellos le torció el brazo, para luego darle algunas patadas en la espalda. Debido al ruido de los golpes y a los gritos de agonía de Wagner, la gente se asomó a las ventanas, lo cual obligó a sus castigadores a acelerar su trabajo. Mientras uno lo levantaba en vilo, aprisionándole la cabeza con las manos, el otro disparó su puño contra el inmóvil rostro de la víctima. Del bar había salido más gente, pero nadie trató de intervenir.

—¡Ya basta! —gritó Paulie Gatto.

Los dos ex boxeadores entraron rápidamente en el vehículo y Paulie Gatto arrancó a toda velocidad. Seguro que alguien daría detalles acerca del automóvil, e incluso era más que probable que alguno hubiera anotado el número de la matrícula, pero eso poco importaba. Había otros cien mil coches como aquél en Nueva York, y en cuanto a la placa, había sido robada de un vehículo de California.

2

El jueves por la mañana, Tom Hagen acudió pronto a su oficina. Tenía intención de despachar rápidamente el trabajo rutinario, al efecto de prepararlo todo para la entrevista con Virgil Sollozzo, prevista para el viernes. Debido a la importancia de la entrevista, había pedido al Don que le dedicara varias horas para hablar del asunto. Sollozzo tenía una proposición que hacer a la Familia, y Hagen quería saberlo todo, hasta los más nimios detalles, para estar preparado y sacar el máximo partido de aquel contacto preliminar.

El Don no había parecido sorprenderse cuando Hagen regresó de California, a última hora del martes, y le contó cómo habían ido las negociaciones con Woltz. Se interesó por todos y cada uno de los detalles, e hizo una mueca de disgusto cuando Hagen le contó lo de la hermosa muchachita y su madre; llegó a murmurar «*infamità*», infamia, una palabra que sólo salía de sus labios cuando quería expresar la máxima desaprobación.

—¿Es realmente un hombre con lo que hay que tener? —preguntó finalmente.

Hagen se quedó pensativo, considerando lo que el Don quería significar. Los años le habían enseñado que los valores por los que se regía el Don eran muy diferentes de los de la mayoría de la gente; incluso sus palabras podían tener un significado diferente. ¿Era Woltz un hombre de carácter? ¿Era persona de voluntad fuerte? La respuesta sería afirmativa, pero eso no era lo que el Don estaba preguntando. ¿Tenía el productor cinematográfico el valor suficiente para no asustarse ante las amenazas? ¿Estaba dispuesto a sufrir grandes pérdidas en sus películas? La respuesta seguiría siendo afirmativa, pero tampoco era lo que el Don quería saber. Al final, Hagen enfocó debidamente la pregunta: ¿Tenía Jack Woltz lo que hay que tener para arriesgarlo todo, para perder todo cuanto poseía, y ello por una cuestión de principios, por un asunto de honor o, por qué no, por venganza? Entonces Hagen sonrió. Pocas veces lo hacía, pero en esta ocasión no pudo contenerse.

—Usted quiere saber si es un siciliano.

El Don hizo un gesto afirmativo. Había sabido apreciar la halagadora agudeza de Hagen.

—No —contestó éste.

Eso fue todo. El Don había estado estudiando el asunto hasta el día siguiente. El miércoles por la tarde había llamado a Hagen para darle instrucciones, cuyo cumplimiento debería tenerle ocupado el resto del día. Hagen estaba realmente admirado. No le cabía la menor duda de que el Don había resuelto el problema, y estaba seguro de que Woltz le llamaría en el curso de la mañana para comunicarle que Johnny Fontane sería el protagonista de la película bélica cuyo rodaje estaba a punto de empezar.

En aquel momento sonó el teléfono, pero era Amerigo Bonasera. La voz del empresario de pompas fúnebres temblaba de gratitud. Quería que Hagen transmitiera al Don la seguridad de su amistad eterna. El Don no tenía más que llamarle. Él, Amerigo Bonasera, daría la vida, si preciso fuera, por el bendito Padrino.

El *Daily News* había publicado una fotografía de Jerry Wagner y Kevin Moonan tendidos en la calle. La foto había sido expertamente arreglada para que todo pareciera aún más horrible de lo que había sido en realidad. Los cuerpos de los dos muchachos semejaban sendas masas informes de carne. Milagrosamente, decía el *News*, habían salvado la vida, pero en el mejor de los casos tendrían que pasar varios meses en el hospital, eso sin contar con que la cirugía plástica tendría que obrar milagros en sus rostros. Hagen escribió una nota para Clemenza, comunicándole que convenía felicitar a Paulie Gatto. Parecía conocer su trabajo.

Hagen trabajó con rapidez y eficacia durante las tres horas siguientes, redactando informes sobre los beneficios de la compañía inmobiliaria del Don, de su negocio de importación de aceite de oliva y de su empresa constructora. Ninguno de los tres negocios marchaba muy bien, pero terminada la guerra, serían muy rentables. Casi había olvidado el problema de Johnny Fontane, cuando su secretario le anunció una llamada telefónica desde California. Sabía quién estaba al otro extremo del hilo.

—Al habla Hagen —dijo.

La voz que llegó a través del teléfono resultó casi irreconocible para Hagen, tanto era el odio que trasuntaba.

—¡Maldito hijo de puta! —gritó Woltz—. ¡Haré que os metan a todos en la cárcel! ¡Cien años vais a estar allí! ¡Si es preciso, me gastaré hasta el último centavo para destruiros! ¡Y a ese Johnny Fontane le voy a cortar los cojones! ¿Me oyes, cerdo asqueroso?

Hagen se limitó a decir, suavemente y con amabilidad:

—Soy irlandés.

Se produjo una larga pausa, que terminó con el clic producido por el auricular al ser colgado. Hagen sonrió. Woltz no había proferido ni una sola amenaza contra Don Corleone. El genio tenía su premio.

Jack Woltz dormía siempre solo. Tenía una cama lo bastante grande para diez personas y un dormitorio tan espacioso como una sala de baile, pero había dormido solo desde la muerte de su primera esposa, acaecida diez años antes. Eso no significaba que no tuviera relaciones con mujeres, pues a pesar de sus años seguía manteniendo un gran vigor físico. Sin embargo, lo único que le estimulaba era el contacto con muchachas muy jóvenes, y además había aprendido que su cuerpo y su paciencia solamente toleraban unas pocas horas, al atardecer.

Aquel jueves por la mañana, extrañamente, Woltz se había despertado muy temprano. La luz del amanecer daba a su enorme dormitorio el aspecto de una brumosa pradera. Al pie de la cama había una figura muy familiar, y Woltz se esforzó por distinguirla mejor. Era una cabeza de caballo. Todavía medio dormido, Woltz encendió la lámpara de la mesita de noche... y lo que vio le produjo náuseas. Le pareció como si le hubieran golpeado el pecho con un martillo, su corazón empezó a latir a gran velocidad, y sintió arcadas. El vómito cayó sobre la gruesa y lujosa alfombra.

Separada del cuerpo, la negra y sedosa cabeza del caballo *Jartum* estaba rodeada de un gran charco de sangre. Los tendones, blancos y delgados, pendían; el morro estaba cubierto de espuma, y aquellos ojos grandes que habían brillado como el oro tenían ahora un vidrioso color apagado. Woltz sintió un terror animal, que le hizo llamar a gritos a sus criados y maldecir a Hagen, llenándolo de insultos, a pesar de que éste no podía oírle, pues estaba muy lejos. El mayordomo se alarmó al ver a su patrón en aquel estado. Primero llamó al médico personal de Woltz, y luego al vicepresidente de los estudios. No obstante, Woltz consiguió recuperarse antes de la llegada de ambos.

El shock había sido terrible. ¿Qué clase de hombre podía destruir a un animal valorado en seiscientos mil dólares? Sin una sola palabra de aviso, sin haber entablado negociaciones que pudieran haber conducido a una revisión de la alevosa orden. La crueldad, el profundo desprecio por los valores establecidos, apuntaban como autor del crimen a un hombre que hubiera establecido sus propias leyes, a un hombre que se considerara una especie de Dios.

Además, debía de tratarse de un hombre muy poderoso pues, como era bien patente, los guardas privados apostados en los establos nada habían podido hacer. Woltz supo que el caballo había sido fuertemente drogado, antes de que le separaran la cabeza del cuerpo. Los guardas aseguraron que nada habían visto ni oído. A Woltz esto le parecía imposible. Les haría hablar. Seguro que le habían traicionado, y él encontraría la manera de hacerles decir quién los había comprado.

Woltz no era estúpido, sino simplemente un granególatra que había calculado mal el poder de Don Corleone. Acababa de tener una prueba. Comprendió el mensaje. Se dio cuenta de que, a pesar de su riqueza, a pesar de sus contactos con el presidente de Estados Unidos, a pesar de su tantas veces cacareada amistad con el director del FBI, a pesar de todo, un oscuro importador de aceite de oliva italiano podía matarle cuando y como le viniera en gana. ¡Y todo por no querer dar a Johnny Fontane el papel que quería! Era increíble. La gente no tenía derecho a actuar así. El mundo sería inhabitable si la gente hiciera su propia ley. Era una locura. ¿Es que uno no podía hacer, con su dinero o sus empresas, lo que le viniera en gana? Era mil veces peor que el comunismo. No podía ser.

Woltz se tomó un tranquilizante suave que le recetó su médico. La cápsula le ayudó a calmarse y a pensar con frialdad. Lo que realmente le intrigaba era por qué Corleone había escogido como víctima un caballo famoso, un caballo de seiscientos mil dólares. ¡Seiscientos mil dólares! Y eso para empezar. Woltz se estremeció. Pensó en su vida, en todo cuanto había conseguido. Era rico. Con sólo mover un dedo y prometer un contrato, podía tener a las mujeres más hermosas del mundo. Era recibido por reyes y reinas. Tenía todo lo que el dinero y el poder podían proporcionar. ¡Era absurdo arriesgarlo todo por un simple antojo! Tal vez podría atrapar a Corleone. ¿Cuál era la pena por matar a un caballo de carreras? Se echó a

95

reír a carcajadas, y el médico y los criados, sin decir palabra, lo observaron con mal disimulada ansiedad. Se le ocurrió otra idea. ¿Sería el hazmerreír de California sólo porque alguien había desafiado arrogantemente su poder? Eso le decidió. Eso y el pensamiento de que quizá no lo matarían. Era posible que tuvieran en reserva algo más doloroso.

Woltz dio las órdenes necesarias. Sus colaboradores más cercanos entraron en acción. Los criados y el médico tuvieron que jurar que no dirían una sola palabra, ya que de lo contrario caería sobre ellos la ira, la poderosa ira de Woltz. A la prensa se le comunicó que el caballo *Jartum* había muerto de una enfermedad contraída durante el viaje desde Inglaterra. Los restos del animal fueron enterrados en un lugar secreto de la finca.

Seis horas más tarde, Johnny Fontane recibió una llamada telefónica del productor ejecutivo de la película, quien le dijo que se presentara al trabajo el lunes siguiente.

Aquella noche, Hagen acudió al domicilio de Don Corleone para preparar los últimos detalles de la importante entrevista que se celebraría al día siguiente con Virgil Sollozzo. Con el Don estaba su hijo mayor, Sonny Corleone, en cuyo rostro se leía una clara fatiga, y que en aquel momento bebía un vaso de agua fresca. Hagen pensó que debía de seguir disfrutando de los favores de la dama de honor. Otra preocupación.

Don Corleone se acomodó en un sillón, con un Di Nobili en los labios. Hagen tenía siempre una caja. Había tratado de que el Don se pasara a los habanos, pero Vito Corleone alegaba que le irritaban la garganta.

—¿Tenemos toda la información que precisamos? —preguntó el Don.

Hagen abrió el portafolios donde guardaba sus notas. No es que en ellas hubiera nada sensacional: eran simples recordatorios, al objeto de no olvidar ningún detalle importante.

—Sollozzo viene a pedirnos ayuda —dijo Hagen—. Sollozzo pedirá a la Familia que invierta un millón de dólares y que aporte, además, una especie de impunidad frente a la ley. A cambio de todo ello nos ofrecerá una tajada de lo que se saque, pero nadie sabe si esta tajada será sustanciosa. Sollozzo está protegido por la familia Tattaglia, que seguramente también querrá su parte. El asunto está relacionado con narcóticos. Sollozzo tiene los contactos en Turquía, donde están las plantaciones, y se encarga de embarcar la mercancía en dirección a Sicilia. No hay problema. En Sicilia, la planta es convertida en heroína. En caso necesario, también es posible convertir la heroína en morfina, y ésta, a su vez, en heroína de nuevo. Al parecer el laboratorio siciliano está absolutamente protegido. El único problema está en la entrada de la droga en Estados Unidos, además, claro está, de su distribución. Además, hay que tener en cuenta el capital inicial. Un millón de dólares en efectivo no crece en los árboles.

Hagen se percató de que el Don empezaba a fruncir el ceño. Cuando se hablaba de negocios, el viejo detestaba los rodeos innecesarios. Por ello, Hagen pensó que lo mejor era ir al grano:

—A Sollozzo le apodan el Turco por dos razones: porque ha vivido en Turquía durante bastante tiempo, e incluso se supone que en aquel país tiene una esposa e hijos, y porque es muy rápido con el cuchillo, o al menos lo fue años atrás. En asuntos de negocios es también bastante competente, y, cosa importante, es su propio jefe. Ha estado dos veces en la cárcel, una en Italia y la segunda en Estados Unidos. Las autoridades lo conocen como contrabandista de narcóticos, lo cual podría ser una ventaja para nosotros. Significa que nunca podrá declarar, pues se le considera el escalón más alto, y, aparte, está su historial. Tiene una esposa americana y tres hijos, y es un buen padre de familia. Es un hombre dispuesto a todo, con tal de que los suyos no carezcan de nada.

El Don dio una chupada a su cigarro.

—¿Qué opinas, Santino? —preguntó.

Hagen sabía lo que iba a decir Sonny. Al hijo mayor del Don le disgustaba actuar por cuenta de otro, aunque este otro fuera su propio padre. Quería efectuar algo importante, pero siendo él su propio jefe. Era lo que más deseaba.

Sonny bebió un poco de whisky y respondió:

—Hay una gran cantidad de dinero en ese polvo blanco, pero puede resultar peligroso. A lo peor, el asunto terminaría con algunas condenas a veinte años de prisión. Pienso que lo más acertado sería que sólo nos encargáramos de financiar la operación y de prestar la protección necesaria a Sollozzo y los suyos, y que nos mantuviéramos al margen en todos los demás aspectos.

Hagen dirigió a Sonny una mirada de aprobación. Había jugado bien sus cartas. Se había inclinado por lo más sencillo y evidente. Además, había expuesto con claridad su punto de vista.

El Don dio una nueva chupada a su cigarro.

—¿Qué piensas tú del asunto, Tom?

Hagen se dispuso a ser absolutamente honesto. Había llegado ya a la conclusión de que el Don rechazaría la proposición de Sollozzo. Por otra parte, y eso era grave, Hagen estaba convencido de que ésta era una de las pocas veces en que el Don no había meditado suficiente un asunto determinado. En el caso de la propuesta de Sollozzo, sólo veía lo inmediato.

—Adelante, Tom —le animó la voz del Don—. Ni siquiera un *consigliere* siciliano está siempre de acuerdo con su jefe.

Los tres se echaron a reír y Hagen pasó a exponer su punto de vista.

—Creo que debería usted aceptar. Hay muchas razones que me llevan a pensar así, y usted las sabe. La más importante es ésta: se puede ganar más dinero con los narcóticos que con cualquier otra actividad. Si nosotros no entramos en el asunto, otros lo harán. La familia Tattaglia, por ejemplo. Las ganancias pueden ser fabulosas, y les servirán para conseguir un mayor poder policial y político. Su familia llegará a ser más fuerte que la nuestra. Con el tiempo, intentarán quitarnos lo que ahora tenemos. Es lo mismo que ocurre con las naciones. Si ellos se arman, tenemos que armarnos. Si su poder económico llega a ser mayor que el nuestro, automáticamente se convierten en una amenaza para nosotros. Ahora tenemos el juego y los sindicatos, que es lo mejor que en la actualidad se puede tener. Pero pienso que los narcóticos son el negocio del futuro. En mi opinión, debemos entrar en el asunto; de lo contrario, nos arriesgamos a perderlo todo. No ahora, desde luego, pero sí dentro de diez años.

El Don parecía haber quedado enormemente impresionado. Echó una bocanada de humo.

—Eso es lo más importante, por supuesto —murmuró. Lanzó un profundo suspiro, se puso en pie y preguntó—: ¿A qué hora tengo que ver a ese infiel mañana?

—Estará aquí a las diez de la mañana —contestó Hagen, esperanzado.

—Quiero que los dos estéis aquí —dijo el Don. Se levantó y tomó a su hijo por el brazo—. A ver si duermes un poco esta noche, Santino. No pareces tú mismo. Cuídate, muchacho, y piensa que no siempre serás joven.

Sonny, alentado por este signo de preocupación paterna, preguntó lo que Hagen no se había atrevido a preguntar:

—Dime, papá, ¿cuál será tu respuesta?

—¿Cómo quieres que lo sepa hasta que Sollozzo me haya hablado de porcentajes y de otros detalles? —respondió Don Corleone, sonriendo—. Además, tengo que meditar cuidadosamente sobre las opiniones que se han expuesto aquí esta noche. Después de todo, no soy hombre que actúe a la ligera.

Mientras salía de la habitación, y como por casualidad, el Don dijo a Hagen:

—¿Figura en tus notas que el Turco vivía de la prostitución, antes de la guerra? Lo mismo que la familia Tattaglia hace ahora. Anótalo antes de que se te olvide.

El tono de burla que advirtió en las palabras del Don hizo sonrojar a Hagen. Éste había preferido no mencionar el tema, ya que nada tenía que ver con el asunto. Además, temía que ello influyera en la decisión del Don. Evidentemente, en cuestiones sexuales Don Corleone era un verdadero puritano.

Virgil Sollozzo, alias *el Turco*, era un hombre corpulento, de mediana estatura y piel morena. Hubiese podido pasar perfectamente por un verdadero turco. Su nariz parecía una cimitarra y sus oscuros ojos tenían una mirada cruel. Además, poseía una impresionante dignidad.

Sonny Corleone lo saludó en la puerta y lo acompañó al despacho donde le esperaban Hagen y el Don. Hagen pensó que nunca había visto a un hombre de aspecto tan peligroso, excepción hecha de Luca Brasi.

Hubo profusión de corteses apretones de mano. «Si el Don me pregunta alguna vez si este hombre tiene lo que hay que tener, deberé responderle que sí», pensó Hagen. Nunca había visto tanta fuerza en un hombre, ni siquiera en el Don. De hecho, el Don no parecía estar en su mejor momento. En su saludo se había mostrado como acobardado, sin energías.

Sollozzo fue directo al asunto. Se trataba de narcóticos. Estaba todo previsto. Algunos plantadores turcos le habían prometido determinadas cantidades cada año. En Francia, él, Sollozzo, tenía un laboratorio bien protegido, que transformaba la planta en morfina. Y en Sicilia tenía otro laboratorio, absolutamente seguro también, que transformaba la morfina en heroína. El contrabando entre ambos países era todo lo seguro que estas cuestiones pueden ser. La entrada en Estados Unidos representaría una pérdida del cinco por ciento, dado que el FBI era incorruptible, como ambos sabían. Pero los beneficios serían enormes y el peligro, inexistente.

—¿Por qué acude a mí, entonces? —preguntó el Don en tono cortés—. ¿Qué he hecho para merecer su generosidad?

El moreno rostro de Sollozzo permaneció impasible.

—Necesito dos millones de dólares en efectivo. Y lo que no es menos importante, necesito un colaborador que tenga amigos poderosos en los puestos clave. Algunos de mis hombres serán atrapados en el transcurso de los años, es inevitable. Ninguno de ellos estará fichado por la policía, eso lo prometo. Por ello, lo lógico será que los jueces les impongan condenas leves. Necesito un amigo que pueda garantizarme que cuando mis hombres tengan problemas, no van a pasar más de un año o dos entre rejas. Si es así, seguro que no hablarán. Pero si les condenan a diez o veinte años, entonces, ¿quién sabe? En este mundo hay muchos hombres débiles. Pueden hablar, pueden comprometer a los demás. La protección legal es importantísima. Según me han dicho, Don Corleone, tiene usted más jueces en el bolsillo que pelos tiene un gato.

Don Corleone no hizo demostración alguna de agradecimiento por el cumplido.

—¿Qué porcentaje para mi Familia? —se limitó a preguntar.

Los ojos de Sollozzo brillaron con astucia.

—El cincuenta por ciento. —Hizo una corta pausa y añadió, con voz que parecía una caricia—: El primer año, su parte ascendería a tres o cuatro millones de dólares. Luego sería mucho más.

—¿Y qué porcentaje se llevará la familia Tattaglia? —preguntó Don Corleone.

Por vez primera, Sollozzo parecía nervioso.

—Recibirán algo de mi parte. Necesito un poco de ayuda de ellos.

—Así, pues —dijo don Corleone—, voy a recibir el cincuenta por ciento sólo por prestar ayuda financiera y protección legal. No tendré que preocuparme por las operaciones ni por nada. ¿Es eso lo quiere usted decirme?

Sollozzo asintió con un gesto.

—Si usted considera que dos millones de dólares en efectivo no es sino ayuda financiera, le felicito sinceramente, Don Corleone.

—He consentido en recibirle —replicó con calma el Don— sólo por el respeto que me inspira la familia Tattaglia y porque he oído que es usted un hombre serio y digno de respeto. Aunque me veo obligado a decirle no, me siento obligado a explicar las razones de mi negativa. Los beneficios, en el asunto que usted me propone, son enormes, pero también lo son los riesgos. Su operación, si tomáramos parte en ella, podría perjudicar el resto de mis intereses. Es verdad que tengo muchos, muchos amigos en el campo de la política, pero no serían tan tolerantes si en lugar de dedicarme al juego, negociara con los narcóticos. A su entender el juego es algo así como el licor, un vicio sin importancia. En cambio, opinan que las drogas son algo muy perjudicial para la gente. No, no proteste. Le estoy diciendo lo que piensan ellos, no mi opinión. El modo en que un hombre se gane la vida es algo que no me incumbe. Lo único que le estoy diciendo es que este negocio suyo es muy arriesgado. Todos los miembros de mi Familia han vivido muy bien durante los últimos diez años; sin peligro y sin daño alguno. No puedo permitirme el lujo de ponerlos a todos en la cuerda floja.

El único signo visible de la decepción de Sollozzo fue una rápida mirada alrededor de la habitación, como si esperara que Hagen o Sonny acudieran en su ayuda.

—¿Es que le preocupa la seguridad de sus dos millones? —preguntó luego.

—No —fue la fría respuesta del Don.

—La familia Tattaglia avalaría su inversión —insistió Sollozzo.

En ese momento Sonny Corleone cometió un imperdonable error de juicio y de forma.

—¿La familia Tattaglia garantiza nuestra inversión sin compensación alguna por nuestra parte?

Ante la enormidad del desliz, Hagen se echó a temblar. Vio que el Don dirigía una mirada gélida a su hijo mayor, que, aun sin saber por qué, se estremeció. Los ojos de Sollozzo brillaban ahora de satisfacción. Había descubierto una grieta en la fortaleza del Don. Cuando el Don habló, su tono era de despedida:

—Los jóvenes son codiciosos. Y los de esta generación carecen de modales; interrumpen a sus mayores y se meten donde no les llaman. Pero mis hijos han sido siempre mi debilidad, y temo haberlos mimado en exceso. Ya se habrá dado cuenta. *Signor* Sollozzo, mi no es definitivo. No obstante, quiero que sepa que le deseo toda clase de venturas en sus negocios, que no interfieren en los míos. Siento haberle decepcionado.

Sollozzo hizo una leve reverencia, estrechó la mano del Don y dejó que Hagen lo acompañara hasta el coche que le aguardaba fuera. Su rostro era impasible cuando se despidió de Hagen.

De nuevo en el despacho, Don Corleone preguntó a Hagen:

—¿Qué opinas de ese hombre?

—Es un verdadero siciliano —contestó Hagen, lacónico.

El Don movió pensativamente la cabeza. Luego se volvió hacia su hijo.

—Santino, nunca dejes que los que no pertenecen a la Familia sepan lo que realmente piensas. Me parece que el sucio asunto que tienes con esa joven te ha reblandecido el cerebro. Déjate de amoríos y ocúpate de los negocios. Ahora, apártate de mi vista.

Hagen vio que el rostro de Sonny expresaba sorpresa primero e ira después, y pensó que tal vez había imaginado que su padre ignoraba lo de Lucy. ¿Y no era consciente del peligroso error que había cometido? Si eso era cierto, Hagen nunca desearía ser el *consigliere* de Santino Corleone, si éste llegara a ser Don.

Don Corleone esperó a que su hijo saliera de la estancia. Luego se sentó en su sillón de cuero y pidió una copa. Hagen le sirvió un vaso de anisete. El Don lo miraba fijamente.

—Dile a Luca Brasi que venga a verme —ordenó.

Tres meses más tarde, estando Hagen en su oficina de la ciudad despachando rápidamente una serie de documentos rutinarios, pues quería terminar pronto ya que deseaba acompañar a su esposa y a los niños a hacer algunas compras navideñas, fue interrumpido por una llamada telefónica. Era Johnny Fontane, quien por el tono de voz parecía ser completamente feliz. Ya habían terminado el rodaje y la película sería un éxito. El regalo de Navidad que tenía preparado para el Don haría que éste cayera de espaldas, pero de momento no podía ir a traerlo, pues aún faltaba ultimar algunos detalles de la película. Tendría que permanecer unos días en la Costa Oeste. Hagen trataba de ocultar su impaciencia. El encanto de Johnny nunca había hecho mella en él. Pero las palabras de Johnny habían despertado su curiosidad.

—¿Qué va a ser el regalo?

—No puedo decirlo —contestó Johnny, en tono de broma—. La sorpresa es un factor importante en los regalos.

Hagen perdió todo interés por el asunto, y luego, con toda cortesía, se las arregló para colgar casi de inmediato.

Diez minutos más tarde, su secretario le dijo que Connie Corleone estaba al teléfono y que quería hablar con él. Hagen suspiró. De soltera, Connie había sido encantadora, pero se había convertido en una verdadera lata. Se quejaba de su marido, e incluso algunas veces se instalaba por tres o cuatro días en casa de sus padres... Claro que Carlo Rizzi era una nulidad. Su suegro le había procurado un negocio que, bien llevado, hubiera permitido al matrimonio vivir bien. Pero el negocio estaba derrumbándose, y además Carlo bebía, iba con otras mujeres, jugaba, y, de vez en cuando, pegaba a su esposa. Connie nada había dicho a sus padres y hermanos respecto a esto último, pero sí se lo había contado a Hagen. Ahora éste se preguntaba qué nuevas desgracias tendría que contarle.

Pero Connie parecía haberse dejado arrastrar por el espíritu de la Navidad. Sólo quería preguntar a Hagen qué podría regalar a su padre. Y a Sonny, a Fred, a Mike... El regalo para su madre estaba ya decidido. Hagen le hizo algunas sugerencias, que ella se apresuró a rechazar de plano. Finalmente, le dejó en paz.

Cuando el teléfono volvió a sonar, Hagen metió todos los documentos en el cajón. Al diablo con ellos. Se marcharía, y en paz.

Pero ni siquiera le pasó por la cabeza la idea de no contestar el teléfono. Cuando su secretario le dijo que era Michael Corleone, cogió de buena gana el auricular. Mike siempre le había caído simpático.

—Tom —dijo Michael Corleone—, mañana iré con Kay a la ciudad. Tengo algo muy importante que decir al viejo antes de Navidad. ¿Estará en casa mañana por la noche?

—Sí —contestó Hagen—. No saldrá de la ciudad hasta después de Navidad. ¿Puedo hacer algo por ti?

Michael era tan reservado como su padre.

—No —dijo—. Espero que nos veamos por Navidad, pues todo el mundo estará en Long Beach, ¿no es así?

—De acuerdo —dijo Hagen, satisfecho de que Mike no le hubiera entretenido hablando de tonterías.

Pidió a su secretario que llamara a su esposa para decirle que llegaría a casa un poco tarde, aunque a tiempo para cenar, y salió del edificio. Se dirigía, con paso rápido, hacia Macy's, cuando de pronto notó que alguien andaba junto a él. Sorprendido, vio que era Sollozzo. Éste le tomó del brazo y dijo, en voz apenas audible:

—No se alarme; sólo deseo hablar con usted.

Mientras, se había abierto la puerta de un automóvil estacionado junto a la acera.

—Suba; quiero hablarle —le ordenó Sollozzo.

Sin el menor asomo de confianza, Hagen subió al vehículo.

Michael Corleone había mentido a Hagen. Estaba ya en Nueva York, y le había llamado desde el hotel Pennsylvania, situado a menos de diez manzanas de distancia. Cuando el joven hubo colgado el auricular, Kay Adams se sacó el cigarrillo de la boca.

—Mike, he de reconocer que tienes carácter.

Michael se sentó junto a ella, en la cama.

—Todo lo he hecho por ti, cariño. Si hubiese dicho a mi familia que estábamos en la ciudad, habríamos tenido que ir con ellos. Nos hubiésemos perdido la cena y el teatro, aparte de que habría sido imposible que durmiéramos juntos. Sin estar casados, mi padre no lo hubiera consentido.

Abrazó a la muchacha y la besó. La boca de la muchacha era fresca. Mike, suavemente, la tendió junto a él y Kay cerró los ojos esperando que le hiciera el amor. El joven Corleone se sentía enormemente feliz. Había pasado los años de la guerra luchando en el Pacífico, y en aquellas islas ensangrentadas había soñado muchas veces con una chica como Kay Adams, con una belleza como la suya. Un cuerpo esbelto y bien torneado, una piel blanca y suave, un temperamento apasionado. Ella abrió los ojos y le besó. Estuvieron amándose hasta la hora de la cena.

Después de cenar pasearon un rato por delante de las iluminadas tiendas, llenas de clientes.

—¿Qué regalo te gustaría para Navidad? —le preguntó Michael de repente.

—El regalo que más me gusta eres tú —repuso ella, apretándose contra su cuerpo—. ¿Crees que tu padre me aceptará?

—Eso no es lo más importante. ¿Me aceptarán los tuyos?

—No me preocupa en absoluto —concluyó Kay, encogiéndose de hombros.

—Incluso había pensado en cambiarme el nombre; legalmente, claro está —comentó Michael en tono reflexivo—. Pero creo que si algo ocurriera, eso no serviría de nada. ¿Estás segura de que quieres ser una Corleone?

Había hecho la pregunta sólo medio en broma, pero Kay, con profundo convencimiento, afirmó:

—Sí.

Se apretaron el uno contra el otro. Habían decidido casarse durante aquella semana navideña, sin ceremonia alguna, contando únicamente con el juez y dos testigos. Michael había insistido en que debía hablar de ello a su padre. Le había explicado que su padre no se opondría, siempre que la boda no se hiciera en secreto, pero Kay tenía sus dudas. Ella no pensaba decírselo a sus padres hasta después de la ceremonia.

—Naturalmente, supondrán que estoy embarazada.

—Es lo que creerán también mis padres —añadió Michael, sonriendo.

Lo que ninguno de los dos mencionó fue el hecho de que Michael tendría que cortar los estrechos lazos que le unían a su familia. Ambos sabían que dichos lazos habían comenzado ya a aflojarse, y se sentían algo culpables por ello. Habían planeado que terminarían sus estudios y se verían únicamente durante los fines de semana y las vacaciones de verano. Serían muy felices.

Después de cenar, fueron al teatro. La obra se titulaba *Carrousel* y era la historia sentimental de un ladrón gallardo y galante. El argumento los mantuvo con la sonrisa en los labios durante toda la representación. Cuando salieron del teatro hacía frío.

—Cuando estemos casados, ¿me pegarás y me regalarás luego una estrella para que te perdone? —preguntó Kay, mimosa.

—Voy a ser profesor de matemáticas —contestó Mike, riendo—. ¿Quieres comer algo antes de volver al hotel?

Kay hizo un gesto negativo, a la vez que le dirigía una mirada cargada de intención. Michael se sentía admirado por el hecho de que la muchacha estuviera siempre dispuesta a hacer el amor. Se pararon un momento y en la fría calle se besaron apasionadamente. Michael, sin embargo, tenía hambre, por lo que decidió encargar que le subieran un par de bocadillos a la habitación.

En el vestíbulo del hotel, Michael dijo a Kay:

—Compra algunos periódicos, mientras voy a buscar la llave.

Tuvo que esperar un rato en recepción, pues aunque la guerra ya había terminado, el hotel andaba todavía escaso de servicio. Cuando tuvo la llave en sus manos, Kay estaba aún en el puesto de periódicos. Tenía la vista fija en una de sus páginas. Michael se acercó a ella. Kay le miró con los ojos llenos de lágrimas.

—¡Oh, Mike! —exclamó, sollozando.

El joven tomó el periódico. Lo primero que vio fue una fotografía de su padre caído en la calle, rodeado de un charco de sangre. Cerca de él se veía a un hombre llorando. Era su hermano Freddie. Michael Corleone sintió que un frío glacial se apoderaba de todo su cuerpo. No sentía aflicción ni temor, sólo una rabia fría.

—Sube a la habitación —ordenó a Kay.

Pero tuvo que tomarla del brazo y acompañarla. Caminaban en silencio. Una vez en la habitación, Michael se sentó en la cama y abrió el periódico. Los titulares rezaban: «Disparos contra Vito Corleone. Uno de los reyes del crimen ha sido gravemente herido. Se le ha operado bajo fuerte escolta policíaca. Se teme un sangriento ajuste de cuentas entre bandas rivales.»

Michael sintió que las piernas se negaban a sostenerle.

—No ha muerto. Esos cerdos no han podido con él —dijo a Kay.

Volvió a leer el periódico. El atentado había ocurrido a las cinco de la tarde. Eso significaba que mientras él había estado haciendo el amor, cenando y disfrutando de un divertido espectáculo, su padre había estado debatiéndose entre la vida y la muerte. Michael se sintió profundamente culpable.

—¿Crees que debemos ir enseguida al hospital? —preguntó Kay.

—Deja que llame primero a casa. Los que han disparado contra mi padre deben de estar locos, y ahora que saben que el viejo sigue con vida, seguramente estarán desesperados. ¿Quién sabe lo que va a ocurrir ahora?

Los dos teléfonos de la mansión de Long Beach comunicaban continuamente, por lo que Michael tuvo que esperar veinte minutos antes de conseguir línea.

—¿Sí? —oyó Michael, y reconoció la voz de Sonny.

—Soy yo, Michael.

—Dios mío, muchacho, nos tenías preocupado —dijo Sonny con voz que sonaba aliviada—. ¿Dónde diablos te habías metido? He enviado a buscarte al pueblo en el que resides, para ver qué es lo que te había ocurrido.

—¿Cómo está nuestro padre? —preguntó Michael—. ¿Está muy mal herido?

—Muy mal herido —respondió Sonny—. Ha recibido cinco disparos, pero es muy fuerte. —Su voz revelaba el orgullo que le inspiraba su padre—. Los médicos dicen que se salvará. Oye, muchacho, estoy muy ocupado. No puedo hablar. ¿Dónde estás ahora? —añadió.

—En Nueva York —respondió Michael—. ¿Es que Tom no te dijo nada?

—Han secuestrado a Tom —dijo Sonny, bajando la voz—. Por eso estaba preocupado por ti. Su esposa está aquí. Ella no sabe nada y la policía, tampoco. No, prefiero que no sepan nada. Desde luego, los cerdos que han organizado esto deben de estar completamente locos. Ni una sola palabra, ¿eh?

—De acuerdo —dijo Mike—. ¿Sabes quién lo hizo?

—Desde luego que lo sé. Y en cuanto intervenga Luca Brasi, puedes estar seguro de que habrá sangre. Todavía somos los más fuertes.

—Estaré aquí dentro de una hora. Tomaré un taxi —dijo Mike antes de colgar.

Hacía más de tres horas que habían salido los periódicos. La radio también habría difundido la noticia. Era casi imposible que Luca Brasi no estuviera enterado. Michael consideró reflexivamente el asunto. ¿Dónde estaba Luca Brasi? Era lo mismo que se estaba preguntando Tom Hagen. Era lo mismo que preocupaba a Sonny Corleone allá en Long Beach.

A las cinco menos cuarto de aquella tarde, Don Corleone había terminado de examinar los documentos que el director de su negocio de aceite de oliva le había entregado. Se puso la chaqueta, y con los nudillos golpeó suavemente la cabeza de su hijo Freddie, para que éste dejara de leer el periódico.

—Di a Gatto que tenga preparado el coche —le ordenó—. Nos vamos a casa dentro de unos momentos.

—Tendré que hacerlo yo —gruñó Freddie—. Paulie llamó esta mañana y dijo que volvía a estar muy resfriado.

Durante breves instantes, Don Corleone se quedó pensativo.

—Es la tercera vez en lo que va de mes. Tal vez deberíamos sustituirlo por un hombre de salud más fuerte. Díselo a Tom.

—Paulie es un buen muchacho —protestó Freddie—. Si dice que está enfermo, es que está enfermo. Y a mí no me importa ir a buscar el coche.

Freddie abandonó la oficina. Desde la ventana, Don Corleone vio a su hijo cruzando la Novena Avenida, en dirección al lugar donde estaba aparcado el automóvil. Llamó a la oficina de Hagen, pero no obtuvo respuesta. Luego telefoneó a la casa de Long Beach, pero nadie descolgó el auricular. Irritado, volvió junto a la ventana. Su automóvil estaba aparcado frente al edificio, junto a la esquina. Freddie estaba apoyado en el guardabarros, con los brazos cruzados, contemplando a los transeúntes. Don Corleone se puso la chaqueta. El director de la compañía le ayudó a enfundarse el abrigo, y él le dio las gracias. Salió del despacho.

En la calle, el débil sol invernal comenzaba a dejar paso a las sombras del crepúsculo. Freddie seguía apoyado en el potente Buick. Cuando vio que su padre se acercaba, dio la vuelta al coche, abrió la portezuela y se sentó al volante. Ya casi junto al automóvil, Don Corleone se detuvo y retrocedió hasta el puesto de fruta. Era un hábito que había adquirido hacía algún tiempo. Le gustaban los amarillos melocotones y las naranjas de brillante colorido que, perfectamente colocadas, descansaban en cajas de un color verde intenso. El propietario acudió a atenderle. Sin tocar la fruta, Don Corleone señaló las piezas que quería. El frutero indicó que una de las frutas que había elegido estaba algo podrida. El Don tomó con la mano izquierda la bolsa que el hombre le entregaba, mientras con la derecha le daba un billete de cinco dólares. Guardó el cambio y, cuando se disponía a dar la vuelta para dirigirse al automóvil, dos hombres aparecieron por la esquina. Don Corleone comprendió de inmediato lo que iba a ocurrir.

Los dos hombres vestían abrigos negros y sombreros del mismo color. Difícilmente podrían ser reconocidos. Evidentemente, no habían contado con la rápida reacción de Don Corleone, quien tiró la bolsa de fruta y corrió hacia el automóvil, con una agilidad impropia de su edad y corpulencia. Al mismo tiempo se puso a gritar «¡Fredo, Fredo!». Fue entonces cuando los dos hombres abrieron fuego.

La primera bala se alojó en la espalda de Don Corleone, que a pesar de sentir el impacto, siguió corriendo hacia el coche. Los dos disparos siguientes le acertaron en las nalgas y lo derribaron en medio de la calle. Mientras, los dos hombres, cuidando de no resbalar a causa de la fruta desparramada en el suelo, se dispusieron a rematar al herido. En aquel momento, quizá no más de cinco segundos después de que Don Corleone llamara a su hijo, Frederico Corleone apareció fuera del automóvil. Los pistoleros hicieron dos nuevos disparos contra el Don. Una de las balas le dio en un brazo, la otra en la pierna derecha. Aunque estas heridas eran las menos graves, sangraban profusamente, por lo que alrededor del cuerpo caído no tardó en formarse un gran charco rojo. Para entonces, el Don había perdido ya el conocimiento.

Freddie había oído el grito de su padre, que le había llamado con el nombre de Fredo, como cuando era niño, e igualmente había oído los dos primeros disparos. El miedo le impidió reaccionar, hasta el punto de que, al salir del coche, aún no había sacado su arma. Los dos asesinos hubieran podido disparar fácilmente contra él, pero también ellos se dejaron dominar por el pánico. Debieron creer que el hijo estaba armado, y además había transcurrido ya demasiado tiempo. Desaparecieron por la esquina, dejando a Freddie solo en la calle con el ensangrentado cuerpo de su padre. Muchos de los que pasaban por la calle se habían ocultado en los portales o echado al suelo, mientras otros se habían reunido en pequeños grupos.

Freddie aún no había sacado su pistola. Parecía paralizado. Miraba a su padre, que yacía boca abajo sobre el asfalto de la calle, rodeado de lo que parecía un lago de sangre. Freddie había sufrido un tremendo shock. La gente volvió a ponerse en movimiento, y alguien, al verlo allí, de pie y aturdido, le hizo sentar en la acera. La muchedumbre se había agrupado alrededor del cuerpo de Don Corleone, pero el círculo se deshizo tan pronto como apareció el primer coche de la policía. Detrás del vehículo policial seguía un automóvil con radio del *Daily News*. Antes de que el coche se detuviera, ya había saltado un fotógrafo, que empezó a disparar su cámara. Pocos momentos después llegó una ambulancia. El fotógrafo dedicó luego su atención a Freddie Corleone, que estaba llorando a lágrima viva, lo que resultaba más bien cómico dadas las facciones de su cara, con su gruesa nariz y carnosos labios. Los agentes se habían mezclado entre la multitud, mientras seguían acudiendo los coches patrulla. Uno de los agentes se arrodilló junto a Freddie y le hizo algunas preguntas, pero Freddie no estaba en condiciones de contestar. El detective metió la mano en la chaqueta de Freddie y de uno de los bolsillos sacó su cartera. Miró su tarjeta de identificación y llamó a uno de sus compañeros con un ligero silbido. En cuestión de pocos segundos, Freddie fue separado de la muchedumbre de curiosos y se encontró rodeado de policías vestidos de paisano. El primer detective encontró la pistola que Freddie llevaba en la sobaquera, y se la guardó. Luego llevaron al joven a un coche que no tenía distintivo alguno. El automóvil del *Daily News* siguió al primero. El fotógrafo, incansable, seguía fotografiándolo todo y a todos.

Durante la media hora que siguió al atentado contra su padre, Sonny Corleone recibió cinco llamadas telefónicas. La primera procedía del policía John Phillips, que figuraba en la nómina de la Familia y que era uno de los que ocupaban el primer coche de policías de paisano.

—¿Reconoce usted mi voz? —dijo en primer lugar.

—Sí —respondió Sonny, que acababa de despertarse de una breve siesta.

—Alguien acaba de disparar contra su padre —dijo Phillips, sin preámbulo alguno—. Hace quince minutos. Sigue con vida, pero está muy mal herido. Lo han llevado al Hospital Francés. A su hermano Freddie se lo han llevado a la comisaría del distrito de Chelsea. Cuando salga, será mejor que lo vea un médico. Ahora me voy al hospital, pues quiero estar presente en el interrogatorio de su padre, si es que puede hablar. Le mantendré informado.

Desde el otro lado de la mesa, Sandra, la esposa de Sonny, vio que su marido enrojecía y sus ojos despedían chispas.

—¿Qué ocurre? —preguntó.

Sonny le impuso silencio con un gesto y le volvió la espalda.

—¿Está usted seguro de que vive? —dijo, prosiguiendo la conversación telefónica.

—Sí, desde luego. Ha perdido mucha sangre, pero creo que no está tan mal como parece —fue la respuesta del policía.

—Gracias. Venga a casa mañana por la mañana. A las ocho en punto. Se ha ganado usted un billete de mil dólares.

Sonny colgó el auricular. Se dijo que debía mantener la calma a toda costa. Sabía que la ira era su mayor debilidad, y sabía también que en esos momentos la ira podía ser fatal. Lo primero era localizar a Tom Hagen. Pero antes de que tuviera tiempo de descolgar el teléfono, éste sonó. La llamada procedía del corredor de apuestas autorizado por la Familia para operar en el distrito de la oficina del Don. Llamaba para informar que el Don había sido asesinado en la calle. Después de hacerle algunas preguntas, Sonny desechó la información como inexacta, ya que resultó que el apostador no había visto el cuerpo del Don. Los informes de Phillips eran, evidentemente, más fiables. El teléfono volvió a sonar casi inmediatamente. Era un periodista del *Daily News*. Tan pronto como el reportero se hubo identificado, Sonny Corleone colgó.

Marcó el número del domicilio de Hagen y preguntó a la esposa:

—¿Ha llegado ya Tom?

La respuesta fue negativa, si bien la mujer le dijo que seguramente no tardaría más de veinte minutos, pues le esperaba para la cena.

—Dígale que me llame —concluyó Sonny.

Trató de adivinar lo que había ocurrido. Intentó imaginar cómo hubiera reaccionado su padre, de hallarse en su lugar. Había sabido inmediatamente que el atentado era obra de Sollozzo, pero también estaba seguro de que éste nunca se hubiera atrevido a eliminar a un hombre tan poderoso como el Don a menos que contara con el respaldo de gente muy poderosa. El teléfono sonó por cuarta vez, interrumpiendo sus cavilaciones. La voz del otro lado del hilo era muy suave, muy amable:

—¿Santino Corleone?

—Sí, soy yo.

—Tenemos a Tom Hagen —dijo la voz—. Dentro de tres horas lo pondremos en libertad. Él le comunicará nuestras proposiciones. No haga nada hasta haber hablado con él. Sólo conseguiría crearse problemas. Lo que está hecho, hecho está. Ahora procede actuar como es debido, sin precipitaciones. No se deje llevar por su explosivo temperamento.

La voz era ligeramente burlona. Sonny no estaba seguro, pero hubiera jurado que era la de Sollozzo.

—Esperaré —respondió en un tono premeditadamente triste y abatido.

Cuando su comunicante hubo colgado, Sonny anotó la hora exacta en que se había producido la llamada.

Se sentó en la mesa de la cocina. Estaba temblando.

—¿Qué ha ocurrido, Sonny? —preguntó su esposa.

—Han disparado contra el viejo —respondió serenamente. Al ver la expresión de ella, añadió en tono brusco—: No te preocupes. No ha muerto. Y no va a ocurrir nada más.

Nada le dijo acerca de Tom Hagen. El teléfono sonó por quinta vez. Era Clemenza.

—¿Has oído lo de tu padre? —preguntó tartamudeando.

—Sí —replicó Sonny—. Pero no ha muerto.

Se produjo una larga pausa, hasta que finalmente, con voz emocionada, Clemenza dijo:

—Gracias, Dios mío, gracias... ¿Estás seguro? Me dijeron que había muerto en la calle.

—Está vivo —repuso Sonny.

Estaba atento a todas las inflexiones de la voz de Clemenza. Su emoción parecía verdadera, pero entre las obligaciones de Clemenza se contaba la de ser un buen actor.

—Ahora tendrás que ocuparte de todo —comentó Clemenza—. ¿Qué quieres que haga?

—Ve a casa de mi padre, y trae a Paulie Gatto.

—¿Eso es todo? —preguntó Clemenza—. ¿No quieres que ponga algunos hombres en el hospital y en tu casa?

—No, sólo os necesito a ti y a Paulie Gatto —contestó Sonny.

Se produjo un largo silencio. Clemenza iba comprendiendo. Para que todo pareciera más natural, Sonny preguntó:

—¿Dónde diablos estaba Paulie Gatto? ¿Qué demonios hace ahora?

—Paulie estaba enfermo, está resfriado, y por eso no se movió de su casa —contestó Clemenza en un tono de voz radicalmente distinto—. Ha estado algo malo durante todo el invierno.

Sonny se puso en guardia.

—¿Cuántas veces se ha quedado en casa durante los dos últimos meses?

—Quizá tres o cuatro veces —respondió Clemenza—. Yo siempre preguntaba a Freddie si necesitaba otro muchacho, pero él decía que no. De hecho, no ha habido motivo, pues como ya sabes en los diez últimos años no hemos tenido ningún problema.

—Sí, ya lo sé —dijo Sonny—. Te veré en casa de mi padre. Quiero que traigas a Paulie, por enfermo que esté. ¿Entendido? —Colgó el auricular, sin aguardar respuesta. Su esposa estaba llorando en silencio. La miró durante un momento y luego, bruscamente, agregó—: Si llama alguno de los nuestros, diles que me llamen a casa de mi padre por el teléfono especial. A las otras llamadas, contesta diciendo que no sabes nada. Si telefonea la mujer de Tom, dile que su marido estará unos días fuera, por asunto de negocios. —Al ver la expresión asustada de ella, añadió, impaciente—: Enviaré a un par de hombres aquí.

Después de una breve pausa, prosiguió:

—No tienes por qué temer nada; es sólo una medida de precaución. Haz todo lo que te digan. Si quieres hablar conmigo, llámame por el teléfono especial de papá, pero prefiero que no lo hagas a menos que sea indispensable. Y no te preocupes.

Dicho esto, salió de la casa.

Era ya de noche y el viento de diciembre azotaba la alameda. Sonny no sentía temor alguno, pues las ocho casas pertenecían a Don Corleone. En la entrada de la alameda, los dos edificios de cada lado estaban ocupados por asalariados de la familia, con sus esposas e hijos, y en los pisos bajos vivían hombres solteros. De las otras seis casas que formaban el resto del semicírculo, una estaba ocupada por Tom Hagen y su familia, otra por el mismo Sonny, y la más pequeña y modesta por el Don. Las otras tres casas habían sido alquiladas a amigos ya retirados del Don, con la condición de que las desocuparían en cuanto éste se lo pidiera. La inocente alameda era, en realidad, una fortaleza inexpugnable.

Las ocho casas estaban equipadas con potentes focos, que imposibilitaban que alguien pudiera ocultarse. Sonny atravesó la calle y entró en la casa de su padre, de la que tenía una llave.

Llamó a su madre, que salió de la cocina envuelta en un agradable olor de pimientos fritos. Antes de que su madre pudiera decir nada, Sonny la tomó del brazo y la hizo sentar.

—Acabo de recibir una llamada —dijo—. Ante todo, quiero que no te preocupes. Papá está en el hospital; ha sido herido. Vístete enseguida. Dentro de poco, un coche te llevará allí. ¿De acuerdo, mamá?

Su madre lo miró fijamente durante un breve instante.

—¿Le han disparado? —le preguntó en italiano.

Sonny hizo un gesto afirmativo. Su madre bajó la cabeza y regresó a la cocina. Sonny la siguió. Ella apagó el gas y a continuación se dirigió a su dormitorio. Sonny tomó dos trozos de pan y unos pimientos de la sartén, y se preparó un bocadillo. El aceite goteaba por entre sus dedos. Se dirigió al despacho de su padre y sacó de un armario el teléfono especial, inscrito bajo nombre y dirección falsos. La primera persona a quien llamó Sonny fue Luca Brasi, pero no recibió respuesta. Luego marcó el número del *caporegime*, el jefe de banda de Brooklyn, un hombre totalmente leal al Don llamado Tessio. Sonny le contó lo que había ocurrido y lo que quería de él. Tessio debía reclutar cincuenta hombres de absoluta confianza, enviar unos cuantos al hospital y los demás a Long Beach, donde habría trabajo para ellos.

—¿Interviene también Clemenza? —preguntó Tessio.

—De momento no quiero que intervenga su gente —respondió Sonny.

Tessio comprendió al instante.

—Perdona lo que voy a decirte, que es lo mismo que te diría tu padre: no te precipites, Sonny. No puedo creer que Clemenza nos haya traicionado.

—Gracias —dijo Sonny—. Yo tampoco lo creo, pero debo ser cauteloso.

—Comprendo —comentó Tessio.

—Otra cosa, Tessio. Mi hermano menor, Mike, está estudiando en Hanover, New Hampshire. Interesa que alguien de confianza, de Boston, vaya a buscarlo. Quiero que se quede aquí hasta que haya pasado todo esto. De todos modos, antes le llamaré para avisarle. Tampoco temo nada en cuanto a mi hermano, pero toda precaución es poca.

—Muy bien —dijo Tessio—. Estaré en casa de tu padre tan pronto como haya hecho lo preciso para que se cumplan tus órdenes. Conoces a mis muchachos, ¿no?

—Sí —concluyó Sonny. Y colgó.

Se acercó a una pequeña caja fuerte disimulada en una pared, la abrió y de su interior sacó una libreta forrada de piel. Fue pasando páginas, hasta que encontró lo que buscaba. «Ray Farrell 5.000 Nochebuena», leyó. Estas palabras iban seguidas de un teléfono. Sonny marcó el número y preguntó:

—¿Farrell?

El hombre que estaba al otro lado del hilo respondió afirmativamente, y Sonny dijo:

—Soy Santino Corleone. Necesito que me haga un favor, y lo necesito rápido. Quiero que compruebe dos números de teléfono y que me pase nota de todas y cada una de las llamadas que hayan hecho y recibido durante los últimos tres meses.

Dio a Farrell el número de Paulie Gatto y el de Clemenza.

—Esto es muy importante —añadió Sonny—. Déme la información antes de medianoche y recibirá usted otra bonita felicitación navideña.

Antes de ponerse a considerar cuáles debían ser sus siguientes pasos, volvió a marcar el número de Luca Brasi. Tampoco esta vez hubo respuesta. Esto no le gustó, pero decidió no preocuparse. Luca se dejaría ver en cuanto se enterara de la noticia. Luego, se apoyó en la silla giratoria. Al cabo de una hora la casa estaría llena de gente de la Familia, y él tendría que decirles a todos lo que procedía hacer. En ese momento se dio cuenta de la gravedad de la situación. Era la primera vez en los diez últimos años que alguien se había atrevido a atacar a la familia Corleone. Sin duda, Sollozzo estaba detrás del asunto, pero aquel hombre nunca se hubiera atrevido a asestar el golpe de no contar con el apoyo de al menos una de las cinco grandes Familias de Nueva York. Y ese apoyo procedía de los Tattaglia. Si eso era cierto, sólo quedaban dos alternativas: la guerra abierta o el sometimiento a la condiciones de Sollozzo. Sonny sonrió malévolamente. El astuto Turco lo había planeado todo muy bien, pero no había tenido suerte. El viejo estaba vivo y la guerra era inevitable. Con Luca Brasi y los recursos de la familia Corleone, el triunfo estaba fuera de duda. Pero ¿dónde estaba Luca Brasi?, se preguntó Sonny.

3

Hagen viajaba en un coche junto a otros cuatro hombres. Sollozzo estaba sentado delante. Obligaron a Tom a ocupar el asiento posterior, entre los dos que le habían sorprendido en la calle. Uno de ellos, el que estaba a su derecha, le tapaba el rostro con su propio sombrero para que no pudiera ver nada.

—No mueva ni un pelo —le advirtió.

El trayecto fue corto, de no más de veinte minutos, y cuando bajaron del coche, Hagen no reconoció el lugar donde se encontraban, pues era ya de noche.

Le condujeron a un apartamento situado en el piso bajo de una casa y le hicieron sentar en una silla de respaldo alto y recto. Sollozzo se sentó sobre una mesa. Su sombrío rostro mostraba una expresión aviesa.

—No se asuste —le dijo—. Sé que no tiene usted el nervio de la Familia. Quiero que ayude a los Corleone... pero también quiero que me ayude a mí.

Las manos de Hagen temblaban mientras se ponía un cigarrillo en los labios. Uno de los hombres puso una botella de aguardiente encima de la mesa y le sirvió una buena dosis del fuerte licor en una taza de café de porcelana china.

El cuerpo de Hagen agradeció el trago. Sus manos dejaron de temblar y la debilidad de sus piernas desapareció.

—Su jefe ha muerto —dijo Sollozzo.

Hizo una pausa para ver el efecto que sus palabras

producían y se sorprendió al ver lágrimas en los ojos de Hagen.

—Lo cazamos cerca de su oficina, en la calle —prosiguió Sollozzo—. Tan pronto supe que el trabajo había sido realizado, me preocupé de usted. Su labor debe consistir en lograr que se firme la paz entre Sonny y yo.

Hagen no contestó. Se sentía sorprendido ante el dolor que le embargaba. Sus sentimientos eran una mezcla de desolación y de temor. Sollozzo estaba hablando de nuevo:

—A Sonny no le gustó mi oferta, ¿verdad? Sin embargo, usted sabe que la razón está de mi parte. Los narcóticos es el asunto del futuro. En un par de años podremos conseguir más dinero del que queramos. El Don era un hombre anticuado; su época ya había pasado, pero él no supo darse cuenta de ello. Ahora ha muerto, y nada puede resucitarlo. Estoy dispuesto a hacer una nueva oferta, y quiero que convenza a Sonny para que la acepte.

—No existe la menor posibilidad de que acepte —dijo Hagen—. Sonny le perseguirá implacablemente.

—Ésa será su primera reacción —replicó Sollozzo con impaciencia—. Precisamente, la misión de usted consiste en evitar que tome decisiones de las que luego podría arrepentirse. La familia Tattaglia y toda su gente me respalda. Las otras Familias de Nueva York aceptarán cualquier cosa que ponga fin a una guerra abierta entre nosotros. Saben que nuestro enfrentamiento sería perjudicial para ellos y sus negocios. Si Sonny acepta el trato, las otras Familias, incluso los mejores amigos del Don, considerarán el asunto como algo que no les concierne.

Hagen se miró las manos sin responder.

—El Don iba perdiendo su vigor —prosiguió Sollozzo en tono persuasivo—. Años atrás me hubiera sido imposible cazarle, pero hoy... Las otras Familias vieron con muy malos ojos que le convirtiera a usted en su *consigliere*, a usted, que no solamente no es siciliano, sino que ni siquiera es italiano. Si se rompen las hostilidades, la familia Corleone será aplastada y todos perderemos, incluso yo. Necesito más los contactos políticos de la Familia que el dinero. Así pues, hable con Sonny, hable con los *caporegimi*; en sus manos está el evitar que se vierta mucha sangre.

Hagen pidió un poco más de licor.

—Haré lo que pueda —dijo—, pero Sonny es muy testarudo. Además, ni el mismo Sonny será capaz de controlar a Luca. No se olvide de Luca, como no voy a olvidarlo yo, si he de actuar de intermediario.

—Yo me encargaré de Luca —replicó Sollozzo sin alterarse—. Usted ocúpese únicamente de Sonny y de sus hermanos. Mire, puede decirles que Freddie hubiera podido ser eliminado al mismo tiempo que su padre, pero que mis hombres tenían órdenes estrictas de no disparar contra él. No quiero tener más remordimientos que los absolutamente necesarios. Dígales que Freddie está vivo gracias a mí.

Finalmente, la mente de Hagen se había puesto a trabajar. Acababa de darse cuenta de que Sollozzo no quería matarlo ni tenerlo prisionero. No pudo evitar avergonzarse por el alivio que experimentaba. Sollozzo le contemplaba con tranquila y amistosa sonrisa. Hagen empezó a considerar fríamente la situación. Si no se avenía a discutir el asunto con Sonny, quizá lo matarían. Luego comprendió que Sollozzo sólo quería que él presentara adecuadamente la oferta, como correspondía a un buen *consigliere*. Y ahora, al meditarlo, se dio cuenta de que Sollozzo tenía razón. La guerra abierta entre los Tattaglia y los Corleone debía ser evitada a toda costa. Los Corleone debían inclinar la cabeza y olvidar. Tenían que llegar a un acuerdo. Y después, en el momento preciso, podrían descargar toda su fuerza contra Sollozzo.

Al volver a mirar a Sollozzo, que sonreía abiertamente, se dio cuenta de que éste había adivinado sus pensamientos. Entonces, unas interrogantes comenzaron a martillear el cerebro de Hagen: ¿Qué había ocurrido con Luca Brasi para que Sollozzo se mostrara tan tranquilo? ¿Se había pasado a su bando? Recordó que la noche en que Don Corleone había rehusado la oferta de Sollozzo, Luca había sido citado a la oficina del Don para tener una entrevista privada con éste... Pero ése no era el momento de preocuparse por tales detalles. Lo más urgente era regresar cuanto antes a la seguridad de la fortaleza de la familia Corleone, en Long Beach.

—Haré lo que pueda —dijo a Sollozzo—. Creo que tiene usted razón. Es más, estoy seguro de que es lo que el Don hubiese querido que hiciéramos.

—Bien —dijo Sollozzo con expresión grave—. No me gusta el derramamiento de sangre. Soy un hombre de negocios, y la sangre cuesta mucho dinero.

En aquel momento sonó el teléfono. Uno de los hombres que permanecían sentados detrás de Hagen se levantó para contestar. Escuchó durante breves instantes y luego dijo:

—Muy bien, se lo diré.

Colgó el auricular, se acercó a Sollozzo y dijo algo en voz muy baja, con los labios pegados al oído del Turco.

Hagen vio que Sollozzo palidecía, a la vez que sus ojos mostraban una expresión de rabia infinita. Sintió miedo; Sollozzo le observaba especulativamente. De pronto, comprendió que no iban a dejarlo en libertad. Adivinó que había sucedido algo que podía significar su propia muerte.

—El viejo sigue con vida —dijo Sollozzo—. Cinco balas en su cuerpo de siciliano y sigue con vida. —Seguidamente, tras una pausa, en tono fatalista y dirigiéndose a Tom, añadió—: Mala suerte. Mala suerte para mí, mala suerte para usted...

4

Cuando Michael Corleone llegó a la casa de su padre en Long Beach, se encontró con que la angosta entrada a la alameda estaba interceptada por una cadena. Los potentes reflectores instalados en lo alto de las ocho casas iluminaban la explanada, y por lo menos había diez automóviles aparcados allí en medio.

Observó que dos hombres a los que no conocía estaban apoyados en la cadena.

—¿Quién es usted? —le preguntó uno de ellos, con acento de Brooklyn.

Se identificó. De la casa más próxima salió otro hombre.

—Es el hijo del Don —dijo éste—. Lo acompañaré dentro.

Mike siguió al desconocido hasta el interior de la casa de su padre, donde otros dos hombres montaban guardia.

La casa parecía llena de desconocidos. Cuando llegó al salón vio a la esposa de Tom Hagen, Theresa, sentada en un sofá y fumando un cigarrillo. En una mesita frente a ella había un vaso de whisky. Junto a ella estaba el corpulento *caporegime* Clemenza, cuyo rostro permanecía impasible. Sin embargo, sudaba profusamente, y el cigarrillo que sostenía entre los dedos se veía casi deformado.

Clemenza se levantó para estrechar la mano de Michael.

—Tu madre está en el hospital con tu padre —murmuró tristemente—. Todo irá bien, no te preocupes.

Paulie Gatto se levantó también para darle la mano. Michael le miró con curiosidad. Sabía que era guardaespaldas de su padre, pero ignoraba que aquel día se había quedado en casa, enfermo. En la delgada cara del hombre se adivinaba cierta tensión. Gatto era un hombre muy rápido y consciente de sus obligaciones, aunque ese día no había sabido cumplir con su deber. En la estancia estaban otros hombres, que Michael no reconoció. Desde luego, no eran hombres de Clemenza. No había que esforzarse mucho para comprender que Clemenza y Gatto eran sospechosos. Convencido de que Paulie había estado en el escenario del atentado, Mike preguntó al joven con cara de hurón:

—¿Cómo está Freddie?

—El médico le ha administrado un calmante —respondió Clemenza—. Ahora está durmiendo.

Michael se acercó a la esposa de Hagen y se inclinó para darle un beso en la mejilla. Siempre habían simpatizado.

—No te preocupes —la tranquilizó—. Seguro que Tom está perfectamente. ¿Has hablado ya con Sonny?

Theresa lo asió por un brazo y movió la cabeza. Era una mujer frágil y muy hermosa, más americana que italiana, y estaba muy asustada. Él la tomó de la mano y la ayudó a levantarse del sofá. Luego la condujo al despacho de su padre, en donde se hallaba Sonny.

Sonny estaba retrepado en la silla de su escritorio, con una libreta amarilla en una mano y un lápiz en la otra. Con él estaba únicamente el *caporegime* Tessio, a quien Michael reconoció. Dedujo de inmediato que debían de ser sus hombres los que hacían guardia en la casa. También Tessio tenía papel y lápiz en las manos.

Cuando Sonny los vio entrar, se acercó a ellos y abrazó a la esposa de Hagen.

—No te preocupes, Theresa —dijo—. Tom está bien. Sólo quieren que actúe como intermediario. En realidad, es nuestro abogado. Nadie puede querer hacerle daño alguno.

Luego también abrazó y besó a su hermano menor, que se sorprendió ante esta muestra de afecto. Michael apartó a Sonny y dijo, sonriendo burlonamente:

—¿Después de haberme acostumbrado a tus golpes, ahora debo soportar esto?

Años atrás, los dos hermanos se habían peleado muchas veces.

—Escucha, muchacho —dijo Sonny, encogiéndose de hombros—. Tienes que saber que me preocupé mucho al no conseguir localizarte en aquella rústica población. No es que me importara gran cosa lo que pudiera haberte ocurrido, pero no me gustaba la idea de dar la noticia a nuestra madre. Bastante tuve con tener que contarle lo de papá.

—¿Cómo reaccionó? —preguntó Michael.

—Bien. No es la primera vez que pasa por este trance. Ni yo tampoco. Entonces tú eras muy joven, y luego, cuando te fuiste haciendo mayor, la situación iba sobre ruedas.

Después de una corta pausa, Sonny añadió:

—Ahora está en el hospital, con papá. Nuestro padre está fuera de peligro, según creo.

—¿Cuándo iremos a verlo? —preguntó Michael.

—No puedo dejar esta casa hasta que todo haya pasado —respondió Sonny con sequedad.

Sonó el teléfono. Sonny descolgó y escuchó atentamente. Mientras, Michael echó un vistazo a la mesa y leyó lo que su hermano había escrito en la libreta amarilla. Era una lista compuesta de siete nombres. Los tres primeros eran Sollozzo, Phillip Tattaglia y John Tattaglia. Michael comprendió que había interrumpido a Sonny y a Tessio mientras confeccionaban una lista de hombres que debían morir asesinados.

Sonny colgó.

—¿Podéis esperar fuera? —les pidió a Theresa Hagen y a Michael—. Tengo que terminar un trabajo con Tessio.

—¿Estaba relacionada con Tom esta llamada? —interrogó Theresa.

Había pronunciado estas palabras con aparente tranquilidad, pero lo cierto es que casi tenía lágrimas en los ojos. Sonny la tomó del brazo y la acompañó a la puerta.

—Te prometo que todo acabará bien —aseguró—. Espera en el salón. No tardaré en salir.

Cerró la puerta tras ella. Michael se había sentado en uno de los grandes butacones de cuero. Sonny le dirigió una rápida mirada y luego se sentó detrás de la mesa.

—Sería mejor que salieras, Mike —dijo—. Vas a oír cosas que no te van a gustar.

Michael encendió un cigarrillo.

—Puedo ayudar —replicó.

—No, no puedes. Si permitiera que te vieras mezclado en esto, nuestro padre se pondría hecho una furia.

Michael se levantó, hecho una furia.

—Oye, imbécil —dijo—, se trata de mi padre. ¿Es que no debo hacer nada por él? Puedo ayudar. No tengo por qué salir a la calle y liarme a matar gente, pero puedo ayudar. Deja ya de tratarme como a un niño. He estado en la guerra. Fui herido, ¿lo recuerdas? Y maté a algunos japoneses. ¿Qué crees que voy a hacer cuando mates a alguien? ¿Desmayarme?

Sonny le miró con una sonrisa burlona.

—Bien, bien, de acuerdo. Ocúpate del teléfono.

Se volvió a Tessio.

—Esa última llamada me ha dado los datos que necesitaba —dijo.

Seguidamente, dirigiéndose a Michael, comentó:

—Alguien nos ha traicionado: puede haber sido Clemenza, o tal vez Paulie Gatto, que ha padecido una enfermedad muy conveniente. Ahora ya sé la respuesta. Vamos a ver lo listo que eres, Michael, tú que eres el intelectual de la familia. ¿Quién se ha pasado al bando de Sollozzo?

Michael volvió a sentarse en el cómodo butacón de cuero. Meditó la situación con mucho cuidado. Clemenza era uno de los *caporegimi* de la familia Corleone. Gracias al Don se había hecho millonario, y ambos eran íntimos amigos desde hacía más de veinte años. Disfrutaba de uno de los puestos más importantes de la organización. ¿Qué podía ganar Clemenza traicionando al Don? ¿Más dinero? Era ya muy rico, pero los hombres suelen ser ambiciosos. ¿Más poder? ¿Venganza por algún insulto o desdén? ¿Le había sentado mal que Hagen fuera nombrado *consigliere*? ¿O quizá se había convencido de que Sollozzo sería el vencedor? No, era imposible que el traidor fuera Clemenza, aunque Michael pensó tristemente que era sólo imposible porque él no quería que Clemenza muriera. Cuando él era niño, el gordo Clemenza siempre le llevaba pequeños regalos e incluso lo llevaba a pasear, cuando el Don estaba ocupado. No podía creer que Clemenza fuera culpable de traición. Por otra parte, Clemenza sería con toda seguridad el hombre al que Sollozzo preferiría tener en su bando, de entre todos los de la familia Corleone.

Michael pensó también en Paulie Gatto. Paulie aún no era un hombre rico. Estaba bien valorado, había ido escalando posiciones, pero llevaba todavía pocos años en la organización. Seguro que soñaba en convertirse en un hombre muy poderoso. Tenía que ser Paulie. De pronto Michael recordó que él y Paulie habían sido compañeros de clase en el sexto grado, y tampoco quería que el culpable fuera Paulie.

—Ninguno de los dos —dijo.

Pero lo dijo sólo porque Sonny había asegurado que ya tenía la respuesta. Si tuviera que haber votado por alguno de ellos como culpable, lo hubiera hecho por Paulie.

Sonny lo miró, sonriente.

—No pienses más —dijo—. Es Paulie.

Michael descubrió una expresión de alivio en el rostro de Tessio. Sus simpatías, teniendo en cuenta que ambos eran *caporegime*, se inclinaban hacia Clemenza. Además, aparte del atentado sufrido por el Don, la situación no era demasiado grave.

—Supongo que mañana podré enviar a mis hombres a casa, ¿no? —dijo Tessio, cautelosamente.

—Mejor pasado mañana —replicó Sonny—. No quiero que nadie sepa ni una palabra del asunto hasta entonces. Oye, quiero tratar de algunos asuntos privados con mi hermano. ¿No te importará aguardar fuera? Más tarde terminaremos la lista. Tú y Clemenza trabajaréis juntos en esto.

—De acuerdo —dijo Tessio, y salió.

—¿Cómo puedes estar tan seguro de que es Paulie? —preguntó Michael.

—Tenemos amigos en la compañía telefónica, y ellos han comprobado todas las llamadas efectuadas y recibidas por Gatto y Clemenza. Durante cada uno de los tres días en que estuvo enfermo este mes, Paulie recibió una llamada desde una cabina cercana al edificio en que nuestro padre tiene su oficina. También hoy. Tal vez querían asegurarse de si Paulie salía o de si alguien ocupaba su lugar o de cualquier otra cosa; no importa ya. Gracias a Dios que ha sido Paulie. Clemenza nos hará mucha falta.

—¿Va a ser una guerra abierta? —preguntó Michael, en tono indeciso.

—Así será, pero quiero esperar a que Tom esté con nosotros —respondió con una mirada acerada—. Luego, cuando el viejo se haya recuperado, que sea él quien decida.

—Siendo así, ¿por qué no te quedas con los brazos cruzados hasta que papá pueda decidir? —preguntó Michael.

Sonny le miró como si fuese un ser del otro mundo.

—¿Cómo diablos conseguiste tus medallas en la guerra? Tenemos que luchar, y lucharemos, muchacho. Ahora sólo me preocupa que no pongan en libertad a Tom.

—¿Por qué no? —preguntó Michael, sorprendido.

—Secuestraron a Tom porque estaban convencidos de que nuestro padre había muerto —contestó Sonny con paciencia— y pensaban que podrían hacer un trato conmigo. Tom debía actuar de intermediario y transmitirme la proposición de Sollozzo. Sin embargo ahora saben que el viejo está vivo y que no podrán hacer tratos conmigo, así que Tom no les sirve de nada. A lo mejor lo dejan libre, pero también pueden matarlo; dependerá del humor de Sollozzo. Si lo liquidan, ello significará que se hallan dispuestos a llegar hasta el final.

—¿Cómo es posible que Sollozzo pensara que podía llegar a un acuerdo contigo? —preguntó Michael, suavemente.

La pregunta cogió a Sonny desprevenido.

—Tuvimos una entrevista hace unos pocos meses —respondió tras un largo silencio—. Sollozzo nos propuso que participáramos en el negocio de las drogas. El viejo no aceptó. Pero durante la reunión dije algo que indujo a Sollozzo a creer que yo deseaba llegar a un acuerdo. Fue un error, lo reconozco. Si hay algo que disguste a nuestro padre, es demostrar que en la Familia hay diversidad de opiniones. Sollozzo creyó que si lograba apartar al viejo, yo entraría en el asunto de las drogas. Sin el viejo, el poder de la Familia se reduce al menos en un cincuenta por ciento. Por otra parte, me sería muy difícil controlar todos los negocios de la Familia. Las drogas son el negocio del futuro, y opino que deberíamos dedicarnos a ellas. En el atentado contra nuestro padre no ha habido nada personal; ha sido todo cuestión de negocios. Pensando como hombre de negocios, me asociaría con Sollozzo. Naturalmente, no se fiaría mucho de mí, pero sabe que cuando yo hubiera aceptado el trato, las otras Familias no me dejarían empezar la guerra contra él sólo por venganza. Además, cuenta con el apoyo de los Tattaglia.

—Si hubieran acabado con nuestro padre, ¿qué hubieses hecho? —preguntó Michael.

Con toda soltura, sin demostrar sentimiento alguno, Sonny replicó:

—Sollozzo morirá. No me importa lo que cueste. Si tengo que luchar contra las cinco Familias de Nueva York, lo haré. La familia Tattaglia tiene que ser aniquilada, aunque ello signifique nuestra propia destrucción.

—Papá no habría reaccionado así —comentó Michael, con voz tranquila.

—Sé que no puedo compararme con papá —admitió Sonny con cierta rabia—, pero deja que te diga una cosa. Cuando se trata de actuar, soy tan bueno como el mejor. Nuestro padre sólo me aventaja en su visión del futuro. Sollozzo, Clemenza y Tessio saben que mis golpes pueden ser durísimos. Lo demostré a los diecinueve años, la última vez que la Familia se vio envuelta en una guerra; en ese momento fui una gran ayuda para papá. Por eso estoy tranquilo ahora. Y nuestra Familia tiene todos los ases en la mano en un posible trato con Sollozzo. Sólo necesito localizar a Luca.

—¿Es Luca tan duro como dicen? —preguntó Michael con curiosidad—. ¿Es realmente un buen elemento?

—Sólo puede compararse consigo mismo —respondió Sonny—. Le pediré que se ocupe de los tres Tattaglia. De Sollozzo me encargaré yo mismo.

Michael se agitó inquieto en su silla mientras miraba a su hermano mayor. Sabía que a veces Sonny era brutal, pero sabía igualmente que tenía buen corazón. Era un buen muchacho. Le parecía raro oírle hablar como lo había hecho. Además, la lista de los hombres que debían ser ejecutados le parecía a Michael completamente fuera de lugar, pues Sonny no era, en modo alguno, un emperador romano, dueño y señor de las vidas de sus súbditos. Se alegró de no verse envuelto en el asunto, ya que viviendo su padre, los planes de Sonny podrían ser llevados a cabo. Él se limitaría a contestar el teléfono y a llevar algún que otro mensaje. Sonny y el viejo ya se las arreglarían, especialmente teniendo el apoyo de Luca.

En aquel momento oyeron el llanto de una mujer en el salón. Michael supo que era la esposa de Tom. Corrió hacia la puerta y la abrió. Todos los presentes se habían puesto en pie. En el sofá, Tom Hagen abrazaba a Theresa, que lloraba a lágrima viva. Era un llanto de alegría, naturalmente. Tom se desprendió del abrazo de su esposa, que continuó en el sofá, y dirigió una alegre sonrisa a Michael.

—Me alegro mucho de verte, Mike, me alegro mucho.

Hagen, sin mirar a su esposa, entró resueltamente en la oficina. «Por algo ha vivido durante diez años con la familia Corleone», pensó Michael, con orgullo. Tom, Sonny, e incluso él mismo se habían contagiado de algo del espíritu del viejo.

romano, dueño y señor de las vidas de sus súbditos. Se
alegró de no verse envuelto en el asunto, ya que viviendo
su padre, los planes de Sonny podrían ser llevados a cabo.
Él se limitaría a contestar el teléfono y a llevar algún que
otro mensaje. Sonny y el viejo ya se las arreglarían, especialmente teniendo el apoyo de Luca.

En aquel momento oyeron el llanto de una mujer en
el salón. Michael supo que era la esposa de Tom. Corrió
hacia la puerta y la abrió. Todos los presentes se habían

En el despacho estaban sentados Sonny, Michael,
Tom Hagen, Clemenza y Tessio. Eran casi las cuatro de
la madrugada. Habían logrado convencer a Theresa Hagen, no sin dificultad, de que se marchara a su casa, situada
junto a la del Don. Paulie Gatto todavía estaba esperando en el salón, ignorando que los hombres de Tessio habían recibido instrucciones de no dejarle salir ni perderlo de vista.

Tom Hagen transmitió la oferta de Sollozzo. Explicó que cuando Sollozzo se enteró de que el Don seguía
con vida, él había llegado a convencerse de que iban a matarlo.

—Si alguna vez tengo que suplicar al Tribunal Supremo —dijo Hagen, sonriendo— no lo haré con tanto
fervor como lo he hecho esta noche ante ese maldito Turco. Le he dicho que expondría su oferta a la Familia, aun
estando vivo el Don. Le he dicho que a ti, Sonny, te tenía
en el bolsillo. Le he contado que fuimos compañeros de
colegio y, no lo tomes a mal, hasta le he insinuado que tal
vez no te había disgustado demasiado el atentado contra
tu padre. Dios me perdone.

Con una sonrisa pidió perdón a Sonny, quien hizo un
gesto de comprensión.

Michael, cómodamente sentado y con el teléfono a su
derecha, estudió a ambos hombres. Cuando Hagen entró
en la habitación, Sonny había corrido a abrazarle. Michael no pudo evitar sentirse celoso al pensar que entre

Sonny y Hagen existía una intimidad mucho mayor que entre él y su hermano.

—Bueno, vamos al grano —dijo Sonny—. Tenemos que hacer nuestros planes. Echa una ojeada a la lista que hemos confeccionado Tessio y yo. Tessio, pasa tu copia a Clemenza.

—Si vamos a hacer planes —dijo Michael—, Freddie tiene que estar presente.

—Freddie no nos sirve de nada —replicó Sonny con cierto sarcasmo—. El médico dice que ha sufrido un shock tan fuerte que necesita guardar reposo absoluto. No lo entiendo, de veras. Freddie siempre ha sido un muchacho duro. Supongo que para él fue horrible ver cómo disparaban a papá; siempre ha pensado que el Don es Dios. Tú y yo somos diferentes, Mike.

—Dejemos fuera a Freddie —dijo Hagen, rápidamente—. Mantengámoslo al margen de todo, absolutamente de todo. Ahora, Sonny, hasta que la crisis haya pasado, creo que deberías permanecer en casa. Aquí estás seguro. No menosprecies a Sollozzo, es un verdadero *pezzonovante*, un hombre con lo que hay que tener. ¿Tenemos gente en el hospital?

Sonny asintió en silencio.

—La policía vigila allí, pero los nuestros han podido visitar tranquilamente a papá. ¿Qué piensas de la lista, Tom?

Hagen enarcó las cejas.

—Por Dios, Sonny, creo que lo has tomado como un asunto personal. El Don lo hubiera considerado como una simple disputa de negocios. Sollozzo es la clave. Lo único que procede, pues, es eliminarlo a él. Olvidemos de momento a los Tattaglia.

Sonny miró a sus dos *caporegimi*. Tessio se encogió de hombros, mientras decía:

—Es una medida adecuada.

Clemenza, en cambio, guardó silencio.

135

—Hay un punto que está fuera de discusión —apuntó Sonny, dirigiéndose a Clemenza—. No quiero volver a ver a Paulie. Él será el primero de la lista.

El gordo *caporegime* asintió.

—¿Qué hay de Luca? —preguntó Hagen—. A Sollozzo no pareció preocuparle mucho. Y eso me preocupa a mí. Si Luca nos ha traicionado, nos encontramos en peligro. Eso es lo primero que tenemos que averiguar. ¿Ha conseguido alguien ponerse en contacto con él?

—No —dijo Sonny—. Le he estado llamando durante toda la noche. Quizás esté con alguna mujer.

—No —respondió Hagen—. Nunca pasa toda la noche con mujeres. Cuando ha terminado, se va a su casa. Mike, sigue marcando su número hasta que conteste.

Obedientemente, Michael marcó el número de Luca. Nadie atendió la llamada. Finalmente, colgó.

—Sigue probando cada quince minutos —ordenó Hagen.

—Bien, Tom, tú eres el *consigliere* —dijo Sonny con impaciencia—. Aconséjanos. ¿Qué demonios piensas que deberíamos hacer?

Hagen se sirvió un poco de whisky.

—Negociaremos con Sollozzo hasta que tu padre pueda ocuparse del asunto. Incluso podríamos llegar a un acuerdo, si fuese necesario. Cuando tu padre se levante de la cama, podrá dejar el asunto definitivamente zanjado, y todas las Familias le apoyarán.

—¿Me consideras incapaz de manejar a Sollozzo? —preguntó Sonny, irritado.

—Sonny, estoy seguro de que podrías acabar con él —dijo Hagen, mirándolo a los ojos—. La familia Corleone es la más poderosa. Tienes a Clemenza y a Tessio, que si llega el caso pueden disponer de un millar de hombres. Pero con ello se produciría una verdadera carnicería a lo largo de toda la Costa Este, aparte de que las demás Familias culparían de todo a los Corleone. Nos ganaríamos una gran cantidad de enemigos. Y eso es algo que tu padre siempre ha evitado.

Al mirar a Sonny, Michael comprendió que éste había aceptado bien las palabras de Hagen. Sin embargo, después de breves instantes, Sonny dijo al *consigliere*:

—¿Y si mi padre muere? ¿Cuál sería entonces tu consejo?

—Sé que no me harías caso —contestó Hagen sin alterarse—, pero te aconsejaría llegar a un verdadero acuerdo con Sollozzo en lo de las drogas. Sin los contactos políticos y la influencia personal de tu padre, la familia Corleone pierde la mitad de su fuerza. Sin tu padre, las otras Familias de Nueva York tal vez se decidieran a apoyar a los Tattaglia y a Sollozzo, sólo para evitar una larga y destructiva guerra. Si tu padre muere, trata con Sollozzo. Luego, espera.

Sonny estaba pálido de ira.

—Para ti es muy fácil decir esto. No han disparado a tu padre.

—He sido para él un buen hijo, quizá mejor que tú o Mike —replicó Hagen rápidamente, sin disimular su orgullo—. Te estoy dando mi opinión profesional. Personalmente, puedes estar seguro de que quiero matar a esos cerdos.

La emoción con que Hagen había hablado avergonzó a Sonny.

—Por Dios, Tom, no tomes a mal mis palabras —se disculpó—. No pretendía ofenderte.

Sonny siguió murmurando excusas, mientras los demás esperaban, silenciosos y violentos por la escena anterior. Finalmente, Sonny habló, con voz tranquila.

—Esperaremos a que el viejo esté en condiciones de ponerse al frente de todo. Pero, mira Tom, quiero que permanezcas en la alameda. No quiero que te arriesgues. En cuanto a ti, Mike, mantente alerta, aunque no creo que Sollozzo intente nada contra ti. Si se atreviera a atacar a los miembros de la Familia, llevaría las de perder; todo se volvería contra él. Pero sé cuidadoso, de todos modos.

»Tessio, tú ten a tus hombres en reserva; que vayan husmeando por la ciudad. Tú, Clemenza, cuando hayas arreglado lo de Paulie Gatto, lleva a tus hombres a la casa y a la alameda, para que sustituyan a los de Tessio. Oye, Tessio, mantén a tus hombres en el hospital. Tom, bien sea por teléfono, bien a través de un mensajero, empieza las negociaciones con los Tattaglia y con Sollozzo, a primera hora de mañana. Tú, Mike, hazte acompañar mañana por un par de hombres de Clemenza a casa de Luca; espera a que salga o averigua dónde diablos se ha metido. De haber oído lo de papá, es capaz de haber ido a cazar a Sollozzo. No puedo creer que haya traicionado a su Don, por mucho que Sollozzo le haya ofrecido.

—Tal vez no deberíamos mezclar a Mike tan directamente en esto —dijo Hagen a regañadientes.

—De acuerdo —respondió Sonny—. Olvídalo, Mike. De todos modos, te necesito aquí, junto al teléfono. Y eso es más importante que lo otro.

Michael permaneció en silencio. Se sintió inútil, casi avergonzado. Al ver los rostros impasibles de Clemenza y de Tessio, se dio cuenta de que ambos estaban ocultando su desprecio por él. Descolgó el auricular y marcó el número de Luca Brasi. Mantuvo el receptor pegado al oído durante un buen rato, pero nadie contestó a la llamada.

6

Peter Clemenza durmió mal aquella noche. Por la mañana se levantó temprano y se preparó el desayuno, consistente en un vaso de *grappa* y un grueso trozo de salami de Génova con un pedazo de pan italiano, que cada día le dejaban en la puerta, como en los viejos tiempos. Luego se bebió una taza de café mezclado con anís. Mientras iba por la casa, con su albornoz y sus zapatillas de fieltro rojo, pensaba en el trabajo que le esperaba durante el día. La noche anterior, Sonny Corleone le había dicho muy claramente que debía ocuparse de Paulie Gatto. Y el trabajo debía realizarse ese mismo día.

Clemenza estaba preocupado. No porque Gatto hubiera sido su protegido y se hubiese convertido en traidor. Esto para nada influía en el juicio del *caporegime*. Después de todo, los antecedentes de Paulie eran intachables. Procedía de una familia siciliana, se había criado en el mismo barrio que los chicos de los Corleone, e incluso había ido a la escuela con uno de ellos. Había recibido la educación adecuada. Se le había puesto a prueba, y los resultados habían indicado claramente que no era un hombre ambicioso. Luego, cuando hubo demostrado su valor, la Familia le había dado oportunidad de ganarse bien la vida, concediéndole un porcentaje de las recaudaciones del East Side. Clemenza sabía que Paulie Gatto incrementaba sus ingresos con trabajos por cuenta de terceros, cosa que iba contra las normas establecidas por la Familia, pero esto no era sino un signo de su valía. El quebrantamiento de dichas normas era considerado una muestra de iniciativa, similar a la del caballo de carreras que quiere estar siempre en la pista.

Además, Paulie Gatto nunca había ocasionado problemas con sus trabajos particulares. Siempre habían sido meticulosamente planeados y llevados a cabo sin llamar la atención y sin que llegaran a producirse ni tan siquiera heridos: el robo de una nómina de tres mil dólares en Manhattan, el de la de una pequeña fábrica de porcelana en los barrios bajos de Brooklyn, etc. Después de todo, siempre era interesante para un joven hacerse con un sobresueldo para sus gastos personales. Nada malo había en ello. ¿Quién hubiera imaginado que Paulie Gatto se convertiría en traidor?

Lo que preocupaba a Clemenza era, en realidad, un problema administrativo. La ejecución de Paulie Gatto era cosa hecha, pero ¿a quién escogería para sustituirlo? Era un puesto importante, por lo que debía poner mucho cuidado en la elección. Desde luego, se trataba de un asunto delicado. El sustituto debía ser duro y listo. Debía saber mantener la boca cerrada, incluso cuando la policía le apretara las clavijas, un hombre respetuoso con la siciliana ley del silencio, la *omertà*. Y luego, ¿cómo debería serle compensado el ascenso? Clemenza había insinuado varias veces al Don la conveniencia de recompensar mejor a los hombres decisivos dentro de la organización, pero el Don nunca había querido escucharle. De haber recibido más dinero, tal vez Paulie no se hubiera dejado sobornar por aquel maldito Turco.

Finalmente, por un proceso de eliminación, en la mente de Clemenza quedaron sólo tres nombres. El primero era un hombre que trabajaba con los estibadores de color de Harlem. Era un individuo de gran fuerza física y extraordinaria simpatía personal, que sabía tratar a la gente y se hacía respetar y temer. Sin embargo, Clemenza lo descartó después de media hora de sopesar los pros y los contras. Se llevaba demasiado bien con la gente de color, lo cual permitía suponer cierta debilidad de carácter. Además, sería muy difícil de reemplazar en su actual puesto.

En segundo lugar Clemenza consideró a un hombre muy trabajador que servía fielmente a la Familia. Se ocupaba de los clientes morosos de la zona de Manhattan. Había empezado como corredor de apuestas. Al final Clemenza llegó a la conclusión de que todavía no estaba capacitado para ocupar un cargo tan importante como el de Paulie Gatto.

Se decidió por Rocco Lampone, que había efectuado un breve pero rápido aprendizaje dentro de la Familia. Durante la guerra había sido herido en África, y fue licenciado en 1943. Debido a la escasez de hombres jóvenes, Clemenza lo había contratado, a pesar de que Lampone estaba parcialmente incapacitado, ya que incluso cojeaba al andar. Clemenza lo introdujo en el mercado negro de las ropas de vestir y entre los empleados gubernamentales encargados de los bonos de comida. Tiempo después, Lampone era el que lo controlaba todo. La cualidad que más valoraba Clemenza era su buen criterio. Sabía que no valía la pena hacerse fuerte en asuntos que en el peor de los casos podían costar una multa o seis meses de cárcel, cosas que, en definitiva, eran tonterías, si se tenían en cuenta los grandes beneficios que se obtenían. Tenía el sentido común de saber cuándo podía amenazar. En definitiva, era un hombre discreto; exactamente lo que interesaba a la Familia.

Clemenza se sintió satisfecho. Acababa de resolver un comprometido problema administrativo. Sí, Rocco Lampone sería el hombre adecuado. Le ayudaría incluso en lo de Paulie. Clemenza había decidido ocuparse personalmente del asunto, no sólo para ayudar a un hombre nuevo e inexperto a recibir su «bautismo de sangre», sino también porque quería saldar una cuenta pendiente. Paulie había sido su protegido, él le había ascendido, incluso por delante de gente más leal y capacitada. Paulie no sólo había traicionado a la Familia, sino también a su *padrone*, Peter Clemenza. Esta falta de respeto tenía que ser castigada.

Todos los detalles estaban ya arreglados. Paulie Gatto había recibido instrucciones de pasar a recogerle a las tres de la tarde con su propio automóvil. Clemenza cogió el teléfono y marcó el número de Rocco Lampone. No se dio a conocer, sino que se limitó a decir:

—Ven a mi casa, tengo un trabajo para ti.

Le gustó el hecho de que la voz de Lampone, a pesar de lo temprano de la hora, no denotara sorpresa ni sonara soñolienta. Se había limitado a decir que de acuerdo. Era un buen elemento.

—No corras —añadió Clemenza—. Come tranquilamente antes de venir a verme. Eso sí, no llegues más tarde de las dos.

Recibida la conformidad de su interlocutor, Clemenza colgó. Ya había dado las órdenes oportunas para que sus hombres reemplazaran a los de Tessio en la alameda, y así se había hecho. Sus subordinados eran hombres capacitados, de forma que él nunca tenía que inmiscuirse en la mecánica de las operaciones.

Decidió lavar su Cadillac. Le gustaba su coche. Su marcha era tan suave y su interior tan cómodo, que a veces, cuando hacía buen tiempo, prefería estar sentado en su interior que en la sala de estar de su casa. Lavar el coche le ayudaba a pensar; lo tenía comprobado. Recordaba a su padre haciendo lo mismo que él, pero con las mulas, allá en Italia.

Clemenza trabajaba dentro del caluroso garaje, pues odiaba el frío. Acabó de madurar sus planes. Debía tener cuidado con Paulie. Era como una rata, olía el peligro. En ese momento, a pesar de toda su dureza debía de estar temblando de miedo, sabiendo que el Don estaba vivo. Pero Clemenza estaba acostumbrado a estas circunstancias, normales en su trabajo. Primero debía encontrar una buena excusa que justificara el hecho de que Rocco los acompañara. Segundo, tenía que inventarse una misión lo bastante delicada como para requerir la presencia de tres hombres.

Desde luego, aquello no era imprescindible. Paulie Gatto podía ser eliminado sin tantos requisitos. No tenía escapatoria. No obstante, Clemenza estaba firmemente convencido de la importancia de hacer las cosas bien, sin dejar cabos sueltos. Uno nunca podía saber lo que iba a suceder; después de todo, se trataba de cuestiones de vida o muerte.

Mientras lavaba su Cadillac azul, Peter Clemenza consideró cuál debía ser la expresión de su cara, cuáles debían ser sus palabras. Debía mostrarse seco con Paulie, como si estuviera disgustado con él. Con un hombre tan sensible y suspicaz como Gatto, dicha actitud serviría para sumirle en un mar de dudas. Una actitud amistosa despertaría sus sospechas, aunque la sequedad tampoco debía ser excesiva. ¿Y cómo justificar la presencia de Lampone? Paulie se alarmaría al ver a Lampone en el asiento posterior. A Paulie no le gustaría encontrarse indefenso, teniendo a Rocco Lampone detrás de su cabeza. Clemenza frotó furiosamente la carrocería del Cadillac. Desde luego, aquella era una de las cuestiones más difíciles. Por un momento consideró la posibilidad de utilizar a otro hombre más, pero la descartó por razón fundamental: en el futuro cabía la posibilidad de que a uno de sus hombres le interesara declarar contra él. Si dos personas se ocupaban del asunto, sería la palabra de un hombre contra la de otro. En cambio, la palabra de un tercero inclinaría la balanza. No, dos hombres era mejor que tres.

Lo que más irritaba a Clemenza era que la ejecución debía ser «pública». Es decir, el cuerpo debía ser encontrado. Hubiera preferido hacer desaparecer el cadáver, como habitualmente: los cadáveres eran enterrados en el mar o en las ciénagas de Nueva Jersey, en terrenos pertenecientes a amigos de la Familia, aunque también se empleaban métodos más complicados. En este caso, sin embargo, tenía que ser en público, de modo que sirviera de aviso a los hipotéticos traidores y con objeto de que todos supieran que la familia Corleone no se había debilitado. Para Sollozzo sería un golpe ver que el espía había sido descubierto con tanta rapidez. La familia Corleone recuperaría parte del prestigio que había perdido con el atentado contra su jefe.

Clemenza lanzó un profundo suspiro. El Cadillac brillaba como el sol, pero aún no había conseguido resolver el problema. Luego, sin saber cómo, se le presentó la solución. Rocco Lampone y Paulie estarían juntos porque él, Clemenza, tenía que confiarles una misión muy secreta e importante. Diría a Paulie que su trabajo y el de Lampone consistiría en hallar un apartamento por si la Familia decidía «atrincherarse».

Siempre que una guerra entre Familias se hacía demasiado virulenta, los oponentes solían trasladarse a un lugar secreto, con todos sus «soldados». El objetivo principal no era mantener fuera de peligro a las esposas e hijos de los combatientes, ya que un ataque contra los no combatientes era impensable. Lo que se pretendía era simplemente que ni el adversario ni la policía pudieran observar los movimientos.

Por ello, en tales casos un *caporegime* de confianza recibía el encargo de alquilar un apartamento secreto y de comprar todo lo necesario para vivir en él. Así, cuando se iniciaba una ofensiva, los involucrados en ella se trasladaban al apartamento. ¿Qué tenía de extraño que el encargo hubiera sido confiado a Clemenza? Nada, como tampoco que éste se llevara con él a Gatto y a Lampone, pues eran muchos los detalles a ultimar. Además, pensó Clemenza con una sonrisa, Paulie Gatto había demostrado ser ambicioso, y lo primero que pensaría sería cuánto le pagaría Sollozzo por una información tan valiosa.

Rocco Lampone llegó temprano. Clemenza le explicó lo que debía hacerse y cuál sería el papel de cada uno de los dos. La expresión de Lampone reflejaba la gratitud que sentía, y luego dio las gracias a Clemenza por la oportunidad que le brindaba. Clemenza estaba seguro de haber elegido bien.

—A partir de ahora se te proporcionará un medio de ganarte mejor la vida —le dijo, dándole una palmadita en la espalda—. Pero de eso hablaremos más tarde. Comprenderás que ahora la Familia tiene cosas más importantes en que pensar, cosas más importantes que hacer.

Lampone hizo un gesto demostrativo de que estaba bien dispuesto a tener paciencia, sabiendo que la recompensa no quedaría en meras palabras.

Clemenza se acercó a una caja disimulada en la pared, la abrió y sacó un arma.

—Usa ésta —dijo, entregándosela a Lampone—. No podrán averiguar quién es su propietario. Déjala en el coche, con Paulie. Cuando hayamos terminado este trabajo quiero que te vayas de vacaciones a Florida con tu familia. Emplea tu propio dinero; cuando vuelvas te reembolsaré lo que hayas gastado. Descansa, toma el sol. Y alójate en el hotel que la Familia posee en Miami Beach; así podré localizarte si te necesito.

La esposa de Clemenza llamó a la puerta de la habitación para decirles que Paulie Gatto acababa de llegar. Estaba estacionado delante del garaje. Clemenza y Lampone salieron y se acercaron al coche. Cuando Clemenza se sentó junto a Paulie, emitió un malhumorado gruñido a guisa de saludo y miró su reloj de pulsera, como dando a entender a Paulie que había llegado tarde.

Gatto, el hombre de la cara de hurón, miró fijamente a Clemenza, como si intentara adivinar el motivo de todo aquello. No pudo evitar un gesto de alarma cuando Lampone se sentó detrás de él.

—Rocco, siéntate en el otro lado —indicó Clemenza—. Eres tan alto que no me dejas ver a través del retrovisor.

Obediente, Lampone se apartó sin hacer comentario alguno, como si la petición de Clemenza fuera la cosa más natural del mundo.

—¡Maldita sea! Ese Sonny está asustado como una rata. Ya está pensando en ir a las trincheras. Tenemos que buscar un lugar adecuado en el West Side —dijo Clemenza, dirigiéndose a Gatto—. Tú y Rocco debéis buscar el lugar y ocuparos de la compra de los muebles y provisiones. Estaréis allí hasta que llegue el resto de los hombres. ¿Conocéis algún sitio apropiado?

Como había esperado, los ojos de Gatto demostraron inmediatamente un ávido interés. Paulie se había tragado el anzuelo, y el pensar en cuánto le pagaría Sollozzo por la información le privó de considerar el posible peligro. Además, Lampone estaba realizando su papel de maravilla. Se estremecía mirando a través de la ventanilla, como si nada de lo que los dos hombres hablaban le interesara lo más mínimo. Clemenza se felicitó por su elección.

Gatto se encogió de hombros.

—Tendré que pensarlo —dijo.

—Piensa mientras vas conduciendo —gruñó Clemenza—. Quiero estar hoy mismo en Nueva York.

Paulie era un conductor experto, y como el tráfico no era muy intenso en aquella hora de la tarde, llegaron a la ciudad cuando empezaba a anochecer. Durante el trayecto, los tres hombres apenas si cruzaron cuatro palabras. Clemenza indicó a Paulie que se dirigiera hacia el sector de Washington Heights. Le dijo que aparcara el automóvil cerca de Arthur Avenue y que esperara, pues quería ver algunos apartamentos. También dejó a Rocco Lampone en el coche. Se fue al restaurante Vera Mario, donde después de saludar a algunos conocidos tomó una cena ligera a base de ensalada y carne de ternera. Transcurrida una hora, se dirigió al lugar donde estaba el coche y subió. Gatto y Lampone no se habían movido del interior del vehículo.

—Vamos, muchachos; quieren que regresemos a Long Beach. Tienen otro trabajo para nosotros. Sonny dice que podemos dejar esto para más adelante. Oye, Rocco: tú vives en la ciudad, ¿dónde quieres que te dejemos?

—Tengo el coche en tu casa —contestó Rocco— y mi madre lo necesita mañana por la mañana, a primera hora.

—Bien —asintió Clemenza—. Bueno, entonces volverás con nosotros.

Tampoco de regreso a Long Beach hablaron mucho.

—Sal de la carretera, Paulie; tengo que orinar —dijo Clemenza súbitamente.

Gatto había trabajado con el gordo *caporegime* durante mucho tiempo y sabía de sobra que su jefe tenía que orinar con bastante frecuencia. No era la primera vez que le hacía la misma petición. Gatto aparcó en la cuneta. Clemenza saltó del automóvil y avanzó unos pasos en dirección contraria a la calzada. Se sentía aliviado. Luego, mientras abría la portezuela para entrar en el coche, dio una rápida mirada a derecha e izquierda. No había luces, todo estaba en completa oscuridad.

—Adelante —dijo Clemenza.

Un segundo más tarde, en el interior del automóvil se oyó el ruido de un disparo. Paulie Gatto pareció dar un salto adelante, su cuerpo golpeó contra el volante y luego quedó tendido sobre el asiento. Clemenza se había apartado rápidamente, para evitar que la sangre del traidor le salpicara.

Rocco Lampone saltó del coche empuñando la pistola. Inmediatamente la lanzó lejos, hacia el cenagal. Él y Clemenza corrieron hacia un automóvil aparcado en las cercanías. Lampone buscó debajo del asiento y encontró la llave que les habían dejado. Arrancó y condujo a Clemenza

147

a su casa. Luego, en lugar de regresar por la misma ruta, tomó la calzada de Jones Beach, se dirigió hacia Merrick, y siguió por el Meadowbrook Boulevar hasta llegar al Northern State. Lo cruzó. Al llegar a la autopista de Long Island, continuó hacia el puente de Whitestone y luego, por el Bronx, siguió hasta su casa, en Manhattan.

7

Durante la noche anterior al atentado contra Don Corleone, su más fuerte, leal y temido subordinado se preparaba para enfrentarse con el enemigo. Luca Brasi había mantenido contactos con las fuerzas de Sollozzo varios meses antes, siguiendo instrucciones personales del Don en persona. Dichos contactos habían consistido en frecuentar los *night-clubs* controlados por la familia Tattaglia y en relacionarse con una de las *callgirls* de más categoría. Estando en la cama con la muchacha, Luca se quejó de lo poco que lo consideraban dentro de la familia Corleone, de lo poco que apreciaban sus servicios. Una semana después, Luca fue abordado por Bruno Tattaglia, director del *night-club*. Bruno era el hijo más joven, y evidentemente no estaba relacionado con el negocio de la prostitución, la principal fuente de ingresos de la familia Tattaglia. Pero su famoso *night-club*, con su grupo de bellas chicas de largas y esbeltas piernas, era una especie de escuela preparatoria para muchas de las rameras de la ciudad.

La primera entrevista tuvo un tono de extremada franqueza: Tattaglia le ofreció un empleo en los negocios de su Familia. Los contactos duraron casi un mes. Luca desempeñó el papel del hombre prendido en las redes de una hermosa chica; Bruno Tattaglia, el del hombre de negocios que trata de arrebatar un excelente colaborador a una empresa rival. En el curso de una de tales entrevistas, Luca fingió haberse dejado convencer e hizo la siguiente observación:

—Quiero dejar una cosa bien clara. Nunca actuaré contra el Padrino. Respeto mucho a Don Corleone y comprendo que ponga a sus hijos por delante de mí en los negocios de la Familia.

Bruno Tattaglia era uno de esos jóvenes que a duras penas pueden ocultar su desprecio por los viejos como Luca Brasi, Don Corleone e incluso su propio padre. El hecho de que se mostrase tan excesivamente respetuoso con ellos así lo demostraba.

—Mi padre nunca le pediría que hiciera nada contra los Corleone —dijo a Luca—. ¿Por qué iba a hacerlo? Hoy en día todo el mundo se lleva bien con todo el mundo. No es como antes. Yo me limito a ofrecerle un empleo; si le interesa, se lo diré a mi padre. En nuestro negocio siempre se precisan hombres como usted. Es un negocio duro, y se necesitan hombres duros para que todo marche como es debido. Si se decide a aceptar mi oferta, avíseme.

—No es que esté descontento de mi actual empleo... —dijo Luca, dubitativo.

De momento lo dejaron así.

De un modo general, el plan de los Corleone consistía en dejar creer a los Tattaglia que Luca estaba al corriente del lucrativo asunto de las drogas y que deseaba entrar en el mismo. Con ello esperaban enterarse de los planes de Sollozzo, si es que tenía alguno. Después de dos meses sin que nada sucediese, Luca informó al Don de que Sollozzo había aceptado graciosamente su fracaso. El Don le había dicho que siguiera con sus averiguaciones, pero sin forzar las cosas.

Luca se había dejado caer por el *night-club* la noche anterior al atentado contra Don Corleone. Casi inmediatamente, Bruno Tattaglia fue a sentarse a su mesa.

—Tengo un amigo que quiere hablar con usted —le dijo.

—Que venga —contestó Luca—. Siendo amigo suyo, no tengo inconveniente alguno en hablar con él.

—No —alegó Bruno—. Quiere verle en privado.

—¿Quién es? —preguntó Luca.

—Un amigo mío, ya se lo he dicho. Quiere hacerle una proposición. ¿Acepta hablar con él esta misma noche?

—De acuerdo —dijo Luca—. ¿Dónde y a qué hora?

—El club se cierra a las cuatro de la mañana —respondió Bruno Tattaglia, bajando la voz—. ¿Por qué no charlan aquí, mientras los camareros hacen la limpieza?

Conocían bien sus costumbres, pensó Luca. Por lo visto le habían seguido los pasos. Solía levantarse a las tres o las cuatro de la tarde, desayunaba, y luego se entretenía jugando con sus amigos de la Familia o bien pasaba un par de horas con una mujer. A veces se iba al cine a medianoche, y a la salida se iba a tomar una copa en algún club. Nunca se acostaba antes del amanecer. Por ello, la sugerencia de una entrevista a las cuatro de la madrugada no era tan descabellada como parecía.

—Completamente de acuerdo —asintió—. Volveré a las cuatro.

Salió del club y se dirigió en taxi a su habitación amueblada de la Décima Avenida. Se alojaba en casa de unos italianos, parientes lejanos. Las dos habitaciones de que disponía Luca estaban separadas del resto del piso por una puerta especial. Eso le gustaba, pues le permitía hacer una especie de vida de familia, a la vez que le protegía contra cualquier sorpresa desagradable en el lugar donde era más vulnerable.

No tardaría en ver la peluda cola del astuto zorro turco, pensó Luca. Si las cosas iban bien, si Sollozzo se descubría esa noche, tal vez todo terminaría con un agradable regalo de Navidad para el Don. En su habitación, Luca abrió la maleta que tenía debajo de la cama y sacó un chaleco a prueba de balas. Pesaba mucho. Se desnudó, se puso una camiseta de lana, luego la camisa, y, finalmente, el chaleco. Por un momento pensó en llamar al Don para ponerle al corriente de todo, pero luego recordó que el Don nunca contestaba el teléfono y que, además, le había encargado aquella misión en secreto, de modo que nadie, ni tan siquiera Hagen y Sonny, debían saber nada.

Luca siempre iba armado. Tenía licencia de armas, probablemente la licencia más cara del mundo y de todos los tiempos. Había costado diez mil dólares, pero en caso de ser registrado por la policía, le evitaría ir a prisión. Esta noche no quería llevar el arma que estaba facultado legalmente para llevar encima, sino que prefería una pistola «segura», ya que tal vez tendría ocasión de terminar el trabajo. Sí, era mejor un arma que no estuviera registrada. Luego, después de pensarlo mejor, decidió que aquella noche se limitaría a escuchar la proposición y a informar al Padrino, a Don Corleone.

Emprendió el camino hacia el club, pero no volvió a beber. Pasó por la Calle Cuarenta y ocho, donde estaba su restaurante italiano favorito, el Patsy's, y cenó tranquilamente, a pesar de lo insólito de la hora. Luego, viendo que se acercaba la hora de la entrevista, se marchó hacia el club. Cuando llegó, el portero ya no estaba, ni tampoco la chica del guardarropa. Sólo Bruno Tattaglia le esperaba. Lo condujo hasta la desierta barra del otro lado del salón. Luca vio ante él las desiertas mesitas colocadas alrededor de la reluciente pista de baile que brillaba como un diamante, y, entre las sombras, el estrado de los músicos y el esqueleto metálico de un micrófono.

Luca se sentó frente a la barra y Bruno fue a situarse detrás, en el lugar de los camareros. Luca rechazó una copa que le ofreció y encendió un cigarrillo. Era posible que no se tratara del Turco, sino de alguna otra persona. Pero luego por entre las sombras de la estancia, vio aparecer a Sollozzo en persona.

Sollozzo le estrechó la mano y se sentó en un taburete, a su lado. Tattaglia puso un vaso delante del recién llegado, quien le dio las gracias.

—¿Sabe usted quién soy? —preguntó Sollozzo.

Luca asintió con un gesto y le dirigió una sonrisa astuta. Las ratas iban saliendo de su agujero. Sería un gran placer ocuparse de ese siciliano renegado.

—¿Sabe usted lo que voy a pedirle? —preguntó Sollozzo.

Luca negó con la cabeza.

—Hay un gran negocio en perspectiva —explicó Sollozzo—. Habrá millones para todos los que intervengan desde un puesto elevado. Hablando solamente del primer embarque, puedo garantizarle a usted cincuenta mil dólares. Estoy hablando de drogas, el gran negocio del futuro.

—¿Por qué acude usted a mí? —preguntó Luca—. ¿Pretende que se lo cuente a mi Don?

—Ya le he hablado yo —respondió Sollozzo con una mueca—, y no quiere saber nada del asunto. Muy bien, puedo hacerlo sin él. Pero necesito a un hombre fuerte, a alguien que pueda proteger físicamente la operación. Como sé que no está usted satisfecho con su Familia, he pensado que podría interesarle el cambio.

Luca fingió ciertas dudas.

—Si la oferta es lo bastante buena...

Sollozzo, que había estado observándolo atentamente, pareció haber llegado a una decisión firme.

—Le doy unos cuantos días para que estudie mi oferta; luego volveremos a vernos —dijo.

El Turco adelantó la mano hacia Luca, pero éste fingió no darse cuenta. Para disimular, sacó un cigarrillo del paquete que llevaba en el bolsillo y se lo llevó a la boca. Detrás de la barra, Bruno Tattaglia hizo aparecer un encendedor como por arte de magia y dio fuego a Luca. Luego hizo una cosa muy rara. Dejó caer el encendedor sobre el mostrador, y asió con fuerza, con mucha fuerza, la mano derecha de Luca.

Luca reaccionó al instante. Saltó del taburete y se esforzó por zafarse de Bruno Tattaglia, pero Sollozzo ya le había asido por el otro brazo y se lo retorció contra la espalda. Pese a ello, Luca seguía siendo demasiado fuerte para los dos hombres juntos, y habría conseguido soltarse. Sin embargo, de entre las sombras de la sala y a su espalda, apareció otro hombre que le colocó una fina cuerda de seda alrededor del cuello. La cuerda apretaba cada vez más, y Luca apenas si podía respirar. Su rostro se tornó violáceo y sus brazos perdieron fuerza. Tattaglia y Sollozzo ya no tuvieron dificultad alguna en sujetarlo; la actitud de ambos inmovilizando a Luca tenía cierto aire infantil. Mientras, el otro hombre iba apretando más y más el cerco alrededor del cuello de Luca Brasi. De pronto, el suelo quedó mojado. Luca perdió el control de los esfínteres y la orina acumulada en su cuerpo se fue derramando hasta la última gota. Las fuerzas le habían abandonado por completo; las piernas se negaban a sostenerle y todo su cuerpo temblaba. Sollozzo y Tattaglia le dejaron libres los brazos y la víctima quedó a merced del estrangulador, ahora arrodillado para seguir al cuerpo de Luca en su lenta caída. La cuerda apretaba tan fuerte, que ya no resultaba visible en la garganta de Luca. Los ojos de éste parecían a punto de salirse de sus órbitas. Diríase que tenían una expresión de tremenda sorpresa, de mortal sorpresa más exactamente. Esta expresión era lo único humano que le quedaba a Luca Brasi, pues había muerto.

—Hacedlo desaparecer —dijo Sollozzo—. Es muy importante que tarden un tiempo en encontrarlo.

Acto seguido dio media vuelta y se fue, desapareciendo entre las sombras.

8

Para la Familia, el día siguiente al atentado contra Don Corleone fue una jornada de actividad frenética. Michael permaneció junto al teléfono, recibiendo mensajes para Sonny. Tom Hagen estaba ocupado tratando de encontrar un mediador aceptable para ambas partes, al efecto de que pudiera organizarse una conferencia con Sollozzo. El Turco parecía haberse esfumado, seguramente porque sabía que los hombres de Clemenza y de Tessio andaban buscándolo por toda la ciudad. En efecto, Sollozzo permanecía en su escondite, al igual que los principales miembros de la familia Tattaglia, y Sonny lo sabía; el enemigo no podía hacer otra cosa, dadas las circunstancias.

Clemenza debía ocuparse de Paulie Gatto. Tessio tenía que encontrar la pista de Luca Brasi, que no había estado en su casa desde la noche anterior al atentado. Ello era un mal síntoma, pero Sonny no podía creer que Brasi hubiera traicionado a la Familia, ni que se hubiera dejado sorprender.

Mamá Corleone permaneció en la ciudad, en casa de unos amigos de la Familia, para estar cerca del hospital. Carlo Rizzi, el yerno, había ofrecido sus servicios, pero se le dijo que cuidara de su propio negocio, el que Don le había procurado, que consistía en una lucrativa correduría de apuestas en el barrio italiano de Manhattan. Connie estaba con su madre, en la ciudad, para poder visitar con frecuencia a su padre en el hospital.

Freddie seguía en tratamiento a base de sedantes en su habitación de la casa paterna. Sonny y Michael le habían hecho una visita, y ambos quedaron asombrados al ver la palidez del rostro de su hermano.

—¡Madre mía! —exclamó Sonny—. Si parece que las balas las haya recibido él.

Michael asintió. En el campo de batalla había visto soldados en el mismo estado que Freddie, pero nunca lo hubiera esperado de su hermano. Recordaba que, de niños, Freddie había sido el más fuerte de los tres. Aunque, a decir verdad, también había sido siempre el más obediente y respetuoso para con su padre. Sin embargo, todos sabían que desde hacía tiempo, el Don no contaba con Freddie cuando se trataba de resolver asuntos importantes. Le faltaba inteligencia y, además, era demasiado sensible. Era un solitario, no tenía suficiente fuerza de espíritu.

A última hora de la tarde, Michael recibió una llamada de Johnny Fontane, desde Hollywood. Sonny se puso al teléfono:

—No, Johnny, no vale la pena que hagas un viaje tan largo para ver a mi padre. Está muy mal, y ello representaría para ti una publicidad negativa. Sé que al viejo no le gustaría. Espera a que se recupere un poco. Entonces, cuando esté en casa, ven a verle. De acuerdo, Johnny. No te preocupes, le transmitiré tu mensaje.

Sonny colgó el auricular y se volvió hacia Michael.

—A papá le gustará saber que Johnny quería venir desde California con el único objeto de hacerle una visita —comentó.

Posteriormente, aquella misma tarde, Michael recibió una llamada por el teléfono de la cocina, donde estaba de guardia uno de los hombres de Clemenza. Era Kay.

—¿Cómo está tu padre? —preguntó.

Su voz sonaba un poco extraña. Michael sabía que la muchacha no podía acabar de creer que su padre era realmente lo que los periódicos decían que era: un gángster.

—Se pondrá bien —afirmó Michael.

—¿Podré acompañarte cuando vayas al hospital a visitarlo?

Michael se echó a reír. Kay se había acordado de que él le había dicho muchas veces hasta qué punto valoraban los viejos italianos estos detalles.

—Éste es un caso especial —objetó—. Si los periodistas se enteran de quién eres, aparecerás en la tercera página del *Daily News* con unos titulares que dirán: «La heredera de una antigua familia americana mantiene un idilio con el hijo de un alto jefe de la Mafia.» ¿Cómo sentaría eso a tus padres?

—Mis padres nunca leen el *Daily News* —respondió Kay, secamente. Se produjo una corta pausa y Kay prosiguió—: ¿Pero tú estás bien, Mike? ¿No corres ningún peligro?

Michael rió de nuevo.

—Se me conoce como el corderito de la familia Corleone. Soy tan inofensivo, que nadie se preocupará de mi persona. No, todo ha terminado, Kay; no habrá problemas. En cierto modo, todo ha sido un accidente. Ya te lo explicaré cuando nos veamos.

—¿Y cuándo será eso? —preguntó Kay.

—¿Te va bien esta noche? Tomaremos algo y cenaremos en tu hotel, después iré al hospital a visitar a mi padre. Ya estoy cansado de estar todo el día junto al teléfono. ¿Qué te parece? Pero ni una palabra a nadie. No quiero que los periodistas nos fotografíen juntos. Te lo digo en serio, Kay; sería muy violento, sobre todo para tus padres.

—Muy bien —dijo Kay—. Te esperaré. ¿Quieres que te compre algo? ¿Necesitas cualquier otra cosa?

—No —respondió Michael—. Sólo quiero que estés lista cuando vaya a buscarte.

—No te preocupes, lo estaré —rió la muchacha con cierto nerviosismo—. ¿No lo estoy siempre?

—Sí, desde luego. Por eso eres para mí la mejor de las chicas.

—Te quiero —dijo Kay—. ¿Por qué no me dices que tú también me quieres?

—Ahora no puedo —respondió Michael, después de mirar a los cuatro hombres que estaban sentados en la cocina—. Quedamos para esta noche, ¿de acuerdo?

—De acuerdo.

Michael colgó el auricular.

Clemenza acababa de regresar de su trabajo del día y se hallaba en la cocina, ocupado con una lata de tomate. Michael le saludó y se fue al despacho, donde encontró a Hagen y a Sonny, que le esperaban con impaciencia.

—¿Ha llegado ya Clemenza? —preguntó Sonny.

—Está preparando espaguetis para la tropa, igual que en el ejército —bromeó Michael.

—Pues dile que lo deje todo y venga aquí enseguida —ordenó Sonny—. Tiene cosas más importantes que hacer. Que venga también Tessio.

Minutos después, los cinco hombres estaban en el despacho.

—¿Te has encargado de él? —dijo Sonny secamente, dirigiéndose a Clemenza.

—No volverás a verlo —fue la respuesta del *caporegime*.

Michael sintió un escalofrío al comprender que estaban hablando de Paulie Gatto, de que el pequeño Paulie había muerto a manos del bonachón Clemenza.

Sonny preguntó a Hagen:

—¿Has tenido suerte con Sollozzo?

Hagen hizo un gesto negativo.

—Parece que ya no tiene interés en negociar con nosotros —respondió—. O tal vez tenga miedo de nuestros hombres. En cualquier caso, sabe que no le queda más remedio que pactar con nosotros. Perdió su gran oportunidad cuando no consiguió acabar con tu padre.

—Es un individuo listo —dijo Sonny—, el más listo con el que se ha enfrentado nuestra Familia. Tal vez se imagina que queremos ganar tiempo mientras mi padre se recupera, o que esperamos la ocasión de cazarle a él.

—Seguro que algo sospecha —asintió Hagen—. Sin embargo, no le queda más remedio que negociar. Mañana quedará todo arreglado, estoy seguro.

En aquel momento, uno de los hombres de Clemenza llamó a la puerta y, después de recibir el permiso, entró en la oficina.

—Acaban de dar la noticia por la radio —informó a su jefe directo—: la policía ha encontrado a Paulie Gatto, muerto en su coche.

—No se preocupe —respondió Clemenza, asintiendo.

El subordinado le miró con expresión de sorpresa, y enseguida le dirigió una mirada de comprensión, antes de regresar a la cocina.

La conferencia prosiguió como si no hubiese habido interrupción alguna. Sonny preguntó a Hagen:

—¿Se ha producido algún cambio en el estado del Don?

—Está muy bien, pero no podrá hablar hasta dentro de un par de días —contestó Hagen—. Está muy débil. Se va recuperando de la operación. Tu madre está a su lado casi todo el día, y también Connie. Hay muchos policías en el hospital, y también están los hombres de Tessio, por si las moscas. Dentro de dos días estará bien; entonces podrá darnos instrucciones. Mientras, hemos de evitar que Sollozzo cometa una locura. Por eso quiero que empieces las negociaciones con él.

—Mientras mi padre se recupera, Clemenza y Tessio velarán por él —gruñó Sonny—. Tal vez tengamos suerte y podamos resolverlo todo.

—No lo creo —replicó Hagen—. Sollozzo es demasiado listo. Sabe positivamente que, una vez en la mesa de negociaciones, tendrá que plegarse casi por completo a nuestras condiciones, por eso está dando largas al asunto. Sospecho que intenta conseguir el apoyo de las otras Familias de Nueva York para que no nos atrevamos a proceder contra él cuando el Don se haya recuperado.

—¿Por qué diablos tendrían que apoyarle? —exclamó Sonny, sorprendido.

—Para evitar una guerra que perjudicaría a todos —replicó Hagen, pacientemente—. Para evitar que la prensa y el Gobierno se fijen demasiado en todos nosotros. Además, Sollozzo les daría su parte. Y tú sabes que en un asunto como el de las drogas hay mucho que repartir. La familia Corleone no necesita las drogas, ya que tiene el juego, que es lo más rentable. Pero las otras Familias están hambrientas. Sollozzo es un hombre con experiencia y ellos saben que está capacitado para operar a gran escala. Vivo, representa dinero para sus bolsillos; muerto, es un problema.

Michael nunca había visto aquella expresión en el rostro de su hermano Sonny. Su bronceada piel había adquirido un tono grisáceo.

—Me importa un bledo lo que quieran las demás Familias. Mejor será que no se mezclen en esta lucha.

Clemenza y Tessio se agitaron en sus sillas, incómodos. Se sentían como oficiales de infantería que oyeran a su general hablar de conquistar un objetivo inexpugnable, prescindiendo de las vidas que tuvieran que sacrificarse.

—Escucha, Sonny —dijo Hagen con cierta impaciencia—: a tu padre no le gustaría oírte hablar así. Ya conoces su opinión: «Eso es un despilfarro.» No nos detendremos ante nada, si el Don nos ordena ir a la caza de Sollozzo. Pero esto no es una cuestión personal, sino un asunto de negocios. Si vamos tras el Turco y las otras Familias interfieren, discutiremos con ellos el problema. Luego si ven que estamos completamente decididos, nos dejarán hacer. El Don hará concesiones en otros terrenos, para compensar. Pero no dejes que corra la sangre en un asunto como éste. Sólo son negocios. Incluso el atentado contra tu padre fue un asunto de negocios, pues no hubo nada personal. No lo olvides.

Sonny no parecía dispuesto a ceder.

—Lo comprendo —asintió—; pero no permitiré que nadie se ponga en nuestro camino cuando vayamos a por Sollozzo.

Sonny se volvió hacia Tessio:

—¿Alguna noticia respecto a Luca?

—Nada en absoluto —contestó el *caporegime*—. Sollozzo debe haberlo secuestrado.

—Me sorprendió que Sollozzo no se sintiera en absoluto preocupado respecto a Luca —comentó Hagen—. Es demasiado listo para no preocuparse por un hombre como Luca. Pienso que tal vez lo haya puesto fuera de la circulación, de una forma u otra.

—¡Dios! —musitó Sonny—. Espero que Luca no esté luchando contra nosotros. Eso sí me daría verdadero miedo. Clemenza, Tessio: ¿qué creéis que puede haber ocurrido?

—Cualquiera puede hacer una tontería, y la prueba la tienes en Paulie —contestó Clemenza lentamente—. Pero Luca, no. El Padrino siempre ha confiado ciegamente en él. Luca es el único hombre al que ha temido. Pero hay más, Sonny. Luca ha respetado siempre a tu padre más que cualquier otra persona, y sabes muy bien que a tu padre todo el mundo lo respeta. No, Luca nunca nos traicionaría. Y me cuesta creer que un hombre como Sollozzo, por astuto que sea, pueda sorprender a Luca. Es un hombre que sospecha de todo y de todos. Siempre está preparado para lo peor. Me inclino a pensar que habrá salido fuera de la ciudad por unos pocos días. Tendremos noticias suyas en el momento menos pensado.

Sonny se volvió a Tessio.

—Cualquiera puede convertirse en traidor —opinó el *caporegime* de Brooklyn—. Luca siempre ha sido muy susceptible. Tal vez el Don le ofendió sin querer. Entra dentro de lo posible. Sin embargo, creo que Sollozzo le dio una pequeña sorpresa. Eso concuerda con la opinión del *consigliere*. Deberíamos prepararnos para aceptar lo peor.

—Sollozzo no tardará en enterarse de lo de Paulie Gatto. ¿Cómo va a reaccionar? —dijo Sonny, dirigiéndose a todos.

—Le hará recapacitar —sonrió Clemenza—. Sabrá que nadie se burla de la familia Corleone y comprenderá que ayer tuvo mucha suerte.

—Eso no fue suerte —señaló Sonny bruscamente—. Sollozzo lo había estado planeando todo durante semanas. Estaban al corriente de todos y cada uno de los movimientos de mi padre. Luego compraron a Paulie y quizá también a Luca, secuestraron a Tom, hicieron lo que les dio la gana. En realidad tuvieron muy mala suerte. Los esbirros que contrataron no fueron lo suficientemente buenos y, además, el viejo se movió muy aprisa. Si lo hubiesen matado, me habría visto obligado a pactar y Sollozzo habría vencido, al menos de momento. Le hubiera dado cinco, diez años, pero, finalmente, lo habría liquidado. Pero no digas que ha tenido suerte, Pete; eso sería subestimarlo. Creo que últimamente nos hemos dedicado demasiado al peligroso deporte de subestimar al prójimo y que ahora estamos pagando las consecuencias de ello.

Uno de los hombres de la cocina les llevó una fuente de espaguetis y luego varios platos, tenedores y vino. Prosiguieron la reunión mientras comían. Michael no salía de su asombro. Él no comía ni hablaba, pero Sonny, Clemenza y Tessio parecían tener un apetito voraz. Era casi cómico. Y continuaron la discusión.

Tessio no creía que la muerte de Paulie Gatto acobardara a Sollozzo. Es más, estaba por decir que la había previsto y que se había alegrado. Un inútil menos en la nómina. Y no se asustaría; después de todo, ¿se habrían asustado ellos de hallarse en la situación del Turco?

—Sé que soy sólo un aficionado —intervino Michael tímidamente—, pero de todo lo que habéis dicho acerca de Sollozzo, teniendo en cuenta que de pronto ha roto la comunicación con Tom, diría que se guarda un as en la manga. No sé qué jugada prepara, pero si lo supiéramos, entonces tendríamos la sartén por el mango.

—Sí —replicó Sonny, de mala gana—, ya he pensado en ello, y lo único que se me ocurre es que tiene a Luca. Ya he dado órdenes de que lo traigan aquí en cuanto aparezca. También es posible que Sollozzo haya llegado a un acuerdo con las otras Familias de Nueva York. En ese caso, mañana mismo nos enteraremos de que nos han declarado la guerra. Si fuese cierto, nos veríamos obligados a someternos al Turco. ¿Estás de acuerdo conmigo, Tom?

—Completamente, Sonny. Y no podemos enfrentarnos con todos sin el permiso de tu padre. Él es el único que puede plantar cara a las otras Familias. Tiene las relaciones políticas necesarias, y sólo él las puede utilizar en su provecho.

Clemenza, en un tono quizá demasiado arrogante para un hombre cuyo primer subordinado le había traicionado recientemente, dijo:

—Sollozzo nunca podrá acercarse a esta casa, jefe. Lo prometo. No tienes por qué preocuparte.

Durante un instante, Sonny lo miró pensativamente. Luego dijo a Tessio:

—¿Qué novedades hay en el hospital? ¿Están tus hombres donde deben estar?

Por vez primera durante la conferencia, Tessio pareció seguro del terreno que pisaba.

—Ya lo creo —asintió—. Están en el interior y en el exterior. Forman un círculo. También los policías lo están haciendo muy bien. Hay agentes de paisano en la puerta de la habitación, esperando interrogar al Don. Es de risa. El Don todavía está siendo alimentado por medio de tubos, por lo que de momento no tenemos por qué preocuparnos de la cocina. Lo digo porque esos turcos son muy aficionados a emplear venenos. Y en modo alguno debemos dejar que se acerquen al Don.

Sonny saltó de la silla.

—Yo no corro peligro, pues tienen que tratar conmigo: necesitan el engranaje de la Familia. —Y mirando a Michael, añadió, sonriente—: Tal vez vayan a por ti. A lo mejor Sollozzo piensa raptarte y así forzarnos a aceptar sus condiciones.

Tristemente, Michael pensó que su cita con Kay no se produciría. Sonny no le dejaría salir de la casa. Pero Hagen intervino en tono impaciente.

—No, si hubiese querido raptar a Mike, lo hubiera hecho ya. Ocasiones no le han faltado. Pero todo el mundo sabe que Mike no está en los negocios de la Familia. Si lo secuestrara, Sollozzo perdería el apoyo de todas las Familias de Nueva York. Incluso los Tattaglia se verían obligados a ir contra él. No, la cosa es bastante sencilla. Mañana vendrá un representante de las Familias a decirnos que debemos negociar con el Turco. Eso es lo que Sollozzo está esperando. Ése es el as que tiene en la manga.

Michael lanzó un suspiro de alivio.

—Bien —dijo—. Esta noche tengo que ir a la ciudad.

—¿Por qué? —preguntó Sonny con aspereza.

—Tengo intención de ir al hospital a visitar a papá, y también quiero ver a mamá y a Connie. Además, tengo algunas otras cosas que hacer —añadió con una sonrisa.

Lo mismo que el Don, Michael nunca revelaba sus verdaderos motivos, y ahora no tenía ganas de decirle a Sonny que quería ver a Kay Adams. No tenía motivo alguno para ocultárselo; simplemente era su costumbre.

De la cocina salía un rumor confuso de voces. Clemenza fue a ver qué ocurría. Cuando regresó al despacho llevaba en las manos el chaleco a prueba de balas de Luca Brasi. Envuelto en el chaleco había un pez muerto.

—El Turco se ha enterado de lo de su espía, Paulie Gatto —declaró Clemenza.

—Y ahora nosotros sabemos lo de Luca Brasi —concluyó Tessio.

Sonny encendió un cigarrillo y bebió un trago de whisky.

—¿Qué demonios significa ese pez? —preguntó Michael, asombrado.

Hagen, el irlandés, el *consigliere*, respondió a su pregunta:

—El pez significa que Luca Brasi está durmiendo en el fondo del mar. Es un antiguo mensaje siciliano.

9

Cuando Michael Corleone fue a la ciudad aquella noche, se sentía deprimido. Tenía la impresión de que le estaban mezclando en los negocios de la Familia contra su voluntad, y le desagradaba que Sonny lo utilizara, aunque sólo fuera para contestar al teléfono. Le desagradaba asistir a los consejos de la Familia, como si tuviera la ineludible obligación de estar al corriente de todo, asesinatos incluidos. Mientras viajaba para verse con Kay, también se sentía culpable por ella. Nunca le había sido completamente sincero en lo referente a su familia. Le había hablado de sus parientes, desde luego, pero siempre en un tono jocoso, de modo que para la chica, su padre y hermanos debían de ser más los protagonistas de una película que lo que en realidad eran. Su padre había sufrido un atentado en plena calle, y su hermano mayor estaba planeando eliminar a varios hombres. No, desde luego no se atrevería a contarle la verdad desnuda a Kay. Ya le había dicho que lo de su padre había sido sólo un «accidente», y que no pasaría nada, cuando en realidad era precisamente en ese momento cuando iba a empezar todo. Sonny y Tom estaban equivocados respecto a Sollozzo; seguían subestimándolo, pese a que Sonny tenía un olfato especial para oler el peligro. Michael trataba de imaginar el juego del Turco. Evidentemente, era un hombre valeroso y muy listo. De él podía esperarse todo. Sin embargo, Sonny, Tom, Clemenza y Tessio afirmaban que todo estaba bajo control, y ellos tenían más experiencia que él. En esta guerra, él, Michael, era el «civil». Y tendrían que prometerle muchas más medallas de las que había conseguido en la Segunda Guerra Mundial si querían que participara.

Michael se sentía culpable por el hecho de no estar excesivamente dolido por lo de su padre. Era cierto que le habían hecho varios agujeros en el cuerpo, pero Michael consideraba, en mayor medida que los demás, que todo había sido cuestión de negocios; nada personal. Estimaba que su padre había pagado por el poder del que había disfrutado durante toda su vida, que aquél había sido el precio por el respeto de que había sido objeto por parte de cuantos lo rodeaban.

Lo que Michael quería, por encima de todo, era vivir su propia vida, pero no podía separarse de su propia familia hasta que la crisis hubiera pasado. Debía ayudar, aunque sólo fuera como «civil». De pronto se dio cuenta de que el papel que le habían asignado no le satisfacía. No, no le gustaba ser un no combatiente privilegiado; no le satisfacía representar el papel de objetor de conciencia. Por ello, precisamente, no dejaba de brincarle por el cerebro la palabra «civil».

Cuando llegó al hotel, Kay le estaba esperando en el vestíbulo. Dos de los hombres de Clemenza le habían acompañado hasta la esquina próxima, y sólo se marcharon cuando se hubieron asegurado de que nadie les había seguido.

Michael y Kay cenaron juntos y tomaron unas copas.

—¿Cuándo irás a visitar a tu padre? —le preguntó Kay de pronto.

—La hora de visita termina a las ocho y media —respondió Michael, mirando su reloj—. Iré cuando todos se hayan marchado. Me dejarán pasar: tiene su propia habitación y sus propias enfermeras. Así podré estar un rato con él. No creo que pueda hablar. Es más, es posible que ni siquiera se percate de mi presencia. De todas formas tengo que ir.

—Siento mucho lo de tu padre —dijo Kay—. El día de la boda de tu hermana me pareció un hombre muy simpático. No puedo creer lo que los periódicos dicen de él. Estoy segura de que la mayor parte de lo que afirman es mentira.

—Lo mismo pienso yo —respondió Michael.

Se sorprendió al comprobar lo reservado que estaba siendo con Kay. La amaba, confiaba en ella, pero no podía decirle nada acerca de su padre o de la Familia. La muchacha no formaba parte del círculo.

—¿Qué piensas hacer? —preguntó Kay—. ¿Piensas participar en esta guerra entre gángsters de que hablan los periódicos?

Michael sonrió y se desabrochó la chaqueta.

—Mira, no llevo armas.

Kay se echó a reír.

Como se estaba haciendo tarde, ambos subieron a su habitación. Kay preparó una bebida para cada uno y, mientras la tomaban, se sentó sobre las rodillas de Michael. Debajo de su vestido sólo había seda y la piel desnuda, una piel ardiente que los dedos de Michael no tardaron en acariciar. Se tendieron en la cama y, sin desnudarse, se besaron apasionadamente y se hicieron el amor. Después permanecieron uno al lado del otro, sintiendo el calor de sus cuerpos.

—¿Es eso lo que los soldados llaman un «rápido»? —preguntó Kay.

—Sí —respondió Michael.

—Pues no está mal —dijo Kay, seriamente.

Siguieron bromeando y charlando durante un rato, hasta que Michael, inquieto, se levantó y miró su reloj.

—¡Vaya! Son ya casi las diez. Tengo que ir al hospital.

Se dirigió al cuarto de baño para ducharse y peinarse. Kay le siguió y lo abrazó por detrás.

—¿Cuándo nos casaremos? —preguntó.

—Cuando quieras, en cuanto las aguas vuelvan a su cauce y mi padre se haya recuperado. Sin embargo, creo que sería mejor que hablaras con tus padres.

—¿Qué es lo que debo contarles? —preguntó Kay.

Michael se pasó el peine por la cabeza.

—Diles que has conocido a un guapo y elegante muchacho de ascendencia italiana. Notas brillantes en Dartmouth, Cruz de Servicios Distinguidos durante la guerra, además de otras condecoraciones. Honrado y trabajador, aunque su padre es un jefe de la Mafia que tiene que matar a hombres malos y sobornar a funcionarios del Gobierno. Diles también que el padre siempre se halla expuesto, en razón de su trabajo, a que le metan unas cuantas balas en el cuerpo. Y explícales que su brillante hijo nada tiene que ver con todo ello. ¿Crees que podrás recordar cuanto acabo de decirte?

La impresión hizo que Kay tuviera que apoyarse en la pared del cuarto de baño.

—¿Es tal y como dices? ¿Mata y soborna?

Michael terminó de peinarse.

—En realidad, no lo sé —admitió—. Nadie lo sabe con certeza. Pero no me extrañaría.

Antes de que él se marchara, Kay preguntó:

—¿Cuándo volveré a verte?

Michael le dio un beso.

—Quiero que te vayas a tu casa y que pienses bien en lo que acabo de decirte —respondió—. No quiero que te veas mezclada en todo esto. Después de las vacaciones de verano regresaré a la universidad. Nos veremos en Hanover, ¿de acuerdo?

—De acuerdo —contestó la muchacha.

Le miró mientras salía de la habitación; él la saludó con la mano antes de entrar en el ascensor. Kay nunca se había sentido tan unida a él, nunca le había amado tanto, y si alguien le hubiera dicho que no volvería a ver a Michael en los siguientes tres años, no hubiese podido soportarlo.

Cuando Michael se apeó del taxi frente al Hospital Francés, se sorprendió al observar que la calle estaba completamente desierta, y todavía se sorprendió más al ver que, en el interior, el vestíbulo estaba igualmente vacío. ¿Qué demonios estarían haciendo Clemenza y Tessio? Nunca habían estado en West Point, desde luego, pero ambos sabían lo suyo en cuanto a tácticas, y nadie tenía que enseñarles nada en cuanto a la forma de realizar una guardia. Un par de sus hombres deberían haber estado en el vestíbulo. Eso como mínimo.

Los últimos visitantes se habían marchado ya. Eran casi las diez y media de la noche. Michael estaba alerta. No perdió tiempo acercándose al mostrador de recepción, pues conocía el número de la habitación de su padre, situada en la cuarta planta. Tomó el ascensor, y le pareció raro que nadie lo interceptara. Llegó a la cuarta planta y pasó por delante del puesto de las enfermeras, pero no se detuvo. Al llegar delante de la habitación de su padre, vio que no había nadie en la puerta. ¿Dónde estarían los dos policías que hacían guardia permanente en la puerta? ¿Dónde estaban los hombres de Clemenza y Tessio? ¿Habría alguno de ellos dentro de la habitación?

La puerta estaba abierta y Michael entró. Vio un cuerpo dentro de la cama. Gracias a la luz de la luna que se filtraba a través de la ventana, Michael reconoció a su padre. Su rostro permanecía impasible y su pecho se movía acompasadamente. Unos tubos se adentraban en los orificios de su nariz. En el suelo había un recipiente de cristal en el que otros tubos vertían los residuos estomacales del paciente. Michael estuvo en la habitación el tiempo justo para asegurarse de que su padre estaba bien, y luego salió.

—Soy Michael Corleone —dijo a la enfermera—. Sólo quería ver a mi padre. ¿Dónde están los agentes que deberían custodiarle?

La enfermera era una chica joven y guapa, muy convencida de la importancia de su trabajo.

—Su padre recibía demasiadas visitas —dijo—. Hará unos diez minutos vino la policía y les hizo salir a todos. Y después, hace cinco minutos, tuve que avisar a los dos agentes de que les reclamaban en la comisaría, por lo que también ellos se marcharon. Pero no se preocupe, pues yo me encargo de ir a menudo a la habitación de su padre. Desde aquí incluso oigo su respiración. Por eso he dejado la puerta abierta.

—Gracias. Supongo que no tendrá inconveniente en que me quede unos minutos con mi padre, ¿verdad?

La muchacha le dirigió una encantadora sonrisa.

—Bien, pero sólo un ratito. Luego tendrá que marcharse. Son las normas, ¿comprende?

Michael volvió a entrar en la habitación de su padre. Descolgó el teléfono y rogó a la operadora del hospital que le pusiera con la casa de Long Beach, concretamente con el número del despacho. Sonny respondió a la llamada.

—Sonny, estoy en el hospital —dijo Michael, en voz apenas audible—. Aquí no hay nadie. No hay ni rastro de los hombres de Tessio ni de los policías. Nuestro padre no cuenta con protección de ninguna clase.

Tras un largo silencio, Sonny respondió con voz lenta y fatalista.

—Ésta es la jugada de Sollozzo de la que tú hablabas.

—Eso es lo que he pensado yo también —comentó Michael—. Pero, ¿cómo consiguió que los policías echaran a todo el mundo? ¿Y adónde han ido los agentes de paisano? ¿Qué ha sucedido con los hombres de Tessio? ¿Será posible que ese hijo de puta de Sollozzo tenga en el bolsillo a toda la policía de Nueva York?

—Tómatelo con calma, muchacho —dijo Sonny con serenidad—. Ha sido una suerte que hayas ido al hospital tan tarde. No te muevas de la habitación y cierra la puerta por dentro. Nuestros hombres no tardarán ni un cuarto de hora. Ahora voy a llamarles. Tú quédate en la habitación y no te dejes dominar por el pánico. ¿De acuerdo, muchacho?

—No tengo miedo —dijo Michael.

Por vez primera desde que había empezado todo, Michael sentía que en su espíritu se estaba formando un torrente de odio hacia los enemigos de su padre.

Una vez hubo colgado el auricular, pulsó el timbre para llamar a la enfermera. Decidió seguir su propio criterio y prescindir de las indicaciones de Sonny. Cuando llegó la enfermera, Michael le dijo:

—No quiero que se asuste, pero tenemos que trasladar a mi padre enseguida a otra habitación o a otro piso. ¿Puede usted desconectar todos estos tubos, de modo que podamos sacar la cama?

—Pero eso es ridículo —balbuceó la enfermera—. Necesitamos el permiso del médico.

Michael habló con gran rapidez:

—Seguramente habrá leído lo que los periódicos dicen de mi padre. Como ve, aquí no hay nadie para protegerle. Pues bien, acaban de avisarme que no tardarán en venir al hospital varios hombres para asesinarlo. Créame y ayúdeme.

Cuando le interesaba, Michael sabía ser extraordinariamente persuasivo.

—No será preciso desconectar los tubos —dijo la enfermera—. Podremos trasladarlo todo junto.

—¿Hay alguna habitación vacía? —susurró Michael.

—Sí, una al final del pasillo.

El traslado se efectuó en pocos minutos.

—No se mueva de su lado hasta que llegue ayuda —ordenó Michael—. Y no se aleje si no quiere resultar herida.

En aquel momento, Michael oyó la voz de su padre, cansada pero fuerte, como siempre.

—¿Eres tú, Michael? ¿Qué ocurre?

Michael se inclinó sobre la cama. Tomó entre las suyas una de las manos de su padre.

—Soy Mike. No temas. Ahora escucha: no hagas el

menor ruido ni digas nada, sobre todo si alguien pronuncia tu nombre. Quieren matarte, ¿comprendes? Pero no te preocupes; yo estoy aquí.

Don Corleone, que todavía no era plenamente consciente de lo que había sucedido el día anterior, padecía terribles dolores. Sin embargo, dirigió una complacida sonrisa a su hijo, como si de ese modo quisiera decirle: «¿Por qué debería tener miedo ahora? Han querido matarme desde que tenía doce años.»

10

El hospital era pequeño y tenía solamente una entrada. Michael miró a la calle a través de la ventana. Alrededor del edificio había un patio, atravesado por un único camino que conducía desde el exterior hasta la puerta de entrada. Quien quisiera entrar en el hospital debía pasar forzosamente por el sendero del patio. Sabía que no disponía de mucho tiempo, por lo que salió de la habitación y bajó los cuatro pisos corriendo, dirigiéndose sin pérdida de tiempo a la entrada del edificio. En uno de los lados vio el lugar destinado a las ambulancias, aunque no había ningún vehículo estacionado allí.

Michael permanecía de pie en la acera y encendió un cigarrillo. Se desabrochó la chaqueta y se situó debajo de un farol, de modo que pudiera ser visto desde lejos. Un joven caminaba rápidamente por la Novena Avenida, con un paquete bajo el brazo. Su rostro le resultó conocido, pero no conseguía recordar quién era. El joven se paró delante de él y le dijo, con acento siciliano:

—Don Michael, ¿es que no me recuerda? Soy Enzo, el ayudante del panadero Nazorine, el Paniterra; ahora soy su yerno. Su padre me salvó la vida al conseguir que el Gobierno me dejara permanecer en América.

Michael hizo un gesto de asentimiento. Ya se acordaba de él.

—He venido a hacer una visita de cortesía a su padre —prosiguió Enzo—. ¿Cree usted que me dejarán entrar a estas horas?

—No, pero gracias de todos modos —contestó Michael con una sonrisa—. Le diré al Don que ha venido usted.

Por la calle llegaba un coche a toda velocidad. Michael se puso en guardia inmediatamente.

—Aléjese ahora mismo —advirtió al muchacho—. Puede haber problemas. No le interesa en modo alguno tener líos con la policía. En su situación...

Vio el temor reflejado en el rostro del joven italiano. Al mínimo desliz, Enzo corría el peligro de ser deportado.

—Si hay problemas, quiero estar aquí para ayudar —replicó el joven con voz firme—. El Padrino se lo merece todo.

Michael se emocionó. Estaba a punto de decir nuevamente al joven que se marchara, cuando cambió de idea y decidió permitirle que se quedara. Dos hombres en la puerta del hospital tal vez bastaran para desanimar a un posible atacante, mientras que uno solo sería insuficiente. Dio un cigarrillo a Enzo y se lo encendió. Ambos permanecieron bajo del farol en la fría noche de diciembre. El verde de la hierba del jardín y los multicolores adornos navideños se reflejaban en ellos. Casi habían terminado sus cigarrillos cuando un largo coche negro, procedente de la Novena Avenida, entró en la calle Treinta y se dirigió a toda velocidad hacia donde estaban ellos. El automóvil aminoró la marcha y Michael se esforzó por ver el rostro de sus ocupantes echando, como sin querer, el cuerpo hacia adelante. Cuando parecía que iba a detenerse por completo, el coche salió disparado; alguien debía haberlo reconocido. Michael dio a Enzo otro cigarrillo y reparó en que las manos del panadero estaban temblando. Lo más sorprendente fue comprobar que las suyas seguían firmes.

Siguieron fumando hasta que, pasados unos diez minutos, el silencio de la noche fue roto por la estridente sirena de un coche de la policía. Desde la Novena Avenida, un coche patrulla entró a toda velocidad por el sendero del hospital. Otros dos vehículos seguían al primero. De pronto, la entrada del hospital se llenó de policías de uniforme y agentes de paisano. Michael lanzó un suspiro de alivio. El buen Sonny había actuado bien. Michael se acercó a saludar a los recién llegados.

Dos corpulentos agentes le agarraron los brazos, mientras otro le registraba rápidamente. Acto seguido, un corpulento capitán de la policía, con una placa dorada en la gorra, se acercó. Sus subordinados se apartaban respetuosamente para dejarle paso. Era un hombre ágil, muy ágil teniendo en cuenta su corpulencia y su edad. Tenía las sienes plateadas y el rostro rubicundo. Se acercó a Michael y le increpó ásperamente.

—Pensaba que ya os había puesto a todos entre rejas. ¿Quién diablos eres y qué estás haciendo aquí?

Uno de los agentes que sujetaban a Michael intercedió:

—No está implicado, capitán.

Michael permaneció en silencio. Estaba estudiando al capitán.

—Es Michael Corleone, el hijo del Don —dijo un agente de paisano.

—¿Qué pasó con los agentes que debían estar protegiendo a mi padre? —preguntó Michael con serenidad—. ¿Quién les ordenó que abandonaran sus puestos?

El rostro del capitán se encendió de cólera.

—¿Y quién diablos eres tú para darme órdenes? Fui yo quien les dije que se marcharan. No me importa que los gángsters se maten los unos a los otros. Si de mí dependiera, no movería un dedo para proteger la vida de tu padre. Y ahora márchate inmediatamente, inútil. Y no te acerques por el hospital más que en horas de visita.

Michael seguía estudiándolo atentamente. No estaba enfadado por lo que el policía acababa de decir, sino que intentaba pensar con lucidez. ¿Cabía la posibilidad de que Sollozzo fuera uno de los ocupantes del primer automóvil, y que le hubiera visto de pie en la entrada del hospital? Sollozzo tal vez había telefoneado al capitán para decirle: «¿Cómo es posible que los hombres de Corleone estén todavía en el hospital, a pesar de que le he pagado para que los encerrara?» ¿Y si todo había sido cuidadosamente planeado, como había dicho Sonny? Las piezas encajaban. Con voz todavía tranquila, dijo al capitán:

—No voy a salir del hospital hasta que ponga guardias en la puerta de la habitación de mi padre.

El capitán no se molestó en responder.

—Phil, encierre a este mamarracho —ordenó al agente que permanecía de pie a su lado.

—El muchacho nada tiene que ver, capitán —replicó el agente, indeciso—. Es un héroe de guerra y nunca se ha mezclado en los asuntos de su padre. La prensa armará un escándalo.

El capitán se encaró con su subordinado, ruborizado de ira.

—¡Que lo encierre, he dicho! —gritó.

Michael, todavía tranquilo, dijo con acento irónico:

—¿Cuánto le paga el Turco por «defender» a mi padre, capitán?

El oficial se volvió hacia él.

—Inmovilizadle —ordenó a los dos corpulentos policías.

Michael sintió que le agarraban los brazos con fuerza. Vio que el enorme puño del capitán avanzaba en dirección a su cara. Trató de esquivar el golpe, pero el puño se estrelló contra su mandíbula. Le dio la impresión de que una granada había estallado dentro de su cabeza. De su boca empezó a manar sangre, y escupió algunos dientes. Sintió que las piernas se negaban a sostenerlo. Si los dos policías no le hubiesen sostenido, hubiera caído. Pero no había perdido el conocimiento. El agente de paisano se puso delante de él, para evitar que el capitán volviera a golpearlo.

—Por Dios, capitán: le ha hecho daño de verdad.

—Ni siquiera lo he tocado —replicó el capitán, casi gritando—. Me atacó y se cayó. ¿Entiende? Se negaba a dejarse arrestar.

A través de una cortina de sangre, Michael vio que estaban llegando más coches, de los que, segundos más tarde, bajaron varios hombres. Uno de ellos, según pudo ver, era el abogado de Clemenza.

El letrado se puso a hablar con el oficial. Su tono era suave y firme a la vez.

—La familia Corleone ha contratado los servicios de una agencia de detectives para proteger al señor Corleone. Los hombres que me acompañan tienen licencia de armas, capitán. Si usted los arresta, mañana por la mañana deberá comparecer ante el juez para explicar por qué.

El abogado dirigió una mirada a Michael.

—¿Quiere usted denunciar al que le ha golpeado? —le preguntó.

—He resbalado... He resbalado y me he caído.

Vio una sonrisa de triunfo en la cara del capitán, y él también trató de sonreír. Quería ocultar a toda costa el odio frío que acumulaba en su cerebro, no deseaba que nadie se diera cuenta de la rabia que le dominaba. El Don hubiera reaccionado igual. Luego notó que lo trasladaban al hospital y perdió el conocimiento.

A la mañana siguiente, cuando despertó, supo que le habían soldado la mandíbula y que había perdido cuatro dientes del lado izquierdo de la boca. Junto a él estaba Hagen.

—¿Me anestesiaron? —preguntó Michael.

—Sí —respondió Hagen—. Tenías trozos de hueso clavados en las encías, y sin anestesia hubieras sufrido mucho.

—Aparte de lo de la mandíbula y la boca, ¿tengo algo más?

—No, nada —contestó Hagen—. Sonny quiere que vayas a Long Beach. ¿Te sientes con fuerzas para el viaje?

—Desde luego. ¿Cómo está el Don?

Hagen se sonrojó.

—Creo que el problema está resuelto. Hemos contratado a una agencia de detectives, y toda la zona alrededor del hospital está siendo vigilada. Ya terminaré de contártelo todo durante el viaje.

Al volante iba Clemenza; Michael y Hagen se sentaban detrás.

—Dime, ¿se sabe ya lo que ocurrió realmente? —preguntó Michael, cuya cabeza no dejaba de dar vueltas al asunto.

—Sonny tiene un contacto en la policía —contestó Hagen—. Se trata de Phillips, el agente que trató de protegerte. Él fue quien nos dio el soplo. El capitán, McCluskey, ha sido siempre un sujeto muy duro; lo era ya en sus tiempos de simple patrullero. Nuestra Familia le ha pagado mucho dinero. Es un hombre muy ambicioso, y no se puede confiar en él. Por lo visto Sollozzo le ha pagado más. McCluskey arrestó, después de la hora de visita, a todos los hombres de Tessio que permanecían en el hospital. El hecho de que algunos llevaran armas no hizo sino empeorar las cosas. Luego hizo salir del hospital a los dos agentes que estaban en la puerta de la habitación de tu padre. Alegó que los necesitaba en otra parte, y aseguró que otros dos hombres vendrían a sustituirles. Mentira. Le habían pagado para que dejara al Don sin protección. Y Phillips me dijo que no aceptaría el fracaso de sus planes, que probaría suerte otra vez. Sollozzo debe haberle pagado una fortuna, además de prometerle hasta la Luna.

—¿Han dicho algo de mis heridas los periódicos?

—Nada, ni una palabra —contestó Hagen—. Nadie está interesado en que se sepa, ni la policía ni nosotros.

—Bien. ¿Enzo logró huir? —quiso saber Michael.

—Sí. Fue más listo que tú. Cuando los policías llegaron, él se marchó. Aseguró que estuvo a tu lado cuando pasó el coche de Sollozzo. ¿Es eso cierto?

—Sí, lo es. Es un buen muchacho.

—Velaremos por él. ¿Te sientes bien? Pareces agotado —comentó Hagen, preocupado.

—Estoy muy bien, no te preocupes —replicó Michael—. ¿Cómo se llama ese capitán?

—McCluskey. Cambiando de tema, Mike, ¿sabes que la familia Corleone ha conseguido anotarse un buen tanto? Bruno Tattaglia ha muerto a las cuatro de esta madrugada. Pienso que la noticia te hará sentir mejor.

—¿Cómo ha sido? —dijo Michel—. Estaba convencido de que no haríamos nada.

—Después de lo que sucedió en el hospital, Sonny se enfureció. Nuestros hombres están esparcidos por Nueva York y Nueva Jersey. La noche pasada hicimos la lista. He intentado frenar a Sonny, Mike. Tal vez sería mejor que trataras de hablarle. Creo que el asunto todavía puede resolverse sin necesidad de iniciar una guerra abierta.

—Hablaré con él —repuso Michael—. ¿Hay conferencia esta mañana?

—Sí. Al final Sollozzo ha dado señales de vida, y quiere entrevistarse con nosotros. Un negociador está arreglando los detalles. Eso significa que la victoria es nuestra. Sollozzo sabe que ha perdido, y ahora quiere intentar salir con vida del lío por él provocado. —Después de una breve pausa, Hagen prosiguió—: Tal vez pensó que éramos presa fácil porque no devolvimos el primer golpe. Ahora, con uno de los hijos de los Tattaglia muerto, sabe que no puede jugar con nosotros. Al disparar contra el Don, Sollozzo inició un juego demasiado peligroso. Olvidaba decirte que hemos confirmado lo de Luca. Lo mataron la noche antes del atentado contra tu padre, en el *night-club* de Bruno. ¿Qué te parece?

—No me extraña que lo sorprendieran con la guardia baja —dijo Michael.

La alameda de Long Beach estaba bloqueada por un gran automóvil negro, estacionado de través. Dos hombres permanecían apoyados en el vehículo.

Michael observó que las ventanas de los pisos superiores de las dos casas de cada lado estaban iluminadas. Era evidente que Sonny estaba dispuesto a llegar hasta el final.

Clemenza estacionó el coche fuera de la alameda, y los tres hombres se adentraron en ella. Los dos guardianes eran hombres de Clemenza, y éste les saludó con un ademán. Los dos inclinaron levemente la cabeza, correspondiendo al saludo de su jefe. No hubo sonrisas ni apretones de mano. Clemenza, Hagen y Michael Corleone entraron en la casa.

Antes de que tuvieran tiempo de llamar, otro guardián les abrió la puerta. Era evidente que había estado observándoles desde una ventana. Rápidamente, se dirigieron al despacho, donde Sonny y Tessio les estaban esperando. Sonny se acercó a Michael y le pasó las manos por la cabeza.

—Perfecta. Ha quedado perfecta —bromeó.

Michael le apartó las manos y se dirigió al mueble bar. Se sirvió un whisky, confiando en que el licor le aliviaría el dolor de la mandíbula.

Los cinco se sentaron alrededor de la mesa, en una atmósfera diferente de las de las reuniones anteriores. Sonny estaba más alegre y Michael sabía a qué obedecía tanta animación. En la mente de su hermano ya no había dudas. Se había decidido, y ahora nada podría detenerlo. Lo que Sollozzo había hecho la noche anterior colmó el vaso de su paciencia. Ahora ya no habría tregua alguna.

—El negociador ha llamado mientras estabais fuera —dijo Sonny a Hagen—. El Turco quiere reunirse con nosotros enseguida. —Lanzó una sonora carcajada y prosiguió—: Hay que reconocer que tiene redaños ese hijo de puta. Después de lo de anoche, se atreve a solicitar una entrevista para hoy mismo o para mañana. Mientras, considera que debemos permanecer con los brazos cruzados, atentos a sus menores deseos. Desde luego, es inaudito.

—¿Y qué le has contestado? —preguntó Hagen, cautelosamente.

Sonny sonrió.

—He aceptado, naturalmente. Tengo un centenar de hombres en la calle las veinticuatro horas del día. Si Sollozzo se deja ver, es hombre muerto.

—¿Hubo una propuesta concreta? —quiso saber Hagen.

—Sí. Quiere que enviemos a Mike a hablar con él. El negociador nos garantiza la seguridad de Mike. Sollozzo no nos pide garantías para él, pues sabe que no está en condiciones de pedirlas. Así, pues, quiere ser él quien lo arregle todo. Los hombres del negociador llevarán a Mike al lugar de la entrevista. Mike escuchará a Sollozzo, y luego le dejarán ir. Pero el lugar de la reunión es secreto. La promesa es que el trato será tan bueno, que no podremos rechazarlo.

—¿Y qué hay de los Tattaglia? —preguntó Hagen—. ¿Cómo les habrá sentado lo de Bruno?

—Eso forma parte del trato. El negociador dice que la familia Tattaglia está de acuerdo en seguir con Sollozzo. Olvidarán lo de Bruno. Es el precio que han tenido que pagar por lo que hicieron a mi padre. Según ellos, una cuenta borra la otra.

—Creo que deberíamos escuchar lo que tienen que decirnos —apuntó Hagen, prudente.

Sonny movió varias veces la cabeza exageradamente, en señal de negativa.

—No, no, *consigliere*, esta vez no.

Y su voz tenía un marcado acento italiano al decir estas palabras.

—Nada de entrevistas. Nada de discusiones —prosiguió—. Nada de soportar nuevos trucos de Sollozzo.

182

Cuando el negociador vuelva a ponerse en contacto con nosotros, quiero que le deis un mensaje. Quiero a Sollozzo. Si no, será la guerra. Nos iremos a las trincheras y movilizaremos a todos nuestros hombres. Los negocios se resentirán, pero no importa.

—Las otras Familias no permitirán una guerra abierta —dijo Hagen—. Sería demasiado perjudicial para todos.

Sonny se encogió de hombros.

—Pues tienen una solución muy sencilla —contestó—. Que me den a Sollozzo, o que luchen contra la familia Corleone.

Sonny permaneció en silencio unos segundos y luego, rudamente, prosiguió:

—No más consejos, Tom. Ya he tomado una decisión. Tu misión es la de ayudarme a vencer. ¿Entendidos?

Hagen asintió y por un momento se concentró en sus propios pensamientos.

—He hablado con tu contacto en el Departamento de policía —dijo después—. Me ha asegurado que el capitán McCluskey figura en la nómina de Sollozzo y que éste le paga una verdadera fortuna. Y hay más. Por lo visto McCluskey también tendrá su porcentaje en el negocio de las drogas. McCluskey ha aceptado ser guardaespaldas de Sollozzo. El Turco no se atrevería a dar un paso sin McCluskey. Cuando se reúna con Mike, McCluskey estará sentado a su lado. Vestido de paisano, pero armado. Quiero que entiendas, Sonny, que mientras Sollozzo esté protegido como lo está en estos momentos, es invulnerable. Nadie hasta hoy ha liquidado impunemente a un capitán de la policía de Nueva York. La presión que ejercerían la prensa, las autoridades y la Iglesia sería tremenda. Las Familias saldrían a cazarte abiertamente. La familia Corleone estaría perdida. Incluso los más influyentes amigos del Don se esconderían. En consecuencia, Sonny, te ruego que tengas todo esto en cuenta.

—McCluskey no puede estar continuamente al lado de Sollozzo. Esperaremos.

Tessio y Clemenza daban nerviosas chupadas a sus cigarros, pero no se atrevían a hablar. Si prevalecía la opinión de Sonny, serían ellos los que tendrían que exponer el pellejo.

Por primera vez, Michael abrió la boca.

—¿Es posible trasladar al Don aquí? —preguntó a Hagen.

—Eso es lo primero que pregunté —respondió Hagen—. Es imposible. Todavía está muy mal. Se salvará, pero necesita continuos cuidados, y hasta es posible que tengan que intervenirle. Imposible.

—En ese caso, hay que ir a por Sollozzo enseguida —resolvió Michael—. No podemos esperar. El tipo es demasiado peligroso y no tardaría en sorprendernos con otra de sus ideas. Recuerda que para él el objetivo principal sigue siendo nuestro padre, aunque sabe que en estos momentos le va a ser muy difícil. Ahora bien, si intuye que queremos matarle, hará un nuevo intento contra el viejo, se jugará el todo por el todo. Y con ese capitán de la policía como ayudante, ¿quién sabe lo que puede ocurrir? No podemos correr ese riesgo. Debemos eliminar a Sollozzo enseguida.

Sonny, con la mano en la barbilla, meditaba profundamente.

—Tienes razón, muchacho—convino—. Has dado en el clavo. No debemos dar a Sollozzo la oportunidad de descargar un nuevo golpe contra el Don.

—¿Y qué hay del capitán McCluskey? —intervino Hagen.

Sonny se volvió a Michael y le dirigió una extraña sonrisa.

—Eso. ¿Qué hay del duro capitán de la policía?

—Lo que propongo es una medida extrema, ya lo sé —replicó Michael, midiendo cuidadosamente sus palabras—. Sin embargo, hay ocasiones en que cualquier extremismo está justificado. Imaginemos que decidimos matar a McCluskey. Lo que procedería, ante todo, sería implicarlo hasta tal punto que ya no fuera un honrado capitán de policía en misión de servicio, sino un corrompido oficial mezclado con la Mafia. En nuestra nómina tenemos periodistas que se encargarán de publicar la noticia en primera página. Lo que debemos hacer, claro está, es conseguir pruebas contra el capitán. El revuelo, entonces, sería mucho menor, como es lógico, pues no es lo mismo que muera un policía honrado, que un policía corrupto y traidor. ¿Es o no es buena mi idea?

Michael miró deferentemente a los otros. Tessio y Clemenza parecían abatidos y guardaron silencio. Sonny, con la misma extraña sonrisa de antes, dijo:

—Adelante muchacho, lo estás haciendo muy bien. Tal como solía decir el Don, la sabiduría está en la boca de los niños. Adelante, Mike, sigue hablando.

Hagen también sonreía, aunque disimuladamente. Michael prosiguió:

—Quieren que me entreviste con Sollozzo. Bien. Seríamos tres: yo, Sollozzo y McCluskey. Arréglalo todo para pasado mañana y ordena a nuestros informadores que procuren averiguar dónde se celebrará la conferencia. Insiste en que tiene que ser un lugar público: no voy a permitir que me lleven a ninguna casa o apartamento. Que sea un bar o un restaurante, y a la hora de la cena, cuando el local esté más lleno de gente. Así todos nos sentiremos más seguros. Ni siquiera un hombre tan desconfiado como Sollozzo podría imaginar que pensamos disparar contra el capitán allí mismo. Naturalmente, me registrarán, por lo que deberé acudir a la cita sin armas. Necesitamos que alguien me proporcione un arma después. Me encargaría de los dos.

Los cuatro hombres lo miraron fijamente. Clemenza y Tessio quedaron boquiabiertos. Hagen parecía triste, pero no sorprendido. Empezó a hablar, pero cambió de idea y se calló. Por su parte, Sonny, el de la enorme cabeza de Cupido, se echó a reír a carcajadas, con una risa que le salía del alma. Señaló a Michael y trató de decir algo, pero no pudo. De su boca sólo salían sonoras carcajadas.

—Tú, el intelectual de la familia —logró decir entre carcajada y carcajada—, el que nunca ha querido saber nada de los asuntos de su padre, ahora te propones matar a un capitán de la policía y a Sollozzo, y todo porque McCluskey te dio un puñetazo. Te lo estás tomando como un asunto personal, y no es más que una cuestión de negocios. Quieres matar a los dos tipos únicamente para vengar un puñetazo.

Clemenza y Tessio, que no habían captado el verdadero significado de las palabras de Sonny, estaban convencidos de que éste se reía de su hermano menor, y por ello miraban a Michael sonrientes y con un cierto aire de superioridad. Sólo Hagen permaneció impasible.

Michael los fue mirando uno por uno, hasta que sus ojos se detuvieron en Sonny, que seguía riéndose.

—¿Que tú te encargarás de los dos? —dijo Sonny—. Vamos, muchacho; te aseguro que no conseguirás ninguna medalla. Lo que sí te garantizo, en cambio, es que acabarás en la silla eléctrica. Esto no es cosa de héroes, muchacho. A la gente no se la mata desde un kilómetro de distancia. Hay que disparar cuando se tiene al enemigo cerca, cuando se está seguro de no fallar. Vamos, chico, no te tomes las cosas tan a pecho. Al fin y al cabo, sólo fue un puñetazo.

Terminado el corto discurso, Sonny siguió riendo.

Michael se levantó.

—Creo que harías bien en dejar de reírte.

El cambio operado en Michael había sido tan extraordinario, que a Clemenza y a Tessio se les borró la sonrisa de los labios. Michael no era alto ni corpulento, pero su presencia parecía irradiar peligro. En aquel momento era la viva imagen de Don Corleone. Su mirada era dura y su tez había adquirido un tono pálido. Parecía dispuesto a saltar sobre su corpulento hermano mayor en cualquier momento. Era indudable que, de haber tenido un arma en la mano, Sonny hubiera corrido peligro. Sonny dejó de reír, y Michael, con voz mortalmente fría, le dijo:

—No crees que soy capaz de hacerlo, ¿eh, imbécil?

—Sé que puedes hacerlo —respondió Sonny, completamente serio—. No me reía de tus palabras, sino de lo que son las cosas, de las vueltas que da el mundo. Yo siempre he dicho que eras el más duro de la Familia, más incluso que el Don. Tú eras el único que se atrevía a enfrentarte a nuestro padre. Recuerdo cómo eras de niño. ¡Vaya temperamento el tuyo! Hasta te atrevías a pegarte conmigo, y eso que yo era bastante mayor que tú. Y Freddie recibía una paliza tuya por lo menos todas las semanas. Ahora, sin embargo, Sollozzo te ha escogido a ti para la entrevista por considerar que eres el más débil de nosotros... Todo porque te dejaste pegar por McCluskey y porque nunca te has mezclado en las peleas de la Familia. Se figura que nada tiene que temer de ti, lo mismo que McCluskey, que debe de tenerte en muy pobre opinión.

Después de una corta pausa, Sonny continuó:

—Lo que ellos ignoran es que, después de todo, eres un Corleone. Yo soy el único que lo ha sabido siempre. Durante los tres últimos días he estado esperando a que, en el momento menos pensado, te quitaras el disfraz de muchacho prudente. He estado aguardando a que te decidieras a convertirte en mi brazo derecho, para así, juntos, luchar contra los que quieren destruir a nuestro padre y a nuestra Familia. Al final, sólo ha hecho falta un puñetazo en la mandíbula.

Sonny hizo como si fuera a golpear la mandíbula de su hermano, en broma, claro está, y concluyó:

—¿Qué te parece?

La tensión había desaparecido por completo.

—Mira, Sonny —dijo Mike—, creo que mi propuesta es la única salida viable. No podemos dar a Sollozzo otra oportunidad de liquidar a nuestro padre. Parece que yo soy el único que tendrá ocasión de estar cerca de él. Además, la idea ha sido mía. Por otra parte, no creo que puedas encargar a otro la tarea de liquidar a un capitán de la policía. Tal vez tú lo harías, pero tienes esposa e hijos y, además, tienes que dirigir los negocios de la Familia mientras se recupera nuestro padre. De modo que sólo quedamos Freddie y yo. Freddie no se ha recuperado todavía de la impresión que sufrió cuando el atentado contra el viejo, por lo que no se puede contar con él. Quedo sólo yo. Sentido común. El golpe en la mandíbula nada tiene que ver.

Sonny fue a abrazarlo.

—No me importan tus razones —comentó—. Lo que importa es que ahora estás con nosotros. Y te diré otra cosa: considero que tu idea es perfecta. ¿Qué opinas tú, Tom?

—El razonamiento de Mike es coherente —contestó el *consigliere*—. Estoy convencido de que Sollozzo no es sincero al decir que quiere llegar a un acuerdo. Creo que tratará nuevamente de liquidar al Don. Por lo tanto, lo único que cabe hacer es tratar de eliminarlo. Tenemos que acabar con él, aunque con él caiga el capitán de la policía. Pero el que haga el trabajo sudará lo suyo. ¿Será Mike?

—Puedo hacerlo yo —apuntó Sonny.

Hagen hizo un gesto de impaciencia.

—Sollozzo no permitiría que te acercaras a él, ni aunque contara con el apoyo de diez capitanes de la policía. Además, eres el jefe en funciones de la Familia. No, no puedes arriesgarte. —Hizo una breve pausa y prosiguió, dirigiéndose a Clemenza y a Tessio—: ¿Tenéis algún hombre realmente capacitado y de confianza a quien encargarle el trabajo? No tendría que preocuparse por dinero en todo el resto de su vida.

—No tengo a nadie a quien Sollozzo no conozca —respondió Clemenza—. Por otra parte, Sollozzo desconfiaría de Tessio y de mí.

—¿Y no podría hacerlo alguien realmente duro, pero poco conocido en el ambiente en que nos movemos? —dijo Hagen—. Un novato, quiero decir.

Los dos *caporegimi* movieron la cabeza en un gesto negativo. Tessio sonrió, como para quitar aspereza a sus palabras.

—Eso sería como hacer jugar en primera división a un chiquillo de diez años.

Secamente, Sonny interrumpió la conversación.

—Tiene que ser Mike. Y ello por mil razones diferentes. La más importante de todas es que le creen poco capaz. Y puede realizar el trabajo, os lo garantizo. Además, será el único que tendrá la oportunidad de acercarse al Turco. Ahora, pues, sólo nos queda estudiar la mejor forma de protegerlo. Tom, Clemenza, Tessio: averiguad dónde se celebrará la conferencia, cueste lo que cueste. Cuando lo sepamos, nuestra misión consistirá en estudiar la manera de hacer llegar un arma a Mike. Clemenza, quiero que te encargues de escoger un arma realmente segura, que sea imposible de identificar. Si es de corto alcance no importa; lo que sí interesa es que su potencia sea grande, cuanto más grande, mejor. Tampoco es preciso que sea un arma de alta precisión, pues Mike disparará casi a quemarropa. Mike, cuando acabes de disparar, deberás arrojar la pistola al suelo. Es fundamental que no te pillen con el arma en la mano. Clemenza, trata la culata y el gatillo con aquel producto que tú tienes para impedir dejar huellas. Recuerda, Mike, que podremos acallar a cualquier testigo, pero si te atraparan con el arma en la mano, entonces nada podríamos hacer. Te brindaremos toda la protección posible, y tendremos un coche a punto para huir. Luego saldrás a disfrutar de unas largas vacaciones, en espera de que amaine la tempestad. Sé que te pido mucho,

Mike, pero no quiero que te despidas de tu chica, ni siquiera que la llames por teléfono. Cuando hayas salido del país, yo mismo me encargaré de decirle que estás bien. Éstas son mis órdenes. Y quiero que se cumplan. —Luego añadió sonriendo—: Ahora quédate con Clemenza y acostúmbrate a manejar la pistola que pondrá a tu disposición. Incluso puede ser conveniente que practiques un poco. Nosotros nos encargaremos de todo lo demás. Absolutamente de todo. ¿De acuerdo, muchacho?

De nuevo Michael sintió aquella deliciosa frialdad en todo su cuerpo.

—No tenías por qué ordenarme que no hablara con mi chica de un asunto como éste —dijo Michael—. ¿Qué creías que iba a hacer? ¿Llamarla para decirle adiós?

—De acuerdo, Mike —respondió Sonny, sin dar importancia a la observación de su hermano—. Pero todavía eres un novato y he preferido aclararlo todo. Olvídalo.

Con una mueca que quería ser una sonrisa, Michael replicó:

—¿Qué quieres decir con eso de novato? He escuchado siempre los consejos de nuestro padre con la misma atención que tú. De no haberlo hecho así, ¿crees tú que sería tan listo?

Y los dos hermanos se echaron a reír.

Hagen sirvió bebida para todos. Parecía un poco triste. El estadista obligado a hacer la guerra, el abogado obligado a recurrir a la ley...

—Bien. De cualquier modo, por lo menos ahora sabemos qué vamos a hacer —dijo.

11

El capitán McCluskey estaba sentado en su oficina. Entre sus manos tenía tres abultados sobres llenos de boletos de apuestas. Estaba de mal humor, pues quería descifrar las anotaciones de los boletos. Era muy importante hacerlo. Los sobres contenían los boletos que sus hombres habían requisado la noche antes a uno de los corredores de apuestas de la familia Corleone. Ahora el corredor de apuestas tendría que volver a comprar los boletos, pues de lo contrario los apostadores podrían pretender haber ganado, todos, algún premio. Y el corredor, sin tener los boletos en su poder, no podría comprobar quiénes habían ganado y quiénes no.

Para el capitán era muy importante descifrar los boletos; no quería ser estafado cuando los revendiera al corredor de apuestas. Si los boletos valían cincuenta mil dólares, por ejemplo, tal vez podría sacar cinco mil. Pero si las apuestas habían sido fuertes y los boletos representaban un total de cien o doscientos mil dólares, entonces el precio sería considerablemente más alto. McCluskey se entretuvo un poco pensando en los sobres hasta que, finalmente, decidió dejar que el corredor de apuestas le hiciera una oferta. Sí, decididamente, sería la mejor manera de conocer su verdadero precio.

McCluskey miró el reloj de su oficina. Era la hora convenida para ir a recoger a aquel grasiento Turco, Sollozzo, y llevarlo al lugar donde debía encontrarse con la familia Corleone. McCluskey fue a su guardarropa y empezó a vestirse de paisano. Cuando hubo terminado, llamó a su esposa y le dijo que no le esperara para cenar, ya que tenía trabajo. Nunca le hablaba de sus negocios, no confiaba en ella. La mujer creía que vivían de su sueldo de policía. Al pensar en ello, McCluskey esbozó una sonrisa. Su madre había creído lo mismo, aunque no tardó en averiguar la verdad. Y es que el «oficio» se lo había enseñado su difunto padre.

El padre del capitán había sido sargento de la policía, y cada semana llevaba a su hijo a dar un paseo por el distrito. El sargento McCluskey decía a los tenderos: «Éste es mi muchacho», y ellos le estrechaban la mano, para luego hacerle algún pequeño regalo: cinco o diez dólares por regla general. Al final del día, los bolsillos del pequeño McCluskey estaban repletos de billetes. El chico estaba convencido de que los amigos de su padre le apreciaban tanto, que decidían regalarle billetes cada vez que ambos iban a verlos. Por supuesto, su padre le ingresaba el dinero en el banco, para poder pagar su educación, y le daba cincuenta centavos cada semana para sus gastos.

Luego, cuando el pequeño Mark volvía a casa y sus tíos, también policías, le preguntaban qué querría ser de mayor, invariablemente contestaba: «Policía», y todos se reían de la ingenuidad del muchacho. Años después, y a pesar de que su padre quería que pasara por la universidad, Mark ingresó en la academia de la policía una vez finalizados los estudios secundarios.

Había sido un buen agente, y además valiente. Los jóvenes delincuentes que aterrorizaban las esquinas de las calles huían cuando él se aproximaba, pues sabían que pegaba fuerte con su porra. Era muy duro, pero también muy sensible. Nunca llevaba a su hijo a visitar a los comerciantes cuando pasaba a recoger los regalos en efectivo por ignorar ciertas violaciones de las ordenanzas municipales en relación con las basuras, el aparcamiento de vehículos, etc.; no, él no siguió el ejemplo de su padre, sino que se metía el dinero en el bolsillo tranquilamente, sin sentir nada parecido a remordimientos, pues consideraba que el dinero que le pagaban los comerciantes se lo había ganado de sobra. Nunca se había metido en un cine o un restaurante en horas de servicio, a pesar de que otros compañeros suyos lo hacían, sobre todo en las frías noches de invierno. Siempre había efectuado las rondas. Siempre había proporcionado protección a «sus» tiendas. Cuando algún mendigo molestaba a la gente, él sabía cómo tratarlo para que el vagabundo no tuviera nunca más ganas de volver por el distrito. Y la gente del barrio sabía apreciar lo que McCluskey hacía por ellos.

Además, sabía amoldarse al sistema establecido. Los corredores de apuestas de su distrito sabían que nunca sería capaz de pedir dinero extra para su provecho particular; siempre se contentaba con la parte que le correspondía de la bolsa común. Su nombre estaba en la lista, junto con el de otros policías de su sección, y nunca, al contrario que algunos de ellos, había pedido dinero suplementario. Era un buen policía, un hombre que jugaba limpio, y por ello no era de extrañar que hubiera ido ascendiendo, si no de forma espectacular, sí gradual y constantemente.

Ahora tenía a su cargo a su esposa y cuatro hijos, ninguno de los cuales era policía. Todos fueron a la Universidad de Fordham, a pesar de que cuando el mayor de sus hijos hizo su ingreso en aquel centro superior, él era solamente sargento. Luego pasó a teniente, y más tarde a capitán. Los suyos nunca habían carecido de nada. En sus años de sargento, McCluskey empezó a adquirir reputación de hombre difícil de contentar. La cuota que tenían que pagar los apostadores profesionales de su distrito era mayor que la que se pagaba en cualquier otra parte de la ciudad. Debía de ser porque la educación de sus hijos le costaba mucho dinero.

En efecto, McCluskey no sentía remordimiento alguno. ¿Qué culpa tenían sus hijos de que la policía pagara tan mal a sus oficiales? ¿Acaso no tenían derecho a acudir a las mejores escuelas y universidades? Él protegía a los comerciantes y apostadores de su distrito, arriesgando su propia vida, a veces. Gracias a él, su zona era la más segura de la ciudad. Consideraba que merecía bastante más de lo que le pagaban, pero no se quejaba; al contrario, comprendía las circunstancias.

Bruno Tattaglia había sido un viejo amigo suyo. Bruno había ido a la Universidad de Fordham con uno de sus hijos. Después, cuando abrió su sala de fiestas, los McCluskey iban algunas veces a cenar y a beber un poco al local del amigo de su hijo, disfrutando, además, del espectáculo. Cada año, por Nochebuena, recibían una invitación del director del local, y siempre les destinaban una de las mejores mesas. Bruno siempre se preocupaba de que les presentaran a las celebridades que actuaban en el club, que a veces eran grandes estrellas de Hollywood. En alguna ocasión, como cabía esperar, Bruno pedía algún pequeño favor, como un certificado de buena conducta para alguna artista, al efecto de que pudiera trabajar en el *night-club*. Naturalmente, en tales casos la artista, por lo general muy hermosa, estaba fichada como ramera. Para McCluskey era un placer ayudar a los amigos.

McCluskey había tenido siempre por norma no demostrar que conocía las intenciones de los demás. Cuando Sollozzo se le acercó con la proposición de que dejara a Don Corleone sin protección en el hospital, McCluskey no preguntó el porqué. Se limitó a preguntar cuánto le pagaría. Cuando Sollozzo le ofreció diez de los grandes, McCluskey no tuvo ninguna duda sobre las razones del Turco. No dudó un solo instante. Corleone era una de las grandes personalidades de la Mafia, con más influencias políticas que Capone en sus mejores tiempos. Por lo tanto, quienquiera que lograra eliminarlo, haría un gran favor al país. McCluskey tomó el dinero y cumplió su trabajo. Cuando Sollozzo le telefoneó para decirle que en el hospital aún había dos hombres de Corleone, el policía montó en cólera. Había encerrado a todos los hombres de Tessio, había hecho que se fueran los dos agentes que montaban guardia en la puerta de la habitación de Corleone... Y ahora, como hombre de principios, tendría que devolver los diez mil dólares ya ingresados en el banco y destinados a la educación de sus nietos. Dominado por aquella terrible ira suya, había ido al hospital y golpeado a Michael Corleone.

Afortunadamente, todo había acabado del mejor de los modos. Tras entrevistarse con Sollozzo en la sala de fiestas de Tattaglia, ambos habían hecho un trato todavía mejor. Tampoco esta vez hizo McCluskey pregunta alguna, pues conocía todas las respuestas. Su única preocupación fue asegurar el precio. Nunca se le ocurrió pensar que él, personalmente, podría correr algún peligro. Que alguien pudiera soñar siquiera en matar a un capitán de la policía de Nueva York era algo impensable. El más duro de los mafiosos tenía que aguantarse ante el más humilde de los patrulleros. Matar policías no era rentable. Y es que, cuando un agente era asesinado, resultaba que la policía tenía que matar a una serie de delincuentes que se resistían a ser arrestados o que pretendían huir mientras eran conducidos a la comisaría.

McCluskey se dispuso a salir. Problemas, siempre problemas... En Irlanda, la hermana de su esposa acababa de morir después de haber librado una larga lucha contra el cáncer. La enfermedad de su cuñada le había costado mucho dinero. Y ahora el funeral le costaría todavía más. Además, sus tíos y tías, allá en el Viejo Continente, necesitarían ayuda económica, y sería él quien tendría que proporcionársela. McCluskey no era un hombre mezquino. Aún recordaba cómo, cuando él y su esposa visitaron Irlanda, fueron tratados a cuerpo de rey por la familia. Tal vez el siguiente verano, ya que la guerra había terminado, volverían allí.

McCluskey dijo a su ayudante dónde podría encontrarle en caso de necesidad. No consideró necesario tomar precaución alguna: siempre podría alegar que Sollozzo era un confidente de la policía. Una vez fuera de la comisaría, caminó un par de manzanas y luego tomó un taxi, dirigiéndose al lugar donde tenía que encontrarse con Sollozzo.

Tom Hagen había llevado a cabo todos los preparativos para que Michael abandonara el país. Había cuidado de su pasaporte falso, de su embarque en un carguero italiano que recalaría en un puerto siciliano, etcétera. El mismo día, un emisario viajó a Sicilia en avión para preparar con un jefe de la Mafia la estancia del joven Corleone.

Sonny, por su parte, había dispuesto lo necesario para que un coche y un conductor de absoluta confianza esperaran a Michael cuando éste saliera del restaurante donde se celebraría la entrevista con Sollozzo. El conductor sería Tessio en persona, que se había ofrecido para realizar el trabajo. Y el automóvil sería vulgar, pero con un motor muy potente. Además, llevaría una matrícula falsa, para que no fuera posible identificarlo.

Michael pasó el día con Clemenza, practicando con la pistola que el *caporegime* había escogido. Era del calibre 22 y dejaba en el blanco unos agujeros bastante mayores de lo normal. Su precisión era suficiente para asegurar el blanco a una distancia de cinco pasos. Más lejos, las balas irían a cualquier parte. El gatillo estaba muy duro, pero Clemenza lo suavizó. Decidieron no hacer nada para amortiguar el ruido, a fin de eliminar la posibilidad de que algún despistado ajeno a la situación interfiriera. El ruido de los disparos hablaría por sí solo de lo que estaba sucediendo.

Clemenza fue dando instrucciones a Michael.

—Tira la pistola tan pronto como la hayas utilizado,

pero hazlo con cuidado. Te pones la mano en un costado y dejas caer el arma, así nadie se dará cuenta y todos pensarán que todavía tienes la pistola en la mano. Todos te mirarán a la cara. Abandona rápidamente el lugar, pero no corras. No mires fijamente a nadie, pero tampoco rehúyas las miradas. Recuerda que todos te tendrán miedo; todos, no lo olvides. Nadie intentará detenerte. Una vez fuera del local, Tessio te estará esperando en el coche. Entra en el vehículo y no te preocupes de nada más. No temas ningún accidente. Te sorprenderás al ver lo fácil que resulta todo. Ahora ponte este sombrero, a ver qué tal te sienta.

Tessio le puso un sombrero de fieltro. Michael, que en su vida había llevado sombrero, sonrió incómodo.

—Es sólo para que resultes más difícil de identificar —le tranquilizó Tessio—. Así los testigos tienen una buena excusa para no comprometerse. Recuerda, Mike, que no debes preocuparte por las huellas digitales. La culata y el gatillo han sido tratados debidamente; no quedará impresa huella alguna. Pero no toques ninguna otra parte del arma.

—¿Ha averiguado Sonny dónde va a llevarme Sollozzo? —preguntó Michael.

—Todavía no —respondió Clemenza—. Sollozzo es un hombre muy cauteloso. Pero no te preocupes, no intentará hacerte ningún daño. El negociador estará en nuestras manos hasta que regreses sano y salvo. Si algo te sucediera, el negociador lo pagaría con su vida.

—¿Y por qué arriesga su vida? —preguntó Michael.

—Porque le pagan bien. Una pequeña fortuna, en realidad. Además, es un miembro importante dentro de las Familias. Sabe que Sollozzo no permitirá que le ocurra nada. Para Sollozzo, tu vida no vale tanto como la del negociador, ni más ni menos. Tu seguridad está garantizada. Y luego seremos nosotros los que empezaremos a golpear a diestro y siniestro.

—¿Qué va a pasar? —quiso saber Michael.

—Se desatará una guerra sin cuartel entre la familia Tattaglia y la familia Corleone. La mayoría de los demás se aliarán con los Tattaglia. El Departamento de Sanidad tendrá que recoger muchos cadáveres este invierno. Estas cosas suelen suceder cada diez o doce años. Sirven para eliminar la fruta podrida. Por otra parte, si cedemos en detalles de poca monta, pronto nos obligarían a ceder en cuestiones de importancia. Es preciso desanimarles desde un principio. Igual debía haber hecho Europa con Hitler; nunca debieron haberle permitido ir tan lejos. En ciertas ocasiones, la permisividad es una auténtica fuente de graves problemas.

Michael había oído decir lo mismo a su padre. Concretamente, recordaba que lo había dicho en 1939, poco antes de que estallara la guerra. Si el Departamento de Estado hubiese estado a cargo de las Familias, la Segunda Guerra Mundial no hubiera tenido lugar, pensó Michael.

Michael y Clemenza regresaron a la casa del Don, donde Sonny había instalado su cuartel general provisional. Michael se preguntaba por cuánto tiempo podría Sonny permanecer en el seguro refugio de la alameda. Llegaría el momento en que tendría que decidirse a salir.

Cuando llegaron, Sonny estaba haciendo la siesta. Encima de la mesita había las sobras de su comida, trozos de carne y de pan, además de una botella de whisky medio vacía.

El siempre limpio y ordenado despacho de su padre comenzaba a parecer una pocilga. Michael despertó a su hermano.

—¿Por qué no dejas de vivir como un borrachín y dejas que arreglen un poco el despacho?

—¿Quién diablos crees que eres, un inspector? —preguntó Sonny, pasándose la mano por los ojos—. Mike, todavía no sabemos dónde piensan llevarte esos bastardos de Sollozzo y McCluskey. Si no podemos averiguarlo, ¿cómo podremos pasarte la pistola?

—¿Es que no puedo llevarla yo encima? —preguntó Michael—. Tal vez no me registren, y si lo hacen, tal vez no encuentren el arma, si somos lo bastante listos. Y en el supuesto de que la encuentren, tampoco va a ocurrir nada. Me la quitarán, y en paz.

Sonny negó con la cabeza.

—Ni hablar. El golpe contra Sollozzo no puede fallar. Recuerda que primero debes disparar contra él. McCluskey es más lento y pesado. ¿Te ha dicho Clemenza que debes tirar el arma?

—Un millón de veces —contestó Michael.

Sonny se levantó del sofá.

—¿Cómo va tu mandíbula? —preguntó a su hermano menor, después de desperezarse.

—Mal.

Le dolía aún toda la parte izquierda de la cara. Michael bebió un trago de whisky directamente de la botella y el dolor remitió.

—Cuidado, Mike —advirtió Sonny—. Es preciso que tengas la cabeza muy clara.

—Deja ya de jugar al hermano mayor, Sonny. He luchado contra enemigos más peligrosos que Sollozzo, y en peores condiciones. ¿Dónde tiene el Turco sus morteros? ¿Y su aviación? ¿Y su artillería pesada? ¿Ha minado el terreno? Sollozzo no es más que un listo hijo de puta, apoyado por un policía tan hijo de puta como él. Una vez tomada la decisión de liquidarlos, el problema desaparece. Lo que cuesta es decidirse. No tendrán tiempo ni de darse cuenta de dónde les viene el golpe.

Tom Hagen entró en la estancia. Después de saludarlos con un ademán, fue directamente al teléfono registrado con número falso. Hizo algunas llamadas.

—Nada —dijo al cabo—. Sollozzo quiere mantener secreto el lugar de la entrevista mientras le sea posible.

Sonó el teléfono y Sonny se puso al aparato al tiempo que pedía silencio con un gesto. Realizó algunas anotaciones en una hoja de papel, dijo: «Muy bien, estará allí», y colgó el auricular.

Sonny rió con ganas.

—Desde luego, hay que reconocer que ese cerdo de Sollozzo es listo. Esta noche, a las ocho, él y el capitán McCluskey recogerán a Mike frente al bar de Jack Dempsey, en Broadway. Luego se trasladarán a otro sitio, donde mantendrán la conversación. Mike y Sollozzo hablarán en italiano. El informador me ha asegurado que la única palabra italiana que entiende McCluskey es *soldi*, dinero, por lo que no se enterará de nada. Sollozzo, por otra parte, sabe que Mike comprende el dialecto siciliano.

—Pero como me falta práctica, no charlaremos mucho —señaló Michael con sequedad.

—Mike no saldrá de aquí hasta que tengamos al negociador —dijo Hagen—. Supongo que se habrán tomado las medidas oportunas al respecto, ¿no es así?

—El negociador —dijo Clemenza— está ya en mi casa jugando a las cartas con tres de mis hombres. No lo dejarán marchar hasta que yo les avise, naturalmente.

Sonny se hundió en su butacón de cuero.

—Y ahora, ¿cómo sabremos el lugar de la entrevista? Tom, tenemos espías en el seno de la familia Tattaglia, ¿por qué no nos han dicho nada?

—Sollozzo es más listo que el demonio —respondió Hagen—. Está llevando el asunto de forma tan secreta que no ha confiado en nadie. Considera que con el capitán McCluskey tiene bastante, y que la seguridad es más importante que las armas. Y tiene razón. Haremos que sigan a Michael y esperaremos que todo salga bien.

—No —dijo Sonny—. Eso no serviría de nada. Lo primero que harán será asegurarse de que nadie los sigue. Es lógico.

Eran ya las cinco de la tarde.

—Quizá lo mejor sería que Michael disparara contra los ocupantes del coche, cuando pasaran a recogerlo —dijo Sonny, preocupado.

—¿Y si Sollozzo no está dentro del coche? —objetó Hagen—. Descubriríamos nuestro juego. No, lo que tenemos que hacer es averiguar el lugar de la entrevista.

—Tal vez debiéramos tratar de adivinar el porqué de tanto secreto —interrumpió Clemenza.

—¿Y por qué debería dejarnos saber nada, si puede evitarlo? —dijo Michael, en tono de impaciencia—. Además, huele el peligro. Seguro que no las tiene todas consigo, a pesar de ese capitán de la policía.

Hagen hizo chasquear sus dedos.

—Ese policía, Phillips. ¿Por qué no le llamas, Sonny? Quizás él sepa dónde puede localizar al capitán. Creo que vale la pena probarlo. A McCluskey no le importa que se sepa adónde va.

Sonny descolgó el auricular y marcó un número. Habló en voz muy baja.

—Nos llamará —anunció cuando hubo colgado.

Esperaron durante casi media hora. De pronto sonó el teléfono. Era Phillips. Sonny escribió algo en su libreta y colgó. Su rostro tenía una expresión radiante.

—Creo que ya lo tenemos —dijo—. El capitán McCluskey siempre tiene que comunicar dónde puede ser encontrado. Esta noche, de las ocho a las diez, estará en el Luna Azure, en el Bronx. ¿Alguien conoce el local?

—Yo lo sé —respondió Tessio con evidente satisfacción—. El lugar será perfecto para nosotros. Es un pequeño restaurante, muy íntimo, con reservados muy acogedores. Allí nadie se preocupa de nadie. Perfecto.

Se inclinó sobre la mesa de Sonny y empezó a hacer un plano con algunos cigarrillos.

—Ésta es la entrada, Mike. Cuando hayas terminado, sal del local y camina hacia la izquierda. Luego tienes que doblar la esquina. Te estaré aguardando con los faros del coche encendidos, y te recogeré sobre la marcha. Si surgen dificultades, grita; acudiré enseguida a ayudarte. Tendrás que darte prisa, Clemenza. Envía a alguien allí para que oculte la pistola. Los aseos del local son bastante anticuados, y entre el depósito del agua y la pared hay espacio suficiente para una pistola. Cuando te hayan registrado en el coche y vean que vas desarmado, se tranquilizarán. En el restaurante, no te precipites; no digas enseguida que necesitas ir al baño. Y, sobre todo, pide permiso antes de ir. Que no te vean demasiado tranquilo. Seguro que no sospecharán nada. Pero cuando vuelvas junto a ellos, no pierdas tiempo. No vuelvas a sentarte en la mesa: dispara enseguida. Y no corras riesgos. En la cabeza, dos disparos a cada uno. Luego, sal tan rápido como puedas.

Sonny había estado escuchando atentamente.

—Quiero que alguien muy competente y fiable se encargue de esconder la pistola —dijo a Clemenza.

—La pistola estará allí —dijo Clemenza, con énfasis.

—De acuerdo —replicó Sonny—. Todos a trabajar, pues.

Tessio y Clemenza salieron de la habitación.

—¿Debo encargarme yo de conducir a Mike a Nueva York? —preguntó Tom Hagen.

—No —respondió Sonny—. Te necesito aquí. Cuando Mike haya terminado, empezará nuestro turno, y voy a necesitarte. ¿Te has ocupado de los periodistas?

—Cuando empiece el ruido, tendrán una tonelada de material contra McCluskey —asintió Hagen.

Sonny se levantó y estrechó la mano de Michael.

—Bien, muchacho, se acerca el momento. Ya nos las arreglaremos para explicar a mamá tu inesperada marcha. Y cuando considere que es el momento oportuno, también hablaré con tu chica. ¿De acuerdo?

—De acuerdo —dijo Mike—. ¿Cuándo crees que podré regresar?

—Antes de un año ni soñarlo —fue la respuesta de Sonny.

—Tal vez el Don quiera arreglar las cosas más aprisa, pero no cuentes con ello —intervino Tom Hagen—. El tiempo que haya de durar tu ausencia dependerá de muchos factores: del material que podamos suministrar a los periódicos, del interés que ponga en el asunto el Departamento de Policía, de la reacción de las otras Familias, etc. Se armará un buen revuelo, desde luego, y preocupaciones no van a faltarnos. De eso es de lo único que podemos estar seguros.

Michael estrechó la mano de Hagen.

—Haz lo que puedas —le dijo—. No quiero pasar otros tres años lejos de casa.

—Todavía estás a tiempo de cambiar de idea, Mike —dijo Hagen, amistosamente—. Podemos encargar a otro el trabajo, podemos adoptar otro sistema. Tal vez no sea necesario eliminar a Sollozzo.

Michael se echó a reír.

—Pueden hacerse muchos planes, pero sólo hay uno bueno. Además, Tom, toda mi vida ha sido demasiado fácil; ya es hora de que haga algo por los míos.

—De acuerdo, Mike —convino Hagen— pero déjame insistir una vez más en que no quiero que lo hagas para vengar el puñetazo en la mandíbula. McCluskey es un estúpido, ya lo sé, pero en su golpe no hubo nada personal.

Por segunda vez, Tom Hagen vio en Michael la encarnación del Don.

—Mira, Tom, no te equivoques. Todo es personal, incluso el más simple y menos importante de los negocios. En la vida de un hombre todo es personal. Hasta eso que llaman negocios es personal. ¿Sabes quién me enseñó eso? El Don. Mi padre. El Padrino. Si alguien perjudica a un

203

amigo suyo, el Don lo toma como una ofensa personal. Mi alistamiento en la Marina lo tomó como una cuestión personal. Es ahí donde reside su grandeza. El Gran Don. Para él todo es personal. Lo mismo que hace Dios. Sabe todo cuanto sucede, es dueño de las circunstancias. ¿No es así? ¿Y tú? ¿Sabes algo? A las personas que consideran los accidentes como insultos personales, no les ocurren accidentes. Me he dado cuenta tarde, pero al final lo he comprendido. Por eso, el puñetazo en la mandíbula es un asunto personal, tanto como los disparos que Sollozzo efectuó contra mi padre.

»Di a mi padre que todo eso lo he aprendido de él, y que estoy contento de poder pagarle algo de lo mucho que le debo. Ha sido siempre un buen padre. Quiero que sepas, Tom, que no recuerdo que me haya puesto nunca la mano encima. Y tampoco a Sonny, ni a Freddie, ni mucho menos a Connie. Dime la verdad, ¿cuántos hombres crees que ha matado o hecho matar?

Tom Hagen desvió la mirada.

—Una cosa no has aprendido de él, Mike: a hablar de la forma en que lo estás haciendo. Hay cosas que deben hacerse y se hacen, pero nunca se habla de ellas. Uno no trata de justificarlas; no pueden ser justificadas. Se hacen, simplemente. Y luego se olvidan.

Michael Corleone enarcó las cejas.

—Como *consigliere*, ¿estás de acuerdo en que es peligroso para el Don y nuestra Familia que Sollozzo esté vivo? —preguntó con voz suave.

—Sí.

—Muy bien —asintió Michael—. Entonces tengo que matarlo.

Michael Corleone estaba de pie frente al restaurante de Jack Dempsey, en Broadway, esperando que pasaran a recogerlo. Miró su reloj. Eran las ocho menos cinco. Sin duda, Sollozzo sería puntual. Él, en cambio, había preferido llegar con tiempo de sobra. Hacía ya quince minutos que esperaba.

Durante el trayecto entre Long Beach y Nueva York, Michael había intentado olvidar lo que había dicho a Tom Hagen. Y es que si creía en lo que había dicho al *consigliere*, el curso de su vida estaba ya definitivamente trazado. Aunque, ¿podría ser de otro modo, después de lo que iba a hacer esa noche? Si no conseguía apartar aquellos pensamientos, quizá su vida acabaría en unos minutos, pensó Michael. Debía concentrarse sólo en el trabajo inmediato. Sollozzo no era tonto y McCluskey era un hueso duro de roer. Se alegró de notar que la mandíbula volvía a dolerle; eso le ayudaría a estar alerta.

En una fría noche de invierno como aquélla, resultaba bastante natural que Broadway no estuviera muy concurrido, a pesar de que era casi la hora en que comenzaban los espectáculos teatrales. Michael se sobresaltó ligeramente al ver que un largo automóvil negro doblaba la esquina. Instantes después, el conductor abrió la puerta delantera.

—Arriba, Mike —dijo el chófer.

No conocía al conductor, un hombre joven y de cabello negro, que llevaba el cuello de la camisa desabrochado. Sin embargo, entró en el coche. En el asiento trasero estaban Sollozzo y el capitán McCluskey.

Sollozzo le tendió la mano y Michael se la estrechó. La mano era firme, caliente y seca.

—Me alegro de que haya venido, Mike —dijo Sollozzo—. Espero que podamos arreglar la situación. Todo lo que ha sucedido ha sido terrible, y no es lo que yo deseaba. Son cosas que nunca tendrían que haber ocurrido.

—También yo espero que todo quede arreglado —respondió Michael, en tono firme y sereno—. No quiero que mi padre vuelva a ser molestado.

—No lo será —aseguró Sollozzo, con acento sincero—. Sólo le pido que, cuando hablemos, considere mi propuesta con mentalidad abierta. Espero que no sea usted tan impetuoso como su hermano Sonny. Es imposible hablar de negocios con él.

El capitán McCluskey abrió la boca por vez primera:

—Parece un buen muchacho. Es más, estoy seguro de que lo es. —Se inclinó para dar un amistoso golpecito en el hombro de Michael—. Siento lo de la otra noche, Mike —prosiguió—. Me estoy haciendo viejo, y los viejos siempre estamos de mal humor. Me temo que tendré que retirarme muy pronto. No puedo soportar tantos agravios ni injusticias. Estoy más que harto.

Luego, con gesto dolorido, cacheó a Michael, para asegurarse de que iba desarmado.

Michael vio una ligera sonrisa en los labios del conductor. El automóvil se dirigió hacia el oeste, y aparentemente no hizo maniobra alguna para despistar a posibles perseguidores. Se adentraron en la carretera del West Side, donde la circulación era bastante lenta, y seguidamente, ante la inquietud de Michael, el coche penetró en el puente de George Washington; iban a tomar la carretera de Nueva Jersey. El informador de Sonny, quienquiera que fuese, intencionadamente o de buena fe, se había equivocado. La conferencia no iba a celebrarse en el Bronx.

El automóvil atravesaba el puente. La ciudad iba quedando atrás. El rostro de Michael seguía impasible. ¿Tenían intención de liquidarle, o se trataba de un cambio de última hora? Del astuto Sollozzo podía esperarse todo. De pronto, cuando ya casi habían terminado de cruzar el largo puente, el conductor dio un violento giro al volante. El pesado vehículo dio un salto en el aire, al chocar contra la barrera divisoria de las dos partes de la calzada del puente, y enfiló nuevamente en dirección a Nueva York, a toda velocidad. McCluskey y Sollozzo volvieron la cabeza para averiguar si alguien hacía la misma maniobra. Poco después, Michael comprobó que circulaban en dirección al East Bronx. Pasaron por diversas y anchas calles; ningún coche iba detrás de ellos. Eran casi las nueve. Habían querido asegurarse de que nadie les seguía. Sollozzo encendió un cigarrillo, después de ofrecer el paquete a McCluskey y a Michael, que rehusaron.

—Buen trabajo —felicitó al conductor—. Lo tendré en cuenta.

Diez minutos más tarde, el coche paró frente a un restaurante. Estaban en una zona habitada exclusivamente por italianos. La calle estaba desierta, y en el interior del local había muy poca gente, cosa normal, ya que era muy tarde para cenar. Michael temió que el conductor entrara con ellos, pero no fue así; se quedó fuera. El negociador no había hablado del conductor. Técnicamente, pues, Sollozzo había faltado a lo convenido. Pero Michael decidió no mencionarlo, pues supuso que ellos pensarían que tendría miedo de hacerlo, miedo de arruinar las probabilidades de éxito de la entrevista.

Los tres se sentaron en la única mesa redonda, pues Sollozzo había rehusado hacerlo en un reservado. En aquel momento había sólo otras dos personas en el restaurante. Michael se preguntó si serían hombres de Sollozzo. En realidad no importaba. Todo habría terminado antes de que tuvieran tiempo de intervenir.

—¿Es buena la comida italiana que sirven aquí? —preguntó McCluskey, con sincero interés.

—Pruebe la ternera —contestó Sollozzo—. Es la mejor de Nueva York, se lo aseguro.

El solitario camarero les había servido una botella de vino. Llenó tres vasos. McCluskey no bebió.

—Me parece que soy el único irlandés que no empina el codo —comentó—. He visto a demasiada gente en dificultades por culpa del alcohol.

—Voy a hablar en italiano con Mike —dijo Sollozzo

en tono conciliador, dirigiéndose al capitán—. No es que desconfíe de usted, sino que me es difícil encontrar las palabras precisas en inglés. Y como comprenderá, me interesa sobremanera convencer a Mike de que mis intenciones son buenas, de que quiero lo mejor para todos. No se ofenda, se lo ruego. Le repito que no se trata de desconfianza.

El capitán McCluskey sonrió con ironía.

—Lo entiendo —dijo—. Lo entiendo perfectamente. Ustedes a lo suyo. Yo voy a concentrarme en la ternera y los espaguetis.

Sollozzo empezó a hablar rápidamente en siciliano.

—Debe usted comprender que lo que sucedió entre su padre y yo fue sólo una cuestión de negocios. Siento un gran respeto por Don Corleone, y me gustaría tener la oportunidad de trabajar a su servicio. Pero debe usted hacerse cargo de que su padre es un hombre anticuado que se ha estancado. Mi negocio es el mejor. En él hay muchos millones para todos. Sin embargo, su padre no quiere saber nada del asunto. Sus escrúpulos carecen de base. En realidad, lo que pretende es imponer su voluntad sobre la mía. Sí, sí, ya sé que él me dice: «Adelante, es su negocio»; pero en realidad lo que hace es amenazarme, decirme que no quiere que yo me dedique a mi negocio. Yo le respeto mucho, pero no puedo consentir que me dicte lo que debo hacer. Así, pues, al final sucedió lo inevitable. Permítame decirle que he contado con el apoyo, silencioso, pero apoyo, de todas las Familias de Nueva York. Y la familia Tattaglia se asoció conmigo. Si esta lucha continúa, la familia Corleone tendrá que enfrentarse a todas las demás. Si su padre estuviera bien, quizá la familia Corleone podría con todos, pero su hijo mayor, Santino, no tiene talla suficiente. Le ruego que no vea en mis palabras insolencia alguna. Además, el *consigliere* irlandés, Hagen, tampoco es como Genco Abbandando, que en paz descanse. En consecuencia, propongo la paz, un trato. Demos por terminadas las hostilidades. Cuando su padre se haya recuperado, que sea él quien lleve las negociaciones, en lo que a la familia Corleone se refiere. La familia Tattaglia está dispuesta a seguir mi consejo y a olvidar lo de su hijo Bruno. Tendremos paz. Mientras, puesto que tengo que ganarme la vida, seguiré dedicándome a mi negocio, pero en pequeña escala. No les pido su cooperación, pero sí les ruego que no intervengan. Éstas son mis propuestas. Supongo que está usted autorizado a pactar.

Hablando en el dialecto siciliano, Michael dijo:

—Déme más detalles acerca de cómo piensa usted enfocar su negocio. Y lo que también me interesa saber es qué papel va a desempeñar mi Familia y qué es lo que vamos a ganar.

—¿Está interesado, pues, en conocer detalladamente mi proposición? —preguntó Sollozzo.

—Ante todo, lo que quiero son garantías absolutas de que nadie volverá a atentar contra la vida de mi padre —replicó Michael con gravedad.

Sollozzo hizo un expresivo ademán.

—¿Qué garantías puedo dar? La presa soy yo. He desperdiciado mi oportunidad. Usted me tiene en un concepto demasiado elevado, amigo mío. No soy tan listo como se imagina.

Ahora Michael estaba seguro de que lo único que deseaba Sollozzo era ganar unos días. Había llegado al convencimiento de que volverían a intentar algo contra el Don. Lo que más gracioso le resultaba era el hecho de que Sollozzo le considerara un desgraciado, un joven inofensivo. Michael volvió a sentir aquella agradable frialdad en todo su cuerpo. De pronto, hizo una mueca de dolor.

—¿Qué ocurre? —preguntó Sollozzo, alarmado.

—Creo que he bebido demasiado vino. Tengo que ir al baño. Quería evitarlo, pero no puedo aguantar más.

Sollozzo lo miró fija y escrutadoramente con sus ojos

negros. Se levantó y, sin miramiento alguno, le palpó todo el cuerpo, la entrepierna incluida. Michael le dirigió una mirada reprobadora.

—Ya lo registré cuando subió al coche —intervino McCluskey con frialdad—. He hecho lo mismo con miles de personas. Está desarmado.

Sollozzo no estaba muy convencido. No sabía por qué, pero aquello no le gustaba. Miró al hombre que estaba sentado en la mesa que había frente a ellos y con un gesto le indicó la puerta del retrete. El hombre, también con un ligero gesto, le indicó que ya había registrado el retrete y que no había nadie dentro.

—No tarde mucho —dijo Sollozzo de mala gana.

Estaba nervioso: Sollozzo olía el peligro.

Michael se levantó y se dirigió al cuarto de aseo. En el lavabo había una pastilla de jabón color rosa. Michael entró en un cubículo. Le convenía orinar, lo necesitaba. Lo hizo rápidamente, y a continuación deslizó la mano por detrás de la cisterna. Palpó la pistola, que estaba pegada a la pared con esparadrapo. La sacó, recordando que Clemenza le había dicho que no se preocupara por las huellas dactilares. Se guardó el arma en la cintura y se abrochó la chaqueta. Se lavó las manos y se mojó el cabello. Con el pañuelo borró las huellas dejadas en el grifo, y salió del aseo.

Sollozzo estaba sentado en su silla, con la vista fija en la puerta del lavabo. Michael sonrió.

—Ahora ya puedo hablar —comentó, con expresión de alivio.

El capitán McCluskey estaba comiendo el plato de ternera y espaguetis que le habían servido. El hombre que estaba contra la pared opuesta suspiró aliviado al ver que Michael regresaba.

Mike volvió a sentarse. Recordó que Clemenza le había dicho que no lo hiciera, que disparara en cuanto saliera del lavabo, pero algo, tal vez su instinto, le indicó lo contrario. Tenía la impresión de que al menor gesto sospechoso hubiera caído acribillado. Ahora se sentía seguro, y también algo avergonzado al pensar en el temblor de sus piernas.

Sollozzo se inclinó hacia él. Michael, cuya cintura quedaba oculta por la mesa, se desabrochó la chaqueta y fingió que escuchaba atentamente las palabras de Sollozzo, aunque en realidad no comprendía nada de lo que estaba diciendo el Turco. En su mente no había lugar más que para la tarea que estaba a punto de realizar. De pronto, en su mano apareció la pistola. En aquel preciso momento acababa de llegar el camarero, y Sollozzo volvió la cabeza para pedirle algo. Con la mano izquierda, Michael apartó la mesa, mientras su diestra, armada, quedó a dos palmos de la cabeza de Sollozzo. Los reflejos del hombre eran tan rápidos, que ya había empezado a apartarse. Pero los reflejos de Michael, más joven al fin y al cabo, también eran excelentes. Se oyó un disparo. La bala practicó un orificio entre la frente y la oreja de Sollozzo, y cuando salió, la chaqueta del camarero quedó salpicada de sangre y de fragmentos de hueso. Michael se dio cuenta de que no era necesaria una segunda bala. Había visto en los petrificados ojos de Sollozzo que la vida se le estaba escapando.

No había transcurrido más de un segundo cuando Michael apuntó al capitán McCluskey. El policía, atónito, se había vuelto hacia Sollozzo, como si nada de lo que ocurría tuviera que ver con él. Parecía no darse cuenta del peligro que corría. Por un instante se quedó con el tenedor a medio camino entre el plato y la boca, observando a Michael con sorpresa. Su mirada indicaba que estaba esperando a que huyera o se entregara. Michael no pudo evitar sonreír mientras se disponía a disparar contra él. El impacto fue defectuoso y en modo alguno mortal. Dio en el grueso cuello de McCluskey, quien empezó a dar signos de ahogo, como si se le hubiera atragantado la ternera. Luego, el aire pareció llenarse de finas gotas de sangre cada vez que el capitán tosía. Fríamente, con estudiada calma, el menor de los Corleone realizó un nuevo disparo. Esta vez la bala se metió en la cabeza de McCluskey.

Acto seguido, Michael se encaró con el hombre que estaba sentado en la mesa, junto a la pared. El individuo no había hecho el menor movimiento, paralizado, y puso las manos encima de la mesa. El camarero miraba a Michael con expresión aterrorizada. Sollozzo estaba todavía en la silla, con el cuerpo apoyado sobre la mesa; el pesado cuerpo de McCluskey, en cambio, yacía en el suelo. Michael dejó que la pistola se deslizara hacia el suelo. Vio que ni el hombre sentado a la mesa ni el camarero se habían dado cuenta de su maniobra, así que se dirigió a la puerta y salió a la calle. El automóvil de Sollozzo seguía aparcado en la esquina, pero el conductor no estaba en su interior. Michael empezó a andar rápidamente hacia la izquierda y dobló la primera esquina. Un coche se paró junto a él con la portezuela abierta y, en cuanto él hubo subido, el vehículo salió disparado. Vio que al volante iba Tessio, cuyas facciones parecían tan duras como el mármol.

—¿Te has cepillado a Sollozzo? —preguntó.

Por un instante, Michael se sorprendió ante la pregunta de Tessio. En sentido sexual, «cepillarse» a una mujer significaba llevársela a la cama. Era curioso que Tessio empleara esa expresión.

—A los dos —respondió Michael.

—¿Seguro? —preguntó Tessio.

—Pude ver sus sesos —fue la respuesta de Michael.

En el coche, Michael se cambió de ropa. Veinte minutos más tarde estaba a bordo de un carguero italiano, a punto de emprender el viaje hacia Sicilia. Dos horas más tarde, el barco empezó a moverse, y Michael, desde su camarote, vio las brillantes luces de la ciudad de Nueva York. No pudo reprimir un profundo suspiro de alivio. Estaba fuera de peligro. La sensación no era nueva para él. Recordó el momento en que lo retiraron de la playa de una isla que su división había invadido. La batalla no había terminado, pero una ligera herida motivó que lo trasladaran al buque-hospital. También entonces sintió el mismo alivio que experimentaba en esos momentos. La batalla sería infernal, pero él no estaría allí.

En el transcurso del día que siguió a la muerte de Sollozzo y del capitán McCluskey, todos los capitanes y tenientes de la policía de la ciudad de Nueva York recibieron la misma orden: no habría más juego, la prostitución no sería tolerada ni se efectuarían componendas de ninguna clase mientras el asesino del capitán McCluskey anduviera suelto. Comenzaron a efectuarse impresionantes redadas por la ciudad. Todas las actividades ilegales quedaron absolutamente paralizadas.

Aquel mismo día, un emisario de las Familias de Nueva York preguntó a la familia Corleone si estaban dispuestos a entregar al asesino. Se les contestó que ellos nada habían tenido que ver con el asunto, que no eran ellos los culpables. Aquella noche explotó una bomba en la alameda de la familia Corleone, en Long Beach. La bomba había sido lanzada desde un automóvil que, después de romper la cadena, había huido. Durante la misma noche, dos de los hombres a sueldo de la familia Corleone habían sido asesinados mientras comían tranquilamente en un restaurante italiano de Greenwich Village. Corría el año 1946. La guerra de las Cinco Familias había empezado.

SEGUNDA PARTE

12

Johnny Fontane despidió al sirviente con un ademán.

—Te veré por la mañana, Billy —le dijo.

El criado de color salió del enorme salón con vistas al Pacífico. Era una despedida de amigos, no la que cabía esperar entre patrón y criado. Y si éste se marchaba era porque aquella noche Johnny Fontane esperaba compañía.

La compañía de Johnny era una muchacha llamada Sharon Moore, una chica de Nueva York, de Greenwich Village concretamente, que estaba en Hollywood para tratar de conseguir un pequeño papel en una película producida por un antiguo amigo suyo que había hecho fortuna. Había visitado los estudios cuando Johnny estaba actuando en la película de Woltz. Johnny la había encontrado hermosa, encantadora y ocurrente, y le había pedido que fuera a su casa a cenar. Sus invitaciones para cenar eran apetecidas, por lo que, naturalmente, la chica aceptó.

Evidentemente, Sharon Moore esperaba que Johnny Fontane fuera directo al grano, pero Johnny odiaba este sistema. Nunca se acostaba con una chica a menos que se sintiera realmente atraído por ella. Excepto, claro está, en las ocasiones en que había bebido mucho, cuando por menos de nada se encontraba en la cama con alguna muchacha a la que no recordaba haber visto en su vida. Además, ahora que tenía treinta y cinco años, que estaba divorciado de su primera esposa y separado de la segunda, y que podía escoger entre mil mujeres diferentes, Johnny se había vuelto mucho más selectivo. Sin embargo, Sharon Moore le atraía, aunque no sabía exactamente por qué. Por ello la había invitado a cenar.

Él no comía mucho, pero conocía muchachas que pasaban hambre para poder dedicar el dinero a vestir bien. En consecuencia, siempre procuraba que su mesa estuviera bien surtida. Tampoco faltaba la bebida: champán, whisky, coñac y toda clase de licores. Acostumbraba a servir la comida y los combinados ya preparados. Luego, llevaba a la invitada de turno a la sala de estar con vistas al Pacífico. Aquella noche, una vez en el salón con Sharon, puso unos discos de Ella Fitzgerald en el tocadiscos de alta fidelidad y se sentó junto a la muchacha, en el mullido sofá. Charlaron de mil pequeñas cosas: de cómo había pasado la niñez, de si le habían gustado los chicos, de si era o no hogareña, de si poseía un temperamento alegre o triste... A Johnny le gustaba saber estos detalles, pues le proporcionaban la ternura que necesitaba para hacer el amor.

Se deslizaron sobre el sofá. Él la besó en los labios, fríamente, y ante la pasiva reacción de ella sintió una gran ternura; aquella ternura que le permitiría ser un buen amante. Por un instante, Johnny se quedó contemplando el fragmento azul y oscuro de Pacífico que le ofrecía el ventanal abierto a la noche. Sharon interrumpió su éxtasis.

—¿Por qué no pones un disco tuyo? —le preguntó.

El tono de la chica era implorante. Johnny le dirigió una amable sonrisa.

—No soy de ésos —respondió.

—Te lo ruego, pon un disco tuyo —insistió la muchacha—. O mejor aún, cántame una canción. Me echaré en tus brazos, igual que lo hacen tus compañeras femeninas en la pantalla.

Johnny rió con ganas. Años atrás, cuando era más joven, había hecho esas cosas, y el resultado siempre había sido el mismo: las chicas adoptaban un aire fascinador, como si estuvieran delante de una cámara. Hacía tiempo que había abandonado la costumbre de cantar para una chica; de hecho, hacía meses que no cantaba en absoluto, pues no confiaba en su voz. Además, la gente no sabía hasta qué punto los profesionales dependen de la técnica, sin la cual la voz pierde gran parte de su calidad. Evidentemente hubiera podido poner un disco suyo, pero el escuchar su voz le producía la misma vergüenza que siente un hombre gordo cuando muestra fotografías en las que aparece joven y delgado.

—Mi voz no está afinada —objetó—. Además, para serte sincero, estoy cansado de oírme.

Ambos bebieron.

—Tengo entendido que estás maravilloso en esta película —dijo la muchacha, tras unos instantes de silencio—. ¿Es cierto que la hiciste sin cobrar ni un centavo?

—Sólo por una cantidad puramente simbólica —repuso Johnny.

Se levantó para volver a llenar el vaso de la muchacha, le ofreció un cigarrillo y se lo encendió. La muchacha dio una calada al cigarrillo y bebió un sorbo de licor, mientras Johnny volvía a sentarse junto a ella. El vaso de él estaba más lleno que el de Sharon, pues Johnny necesitaba animarse. Su situación era la inversa de cualquier otro amante. Era él quien tenía que emborracharse, no la chica. Cuando él no estaba en forma, las mujeres lo estaban demasiado; siempre ocurría lo mismo. En este sentido, los dos últimos años habían sido un infierno. Lo único que podía hacer era dormir una noche con una muchacha desconocida, llevarla a cenar unas pocas veces y hacerle un valioso regalo. Luego debía procurar que la muchacha no se sintiera herida en sus sentimientos por el hecho de haber sido juguete de una sola noche. La mayoría se consolaba con poder decir que habían sido amadas por Johnny Fontane. Y aunque lo que Johnny sentía por ellas no era amor, tampoco se trataba de ser exageradamente puritano. Las mujeres que hacían el amor por el solo placer de hacerlo, las que luego se vanagloriaban de haber «dormido» con Johnny Fontane, le causaban verdadera repugnancia. Pero a quienes encontraba realmente odiosos era a los maridos que decían perdonar a sus esposas el haberles sido infieles, pues hasta incluso a las más virtuosas les resultaba difícil sustraerse al encanto de un gran cantante y actor como Johnny Fontane. Y eso se lo decían en la cara.

Johnny Fontane adoraba los discos de Ella Fitzgerald. Le gustaba aquella voz tan limpia, aquella forma de vocalizar. Era lo único que realmente entendía y sabía que lo entendía mejor que cualquier otra persona del mundo. Ahora, cómodamente sentado en el sofá, con el coñac acariciándole la garganta, sintió deseos de cantar al unísono con Ella, pero eso era algo que le resultaba completamente imposible de hacer en presencia de una persona extraña. Puso su mano libre en el regazo de Sharon, mientras con la otra bebía un sorbo de licor. Sin malicia, con la naturalidad de un niño que busca calor, Johnny deslizó la mano bajo el vestido de Sharon. Como siempre, a pesar de todas las mujeres, a pesar de los años y a pesar de la costumbre, al contemplar los blancos muslos de la muchacha Johnny sintió un agradable calor en todo su cuerpo. El milagro, una vez más, se había producido, pero ¿qué haría cuando eso fallara como le fallaba la voz?

Ahora estaba dispuesto. Dejó el vaso en la mesita de centro y se inclinó hacia Sharon. Estaba muy seguro de sí mismo, pero sabía ser tierno; en sus caricias no había obscenidad alguna. La besó en los labios. Sharon le devolvió el beso con decisión, pero sin pasión. Johnny lo prefirió así. No le gustaban las mujeres excesivamente apasionadas, las que actuaban como si el simple contacto de la mano de un hombre bastara para hacer vibrar todas las fibras eróticas de su ser.

Luego recurrió a una estrategia que siempre le daba resultado: con la máxima delicadeza la acarició y, acercándose más a ella, la besó profundamente. Antes de ser famoso, naturalmente, incluso alguna le había abofeteado; pero ésta era la única técnica de Johnny Fontane. Por lo general, solía darle buenos resultados.

La reacción de Sharon fue insólita. Lo aceptó todo, el contacto y el beso; luego se separó, se apartó un poco y tomó el vaso de licor. Era una negativa fría, pero firme. A Johnny le había sucedido algunas veces, no muchas. Johnny tomó también su vaso y encendió un cigarrillo.

—No es que no me gustes, Johnny —dijo Sharon con voz muy suave—, eres mucho más encantador de lo que había supuesto. Y no es porque yo sea una mojigata, que no lo soy. La verdad es que debo sentir algo para entregarme a un hombre. ¿Me comprendes?

Johnny Fontane sonrió. La muchacha le gustaba.

—¿Y yo no te hago sentir nada? —interrogó.

Ella parecía algo violenta.

—Mira, cuando tú eras un gran cantante, yo era todavía una niña. Pertenecemos a generaciones distintas. En serio, no es que yo sea una beata. Si fueras James Dean o alguien de mi generación, no tardaría ni un segundo en lanzarme en tus brazos.

Ahora ya no le gustaba tanto la chica. Era dulce, graciosa e inteligente. No se había lanzado sobre él, ni había intentado utilizarlo para introducirse en el mundo del cine. Era realmente una buena chica. Pero había otra cosa, algo que le había sucedido en alguna otra ocasión. Era la clase de chicas que aceptaban una invitación con el propósito de llegar hasta el final —prescindiendo de lo mucho o poco que les gustara el hombre— sólo para poder ir pregonando por ahí lo interesante que les había resultado tener una aventura con una estrella de Hollywood. Johnny era ya un hombre experimentado y comprendía la situación; no se irritaba por aquellas naderías.

Ahora que la muchacha ya no le gustaba tanto, Johnny Fontane sintió un gran alivio. Bebió un sorbo del licor que tenía en el vaso y contempló el océano.

—Espero que no estés disgustado, Johnny —dijo la chica—. Sospecho que no sé estar a la altura de las circunstancias. Supongo que en Hollywood una chica se entrega con la misma facilidad con que se da un beso de despedida. Todavía no estoy acostumbrada.

Johnny sonrió y le acarició la mejilla. Luego, con mucha discreción, bajó el vestido de Sharon hasta cubrirle las bien torneadas rodillas.

—No estoy disgustado —dijo—. Me encanta encontrarme con una muchacha anticuada.

Lo que no le dijo fue el alivio que sentía; afortunadamente, no tendría que interpretar el papel de gran amante, evitando así la posibilidad —por otra parte muy grande— de defraudar a la chica. Además, se ahorraría tener que aparentar, como en la pantalla, que era la encarnación de una bella imagen.

Bebieron otra copa, intercambiaron algunos fríos besos, y luego Sharon decidió que debía irse.

—¿Puedo invitarte a cenar alguna noche de éstas? —dijo Johnny educadamente.

Sharon se mostró absolutamente honesta.

—Sé que no interesa perder el tiempo. Gracias por la maravillosa velada de hoy. Algún día podré contar a mis hijos que un día cené con el gran Johnny Fontane, a solas en su apartamento.

—Y podrás decirles también que no ocurrió nada —dijo Johnny.

Ambos se echaron a reír.

—No me creerán —replicó Sharon.

Johnny siguió la broma:

—Si quieres, lo certifico por escrito.

La muchacha dijo que no, y Johnny Fontane prosiguió:

—Si alguien duda alguna vez de tu honestidad, llámame. Yo les diré que te estuve persiguiendo por mi apartamento, pero que tú supiste guardar tu honra.

Se dio cuenta de que había sido excesivamente cruel

cuando vio en el rostro de Sharon una expresión dolorida. Le estaba diciendo, lisa y llanamente, que no había insistido mucho. Johnny acababa de robarle el dulce sabor de su victoria. Ahora la muchacha creería que era su falta de atractivo lo que le había dado el triunfo. Y cuando hablara de cómo había sabido resistir a los encantos de Johnny Fontane, tendría que añadir: «Claro que Johnny no insistió mucho.»

—Si alguna vez te sientes desgraciada, llámame, te lo ruego —dijo Johnny, al ver la triste expresión de la chica—. Piensa que no tengo por qué querer aprovecharme de todas las muchachas que conozco.

—Lo haré —respondió Sharon y salió del apartamento.

Johnny tenía una larga noche por delante. Podía haber recurrido a lo que Jack Woltz llamaba la «fábrica de carne», el rebaño de aspirantes a estrellas, siempre bien dispuestas a complacer en todo a un hombre famoso y atractivo. Pero lo que Johnny quería era otra cosa: ternura, comprensión, un poco de amor desinteresado. Pensó en su primera esposa, Virginia. Ahora que su trabajo en la película había terminado, tendría más tiempo para los niños. Quería volver a formar parte de su vida. También se preocupaba por Virginia. Ella no estaba preparada para soportar a los donjuanes de Hollywood, que se sentirían orgullosos de contar a todo el mundo que se habían acostado con la primera esposa de Johnny Fontane. Que él supiera, nadie podía ufanarse de ello. De su segunda esposa, en cambio, eran muchos los que lo hacían, pensó amargamente. Descolgó el auricular del teléfono.

Reconoció de inmediato la voz de Virginia, cosa que, por otra parte, nada tenía de sorprendente; la había oído por vez primera cuando él tenía diez años. Ambos habían sido compañeros de escuela.

—Hola, Ginny. ¿Estás ocupada esta noche? ¿Puedo venir a charlar un rato?

—Bueno —accedió Virginia—. Pero los niños ya están en la cama; no quiero despertarlos.

—No te preocupes —repuso Johnny—. Sólo quería hablar un poco contigo.

Ella se esforzó por disimular su preocupación.

—¿Es algo grave? ¿Qué ha ocurrido?

—Nada —replicó Johnny—. Hoy he terminado la película y me apetece charlar contigo. Hasta tal vez podré ver a los niños, procurando que no se despierten.

—Muy bien —dijo Virginia—. Y quiero que sepas que me alegro de que consiguieras el papel.

—Gracias. Estaré ahí dentro de media hora.

Cuando llegó a su antiguo hogar en Beverly Hills, Johnny Fontane, sin salir del coche, se detuvo a contemplar la casa. Recordó lo que su padrino había dicho: que debía tomar las riendas de su propia vida. Lo importante era saber lo que uno quería. ¿Lo sabía él?

Su primera esposa le aguardaba en la puerta. Era hermosa, menuda y morena; una bonita chica italiana, el tipo de muchacha en la que uno podía confiar plenamente; incapaz de una infidelidad. Había sido muy importante en su vida. ¿La quería todavía?, se preguntó, y la respuesta fue negativa. Por una parte, se sentía incapaz de hacerle el amor, y por la otra, había ciertas cosas que ella nunca podría perdonarle, cosas que nada tenían que ver con el sexo. De todos modos, entre ellos no existía enemistad alguna.

Virginia le sirvió café y unos pastelitos hechos en casa.

—Siéntate en el sofá —le dijo—; pareces cansado.

Johnny se quitó la chaqueta y los zapatos y se aflojó la corbata. Virginia, que estaba sentada en una silla frente a él, dijo con una triste sonrisa en los labios:

—Es gracioso.

—¿Qué te parece gracioso? —dijo Johnny, mientras sorbía un poco de café, con el que se manchó la camisa.

—El gran Johnny Fontane no tiene ninguna chica con quien salir —respondió ella.

—El gran Johnny Fontane se contenta con poder seguir demostrando que es un hombre —replicó el cantante.

No era corriente que hablara de forma tan directa.

—¿Tan mal estás? —preguntó Ginny, un poco alarmada.

Johnny le dirigió una afectuosa y melancólica sonrisa.

—He estado con una chica en mi apartamento, pero me ha rechazado. Lo malo es que me he alegrado.

Sorprendido, vio pasar por el rostro de su ex esposa un ramalazo de ira.

—No te preocupes por esas zorras —le dijo—. Seguramente ha imaginado que era la única forma de que te interesaras por ella.

Johnny vio que Virginia estaba realmente enfadada con la muchacha que lo había despreciado.

—No importa. Al diablo con todo. No se puede ser eternamente joven. Y ahora que ya no puedo cantar, me parece que las mujeres ya no se echarán en mis brazos. Ya no me encuentran tan atractivo.

—De todos modos, siempre has estado mejor en persona que en la pantalla —observó Virginia con sinceridad.

Johnny negó con la cabeza.

—Estoy engordando y me estoy quedando calvo. Desde luego, si esta película no vuelve a encumbrarme, mejor será que me dedique a pastelero. Aunque quizá sería mejor ponerte a ti en el cine. Estás muy guapa.

Virginia tenía treinta y cinco años; muy bien llevados, pero treinta y cinco años. Eso era mucho para los estándares de Hollywood. La ciudad estaba llena de chicas guapísimas. Claro que no solían mantenerse más de un par de años. Algunas eran tan hermosas, que podían detener el corazón de un hombre con una sola de sus sonrisas. Su encanto, sin embargo, desaparecía en cuanto abrían la boca, en cuanto la ambición empañaba el brillo de sus ojos. Las mujeres normales no podían soñar siquiera en competir con ellas en cuanto a atractivo físico. Y es que su esplendorosa belleza anulaba todas las cualidades que las demás mujeres pudieran poseer, como encanto, inteligencia, clase... Posiblemente, si no hubiera tantas chicas de ésas, las mujeres guapas e inteligentes habrían tenido una oportunidad.

Así pues, Ginny sabía que Johnny decía todo aquello sólo para adularla. Siempre había sido un hombre muy delicado. Siempre, incluso estando en la cumbre de su carrera, había sido muy cortés con las mujeres; les ayudaba a ponerse el abrigo, les daba fuego, les abría las puertas... Y ellas sabían agradecérselo. La cortesía de Johnny era innata, pues salía a relucir incluso tratándose de muchachas de una sola noche, de mujeres de las que apenas si sabía el nombre.

Virginia le dirigió una suave y amistosa sonrisa.

—Hemos vivido juntos durante doce años, Johnny. No tienes por qué esforzarte en adularme.

—Hablo en serio, Ginny. Tienes un aspecto estupendo. Ya quisiera yo conservarme tan bien.

Ella no contestó. Se daba cuenta de que su ex marido estaba deprimido.

—¿Crees que resultará una buena película? —le preguntó Virginia, al fin—. ¿Piensas que volverá a situarte?

—Sí —contestó Johnny—. Estoy seguro de que me servirá para reverdecer laureles. Si consigue el Oscar y juego bien mis cartas, tendré una gran carrera por delante, aunque no cante. En ese caso, podré aumentaros la pensión a ti y a los niños.

—Tenemos más que suficiente —señaló Ginny.

—Además, quiero ver más a menudo a los niños. Quiero sentar un poco la cabeza. ¿Por qué no puedo venir a cenar aquí cada viernes? Te juro que no faltaría ningún viernes, por muy ocupado que estuviera. Y vendría a pasar aquí algunos fines de semana, y los niños podrían pasar parte de sus vacaciones conmigo.

Ginny le puso un cenicero en el pecho.

—Por mí, de acuerdo —asintió—. No he vuelto a casarme precisamente porque quería que siguieras siendo su padre.

Estas palabras habían sido pronunciadas sin emoción alguna, pero Johnny Fontane, con la vista fija en el techo, sabía que Ginny hablaba de aquel modo para compensarle por las crueles y desagradables palabras que le había dicho cuando su matrimonio naufragó, cuando su carrera había declinado.

—Cambiando de tema —dijo Virginia—. ¿Sabes quién me ha llamado?

Johnny no tenía ganas de jugar a adivinanzas; era un juego que nunca le había atraído.

—¿Quién? —preguntó.

—Por lo menos podrías tratar de adivinarlo —le reprochó Virginia.

Johnny no respondió.

—Tu padrino —añadió ella.

—Pero si nunca habla por teléfono. ¿Qué te ha dicho?

—Me pidió que te ayudara. Dijo que podías volver a ser tan famoso como antes, pero que necesitabas que la gente creyera en ti. Le pregunté por qué tenía que ser yo la encargada de ayudarte, me contestó que por el hecho de ser tú el padre de mis hijos. Parece mentira que se digan cosas tan horribles de un hombre tan encantador como tu padrino.

Virginia odiaba los teléfonos. Por esta razón sólo tenía dos: uno en su dormitorio y otro en la cocina. Ahora sonaba el de la cocina. Fue a contestar. Cuando regresó al salón donde estaba Johnny, parecía sorprendida.

—Es para ti, Johnny. Es Tom Hagen. Dice que es importante.

La voz de Tom Hagen era fría:

—Oye, Johnny, el Padrino quiere que vaya a verte para ayudarte ahora que la película ha terminado. Quiere que tome el avión de la mañana. ¿Podrás venir a esperarme a Los Ángeles? Tengo que regresar a Nueva York esa misma noche, de modo que te entretendré poco.

—No faltaría más, Tom. Y no te preocupes por mi tiempo. Ven a mi casa, te convendrá descansar un poco. Daré una fiesta, y tendrás oportunidad de conocer a gente del cine.

Siempre hacía la misma oferta. No quería que sus conocidos de toda la vida creyeran que ahora se avergonzaba de ellos.

—Gracias —dijo Hagen—, pero no tendré tiempo, te lo aseguro. De acuerdo, pues. Llegaré en el avión que sale de Nueva York a las once y media de la mañana.

—Bien.

—No te muevas de tu automóvil —indicó Hagen—. Di a alguien que me espere al bajar del avión, para que luego me conduzca hasta ti.

—De acuerdo —respondió Johnny, y colgó.

Regresó adonde estaba Ginny, que le dirigió una mirada interrogadora.

—Mi padrino tiene un plan para ayudarme —dijo Johnny—. Fue él quien me consiguió el papel en la película. No sé cómo, pero preferiría que no interviniera más en mi profesión.

Fue a sentarse nuevamente en el sofá. Se sentía muy cansado. Al darse cuenta de ello, Ginny dijo:

—¿Por qué no te quedas a dormir aquí, en la habitación de los huéspedes, en lugar de ir a tu casa? Podrías desayunar con los niños y te evitarías el conducir de noche. No me gusta pensar que estás solo en casa. ¿No te atormenta la soledad?

—No paso mucho tiempo en casa —alegó él.

Virginia se rió.

—Entonces no has cambiado mucho. —Virginia guardó un breve silencio y prosiguió—: Voy a preparar la habitación.

—¿Por qué no puedo dormir en la tuya?

Ginny se sonrojó.

—Porque no —replicó con una sonrisa.

Él le devolvió la sonrisa. Seguían siendo amigos.

A la mañana siguiente, Johnny se despertó tarde. El sol entraba a raudales a través de las persianas. Debía de ser más de mediodía.

—¡Eh, Ginny! ¿Podría tomar aquí el desayuno? —gritó.

—Un momento, Johnny —contestó ella, desde lejos.

Y fue sólo cuestión de un segundo. Seguramente lo tenía ya todo a punto, pues aún no había acabado de encender el primer cigarrillo del día, cuando se abrió la puerta del dormitorio y entraron sus dos hijas con el carrito de la comida.

Eran tan hermosas que Johnny se emocionó. Sus rostros eran bonitos e inocentes, y en sus ojos se leía el deseo de abrazar a su padre. Llevaban el pelo recogido en una coleta, unos vestidos algo pasados de moda y unos zapatos blancos de cuero. Estaban de pie junto al carrito, mirándolo fijamente, mientras él aplastaba el cigarrillo en el cenicero. A un gesto de su padre, las niñas corrieron a abrazarlo. Apretó las mejillas de las niñas contra las suyas, y ellas se echaron a reír, pues la barba de su padre les hacía cosquillas. Ginny entró en la habitación y acercó el carrito al lecho, para que Johnny pudiera desayunar sin tener que levantarse. Se sentó en el borde de la cama, se sirvió café y empezó a untar el pan con mantequilla. Las dos niñas, sentadas junto a él, le miraban cariñosamente. Ya eran demasiado mayorcitas para jugar con su padre encima de la cama. Johnny pensó con tristeza que pronto serían mayores, que no tardarían en ser presa codiciada por los donjuanes de Hollywood.

Compartió el desayuno con ellas, y también el café. Era una costumbre ya antigua, de su época de cantante de orquesta, cuando raramente podía comer con su familia. En aquel entonces, las raras veces en que Johnny estaba en casa para desayunar por la tarde o cenar por la mañana, su esposa e hijas comían del mismo plato que él. El cambio de comidas gustaba a las niñas, que así se saltaban la rutina alimenticia. Les resultaba muy gracioso comer chuletas de ternera a las siete de la mañana o huevos con jamón por la tarde.

Sólo Ginny y algunos amigos íntimos sabían lo mucho que Johnny adoraba a sus hijas. El separarse de ellas había sido lo peor del divorcio. Por lo único que había luchado en el tribunal había sido por su posición como padre de las niñas. De forma muy disimulada había dado a entender a Ginny que no le gustaría que volviera a casarse, no por cuestión de celos, sino para no perder terreno como padre. El asunto monetario lo había dispuesto de tal forma que a Ginny le resultara enormemente ventajoso el no volver a casarse. Se daba por sentado que ella podría tener amantes, pero no llevarlos a su casa. Sin embargo, en este sentido, Johnny estaba completamente tranquilo. En cuestiones sexuales, Ginny había sido siempre muy tímida y anticuada. Los gigolós de Hollywood nada consiguieron cuando empezaron a estrechar el cerco en torno a ella, a pesar de haber puesto todo su empeño en conseguir los favores de la joven divorciada, unos favores que podían darles dinero o ayuda del marido.

Johnny no temía que ella esperara una reconciliación por el solo hecho de haber querido acostarse con ella la noche anterior. Ninguno de los dos deseaba reanudar su vida en común. Ella comprendía la gran atracción que sentía Johnny por las mujeres más jóvenes y guapas que ella. Era del dominio público que se acostaba con sus compañeras de rodaje, por lo menos una vez. Ellas encontraban irresistible su encanto masculino y el seductor italiano las encontraba irresistibles a ellas.

—Tendrás que vestirte pronto —dijo Ginny—. El avión de Tom no tardará en llegar.

Hizo que las niñas salieran de la habitación.

—Sí —contestó Johnny—. Cambiando de tema, ¿sabes que voy a divorciarme? Volveré a ser un hombre libre.

Le miraba mientras se vestía. Johnny siempre tenía ropa en casa de Ginny, una ropa fresca y sencilla que le encantaba.

—Faltan sólo dos semanas para Navidad —dijo Ginny—. ¿Quieres que lo disponga todo para tu estancia aquí?

Era la primera vez que Johnny pensaba en las Navidades. Cuando aún tenía voz, el período navideño era para él la temporada más lucrativa del año, pero aun entonces el día de Navidad era sagrado. El año anterior fue el primero en que Johnny no estuvo con sus hijas. Había estado en España, cortejando a la que luego sería su segunda esposa.

—Sí. Estaré con vosotras el día de Nochebuena y el de Navidad —dijo Johnny.

No habló del día de Año Nuevo. Aquella noche la destinaba a emborracharse con sus amigos, y no quería que su ex esposa estuviera presente. No sentía remordimientos por ello. Era sólo que de vez en cuando necesitaba desinhibirse, no pensar en nada.

Ginny le ayudó a ponerse la chaqueta y luego le cepilló la ropa. Johnny iba siempre inmaculadamente limpio. Ahora fruncía el ceño porque la camisa no le parecía bastante blanca, y porque consideraba que los zapatos, que no había llevado desde hacía algún tiempo, no iban bien con el traje.

—No te preocupes; Tom no va a notarlo. —Ginny se rió.

Las tres mujeres de la familia lo acompañaron a la puerta, y luego hasta el garaje. Llevaba a las niñas cogidas de la mano. Ginny iba unos pasos detrás de ellos. Le gustaba ver que Johnny parecía sentirse feliz. Cuando llegaron junto al coche, levantó a sus hijas en el aire, cariñosamente, y besó a Ginny en la mejilla. Luego, sin pronunciar palabra, entró en el automóvil. No le gustaban las despedidas.

Su representante lo había dispuesto todo. Frente a su casa había un automóvil alquilado con chófer. En su interior estaban el representante y otro hombre. Johnny aparcó su automóvil y entró en el otro, que se puso en marcha rumbo al aeropuerto. Esperó dentro del vehículo, mientras su representante acudía a esperar a Tom. Cuando el visitante entró en el automóvil, ambos hombres se estrecharon la mano y el vehículo arrancó rumbo a casa de Johnny.

Finalmente, Johnny y Tom se quedaron solos en la sala de estar. Sus relaciones eran correctas, pero frías. Johnny nunca había perdonado a Hagen que dificultara sus mil intentos de ver al Don cuando éste estaba enfadado con él, en aquellos aciagos días que precedieron a la boda de Connie. Hagen nunca se dignó a excusarse. Y es que no podía. Una parte de su trabajo consistía, precisamente, en servir de pararrayos de todos los resquemores y enfados que la gente sentía contra el Don, pero que no se atrevían a manifestarle personalmente.

—Tu padrino me envía para que te eche una mano en algunos asuntos —empezó Hagen—. Y prefiero hacerlo antes de Navidad.

—La película ha terminado —repuso Johnny Fontane—. El director era un hombre cabal y no tengo queja alguna de él. Mis escenas son demasiado importantes como para que las corten, a pesar de que a Woltz le gustaría hacerlo. No puede destruir una película de diez millones de dólares por el simple capricho de perjudicarme. Así, pues, ahora todo depende de que guste o no al público.

—¿Es muy importante para la carrera de un actor la consecución del Oscar, o es sólo que con la estatuilla se consigue un poco de publicidad? —preguntó Hagen con cautela—. Aunque, bien mirado, el premio de la Academia significa la gloria, y eso es algo que gusta a todo el mundo.

Johnny Fontane sonrió, irónico.

—Es importante para todo el mundo, a excepción hecha de mi padrino y de ti. No, Tom, no es ninguna tontería. Un Oscar garantiza la fama y el dinero durante diez años, por lo menos. El que lo consigue puede escoger los papeles. El público va a verle. No lo es todo, pero para un actor es decisivo. Tengo esperanzas de conseguirlo. No porque me considere un gran actor, sino porque ya era popular como cantante, y porque mi papel es muy bueno. Además, tampoco soy tan malo.

—Tu padrino me ha dicho que, tal como están las cosas, no tienes la menor posibilidad de conseguir la estatuilla.

Johnny Fontane empezaba a irritarse.

—¿Qué estás diciendo? La película todavía no ha sido exhibida. Y el Don no está en el negocio del cine. ¿Para decirme eso has hecho tan largo viaje?

—Mira, Johnny —replicó Hagen, molesto—, en asuntos cinematográficos soy un ignorante. Recuerda que no soy más que un mensajero del Don. Pero este asunto lo hemos discutido muchas veces. Él se preocupa por ti, por tu futuro. Considera que todavía necesitas su ayuda, y desea solucionar tu problema de una vez para siempre. Por eso he venido, para arreglarlo todo. Pero debes portarte como un adulto, Johnny. Debes dejar de pensar en ti como cantante o como actor y comenzar a considerarte como un hombre con iniciativa, con ideas propias.

Johnny Fontane se echó a reír y volvió a llenar su vaso.

—Si no gano el Oscar, tendré tanta iniciativa como una de mis hijas. He perdido la voz; si la conservara, podría hacer algo. Bueno, ¿y cómo sabe mi padrino que no voy a conseguir el premio? Porque seguro que lo sabe. Él nunca se equivoca.

Hagen encendió un cigarrillo.

—Sabemos que Jack Woltz ha asegurado que no piensa gastarse ni un centavo en tu candidatura. De hecho, ha comunicado a todos los miembros del jurado que no desea que ganes. Todo lo contrario: está interesado en que otro actor de sus estudios consiga el máximo de votos. Para ello emplea toda suerte de recursos: dinero, mujeres, todo. Y trata de hacerlo sin perjudicar el éxito de la película, o perjudicándolo lo menos posible.

Johnny Fontane se encogió de hombros. Volvió a llenarse el vaso y lo apuró de un trago.

—En ese caso, estoy perdido.

Hagen lo estaba mirando fijamente.

—La bebida no le va a hacer ningún bien a tu voz —señaló en tono de desaprobación.

—Vete al diablo —fue la respuesta de Johnny.

El rostro de Hagen se convirtió en una máscara.

—Muy bien. Me limitaré a hablar de negocios, pues.

Johnny Fontane dejó el vaso encima de la mesa.

—Lo siento, Tom, no quería ofenderte —se disculpó—. Lo que pasa es que me gustaría matar a ese cerdo de Jack Woltz, y estoy de mal humor. Pero comprendo que no tienes por qué pagarlo tú.

Johnny tenía los ojos arrasados en lágrimas. Estrelló el vaso contra la pared, pero con tan poca fuerza que no se rompió. El vaso, rodando, fue a parar a los pies de Johnny, que lo miró con rabia. Luego se echó a reír. Fue a sentarse frente a Tom y dijo:

—Tú sabes que durante mucho tiempo las cosas me han ido muy bien. Luego, al divorciarme de Ginny todo comenzó a estropearse. Perdí la voz. Mis discos dejaron de venderse. No conseguía ni siquiera un pequeño papel en ninguna película. Y luego mi padrino se enfadó conmigo, hasta el punto de no responder mis llamadas. Es más, ni siquiera quería recibirme cuando yo iba a Nueva York. Entre él y yo ponía una barrera: tú. Ahora comprendo que tú te limitabas a cumplir órdenes. Y es que uno no puede enfadarse con él; es como enfadarse con Dios. Por eso me enojo contigo. Pero tú siempre te has portado bien conmigo, ésa es la verdad. Y para que veas que te aprecio, voy a seguir tu consejo. No volveré a beber hasta que haya recuperado la voz.

Johnny era sincero y Hagen olvidó su enojo. Aquel niño de treinta y cinco años debía de tener algo, pues de lo contrario el Don no perdería el tiempo con él, ni le apreciaría tanto.

—Olvídalo, Johnny —dijo Hagen.

Se sentía violento al ver el profundo sentimiento de Johnny, y sospechaba que dicho sentimiento sólo se debía al miedo, al miedo de que el Don se volviera contra él. Lo que ignoraba Johnny era que al Don nadie podía hacerle cambiar; cambiaba sólo por sí mismo.

—Las cosas no están tan mal, Johnny. El Don dice que puede anular todas las tentativas de Woltz contra ti, que es casi seguro que podrá conseguir que ganes el Oscar. Pero teme que ello no baste para resolver tu problema. Quiere saber si tienes inteligencia y coraje suficientes para convertirte en productor, para hacer tus propias películas, desde el principio al final.

—¿Y cómo diablos va a conseguir que me den el Oscar? —preguntó Johnny, incrédulo.

—¿Y por qué crees tú que Woltz tiene más posibilidades de salirse con la suya que el Don? Y ahora, como sea que debemos reforzar tu fe, déjame decirte una cosa. Pero quédatela para ti. Tu padrino es un hombre mucho más poderoso que Jack Woltz. Y es más poderoso en zonas y aspectos mucho más importantes. ¿Cómo puede conseguirte el Oscar? Él controla a la gente que controla todos los sindicatos de la industria, a toda o a casi toda la gente que vota. Por supuesto, tienes que valer, tienes que haber hecho unos méritos. Y tu padrino es bastante más inteligente que Jack Woltz. El Don no va a ver a toda esta gente para decirles «Vote por Johnny Fontane o considérese muerto». No es amigo de emplear la fuerza cuando sabe que no va a servir de nada o que puede dejar resentimientos. Él se limitará a expresar un deseo. Y ahora créeme: tu padrino es capaz de conseguirte el Oscar. Pero convéncete igualmente de que tú, sin su ayuda, no puedes conseguirlo.

—Te creo. En cuanto a lo otro, quiero que sepas que me considero capacitado para ser productor, pero no tengo dinero. Ningún banco me financiaría. La producción de una película cuesta millones.

—Cuando hayas conseguido el Oscar, empieza a hacer planes para producir tres películas —replicó Hagen con sequedad—. Contrata a los mejores especialistas, a los mejores técnicos, a los mejores actores y actrices. Haz planes para producir de tres a cinco películas.

—Estás loco. Eso costaría al menos veinte millones de dólares.

—Cuando necesites dinero, ponte en contacto conmigo. Te diré a qué banco de California debes dirigirte para obtener la financiación. No te preocupes, están acostumbrados a financiar películas. No tendrás más que solicitar el crédito, como cualquier otro cliente, y el banco aprobará tu solicitud. Pero primero tendrás que dirigirte a mí para exponerme tus planes y la cantidad que precisas.

Johnny permaneció sin decir palabra durante varios minutos.

—¿Hay algo más? —preguntó por fin.

—Ya veo lo que te preocupa. —Hagen sonrió—. Te estás preguntando cuál va a ser la contrapartida de estos veinte millones de dólares, ¿me equivoco? —Al ver que Johnny no abría la boca, prosiguió—: La contrapartida existe, naturalmente. Pero quiero que sepas que el Don no te va a exigir nada que tú no fueras a concederle de buen grado, aun sin haberte hecho él favor alguno.

—Si se trata de algo serio —dijo Johnny—, quiero que me lo pida el Don en persona, ¿me entiendes? No tú o Sonny.

A Hagen le sorprendió la perspicacia de que hacía gala Johnny Fontane. El cantante era inteligente, después de todo. Sabía que el Don le apreciaba demasiado para pedirle algo peligroso, mientras que con Sonny la cosa cambiaba por completo.

—Déjame decirte una cosa —le tranquilizó Hagen—. Tu padrino nos ha ordenado a Sonny y a mí que no te mezclemos en nada que pueda suponerte una mala publicidad. Y él tampoco lo haría. Te garantizo que cualquier favor que solicitara de ti, igualmente estarías dispuesto a hacérselo sin que te lo pidiera. ¿Tranquilo?

—Completamente —dijo Johnny, sonriendo.

—Además, tiene fe en ti. Piensa que eres inteligente y que el banco ganará dinero, y si lo gana el banco también lo ganará él. Ya ves que sólo se trata de una simple operación comercial. No lo olvides, ni tampoco despilfarres el dinero. Eres su ahijado favorito, pero veinte millones es mucho dinero.

—Dile que no se preocupe. Si un sujeto como Jack Woltz es un genio, cualquiera puede serlo.

—Eso mismo piensa tu padrino. ¿Puedes hacer que me lleven al aeropuerto? Ya te he dicho todo lo que tenía que decirte. Cuando empieces a firmar contratos, búscate tus propios abogados, pues yo no intervendré en este negocio. Con todo, me gustaría verlo todo antes de que firmes, si no tienes inconveniente. Además, te garantizo que no tendrás problemas laborales. Eso repercutirá en el costo de las películas, que saldrán más baratas.

—¿Es que tengo que pedir tu aprobación en todo lo demás, como guiones, actores, etc.? —preguntó Johnny, algo inquieto.

—No. Es posible que el Don tenga algo que objetar en alguna ocasión, pero en ese caso ya te lo diría él mismo. Aunque no creo probable que ello suceda. El Don se mantiene al margen de la industria cinematográfica. Además, no le gusta interferir en los asuntos ajenos. Esto lo sé por propia experiencia.

—Bien. Te llevaré al aeropuerto yo mismo. Y da las gracias al Padrino de mi parte. Se las daría en persona, pero nunca se pone al teléfono. ¿Sabrías decirme el porqué de esta alergia al teléfono?

—Supongo que no quiere que su voz sea registrada, aunque sólo tenga que decir algo perfectamente inocente. Teme que pudieran trucar la grabación y cambiar sus palabras. Bueno, eso son suposiciones mías. Lo que sí sé es que se preocupa porque las autoridades no puedan hallar el modo de incriminarle. Y no quiere dejar ningún cabo suelto.

Entraron en el coche de Johnny y se dirigieron al aeropuerto. Hagen estaba pensando que Johnny era mejor de lo que había supuesto. Por lo menos ya había aprendido algo: la cortesía personal, de la que el Don era un enamorado y de la que Johnny acababa de hacer gala al decidir acompañarlo personalmente al aeropuerto, y al pedir excusas. Sus disculpas de hacía un momento habían sido sinceras. Tom recordó que el artista nunca se hubiera excusado por miedo. Siempre había sido orgulloso, y por eso había tenido siempre problemas, lo mismo con sus jefes que con sus mujeres. También era uno de los pocos hombres que no temía al Don. Fontane y Michael eran, tal vez, los dos únicos hombres de quienes Hagen se hubiera atrevido a afirmar eso. Así pues, las excusas de Johnny habían sido sinceras. Él y Johnny tendrían que verse muy a menudo en el futuro. Y Johnny todavía habría de pasar otra prueba que consistiría en demostrar su inteligencia. Tendría que hacer algo por el Don, sin que éste se lo pidiera declaradamente. Hagen se preguntaba si Johnny sería lo bastante listo como para darse cuenta de ello.

Cuando hubo dejado a Hagen en el aeropuerto (Tom había insistido en que no se acercara al avión), Johnny se dirigió a casa de Ginny. Su ex esposa se sorprendió al verlo, pero él deseaba estar en la casa, para tener tiempo de pensar y de hacer sus planes. Sabía que el mensaje que le había transmitido Hagen era muy importante, así como que toda su vida iba a cambiar radicalmente. Había sido una gran estrella, pero ahora, a la temprana edad de treinta y cinco años, estaba ya acabado. No se hacía ilusiones al respecto. Incluso en el caso de que ganara el Oscar al mejor actor, la situación no cambiaría gran cosa; no confiaba en recuperar la voz. Sería un astro de segunda fila, sin ningún poder ni influencia. Lo que le había ocurrido con Sharon era una demostración palpable de su decadencia. ¿Se hubiera mostrado tan fría si él hubiese estado en el candelero? Ahora, con el apoyo del Don, podría llegar tan arriba como cualquier otro personaje de Hollywood. Podría ser un rey. Johnny sonrió. Podría llegar a ser un Don.

Sería agradable volver a vivir con Ginny durante unas semanas, o tal vez por más tiempo. Saldrían a pasear cada día con las niñas, quizás haría nuevas amistades. Dejaría la bebida y el tabaco, se cuidaría. Tal vez recuperaría su antigua voz. Si esto sucediera, con ella y con el dinero del Don sería invencible. Sería como un rey o un emperador en versión americana. Y su imperio no se basaría sólo en su voz, sino también en el dinero y en un tipo de poder muy especial y codiciado.

Ginny arregló para él la habitación de los huéspedes. Se daba por sentado que Johnny no dormiría con ella, que no harían vida matrimonial. Nunca podrían volver a hacerla. Y aunque los columnistas de Hollywood y el público en general consideraban que él había sido el principal culpable del divorcio, Johnny y Ginny sabían que no había sido así y que el mayor porcentaje de culpa le correspondía a ella.

Cuando Johnny Fontane se convirtió en el más popular actor cantante del mundo del cine, ni siquiera se le ocurrió la idea de abandonar a su esposa e hijas. Era demasiado italiano, demasiado anticuado. Había cometido infidelidades, naturalmente, pero lo contrario hubiera sido inimaginable, teniendo en cuenta el ambiente y las oportunidades. Y a pesar de que su aspecto era delicado, su potencia no tenía nada que envidiar a la de ningún hombre. Las mujeres, además, eran para él una continua fuente de sorpresas. Salía con una muchacha de rostro suave y expresión virginal, por ejemplo, y se encontraba con que sus senos no correspondían en absoluto con la idea que de ellos se había formado. También le gustaba darse cuenta de que mujeres que tenían un aspecto ciento por ciento sexual y que aparentaban estar de vuelta de todo, en la intimidad eran tímidas como corderillos, cuando no vírgenes.

En Hollywood se reían de su afición por las vírgenes. Le consideraban anticuado. Por otra parte, algunas de las vírgenes de Johnny demostraron luego tener mucho interés en recuperar el tiempo perdido. Johnny Fontane sabía bien cómo enamorar a las chicas jóvenes. Las trataba con exquisita educación, y el premio lo merecía. ¿Es que había algo comparable con la emoción de ser el primer hombre en la vida de una mujer? Ello era un cúmulo de agradables sensaciones sin par. Pechos de distintos tamaños, caderas diferentes, cutis de diversas tonalidades y suavidad. Recordó la noche en que se acostó con aquella muchacha de color, hija de un músico que actuaba en el mismo local que él, en Detroit. Era una buena chica, jamás podría olvidar el placer que le había deparado. Sus carnosos labios sabían a miel, su morena piel era suave como la seda, y su dulzura era algo excepcional. Además, era virgen.

Sus amigos siempre le hablaban de formas extravagantes de hacer el amor, pero a él no le satisfacían. Con su segunda esposa tuvo complicaciones en este sentido. Empezó a burlarse de él y a llamarlo rústico, y luego empezó a decir a quien quisiera oírla que su marido tenía una manera infantil de hacer el amor. Tal vez éste fuera el motivo de que Sharon no quisiera acostarse con él. No importaba. De todos modos, Johnny estaba convencido de que la muchacha no le hubiera proporcionado mucho placer. La mujer que realmente tiene ganas de que le hagan el amor no se anda con remilgos y da rienda suelta a sus instintos. Sobre todo las que hace poco que han dejado de ser vírgenes. Lo que desagradaba especialmente a Johnny eran las chicas que habían comenzado a acostarse con hombres a los doce años y que, luego, a los veinte, cansadas ya de todo, iban a probar fortuna en Hollywood. Con ellas había que tener mucho cuidado ya que, aparte de ser hermosas, se las sabían todas.

Ginny le sirvió el desayuno en su habitación. Johnny le dijo que Hagen iba a ayudarle a conseguir el dinero necesario para producir algunas películas y ella se mostró entusiasmada. Su ex marido volvería a ser importante. Pero Ginny no imaginaba lo importante que era Don Corleone, por lo que no comprendió el significado del viaje de Hagen a California. Johnny le dijo que Hagen le ayudaría también en los detalles de tipo legal.

Terminado el desayuno, Johnny dijo a Ginny que aquella noche tendría mucho trabajo, pues tenía que efectuar varias llamadas telefónicas, además de hacer planes para el futuro.

—La mitad de todo lo pondré a nombre de las niñas —dijo Johnny.

Su antigua esposa le dirigió una sonrisa de agradecimiento y le dio un beso en la mejilla antes de salir de la habitación.

En la mesa de su despacho, Johnny tenía una bandeja

llena de sus cigarros favoritos y una caja de cigarros habanos de la mejor calidad. Realizó algunas llamadas telefónicas, mientras en su mente bullían planes e ideas. Llamó al autor del libro, una novela de gran éxito, en que se basaría la película. Era un hombre de su misma edad, que desde la nada se había convertido en una celebridad literaria. Había llegado a Hollywood esperando ser tratado como un señor, pero, como otros muchos autores, se había llevado un tremendo desengaño. Johnny había sido testigo de la humillación sufrida por el escritor una noche en el Brown Derby. Los magnates de Hollywood lo dispusieron todo para que una conocida aspirante a estrella de generosas formas le acompañara a cenar y, evidentemente, también a dormir. Pero mientras cenaban, la muchacha le dejó plantado por un actor cómico de cara ratonil que le había guiñado el ojo. Después de este episodio, el novelista comprendió cuál era su puesto en Hollywood. El hecho de que su libro le hubiera hecho universalmente famoso carecía de importancia. Seguía siendo un cero a la izquierda, y la joven actriz acababa de demostrárselo.

Johnny llamó al escritor, que a la sazón estaba en Nueva York, y le dio las gracias por el papel que le había escrito en el anterior guión. Luego le preguntó qué estaba escribiendo. Encendió un cigarro, mientras el escritor le hablaba de la obra que estaba preparando.

—Me gustaría leerla en cuanto la termine —le dijo Johnny—. ¿Le importaría mandarme una copia? Tal vez podríamos llegar a un acuerdo. Creo que quedaría más satisfecho de mí que de Woltz.

Por el comentario que hizo el escritor, Johnny comprendió que Woltz le había pagado una miseria. Entonces le prometió que intentaría viajar a Nueva York después de las vacaciones de Navidad.

—Iremos a cenar con algunos amigos —propuso Johnny—. Además, conozco a algunas mujeres. Nos divertiremos.

Al otro lado del hilo, el novelista rió francamente y dio su conformidad.

Acto seguido, Johnny llamó al director y al cámara de la recién terminada película para agradecerles su colaboración. Confidencialmente, les comentó que sabía que Woltz había estado contra él, por lo que apreciaba doblemente su ayuda. También les hizo saber que estaba a su entera disposición en todo momento.

Luego se dispuso a realizar la llamada más difícil de todas. Marcó el número de Jack Woltz. Le dio las gracias por haberle concedido el papel y le dijo que estaría encantado de volver a trabajar para él. La intención de su llamada era dar una bofetada al productor, que al cabo de pocos días se enteraría de todo y se sentiría ofendido por la burla de Johnny. Eso era, precisamente, lo que éste quería.

Acto seguido, se dedicó a terminar el cigarro. Tenía una botella de whisky, pero había prometido a Hagen —¡y a sí mismo!— que no bebería. De hecho, había prometido también no fumar. Era una tontería; la pérdida de su voz seguramente no tenía nada que ver con el tabaco ni con la bebida. No abusaría, desde luego, pero un poco de licor y de tabaco le ayudarían a pensar. Y en adelante, con tanto dinero como tendría en sus manos, debería pensar mucho.

Ahora que el silencio era absoluto, pues tanto Ginny como las niñas dormían, Johnny recordó aquellos terribles días en que abandonó a su familia. Las abandonó por su segunda mujer, una auténtica ramera. Sin embargo, por extraño que pueda parecer, el recuerdo de su segunda esposa le hizo sonreír. Era una puta, sí, pero encantadora en muchos aspectos. Johnny, por otra parte, había decidido que no podía permitirse odiar a ninguna mujer: ni a su primera esposa, ni a sus hijas, ni a sus amigas, ni a la ramera de su segunda mujer ni, después de todo, a aquella Sharon Moore que lo había rechazado.

Johnny Fontane había viajado mucho como cantante de una orquesta. Después había tenido la oportunidad de cantar en la radio, acto seguido pasó a los escenarios de grabación, y finalmente fue requerido por el cine. Durante todos aquellos años había actuado a su antojo, se había acostado con las mujeres que había querido... Pero nunca había permitido que todo aquello afectara su vida personal. Luego se había enamorado de la que sería su segunda esposa, Margot Ashton, por la que llegó a perder la cabeza. Su carrera se había ido al diablo, había perdido la voz, se había quedado sin familia. Y llegó un día en que se dio cuenta de que lo había perdido todo.

Lo peor de él fue siempre su generosidad, su educación. Al divorciarse, dio a su esposa todo cuanto tenía y se aseguró de que sus hijas se beneficiarían de una parte de lo que había hecho: discos, películas, actuaciones en *nightclubs*, etc. En los tiempos en que las cosas le iban bien, nunca negó nada a su primera esposa y, además, ayudó siempre a los hermanos y hermanas de Ginny, a su padre y a su madre, a las amigas que habían ido a la escuela con ella, etc. Jamás había sido egoísta. Incluso cantó en la boda de las dos hermanas menores de su esposa, cosa que siempre le había disgustado. Nunca le había negado nada, a excepción de la entrega completa de su personalidad.

Más tarde, en los malos tiempos, cuando ya no podía conseguir papeles en las películas, cuando ya no podía cantar, cuando su segunda esposa le traicionó, había ido a pasar unos días con Ginny y las niñas. Todo sucedió a raíz de la grabación de un disco. Al oír su propia voz, acusó a los técnicos de que le estaban haciendo sabotaje. Finalmente, Johnny se convenció de que había perdido la voz. Rompió la maqueta del disco y se negó a volver a cantar. Estaba tan avergonzado, que no se sentía con fuerzas para cantar en presencia de persona alguna. Su interpretación con Nino en la boda de Connie Corleone había sido una excepción.

Nunca olvidó la expresión de Ginny cuanto terminó de contarle sus desgracias. Fue algo que duró solamente un segundo, pero jamás podría borrarlo de su mente. Fue una mirada de salvaje satisfacción, una mirada que le hizo creer que Ginny le había estado odiando durante todos aquellos años de vida en común. Después, ella le expresó una simpatía distante, pero cortés, que él simuló aceptar. Durante los días que siguieron, Johnny visitó a tres de las muchachas que más le habían gustado desde su llegada a Hollywood. Seguía conservando una buena amistad con ellas; las había ayudado en lo que había podido, les había dado el equivalente de cientos de miles de dólares en regalos o en oportunidades de tipo profesional, se acostaban con él de vez en cuando... Pues bien, en sus rostros la misma mirada de salvaje satisfacción.

En aquel tiempo comprendió que debía tomar una determinación. Al igual que muchos otros hombres en Hollywood, tenía que convertirse en una persona sin escrúpulos ni sentimientos. Muchos grandes productores, guionistas, directores y actores eran así; trataban a las mujeres con egoísmo y sin consideración de ninguna especie. Él también debía aprender a mirarlas como seres siempre dispuestos a la mentira y la traición, enemigos de las situaciones apuradas. O eso, o decidirse a no odiarlas, a continuar creyendo en ellas.

Sabía que no era capaz de dejar de amarlas, sabía que algo moriría en su espíritu si no continuaba amándolas, al margen de las traiciones e infidelidades de ellas. El hecho de que las mujeres a las que más apreciaba en el mundo se alegraran de sus desgracias no cambiaba las cosas. Como tampoco importaba que, aunque no en sentido sexual, le hubiesen sido infieles. No tenía alternativa. Debía aceptarlas. En consecuencia, a todas hizo el amor, a todas las colmó de regalos, a todas ocultó el dolor que le producía su alegría ante sus tribulaciones. Johnny las perdonaba, consciente de que aquél era el precio que debía pagar por las horas felices que le habían proporcionado. Por otra parte, Johnny nunca había sentido remordimiento alguno por haberles sido infiel. Jamás se había reprochado la forma en que había tratado a Ginny, su insistencia en no querer otro padre para sus hijas, pese a que no tenía la menor intención de volver con su primera esposa; con el agravante, además, de que así se lo había manifestado a ella misma. Eso era algo que había conservado de sus años de gloria. Nunca había sabido darse cuenta de las heridas que infligía a las mujeres.

Estaba cansado y dispuesto a acostarse cuando se le ocurrió una idea: cantar con Nino Valenti. De pronto supo qué era lo que más podía complacer a Don Corleone. Descolgó el teléfono y pidió una conferencia con Nueva York. Llamó a Sonny para pedirle el número de Nino Valenti, y enseguida lo telefoneó. Nino parecía haber bebido más de la cuenta, como de costumbre.

—Hola, Nino. ¿Te gustaría venir a Hollywood a trabajar conmigo? Necesito a un hombre del que pueda fiarme.

—Pues no sé, Johnny; el empleo que tengo con el camión es muy bueno —bromeó Nino—. Tengo oportunidad de pasarlo bien con las amas de casa y, además, gano ciento cincuenta dólares a la semana. ¿Qué me ofreces tú?

—Para empezar, quinientos a la semana, y te garantizo todas las citas que desees con estrellas de cine. Hasta quizá te permita cantar en las fiestas que doy en mi casa.

—Bueno, en principio me interesa, pero lo consultaré con mi abogado, con mis asesores financieros y con mi ayudante en el camión —contestó Nino.

—Vamos, vamos, Nino, déjate de bromas. Te necesito aquí. Quiero que tomes el avión mañana por la mañana. Firmaremos un contrato por un año, sobre la base de quinientos dólares semanales. Así, si me quitas a una de mis amantes favoritas y te despido, al menos cobrarás el sueldo de todo un año. ¿Qué te parece?

Se produjo un largo silencio.

—Oye, Johnny; ¿te estás burlando? —dijo finalmente Nino, completamente sobrio.

—Hablo en serio, muchacho. Ve a la oficina de mi agente en Nueva York. Allí se preocuparán de conseguir el billete del avión y te proporcionarán algún dinero en efectivo. Les llamaré a primera hora de la mañana, o sea que mejor vas por la tarde. Haré que te esperen en el aeropuerto y que te traigan a mi casa.

De nuevo se produjo una larga pausa, rota por Nino, quien con voz temblorosa, y no precisamente por causa del alcohol, dijo:

—De acuerdo, Johnny.

Johnny colgó el auricular y se preparó para acostarse. No se había sentido tan bien desde el día en que rompió la maqueta de aquel disco.

13

Johnny Fontane estaba sentado en el enorme estudio de grabación, calculando los costes en una libreta amarilla. Habían llegado los músicos, todos conocidos suyos desde los años en que cantaba con orquestas. El director, uno de los mejores del país, se había portado bien con él cuando las cosas empezaron a pintar mal. En ese momento estaba repartiendo las partituras y dando instrucciones verbales. Se llamaba Eddie Neils. Había aceptado dirigir la orquesta como favor personal a Johnny, pues le sobraba trabajo.

Nino Valenti, muy nervioso, estaba sentado al piano, con un vaso de whisky en la mano. A Johnny eso le tenía sin cuidado. Sabía que Nino cantaba exactamente igual aunque hubiese bebido, y en la grabación de ese día Nino apenas si tenía trabajo como músico.

Eddie Neils había hecho unos arreglos especiales de diversas viejas canciones italianas y sicilianas, entre ellas de la canción que cantaron Johnny y Nino en la boda de Connie Corleone. Johnny quería hacer la grabación, porque sabía que el Don se sentiría muy complacido. Aquel disco sería el mejor regalo de Navidad que podría hacerle. Además, tenía la impresión de que el disco tendría éxito. No se venderían un millón de ejemplares, desde luego, pero sería un éxito. Y algo le decía que lo que el Don deseaba en compensación por su ayuda, era que él ayudara a Nino. Al fin y al cabo, Nino era otro de los ahijados del Don.

Johnny dejó la libreta encima de la silla que tenía al lado, se levantó y fue a colocarse de pie junto al piano.

—Hola, *paisan* —dijo a Nino.

Nino Valenti le dirigió lo que quería ser una amistosa sonrisa, pero parecía enfermo. Johnny le dio unas palmaditas en la espalda, para animarle:

—Relájate, muchacho. Si haces un buen trabajo, te arreglaré una cita con la estrella más bella y famosa que hayas visto nunca, para esta misma noche.

Nino bebió un trago de whisky.

—¿Y quién es? ¿Lassie?

—No. Se trata de Deanna Dunn. La mercancía está plenamente garantizada.

Nino estaba evidentemente impresionado, pero no pudo evitar bromear un poco.

—¿Y no podría ser Lassie?

La orquesta inició los primeros compases de la canción. Johnny Fontane escuchaba atentamente. Eddie Neils dirigiría todas las canciones. Luego se efectuaría la primera grabación para el disco. Mientras escuchaba, Johnny tomaba mentalmente nota de cómo cantaría cada frase, de la entonación que daría a cada palabra. Sabía que su voz no resistiría mucho, pero sería Nino quien cargaría con la mayor parte del esfuerzo. En realidad, él cantaría poco. Excepto, naturalmente, en la canción a dúo, la que habían interpretado en la boda de Connie. Tendría que reservarse para aquella canción.

Hizo levantar a Nino y ambos se colocaron frente a sus respectivos micrófonos. Nino falló nada más abrir la boca, y seguidamente volvió a equivocarse.

—¿Es que quieres hacer horas extras? —le dijo Johnny en tono amistoso.

—Es que sin mi mandolina me siento extraño —alegó Nino.

Johnny reflexionó durante unos instantes.

—Sostén el vaso de whisky en la mano —dijo al fin.

Había encontrado la solución. De vez en cuando Nino bebía un trago, pero lo estaba haciendo bien. Johnny cantaba suavemente, sin forzar la voz, limitándose a acompañar a Nino. Esta forma de cantar no le proporcionaba satisfacción alguna, pero se sorprendió al comprobar su propio dominio de la técnica. Diez años de vocalización tenían que servir para algo.

Cuando llegaron al dúo, la última canción del disco, Johnny lo dio todo. Al terminar, le dolía la garganta. Los músicos, a pesar de su veteranía y a despecho de hallarse de vuelta de todo, musicalmente hablando, pusieron el alma en esa pieza. Como tenían las manos ocupadas sosteniendo los instrumentos, aplaudieron con los pies. Para demostrar su entusiasmo, el tambor dedicó a Johnny y a Nino unos magníficos redobles.

La grabación, contando las lógicas interrupciones, duró cuatro horas. Eddie Neils se acercó a Johnny.

—Ha cantado usted muy bien, muchacho —le dijo el director—. Creo que puede perfectamente grabar un disco. Tengo una canción que sería perfecta para usted.

Johnny hizo un gesto negativo.

—No nos engañemos, Eddie. Dentro de un par de horas, la ronquera no me dejará ni siquiera hablar. ¿Cree usted que se podrá aprovechar mucho de lo que hemos hecho hoy?

—Nino tendrá que volver al estudio mañana —replicó Eddie con expresión pensativa—. Ha cometido algunos errores, pero es mucho mejor de lo que me imaginaba. En cuanto a lo que usted ha cantado, haré que los técnicos de sonido arreglen lo que no me guste. ¿De acuerdo?

—De acuerdo, Eddie. ¿Cuándo podré escuchar la grabación?

—Mañana por la noche. ¿En su casa, Johnny?

—Perfecto. Gracias, Eddie. Hasta mañana.

Tomó del brazo a Nino y ambos salieron del estudio. No fueron a casa de Ginny, sino a la de Johnny.

Atardecía. Nino estaba todavía bastante borracho. Johnny le aconsejó que se diera una ducha y que se acostara un rato. Por la noche, a las once, tenían que asistir a una fiesta.

Cuando Nino despertó, Johnny le dijo:

—La fiesta será en el Lonely Hearts Club. Las mujeres que asistirán son todas estrellas de la pantalla, damas admiradas por millones de hombres en todo el mundo. Muchos darían su brazo derecho por acostarse con cualquiera de ellas. Y su presencia en la fiesta tendrá un solo objeto: buscar a un hombre que quiera darles un buen repaso. ¿Sabes por qué? Porque lo necesitan, se están haciendo un poco mayores. Y como todas las señoras, quieren que el asunto se desarrolle en un ambiente distinguido.

—¿Qué te pasa en la voz, Johnny? —preguntó Nino.

Y es que Johnny había estado hablando casi en susurros.

—Es algo que me ocurre siempre que acabo de cantar. No podré volver a hacerlo durante un mes. Pero la ronquera se me pasará en un par de días.

—Es duro, ¿eh? —dijo Nino, en un tono triste.

Johnny se encogió de hombros.

—Escucha, Nino; no quiero que bebas demasiado esta noche. Tienes que demostrar a esas furcias de Hollywood que mi *paisan* tiene clase. Recuerda que algunas de esas mujeres tienen mucha influencia en el mundo del cine y que pueden ayudarte mucho. Así, pues, sé educado con ellas incluso cuando les hayas hecho el amor.

Nino se estaba sirviendo un trago.

—Siempre soy educado. —Una vez hubo vaciado el vaso, preguntó, sonriendo—: Bromas aparte, Johnny, ¿puedes presentarme a Deanna Dunn?

—No te pongas nervioso —dijo Johnny—. Las cosas no van a ser como tú te figuras.

251

El Lonely Hearts Club se reunía cada viernes por la noche en la soberbia mansión de Roy McElroy, agente de prensa y consejero de relaciones públicas de la Woltz International Film Corporation. En realidad, la idea no había sido de McElroy, sino del práctico cerebro de Jack Woltz. Algunas de sus estrellas más taquilleras estaban envejeciendo. Sin la ayuda de las luces especiales y de los genios del maquillaje casi parecían abuelas. Y tenían problemas. Además, y hasta cierto punto, habían perdido su sensibilidad mental y física. Ya no les era posible enamorarse. Les resultaba prácticamente imposible desempeñar el papel de mujeres acosadas por los hombres. El dinero, la fama y su antigua belleza les habían dado una personalidad demasiado fuerte.

Woltz había ideado esas fiestas semanales para que les fuera más fácil escoger amantes de una noche, que, si pasaban satisfactoriamente la prueba, podían convertirse en amantes fijos, con todas las ventajas que de tal situación se derivaban (entre ellas, iniciar una carrera en el mundo del cine). En algunas ocasiones aquellas fiestas habían degenerado en escandalosas orgías, intervención de la policía incluida. Para evitarlo, Woltz decidió que se celebraran en casa de su consejero de relaciones públicas, que estaría allí para sobornar a los periodistas y a la policía si llegaba el caso.

Para algunos jóvenes y viriles actores que no habían alcanzado todavía el estrellato, la asistencia a la fiesta de cada viernes no siempre era una tarea agradable. La excusa para la convocatoria de aquellas bacanales era siempre la misma: un pase de preestreno de alguna película. La gente decía: «Vamos a ver qué tal es la nueva película de fulanito.» Así, la cosa tenía un aire absolutamente profesional.

Las jóvenes aspirantes a actrices tenían prohibida la entrada. Generalmente bastaba con insinuarles que su presencia no sería grata y la mayoría no insistía.

Los pases de las películas se efectuaban a medianoche. Johnny y Nino llegaron a las once. Roy McElroy era, a primera vista, un hombre de una simpatía desbordante, bien educado e impecablemente vestido.

—Pero ¿qué estás haciendo tú aquí? —preguntó asombrado a Johnny.

—He querido que mi primo del pueblo vea el ambiente de Hollywood. Te presento a Nino —explicó Johnny, estrechando la mano del empleado de Woltz.

Después de saludar también a Nino, McElroy exclamó:

—¡Se lo comerán vivo!

Luego los acompañó a la parte posterior de la mansión, al «patio».

El patio consistía en una serie de enormes estancias, cuyos ventanales acristalados —ahora abiertos— daban a un jardín, en medio del cual había una piscina. En el lugar se encontraban, por lo menos, un centenar de personas, todas con una copa en la mano. Las luces habían sido dispuestas de modo que favorecieran el rostro y el cutis de las mujeres. Nino había visto todos aquellos rostros muchas veces en la pantalla desde que era un adolescente. Sus sueños eróticos habían tenido a muchas de aquellas mujeres como protagonistas. Pero ahora, al verlas en carne y hueso, se sentía un poco decepcionado. Nada podía ocultar el cansancio de los espíritus y de los cuerpos; el tiempo había dejado su huella. Las viejas actrices se movían con el mismo encanto que en la pantalla, pero parecían estar hechas de cera, incapacitadas para estimular a ningún hombre. Nino se tomó un par de copas y se acercó a una mesa cubierta de botellas. Johnny lo acompañó y poco después, detrás de ellos, se oyó la mágica voz de Deanna Dunn.

Nino, como millones de hombres, nunca podría olvidar aquella voz maravillosa. Sin embargo, Deanna Dunn, la ganadora de dos Oscar, era una de las mujeres más groseras de Hollywood. En la pantalla, su encanto felino la había hecho irresistible para todos los hombres, pero en sus películas nunca había pronunciado las palabras que en aquellos momentos salían de su boca.

—Eres un cerdo, Johnny. Tuve que ir al psiquiatra, y todo por culpa de la noche que tú y yo pasamos juntos. ¿Por qué no quisiste acostarte más veces conmigo?

Johnny le dio un beso en la maquillada mejilla, al tiempo que respondía:

—Porque me dejaste sin fuerzas. Estuve un mes tratando de recuperarme. Oye, Deanna, quiero presentarte a mi primo Nino. Es un muchacho italiano. Y muy fuerte, además. Tal vez él consiga satisfacerte.

Deanna Dunn examinó fríamente a Nino.

—¿Le gustan los preestrenos? —preguntó a Johnny.

—No creo que haya asistido a ninguno. —Johnny rió—. ¿Por qué no lo acompañas?

Cuando se encontró a solas con Deanna Dunn, Nino tuvo que tomarse una copa. Trataba de mostrarse tranquilo, pero le resultaba imposible. Deanna Dunn tenía la nariz respingada y la tez clara como la mayoría de las bellezas anglosajonas. Y él, Nino, la conocía muy bien. La había visto sola, en un dormitorio, con el corazón roto, llorando sobre el pecho de su marido muerto, un piloto que dejaba a sus hijos sin padre. La había visto hambrienta, herida y humillada, pero siempre digna, incluso cuando el malvado Clark Gable acababa de aprovecharse de ella. La había visto profundamente enamorada, abrazando al hombre que la adoraba, y la había visto morir al menos media docena de veces, siempre de un modo emocionante y bello. La había visto, la había oído y la había soñado, y aun así no estaba preparado para escuchar las primeras palabras que le dijo en cuanto estuvieron a solas.

—Johnny es uno de los pocos hombres auténticos en esta ciudad. El resto no son sino unos desgraciados, incapaces de satisfacer a una mujer.

Tomó a Nino de la mano y se lo llevó a uno de los rincones del salón, lejos de cualquier posible competencia. Luego, todavía con cierta frialdad, le hizo algunas preguntas acerca de su vida. Nino pronto comprendió cuál era su juego. Advirtió que estaba interpretando el papel de la muchacha de buena sociedad que se muestra amable con el criado o el chófer, pero que no daría esperanzas al muchacho (si este papel lo desempeñara Spencer Tracy), o que haría lo posible y lo imposible por conquistarlo (si se tratara de Clark Gable). No importaba, pensó Nino. Y, sin apenas darse cuenta, empezó a contarle a Deanna que él y Johnny habían crecido juntos en Nueva York, y que habían cantado juntos en clubs de mala muerte. Nino la encontró maravillosamente simpática. En un momento dado, Deanna le preguntó:

—¿Sabes cómo consiguió Johnny que ese cerdo de Jack Woltz le diera el papel?

Nino respondió que no. Ella no habló más del asunto.

Había llegado el momento de ver el preestreno de una nueva película de Woltz. Deanna Dunn volvió a tomar de la mano a Nino y lo condujo a una sala interior de la mansión. No tenía ventanas y estaba amueblada con unos cincuenta sofás —para dos personas—, colocados de modo que las parejas pudieran disfrutar de una pequeña isla de semi-intimidad.

Nino comprobó que al lado de cada sofá había una mesita, encima de la cual no faltaban los vasos, las botellas de licor ni los cigarrillos. Dio uno de éstos a Deanna, se lo encendió y se dispuso a preparar bebidas para ambos, todo ello sin pronunciar palabra. Pocos minutos después se apagaron las luces.

Nino esperaba algo atroz, pues no en balde había oído muchas leyendas acerca de la depravación de Hollywood. Pero no estaba preparado para el rápido y voraz sondeo efectuado por Deanna Dunn en todo su cuerpo, sin ni siquiera una palabra de aviso. Nino siguió bebiendo y mirando la película, sin hallar sabor alguno en la bebida, ni encontrar atractivo en las imágenes de la pantalla. Estaba excitado como nunca lo había estado, más que nada por el hecho de que la mujer con la que estaba había poblado buena parte de sus sueños de adolescente. Sin embargo, su virilidad se sentía, en cierto modo, ofendida. Por ello, cuando la mundialmente famosa Deanna Dunn hubo terminado su largo sondeo, Nino, fríamente, le sirvió una copa y le ofreció un cigarrillo, mientras, con voz aparentemente tranquila, le decía:

—Parece una buena película, ¿no?

Sintió que el cuerpo de ella se apretaba contra el suyo. ¿Estaría esperando que le diera las gracias? En la oscuridad, Nino se llenó el vaso. Al diablo con todo. Deanna le estaba tratando como a un gigoló. Sin saber exactamente por qué, comenzó a sentir odio hacia todas aquellas mujeres.

Estuvieron contemplando la película durante unos quince minutos. Nino se apartó un poco, para que sus cuerpos no estuvieran en contacto. Finalmente, en voz muy baja, Deanna dijo:

—No te hagas el ofendido. Sé que te ha gustado.

Deanna Dunn se rió y luego permaneció quieta hasta que hubo terminado la proyección. Cuando se encendieron las luces, Nino miró alrededor y cayó en la cuenta de que había habido mucho movimiento, a pesar del silencio imperante durante la proyección. Algunas de las damas demostraban, por su expresión, que habían estado muy ocupadas. Al salir de la sala, Deanna Dunn se apartó de su lado para acercarse a un hombre maduro en quien Nino reconoció a un famoso actor. Sin embargo, ahora, al verlo en persona, lo encontró vulgar. Con rostro pensativo, Nino bebió otro trago.

Se le acercó Johnny Fontane, quien, dándole un golpecito en la espalda, le preguntó:

—¿Te diviertes, muchacho?

—Pues no lo sé —contestó Nino, sonriendo—. Es todo muy diferente de lo que me imaginaba. Cuando regrese a mi barrio podré decir que Deanna Dunn ha abusado de mí.

Johnny se echó a reír.

—Te aseguro que si te invita a su casa lo pasarás en grande. ¿Lo ha hecho?

Nino negó con la cabeza.

—He puesto demasiado interés en la película.

—No hagas tonterías, muchacho —dijo Johnny, de pronto muy serio—. Una mujer como esa puede ayudarte muchísimo. Parece mentira. Todavía tengo pesadillas cuando recuerdo aquellas viejas y feas putas con las que solías acostarte.

Nino, con voz de borracho y sin preocuparle el que pudieran oírle, dijo:

—Sí, eran feas y viejas, lo reconozco, pero eran mujeres de verdad.

Deanna Dunn, que estaba cerca, volvió la cabeza. Nino le hizo una breve reverencia.

—No eres más que un paleto, Nino —dijo Johnny.

—Y no pienso cambiar —replicó Nino, con voz pastosa.

Johnny le entendía a la perfección. Sabía que Nino no estaba tan ebrio como quería aparentar, que lo simulaba porque consideraba que era la única forma de decir ciertas cosas que estando sobrio no quedarían demasiado bien, teniendo en cuenta que Johnny era ahora su nuevo *padrone*.

Johnny Fontane le pasó el brazo por los hombros y, amistosamente, le dijo:

—Eres un pillo, Nino. Sabes que tienes contrato por un año, y que, digas lo que digas o hagas lo que hagas, no puedo despedirte.

—¿Que no puedes despedirme? —dijo Nino, con la gracia de los borrachos.

—Claro que no.

—Pues aguántate.

Por un instante, ante la despreocupada sonrisa de Nino, Johnny notó que la irritación empezaba a dominarlo. Pero los años le habían hecho perder buena parte de su orgullo. Por otra parte, últimamente sabía comprender mejor a los demás. Y ahora comprendía a Nino, ahora sabía por qué su antiguo amigo no había triunfado, ahora sabía por qué estaba tratando de destruir todas sus posibilidades de triunfo. Nino no quería pagar el precio del éxito; se sentía ofendido por todo lo que Johnny, su amigo de la infancia, estaba haciendo por él.

Johnny le tomó del brazo y lo acompañó fuera de la casa. Apenas si podía sostenerlo. En tono persuasivo, le dijo:

—De acuerdo, muchacho, lo único que te pido es que cantes para mí. Por lo demás, haz lo que quieras. No quiero dirigir tu vida. Lo único que debes hacer es cantar para que, ahora que no puedo cantar, por lo menos consiga ganarme algún dinero.

—Cantaré, Johnny —repuso Nino, con voz apenas comprensible—. Ahora soy mejor cantante que tú. Siempre he sido mejor que tú, ¿te enteras?

De modo que era eso, pensó Johnny. Sabía que Nino nunca había podido competir con él, ni cuando ambos cantaban juntos, ni mucho menos después, cuando él, Johnny Fontane, estaba en el apogeo de su fama. Vio que Nino estaba esperando su respuesta.

—Vete al diablo —le dijo en tono amistoso.

Ambos se echaron a reír, como antes, como cuando eran más jóvenes.

Cuando Johnny Fontane se enteró del atentado sufrido por Don Corleone, no sólo se preocupó por el estado de su padrino, sino que también se preguntó en qué quedaría lo de la prometida financiación. Se había ofrecido para visitar al Don en Nueva York, pero le dijeron que no le convenía hacerse mala publicidad, pues el Don no lo aprobaría. Por lo tanto, esperó. Una semana más tarde acudió a verle un mensajero enviado por Tom Hagen. La financiación continuaría, pero sólo para una película a la vez.

Johnny dejó que Nino se las arreglara a su modo en Hollywood y California, y éste lo se pasaba en grande con las jóvenes *starlets*. A veces, Johnny lo llamaba para salir juntos, pero sin insistir demasiado. Cuando hablaron del atentado contra el Don, Nino le confesó:

—Una vez le pedí al Don un puesto en su organización, pero me lo negó. Yo ya estaba cansado de conducir camiones; tenía ganas de ganar dinero. ¿Sabes qué me dijo? Que cada hombre tenía su destino, y que el mío era el de ser artista. Me dio a entender que no me consideraba un hombre duro.

Las palabras de Nino hicieron reflexionar a Johnny. El Padrino debía de ser el hombre más inteligente del mundo. Había adivinado de inmediato que si Nino hubiese entrado en la organización, sólo hubiese conseguido que le metieran un par de balas en el cuerpo. Y todo por ser demasiado impertinente, por hablar demasiado y a destiempo, por no saber distinguir entre las personas. Pero ¿cómo había sabido que sería artista? La respuesta era obvia. Porque se figuraba que él, Johnny, le prestaría su ayuda. ¿Y cómo había llegado a figurárselo? Porque sabía que a él, Johnny Fontane, le bastaría con una insinuación para que prestase ayuda a Nino. Naturalmente, nunca le habría pedido que lo hiciera. Se limitó a darle a entender que le complacería el que echase una mano a Nino. Ahora el Padrino estaba herido y, por lo tanto, el Oscar volaría, sobre todo teniendo en contra a Jack Woltz. Sólo el Don tenía la influencia necesaria para contrarrestar cualquier maniobra de Woltz, pero ahora la familia Corleone tenía otras cosas en que pensar. Johnny había ofrecido su ayuda; sin embargo, Hagen, muy cortésmente, la había rehusado.

Johnny estaba muy ocupado con su película. El autor del libro en que se había basado la que protagonizara para Woltz había terminado de escribir su nueva novela y, en respuesta a una invitación de Johnny, estaba en California para hablar sin agentes ni estudios por en medio. El segundo libro se ajustaba exactamente a lo que Johnny deseaba. No tendría que cantar; era una historia en la que abundaban las mujeres y el sexo, y uno de los papeles parecía hecho especialmente para Nino, pensó Johnny. El personaje hablaba y actuaba igual que Nino, e incluso se le parecía físicamente. Todo lo que su amigo debería hacer era limitarse a mostrarse natural.

Johnny trabajaba a toda prisa. Sorprendido, comprobó que sabía más de lo que creía acerca de la producción de películas. No obstante, contrató a un productor ejecutivo. Era un hombre capacitado, pero como estaba en la lista negra tenía dificultades para encontrar trabajo. Johnny no quiso explotarlo, a pesar de que hubiera podido hacerlo, y le firmó un contrato muy satisfactorio.

—Espero que así me saldrá usted más barato —le dijo, francamente.

Por ello se mostró sorprendido cuando el productor ejecutivo le dijo que debería pagar cincuenta mil dólares al representante del sindicato. Los contratos y las horas extras, entre otras cosas, solían ser fuente de grandes problemas, por lo que el dinero estaría bien empleado. De momento, Johnny pensó que el productor ejecutivo intentaba extorsionarlo.

—Al tipo ese del sindicato envíemelo a mí —dijo Johnny.

El tipo se llamaba Billy Goff. Johnny le comunicó:

—Pensaba que mis amigos lo habían arreglado todo. Me dijeron que no me preocupara del asunto de las cuotas.

—¿Quién se lo dijo? —preguntó Goff.

—Usted sabe perfectamente quién me lo dijo. No diré su nombre, pero es un hombre que nunca habla por hablar.

—Las cosas han cambiado —replicó Goff—. Su amigo está en apuros, y su palabra ya no llega hasta California.

—Bien, venga a verme dentro de un par de días. ¿De acuerdo?

Con una sonrisa, Goff concluyó:

—De acuerdo, Johnny; pero llamar a Nueva York no le servirá de nada.

Resultó que sí sirvió. Johnny habló por teléfono con Hagen, quien le dijo claramente que no pagara.

—Tu padrino se enfadará mucho si sabe que has pagado un solo centavo. El respeto hacia su persona se vería afectado, y eso es algo que el Don no puede tolerar, y menos en estos momentos.

—¿Puedo hablar con el Don? —preguntó Johnny—. ¿O prefieres ser tú quien hable con él? Tengo que empezar el rodaje.

—Nadie puede hablar ahora con el Don —respondió Hagen—. Está demasiado enfermo. Hablaré con Sonny; él se encargará de arreglar el asunto. Pero recuerda que no quiero que pagues ni un centavo. Si algo cambiara, te lo haría saber.

Molesto, Johnny colgó el auricular. Los problemas con el sindicato podrían encarecer mucho la película, además de demorar el trabajo. Por un instante consideró la posibilidad de pagar los cincuenta mil a Goff, sin decir nada. Después de todo, ni el Don ni Hagen le habían ordenado nada al respecto. Hagen se había limitado a darle un consejo, por así decirlo. Pero decidió esperar unos días.

La espera hizo que se ahorrase cincuenta mil dólares. Dos noches más tarde, Goff fue encontrado muerto en su casa de Glendale. Ya no se habló más de problemas laborales. Johnny se sintió un poco afectado por el final de Goff. Era la primera vez que el largo brazo del Don daba un golpe tan cerca de él.

Pasaron varias semanas y, ocupado como estaba con los mil detalles que una película lleva aparejados, Johnny Fontane se olvidó de su voz y de que ya no podía cantar. Por ello, cuando su nombre apareció oficialmente en la lista de candidatos a los Oscar, se sintió ofendido por el hecho de que no lo invitaran a cantar en la ceremonia de la concesión de los premios, que sería televisada a toda la nación. Finalmente, sin embargo, decidió que lo mejor sería seguir trabajando de firme. No tenía esperanza alguna de conseguir la codiciada estatuilla ahora que su padrino estaba en el hospital, pero el hecho de figurar entre los candidatos ya tenía su mérito.

El disco que él y Nino habían grabado se estaba vendiendo muy bien, mejor que cualquiera de los que había puesto en el mercado en los últimos tiempos. Sabía que el mérito era de Nino, exclusivamente, y se resignó a no volver a cantar de forma profesional.

Una vez a la semana cenaba con Ginny y las niñas. Por muy ocupado que estuviera, nunca dejaba de hacerlo. Además, jamás intentó dormir con Ginny. En cuanto a su segunda esposa, había conseguido el divorcio en México. Volvía a ser un hombre soltero. Y, cosa rara, a Johnny ya no le importaban tanto las jóvenes *starlets*, a pesar de que habría podido seguir consiguiendo fácilmente a la mayoría de ellas. No es que no le gustaran, pero el que ninguna de las grandes estrellas le hiciera el menor caso hacía que se sintiese humillado. Descubrió que el trabajar duro era una buena cosa. La mayor parte de las noches llegaba a casa solo, ponía algún viejo disco suyo y, mientras lo escuchaba, se tomaba una copa. Había sido un buen cantante, muy bueno, de hecho. Hasta ahora no se había dado cuenta de lo bien que había cantado. Además de su voz, excelente en aquellos tiempos, había dominado todos los secretos de la técnica. Había sido un verdadero artista, pero todo aquello ya formaba parte del pasado. Sin apenas darse cuenta, el tabaco, la bebida y las mujeres le habían destruido la voz.

Algunas veces, Nino iba a casa de Johnny a tomar una copa. Entonces, burlonamente, Johnny le decía:

—Nunca en tu vida has sido capaz de cantar así.

A lo que Nino, con su simpática sonrisa, contestaba:

—No, y nunca lo haré.

Por el tono en que solía pronunciar estas palabras parecía que sabía lo que Johnny estaba pensando.

Una semana antes de que empezara el rodaje de la nueva película, se celebró, por fin, la fiesta de la Academia. Johnny invitó a Nino, pero éste declinó la invitación.

—Muchacho, nunca te he pedido favor alguno, ¿no es cierto? —dijo Johnny—. Ahora te pido que me acompañes esta noche. Si no gano, tú serás el único que lo sentirá sinceramente. Aparte de mí, naturalmente.

Por un momento, Nino pareció asustarse. Luego, decidió:

—Iré, no te preocupes. Y si no ganas, olvídalo. Emborráchate como una cuba, que yo cuidaré de ti. Es más, te aseguro que no tomaré ni una sola copa. Creo que estoy demostrando ser un verdadero amigo, ¿no?

—Desde luego que sí; un verdadero amigo.

Por extraño que pueda parecer, Nino cumplió su promesa. Llegó a casa de Johnny completamente sobrio, y juntos se fueron al teatro donde se celebraba la entrega de los premios. Nino se preguntaba por qué Johnny no había invitado a ninguna de sus amigas o a alguna de sus dos ex esposas, especialmente a Ginny. ¿No decía que Ginny seguía enamorada de él...? Deseaba ardientemente tomarse una copa. La noche, sin beber, sería muy larga.

Nino encontró muy aburrido todo aquello. Ni la cena ni la entrega de premios le interesaban lo más mínimo, excepto, claro está, el que se refería al mejor actor. Cuando oyó las palabras «Johnny Fontane», se encontró dando saltos y aplaudiendo. Johnny tendió una mano hacia él, y Nino la estrechó con todas sus fuerzas. Sabía que su amigo necesitaba el calor humano de alguien de toda su confianza, y le entristecía el hecho de que no pudiera compartir con alguien mejor que él aquel momento de gloria.

Lo que siguió fue una auténtica pesadilla. La película de Jack Woltz obtuvo gran número de premios, por lo que las mesas ocupadas por Woltz y su séquito pronto estuvieron rodeadas de una nube de periodistas y de hombres y mujeres de todas las edades. Nino mantuvo su promesa de no probar el alcohol, y trató de velar por Johnny. Pero todas las mujeres que asistían a la fiesta parecían empeñadas en brindar con él. Johnny se iba embriagando sin apenas darse cuenta.

La mujer que había conseguido el Oscar a la mejor actriz se encontraba en la misma situación que Johnny, aunque sabía desenvolverse mejor. Nino fue el único hombre que no quiso unirse a la corte de la vencedora.

Fue entonces cuando Nino, la única persona que se mantenía sobria de entre todos los invitados, se hizo cargo de Johnny y, a empujones, lo sacó del local, haciéndole entrar luego en el coche. Mientras lo llevaba a su casa, Nino pensaba que si el éxito era aquello, no lo quería.

TERCERA PARTE

14

A la edad de doce años el Don era ya un verdadero hombre. De corta estatura, moreno y delgado, vivía en una pequeña aldea siciliana. El nombre de ésta era Corleone, y el del muchacho Vito Andolini. Un día, llegaron al pueblo unos forasteros para matar al hijo del hombre que habían asesinado, y la madre del joven Vito envió a éste a América, a casa de unos amigos. En su nueva tierra, el muchacho cambió su apellido por el de Corleone, a fin de mantener un lazo de unión con su aldea natal. Aquél fue uno de los pocos gestos sentimentales que el Don tendría en su vida.

A finales del siglo XIX, la Mafia era en Sicilia el gobierno en las sombras, mucho más poderoso que el de Roma. En aquel tiempo, el padre de Vito Corleone había tenido un pleito con un vecino, que había llevado el caso a la Mafia. El padre se negó a doblegarse y en una pelea mató al jefe local mafioso a la vista de todo el mundo. Una semana más tarde lo encontraron con el cuerpo acribillado a balazos, y al cabo de un mes del funeral unos hombres de la Mafia llegaron a la aldea en busca del hijo, Vito. Suponían que el muchacho, quien pronto sería un hombre hecho y derecho, intentaría vengar la muerte de su padre. Vito, que contaba doce años, fue ocultado por unos parientes y enviado luego a América. Allí se alojó en casa de los Abbandando, cuyo hijo Genco se convertiría más tarde en *consigliere* del Don.

El joven Vito empezó a trabajar en la droguería de los

Abbandando, situada en la Novena Avenida en el barrio de Hell's Kitchen de Nueva York. A la edad de dieciocho años contrajo matrimonio con una joven italiana recién llegada de Sicilia, que contaba sólo dieciséis años y de la que se veía a la legua que sería una buena esposa. Se instalaron en un piso de la Décima Avenida, cerca de la calle Treinta y cinco, a pocas manzanas del lugar donde trabajaba Vito, y dos años más tarde su matrimonio fue bendecido con la llegada de un hijo, Santino, a quien todos llamaron Sonny (hijito) a causa de la devoción que sentía por su padre.

En la vecindad vivía un hombre llamado Fanucci. Era corpulento, de aspecto inconfundiblemente italiano, y vestía trajes muy caros y sombreros de color crema. De él se decía que era miembro de la Mano Negra, una rama de la Mafia que se dedicaba a extorsionar con amenazas a las familias y los comerciantes. No obstante, y dado que la mayoría de los habitantes del barrio eran de por sí gente violenta, las amenazas de Fanucci sólo surtían efecto en los matrimonios ancianos sin hijos varones capaces de defenderlos. Algunos de los comerciantes le pagaban pequeñas sumas, pero poca cosa en realidad. Por lo tanto, Fanucci extorsionaba también a quienes estaban fuera de la ley; gente que vendía ilegalmente lotería italiana o que organizaba juegos prohibidos. La droguería de los Abbandando le pagaba un pequeño tributo, a pesar de las protestas del joven Genco, quien había dicho a su padre que él se encargaría de poner en cintura a Fanucci. El patriarca de la familia prohibió a su hijo que se metiera en el asunto. En cuanto a Vito Corleone, se limitaba a observar sin inmiscuirse.

Un día, tres jóvenes hirieron gravemente a Fanucci. No lo mataron, pero le hicieron sangrar, y a partir de entonces el extorsionador se volvió temeroso. Vito vio a Fanucci alejarse de sus agresores, y nunca olvidaría la imagen del hombre tapándose la herida con su sombrero para evitar que manara la sangre.

Contra todas las previsiones, aquel ataque resultó ser una bendición para Fanucci. Sus jóvenes agresores no eran unos asesinos, sino simples muchachos dispuestos a dar una lección al extorsionador y conseguir así que dejara tranquilos a los habitantes del barrio. Fanucci, en cambio, sí resultó ser un asesino, y eso a pesar de su miedo. Pocas semanas más tarde, el que había empuñado el cuchillo al atacar a Fanucci apareció muerto, y las familias de los otros dos jóvenes tuvieron que pagar una fuerte suma a éste para que olvidase su venganza. Desde entonces, los tributos aumentaron, y Fanucci entró a formar parte del negocio del juego. Vito Corleone consideró que todo aquello no era de su incumbencia, y lo olvidó al instante.

Durante la Primera Guerra Mundial, cuando el aceite de oliva de importación escaseaba, Fanucci se convirtió en socio de Abbandando, suministrándole aceite, salami, jamón y queso, todo traído de Italia. Luego colocó en la droguería a un sobrino suyo, con lo que Vito Corleone se encontró sin trabajo.

Por aquel entonces llegó el segundo hijo, Frederico. Ahora Vito Corleone tenía cuatro bocas que alimentar. Siempre había sido un joven muy reservado, que se guardaba sus pensamientos para sí. Su mejor amigo era Genco, el joven hijo del propietario de la droguería, que se quedó muy sorprendido cuando Vito criticó a su padre por haber permitido que Fanucci entrara a formar parte del negocio, y también por haberlo dejado sin trabajo. Genco, rojo de vergüenza, le juró que nunca le faltaría comida, que robaría de la tienda lo necesario para que su amigo y su familia se alimentaran. La oferta fue rechazada por Vito, quien dijo que no podía permitir que un hijo robara a su propio padre.

El joven Vito, sin embargo, sentía un odio frío e intenso hacia Fanucci, aunque lo ocultaba. Ya llegaría el momento de expresarlo. Estuvo trabajando unos meses en el ferrocarril, pero luego, al terminar la guerra, el trabajo empezó a escasear y el muchacho se encontró muchos días en situación de paro forzoso. Además, allí la mayoría de los capataces eran irlandeses y americanos que solían burlarse de los peones, empleando para ello las palabras más crueles que figuraban en su vocabulario. Vito simulaba no entender lo que decían, a pesar de que comprendía perfectamente el inglés, que hablaba con acento italiano.

Una noche, mientras Vito estaba cenando con su familia, oyó que golpeaban la ventana. Ésta daba a un respiradero tan estrecho que la ventana de enfrente quedaba a sólo dos o tres palmos de distancia. Al apartar la cortina, Vito vio que quien llamaba era un joven llamado Peter Clemenza. El casi desconocido vecino le alargó un paquete blanco, al tiempo que decía:

—Eh, *paesano*. Guárdame esto. Date prisa.

Automáticamente, Vito tendió el brazo y tomó el paquete. El rostro de Clemenza denotaba una gran inquietud. Parecía hallarse en apuros, por lo que Vito no le hizo pregunta alguna. Pero cuando, en la cocina, abrió el paquete y vio que lo que Clemenza le había entregado eran cinco pistolas bien engrasadas, corrió a ocultarlas en el dormitorio y esperó. Supo que Clemenza había sido detenido por la policía. Seguramente le había entregado aquel paquete al oír que llamaban a la puerta.

Vito no dijo una palabra de aquello a nadie. Tampoco su aterrorizada esposa abrió la boca, temerosa de que, haciéndolo, pudieran enviarlo a prisión. Dos días después, Peter Clemenza apareció de nuevo por el vecindario y, como si no diera importancia a la cosa, preguntó a Vito:

—¿Aún conservas mi mercancía?

Vito asintió con la cabeza —tenía la costumbre de hablar poco— al tiempo que invitaba a su vecino a subir a su piso, donde le ofreció un vaso de vino y luego iba al dormitorio en busca del paquete.

Clemenza bebió, escrutando fijamente a Vito, y le preguntó:

—¿Has mirado lo que hay dentro?

Con el rostro impasible, Vito contestó:

—No tengo por costumbre meterme en lo que no me importa.

Bebieron juntos durante un buen rato y simpatizaron mutuamente. A Clemenza le gustaba hablar; a Vito, escuchar. Se hicieron amigos. Al cabo de unos días, Clemenza preguntó a la esposa de Vito si le complacería tener una alfombra en la sala de estar. Luego le pidió a Vito que lo acompañara a buscarla, pues un hombre solo no habría podido transportarla.

Clemenza condujo a Vito a una casa con porche y una escalinata de mármol. Abrió la puerta, con una llave que extrajo del bolsillo, y al cabo de un instante ambos se encontraron en un lujoso salón.

—Ve al otro lado de la habitación y ayúdame a enrollar la alfombra —indicó Clemenza.

Era una espléndida alfombra roja de lana. Vito Corleone estaba asombrado por la generosidad de Clemenza.

Cada uno por un extremo, los dos jóvenes cargaron la pesada alfombra sobre sus hombros.

Cuando se disponían a salir de la mansión, sonó el timbre de la puerta. Clemenza dejó la alfombra en el suelo y corrió hacia la ventana. Apartó ligeramente la cortina, y lo que vio le hizo sacar la pistola que llevaba debajo de la chaqueta. Fue entonces cuando Vito cayó en la cuenta de que estaban cometiendo un robo. El timbre volvió a sonar. Vito se acercó a Clemenza y vio que quien llamaba era un policía de uniforme. Mientras miraban, éste hizo sonar nuevamente el timbre y, al ver que nadie contestaba, se alejó calle arriba.

Clemenza soltó un gruñido de satisfacción y dijo:

—Venga, vámonos.

Volvieron a cargar la alfombra sobre sus hombros y, cuando salieron, vieron que el policía acababa de doblar la esquina. Media hora más tarde, estaban cortando la alfombra a fin de adecuarla a las medidas de la sala de estar de Vito Corleone. Incluso podrían alfombrar el dormitorio. Clemenza era un hombre muy mañoso, y de los bolsillos de su amplia chaqueta (ya entonces le gustaba llevar ropas holgadas, a pesar de que no era gordo) sacó todo lo necesario para convertir en dos la lujosa alfombra.

Pasaba el tiempo y la situación no mejoraba. Para vivir, la familia Corleone necesitaba mucho más que aquella alfombra. Morirían de hambre si no se solucionaban las cosas. Mientras trataba de hallar una solución, Vito aceptó algunos paquetes de comida de su amigo Genco. Finalmente, un día fue abordado por Clemenza y por Tessio, otro joven que también vivía en el vecindario. Ambos tenían a Vito en buen concepto, les gustaba su manera de ser y sabían que se encontraba en una situación desesperada. Le propusieron que entrara a formar parte de su banda. Estaban especializados en desvalijar los camiones cargados de vestidos de seda que salían de la fábrica situada en la calle Treinta y uno. No había riesgo alguno. Los conductores de los camiones eran gente muy pacífica y ponían pies en polvorosa en cuanto veían una pistola. Parte de la mercancía la compraba un mayorista italiano, y el resto era repartido puerta a puerta en las zonas italianas de la ciudad —Arthur Avenue, el Bronx, Mulberry Street y el distrito de Chelsea, en Manhattan—, donde vivían muchas familias pobres que aprovechaban las gangas que Clemenza y los suyos les ofrecían, como única forma de que sus hijas pudiesen vestir a la moda de la gente más adinerada. Clemenza y Tessio necesitaban un chófer, y sabían que Vito lo era, pues había conducido la camioneta de reparto de la tienda de Abbandando. En 1919, había muy pocos conductores expertos.

A pesar de que le repugnaba hacer lo que le proponían, Vito Corleone aceptó la oferta. Lo que lo decidió fue la promesa de que el asunto le proporcionaría no menos de mil dólares. Por lo demás, advirtió que sus jóvenes compañeros eran muy imprudentes, pues hablaban abiertamente de sus planes, de la forma de dar el golpe, de cómo se efectuaría la distribución, etc. Él, Vito Corleone, era de naturaleza mucho más reservada. Sin embargo, los consideraba buenas personas y ambos, tanto el alegre Peter Clemenza como el melancólico Tessio, le inspiraban confianza.

El trabajo se desarrolló sin complicaciones. Vito Corleone se sorprendió de no sentir miedo cuando sus dos compañeros encañonaron al conductor del camión. Lo que más le impresionó fue la sangre fría de que hicieron gala, bromeando con el conductor y asegurándole que si se portaba bien le enviarían algunos vestidos de seda para su esposa. A Vito no le hacía gracia la idea de ir de casa en casa vendiendo vestidos, por lo que ofreció la totalidad del lote que le había correspondido al comprador de objetos robados, un mayorista italiano. Sólo ganó setecientos dólares, pero en 1919 se trataba de una suma nada despreciable.

El día siguiente, Vito Corleone fue abordado en la calle por el elegante Fanucci. El extorsionador tenía un rostro desagradable, sobre todo desde que mostraba la cicatriz de la herida que le habían infligido aquellos tres jóvenes y que él ni siquiera trataba de ocultar. Sus cejas eran negras y espesas, y sus facciones duras. No obstante, cuando sonreía no era repulsivo del todo.

Habló con un fuerte acento siciliano:

—Me han dicho que tú y tus dos amigos sois ricos, muchacho; pero ¿no crees que habéis sido un poco desconsiderados conmigo? Después de todo, éste es mi distrito, y creo que merezco otro trato... Deberíais dejarme meter el pico.

Empleó la frase de la Mafia italiana: *Fari vagnari a pizzu. Pizzu* significaba el pico de un pájaro pequeño, por ejemplo el canario.

Siguiendo su costumbre, Vito Corleone no respondió. Comprendió perfectamente lo que Fanucci quería decir, pero hubiese preferido que hablara con mayor claridad.

Fanucci sonrió ampliamente, mostrando sus dientes de oro. Se pasó el pañuelo por la cara y se desabrochó la chaqueta, como si tuviera mucho calor, aunque lo que en realidad pretendía era que Vito Corleone viera la pistola que llevaba en la cintura.

—Dame quinientos dólares y olvidaré el insulto —dijo Fanucci—. Al fin y al cabo, los jóvenes desconocéis las consideraciones debidas a un hombre como yo.

Vito Corleone sonrió tímidamente a Fanucci, quien, al ver la expresión entre ingenua y asustada del joven, prosiguió:

—Si no lo haces, la policía irá a tu casa, y tanto tú como tu esposa y tus hijos, además de soportar la vergüenza, os veréis en la indigencia. Naturalmente, si la información que poseo acerca de tus ganancias es incorrecta, estoy dispuesto a rebajar la cantidad, pero en ningún caso aceptaré menos de trescientos dólares. Y no trates de engañarme.

Por vez primera, Vito Corleone abrió la boca. El tono de su voz era razonable, tranquilo y cortés, como correspondía a un joven que se dirigía a una persona mayor y de reconocida importancia.

—Mis dos amigos todavía no me han entregado mi parte —dijo—; tendré que hablar con ellos.

—Pues diles lo mismo que te he dicho a ti. De ese modo me ahorraré el trabajo de ir a hablarles. No tengas miedo. Clemenza y yo nos conocemos muy bien; es un hombre que comprende estas cosas. Déjate guiar por él. Tiene más experiencia en estos asuntos.

Vito Corleone simuló sentirse asustado.

—Usted comprenderá que todo esto es nuevo para mí —alegó—. Gracias por haberme hablado como lo ha hecho.

—Eres un buen muchacho —dijo Fanucci, emocionado. Tomó la mano de Vito entre las suyas y añadió—: Eres respetuoso, y esto es muy importante en un hombre joven. La próxima vez habla primero conmigo, ¿eh? Tal vez pueda ayudarte.

Muchos años más tarde, Vito Corleone comprendió que lo que entonces le llevó a dirigirse con tanto respeto a Fanucci fue el haber presenciado la muerte de su propio padre, un hombre apasionado que había sido asesinado por la Mafia, allá en Sicilia. Pero en ese momento lo único que sintió fue un frío odio hacia Fanucci, que pretendía robarle parte del dinero que había conseguido a costa de arriesgar su libertad y aun su vida. No tuvo miedo alguno. Lo que Vito Corleone en realidad pensó fue que Fanucci era un pobre loco, pues estaba convencido de que Clemenza se dejaría matar antes que desprenderse de un solo centavo (¿acaso no se había mostrado dispuesto a matar a un policía sólo por robar una alfombra?). Y en cuanto al melancólico Tessio, era frío como una víbora, e igual de mortal.

Aquella misma noche, en el piso de Clemenza, Vito Corleone recibió una segunda lección de buena educación. Clemenza empezó renegando y maldiciendo, Tessio frunció el entrecejo, pero ambos acabaron por considerar que quizá Fanucci se contentara con doscientos dólares. En opinión de Tessio, no lo haría.

—No —dijo Clemenza—, ese caracortada debe de haberse enterado de lo que nos pagó el mayorista. Fanucci no se conformará con menos de trescientos dólares. Tendremos que pagar.

Vito estaba asombrado, pero procuró que sus dos amigos no se dieran cuenta de ello.

—¿Por qué tenemos que pagar? —preguntó—. ¿Qué puede hacernos a los tres? Somos más fuertes que él. Tenemos armas. ¿Por qué hemos de desprendernos del dinero que nos pertenece?

En el tono del maestro que habla con un alumno algo retrasado, Clemenza dijo:

—Fanucci tiene amigos, amigos muy violentos. Y está en muy buenas relaciones con algunos policías. Si le habláramos de nuestros planes, nos denunciaría, con lo que se ganaría la gratitud de la policía. Y, naturalmente, se cobraría el favor. Así es cómo opera. Además, el mismísimo Maranzalla lo ha autorizado a trabajar en este distrito.

Maranzalla era un gángster que aparecía a menudo en los periódicos, y a quien se consideraba el jefe de una organización especializada en la extorsión, el juego y los robos a mano armada.

Clemenza sirvió un vino hecho por él mismo. Su esposa, después de poner en una mesa una plata de salami, aceitunas y pan italiano, fue a sentarse con sus comadres en la acera, delante de la casa. Era una joven italiana que llevaba pocos años en el país, y no comprendía el inglés.

Vito Corleone se sentó con sus dos amigos y bebió vino. Su mente nunca había trabajado tan intensamente como en ese momento. Le sorprendía la claridad con que veía las cosas. Pasó revista a todo lo que sabía de Fanucci. Recordó el día en que le habían cortado la cara con un cuchillo y cómo se había echado a correr, con el sombrero pegado a la barbilla, para que no manara la sangre. Recordó la muerte del que había empuñado el cuchillo y cómo los otros dos habían conservado la vida a cambio de una cuantiosa indemnización. Y comprendió que Fanucci no era hombre que contara con grandes influencias, ni podía serlo. No era más que un confidente de la policía. Un hombre realmente poderoso no hubiese puesto precio a su venganza. Un verdadero jefe mafioso también hubiese hecho matar a los otros dos. No. Fanucci había acabado con la vida de uno de sus agresores, pero sabía que no podía hacer lo mismo con los otros, máxime si ambos estaban alerta, como era el caso. Por ello se había conformado con aceptar dinero. Era únicamente su propia fuerza bruta lo que le permitía conseguir que los tenderos y los jugadores le pagaran tributo. Pero Vito Corleone sabía de una casa de juego que nunca había querido pagar, y nada había ocurrido.

Eso demostraba que Fanucci estaba solo. Como mucho debía de disponer de unos pocos pistoleros, alquilados para trabajos especiales, y eso pagándoles en efectivo. Estos pensamientos se encadenaron con otros, y así, al cabo de un rato, Vito Corleone llegó a la conclusión de que debía imprimir un nuevo rumbo a su vida.

Estaba convencido de que cada hombre tiene escrito su destino. Aquella noche hubiera podido pagar a Fanucci el tributo exigido, con lo que se habría convertido de nuevo en dependiente de una tienda, y luego, con los años, tal vez hubiera llegado a establecerse por su cuenta. El destino, sin embargo, había decidido que debía convertirse en un Don, y se serviría de Fanucci para ponerlo en el sendero que tenía destinado.

Cuando hubieron terminado la botella de vino, Vito dijo a Clemenza y a Tessio:

—Si os parece, ¿por qué no me dais doscientos dólares cada uno? Yo me cuidaré de pagar a Fanucci. Os garantizo que aceptará esa suma. Dejadlo todo por mi cuenta. Arreglaré este problema a vuestra entera satisfacción.

Clemenza se puso en guardia de inmediato. Sospechaba.

—Soy incapaz de mentir a mis amigos —dijo Vito en tono gélido—. Habla mañana con Fanucci y deja que te pida el dinero. Pero no le pagues. Y, sobre todo, no discutas con él. Dile que no llevas dinero encima y que se lo entregarás por intermedio de mí. Dale a entender que estás dispuesto a pagar lo que pide. No regatees. El precio ya lo discutiré yo con él. Si es tan peligroso como decís, no tiene objeto hacerle enfadar.

Clemenza y Tessio se mostraron de acuerdo. Al día siguiente, Clemenza habló con Fanucci para asegurarse de que Vito no le jugara una mala pasada. Luego fue al piso de Vito y le dio los doscientos dólares. Miró inquisitivamente a Vito Corleone y dijo:

—Fanucci no se mostró dispuesto a aceptar menos de trescientos dólares. ¿Cómo vas a arreglártelas para conseguir que se conforme con doscientos?

—Eso es algo que no te concierne. Sólo recuerda que te he hecho un favor.

Tessio se retrasó un poco. Era más reservado que Clemenza, más astuto y más inteligente, pero no tenía tanta personalidad ni tanta fuerza. Sentía que algo no estaba perfectamente claro. Estaba un poco preocupado. Dirigiéndose a Vito Corleone, dijo:

—Ten cuidado con ese cerdo de Fanucci. Pertenece a la Mano Negra. Es más marrullero que un cura. ¿Quieres que yo esté a tu lado cuando entregues el dinero?

Vito Corleone negó con la cabeza, sin molestarse en contestar. Al cabo de un momento, dijo a Tessio:

—Comunícale a Fanucci que le pagaré aquí, en mi casa, esta noche a las nueve. Tengo que ofrecerle a nuestro hombre un vaso de vino y, naturalmente, charlar un poco con él. Debo convencerlo de que acepte sólo doscientos dólares de cada uno de nosotros.

—No tendrás esa suerte. Fanucci nunca da el brazo a torcer —comentó Tessio.

—Razonaré con él —replicó Vito Corleone.

Esta frase se haría famosa en los próximos años. Se convertiría en el último aviso, en el anuncio de sangrientas batallas. Cuando, convertido ya en Don, pedía a sus oponentes que razonaran con él, éstos sabían que ello significaba la última oportunidad de resolver un asunto sin derramamiento de sangre.

Aquel día, después de cenar, Vito Corleone dijo a su esposa que llevara a los dos niños, Sonny y Fredo, a la calle, y le ordenó que por nada del mundo los dejara subir al piso hasta que él lo dijera. Ella debería permanecer en la escalera, junto a la puerta del apartamento, vigilando. Tenía que resolver un asunto con Fanucci, y no quería que nadie los interrumpiera.

Al ver la expresión de miedo de su mujer, dijo para tranquilizarla:

—¿Crees que te has casado con un loco?

Ella no respondió. No respondió porque tenía miedo, pero no miedo de Fanucci, sino de su propio marido. Le veía cambiar de día en día, de hora en hora. Cada vez más, Vito irradiaba una especie de fuerza peligrosa. Siempre había sido un hombre tranquilo, parco pero amable, y, algo extraordinario en un siciliano, razonable. La mujer asistía a un cambio radical de su marido. Se daba cuenta de que Vito se estaba quitando su disfraz de hombre inofensivo. Tenía veinticinco años y se disponía a comenzar una nueva vida, su verdadera vida.

Vito Corleone había decidido matar a Fanucci. Al hacerlo ganaba setecientos dólares: los trescientos que hubiera tenido que pagar al terrorista de la Mano Negra, más los doscientos de Clemenza y los doscientos de Tessio. Si no lo hacía tendría que pagar quinientos dólares de su bolsillo. Además, para él Fanucci no valía, vivo, setecientos dólares; por lo tanto no estaba dispuesto a pagar setecientos dólares para que siguiera con vida. Si Fanucci hubiese necesitado setecientos dólares para una operación quirúrgica, no se los habría dado por la sencilla razón de que no le debía favor alguno, de que no había ningún lazo de sangre que los uniese. No, no estimaba a Fanucci. ¿Por qué, entonces, tenía que darle setecientos dólares?

Más aún. Si Fanucci quería quitarle setecientos dólares por la fuerza, ¿qué razón se oponía a que Vito Corleone lo matara? El mundo seguiría marchando sin Fanucci.

Naturalmente, existían algunas razones de orden práctico que podían hacerle desistir. Era posible que Fanucci tuviera amigos poderosos, quienes, con toda seguridad, intentarían vengarse. Y el mismo Fanucci era un hombre peligroso, y no resultaría fácil mandarlo al otro mundo. Además, había que contar con la policía y con la silla eléctrica. Pero Vito Corleone había vivido con una sentencia de muerte pendiendo sobre su cabeza desde el asesinato de su padre. A los doce años había cruzado el océano huyendo de sus verdugos para ir a vivir a un país extraño y había cambiado de nombre. Y los años lo habían convencido de que poseía más inteligencia y valor que la mayoría de los hombres, aunque no había tenido oportunidad de emplearlos.

Con todo, Vito Corleone dudaba de dar ese primer paso hacia su destino. Incluso hizo un paquete con los setecientos dólares y se lo metió en un bolsillo del pantalón, concretamente el izquierdo. En el derecho llevaba la pistola que le había dado Clemenza en ocasión del asalto al camión cargado de vestidos de seda.

Fanucci llegó a las nueve en punto de la noche. Vito Corleone puso encima de la mesa una jarra de vino hecho por Clemenza. El visitante dejó el sombrero encima de la mesa, junto a la jarra de vino, y se aflojó el nudo de la floreada corbata. La noche era cálida; la luz, débil. En el piso no se oía ni una voz, ni un ruido, pero Vito Corleone se mostraba frío como el hielo. Para hacer patente su buena fe, entregó el paquete con el dinero y vio cómo Fanucci, después de contarlo, lo guardaba dentro de una cartera de cuero. A continuación, Fanucci bebió un trago de vino y dijo, con el rostro totalmente inexpresivo:

—Todavía me debes doscientos dólares.

Vito Corleone, en un tono gélido y razonable, repuso:

—Voy un poco corto de dinero. He estado sin trabajo. Déme unas semanas de tiempo, se lo ruego.

Era una petición sensata. Fanucci tenía la mayor parte del dinero y no podía importarle esperar. Incluso era probable que se dejara convencer y se conformara con los setecientos dólares o, en el peor de los casos, que esperara un poco más. Terminó de beber su vino, y dijo:

—Eres un joven inteligente. ¿Cómo es posible que no me haya fijado en ti antes? Pero eres demasiado tranquilo, y eso no te conviene. Podría proporcionarte un buen trabajo. Ganarías bastante dinero, te lo aseguro.

Vito Corleone aparentó mostrarse interesado, y llenó nuevamente el vaso de Fanucci. Pero éste, en vez de seguir hablando, como parecía ser su intención, se levantó y estrechó la mano de Vito.

—Buenas noches —dijo—, y nada de resentimientos, ¿eh? Si alguna vez puedo hacer algo por ti, házmelo saber. Esta noche te has prestado un buen servicio a ti mismo.

Vito esperó a que Fanucci bajara por las escaleras y saliera del edificio. La calle estaba llena de gente. Serían muchos los que podrían atestiguar, de ser necesario, que Fanucci había salido del piso de Corleone por su propio pie. Desde la ventana, Vito vio a Fanucci doblar la esquina hacia la avenida Once, y comprendió que se dirigía a su casa a dejar el dinero y —¿por qué no?— quizá también la pistola. Entonces Vito subió por las escaleras que conducían al terrado y, después de atravesar unas cuantas casas, bajó por la escalera de incendios de un edificio destinado a almacén, que siempre estaba vacío a aquella hora de la noche. Una vez en el patio trasero del inmueble, abrió la puerta de un puntapié y cruzó el local hasta encontrarse en la puerta de entrada. Al otro lado de la calle estaba la casa en uno de cuyos apartamentos vivía Fanucci.

Por el oeste, los edificios de viviendas se extendían solamente hasta la Décima Avenida. La avenida Once estaba compuesta en su mayor parte de almacenes, alquilados por firmas que hacían embarques en el Ferrocarril Central de Nueva York, y que de ese modo tenían acceso a los andenes de carga. La casa donde vivía Fanucci era una de las pocas que tenían inquilinos, y estaba ocupada por ferroviarios solteros, peones y prostitutas de baja categoría. Esta gente no salía a la calle a hablar con los vecinos, tal como hacían los italianos honrados, sino que iban a gastarse su dinero en la taberna. Por ello, a Vito Corleone no le resultó difícil atravesar la desierta avenida Once para meterse en el vestíbulo del edificio. Una vez allí, empuñó la pistola —que nunca había disparado— y esperó a Fanucci.

Miraba al exterior a través de la acristalada puerta del vestíbulo, sabiendo que Fanucci vendría por la Décima Avenida. Estaba tranquilo, pues Clemenza le había dicho que aquélla era una pistola muy segura. Además, cuando tenía nueve años, en Sicilia, solía ir de caza con su padre, y había disparado muchas veces con una pesada escopeta llamada *lupara*. Fue precisamente su destreza infantil con la *lupara* el motivo de que los asesinos de su padre también lo condenaran a muerte a él.

Ahora, protegido por la oscuridad del vestíbulo, vio que Fanucci cruzaba la calle en dirección a la casa. Vito retrocedió unos pasos, apoyó la espalda contra la pared y se preparó para hacer fuego. La mano con que empuñaba la pistola estaba a sólo dos palmos de la puerta principal. Ésta se abrió y apareció Fanucci, vestido de blanco, corpulento, perfumado. Vito Corleone disparó.

Como la puerta estaba abierta, una parte del ruido salió a la calle, mientras el resto hacía temblar el edificio. Fanucci se asió a uno de los lados de la puerta, tratando de mantenerse de pie mientras intentaba sacar su pistola. En su lucha por conseguirlo, los botones de su chaqueta saltaron. Logró extraer el arma, pero la sangre que brotaba de su estómago le había hecho perder demasiadas fuerzas para que pudiera disparar. Con mucho cuidado, como si de poner una inyección en una vena se tratara, Vito Corleone hizo fuego por segunda vez contra el estómago de su víctima.

Fanucci cayó de rodillas. De su boca escapó un fuerte rugido de dolor, que a Vito le pareció casi cómico y al que siguieron otros dos ya no tan fuertes. A continuación, Vito apoyó la boca del cañón de la pistola contra la frente de Fanucci y disparó por tercera vez. Cinco segundos después, Fanucci había muerto.

Serenamente, Vito sacó la cartera que el muerto tenía en uno de los bolsillos de su chaqueta y se la guardó. Luego, salió del edificio, cruzó la calle, se metió en el almacén vacío, lo atravesó y subió por la escalera de incendios en dirección al terrado. Desde allí echó un vistazo a la calle, y vio que el cuerpo de Fanucci yacía ante la puerta del edificio. No se veía a nadie más. Se habían abierto dos ventanas, y Vito vio la silueta de unas cabezas que se asomaban; pero así como él no podía ver sus facciones, tampoco los demás podrían ver las suyas. Y seguro que aquella gente no avisaría a la policía. Fanucci estaría allí hasta la mañana siguiente, salvo que pasara algún agente de la ley. Ninguno de los habitantes de la casa se expondría voluntariamente a ser interrogado por las autoridades. Cerrarían sus puertas y pretenderían no haber visto ni oído nada.

Podía tomarse el tiempo que necesitara. Llegó a su casa pasando por los terrados. Abrió la puerta, entró y cerró con llave. Estudió el contenido de la cartera del muerto. Aparte los setecientos dólares que él le había entregado, sólo había un billete de cinco dólares y un poco de calderilla. En un compartimento descubrió, además, una antigua moneda de oro de cinco dólares. Un amuleto, con toda probabilidad.

No, Fanucci no había sido un hombre rico. De haberlo sido, no habría llevado aquella moneda de oro en la cartera. Eso sólo lo hacían los pobres diablos.

Sabía que tenía que deshacerse de la cartera y de la pistola (como sabía, ya entonces, que la moneda de oro debía dejarla en la cartera). Volvió a subir al terrado y anduvo un poco. Tiró la cartera por un respiradero, y luego, después de sacar las balas, golpeó el cañón de la pistola contra el borde del tejado. El cañón no se rompía. Tomó el arma por el cañón y golpeó la culata contra una chimenea. La culata se rompió en dos mitades. Dio un nuevo golpe y el arma quedó definitivamente partida, con el cañón por un lado y el resto de la culata por el otro. Echó las mitades en sendos respiraderos y comprobó que al golpear contra el suelo del fondo no producían ruido alguno, lo que significaba que había caído sobre una gran cantidad de basura. Por la mañana, los vecinos echarían más basura, debido a lo cual los trozos del arma quedarían sepultados para siempre, con un poco de suerte. Vito regresó a su apartamento.

Estaba un poco tembloroso, pero no había perdido los nervios. Se quitó la ropa y, temeroso de que estuviera manchada de sangre, la metió en un cubo metálico y la lavó con lejía y jabón, restregándola contra las paredes del cubo; luego lavó éste, también con jabón y lejía. Vio un montón de ropa recién lavada en un rincón del dormitorio, y mezcló sus prendas con las demás. Seguidamente, se puso una camisa y unos pantalones limpios y salió a la calle, a reunirse con su esposa y los vecinos.

Al día siguiente se demostró que aquellas precauciones habían sido innecesarias. La policía, después de descubrir el cadáver de Fanucci, no hizo ni una sola pregunta a Vito Corleone. Éste se sorprendió de que no se hubiera enterado de que Fanucci había estado en su casa la noche en que había sido asesinado: ¡con lo bien que había preparado su coartada, basada en el hecho de que Fanucci había salido de su casa por su propio pie! Más tarde se enteró de que en realidad la policía se había alegrado de la muerte de aquél, así como que no tenían demasiado interés en perseguir a sus asesinos. Sin duda daban por supuesto que se trataba de un ajuste de cuentas entre bandas de gángsters, y se limitaron a interrogar a algunos conocidos elementos de los bajos fondos. Pero Vito no estaba fichado, de modo que nadie lo molestó en ningún momento. Había logrado engañar a la policía.

Con sus socios, en cambio, fue otra cosa. Peter Clemenza y Tessio lo evitaron durante un par de semanas. No daban señales de vida. Finalmente, una noche fueron a verlo a su casa. Por la forma en que lo saludaron, era evidente que sentían hacia él un gran respeto. Vito Corleone correspondió a su saludo con fría cortesía y les sirvió un vaso de vino.

Clemenza fue el primero en hablar.

—Ahora nadie cobra el tributo a los comerciantes de la Novena Avenida —dijo—. Nadie se ocupa de recaudar el tributo que pagaban los jugadores.

Vito Corleone miró fijamente a los dos hombres, pero permaneció en silencio.

—Podríamos ocuparnos de los clientes de Fanucci —propuso Tessio—. Pagarían sin rechistar.

—¿Por qué venís a mí? —preguntó finalmente Vito Corleone—. Esas cosas no me interesan.

Clemenza soltó una de sus peculiares carcajadas. Ya en su juventud, antes de convertirse en un hombre gordo, tenía la risa clásica de los obesos. Dirigiéndose a Vito Corleone, dijo:

—¿Qué hay de la pistola que te presté para lo del camión? Ya no la necesitas, de modo que devuélvemela.

Con movimientos deliberadamente lentos, Vito Corleone sacó un fajo de billetes de uno de sus bolsillos y separó cinco de diez dólares.

—Toma, cóbrate la pistola. Me deshice de ella después del asunto del camión —repuso, sonriendo.

Por aquel entonces, Vito Corleone desconocía el efecto de su sonrisa. Era ingenua a fuerza de no querer ser amenazadora. Sonreía como si se tratara de una broma que sólo él era capaz de apreciar; pero como sólo lo hacía de aquella manera si se trataba de asuntos de vida o muerte, cuando nadie estaba para bromas, aquella sonrisa acabó por convertirse en algo siniestro para los demás.

Clemenza sacudió la cabeza y dijo:

—No quiero el dinero.

Vito se metió los cincuenta dólares en el bolsillo y esperó. Los tres hombres estaban en el secreto, sabían que había sido él quien había matado a Fanucci. Y aunque nunca hablaron de ello con nadie, semanas más tarde lo sabía también todo el vecindario. La gente empezó a tratar a Vito Corleone como «hombre de respeto», pero él no movió un dedo para hacerse cargo de los «negocios» de Fanucci.

Lo que siguió fue inevitable. Una noche, la esposa de Vito se presentó en el piso con una vecina viuda, la *signora* Colombo. Era italiana y de conducta irreprochable. Trabajaba mucho para salir adelante. Su hijo, de dieciséis años, le entregaba cada semana el sobre de la paga sin abrir, al estilo del viejo país; su hija, que contaba diecisiete y era modista, hacía lo mismo. Y por la noche, toda la familia trabajaba cosiendo botones en prendas confeccionadas, lo cual, aun estando mal pagado, suponía una ayuda.

Tras las presentaciones, la esposa de Vito Corleone dijo:

—La *signora* quisiera pedirte un favor. Tiene un problema.

Vito esperaba que le pidiera dinero, y estaba dispuesto a dárselo. Pero no, no se trataba de dinero. La señora Colombo tenía un perro, al que su hijo menor adoraba y por cuya causa el dueño de la casa había recibido quejas de los inquilinos, ya que el chucho ladraba mucho por las noches. La cuestión era que la señora Colombo se había visto obligada a deshacerse del animal, y que cuando lo había intentado éste había regresado a la casa. A raíz de ello, el propietario le ordenó que desalojara el piso, ante lo cual la pobre mujer prometió que esta vez sí se desharía definitivamente del perro. Pero no lo hizo, y el propietario estaba tan enfadado que no quería transigir. La mujer y sus hijos tendrían que abandonar el apartamento, y si no lo hacían la policía le echaría los muebles a la calle. ¡Con lo que había llorado su hijito la vez que entregaron el perro a unos parientes que vivían en Long Island! ¡Y todo para nada! Perderían el piso.

Amablemente, Vito Corleone preguntó a la mujer:

—¿Y por qué viene a mí en busca de ayuda?

La señora Colombo señaló a su esposa.

—Porque ella me dijo que lo hiciera.

Vito Corleone estaba muy sorprendido. Su esposa nunca había hecho la menor mención de las ropas que había lavado la noche en que había matado a Fanucci. Nunca le había preguntado de dónde salía el dinero, teniendo en cuenta que no trabajaba. Incluso ahora, su cara era impasible.

—Puedo darle algún dinero para ayudarle a encontrar otro piso —dijo Vito a la señora Colombo—. ¿Es eso lo que quiere?

Llorando, la mujer argumentó:

—Todas mis amigas están aquí. Nuestra amistad viene de Italia. ¿Cómo voy a mudarme a un vecindario extraño? Quiero que hable con el propietario de la casa, quiero que lo convenza de que no me eche a la calle.

—Siendo así, no se preocupe. No tendrá que dejar el piso. Hablaré con él mañana por la mañana.

Su esposa le dirigió una sonrisa cuyo significado él no entendió, pero que le complació. La señora Colombo no parecía estar muy convencida.

—¿Está usted seguro de que el propietario se mostrará de acuerdo? —preguntó.

—¿El *signor* Roberto? —dijo Vito, con voz de sorpresa—. Naturalmente que se mostrará de acuerdo. Es un buen hombre. Cuando yo le explique el caso se apiadará de sus desgracias. Ahora, deje ya de preocuparse. No esté tan triste. Cuide su salud, pues sus hijos la necesitan.

El propietario, el señor Roberto, iba cada día al vecindario, donde poseía cinco pisos. Era un *padrone*, es decir, un hombre que facilitaba a las grandes compañías trabajadores italianos recién llegados al país. Con las ganancias de esta especie de trata había ido comprando los pisos, uno a uno. Procedía del norte de Italia y era un hombre educado que despreciaba a los analfabetos de Sicilia y Nápoles que se convertían en sus inquilinos. Le repugnaba que echaran la basura a los respiraderos y dejaran a las ratas destrozar las paredes sin hacer nada para evitarlo. No era mala persona, era buen esposo y padre, pero se preocupaba constantemente de sus inversiones, del dinero que ganaba, de los inevitables gastos que debía efectuar en sus propiedades. Todo ello había afectado sus nervios, por lo que continuamente estaba irritado. Cuando Vito Corleone le paró en la calle para decirle que deseaba hablar con él, el señor Roberto se mostró brusco. No demasiado, desde luego, pues sabía que aquella gente del Sur era capaz de acuchillarlo a uno si se sentía ofendida, pero tampoco demasiado poco, pues aquel joven parecía ser muy tranquilo y sosegado.

—*Signor* Roberto —dijo Vito Corleone—, la amiga de mi esposa, una pobre viuda, me ha explicado que usted le ha ordenado que abandone el piso que alquila, del cual es usted propietario. Está desesperada. No tiene dinero, y todos sus amigos viven aquí, en este vecindario. Le dije que yo hablaría con usted, le aseguré que es usted un hombre razonable, y que seguramente hubo un mal entendido. Ya se ha deshecho del perro que fue la causa del problema. ¿Por qué no le permite quedarse? De un italiano a otro, *signor* Roberto, le ruego que no eche a la calle a la pobre viuda.

El *signor* Roberto miró de arriba abajo al joven que tenía delante, y vio a un hombre de estatura mediana, pero corpulento, con aspecto de aldeano, pero no de bandido. Lo que le hacía gracia era que se atreviera a llamarse italiano.

—Ya he alquilado el piso a otra familia —dijo el señor Roberto—, y por una suma más elevada. Comprenderá que ahora ya no puedo volverme atrás.

Vito Corleone hizo un gesto de amable comprensión.

—¿Cuánto saca de más? —preguntó.

—Cinco dólares a la semana —contestó el propietario.

Era mentira. Por aquel piso, compuesto de cuatro oscuras habitaciones, la *signora* Colombo pagaba doce dólares mensuales, y era seguro que el nuevo inquilino no pagaría más de aquella cantidad.

Vito Corleone sacó de su bolsillo un fajo de billetes y, entregando tres de diez dólares al propietario, dijo:

—Aquí tiene el aumento de seis meses. No es necesario que le diga nada a ella. Se trata de una mujer orgullosa. Dentro de seis meses volveremos a vernos. Y, naturalmente, le permitirá usted que se quede con el perro.

—¿Y quién diablos es usted para darme órdenes? —preguntó, indignado, el *signor* Roberto—. Cuide sus modales, o le pegaré una patada en el trasero.

Vito Corleone fingió mostrarse sorprendido.

—Le estoy pidiendo un favor, sólo eso —dijo—. Uno nunca sabe a quién va a necesitar en la vida, ¿no es cierto? Vamos, acepte este dinero; se lo ofrezco en prueba de mi buena voluntad. Luego, decida usted libremente. —Puso el dinero en la mano del señor Roberto y añadió—: Hágame este pequeño favor. Acepte el dinero y piense en la pobre viuda. Mañana por la mañana, si se empeña usted en devolverme el dinero, hágalo. Si quiere que la mujer abandone su piso, ¿cómo podré impedirlo? El piso es suyo, después de todo. Si no quiere que se quede con el perro, lo comprendo perfectamente; a mí los animales nunca me han gustado. —Dio un golpecito en el hombro del señor Roberto, y luego, en tono persuasivo, concluyó—: Me va a hacer este pequeño favor, ¿verdad? No lo olvidaré. Hable con mis amigos del vecindario. Todos le dirán que soy hombre que gusta de manifestar su agradecimiento.

Naturalmente, el señor Roberto había comenzado a comprender. Al despedirse de Vito Corleone hizo sus averiguaciones, y no esperó a la mañana siguiente: aquella misma noche llamó a la puerta de los Corleone, se excusó por lo intempestivo de la hora y aceptó un vaso de vino que le ofreció la *signora* de la casa. Le aseguró a Vito que todo había sido un mal entendido, que la *signora* Colombo podría permanecer en el piso y que, desde luego, podría tener el perro. ¿Qué se habían creído aquellos miserables inquilinos? ¿Acaso tenían derecho a protestar por el escaso ruido que hacía el pobre animal, pagando un alquiler tan bajo? Finalmente, puso encima de la mesa los treinta dólares que horas antes le había entregado Vito Corleone y agregó:

—Su buen corazón al ayudar a esa pobre viuda me ha conmovido. Quiero demostrarle que también yo sé lo que es la caridad cristiana. El alquiler seguirá siendo el mismo que hasta ahora.

Ambos hombres interpretaban su papel a la perfección. Vito sirvió más vino, pidió a su esposa unos pastelitos, estrechó amistosamente la mano del señor Roberto y alabó su benevolencia. El señor Roberto, por su parte, afirmó que el haber conocido a un hombre como él había restaurado su fe en la humanidad. Finalmente, se despidieron. El señor Roberto, asustado, tomó el tranvía y se fue a su casa, en el Bronx. Se acostó enseguida. Estuvo tres días sin dejarse ver por sus propiedades.

En el vecindario, Vito Corleone se había convertido en un «hombre de respeto». Se decía que era un reputado miembro de la Mafia siciliana. Un día, un hombre que organizaba partidas de cartas se acercó a él y se ofreció a pagarle veinte dólares semanales por su «amistad». Lo único que tenía que hacer a cambio era dejarse ver una o dos veces a la semana para que los jugadores supieran que estaban bajo su protección.

Los tenderos que tenían problemas con los ladronzuelos le pidieron que intercediera. Vito lo hizo y fue debidamente recompensado. Sus ingresos semanales no tardaron en llegar a los cien dólares, cantidad enorme si se tiene en cuenta la época y el lugar, y de ellos una parte era para Clemenza y Tessio, por el solo hecho de ser sus amigos y aliados que nunca le pedían nada. Finalmente decidió dedicarse al negocio de la importación de aceite de oliva italiano, en asociación con su amigo de la infancia Genco Abbandando. Genco, que tenía experiencia en el asunto, cuidaría del negocio, efectuaría las compras y se encargaría de almacenar el aceite en el local de su padre. Clemenza y Tessio serían los vendedores, irían a todas las tiendas italianas de Manhattan, Brooklyn y el Bronx para convencer a los comerciantes de que compraran aceite de oliva marca Genco Pura. (Con su típica modestia, Vito Corleone se había negado a que el aceite llevara su nombre.) Vito, naturalmente, sería el jefe de la empresa —era quien había puesto la mayor parte del capital— y también intervendría en los asuntos especiales, por ejemplo cuando los comerciantes se resistieran a dejarse convencer por Clemenza y Tessio. En tales casos, Vito Corleone debería emplear sus formidables dotes persuasivas.

Desde entonces, y durante unos cuantos años, Vito Corleone vivió como cualquier pequeño hombre de negocios. Sólo se ocupaba de hacer prosperar su empresa, en aquel país de economía dinámica y en expansión. Era un buen padre y esposo, pero le quedaba poco tiempo para su familia. El aceite Genco Pura se convirtió en el más vendido de los que se importaban de Italia, y el negocio creció rápidamente. Como cualquier buen comerciante, Vito no tardó en comprender las ventajas de vender a precio más bajo que la competencia, con lo que logró que los detallistas compraran más el aceite Genco Pura que cualquier otro. Y al igual que cualquier buen comerciante, empezó a soñar con formar un monopolio y obligar a sus rivales a retirarse del negocio o forzarlos a unirse a él. Sin embargo, dado que había empezado con muy poco capital, que no creía en la publicidad y que, a decir verdad, su aceite no era mejor que el de sus competidores, no podía emplear los recursos corrientes en el mundo de los negocios. Tenía que apoyarse en la fuerza de su propia personalidad y en su reputación de «hombre de respeto».

Ya desde muy joven Vito Corleone era tenido por «hombre razonable». De su boca nunca salía una amenaza. Siempre empleaba la lógica, una lógica, por otra parte, irresistible. Siempre se aseguraba de que el otro obtuviera su parte de beneficio. Con él, nadie perdía. ¿Cómo lo conseguía? De forma muy sencilla. Como todos los hombres de negocios verdaderamente listos, sabía que la libre competencia era perniciosa, mientras que el monopolio, en cambio, era beneficioso. Así pues, procuraba conseguir el monopolio. Había algunos mayoristas en Brooklyn, hombres de genio y testarudos que no se avenían a razones, que se negaban a ver, a reconocer el punto de vista de Vito Corleone, aun después de que éste les explicara, detalladamente y con enorme paciencia, sus razones. Con estos hombres, Vito Corleone siempre terminaba haciendo un gesto de desesperación. Luego, Clemenza y Tessio se encargaban de resolver el problema: pegaban fuego a los almacenes o volcaban los camiones cargados de latas de aceite. Un milanés loco y arrogante, con más fe en la policía que un santo en Jesucristo, fue a las autoridades para presentar una queja contra sus compatriotas, infringiendo la milenaria ley de la *omertà*. Pues bien, antes de que las cosas pasaran a mayores, el mayorista milanés desapareció, sin que nunca volviera a verle nadie, dejando esposa y tres hijos, gracias a Dios ya mayores. Ellos pudieron continuar el negocio de su padre, previo acuerdo con la Genco Pura Oil Company.

Pero los grandes hombres no nacen, sino que se hacen, y eso fue lo que sucedió en el caso de Vito Corleone. Cuando llegó la Prohibición, Vito Corleone dio el paso decisivo que habría de permitirle dejar de ser un comerciante, poco escrupuloso pero un simple comerciante al fin y al cabo, para convertirse en un gran Don de los negocios ilegales. Esto no ocurrió en un día, ni en un año, pero al terminar la Prohibición, al comienzo de la Gran Depresión, Vito Corleone ya era el Padrino, el Don, Don Corleone.

Todo comenzó de forma casi casual. La Genco Pura Oil Company tenía una flota de seis camiones de reparto. A través de Clemenza, Vito Corleone entró en contacto con un grupo de contrabandistas italianos que pasaban alcohol y whisky desde el Canadá y necesitaban camiones y repartidores para la ciudad de Nueva York. También necesitaban hombres de confianza, discretos y valerosos, y estaban dispuestos a pagar bien. Tan enorme era la suma, que Vito Corleone redujo drásticamente el volumen de sus negocios de aceite de oliva para dedicar los camiones al servicio casi exclusivo de los contrabandistas, y ello a pesar de que éstos habían hecho su oferta con veladas amenazas. Pero ya entonces Vito Corleone era un hombre a quien no ofendían las amenazas; sólo le interesaba el beneficio que pudiera obtener. Desde el principio tuvo una pobre opinión de sus nuevos socios, precisamente porque consideraba estúpido mostrarse intimidatorio cuando no existía la menor necesidad de hacerlo. A pesar de no irritarle, no olvidaba las amenazas. Ya llegaría el momento de pasar cuentas.

Siguió prosperando, y, lo que era más importante aún, adquirió sabiduría, relaciones, experiencia y muchas amistades. Posteriormente se demostró que Vito Corleone no era sólo un hombre de talento, sino que, a su modo, era también un genio.

Se convirtió en protector de las familias italianas que

habían instalado tabernas clandestinas en sus hogares, donde vendían whisky a los trabajadores solteros, a quince centavos el vaso. Fue padrino de confirmación del hijo menor de la *signora* Colombo, y le regaló una moneda de oro de veinte dólares. Y además, cimentó su exagerado concepto de la amistad: cuando, dado que era inevitable que alguno de los camiones fuera detenido por la policía, Genco Abbandando contrató los servicios de un abogado muy bien relacionado en el Departamento de Policía y los juzgados, Vito Corleone hizo confeccionar una lista, que crecía sin cesar, de funcionarios estatales que mensualmente recibían una gratificación de parte de la organización. Un día que el abogado trató de reducir la lista, alegando que las sumas a pagar eran enormes, Vito le dijo:

—No, no. Cuanto más larga sea la lista, mejor; aunque tengamos que pagar a hombres que de momento no nos sirven de nada. Creo en la amistad, y quiero, primero, hacer gala de ella.

Con el tiempo, el imperio de Corleone fue creciendo, la lista se hizo más larga y el número de hombres que trabajaban directamente para Tessio y Clemenza aumentó de forma considerable. Cada vez era más difícil controlarlo todo. Por ello, Vito Corleone decidió reestructurar su imperio. Dio a Clemenza y a Tessio el título de *caporegime* o capitán, a sus subordinados el de soldados, y a Genco Abbandando lo nombró consejero, o *consigliere*. Creó una profunda y ancha sima entre él y cualquier acto operacional. Cuando daba una orden, nunca lo hacía a otros que no fueran Genco o uno de los *caporegimi*, y raramente permitía que la escuchara otra persona que aquella a la que iba dirigida. Al grupo de Tessio lo hizo responsable de Brooklyn, y al de Clemenza, del Bronx. Por otra parte, separó a ambos hombres y, sin decirlo claramente, les dio a entender que no debían tener relación alguna, ni siquiera social, salvo en caso de absoluta necesidad. Esto se lo explicó a Tessio, que era más inteligente, aunque le dijo que se trataba de una medida de seguridad por si surgían problemas con la ley. Pero Tessio comprendió que Vito no quería que sus dos *caporegimi* tuvieran oportunidad de conspirar contra él, así como que no había nada personal en ello y que se trataba de una simple precaución táctica. En compensación, Vito dio a Tessio una autonomía completa en su demarcación, mientras que sobre Clemenza ejerció un control más estricto. Clemenza era más valiente, más atolondrado y más cruel, a pesar de su jovialidad exterior, por lo que era preciso vigilarlo más de cerca.

La Gran Depresión incrementó el poder de Vito Corleone. Fue por aquel entonces cuando empezaron a llamarlo Don Corleone. En la ciudad, los hombres honrados buscaban trabajo inútilmente, y eran muchos los que se veían obligados a tragarse su orgullo y recurrir a la caridad pública. En cambio, los hombres de Don Corleone se paseaban con la cabeza alta y los bolsillos repletos de dinero, y sin temor a perder su empleo. El mismo Don Corleone, el más modesto de los hombres, no podía evitar sentirse orgulloso. Cuidaba de su mundo, de su gente, y nadie podía decir que hubiera decepcionado a quienes dependían de él, a quienes por él arriesgaban su libertad y su vida. Cuando alguno de sus empleados, por el motivo que fuese, era arrestado y enviado a prisión, su familia no tenía por qué preocuparse en lo que al dinero se refería. Puntualmente les era entregado el sueldo íntegro del cabeza de familia.

Naturalmente, esto no era fruto de un sentimiento de caridad cristiana. Ni sus mejores amigos se hubieran atrevido a decir que Don Corleone era un santo. Su generosidad tenía algo de interesada. Un empleado enviado a prisión sabía que si mantenía la boca cerrada a su familia no le faltaría de nada, así como que si no informaba a la policía al salir de la cárcel sería calurosamente recibido. Se celebraría una fiesta en su casa, a base de comida de primera calidad en la que no faltarían raviolis caseros, vino y pasteles, con la asistencia de todos sus amigos y familiares. Luego, en cualquier momento, aparecería el *consigliere* Genco Abbandando, o quizás hasta el mismísimo Don, para presentar sus respetos al recién liberado, tomar un vaso de vino y dejar un regalo en metálico lo bastante importante para que el fiel y discreto empleado se tomara unas vacaciones de una o dos semanas junto con su familia, antes de reincorporarse al trabajo. A tal punto llegaban la simpatía y la comprensión de Don Corleone.

Fue por entonces que el Don se convenció de que él sabía dirigir su mundo mucho mejor que sus enemigos el suyo, creencia ésta alimentada por el hecho de que mucha gente pobre del vecindario acudía a él en busca de ayuda. Le solicitaban de todo: recuperar la paz conyugal, encontrar un empleo para el hijo, sacar a alguien de la cárcel, obtener un pequeño préstamo, interceder ante propietarios que pedían alquileres muy altos a inquilinos sin trabajo...

Don Vito Corleone ayudaba a todos. Y no sólo eso, sino que lo hacía de buen grado. En consecuencia, cuando estos italianos tenían que votar en las elecciones municipales, o cuando se trataba de elegir a los representantes del estado en el Congreso, se dejaban aconsejar por su amigo el Padrino. Así fue como Don Corleone se convirtió en una figura política a la que consultaban los jefes de los partidos y cuyo poder fue consolidándose y aumentando gracias a su penetrante visión del futuro. Pagaba los estudios a una serie de muchachos brillantes, pertenecientes a familias italianas sin recursos, que al cabo de unos años se convertirían en los abogados, fiscales y jueces de la ciudad. Don Corleone preparaba el futuro de su imperio con el mismo cuidado con que lo haría un gran político.

Cuando se derogó la Prohibición, el imperio del Don habría sufrido un duro golpe si no hubiese sido porque Vito Corleone había tomado sus precauciones. En 1933 envió emisarios al hombre que controlaba los garitos de Manhattan, la usura, las apuestas, la lotería ilegal de Harlem, etc. Se llamaba Salvatore Maranzano y era considerado un *pezzonovante*, uno de los reyes del hampa neoyorquina. Los emisarios de Corleone le propusieron ir a medias en el negocio, ya que con la organización y los contactos policíacos y políticos del Don sus operaciones podrían extenderse hasta Brooklyn y el Bronx. Pero Maranzano, que carecía de visión de futuro, rechazó desdeñosamente la propuesta, en parte porque era amigo de Al Capone, quien contaba con su propia organización y sus propios hombres, aparte de armamento de todo tipo. Así pues, no iba a aliarse con un advenedizo cuya reputación era mayor como conciliador que como mafioso. La negativa de Maranzano encendió la mecha de la gran guerra de 1933, que iba a cambiar por completo la estructura de los bajos fondos de Nueva York.

A primera vista, la lucha era muy desigual. Salvatore Maranzano poseía una poderosa organización y tenía amistad con Al Capone, de Chicago, cuya ayuda podía solicitar en cualquier momento. También estaba en muy buenas relaciones con la familia Tattaglia, que controlaba la prostitución y el incipiente tráfico de drogas. Además, contaba con buenos amigos entre algunos poderosos hombres de negocios, que utilizaban a sus matones para aterrorizar a los comerciantes judíos del ramo de la confección y a los sindicatos anarquistas italianos del de la construcción.

Contra esto, Don Corleone sólo podía oponer dos pequeños aunque soberbiamente organizados *regimi*, mandados por Clemenza y Tessio, aparte de que sus contactos policíacos y políticos podían ser contrarrestados por los que tenían los hombres de negocios que apoyaban a Maranzano. Pero poseía una gran ventaja: el enemigo lo ignoraba todo respecto de su organización. El mundo del hampa no conocía la verdadera fuerza de sus soldados. Es más, consideraba una tontería que Tessio, en Brooklyn, operara con plena independencia.

Así pues, a pesar de ello la lucha se mantuvo desigual hasta que Vito Corleone cambió el rumbo de las cosas con un golpe maestro.

Maranzano le pidió a Al Capone sus dos mejores pistoleros para que se encargaran de liquidar al advenedizo. La familia Corleone, que tenía amistades en Chicago, obtuvo información de que los dos pistoleros llegarían en tren, y Vito le pidió a Luca Brasi que fuera a «recibirlos». Brasi, junto con cuatro de sus hombres, recibieron a los dos visitantes en la estación. Uno de los hombres conducía un taxi, y otro iba disfrazado de mozo de cuerda. Este último tomó las maletas de los enviados de Al Capone y las llevó hasta el taxi. Cuando los pistoleros de Chicago entraron en el vehículo, Brasi y otro de sus hombres se precipitaron detrás de ellos, pistola en mano, y los obligaron a tenderse en el suelo. El taxi se dirigió a un almacén cercano a los muelles. Brasi lo había previsto todo.

Los dos hombres de Capone fueron atados de pies y manos. Luego les metieron sendas toallas pequeñas en la boca, para que no pudieran gritar, y seguidamente Brasi les ordenó que se pusieran de cara a la pared. Entonces cogió una barra de hierro y empezó a golpear con fuerza los pies de uno de ellos, hasta rompérselos. A continuación hizo lo mismo con las piernas y las rodillas. Finalmente, lo golpeó en el pecho y el vientre. Brasi era muy fuerte, pero tuvo que descargar muchos golpes para conseguir su propósito. Naturalmente, a los primeros golpes la víctima había caído al suelo en medio de un gran charco de sangre y trozos de carne. Cuando Brasi se volvió hacia el segundo hombre, vio que no tendría necesidad de machacarlo a golpes. El hombre, por imposible que parezca, se había tragado la pequeña toalla. Cuando la policía realizó la autopsia para determinar las causas de la muerte, encontraron la toalla en su estómago.

Pocos días después, en Chicago, Capone recibió de Vito Corleone el siguiente mensaje: «Ahora ya sabe usted cómo trato a mis enemigos. ¿Por qué un napolitano tiene que interferir en una pelea entre dos sicilianos? Si desea tenerme por amigo, sepa que le debo un favor y que estoy dispuesto a pagárselo en cuanto me lo pida. No dudo que un hombre como usted sabe muy bien lo beneficioso que es tener un amigo que, en lugar de pedir ayuda, se ocupa de sus propios asuntos y siempre está dispuesto a ayudar. Si no quiere aceptar mi amistad, dejemos las cosas como están. Pero permita que le diga una cosa: el clima de Nueva York es húmedo y muy malo para los napolitanos. Por ello le aconsejo que no venga aquí ni de visita.»

La arrogancia de esta carta había sido calculada. El Don consideraba que Capone era un estúpido, un simple asesino. Sus espías le habían informado de que había perdido toda su influencia política a causa de su arrogancia y del infantil exhibicionismo de su riqueza. El Don sabía, y estaba en lo cierto, que sin influencia política, sin el camuflaje de la sociedad, el mundo de Capone, como muchos otros, podía ser fácilmente destruido. Sabía que Capone se encaminaba a su destrucción, y también sabía que la influencia de éste no se extendía más allá de los límites de la ciudad de Chicago, si bien allí era verdaderamente enorme.

La táctica tuvo éxito. No tanto por su ferocidad como por la rapidez con que había reaccionado el Don. De un hombre tan inteligente sólo cabía esperar que sus siguientes movimientos fuesen peligrosos. Por lo tanto, era mucho mejor aceptar su amistad. Capone respondió que no intervendría en la lucha entre Vito Corleone y Salvatore Maranzano.

Las fuerzas estaban ahora niveladas. Y luego de humillar a Capone, Vito Corleone se había ganado un enorme «respeto» en el mundo del hampa de todo el país. Durante seis meses superó a Maranzano. Se apoderó del control del juego, hasta entonces bajo la protección de su enemigo, y obligó al organizador de lotería más importante de Harlem a entregarle toda la recaudación de un día... Combatía a sus enemigos en todos los frentes. En la industria de la confección, Clemenza y sus hombres se pusieron del lado de los trabajadores, en contra de Maranzano. Gracias a su superior inteligencia y organización siempre resultaba vencedor. La ferocidad de Clemenza, que Corleone utilizaba convenientemente, fue también un factor importante. Más tarde, Don Corleone envió a Tessio y sus hombres a la caza del propio Maranzano.

Maranzano había enviado mensajeros para comunicar al Don que deseaba la paz. Vito Corleone se negó a recibirlos, pretextando las más diversas excusas, y los soldados de Maranzano comenzaron a abandonar a su jefe, pues no deseaban morir por una causa perdida. Los apostadores y usureros pagaban ahora tributo a la organización de Corleone. Pero la guerra no había terminado.

En la Nochevieja de 1933, Tessio consiguió penetrar en las defensas de Maranzano. Los lugartenientes de éste, ansiosos como estaban de abandonar la lucha, se mostraron dispuestos a entregar su jefe al enemigo. Le dijeron que se había concertado una entrevista con Corleone en un restaurante de Brooklyn, y lo acompañaron en calidad de guardaespaldas. Le dejaron sentado a una mesa, malhumorado, mordisqueando un trozo de pan, y luego salieron del restaurante, mientras entraban Tessio y cuatro de sus hombres. La ejecución fue rápida y segura. Maranzano, con la boca llena de pan a medio masticar, fue acribillado a balazos. La guerra había terminado.

El imperio de Maranzano fue incorporado al de Corleone. El Don estableció un nuevo sistema de pago de tributos, pero dejó que todos los jugadores, loteros, apostadores y usureros siguieran con su negocio. Además, puso el pie en el sindicato de trabajadores del ramo de la confección, cosa extremadamente importante según se demostró años después. Sin embargo, justo cuando los negocios iban viento en popa, el Don comenzó a tener problemas familiares.

Santino Corleone, Sonny, tenía dieciséis años y medía más de un metro ochenta de estatura. Sus hombros eran anchos y su cara sensual, aunque en modo alguno afeminada. Al contrario que su hermano Fredo, un muchacho tranquilo, Santino siempre se metía en líos. Se peleaba continuamente y era un pésimo estudiante. Un día, Clemenza, en su calidad de padrino de Santino, se decidió a informar a Don Corleone. Santino acababa de tomar parte en un robo a mano armada, y a Clemenza el hecho le parecía una estupidez, pues la cosa pudo haber terminado muy mal. Sonny había sido el jefe, naturalmente; los otros se habían limitado a seguirlo.

Fue una de las pocas veces en que Don Corleone perdió el control de sí mismo. Tom Hagen llevaba tres años viviendo en su casa, y Don Corleone preguntó a su *caporegime* si el muchacho huérfano había tomado parte en el robo. Clemenza respondió que no, y Don Corleone envió un coche a buscar a Santino, con órdenes de que lo llevaran a sus oficinas de la Genco Pura Olive Oil Company.

Por vez primera, el Don fue derrotado. A solas con su hijo, dio rienda suelta a su ira, reprendiendo muy duramente a Sonny en dialecto siciliano, el mejor de los lenguajes cuando se trataba de expresar ira y enfado. Terminó su diatriba preguntando:

—¿Con qué derecho cometiste ese robo? ¿Qué es lo que te llevó a hacer semejante locura?

Sonny, de pie delante de su padre, se negó a responder. El Don, en tono de desdén, prosiguió:

—Eres un estúpido. ¿Qué has ganado? ¿Cincuenta dólares? ¿O fueron sólo veinte? ¿Y para eso arriesgaste tu vida?

Como si no hubiera oído las últimas palabras, Sonny dijo, en tono de desafío:

—Vi cómo matabas a Fanucci.

El Don se sentó en su silla, decidido a esperar a que su hijo siguiera hablando:

—Cuando Fanucci salió de la casa, mamá me dijo que ya podía subir. Vi cómo te dirigías al terrado y te seguí. Fui testigo de todo lo que hiciste. También vi cómo te deshacías de la cartera y de la pistola.

—Bien —dijo el Don—. Así pues, no tengo derecho a decirte lo que debes hacer. ¿No quieres seguir estudiando? ¿No quieres ser abogado? Los abogados pueden robar más dinero con una cartera, que un millar de hombres enmascarados y con pistolas.

Sonny sonrió y dijo:

—Quiero entrar en los negocios familiares. —Cuando vio que su padre permanecía impasible, que no se echaba a reír, añadió, con ligereza—: Puedo aprender a vender aceite de oliva.

El Don siguió sin responder. Finalmente, al ver que su hijo ya no tenía nada más que decir, sentenció:

—Cada hombre tiene su destino.

No añadió que el hecho de que hubiese sido testigo de la muerte de Fanucci había decidido el destino de su hijo. Se limitó a concluir con voz tranquila:

—Ven mañana por la mañana, a las nueve. Genco te dirá lo que debes hacer.

Pero Genco Abbandando, con la perspicacia obligada en todo *consigliere*, se dio cuenta de los verdaderos deseos del Don, y destinó a Sonny como guardaespaldas de su padre. Desde aquel puesto, el muchacho podría aprender las complejidades inherentes al título de Don. Por otra parte, el empleo de Sonny puso al descubierto el instinto profesoral de aquél, que se aplicó en aconsejar a su hijo mayor para que se convirtiera en un hombre de provecho.

Además de su a menuda repetida teoría de que cada hombre tiene trazado de antemano su destino, el Don reprendía de forma constante a Sonny por sus juveniles arrebatos de ira. Consideraba que las amenazas eran peligrosísimas y que la ira, si no había sido previamente meditada, era todavía más perjudicial que aquéllas. Nadie había visto al Don proferir amenazas abiertas contra persona alguna, nadie le había visto jamás irritado. Y, claro, trataba de que Sonny fuera como él. No se cansaba de repetirle que lo mejor era que el enemigo sobrestimara los fallos de uno y, mucho más, que los amigos subestimaran las virtudes.

El *caporegime* Clemenza se ocupó de que Sonny aprendiese a disparar, y también a manejar el garrote. Por cierto que al muchacho no le gustaba el muy italiano garrote, pues sus americanizados gustos hacían que se inclinara por la sencilla, impersonal y anglosajona pistola, lo que entristecía a Clemenza. Así pues, Sonny se convirtió en el constante acompañante de su padre. Se ocupaba de conducir su coche y lo ayudaba en mil pequeños detalles. Durante los dos años siguientes pareció que Sonny era uno de los tantos muchachos de su edad que, en todo el mundo, comenzaban a adentrarse en los negocios del padre. No demostraba una inteligencia fuera de lo corriente, no se tomaba las cosas demasiado en serio, y parecía contentarse con el trabajo que le había sido asignado.

Mientras, su amigo de siempre y semihermanastro, Tom Hagen, iba a la universidad, Fredo asistía al instituto, Michael, el hermano menor, estaba todavía en la escuela primaria, y la pequeña Connie acababa de cumplir tan sólo cuatro años de edad. Hacía ya tiempo que la familia se había mudado a un piso situado en el Bronx. Don Corleone tenía intención de comprar una casa en Long Island, pero quería que la compra encajara con otros planes que maduraba.

Vito Corleone era un hombre con amplitud de miras. Todas las grandes ciudades de América se habían convertido en campos de batalla donde contendían los reyes de los bajos fondos. Las luchas entre bandas rivales eran el pan de cada día; algunos hombres ambiciosos querían tomar parte en el reparto de los beneficios que el vicio proporcionaba, mientras que otros, como el mismo Corleone, sencillamente deseaban conservar lo que ya tenían. En medio de este caos, Don Corleone se dio cuenta de que los periódicos y los políticos utilizaban aquellas luchas y matanzas para obtener leyes más rigurosas y métodos policíacos más duros. Incluso llegó a pensar que la indignación pública podía poner en peligro el sistema democrático, cosa que sería fatal para él y otros como él. Su imperio era sólido, al menos desde un punto de vista interno, por ello decidió que lo primero que debía hacer era conseguir la paz entre las diversas facciones de Nueva York, y luego hacerla extensible a la nación.

Sabía perfectamente que la misión que se había impuesto era muy peligrosa. Durante un año se dedicó a entrevistarse con una serie de jefes de las bandas de Nueva York; los sondeó hábilmente, supo cuáles eran sus aspiraciones, les propuso esferas de influencia que serían respetadas por todos, y también les habló de la creación de un comité de grandes jefes. Pero había demasiadas facciones, demasiados intereses opuestos. El acuerdo era imposible. Como otros grandes caudillos y legisladores de la historia, Don Corleone decidió que la paz sería una quimera hasta que el número de «reyes» y «estados» quedara reducido a una cifra más manejable.

Había cinco o seis «Familias» demasiado poderosas para ser eliminadas, pero el resto, como los terroristas de la Mano Negra, los usureros independientes, los apostadores que operaban sin la protección de las autoridades, tendrían que desaparecer. Y así, Don Corleone montó lo que podía considerarse una especie de guerra colonial, en la que puso todos los recursos de su organización.

Llevó tres años pacificar Nueva York, pero valió la pena. Al principio, las cosas presentaron mal aspecto. Un grupo de pistoleros irlandeses, a los que el Don se había propuesto exterminar, estuvieron a punto de echarlo todo a rodar el día en que uno de ellos, con valentía suicida, atravesó el cordón que protegía al Don y le disparó un tiro en el pecho. El autor del atentado fue acribillado a balazos de inmediato, pero el daño ya estaba hecho.

No obstante, el incidente hizo que Santino Corleone tuviese su oportunidad. Con su padre fuera de circulación, Sonny se puso al mando de un grupo, su propio *regime*, con el grado de *caporegime*, y como un nuevo Napoleón demostró sus grandes cualidades para la lucha en la ciudad. También demostró una extrema crueldad, la carencia de la cual había sido el único defecto de Don Corleone como conquistador.

De 1935 a 1937, Sonny Corleone adquirió una gran reputación como el ejecutor más cruel que había conocido el mundo del hampa. Sin embargo, había otro hombre que le superaba en crueldad: el terrible Luca Brasi.

Fue Brasi quien se encargó del resto de los pistoleros irlandeses, a quienes eliminó personalmente y uno a uno, y él solo quien, cuando una de las seis Familias más poderosas trató de convertirse en protectora de los independientes, asesinó a su jefe a modo de advertencia. Poco después el Don se recobró de su herida e hizo la paz con aquella Familia.

En 1937, la paz y la armonía reinaban en la ciudad de Nueva York, a excepción, claro está, de pequeños incidentes y malentendidos que en ocasiones terminaban de forma dramática. Del mismo modo que los jefes de las ciudades de la antigüedad siempre vigilaban con ansiedad a las tribus bárbaras que merodeaban por las cercanías, Don Corleone nunca perdía de vista el mundo que rodeaba al suyo propio. Se fijó en la fulgurante carrera de Hitler y el nacionalsocialismo, en la actitud alemana con respecto a Inglaterra en Múnich. Vio claramente que la guerra era inevitable, e intuyó las consecuencias de todo tipo que ello acarrearía. Su mundo particular sería más inexpugnable que antes, aparte de que, además, se le presentaba la ocasión de convertir en realidad eso de que cualquier hombre avispado puede, en tiempo de guerra, hacerse rico rápidamente. Don Corleone, que ya era rico, podría acumular más riqueza aún. Para ello, sin embargo, era necesario que en su mundo particular reinara la paz.

Don Corleone llevó su mensaje a través de Estados Unidos. Conferenció con compatriotas en Los Ángeles, San Francisco, Cleveland, Chicago, Filadelfia, Miami y Boston. En 1939 era el apóstol de la paz del mundo del hampa, y hay que reconocer que alcanzó un éxito extraordinario. Consiguió llegar a establecer acuerdos —que al igual que la Constitución de Estados Unidos respetaban por entero la autoridad interna de cada miembro en su estado o ciudad— con las más poderosas organizaciones de los bajos fondos del país. Tales acuerdos se referían solamente a esferas de influencia, y tendían únicamente a asegurar la paz en dicho medio.

Fue así como Don Corleone logró que tanto en el momento de estallar la Segunda Gran Guerra, en 1939, como en el de la intervención de Estados Unidos en ella, en 1941, reinaran la paz y el orden en su mundo. Había conseguido tenerlo todo dispuesto para recoger la dorada cosecha, en igualdad de condiciones con todas las demás industrias de la repentinamente activa y próspera América. La familia Corleone intervenía en el suministro ilegal de bonos de comida, en los cupones de gasolina, etc. Tenía poder suficiente para conseguir contratos de guerra y adquirir, en el mercado negro, los materiales necesarios para las firmas del ramo de la confección que carecían de materias primas suficientes por no haber obtenido contratos gubernamentales. Incluso podía lograr que los jóvenes de la organización se libraran de ser movilizados —después de todo, ¿qué tenían que hacer en una guerra extranjera?— gracias a la ayuda de los médicos que indicaban las drogas que debían tomar los futuros soldados antes de someterse a reconocimiento, y también gracias a su facultad para colocar a sus hombres en puestos clave dentro de la industria bélica.

El Don podía sentirse satisfecho. El mundo era un oasis de paz para todos aquellos que habían jurado lealtad a su persona, mientras para otros muchos que creían en la ley y el orden era un infierno donde se moría como una rata. Lo único que le disgustaba era que su hijo menor, Michael, se hubiera negado a recibir ayuda y hubiera insistido en alistarse como voluntario en la Marina, al igual que hicieron algunos de los miembros más jóvenes de la organización, ante el asombro del Don. Uno de ellos, tratando de explicar a su *caporegime* el motivo de su decisión, dijo:

—Este país se ha portado bien conmigo.

Cuando el Don se enteró de esta razón, le espetó al *caporegime*.

—¡También yo me he portado bien con él!

Quienes lo habían «traicionado» alistándose en el ejército lo habrían pasado muy mal si no hubiese sido porque, al perdonar a su hijo Michael, el Don se sintió obligado a hacer lo propio con ellos, a pesar de lo deplorable que consideraba su conducta.

Una vez terminada la guerra, Don Corleone comprendió que nuevamente tendría que cambiar sus métodos para adaptarse, en parte, al sistema imperante en el mundo exterior. Y creía que sería capaz de hacerlo sin que disminuyeran sus beneficios.

Tenía buenas razones para confiar en su propia experiencia. Dos asuntos de carácter personal lo habían puesto en el buen camino. Años atrás, el entonces joven Nazorine, que era sólo un ayudante de panadero que estaba a punto de casarse, le había pedido ayuda. Él y su futura esposa, una buena chica italiana, habían ahorrado dinero y habían pagado la enorme suma de trescientos dólares al propietario de una mueblería que les habían recomendado. El comerciante les dejó escoger todo lo que quisieron para amueblar el piso. Un bonito y macizo juego de dormitorio, con sus mesillas de noche y sus lámparas, el tresillo, muy bonito también, con su sofá y sus dos butacas, y otras cosas. Nazorine y su prometida habían disfrutado de veras escogiendo lo que más les gustaba de entre una enorme cantidad de muebles. El vendedor tomó el dinero que los novios habían ahorrado con mucho esfuerzo, y les prometió que esa misma semana les enviaría el pedido.

Al cabo de pocos días, sin embargo, la mueblería había ido a la bancarrota y los acreedores se habían quedado con todas las existencias. Entretanto, el propietario había desaparecido. Nazorine fue a ver a su abogado, quien le dijo que nada podía hacerse hasta que los tribunales decidieran, y comprendió que para que esto ocurriera podían pasar tres años o más, en cuyo caso podría darse por satisfecho si conseguía recuperar diez centavos por dólar, pues el activo del **mueblista** debía repartirse entre todos los acreedores.

Vito Corleone no daba crédito. No era posible que la ley permitiera un robo semejante. El propietario de la mueblería vivía en una hermosa casa, poseía una finca en Long Island, un lujoso automóvil, y enviaba a sus hijos a la universidad. ¿Cómo era posible que, teniendo los trescientos dólares, no hubiese enviado los muebles al pobre Nazorine? Vito Corleone no dudaba de la palabra de Nazorine, pero hizo que Genco Abbandando, a través de los abogados de la Genco Pura, se asegurara de ello.

Resultó que la historia de Nazorine era completamente cierta. El propietario de la mueblería tenía toda su fortuna personal a nombre de su esposa. Su negocio de muebles era una sociedad de responsabilidad limitada, por lo que no se le podía responsabilizar como ente individual. Su mala fe había sido evidente, pero no se trataba de un caso aislado; eran muchos los comerciantes que, cuando les convenía, se declaraban en quiebra, perjudicando así a mucha gente. Legalmente, nada podía hacerse por el pobre Nazorine.

Como es natural, el asunto no tardó en resolverse. Don Corleone envió a su *consigliere*, Genco Abbandando, a hablar con el mueblista y éste, que no tenía un pelo de tonto, comprendió enseguida. Nazorine tuvo sus muebles. Ésa fue para el todavía joven Vito Corleone una valiosa lección.

El segundo incidente tuvo repercusiones mucho más amplias. En 1939, Don Corleone decidió llevar a su familia a vivir fuera de la ciudad. Como cualquier otro padre, quería que sus hijos asistieran a las mejores escuelas y se relacionaran con compañeros de clases altas. Además, por razones personales deseaba el anonimato que podía procurarle la vida en el extrarradio, donde su reputación no era conocida. Adquirió la propiedad de Long Beach, que tenía entonces cuatro casas de nueva planta y terreno suficiente para construir otras varias. Sonny estaba formalmente comprometido con Sandra y no tardarían en casarse, con lo que una de las casas sería para ellos. Otra, para el Don. La tercera sería para Genco Abbandando y su familia, mientras que la última permanecería, por el momento, desocupada.

Una semana después de que las tres casas fueran ocupadas, llegó un camión con tres hombres que dijeron ser inspectores municipales y que debían comprobar el estado del sistema de calefacción. Uno de los jóvenes guardaespaldas del Don los dejó pasar y los acompañó hasta el sótano donde se encontraba la caldera. El Don, su esposa y Sonny estaban en el jardín, descansando y disfrutando de la brisa marina.

Cuando el guardaespaldas lo llamó, Don Corleone hizo un gesto de disgusto. Los tres individuos, todos muy corpulentos, estaban alrededor de la caldera. La habían desmontado, y las piezas se hallaban esparcidas por el suelo.

El jefe de los «inspectores», un sujeto muy autoritario, dijo al Don:

—Esta caldera está en muy mal estado. Si quiere que se la arreglemos y volvamos a montársela, le costará ciento cincuenta dólares. Sólo entonces podremos dar el visto bueno a su sistema de calefacción. —Sacó del bolsillo un papel rojo y añadió—: Ponemos un sello en esta hoja y usted ya no tiene por qué preocuparse. El ayuntamiento no volverá a molestarlo.

El Don encontraba aquello muy divertido. Desde hacía unos días se sentía aburrido, ya que a causa de la mudanza no había podido ocuparse de sus negocios. En un inglés con más acento italiano de lo que era corriente en él, preguntó:

—Y si no pago, ¿qué ocurrirá con mi calefacción?

—Se la dejaremos como está: desmontada —repuso el jefe, señalando las piezas desperdigadas.

—Aguarden, ahora les voy a pagar —dijo el Don, humildemente. Salió al jardín y dijo a Sonny—: Escucha, hay tres hombres trabajando en la caldera de la calefacción. No sé qué es lo que realmente quieren. Encárgate del asunto.

No era una simple broma. Tenía la intención de convertir a su hijo en su lugarteniente, y ésa era una de las pruebas por las que tendría que pasar antes de recibir el nombramiento.

La solución que dio Sonny al asunto no gustó a su padre. Fue demasiado directa, es decir, carente de la sutileza siciliana. En cuanto hubo oído la petición del «inspector jefe», sacó la pistola e hizo que los tres hombres pusieran las manos en alto. Luego ordenó a algunos de los guardaespaldas de su padre que les dieran de bastonazos, y a continuación los obligó a montar de nuevo la caldera y limpiar el sótano. Finalmente los interrogó, y cuando se hubo enterado de que trabajaban en una lampistería de Suffolk County, les pidió el nombre de su patrón y antes de dejarlos marchar les espetó en tono amenazador:

—Y que no vuelva a veros por Long Beach, si no queréis pasarlo mal.

Aquello de extender su protección a la comunidad en que vivía sería un rasgo típico del joven Santino hasta que se hiciera mayor y más cruel. Sonny llamó al lampista para decirle que se abstuviera de mandar «inspectores» a la zona de Long Beach, y se preocupó de que, tan pronto como la familia Corleone hubo entablado «amistad» con la policía local, le fueran comunicados los numerosos delitos de todo tipo que se cometían en la zona. Al cabo de un año, Long Beach se había convertido en la ciudad más segura de Estados Unidos. Se conminó a los jugadores profesionales y los pistoleros a largarse de allí, y sólo se les consentía un acto delictivo. Si reincidían, desaparecían. Se avisaba cortésmente a extorsionadores, matones, «inspectores municipales» y demás que no serían bien recibidos en Long Beach. Y los que no hacían caso del aviso eran salvajemente apaleados. En cuanto a los jóvenes que no se mostraban respetuosos con la ley y las autoridades, se lo advirtió paternalmente que les convenía cambiar de conducta. Long Beach se convirtió en una ciudad modelo.

Lo que más impresionó al Don fue que estafas como la de la caldera de la calefacción estuviesen legalmente avaladas. De pronto comprendió con claridad las mil oportunidades que para un hombre de su talento existían en aquel otro mundo, que antes había estado cerrado para él, como lo seguiría estando para todos los hombres honrados. Se dispuso a aprovechar al máximo las oportunidades que se le ofrecían al respecto. Y vivió feliz en su finca de Long Beach, consolidando y engrandeciendo su imperio, hasta que, una vez terminada la guerra, *el Turco* Sollozzo quebró la paz, obligando al Don a librar su guerra particular, una guerra que lo condujo a un lecho de hospital.

CUARTA PARTE

15

En aquella pequeña población de New Hampshire, las amas de casa, que no paraban de atisbar detrás de las ventanas, y los tenderos, siempre alertas a los rumores que corrían, captaban de inmediato cualquier cosa rara que ocurriese.

Kay Adams, una chica pueblerina a pesar de su educación, miraba también lo que sucedía al otro lado de la ventana de su dormitorio. Había estado preparándose para los exámenes, y cuando se disponía a bajar al comedor para cenar, vio un automóvil que subía por la calle. No se sorprendió en absoluto cuando el vehículo se detuvo delante del jardín de su casa y de él salieron dos hombres muy corpulentos, con aspecto de gángsters de película, según le pareció. La muchacha bajó rápidamente por las escaleras para ser la primera en llegar a la puerta principal, pues estaba segura de que eran enviados de Michael o de su familia, y no quería que hablaran con su padre o su madre. No es que se avergonzase de los amigos de Mike; lo que ocurría era que sus padres eran personas anticuadas, yanquis de Nueva Inglaterra que no comprenderían que su hija conociese siquiera a hombres como aquellos.

Llegó a la puerta justo en el momento en que sonaba el timbre.

—Yo abriré —dijo dirigiéndose a su madre.

Abrió la puerta y se encontró frente a los dos hombres. Uno de ellos metió la mano por debajo de la chaqueta, como si fuera a sacar la pistola, y Kay no pudo evitar dar un respingo. El hombre, sin embargo, extrajo una cartera de cuero. La abrió y mostró a la muchacha una tarjeta de identificación.

—Soy el detective John Phillips, del Departamento de Policía de Nueva York. Éste es mi compañero, el detective Siriani. ¿Es usted la señorita Kay Adams?

Ante el asentimiento de Kay, Phillips prosiguió:

—¿Podemos pasar? Quisiéramos hablar con usted acerca de Michael Corleone. Sólo serán unos minutos.

Kay se hizo a un lado para permitirles entrar, y en ese momento apareció su padre en el pequeño salón que conducía a su estudio.

—¿Quién es, Kay? —preguntó.

El padre de Kay, un hombre de cabello gris, delgado y de aspecto distinguido, no sólo era pastor de la iglesia bautista de la ciudad, sino que tenía fama, en los círculos religiosos, de ser un erudito. Kay no conocía muy bien a su padre, pero sabía que lo amaba, y aun cuando éste nunca se había mostrado particularmente interesado en los asuntos de ella ni la relación entre ambos se caracterizaba por su calidez, Kay confiaba en él. Por ello, se limitó a decir:

—Estos hombres son detectives del Departamento de Policía de Nueva York. Quieren hacerme algunas preguntas acerca de un muchacho que conozco.

El señor Adams no pareció sorprenderse.

—¿Por qué no pasamos a mi estudio? —propuso.

—Si no le importa, preferiríamos hablar con su hija a solas —repuso Phillips, con amabilidad.

—Bueno, eso depende de Kay, supongo —contestó el señor Adams, cortésmente—. ¿Quieres hablar a solas con estos señores, o prefieres que yo esté presente? ¿O quizá tu madre?

—A solas, si no te importa, papá —respondió Kay.

Dirigiéndose a Phillips, el señor Adams dijo:

—Pueden pasar a mi estudio. ¿Se quedarán ustedes a almorzar?

Los dos hombres declinaron la invitación sacudiendo la cabeza, y Kay los condujo al estudio.

Kay se sentó en el sillón de su padre, mientras los dos detectives lo hacían en el borde del sofá. Phillips fue el primero en hablar.

—Señorita Adams, ¿ha visto o sabido algo de Michael Corleone durante las tres últimas semanas?

La muchacha se puso en guardia. Tres semanas atrás había leído en los periódicos de Boston la noticia del asesinato de un capitán de la policía de Nueva York y de un traficante de narcóticos llamado Virgil Sollozzo. Los periódicos decían que la familia Corleone estaba relacionada con el asunto.

—No. La última vez que lo vi, hace aproximadamente un mes, Michael Corleone se dirigía al hospital a ver a su padre.

—Estamos enterados de este encuentro —intervino el otro detective, en tono áspero—. ¿Le ha visto o ha sabido algo de él desde entonces?

—No —contestó Kay.

El detective Phillips, muy educadamente, dijo:

—Si sabe algo de él, le ruego que nos lo comunique. Es de la mayor importancia que nos pongamos en contacto con Michael Corleone. Debo advertirle, señorita, que si se relaciona con él puede verse en una situación muy peligrosa, y si lo ayuda, del modo que sea, tendrá problemas con la policía.

—¿Y por qué no debo ayudarlo? Vamos a casarnos, y una mujer casada tiene el deber de ayudar a su marido, creo yo.

—Si lo ayuda —repuso el detective Siriani—, es muy posible que se haga cómplice de un asesinato. Buscamos a su amigo porque asesinó a un capitán de la policía de Nueva York y a un informador con el que éste estaba en contacto. Sabemos que el asesino es Michael Corleone.

Kay se echó a reír. Su risa era tan espontánea, reflejaba tanta incredulidad, que los dos policías se quedaron sin saber qué pensar.

—Mike no puede haberlo hecho —dijo ella—. Nunca ha tenido nada que ver con su familia. Cuando fuimos a la boda de su hermana, vi claramente que sus parientes lo trataban como a un extraño. Si ahora se oculta, será porque no desea publicidad, porque no quiere verse envuelto en todo este asunto. Mike no es un gángster. Le conozco mucho mejor que cualquier otra persona, incluidos ustedes. Es un hombre demasiado sensible para hacer algo tan horrible. Es la persona más amante de la ley que conozco y, que yo sepa, jamás ha dicho una sola mentira.

El detective John Phillips, siempre cortés, preguntó:

—¿Cuánto tiempo hace que lo conoce?

—Más de un año.

Kay quedó sorprendida al ver que los dos hombres esbozaban una sonrisa.

—Creo que hay algunas cosas que debería usted saber —dijo Phillips—. La noche en que se encontró con usted Michael Corleone fue al hospital. Al salir tuvo un incidente con un capitán de la policía que había ido al mismo hospital en misión de servicio. Agredió al oficial, pero llevó la peor parte. Concretamente, la discusión le costó una rotura de mandíbula y la pérdida de algunos dientes. Sus amigos lo llevaron a la finca que la familia Corleone posee en Long Beach. La noche siguiente al incidente el capitán con el que se había peleado el día anterior fue asesinado, y Michael Corleone desapareció. Tenemos nuestros contactos, nuestros informadores. Todos coinciden en señalar a Michael Corleone, pero carecemos de pruebas. El camarero que fue testigo de los asesinatos es incapaz de identificarlo mediante una fotografía, pero tal vez podría reconocerlo personalmente. También tenemos al conductor del automóvil de Sollozzo, que se niega a hablar, pero lograríamos hacerle cantar si tuviéramos a Michael Corleone en nuestro poder. Así pues, todos nuestros hombres lo están buscando, al igual que está haciendo el FBI. Hasta ahora no hemos tenido suerte. Por eso hemos pensado que tal vez usted podría ayudarnos.

—No creo una sola de sus palabras —dijo Kay, fríamente. No obstante, se sentía un poco inquieta, pues lo de la mandíbula y los dientes quizá fuera cierto. Aun así, se negaba a creer que su Mike fuera un asesino.

—Si sabe algo, ¿nos lo comunicará? —preguntó Phillips.

Kay negó con la cabeza. El otro policía, Siriani, dijo en tono rudo:

—Sabemos que usted y Michael tienen relaciones íntimas. Contamos con testigos y, además, los registros del hotel no mienten. Si proporcionamos esta información a los periódicos, su padre y su madre se sentirán muy avergonzados, ¿no lo cree, señorita? Unas personas tan respetables como ellos no podrían resistir la noticia de que su hija es la amante de un gángster. Si insiste en no hablar, voy a llamar ahora mismo a su padre.

Kay lo miró con expresión de sorpresa. Luego se levantó y abrió la puerta del estudio. Vio a su padre de pie junto a la ventana de la sala, fumando su pipa.

—Papá, ¿puedes venir un momento?

El señor Adams entró en el estudio. Pasó el brazo alrededor de la cintura de su hija y dijo:

—¿Sí, caballeros?

Al no obtener respuesta, Kay se dirigió al detective Siriani, en tono gélido:

—Vamos, oficial, hable.

Siriani carraspeó antes de decir:

—Señor Adams, no quiero que me comprenda mal. Lo que voy a explicarle es en bien de su hija. Es amiga de un individuo del que tenemos fundadas razones para creer que asesinó a un oficial de la policía. Acabo de decirle que puede verse en serios problemas, a menos que coopere con nosotros. Pero ella no parece darse cuenta de la gravedad del asunto. Tal vez usted consiga hacerla entrar en razones.

—Eso es completamente increíble —dijo el señor Adams.

—Su hija y Michael Corleone han estado saliendo juntos durante más de un año —puntualizó Siriani—. Han pasado más de una noche juntos en diversos hoteles, inscribiéndose siempre como marido y mujer. Buscamos a Michael Corleone para interrogarlo en relación con la muerte de un oficial de la policía. Su hija se niega a proporcionarnos cualquier información. Éstos son los hechos. Para usted serán increíbles, pero tengo pruebas.

—No dudo de su palabra, señor —dijo el señor Adams, amablemente—. Lo que no puedo creer es que mi hija se encuentre metida en problemas. A menos que usted esté sugiriendo que ella es la «compañera» de un maleante.

Kay miró asombrada a su padre. No podía creer que se tomara el asunto tan a la ligera.

El señor Adams, en tono firme, añadió:

—No obstante, tengan la seguridad de que si ese joven aparece por aquí, informaré de inmediato a las autoridades. Y mi hija hará lo mismo. Ahora, por favor, discúlpennos; se nos está enfriando la comida.

Acompañó a los dos policías hasta la puerta y una vez que hubieron salido cerró ésta a sus espaldas. Tomó a Kay del brazo y la condujo hasta la cocina, que estaba en el extremo opuesto de la casa.

—Vamos, hija; tu madre nos está esperando para comer.

Al llegar a la cocina, Kay estaba llorando silenciosamente, conmovida por la afectuosa actitud de su padre. Su madre simuló no reparar en ello, por lo que Kay supuso que su padre le había hablado de la conversación con los detectives. Una vez sentados a la mesa, el señor Adams bendijo la comida como siempre lo hacía.

La señora Adams era una mujer fuerte y de baja estatura, muy sencilla en el vestir y muy aseada. Kay nunca la había visto desaliñada. También su madre se había mostrado siempre bastante distante con respecto a ella, y en ese momento su actitud no era distinta de la normal.

—Deja de dramatizar, Kay. No olvides que el muchacho ha sido educado en Dartmouth. Es imposible que esté complicado en algo tan sórdido.

—¿Cómo sabes que Mike ha estado en Dartmouth? —preguntó Kay, sorprendida.

—Vosotros, los jóvenes, pensáis que sois muy listos. Lo hemos sabido desde el principio, pero no podíamos decírtelo mientras tú no nos hablaras de ello.

—Pero ¿cómo lo supisteis? —insistió Kay. No se atrevía a mirar a su padre, ahora que éste sabía que ella y Mike habían dormido juntos. Por ello no pudo ver su sonrisa al decir:

—Muy sencillo. Abrimos tus cartas.

Kay estaba horrorizada y furiosa. Lo miró a los ojos. Lo que él había hecho era aún más vergonzoso que el pecado de ella. Nunca hubiera podido creer algo así de un hombre como su padre.

—Dime que no es cierto. No puedo creerlo de vosotros, papá.

El señor Adams sonrió beatíficamente y dijo:

—Sí, consideré qué pecado sería mayor, si abrir tu correo o ignorar cualquier posible mal paso tuyo. Y la elección fue sencilla, además de virtuosa.

—Después de todo, hija mía —intervino la señora Adams—, eres terriblemente inocente para tu edad. Teníamos que estar enterados. Y tú nunca nos dijiste una sola palabra.

Por primera vez Kay se alegró de que Michael nunca hubiera sido muy afectuoso en sus cartas, y se alegró también de que sus padres no hubieran visto algunas de las cartas que ella le había escrito.

—Si no os hablé de él fue porque creí que no os gustaría su familia —se justificó Kay.

—Y no nos gusta —dijo el señor Adams, medio en broma—. Dime Kay, ¿has sabido algo de él últimamente?

—No. Y estoy segura de que no ha hecho nada malo.

Vio que sus padres cambiaban una mirada de complicidad. Luego, el señor Adams dijo, amable como siempre:

—Si no es culpable y ha desaparecido, entonces cabe la posibilidad de que le haya ocurrido algo.

De momento, Kay no comprendió. Luego se levantó de la mesa y corrió a su habitación.

Tres días después, Kay Adams bajó de un taxi ante la alameda de los Corleone, en Long Beach. Había telefoneado anunciando su visita. Salió a recibirla Tom Hagen, lo que la decepcionó, pues sabía que Hagen no le diría nada.

En la sala de estar, Tom le sirvió una copa. Kay había visto a un par de hombres dando vueltas por la casa, pero ninguno de ellos era Sonny. Decidida a ir directamente al grano, preguntó a Tom Hagen:

—¿Sabe usted dónde está Mike? ¿Sabe dónde puedo encontrarle?

—Sabemos que está bien, pero no dónde se encuentra. Cuando se enteró de que aquel capitán había sido asesinado, tuvo miedo de que lo acusaran. Por eso decidió desaparecer. Me dijo que volvería dentro de unos meses.

Tom Hagen mentía, pensó Kay, y no intentaba disimularlo.

—¿Es cierto que el capitán le rompió la mandíbula?

—Me temo que sí. Pero Mike nunca ha sido vengativo. Estoy convencido de que eso nada tuvo que ver con lo sucedido.

Kay abrió su bolso y sacó una carta.

—¿Quiere entregársela a Mike, si se pone en contacto con usted?

Hagen sacudió la cabeza.

—Si yo aceptara esta carta y usted se lo dijera a un tribunal, éste quizá supusiera que sé dónde se encuentra. ¿Por qué no tiene usted un poco de paciencia? Estoy seguro de que Mike no tardará en dar señales de vida.

Kay terminó su bebida y se levantó, dispuesta a marcharse. Hagen la acompañó hasta la puerta y, cuando estaba a punto de abrirla, entró una mujer de baja estatura, vestida de negro. Kay la reconoció de inmediato. Era la madre de Michael.

—¿Cómo está usted, señora Corleone? —dijo Kay, estrechándole la mano.

Los pequeños ojos negros de la mujer se clavaron en ella como dardos. Fue sólo por un breve instante. Luego, en aquella cara arrugada y amarillenta apareció una sonrisa, leve pero amistosa.

—Tú eres la amiga de Mike, ¿verdad?

La señora Corleone hablaba con un acento italiano tan fuerte que a Kay le resultaba difícil entender sus palabras.

—¿Comes algo? —preguntó la madre de Mike.

Kay negó con la cabeza, para dar a entender que no quería comer nada, pero la señora Corleone se volvió hacia Tom Hagen, airada, y le gritó algo en italiano, terminando con estas palabras en inglés:

—Ni siquiera has ofrecido café a esta pobre muchacha. ¡Eres una *disgrazia*!

Tomó a Kay de la mano, y la condujo a la cocina. La mano de la señora Corleone era sorprendentemente cálida y enérgica.

—Toma café y come algo. Luego haré que te acompañen a tu casa. No quiero que una muchacha tan bonita como tú vaya en tren.

Hizo sentar a Kay y colocó el abrigo y el sombrero de ésta encima de una mesa. Luego empezó a moverse por la cocina, y al cabo de unos segundos había en la mesa pan, queso y salami, y en el hornillo se estaba calentando el café.

—He venido a preguntar por Mike —dijo Kay tímidamente—, pues hace días que no tengo noticias de él. El señor Hagen me ha confesado que nadie sabe dónde está. También me ha dicho que no tardará en volver.

Hagen habló antes de que lo hiciera la señora Corleone:

—Es lo único que podemos decirle por el momento, mamá.

La señora Corleone le dirigió una mirada desdeñosa y le espetó:

—¿Es que vas a decirme lo que tengo que hacer? Mi marido, Dios vele por él, nunca se ha comportado así conmigo. —Acto seguido se persignó.

—¿Qué tal está el señor Corleone? —preguntó Kay.

—Bien. Pero se está haciendo viejo, y pienso que nunca debería haber permitido que le ocurriera algo así. Los años le están restando facultades.

La señora Corleone hizo un gesto como queriendo indicar que su marido estaba loco. Sirvió café para ambas y obligó a la muchacha a comer un poco de pan y queso. Una vez terminado el café, tomó entre las suyas una de las manos de Kay y, con voz amable, dijo:

—Mira, querida, Mike no te escribirá, y no sabrás nada de él. Estará oculto durante dos o tres años, tal vez más, tal vez mucho más. Ve a tu casa, busca un buen muchacho y cásate.

Kay sacó la carta de su bolso.

—¿Tendrá usted la bondad de enviarle esto?

La anciana tomó la carta y acarició la mejilla de Kay.

—Lo haré, no te preocupes —dijo.

Hagen inició una protesta, pero la señora Corleone le atajó, gritando unas palabras en italiano. Luego acompañó a Kay hasta la puerta, le dio un beso en la mejilla y dijo:

—Olvida a Mike, querida. Ya no es hombre para ti.

Fuera, un coche esperaba a Kay, con dos hombres en el asiento delantero. La acompañaron hasta su hotel, en Nueva York, sin pronunciar una sola palabra en todo el trayecto. Tampoco Kay habló. Intentaba hacerse a la idea de que el hombre al que había amado era un asesino. Y lo sabía de muy buena fuente: por su madre.

16

Carlo Rizzi estaba profundamente resentido con el mundo. Tras casarse con una Corleone, había sido arrinconado al frente de un ínfimo negocio de apuestas en el Upper East Side de Manhattan. Él aspiraba a una de las casas de la finca de Long Beach. Había esperado que el Don ordenara desalojar una de las casas, cualquiera de ellas, para entregársela a Connie y a él. De haber sido así, habría vivido en contacto directo con el estado mayor de la Familia. Pero Don Corleone no lo trataba bien, nunca lo había hecho. El «gran Don», pensó con amargura. Su «grandeza» no había impedido que fuera objeto de un atentado en plena calle. ¡Ojalá se muriera! Sonny siempre había sido amigo suyo, y si se convertía en jefe de la Familia quizá se acordara de él.

Miró a su esposa, mientras ésta le servía una taza de café. ¡Dios, quién lo hubiera dicho! Sólo llevaban cinco meses de matrimonio y ya empezaba a engordar y a regañarlo. Todas las italianas de Nueva York eran iguales, pensó Carlo.

Palpó las anchas caderas de Connie, que sonrió complacida, y en tono burlón le dijo:

—Tienes más jamón que un cerdo.

Le gustaba mortificar a su mujer, disfrutaba cuando veía lágrimas en sus ojos. Por muy hija del gran Don Corleone que fuese, también era su esposa, y ahora que le pertenecía podía tratarla como le diese la gana. Ejercer su dominio sobre un miembro de la familia Corleone, aunque fuera femenino, le daba una sensación de poder.

Ya desde el principio la trató como consideraba que debía hacerlo. Connie había intentado guardar para sí la bolsa que contenía el dinero que le habían regalado el día de la boda, pero él le había propinado una bofetada y le había quitado la bolsa. Nunca le explicó qué había hecho con el dinero. Si lo hubiese hecho, se habría visto en problemas. Aún ahora sentía un poco de remordimiento. ¡Eran casi quince mil dólares, y se los había gastado en apuestas y mujeres!

Se daba cuenta de que Connie estaba mirándole la espalda, por lo que tensó los músculos, mientras intentaba alcanzar los buñuelos que estaban al otro lado de la mesa. Acababa de comer huevos con tocino, pero un hombre tan corpulento como él necesitaba comer mucho. Carlo estaba muy satisfecho de su propio aspecto. No era el clásico marido gordo y moreno, sino que era rubio y musculoso, ancho de hombros y estrecho de cintura; y más fuerte que cualquiera de los tipos supuestamente duros que trabajaban para la Familia, gente como Clemenza, Tessio, Rocco Lampone y Paulie Gatto, a quien alguien acababa de enviar al otro mundo. Luego, sin saber por qué, pensó en Sonny. También podía vencer a Sonny, a pesar de que éste era un poco más alto y corpulento que él. Lo que le amedrentaba era la reputación de Sonny, aunque a él siempre le había parecido un muchacho de carácter muy campechano. Sí, Sonny era su amigo. Si el Don moría, las cosas mejorarían.

Carlo terminó su café. Odiaba el piso en que vivía. Estaba acostumbrado a las viviendas del Oeste, más espaciosas. Dentro de poco tendría que ir al otro extremo de la ciudad, a su «oficina», para las apuestas del mediodía. Era domingo, el día más ajetreado de la semana: primero el béisbol, después el baloncesto, y por la noche las carreras de caballos. Advirtió que Connie se estaba moviendo detrás de él y volvió la cabeza para mirarla.

La mujer se estaba vistiendo como solían hacerlo las

italianas de Nueva York, con ese estilo que a él tanto le disgustaba: un vestido estampado, cinturón, un brazalete muy vistoso, pendientes y unas mangas guarnecidas con volantes. Parecía veinte años más vieja.

—¿A dónde diablos vas ahora? —le preguntó Carlo.

—A Long Beach, a ver a mi padre —respondió Connie, fríamente—. Todavía no puede levantarse de la cama y necesita compañía.

Carlo sentía curiosidad.

—¿Sonny todavía está al frente?

Connie le dirigió una mirada irónica.

—¿Al frente de qué, si puede saberse? —preguntó.

Carlo Rizzi se puso furioso.

—No me hables en este tono, maldita zorra, o le pegaré una patada al crío que llevas en la barriga.

Ella lo miró, asustada, y esto enfureció todavía más a Carlo, que, sin pensárselo dos veces, le dio una sonora bofetada. A la primera siguieron otras tres. Al ver que el labio superior de su esposa se hinchaba y sangraba, Carlo dejó de pegarle. No quería que quedaran huellas en su rostro. Connie corrió hacia el dormitorio, cerró de un portazo y echó la llave. Carlo soltó una carcajada y se sirvió más café.

Estuvo fumando hasta que llegó el momento de vestirse. Entonces llamó a la puerta y dijo:

—Abre, si no quieres que eche la puerta abajo.

Al no obtener respuesta, añadió:

—Vamos, abre. Tengo que vestirme.

Oyó que su esposa se levantaba de la cama, se acercaba a la puerta y, a continuación, la abría. Al entrar en la habitación, Carlo vio que su esposa volvía a acostarse.

Carlo Rizzi se vistió rápidamente y advirtió que Connie sólo llevaba puestas las bragas. A él le interesaba que visitase a su padre, pues confiaba en que a su regreso trajera información, pero ella no quería ir.

—¿Qué te pasa ahora? ¿Es que unas pocas bofetadas bastan para quitarte todas las fuerzas?

No había remedio. Se había casado con una mujer odiosa y perezosa.

—No quiero ir —respondió ella entre sollozos.

Carlo la obligó a mirarlo, y entonces vio por qué Connie no deseaba ir, y pensó que realmente era mejor que no lo hiciese.

Se había excedido un poco. Tenía la mejilla izquierda y el labio superior hinchados.

—De acuerdo, pero hoy regresaré tarde. El domingo es el día en que hay más trabajo.

Salió del piso y encontró una multa sujeta con el parabrisas del coche. Era de quince dólares y por aparcamiento indebido. La metió en la guantera, junto con las demás. Estaba de buen humor. Cuando acababa de pegar a su mujer siempre se sentía mejor; al hacerlo disminuía, sin que él se diera cuenta, la frustración que sentía por verse tratado tan desdeñosamente por los Corleone.

La primera vez que la había abofeteado se sintió un poco preocupado. Ella se había dirigido de inmediato a Long Beach, a quejarse a sus padres y mostrarles su ojo amoratado. Pero, sorprendentemente, a su regreso Carlo se encontró con la clásica esposa italiana, sumisa y obediente. Entonces se propuso ser un marido perfecto. Durante varias semanas la trató con deferencia, siempre amable y cariñoso, y todos los días, por la mañana y por la noche, le hacía el amor. Finalmente, Connie, que pensaba que su marido no volvería a golpearla, le contó lo que había ocurrido.

Connie había recibido la desagradable sorpresa de que sus padres no parecían dar importancia alguna a la conducta de Carlo. A lo máximo que llegó su madre fue a decirle al Don que hablara con Carlo Rizzi. Pero él se había negado, arguyendo:

—Es mi hija, pero ahora pertenece a su marido. Él sabe cuál es su deber. Ni siquiera el rey de Italia se atrevería a mezclarse en las relaciones entre marido y mujer.

Vete a tu casa, Connie, y aprende a comportarte de forma que tu marido no tenga que pegarte.

Connie, airada, había replicado:

—¿Has pegado tú alguna vez a tu esposa? —Era la favorita de su padre, por lo que podía permitirse el lujo de hablarle así.

—Tu madre nunca me ha dado motivos para hacerlo —había respondido Don Corleone, provocando con ello una complacida sonrisa de parte de su esposa.

Les explicó que su marido le había quitado la bolsa con el dinero que les habían regalado el día de su boda y nunca había querido explicarle qué había hecho con el dinero.

—Yo habría hecho lo mismo que él —dijo Don Corleone—, si mi esposa hubiese sido tan presuntuosa como tú.

No le quedó otro remedio que volver a casa, desilusionada y un poco asustada. Siempre había sido la favorita de su padre, y no atinaba a comprender la frialdad de éste.

Pero el Don no se había tomado el asunto tan a la ligera como había pensado su hija. Después de algunas averiguaciones, supo lo que había hecho Carlo Rizzi con el dinero que les habían regalado el día de su boda. Hizo espiar a Carlo por algunos hombres, quienes recibieron órdenes de informar a Hagen de todo cuanto hiciera como corredor de apuestas. ¿Cómo podía esperarse que Carlo, temiendo como indudablemente temía a los Corleone, dejara de portarse como un buen marido? Era imposible; y el Don, claro está, no se atrevía a intervenir. Luego, cuando su hija quedó embarazada, Don Corleone se convenció de la sabiduría de su decisión y, además, sintió que tampoco podría intervenir en el futuro, aun cuando Connie se quejara a su madre de que su marido seguía pegándole de vez en cuando. Connie incluso llegó a insinuar la posibilidad de solicitar el divorcio. Por primera vez en su vida, el Don se enfadó con ella.

—Es el padre de tu hijo —señaló—. ¿Qué crees que puede llegar a ser un niño sin padre?

Cuando Carlo Rizzi se enteró de todo esto, se sintió más seguro. No tenía nada que temer. Un día confesó a sus dos empleados, Sally Rags y Coach, que pegaba a su esposa cuando ésta se ponía tonta, y se sintió encantado de que ambos lo mirasen con respeto. Había que ser muy hombre para atreverse a levantar la mano contra la hija del gran Don Corleone.

Pero Rizzi no habría estado tan tranquilo si hubiese sabido lo furioso que se había puesto Sonny Corleone al enterarse de las palizas que recibía su hermana. Si no hizo nada fue porque el Don, a quien ni siquiera Sonny se atrevía a desobedecer, le ordenó que no moviera un solo dedo en favor de Connie. Luego, Sonny procuró evitar a Rizzi, pues si se lo hubiera encontrado frente a frente, difícilmente hubiese conseguido dominar su temperamento.

Sintiéndose, pues, perfectamente seguro, aquella mañana de domingo Carlo Rizzi se dirigió a su trabajo, en el East Side. No vio el coche de Sonny, que venía en dirección opuesta, camino de su casa.

Sonny Corleone había abandonado la protección de la finca para pasar la noche en la ciudad con Lucy Mancini. En ese momento regresaba a Long Beach, escoltado por cuatro guardaespaldas, dos en un coche, delante del suyo, y dos en otro, detrás. No necesitaba a nadie a su lado, pues se sentía capaz de hacer frente él solo a cualquier asaltante. Los cuatro hombres viajaban en sus propios vehículos y tenían sus pisos a los lados del apartamento de Lucy, de modo que no corría peligro alguno al visitar a la chica, sobre todo teniendo en cuenta que lo hacía muy de vez en cuando. Ahora que estaba en la ciudad iría a recoger a Connie para llevarla a Long Beach, pensó Sonny. Sabía que Carlo estaría trabajando, y tenía la certeza de que el muy cabrón se había llevado el automóvil.

Esperó a que los dos hombres que iban en el coche de delante se apearan y entraran en el edificio, y luego los siguió. Vio que la pareja que iba detrás bajaba del automóvil y miraba a un lado y otro de la calle. También él mantenía los ojos bien abiertos. Era prácticamente imposible que sus adversarios se hubieran enterado de su escapada a la ciudad, pero convenía mantenerse alerta. Se trataba de una lección que había aprendido durante la guerra de los años treinta.

Nunca utilizaba ascensores. Eran trampas mortales. Subió deprisa por las escaleras que conducían al piso de Connie, situado en la octava planta, y llamó a la puerta. Había visto salir a Carlo, por lo que tenía la seguridad de que su hermana estaría sola. No hubo respuesta. Volvió a llamar, y momentos después oyó la voz tímida y asustada de Connie, que preguntaba:

—¿Quién es?

El tono de voz de su hermana asombró a Sonny. Ella siempre había sido la más descarada y altanera de la familia. ¿Qué le había ocurrido?

—Soy Sonny.

Connie abrió la puerta y, sollozando, se echó en brazos de su hermano. Tan sorprendido quedó éste, que no supo qué hacer. Luego, al observar el rostro de Connie no necesitó preguntar por qué lloraba.

Se dispuso a bajar corriendo por las escaleras para ir en busca de Carlo. Estaba furioso. Connie lo abrazó con fuerza, para impedirle marchar, pues lo conocía y sabía lo que haría. Temía la reacción de su hermano, por eso nunca le había mencionado los malos tratos de que era objeto por parte de su marido.

—Ha sido culpa mía —dijo Connie—. He intentado pegarle, y por eso me ha zurrado. Sé que no quería hacerme daño. Créeme, la culpa ha sido sólo mía.

Sonny ya había recuperado el control de sí mismo.

—¿Hoy irás a ver a papá? —preguntó. Al no obtener respuesta, prosiguió—: Si quieres ir, te llevo. No me cuesta nada. He tenido que venir a la ciudad por otros asuntos.

—No quiero que me vea así, Sonny. Iré la semana que viene.

—De acuerdo. —Sonny se acercó al teléfono de la cocina y marcó un número—. Voy a llamar a un médico. Quiero que te cure la cara. En tu estado, debes tener cuidado. ¿Para cuándo esperas al niño?

—Para dentro de dos meses. No llames a nadie, Sonny, te lo ruego.

Sonny se echó a reír, y con expresión deliberadamente cruel, dijo:

—No te preocupes. No convertiré a tu hijo en huérfano antes de que nazca.

Le dio un beso en la mejilla herida y salió del piso.

En la calle 112 Este había una doble fila de coches aparcados frente a la pastelería que servía de «oficina» a Carlo Rizzi. En la acera, los padres jugaban con sus hijos, a quienes habían llevado a pasear, aprovechando al mismo tiempo para hacer sus apuestas. Cuando vieron llegar a Carlo Rizzi, los hombres dejaron de jugar con los niños —comprándoles helados de vainilla para mantenerlos quietos—, y seguidamente empezaron a estudiar las posibles combinaciones ganadoras de la jornada de béisbol.

Carlo entró en la amplia sala situada en la parte trasera de la pastelería. Sus dos «escribientes», el pequeño y nervioso Sally Rags y el fornido Coach, lo tenían todo dispuesto para empezar la jornada. Frente a ellos tenían unas libretas rayadas en las que anotaban las apuestas. En una pizarra adosada a la pared, estaban escritos los nombres de los dieciséis equipos de la liga de béisbol, debidamente emparejados para que se supiera quién se enfrentaría con quién. Junto a la inscripción de cada encuentro figuraban también ocho cuadros destinados a escribir los posibles resultados.

—¿Está conectado con el nuestro el teléfono de la tienda? —le preguntó Carlo a Coach.

—No, ya lo hemos desconectado —respondió Coach.

Carlo se acercó a la pared en la que estaba el teléfono y marcó un número. Sally Rags y Coach lo contemplaron impasibles, mientras anotaba las probabilidades de cada encuentro. Cuando hubo colgado el auricular, los dos hombres procedieron a anotar en la pizarra los números que Carlo había recogido por teléfono. Aunque Carlo lo ignoraba, Rags y Coach ya habían efectuado también una llamada, para asegurarse de que aquél había transcrito fielmente los datos que le habían sido transmitidos. En la primera semana de su trabajo como corredor de apuestas, Carlo se había equivocado al escribir las probabilidades en la pizarra, y no convenía que volviera a ocurrir, ya que el único que perdía en esos casos era el corredor. Si un jugador apostaba de acuerdo con un pronóstico falseado, y luego apostaba otra vez, con otro corredor, de acuerdo con el pronóstico correcto, no podía perder. Aquel fallo de Carlo supuso una pérdida de seis mil dólares, lo que confirmó la opinión que el Don tenía de su yerno. Aquel día ordenó que en adelante el trabajo de éste fuera debidamente comprobado.

Normalmente, los miembros más importantes de la familia Corleone nunca se hubieran ocupado de semejantes detalles. Había por lo menos cinco escalones entre ellos y Carlo Rizzi. Pero ya que el negocio de apuestas era, ante todo, una prueba para éste, se encontraba bajo la supervisión directa de Tom Hagen, a quien Sally Rags y Coach tenían que informar a diario, por escrito.

Los apostadores entraron en la sala dispuestos a jugar. Algunos llevaban a sus hijos de la mano. Un hombre que acababa de apostar fuerte, dijo, cariñosamente, a la niña que lo acompañaba:

—¿Quiénes te gustan más, cariño, los Gigantes o los Piratas?

La niña, fascinada por los pintorescos nombres de los equipos, contestó:

—¿Los Gigantes son más fuertes que los Piratas, papá?

El hombre se echó a reír.

La gente empezó a colocarse frente a los dos empleados. Cuando uno de éstos acababa de llenar una hoja, la arrancaba de la libreta, envolvía el dinero con ella y lo entregaba a Carlo. Éste salió de la estancia, subió por unos escalones, entró en la vivienda ocupada por el propietario de la pastelería y su familia, y metió el dinero en una caja fuerte oculta por una cortina. Luego, tras quemar la hoja de las apuestas y echar las cenizas en la taza del váter, regresó a la habitación de la parte trasera de la tienda.

Ninguno de los partidos del domingo empezaba antes de las dos de la tarde, pues la ley lo prohibía. Por ello, después de la primera oleada de apostantes, venía una segunda compuesta por padres de familia que, antes de volver a casa a recoger a los suyos para ir a la playa, tenían que hacer a toda prisa sus apuestas. Venían a continuación los jugadores solteros y aquellos que, por no serlo, condenaban a su familia a pasarse la tarde del domingo en casa a pesar del calor. Los apostadores solteros eran los que jugaban más fuerte. Muchos de ellos, además, volvían a las cuatro para apostar también en los segundos encuentros, cuando los había. Ellos eran los culpables de que Carlo tuviera que hacer horas extras los domingos, aunque algunos hombres casados llamaban desde la playa para apostar en estos segundos encuentros y tratar así de recuperar el dinero perdido en los primeros.

A la una y media de la tarde la actividad era poca, por lo que Carlo y Sally Rags pudieron salir un rato a tomar el aire en la acera, junto a la pastelería. Se entretuvieron mirando jugar a los niños. Pasó un coche de la policía, pero no se preocuparon: su negocio estaba muy bien respaldado, y nada había que temer. Además, llegado el caso le habrían avisado con tiempo suficiente.

Coach salió a reunirse con ellos y estuvieron charlando un rato sobre béisbol y mujeres.

—Hoy he vuelto a pegarle a mi mujer —dijo Carlo alegremente—. He tenido que recordarle quién es el que manda.

—Supongo que ya debe de estar bastante gruesa, ¿no? —comentó Coach, en tono de desaprobación.

—Sí, desde luego. Pero sólo le he dado unas cuantas bofetadas. No le he hecho daño. Mira, lo que pasa es que se cree con derecho a mandarme, y eso es algo que no estoy dispuesto a tolerar.

Había por allí varios hombres hablando de béisbol y discutiendo sobre si tal equipo era mejor o peor que tal otro. Lo de cada domingo. De pronto, los niños que jugaban en la calle subieron corriendo a la acera. Un coche que venía a toda velocidad se detuvo adelante de la pastelería, y fue tan brusco el frenazo que los neumáticos chirriaron. El conductor saltó del vehículo con tanta rapidez que todos quedaron paralizados. Era Sonny Corleone.

Su cara era la imagen misma de la cólera. No había pasado un segundo cuando ya tenía a Carlo Rizzi agarrado por el cuello. Trató de arrojarlo a la calzada, pero éste se aferró con toda la fuerza de sus musculosos brazos a la barandilla de hierro de la pequeña escalera que conducía a la entrada de la pastelería, tratando al mismo tiempo de ocultar su cara para protegerla de las manos de Sonny.

Lo que siguió fue tremendo. Sonny empezó a pegarle puñetazos mientras lo insultaba a voz en grito, y Carlo no ofreció resistencia alguna, pese a su fuerza física, ni dijo una sola palabra. Coach y Sally Rags no se atrevieron a intervenir. Estaban convencidos de que Sonny quería matar a su cuñado, y no deseaban compartir su suerte. Los niños seguían en la acera, a cierta distancia, disfrutando del espectáculo. Eran muchos, algunos de ellos bastante mayores, y estaban acostumbrados a pelear, pero no se atrevían a moverse. Llegó otro coche, ocupado por dos guardaespaldas de Sonny, quienes al ver lo que ocurría se quedaron quietos como todos los demás, aunque dispuestos a intervenir en el caso de que algún inconsciente se decidiera a ayudar a Carlo.

Lo más penoso de todo era la absoluta sumisión de Carlo, si bien ésta quizá le salvó la vida. Seguía aferrado a la barandilla y sin devolver un solo golpe, a pesar de que era casi tan fuerte como su cuñado. En un momento dado Sonny pareció calmarse un poco. Jadeaba, al borde del agotamiento, y le dolían las manos de tanto golpear. Entonces, dirigiéndose al maltrecho Carlo, dijo:

—Y ahora escúchame, maldito cabrón: si vuelves a pegar a mi hermana, te mataré. ¿Lo has oído?

Estas palabras hicieron que disminuyese la tensión reinante. Si Sonny hubiera tenido intención de matarlo, no las habría pronunciado. Y bien que lamentaba Sonny no poder acabar con Carlo. Éste no se atrevió a mirarlo. Mantenía la cabeza gacha, sus manos se aferraban todavía a la barandilla, y no se movió ni siquiera cuando su cuñado se hubo marchado. Coach, con su voz paternal, le dijo:

—Venga, Carlo, entremos en la tienda.

Sólo entonces Carlo Rizzi se atrevió a moverse. Al ponerse de pie vio que los muchachos que habían estado jugando lo miraban con la expresión propia de quienes han sido testigos de la degradación de un ser humano. Estaba semi inconsciente, pero más por el miedo que por los golpes. En realidad, no presentaba ninguna herida seria, a pesar de la lluvia de puñetazos que había recibido. Dejó que Coach le acompañara a la habitación trasera de la tienda, y una vez allí se aplicó hielo en el rostro, que si bien no sangraba estaba completamente enrojecido. El miedo que había pasado, unido a la humillación, lo hizo vomitar. Coach lo sostenía como si estuviera borracho. Luego lo ayudó a subir a la vivienda y a acostarse en uno de los dormitorios. Carlo no se había dado cuenta de la desaparición de su otro «escribiente».

Sally Rags había ido a la Tercera Avenida, y desde allí llamó a Rocco Lampone para contarle lo sucedido. Rocco acogió la noticia con calma y de inmediato telefoneó a su *caporegime*, Pete Clemenza. Éste exclamó:

—¡Ese maldito temperamento de Sonny!

Pero antes de proferir esta exclamación había tapado con la mano el auricular, de modo que Lampone no lo oyó.

Clemenza llamó a la mansión de Long Beach y pidió por Tom Hagen, quien tras enterarse de lo ocurrido hizo una pausa y dijo:

—Envía algunos coches a la carretera de Long Beach, sólo por si Sonny se ve envuelto en algún accidente de tráfico o en una discusión con algún conductor. Cuando se enfada no es dueño de sus actos. Además, es posible que nuestros «amigos» se hayan enterado de que está en la ciudad. Nunca se sabe.

En tono de duda, Clemenza contestó:

—Antes de que mis hombres se pongan en marcha, Sonny habrá llegado a su casa. Y lo que vale para mis hombres, vale también para los Tattaglia.

—Ya lo sé —replicó Hagen, pacientemente—, pero si algo sucediera, Sonny se encontraría solo. Haz lo que puedas, Pete.

De mala gana, Clemenza llamó a Rocco Lampone y le indicó que enviara a algunos hombres con sus coches a la carretera de Long Beach. En cuanto a él, subió a su amado Cadillac y, con tres de los hombres que guardaban su casa, salió en dirección a Nueva York.

Uno de los que habían estado en los alrededores de la pastelería, un apostador que era a la vez confidente de la familia Tattaglia, llamó a su contacto. Pero como la familia Tattaglia no se había preparado para la guerra, y la transmisión de informes era lenta y laboriosa en tiempos de paz, el contacto tuvo que atravesar varias barreras para acceder al *caporegime* que podía hablar con el jefe de la Familia. Para entonces, Sonny Corleone hacía ya largo rato que había llegado sano y salvo a la casa de Long Beach, donde debería enfrentarse con la cólera de su padre.

17

La guerra de 1947 entre la familia Corleone y la coalición de las Cinco Familias resultó ser muy costosa para ambos bandos. Y todo se complicó debido a la presión ejercida por la policía, interesada en resolver el asunto de la muerte del capitán McCluskey. Casi todos los policías estaban al corriente de que el juego y el vicio en general gozaban de protección en las más altas esferas, pero ante el asesinato de uno de ellos de nada servía la influencia de los políticos. En un caso así los policías actuaban por su cuenta, como si se tratara de una cuestión personal.

La falta de protección perjudicó menos a la familia Corleone que a sus adversarios. Sus ingresos se basaban sobre todo en los beneficios del juego y sus ramificaciones. Quienes se vieron especialmente afectados por la nueva situación fueron, más que la Familia en sí, los «encargados» de recoger apuestas ilegales. Cuando uno de ellos caía en alguna de las continuas redadas de la policía, solía recibir una buena paliza antes de ser encerrado. Incluso fueron descubiertos algunos «bancos», lo que supuso grandes pérdidas financieras, y los «banqueros» se quejaron a los *caporegimi*, que a su vez trasladaron las quejas a los jefes de la Familia. Pero nada se podía hacer. Los «banqueros» —que eran verdaderos *pezzonovante*— recibieron órdenes de cesar en sus negocios, y todas las operaciones del rico territorio de Harlem fueron encomendadas a los «independientes» negros de la zona, que operaron de forma tan disimulada que a la policía le resultaba casi imposible descubrirlos.

Después de la muerte del capitán McCluskey, algunos periódicos publicaron reportajes acerca de la relación que había existido entre el policía asesinado y Sollozzo. Por ejemplo, presentaron pruebas —suministradas por Tom Hagen— de que poco antes de su muerte McCluskey había recibido grandes sumas de dinero en efectivo. El Departamento de Policía se negó a confirmar o negar la veracidad de tales pruebas, pero la información de la prensa empezaba a surtir efecto. La policía, a través de confidentes y colegas que estaban en la nómina de la familia Corleone, estaba cada vez más convencida de que McCluskey había sido un funcionario corrupto, que no sólo había aceptado dinero, sino que había aceptado el más sucio: el procedente del crimen y los narcóticos. Y de acuerdo con los principios morales de los policías, esto era imperdonable.

Hagen comprendió que la fuerza pública cree en la ley y el orden de forma muy inocente. Un policía cree en ellos más que la gente a la que sirve porque, después de todo, de la ley y el orden deriva ese poder personal que él ama tanto o más que el resto del mundo. Sin embargo, en el agente de policía late siempre una especie de resentimiento hacia la gente a la que sirve. Siendo al mismo tiempo su guardián y su servidor, como guardián resulta desagradable, ofensivo y exigente, mientras que como servidor es astuto, peligroso e hipócrita. Tan pronto como uno cae en manos de la fuerza pública, el mecanismo de la sociedad a la que el policía defiende pone en juego todos sus recursos para arrebatarle su presa. Las sentencias las dictan, en realidad, los políticos. Los jueces suspenden las sentencias dictadas contra los peores delincuentes. Los gobernadores de estados, e incluso el presidente, conceden indultos de los que se benefician aquellos a quienes sus abogados no han conseguido la libertad. Y así es como, después de un tiempo, el policía ha conseguido aprenderse la lección: ¿por qué no beneficiarse de los tributos que pagan muchos de esos delincuentes? El mismo policía lo necesita más que nadie. ¿Por qué sus hijos no pueden ir a la universidad? ¿Por qué su esposa no puede comprar en las tiendas más caras? ¿Por qué no puede su familia tomarse unas vacaciones en Florida? A fin de cuentas arriesga su vida a diario, y eso debe tener su premio.

Normalmente, sin embargo, el policía no acepta dinero sucio. Aceptará dinero de un corredor de apuestas o de un hombre que no quiere comprar tiques de aparcamiento; tolerará, por consideración, que las prostitutas ejerzan su oficio... Estos son vicios naturales en el hombre. Pero lo que no hará, en general, es aceptar dinero procedente de traficantes de drogas, de atracadores violentos, de violadores, asesinos, etc. En la mente del policía esto ataca el núcleo central de su autoridad personal, por lo que no debe permitirse, y mucho menos fomentarse.

La muerte de un capitán de policía era comparable a un regicidio. Pero cuando se supo que habían asesinado a McCluskey mientras se hallaba en compañía de un destacado traficante de drogas y comenzó a sospecharse que estaba involucrado en una conspiración para matar, el deseo de venganza de la policía decreció notablemente. Además, había apartamentos y automóviles que pagar, unos hijos que educar, y muchas otras necesidades. Sin dinero extra, el nivel de vida de los policías disminuiría. Los vendedores que carecían de licencia pagaban poco, y la cosa no podía seguir así. Algunos agentes empezaron a sacar dinero a los sospechosos que caían en sus manos (homosexuales, ladrones y demás). Finalmente, la actividad policíaca decreció. Después de elevar las tarifas, permitieron a las Familias reanudar sus operaciones. La nómina tuvo que ser confeccionada de nuevo, con los mismos nombres, pero con nuevas y más altas cifras. El orden había quedado restablecido.

La idea de emplear detectives privados para hacer guardia en la habitación del Don en el hospital, había sido de Hagen. Por supuesto, dichos detectives contarían con el formidable refuerzo de los hombres del *regime* de Tessio. Pero Sonny aún no estaba satisfecho. A mediados de febrero el Don ya podía moverse sin peligro, y fue llevado en una ambulancia a su casa de Long Beach. Su habitación recordaba la del hospital, pues durante su ausencia la habían equipado con los aparatos e instrumentos necesarios para hacer frente a cualquier emergencia. También se contrató a un grupo de enfermeras para que se turnaran en el cuidado del paciente, con el objeto de que éste estuviera debidamente asistido durante las veinticuatro horas del día. El doctor Kennedy, previo pago de unos altísimos honorarios, había decidido trabajar únicamente para el Don, al menos hasta que se le pudiera confiar al solo cuidado de las enfermeras.

La finca de los Corleone era inexpugnable. Las restantes casas fueron ocupadas por hombres de la organización, mientras que a los inquilinos habituales se los mandó de vacaciones a Italia, a sus pueblos natales, con todos los gastos pagados.

Freddie Corleone marchó a Las Vegas para recuperarse y preparar el terreno con vistas a la adquisición, por parte de la Familia, de un lujosísimo hotel-casino. Las Vegas formaba parte del imperio de la Costa Oeste, todavía neutral, y el Don de dicho imperio había garantizado la seguridad de Freddie. Las Cinco Familias de Nueva York no deseaban ganarse nuevos enemigos, por lo que decidieron dejar en paz a Freddie. Bastantes problemas tenían en su territorio.

El doctor Kennedy había prohibido que se hablara de negocios delante de Don Corleone, pero nadie hizo caso de esta orden. El Don insistió en que el «consejo de guerra» se celebrara en su habitación. Sonny, Tom Hagen, Pete Clemenza y Tessio se reunieron con él en cuanto llegó del hospital.

Don Corleone estaba demasiado débil para hablar, pero deseaba escuchar y ejercer el derecho de veto. Cuando le dijeron que Freddie estaba en Las Vegas para aprender el negocio de los casinos, hizo un gesto de aprobación. Cuando se enteró de que Bruno Tattaglia había muerto, su gesto fue de contrariedad. Pero lo que más le disgustó fue la noticia de que Michael había matado a Sollozzo y al capitán McCluskey y luego había marchado a Sicilia. Inmediatamente, Don Corleone les indicó que salieran de la habitación. Los cuatro hombres continuaron la sesión en la biblioteca.

Sonny Corleone se acomodó en la butaca situada detrás de la mesa.

—Creo que sería mejor dejarlo al margen de todo durante un par de semanas —dijo—, hasta que el médico decida que ya está en condiciones de dedicarse a los negocios. Quiero que todo se vuelva a poner en marcha cuanto antes. La policía ha encendido la luz verde. Lo primero que debemos arreglar es lo de las loterías de Harlem. Los negros ya se han divertido bastante; es hora de que nos devuelvan el negocio. Lo han hecho muy mal, todo lo hacen mal. Algunos ni siquiera pagaron a los apostantes que han ganado. Se pasean en sus Cadillac, pero no pagan a los que se juegan el dinero o, en el mejor de los casos, sólo les pagan la mitad. No me gusta que vistan tan bien. No me gusta verlos conducir coches nuevos. No me gusta que se nieguen a pagar. Y no me gusta que se dediquen al negocio, pues perjudican nuestra reputación. Ocúpate del asunto, Tom. Luego, cuando lo de Harlem esté en marcha, arreglaremos los otros asuntos.

—Algunos de los tipos de Harlem son muy duros —apuntó Tom Hagen—. Se han acostumbrado a ganar dinero a manos llenas. No querrán volver a su anterior situación.

—Confecciona una lista con sus nombres y entrégasela a Clemenza. Él se encargará de hacerles entrar en razón.

—No hay problema —dijo Clemenza dirigiéndose a Hagen.

Pero fue Tessio quien puso sobre el tapete la cuestión más importante, al decir:

—En cuanto empecemos a operar, las Cinco Familias iniciarán las hostilidades. Se echarán sobre nuestros loteros de Harlem y sobre nuestros corredores de apuestas del East Side. Incluso pueden tratar de hacernos la vida difícil en el ramo de la confección. Esta guerra va a costar una enorme cantidad de dinero.

—Tal vez se estén quietos —aventuró Sonny—. Saben que nuestra réplica sería contundente. Tengo razones para creer que tal vez se contenten con una indemnización por la muerte de Bruno.

—Estos últimos meses les han salido muy caros, y nos consideran responsables de ello —repuso Hagen—. Y tienen razón. Pienso que lo que quieren de nosotros es que entremos en el tráfico de drogas, aprovechando las influencias políticas de la Familia. En otras palabras, el trato de Sollozzo, pero sin Sollozzo. Aunque ellos no nos lo dirán hasta que nos hayan devuelto algunos de los golpes que les hemos asestado. Deben pensar que luego, cuando nos hayan ablandado un poco, estaremos dispuestos a escuchar sus propuestas en relación con las drogas.

—Nada de drogas —dijo Sonny ásperamente—. El Don ha dicho que no, y será no mientras él no ordene lo contrario.

—Entonces debemos enfrentarnos con un problema táctico —señaló Hagen—. Nuestro dinero está a la vista. Apuestas y lotería. Pueden herirnos con facilidad. Pero la familia Tattaglia tiene la prostitución y el sindicato de obreros portuarios. ¿Cómo podremos herirles nosotros? Algunas de las demás Familias se dedican un poco al juego, pero la mayor parte de sus ingresos procede, sobre todo, de la construcción y la usura. Además, controlan los sindicatos y obtienen los contratos gubernamentales. Su dinero no está en la calle. El *night-club* de los Tattaglia es demasiado famoso para que podamos actuar en él; el escándalo sería mayúsculo. Y con el Don fuera de combate, su influencia política iguala a la nuestra. El problema no es de fácil solución.

—Es mi problema, Tom —dijo Sonny—, y debo ser yo quien decida. Encárgate de que sigan las negociaciones. Reemprendamos nuestros negocios y esperemos a ver qué ocurre. Si lo que las Cinco Familias quieren es la guerra, pues la tendrán. Clemenza y Tessio tienen hombres suficientes para hacer frente a todos. Si es preciso, presentaremos batalla.

Con los «independientes» de Harlem no hubo problema. La policía se encargó de que abandonaran el negocio. Los negros nada pudieron hacer, pues por aquel entonces era prácticamente imposible que un hombre de color lograra sobornar a un policía, debido, más que nada, a los prejuicios raciales. Harlem siempre había sido considerado un problema de poca monta, y los hechos demostraron que así era, en efecto.

Las Cinco Familias golpearon en una dirección inesperada. Dos poderosos miembros del sindicato de la confección, pertenecientes a la familia Corleone, fueron asesinados. Seguidamente, los usureros de la familia Corleone fueron barridos de los muelles, así como los corredores de apuestas. Los estibadores se pasaron a las Cinco Familias. Los corredores de apuestas de los Corleone fueron amenazados para obligarlos a cambiar de bando. El más importante lotero de Harlem, un viejo amigo y aliado de la familia Corleone, resultó brutalmente asesinado. No había alternativa. Sonny dio a sus *caporegimi* la orden de presentar batalla.

La Familia adquirió dos apartamentos en la ciudad. Amueblarlos fue fácil, pues sólo se necesitaban colchones para que los hombres pudieran dormir, una nevera para la comida, armas y municiones. Clemenza y sus hombres ocuparon uno de los apartamentos; Tessio y los suyos, el otro. A todos los corredores de apuestas de la Familia se les asignaron guardaespaldas. En cuanto a los loteros de Harlem, se habían pasado al enemigo, así que por el momento nada podía hacerse contra ellos. Todo ello costó mucho dinero, y los ingresos eran escasos. Pasados unos meses, se hizo evidente que los Corleone llevaban las de perder. Con el Don todavía demasiado débil para intervenir, gran parte de la fuerza política de la Familia quedaba neutralizada. Además, los últimos diez años de paz habían debilitado seriamente las cualidades combativas de los dos *caporegimi*, Clemenza y Tessio. Clemenza seguía siendo un perfecto ejecutor de las órdenes que se le impartían, así como un buen administrador, pero había perdido capacidad de mando. En cuanto a Tessio, los años le habían ablandado demasiado. Respecto de Tom Hagen, a pesar de sus brillantes cualidades, no era el hombre indicado para ejercer el cargo de *consigliere* en tiempo de guerra. Su defecto principal consistía en no ser siciliano.

Sonny Corleone se daba perfecta cuenta de estos puntos débiles de la Familia, así como de que tales puntos débiles eran fatales en tiempo de guerra. Sin embargo, tenía las manos atadas; no podía hacer nada para cambiar las cosas. No era el Don, y sólo éste podía reemplazar a los *caporegimi* y al *consigliere*. Además, el hecho mismo de efectuar alguna sustitución entrañaba un peligro enorme, pues podía ser motivo de traición. Al principio, Sonny había pensado en luchar a la defensiva, a la espera de que el Don se pusiera al frente de las fuerzas de la Familia, pero con la deserción de los loteros y el miedo de los corredores de apuestas, la posición de los Corleone era cada vez más precaria. Tras reflexionar profundamente, Sonny decidió devolver golpe por golpe.

Atacaría el corazón mismo del enemigo. Planeó una gran maniobra táctica para acabar con la vida de los jefes de las Cinco Familias de una sola vez. A tal efecto, elaboró un completo sistema de vigilancia. Los jefes de las Familias no darían un solo paso sin ser espiados. Con lo que no contó Sonny fue con que, al cabo de una semana, pareció que a los jefes enemigos se los había tragado la tierra; dejaron de mostrarse en público.

Las Cinco Familias y el Imperio Corleone jugaban una dramática partida de ajedrez. ¿Quién conseguiría dar jaque mate?

18

Amerigo Bonasera vivía en la calle Mulberry, a pocas manzanas del lugar donde tenía la funeraria, y debido a ello iba cada día a cenar a su casa. Luego regresaba a su establecimiento y se unía a los familiares de los muertos que yacían en los severos y tristes salones.

Nunca había acabado de acostumbrarse a las bromas que muchos hacían acerca de su profesión. Naturalmente, ninguno de sus amigos o familiares se burlaba de él por este motivo. Para la gente acostumbrada a ganarse el pan con el sudor de su frente, todas las profesiones eran igualmente dignas de respeto.

El piso de los Bonasera estaba amueblado con un estilo austero. En el comedor había una figura de la Virgen María, iluminada con bombillas de color rojo. Antes de cenar, Amerigo encendió un Camel y se sirvió un vaso de whisky. Su esposa puso en la mesa dos humeantes platos de sopa. Ahora el matrimonio vivía solo; Bonasera había enviado a su hija a Boston, a casa de la hermana de su madre, para que pudiera olvidar la terrible experiencia sufrida a manos de los dos rufianes a quienes Don Corleone había castigado.

Mientras comían la sopa, su esposa le preguntó:

—¿Esta noche tienes que volver a trabajar?

Amerigo Bonasera asintió. Su esposa respetaba su trabajo, pero no entendía que el aspecto técnico fuera lo menos importante de su profesión. Ella pensaba, como la mayoría de la gente, que su marido cobraba para dar a los muertos un aspecto lo más agradable posible. Y su habilidad como maquillador era legendaria. Pero al parecer lo más importante era su presencia en los velatorios. Cuando la familia del fallecido llegaba por la noche para recibir a los parientes y amigos junto al ataúd, necesitaba que Amerigo Bonasera estuviera con ellos.

Se trataba del perfecto acompañante de la muerte. Con su expresión grave, aunque enérgica, y su voz suave, presidía el ritual. Acallaba las expresiones de dolor demasiado ruidosas, reprendía a los niños que alborotaban... Sus palabras de condolencia eran siempre como debían ser: ni frías, ni exageradas. Cuando una familia utilizaba una vez los servicios de Amerigo Bonasera, se convertía en cliente para siempre. Y él tenía por norma no abandonar a sus clientes en aquellas horas amargas.

Generalmente, después de cenar se permitía echar una breve siesta. Luego, se aseaba, se afeitaba, intentando disimular con polvos de talco su cerrada barba negra, y se lavaba los dientes (nunca olvidaba este detalle). Finalmente, se ponía una camisa inmaculadamente blanca, la corbata negra, el traje oscuro y los zapatos y calcetines negros. No obstante esta indumentaria, su aspecto no era triste, sino confortante. Se teñía el pelo —frivolidad increíble en un italiano de su generación—, pero no lo hacía por vanidad, sino, sencillamente, porque tenía muchas canas y consideraba no estaba a tono con su profesión.

Una vez terminada la sopa, su esposa le sirvió una chuleta y espinacas. No era hombre de mucho comer. Acabada la comida, tomó una taza de café y encendió otro cigarrillo. Entonces pensó en su pobre hija. Ya no volvería a ser la misma. Su belleza exterior había sido restaurada, pero ahora había en sus ojos un brillo de terror animal. A Amerigo le resultaba muy doloroso ver el cambio que se había operado en ella. Por eso la habían enviado a Boston. Tal vez allí volviera a ser la de antes. Las heridas físicas habían sanado; las morales también sanarían. Lo único definitivo era la muerte. Y su trabajo había hecho de él un optimista.

En cuanto hubo terminado su café, sonó el teléfono. Cuando él estaba en casa su esposa nunca contestaba al teléfono, por lo que, después de apagar el cigarrillo, se levantó y se dirigió a la sala de estar, donde se encontraba el aparato. Mientras atravesaba el corredor, se aflojó la corbata y empezó a desabrocharse la camisa como hacía siempre antes de tomar la siesta. Luego descolgó el auricular y dijo, en tono cortés:

—¿Sí?

La voz del otro extremo del hilo era áspera y dura.

—Soy Tom Hagen. Lo llamo de parte de Don Corleone.

Amerigo Bonasera sintió que el café pugnaba por subírsele del estómago a la boca. Hacía un año que estaba en deuda con Don Corleone, concretamente desde el día en que éste había castigado a los agresores de su hija. Y sabía que era una deuda que, tarde o temprano, tendría que pagar. Un año antes, al ver los ensangrentados rostros de los dos rufianes, hubiera hecho cualquier cosa por el Don. Pero el tiempo hace estragos en la gratitud, aún más que en la belleza. Ahora Amerigo Bonasera se sentía al borde del desastre.

—Sí, comprendo. Le estoy escuchando —dijo con voz temblorosa.

Le sorprendió la frialdad de la voz de Hagen. A pesar de no ser italiano, el *consigliere* siempre se había mostrado como un hombre cortés. ¿Por qué de pronto parecía tan brusco?

—Usted le debe un favor al Don —le dijo Hagen—. Él está seguro de que querrá pagárselo. Es más, está convencido de que le encantará tener la oportunidad de hacerlo. Dentro de una hora, no antes, irá a su funeraria. Le pedirá ayuda. Usted estará allí para recibirlo. Procure que no haya nadie más. De ser necesario, mande a sus empleados a casa. Si tiene algo que objetar, dígamelo, para que pueda informar al Don. Dispone de otros amigos a los que pedirle este favor.

—¿Cómo voy a negarme a hacerle un favor al Padrino? —dijo Bonasera, aterrorizado—. Haré cualquier cosa que me pida, desde luego. No he olvidado mi deuda. Ya mismo salgo para la funeraria.

—Gracias —repuso en tono más amable, aunque todavía con una nota extraña—. El Don nunca ha dudado de usted. Lo de si tenía algo que objetar ha sido cosa mía. Si complace usted al Don esta noche, podrá contar conmigo siempre que me necesite; se habrá ganado usted mi amistad.

Esto asustó todavía más a Amerigo Bonasera, que preguntó, inquieto:

—¿Es que vendrá el Don en persona?

—Sí.

—Eso significa que, gracias a Dios, ya se ha recuperado de sus heridas.

Después de una breve pausa, Hagen emitió un «sí» muy suave, y seguidamente colgó el auricular.

Bonasera sudaba a mares. Fue a su dormitorio y se cambió la camisa. Luego se lavó los dientes, pero no se afeitó ni se cambió la corbata. Telefoneó a la funeraria y dijo a su ayudante que se encargara de consolar a la familia del muerto de turno, indicándole además que utilizara la sala delantera. Le explicó que él estaría ocupado en la zona del laboratorio. Cuando el empleado empezó a hacerle preguntas, Bonasera le interrumpió y le dijo que se limitara a hacer lo que le ordenaba.

Se puso la chaqueta, y su esposa, que todavía estaba comiendo, lo miró sorprendida.

Amerigo le dijo, por toda explicación:

—Tengo trabajo.

La mujer, al ver la expresión de su cara, no se atrevió a hacerle preguntas. Bonasera salió de su casa y echó a andar en dirección a la funeraria.

El edificio estaba rodeado de una cerca. Un estrecho camino, destinado al paso de ambulancias y coches fúnebres, conectaba la calle con la parte trasera del inmueble.

Hacia allí se dirigió Bonasera, y mientras lo hacía vio a un grupo de gente que entraba por la puerta principal. Eran los familiares y amigos del muerto del día.

Muchos años atrás, cuando Bonasera había comprado el edificio a un colega que pensaba retirarse, la gente tenía que subir diez escalones para entrar en la funeraria. Esto había supuesto un problema considerable. Los deudos que querían ver por última vez al muerto, encontraban incómodo tener que subir por los escalones, sobre todo si se trataba de personas de edad avanzada. El anterior propietario los hacía subir en el montacargas destinado a los ataúdes y cadáveres. Descendía hasta el sótano para luego subir hasta la funeraria propiamente dicha, de modo que los deudos tenían que soportar unos momentos muy desagradables. Luego, cuando el dolorido anciano o la desesperada mujer querían marcharse, el montacargas lo llevaba hasta la planta baja, con lo que la penosa escena se repetía.

Amerigo Bonasera decidió que el sistema era inadecuado. Hizo quitar los escalones y en su lugar mandó construir un sendero inclinado, con lo que solucionó el problema. El montacargas lo destinó exclusivamente al traslado de los ataúdes y cadáveres.

En la parte posterior del edificio, separada del resto por una puerta a prueba de ruido, se hallaban el despacho, el almacén de ataúdes y el pequeño laboratorio. Bonasera fue al despacho, se sentó detrás de la mesa y, aunque casi nunca fumaba en el interior del edificio, encendió un Camel y se dispuso a esperar a Don Corleone.

Se sentía cada vez más desazonado. No le cabía la menor duda de cuál iba a ser el servicio que el Don le pediría. Hacía meses que la familia Corleone estaba en guerra contra las cinco grandes Familias de la Mafia neoyorquina, y los periódicos se habían hecho eco de ella. Habían muerto muchos hombres de ambos bandos, y estaba seguro de que los Corleone habían liquidado a alguien muy importante y deseaban ocultar el cadáver o hacerlo desaparecer. En tal caso, ¿había mejor solución que hacerlo enterrar por un empresario de pompas fúnebres? Amerigo Bonasera sabía que se convertiría en cómplice de un asesinato, y que si lo descubrían pasaría varios años en la cárcel. Arruinaría la vida de su hija y de su esposa, y su buen nombre quedaría para siempre manchado por el fango de la sangrienta guerra de la Mafia.

Encendió otro Camel y un nuevo pensamiento, todavía más terrible, acudió a su mente. Cuando las otras Familias supieran que había ayudado a los Corleone lo considerarían un enemigo y lo matarían. Maldijo el día en que había pedido a Don Corleone que vengara la afrenta infligida a su hija. Maldijo el día en que su esposa y la esposa del Don se habían hecho amigas. Maldijo a su hija, a América, a su éxito en los negocios... Pero, por fortuna, recuperó el optimismo casi de inmediato. Quizá todo fuese bien. Don Corleone era un hombre muy listo. Lo más seguro era que hubiese tomado las medidas necesarias para que nada se supiese. Lo único que debía procurar era no dejarse dominar por los nervios, porque, naturalmente, lo peor, lo irremediable, sería ganarse la enemistad del Don.

Oyó el ruido de neumáticos sobre la grava y se dio cuenta de que un coche acababa de atravesar el callejón que conducía, desde la calle, a la parte trasera del edificio. Abrió la puerta. El primero que entró fue el corpulento Clemenza, seguido de dos jóvenes de aspecto muy duro. Inspeccionaron las diferentes estancias, sin pronunciar una sola palabra, y luego Clemenza salió. Bonasera quedó a solas con los dos jóvenes.

Momentos después, Bonasera reconoció el sonido de una ambulancia avanzando por el callejón, y seguidamente volvió a aparecer Clemenza, esta vez seguido de dos hombres que llevaban una camilla. Los temores de Amerigo Bonasera se habían convertido en realidad. En la camilla había un cuerpo envuelto en una sábana gris. Los pies, descalzos, quedaban al descubierto.

Clemenza acompañó a los camilleros a la habitación destinada a los embalsamamientos, el llamado «laboratorio» y luego, desde la oscuridad del patio, otro hombre entró en el bien iluminado despacho. Era Don Corleone.

El Don había perdido peso durante su estancia en el hospital. Se movía con cierto envaramiento, llevaba el sombrero en la mano y parecía más viejo, más encogido que la última vez que Bonasera lo había visto, el día de la boda de Connie. Pero todavía daba la impresión de ser un hombre poderoso. Con el sombrero a la altura de su pecho, dijo a Bonasera:

—Bien, viejo amigo, ¿estás dispuesto a hacerme este servicio?

Bonasera respondió que sí y siguió al Don, que se dirigió hacia el laboratorio. El cadáver ya estaba encima de una de las mesas acanaladas. Don Corleone movió casi imperceptiblemente su sombrero, y los otros hombres salieron de la habitación.

—¿Qué desea usted que haga? —preguntó Bonasera.

—Tienes que hacer un trabajo en el que quiero que pongas tus cinco sentidos, toda tu habilidad —respondió Don Corleone con la vista fija en el cadáver—. Hazlo por mí. No quiero que su madre lo vea como está ahora.

Don Corleone se acercó a la mesa y apartó la sábana gris. Amerigo Bonasera, contra su voluntad y a pesar de sus muchos años de experiencia, a despecho de los miles de cadáveres que había visto en el ejercicio de su profesión, no pudo reprimir un grito de horror. Encima de la mesa, con la cara destrozada por numerosos balazos, se hallaba el cadáver de Sonny Corleone. Las mejillas, el caballete de la nariz, el rostro todo del hijo mayor del Don era una masa informe de carne tumefacta.

Durante una fracción de segundo, el Don se asió del brazo de Bonasera; pareció a punto de desplomarse, pero logró rehacerse.

—Mira cómo han destrozado a mi hijo —dijo.

19

Quizá fue lo desesperado de la situación lo que impulsó a Sonny Corleone a embarcarse en la sangrienta acción de desgaste que terminó en su propia muerte. Quizá la culpa la tuvo su naturaleza violenta. Lo cierto es que durante aquella primavera y aquel verano emprendió una serie de acciones absurdas contra elementos de tercera o cuarta fila de las bandas rivales. En Harlem, varios proxenetas a sueldo de los Tattaglia resultaron asesinados, y la misma suerte corrieron algunos matones infiltrados en el sindicato de obreros portuarios. Los jefes de las organizaciones sindicales que estaban del lado de las Cinco Familias fueron conminados a permanecer neutrales, y cuando los corredores de apuestas y los usureros de la familia Corleone fueron barridos de la zona portuaria, Sonny envió a Clemenza y su *regime* a efectuar una batida mortal en los muelles.

Esa matanza carecía de sentido, porque en nada podía influir en el resultado de la guerra. Sonny era un táctico brillante, que conseguía brillantes triunfos. Pero lo que la Familia necesitaba era el genio estratégico de Don Corleone. El asunto degeneró en una sangrienta guerra de guerrillas, extremadamente costosa para todos y que nada decidía. Finalmente, la familia Corleone se vio obligada a cerrar algunos de los más productivos centros clandestinos de apuestas, entre ellos el de Carlo Rizzi. Éste se dio a la bebida y a las mujeres de vida alegre, y Connie era la que pagaba las consecuencias. De todos modos, desde la paliza que le había propinado Sonny Corleone, Carlo no se había atrevido a pegar a su esposa, aunque no dormía con ella. Connie le había rogado de todas las formas posibles que reanudaran su vida normal, pero él no se había dignado prestar oídos a sus súplicas.

—Ve y dile a tu hermano que no quiero follar contigo —le espetó, burlón—. Tal vez consiga ponerme cachondo a puñetazos.

Carlo tenía mucho miedo de Sonny, aun cuando ambos se trataban con distante cortesía. Sabía que su cuñado era capaz de asesinarlo, igual que a cualquier hombre, con una frialdad pasmosa, mientras que él se sentía incapaz de matar a nadie. Sin embargo, a Carlo Rizzi no se le ocurría pensar que era mejor que Sonny Corleone. En realidad, envidiaba la salvaje naturaleza de éste, cuya crueldad se estaba convirtiendo en legendaria.

Tom Hagen, en su calidad de *consigliere*, no se mostraba de acuerdo con la táctica de Sonny, pero no se lo mencionó al Don, pues veía que los resultados eran, hasta cierto punto, buenos. Finalmente, las Cinco Familias parecieron acobardarse; sus contragolpes se hicieron más débiles, hasta que, por fin, cesaron por completo. Al principio, Hagen desconfió de aquella victoria aparente, pero Sonny estaba radiante de alegría.

—Esos hijos de puta se arrastrarán a nuestros pies, Tom. Ya lo verás.

Sonny estaba preocupado por cosas muy distintas. Su esposa estaba amargándole la vida, pues había oído que Lucy Mancini se entendía con él, y aunque seguía bromeando con sus amigas acerca de la capacidad amatoria de su esposo, le disgustaba que pasara tantos días sin tocarla. A causa de ello estaba continuamente de mal humor, un mal humor que, lógicamente, le transmitía a Sonny.

Además, Sonny sabía que estaba en la mira de sus enemigos, y eso le producía una tensión continua. Tenía que ser extraordinariamente cuidadoso en todos sus movimientos. Sus rivales habían descubierto que visitaba a Lucy Mancini, pero él había tomado toda clase de precauciones. En el apartamento de Lucy estaba completamente seguro. Aunque ella no lo sospechaba, los hombres del *regime* de Santino la vigilaban durante las veinticuatro horas del día, y cuando se desocupaba un apartamento de la planta en que vivía, lo alquilaban de inmediato.

El Don se recuperaba y no tardaría en estar en condiciones de volver a asumir el mando. Entonces la balanza se inclinaría definitivamente del lado de los Corleone, pensaba Sonny. Es más, estaba seguro de ello. Entretanto, él se encargaría de velar por los intereses de la Familia, se ganaría la consideración de Don Corleone y cimentaría, dado que el cargo de Don no era hereditario, sus pretensiones como sucesor de su padre al frente del Imperio Corleone.

Sin embargo, Sonny no contaba con los planes del enemigo. También éste había analizado la situación y llegado a la conclusión de que la única posibilidad de evitar la derrota era acabar con el hijo mayor de Don Corleone. Sabían que con Sonny no se podía negociar, al contrario que con el Don, a quien tenían por hombre muy razonable. Odiaban a Sonny Corleone por su sed de sangre, que consideraban bestial. Además, carecía del sentido de los negocios. Nadie deseaba la vuelta a los días de antaño, tan tumultuosos y sangrientos.

Una noche, Connie Corleone recibió una llamada telefónica anónima. Una voz femenina preguntó por Carlo.

—¿Quién es usted? —inquirió Connie.

Se oyó una risita irritante, y la voz respondió:

—Soy una amiga de Carlo. Sólo quería decirle que no podré verle esta noche. Tengo que salir de viaje.

—Zorra asquerosa. No eres más que una zorra asquerosa —gritó Connie.

No pudo decir nada más, pues la desconocida había colgado.

Aquella tarde, Carlo había ido a las carreras de caballos, y cuando llegó a casa estaba de pésimo humor, debido en parte a que había perdido mucho dinero y en parte a que había bebido más de la cuenta. Tan pronto como entró en el apartamento, Connie empezó a insultarlo. Él se limitó a no hacerle caso y se dirigió al cuarto de baño para tomar una ducha. Cuando terminó, se secó delante de Connie y comenzó a vestirse para salir de nuevo.

Furiosa y con las manos en jarras Connie gritó a su marido:

—¡No vas a ir a ningún sitio! Tu amiga telefoneó para decir que hoy no te espera. ¡Maldito cabrón! ¡Mira que dar mi número de teléfono a una zorra...! ¡Te mataré, hijo de puta!

Se arrojó sobre Carlo y empezó a arañarlo y golpearlo.

Él la mantuvo a distancia con un brazo musculoso, y le dijo fríamente:

—Estás loca, completamente loca.

Connie se dio cuenta de que su marido estaba preocupado. Él, para calmarla, añadió:

—No hagas caso; debe de haber sido una broma.

Connie consiguió arañarle el rostro, pero aun así Carlo intentó mostrarse conciliador. Se limitó a apartarla de sí. Entonces ella cayó en la cuenta de que respetaba su preñez, y decidió aprovecharse. Además, se sentía sexualmente excitada. Muy pronto no podría hacer nada en la cama, pues el médico le había dicho que debía abstenerse de hacer el amor con su marido durante los dos meses anteriores al parto, y ella necesitaba que le hicieran el amor. No obstante, su deseo de herir a Carlo era real. Lo quería y lo odiaba, todo a la vez.

Lo siguió hasta el dormitorio y, al advertir que su marido estaba asustado, se sintió feliz.

—Te quedarás en casa —le dijo—. No saldrás, te lo aseguro.

—De acuerdo, de acuerdo —repuso Carlo.

Sólo llevaba puestos los calzoncillos. Le gustaba pasearse así por la casa, orgulloso como estaba de su cuerpo musculoso y de su piel dorada. Connie lo miraba con los ojos encendidos por el deseo. Carlo, entre risas, añadió:

—Supongo que al menos me darás algo de comer.

El hecho de que su marido le pidiera que cumpliera con sus deberes conyugales, o por lo menos con uno de ellos, la apaciguó. Era una buena cocinera; su madre le había enseñado. Puso al fuego una cazuela con ternera y pimientos y empezó a preparar una ensalada. Carlo aprovechó la espera para leer los pronósticos de las carreras del día siguiente. Mientras lo hacía, bebía whisky de un vaso lleno hasta el borde.

Connie entró en el dormitorio, o mejor dicho se quedó en la puerta como si no se atreviera a acercarse a la cama sin ser invitada.

—Tienes la comida en la mesa —anunció.

—Todavía no tengo hambre —respondió Carlo, sin dejar de leer.

—Pero ya está en la mesa —insistió Connie, testaruda.

—Métetela en el culo —le espetó Carlo.

Apuró el contenido del vaso y cogió la botella dispuesto a llenarlo de nuevo. Dejó de prestar atención a su esposa. Connie fue a la cocina, cogió los platos llenos de comida y los estrelló contra el fregadero. Al oír el ruido, Carlo entró en la cocina, vio la comida esparcida por el suelo y las paredes salpicadas, y su sentido de la higiene le hizo sentirse ultrajado.

—Maldita zorra, limpia esto enseguida o te la cargas —gritó Carlo, amenazador.

—Ni lo sueñes —replicó Connie, y levantó las manos como si se dispusiera a arañar de nuevo a su esposo.

Carlo se fue al dormitorio, y momentos después regresó con el cinturón en la mano.

—Límpialo —ordenó.

Connie no se movió. Entonces Carlo la azotó con el cinturón en las redondas caderas, pero no le hizo daño. Rápidamente, ella abrió uno de los cajones de la cocina y sacó un cuchillo.

Carlo se echó a reír.

—En la familia Corleone hasta las mujeres sois asesinas —dijo. Dejó el cinturón encima de la mesa y avanzó hacia su esposa. Esta trató de clavarle el cuchillo en la ingle, pero su avanzado estado de gestación hizo que su embestida fuera demasiado lenta, por lo que a él no le fue difícil eludir el ataque. La desarmó fácilmente y empezó a golpearle la cara, procurando que sus golpes no produjeran cortes en la piel. La golpeó una y otra vez, mientras Connie, andando hacia atrás, intentaba escapar. La siguió hasta el dormitorio. Cuando ella le tomó la mano con la que le pegaba, Carlo asió sus cabellos con la otra para mantenerle la cabeza alta y continuó abofeteándola hasta que se echó a llorar como una niña, a causa del dolor y la humillación. Con gesto de desdén, Carlo la arrojó sobre la cama de un empujón. Luego bebió un trago de whisky directamente de la botella, que estaba sobre la mesilla de noche. Parecía completamente borracho, los ojos le brillaban de un modo extraño. Connie empezó a asustarse de veras.

Carlo bebió otro largo trago. Con la mano libre pellizcó a Connie en el muslo, apretando con fuerza hasta que ella, llorando, le rogó que dejara de hacerle daño.

—Estás más gorda que un cerdo —masculló Carlo con expresión de asco, mientras salía de la habitación.

Cada vez más asustada, Connie permaneció en la cama, pues no se atrevía a ir a ver qué hacía su marido en la otra habitación. Finalmente, se levantó y se asomó a la sala de estar. Carlo había abierto otra botella de whisky y se hallaba tendido en el sofá. No tardaría en quedarse dormido a causa de la borrachera, pensó Connie. Entonces podría telefonear a Long Beach y pedir a su madre que enviara a alguien a buscarla. Esperaba que no fuese Sonny quien se pusiera al aparato; prefería hablar con su madre o con Tom Hagen.

Eran casi las diez de la noche cuando sonó el teléfono de la cocina del domicilio de Don Corleone. Contestó uno de los guardaespaldas del Don, quien, obedientemente, pasó la comunicación a la madre de Connie. Pero la señora Corleone, que contestó desde la cocina, apenas si pudo entender nada de lo que su hija le decía, pues la joven estaba histérica e intentaba hablar en voz baja para que su marido no la oyera desde la otra habitación. Además, tenía los labios hinchados a causa de los golpes, lo que hacía que su voz fuera aún más ininteligible. La señora Corleone hizo una señal al guardaespaldas de que llamara a Sonny, que se encontraba en la sala de estar con Tom Hagen.

Momentos después, Connie oía a su hermano mayor decir:

—Hola, Connie.

Estaba tan asustada, de su marido y de lo que Sonny pudiera hacer, que su voz sonaba cada vez más temblorosa.

—Envía un coche a recogerme. No es nada de importancia; ya te contaré. No vengas tú. Manda a Tom, te lo ruego. No es nada, de veras. Sólo que tengo ganas de ir a casa.

Hagen ya estaba en la cocina. El Don se había dormido, con la ayuda de sedantes, y Hagen quería estar continuamente al lado de Sonny por si éste montaba en cólera por el motivo que fuera. Los dos guardaespaldas estaban también en la cocina. Todos miraban a Sonny.

No existía la menor duda de que el temperamento violento de Sonny Corleone tenía su origen en un misterioso pozo que llegaba hasta lo más profundo de su espíritu. Todos observaron que se le hinchaban las venas del cuello, los ojos le brillaban y se le endurecían los rasgos. Luego palideció y las manos empezaron a temblarle. Su cólera era infinita, pero su voz sonó relativamente tranquila cuando dijo:

—No te muevas de tu casa, Connie.

Y a continuación, antes de que su hermana pudiera hacer el menor comentario, colgó el auricular.

Permaneció unos momentos junto al aparato, y dio rienda suelta a su ira, sin ni siquiera reparar en la presencia de los demás:

—¡Maldito hijo de puta!

Inmediatamente, sin despedirse de nadie, salió corriendo de la casa.

Hagen sabía que en aquellos momentos Sonny no era dueño de sus actos. Y sabía también que durante el trayecto hacia la ciudad se calmaría un poco, aunque su peligrosidad aumentaría todavía más, pues se encontraría en mejor situación de defenderse de las consecuencias de su cólera. Hagen oyó el ruido de un motor al ponerse en marcha.

—Seguidlo —ordenó a los guardaespaldas.

Luego hizo algunas llamadas telefónicas. Lo arregló todo para que varios hombres del *regime* de Sonny fueran a casa de Carlo Rizzi y sacaran a éste de allí. Sabía que Sonny se lo reprocharía, pero estaba seguro de que el Don aprobaría su acción. Temía que Sonny matara a Carlo delante de testigos. No creía que el enemigo crease problemas; llevaba mucho tiempo sin causar molestias, por lo que era evidente que deseaba que reinase la paz.

Una vez fuera de la finca, al volante de su Buik, Sonny volvió a ser dueño, al menos en parte, de sus actos. Se dio cuenta de que los dos guardaespaldas subían a un coche, dispuestos a seguirlo, y aprobó su acción. No temía un ataque, pues las Cinco Familias habían dejado de luchar. Además, si surgía algún problema, en un compartimiento secreto del coche había una pistola, y en cuestión de segundos podría sacarla y defenderse. Por otra parte, el automóvil estaba registrado a nombre de uno de los miembros de su *regime*, es decir que en el peor de los casos no se vería envuelto en ningún problema de tipo legal. De todos modos, no creía que tuviera necesidad de la pistola. Aún no sabía qué iba a hacer con Carlo Rizzi.

Ahora que podía reflexionar con frialdad, se daba cuenta de que no podía matar al padre de un niño que aún no había nacido, máxime cuando éste era hijo de su hermana, y menos por unas bofetadas de más. Claro que cabía la posibilidad de que todo fuera una trampa. Carlo era un mal sujeto, y Sonny se sentía responsable de la desgracia de Connie. Ella había conocido a Carlo porque él se lo había presentado.

Era paradójico, pero a Sonny le resultaba inconcebible pegar a una mujer, como tampoco podía hacer daño a un niño. Cuando Carlo se había dejado golpear sin devolver ni un solo puñetazo, sin él saberlo había salvado la vida precisamente por ello. La violencia de Sonny sólo se calmaba con la sumisión absoluta. De muchacho, Sonny había tenido muy buen corazón; el que con el tiempo se convirtiera en un asesino había sido cosa del destino, sencillamente.

Esta vez, sin embargo, arreglaría el asunto de una vez por todas, pensaba mientras el Buick avanzaba por el puente que enlaza Long Beach con los bulevares del otro lado de Jones Beach. Siempre seguía esta ruta cuando iba Nueva York, pues había menos tráfico.

Decidió que enviaría a Connie a Long Beach con los guardaespaldas. Luego, él tendría una charla con su cuñado. Ignoraba qué resultaría de ella, pero si el muy cabrón había hecho daño a su hermana, lo pagaría caro. El aire fresco, sin embargo, lo calmó. Para disfrutar más de él bajó la ventanilla.

Había tomado la carretera elevada de Jones Beach, como siempre, porque a esas horas y en aquella época del año solía estar desierta y podía pisar a fondo el acelerador. Conducir a toda velocidad lo ayudaría a disipar lo que él sabía que era un estado de ánimo peligroso. El automóvil de los dos guardaespaldas había quedado muy atrás.

La carretera estaba mal iluminada. No se veía un solo coche. A lo lejos divisó la caseta del peaje. Había otras, pero sólo funcionaban de día, cuando el tráfico era intenso. Sonny redujo la velocidad y buscó calderilla en el bolsillo. Como no tenía, sacó la cartera y con una sola mano separó un billete. Al acercarse a la caseta iluminada, Sonny quedó sorprendido al comprobar que un coche bloqueaba la carretera. El conductor debía de estar preguntando alguna dirección al encargado de cobrar el peaje, pensó. Hizo sonar el claxon y el otro coche se apartó, por lo que el Buick pudo colocarse delante del cobrador.

Sonny alargó un dólar y esperó el cambio. Tenía prisa y por ello, a pesar de que el frío de la noche era intenso, no quiso cerrar la ventanilla. Pero el cobrador parecía muy torpe; al muy imbécil se le había caído el cambio al suelo. El hombre se agachó para recoger las monedas, y desapareció de la vista.

Entonces Sonny se dio cuenta de que el otro automóvil no había seguido su camino, sino que estaba a pocos metros de distancia, bloqueando nuevamente la carretera. En la caseta de peaje había otro hombre. Del vehículo se apearon dos individuos. El cobrador aún seguía agachado... De pronto, Santino Corleone comprendió que había llegado su hora. Se sintió completamente lúcido, libre de toda violencia, como si el miedo oculto, finalmente real y presente, lo hubiera purificado.

Sonny se lanzó contra la puerta del Buick, rompiendo la cerradura. El hombre que estaba en la caseta abrió fuego... alcanzando en la cabeza a Sonny, que cayó al suelo. Los dos individuos que se habían apeado del coche sacaron sus armas y dispararon contra el cuerpo que yacía en el asfalto. Luego le golpearon salvajemente el rostro para desfigurarle todavía más, como si quisieran dejar la huella de un poder humano más personal.

Segundos después, los cuatro hombres, es decir, los tres asesinos y el falso cobrador, subían al coche y partían a toda velocidad en dirección al bulevar Meadowbrook, al otro lado de Jones Beach. Los posibles perseguidores se encontrarían con el camino bloqueado por el coche y el cuerpo de Sonny, de modo que no corrían riesgo alguno, pensaron. Cuando, minutos más tarde, los guardaespaldas de Sonny llegaron a la caseta de peaje y vieron el cuerpo de su jefe, lo último que pensaron fue en perseguir a sus agresores. Dieron media vuelta y regresaron a Long Beach. Se detuvieron en una cabina telefónica, y uno de ellos llamó a Tom Hagen. Sus únicas palabras fueron:

—Sonny ha muerto. Le tendieron una encerrona ante la garita de peaje de Jones Beach.

—Bien —repuso Hagen, sereno como siempre—. Ve a casa de Clemenza y dile que venga enseguida. Él te dirá lo que debéis hacer.

Hagen había hablado desde el teléfono de la cocina, donde la señora Corleone estaba preparando algo de comer para su hija, que no tardaría en llegar. La anciana no se había dado cuenta de nada. Era lo bastante perspicaz para percatarse de todo, pero sus años de vida junto al Don le habían enseñado que era mejor no hacerlo, ni siquiera intentar adivinar qué ocurría. Sabía que si algo malo sucedía no tardaría mucho tiempo en enterarse. Y si podía evitar saberlo, mejor, pues se ahorraba sufrimientos. Estaba contenta de no tener que compartir el dolor de los hombres, porque, después de todo, ¿compartían ellos el de las mujeres? Impasible, puso la comida sobre la mesa. Por experiencia sabía que el dolor y el miedo no perjudicaban el apetito; al contrario, la comida los mitigaba. Si un médico le hubiera recetado un sedante se habría sentido humillada, pero una taza de café y unas tostadas eran otra cosa; la señora Corleone procedía, desde luego, de una cultura más primitiva.

Por eso no dijo nada cuando Tom Hagen se fue a la sala de reuniones. Una vez allí, Hagen comenzó a temblar tan violentamente que tuvo que sentarse. Con las piernas muy juntas, las manos apretadas contra las rodillas y la cabeza gacha, parecía que estuviera rezando al diablo.

Acababa de descubrir que no era el *consigliere* adecuado para tiempos de guerra. Lo habían puesto en ridículo, se había dejado engañar por la aparente timidez y cobardía de las Cinco Familias, que habían permanecido inactivas planeando su venganza. No habían reaccionado a las provocaciones de la familia Corleone, sino que habían preferido descargar un solo golpe, pero terrible. El viejo Genco Abbandando no se habría dejado engañar, habría olido el peligro y triplicado sus precauciones. Hagen se sentía culpable. Sonny había sido su verdadero hermano, su salvador; y de muchachos, también su héroe. Sonny nunca se había mostrado altanero ni agresivo con él; siempre lo había tratado con afecto. Y cuando Sollozzo lo dejó libre, el abrazo de Sonny había sido el propio de un hermano, su alegría una alegría sincera. El hecho de que Sonny fuera un hombre cruel y violento carecía, a los ojos de Hagen, de importancia.

Había salido de la cocina porque sabía que nunca sería capaz de decir a mamá Corleone que su hijo había muerto. Nunca la había considerado su madre, y en cambio, al Don y a Sonny los había tenido siempre como padre y hermano. El afecto que sentía hacia ella era de la misma naturaleza que el que experimentaba por Freddie, Michael y Connie. Era afecto, pero no amor. No obstante, no podía decírselo. En pocos meses había perdido tres hijos. Freddie, que estaba exiliado en Nevada, Michael, que se encontraba en Sicilia, y ahora Santino. ¿A cuál de los tres había amado más la anciana? Era imposible saberlo.

Hagen no tardó en recuperar el control de sí mismo. Marcó el número de Connie, que respondió con voz temblorosa.

—Connie, soy Tom —dijo Hagen con la calma que lo caracterizaba—. Despierta a tu marido; tengo que hablarle.

Asustada, Connie preguntó en voz baja:

—¿Sabes si viene Sonny, Tom?

—No. Sonny no vendrá. No te preocupes. Despierta a Carlo y dile que debo hablar con él.

—Me ha pegado, Tom —dijo Connie, llorando—. Y si sabe que he llamado a casa, temo que volverá a hacerlo.

—No lo hará, no te preocupes. Cuando hayamos hablado será otro hombre. Dile que es muy importante, que se ponga al teléfono de inmediato.

Pasaron casi cinco minutos antes de que se oyera la voz de Carlo a través del hilo. Hagen advirtió que había bebido mucho.

—Escucha, Carlo. Voy a decirte algo que te impresionará. Cuando te lo diga, quiero que me respondas como si la cosa fuera menos trascendental de lo que en realidad es. Le he explicado a Connie que debía decirte una cosa importante, de modo que tendrás que inventarte algo. Cuéntale que la Familia ha decidido ofrecerte una de las casas de la finca y un trabajo importante. Que el Don ha decidido darte la oportunidad de ganar mucho dinero. ¿Me sigues?

—Sí. Adelante —respondió Carlo en tono esperanzado.

Hagen prosiguió:

—Dentro de pocos minutos dos de mis hombres se presentarán en tu casa para llevarte con ellos. Diles que primero quiero que me telefoneen. Pero no les digas ninguna otra cosa. Les daré instrucciones de que os lleven a ti y a Connie a la finca. ¿De acuerdo?

—Sí, sí, he comprendido —dijo Carlo.

Estaba excitado. Por el tono con que Hagen le había hablado, se daba cuenta de que la noticia sería realmente importante.

A continuación Hagen fue derecho al grano:

—Han matado a Sonny. Ha sido esta noche. No digas ni una palabra. Connie lo llamó mientras dormías, y él iba camino de tu casa. No quiero que Connie lo sepa. Aunque lo sospeche, no quiero que lo sepa con certeza. Pensaría que ha sido culpa suya. Tampoco quiero que te muevas de su lado; compórtate como un marido enamorado, al menos hasta que haya tenido el hijo que espera. Mañana por la mañana alguien, tal vez tú, o el Don, o su madre, le dirá a Connie que Sonny ha sido asesinado. Y quiero que estés a su lado, que le sirvas de apoyo. Si me haces este favor, te prometo que me ocuparé de ti en el futuro. ¿Comprendido?

—Sí, Tom, de acuerdo —repuso Carlo en tono vacilante—. Tú y yo siempre nos hemos llevado bien. Te estoy muy agradecido. ¿Me entiendes?

—Sí, perfectamente. Nadie te acusará de que tu pelea con Connie haya sido la causa de la desgracia. Yo me encargaré de eso. —Hizo una breve pausa y añadió—: Y ahora cuida de Connie.

Sin esperar respuesta, Hagen colgó el auricular.

El Don le había enseñado a no amenazar jamás. Pero Carlo había comprendido: era hombre muerto.

Hagen llamó a Tessio y le ordenó que acudiera de inmediato a Long Beach. No explicó el motivo, ni Tessio se lo preguntó. Hagen soltó un profundo suspiro. Lo más difícil todavía estaba por llegar.

Tendría que despertar al Don, la persona a quien más quería en el mundo, y decirle que le había fallado, que no había sabido proteger a su hijo mayor. Tendría que decirle que todo estaba perdido, a menos que el propio Don, enfermo y todo, resolviera presentar batalla. Hagen no se hacía ilusiones al respecto. Sólo el gran Don podría, a pesar de la tremenda derrota que acababa de sufrir, conseguir la victoria final. Hagen ni siquiera se molestó en hablar con los médicos. Tenía que decírselo todo a su padre adoptivo, aunque con ello pusiera en peligro su vida, y luego seguirlo. Y no cabía la menor duda acerca de lo que el Don haría. Las opiniones de los médicos carecían de importancia; todo carecía de importancia. El Don debía ser informado, y sólo a él correspondía escoger entre dos alternativas: ponerse al frente de sus hombres u ordenar a Hagen la rendición del imperio de los Corleone a las Cinco Familias.

Hagen temía lo que pudiese ocurrir en la hora siguiente. Pensó en lo que diría y cómo lo diría. No debía insistir demasiado en su responsabilidad con respecto a lo ocurrido, pues así sólo conseguiría aumentar la aflicción del Don. Tampoco debía mostrar demasiado su dolor, para no acrecentar el del anciano. El hecho de hablar de sus limitaciones como *consigliere* en tiempos de guerra, significaría un reproche indirecto a la persona que lo había elegido.

Hagen decidió que lo más oportuno sería dar la noticia al Don y, después de exponer su opinión sobre lo que debía hacerse, guardar silencio. A partir de ahí, reaccionaría de acuerdo a como lo hiciera su padre adoptivo. Si éste deseaba que se mostrara avergonzado por su torpeza, así lo haría; si lo invitaba a mostrarse afligido, daría rienda suelta a la pena que lo embargaba.

Hagen alzó la cabeza al oír el ruido de unos coches que entraban en la finca. Los *caporegimi* estaban llegando. Hablaría con ellos antes de subir a ver al Don. Del mueble bar sacó un vaso y una botella. No tenía ánimos ni para echar el licor en el vaso. De pronto, oyó el ruido de la puerta al abrirse. Al volver la cabeza, Hagen vio, completamente vestido por vez primera desde que atentaron contra él, a Don Corleone.

El Don cruzó la estancia y se sentó en su butaca de cuero. Caminaba con cierta lentitud y las ropas le venían un poco holgadas, pero a los ojos de Hagen tenía el mismo aspecto de siempre. Parecía como si con el solo poder de su férrea voluntad hubiera borrado cualquier vestigio de debilidad física. Su rostro denotaba la fuerza de siempre. Una vez que se hubo sentado, dijo a Hagen:

—Sírveme un poco de anís.

Tom Hagen sirvió en un vaso un poco de aquel licor casero, mucho más fuerte que el que vendían en las tiendas, regalo de un amigo que cada año le enviaba unas cuantas botellas.

—Mi esposa estaba llorando antes de dormirse —prosiguió Don Corleone—. Desde mi ventana he visto llegar a los *caporegimi*, y es medianoche. Así, pues, *consigliere*, pienso que deberías confesarle a tu Don lo que todo el mundo sabe.

—A ella no le he dicho nada —musitó Hagen—, y estaba a punto de subir a despertarlo para comunicarle la noticia.

—Pero primero necesitabas tomar un trago.

—Sí —reconoció Hagen.

—Bien, ya lo has tomado. Ahora dime lo que sea. —En el tono del Don había un ligero reproche a la debilidad de Hagen.

—Han disparado contra Sonny. Ha sido en la carretera. Ha muerto.

Don Corleone parpadeó. Por un instante pareció que su voluntad de hierro iba a derrumbarse, y en su rostro apareció una mueca de dolor. Pero se recobró enseguida.

Acodado en la mesa, Don Corleone apoyó la barbilla en las manos, mientras miraba fijamente a Hagen.

—Dime todo lo que ha pasado. —Alzó una mano y añadió—: No, prefiero que aguardemos a que lleguen Clemenza y Tessio. Te ahorrarás el volver a contarlo.

Segundos después, acompañados de un guardaespaldas, los dos *caporegimi* entraban en la habitación. De inmediato advirtieron que el Don ya estaba enterado de la muerte de su hijo, pues se levantó para que lo abrazaran, ya que en su calidad de viejos camaradas podían hacerlo. Antes de comenzar a hablar, Hagen les sirvió un vaso de anís.

Cuando hubieron bebido, el Don se limitó a preguntarles:

—¿Es cierto que mi hijo está muerto?

—Sí —respondió Clemenza—. Los guardaespaldas eran del *regime* de Santino, pero escogidos por mí. Los interrogué cuando llegaron a mi casa. Vieron su cuerpo junto a la garita de peaje. Con las heridas que presentaba era imposible que siguiese con vida. Están absolutamente seguros de que Sonny ha muerto.

Don Corleone aceptó el veredicto sin emoción aparente. Tras permanecer en silencio por unos instantes, dijo:

—Ninguno de vosotros debe dejar que lo ocurrido lo afecte. Ninguno debe realizar ningún acto de venganza, ni debe hacer nada para descubrir a los asesinos sin mi consentimiento expreso. Tampoco llevará a cabo ninguna acción contra las Cinco Familias, a menos que sea yo quien lo ordene. Nuestra Familia dejará de operar hasta después del funeral. Luego nos reuniremos aquí mismo y decidiremos el camino a seguir. Esta noche sólo debemos ocuparnos de Santino, a quien hemos de dar cristiana sepultura. Me ocuparé de que algunos amigos arreglen las cosas con la policía y con las autoridades. Tú, Clemenza, y los hombres de tu *regime*, seréis mis guardaespaldas permanentes. Tú, Tessio, te ocuparás de proteger a los demás miembros de mi familia. En cuanto a ti, Tom, llama a Amerigo Bonasera y dile que esta noche necesitaré de sus servicios. Indícales que me espere en la funeraria. Iré dentro de una hora, o de dos, o de tres. ¿Habéis entendido?

Los tres hombres asintieron. Don Corleone añadió:

—Clemenza, ordena a unos cuantos de tus hombres

que me esperen con varios coches. En unos minutos estaré listo. Te has portado bien, Tom, no tienes nada que reprocharte. Por la mañana, quiero que Constanzia esté al lado de su madre. Arréglalo todo para que ella y su marido se vengan a vivir a la finca. Llama a las amigas de Sandra, quiero que le hagan compañía. Mi esposa también irá después de que yo haya hablado con ella. Ella la consolará, y las amigas se ocuparán de disponer que se celebren misas y se recen oraciones por el alma de Santino Corleone.

El Don se levantó de su butaca de cuero. También lo hicieron Clemenza, Tessio y Hagen. Los dos primeros volvieron a abrazar a su Don y amigo. Hagen mantuvo la puerta abierta para dejar pasar a su padre adoptivo, que se detuvo delante de él. Le dio un golpecito cariñoso en la mejilla y un breve pero intenso abrazo mientras le decía, en italiano:

—Has sido un buen hijo. Eres para mí un gran consuelo.

De ese modo le reiteraba que no tenía responsabilidad en lo ocurrido. El Don subió a su habitación para hablar con su esposa. Fue entonces cuando Hagen telefoneó a Amerigo Bonasera reclamándole el pago del favor que debía a los Corleone.

QUINTA PARTE

20

La muerte de Santino Corleone fue como el estallido de una bomba en el mundo del hampa. Y cuando se supo que Don Corleone se había levantado de su lecho para ponerse al frente de los asuntos de la Familia y, según el testimonio de los espías que habían asistido al funeral, parecía estar plenamente recuperado, los jefes de las Cinco Familias se dispusieron a hacer frente a las represalias que sin duda seguirían. Nadie cometió el error de pensar que Don Corleone se sentiría acobardado por los últimos reveses. Era un hombre que había cometido muy pocos errores en su vida, y todos ellos le habían servido de experiencia.

Sólo Hagen adivinó las verdaderas intenciones del Don, y por ello no se sorprendió cuando vio que enviaba emisarios a las Cinco Familias, para proponerles la paz. Propuso también una reunión de todas las Familias de la ciudad, a la que deberían ser invitadas las principales Familias de Estados Unidos. Dado que las de Nueva York eran las más poderosas del país, su prosperidad afectaba a la prosperidad de todas.

Al principio, las propuestas del Don fueron recibidas con desconfianza. ¿Acaso estaba Don Corleone preparando una trampa? ¿Intentaba lograr que sus enemigos bajaran la guardia? ¿Preparaba una carnicería para vengar la muerte de su hijo? Don Corleone, sin embargo, no tardó en convencerlos de su sinceridad. No sólo involucró a todas las Familias del país en la reunión, sino que no movió ni un dedo para poner a sus hombres en pie de guerra o buscar aliados. Y luego dio el paso que convenció a todos, a la vez que garantizaba la seguridad de los asistentes al gran consejo: solicitó los servicios de la familia Bocchicchio.

La familia Bocchicchio, que en Sicilia había sido una de las más feroces de la Mafia, en América se había convertido en un instrumento de paz. Los mismos hombres que un día se habían ganado la vida con el crimen, el robo y la extorsión, lo hacían ahora de una forma que podría calificarse de santa. Una de sus características era la estrecha vinculación que existía entre sus miembros, todos ellos unidos por lazos de sangre, y la absoluta lealtad a los jefes, que destacaba incluso en un ambiente donde la lealtad a la Familia se anteponía incluso a la debida a la propia esposa.

La familia Bocchicchio, que se extendía hasta a los primos en tercer grado, había estado compuesta por cerca de doscientas personas en la época en que había regido una pequeña comarca del sur de Sicilia. Los ingresos de la Familia se basaban entonces en cuatro o cinco molinos de harina que, sin pertenecer a la comunidad, aseguraban el trabajo, el pan y una mínima seguridad para todos sus integrantes. Esto, junto con los matrimonios entre parientes, les bastaba para presentar un frente común contra sus enemigos.

En su comarca no permitían el establecimiento de ningún otro molino, ni tampoco que se realizara mejora alguna en los de los competidores ya establecidos o que alguien hiciera algo que pudiera perjudicarlos. En cierta ocasión un rico terrateniente intentó montar un molino exclusivamente para su uso personal, y el molino fue incendiado. Denunció el hecho a los *carabinieri* y a otras autoridades, que arrestaron a tres de los miembros de la familia Bocchicchio. Antes de que se celebrase el juicio, la mansión del terrateniente fue pasto de las llamas y las acusaciones retiradas. Unos meses después de este incidente llegó a Sicilia uno de los más importantes funcionarios del Gobierno italiano, dispuesto a resolver el eterno problema de la escasez de agua de la isla. Propuso la construcción de un enorme pantano. De Roma llegó un ejército de ingenieros para estudiar el proyecto sobre el terreno. Su trabajo era observado por ceñudos nativos, miembros del clan Bocchicchio, mientras la policía, alojada en barracones especialmente dispuestos, vigilaba la zona. Parecía que nada ni nadie podría impedir que la presa fuera construida, hasta que un buen día llegó al puerto de Palermo una gran cantidad de material y maquinaria. Entonces los Bocchicchio se pusieron en contacto con algunos jefes de la Mafia, a quienes solicitaron ayuda, y el material pesado fue destruido, mientras el ligero era robado. Entretanto, en el parlamento italiano los diputados a sueldo de la Mafia lanzaban furibundos ataques contra el proyecto.

Años después, Mussolini subió al poder y todo cambió radicalmente. El dictador decretó que la presa debía ser construida. Y aunque no lo fue —Mussolini sabía que la Mafia sería una amenaza para su régimen, pues constituía una autoridad separada de la suya— el dictador dio plenos poderes a un alto oficial de la policía, que pronto resolvió el problema. Encarceló a todo el mundo y deportó a colonias penitenciarias a cualquier sospechoso de pertenecer a la Mafia, con lo que consiguió en pocos años acabar con el poder de ésta. Con tales medidas causó la desgracia de muchas familias inocentes, aunque eso, al parecer, carecía de importancia.

Los Bocchicchio fueron lo bastante insensatos para oponerse a ese poder ilimitado. Como resultado de ello, la mitad de sus miembros murieron en enfrentamientos, en tanto que la otra mitad fue a dar con sus huesos a las colonias penitenciarias. Para cuando los Bocchicchio decidieron emigrar clandestinamente a Estados Unidos en un buque que recalaba en Canadá, la Familia estaba compuesta por apenas veinte miembros. Se establecieron en una pequeña ciudad cercana a Nueva York, en el valle del Hudson, donde, partiendo de cero, llegaron a convertirse en propietarios de una empresa dedicada a la recogida de basuras, con una flota de varios camiones. Como no tenían competencia, el negocio iba viento en popa. Y no tenían competencia porque los competidores se encontraron una mañana con que habían prendido fuego a sus camiones. Un sujeto muy testarudo, que no sólo insistía en seguir en el negocio, sino que trabajaba a precios más bajos que los Bocchicchio, fue encontrado muerto encima de la basura que había recogido durante el día.

Pero a medida que los hombres se casaban, con muchachas sicilianas, por supuesto, llegaban los niños, y el negocio de recogida de basuras no bastaba, a pesar de que marchaba bien, para proporcionar a todos las variadas y costosas cosas que América ofrecía. Así fue como, a modo de complemento económico, la familia Bocchicchio se convirtió en mediadora entre aquellas Familias de la Mafia que por un motivo u otro estaban en guerra entre sí.

El clan Bocchicchio conocía sus propias limitaciones. Sus miembros tal vez carecieran de inteligencia, quizá fueran demasiado primitivos, pero lo cierto es que sabían que no podían competir con las otras Familias de la Mafia en la lucha por organizar y controlar negocios más complicados que el de la basura (por ejemplo la prostitución, el juego, los narcóticos o el fraude público). Eran gentes que podían ofrecer un regalo a un policía de uniforme, pero que no sabían cómo establecer contacto con un político. Sus bazas se reducían a dos: su honor y su ferocidad.

Un Bocchicchio nunca mentía, nunca cometía una traición, sencillamente porque le resultaba demasiado complicado. Por otra parte, un Bocchicchio nunca olvidaba una injuria, y su venganza no se hacía esperar, sin

que importaran las consecuencias. Gracias a estas cualidades, accidentalmente la Familia se inició en lo que se convertiría en su principal fuente de ingresos.

Cuando las Familias que estaban en guerra querían hacer las paces, llamaban a los Bocchicchio. El jefe del clan
se encargaba de las negociaciones iniciales y preparaba
las entrevistas. Por ejemplo: cuando Michael había ido a
entrevistarse con Sollozzo, un Bocchicchio había quedado como rehén de los Corleone para garantizar la seguridad de Michael. El servicio lo había pagado Sollozzo. Si
éste hubiera matado a Michael, la familia Corleone habría
acabado con la vida del rehén, y en el tal caso los Bocchicchio se hubieran vengado en la persona de Sollozzo,
en tanto responsable de la muerte de uno de sus miembros.
Los Bocchicchio estaban dispuestos a inmolarse, de ser necesario, cuando de vengar una traición se trataba. Por ello,
tener un rehén del clan Bocchicchio constituía un auténtico seguro de vida.

En consecuencia, cuando Don Corleone solicitó los
servicios de los Bocchicchio y encargó a éstos que sumi-
nistraran rehenes para todas las Familias que asistirían a
la reunión, ya nadie dudó de sus buenas intenciones. El gran
cónclave sería tan seguro como una boda.

La reunión se celebró en la sala de juntas de un pequeño
banco comercial cuyo presidente debía algunos favores a
Don Corleone, quien, además, era accionista indirecto
del banco (sus acciones estaban a nombre del presidente).
Aquel hombre nunca olvidaría el momento en que se ofreció para firmar un documento en el que se hacía constar
que sus acciones eran, en realidad, propiedad de Don Vito Corleone. Aquel día, el Don se había llevado las manos
a la cabeza, mientras decía:

—Confío plenamente en usted. Le confiaría mi vida
y mi fortuna. Soy incapaz de imaginar siquiera que usted
pudiera engañarme o traicionarme. Si lo hiciera, perdería toda mi fe en el género humano y mis más profundas

379

convicciones se vendrían abajo. Naturalmente, lo tengo todo anotado, de modo que mis herederos sabrían, en caso de que algo ocurriera, que usted tiene algo que les pertenece. Pero sé que aunque yo no estuviera en este mundo para velar por los intereses de mis hijos, usted se comportaría como un caballero.

El presidente del banco no era siciliano, pero sí inteligente, y comprendió perfectamente al Don. Desde entonces, los ruegos de éste eran órdenes para él. Por eso aquel sábado por la mañana la amplia y aislada sala de juntas del banco, con sus confortables sillones de cuero, fue puesta a disposición de las Familias.

De la seguridad de los reunidos se encargó un grupo de hombres armados, vestidos con el uniforme de los guardias del banco. A las diez de la mañana empezó a llegar gente a la amplia sala. Además de las Cinco Familias de Nueva York, había representantes de otras diez Familias procedentes de diversos puntos del país, a excepción de Chicago, que era la oveja negra. Habían desistido de civilizarlos, por lo que no vieron la necesidad de invitarlos al importante cónclave.

En la sala se había dispuesto un pequeño bar y bufé. Cada representante podía llevar un ayudante o secretario. La mayoría se habían hecho acompañar de sus *consiglieri*, por lo que entre los asistentes había pocos hombres jóvenes. Tom Hagen era uno de ellos, además del único no siciliano. Los demás lo miraban como a una especie de intruso.

Hagen sabía qué conducta asumir. No hablaba ni sonreía. Cuidaba de su jefe, Don Corleone, con la misma deferencia con que un noble cuidaría de su rey; le servía bebidas frías, le encendía los cigarros... y todo ello con respeto, pero sin sombra de servilismo.

Era el único de los presentes que conocía la identidad de los retratos al óleo que colgaban de las paredes. Casi todos eran de grandes financieros. Uno era Hamilton, el secretario del Tesoro, quien seguramente habría aprobado, pensó Hagen, que aquella reunión de paz se celebrara en una institución bancaria. No existía ninguna atmósfera mejor que la del dinero para entrar en razones.

Se había previsto que la gente empezara a llegar entre las nueve y media y las diez de la mañana. Don Corleone, que en cierto modo era el anfitrión, pues suya había sido la idea de aquel cónclave, fue el primero en presentarse; una de sus virtudes más características era la de la puntualidad. El siguiente fue Carlo Tramonti, que se había establecido en el Sur de Estados Unidos. Era un hombre de media edad, de estatura superior a la normal en un siciliano y muy elegante. Su rostro, bronceado por el sol, estaba impecablemente rasurado. No tenía aspecto de italiano, sino que recordaba a uno de esos millonarios que aparecen fotografiados en las revistas a bordo de sus lujosos yates. La familia Tramonti obtenía sus ingresos del juego, y nadie, a juzgar por el aspecto de su Don, sería capaz de imaginar con cuánta ferocidad éste había erigido su imperio.

Nacido en Sicilia, llegó a América a muy temprana edad. Creció y se hizo hombre en Florida, donde trabajó en el sindicato que, dominado por los políticos locales, controlaba el juego. Eran hombres muy duros, apoyados por policías también muy duros, y nunca se les ocurrió pensar que llegaría el día en que serían derrotados por el joven inmigrante siciliano. Su crueldad les sorprendió, y como consideraron que las ganancias obtenidas con el juego no eran lo bastante importantes, prefirieron no enfrentarse a él. Tramonti se ganó a los policías con el mejor y más sencillo de los sistemas: les pagó más de lo que les pagaban los políticos. Al dejarles sin protección policial, sus competidores se vieron obligados a cesar en sus negocios. Y luego, cuando fue amo y señor, comenzó a operar en Cuba, con la complicidad de altos funcionarios del régimen de Batista. Invirtió grandes sumas en los cabarets, casinos y prostíbulos de La Habana, y consiguió atraer a los norteamericanos ricos, tal como se había propuesto en un principio. Tramonti acabó convirtiéndose en multimillonario y propietario de uno de los hoteles más lujosos de Miami Beach.

Al entrar en la sala donde iba a celebrarse el cónclave, seguido de su *consigliere*, igualmente bronceado por el sol, Tramonti se acercó a Don Corleone y lo abrazó a la vez que hacía patente, con un gesto, su pena por la muerte de Sonny.

Estaban llegando los jefes de otras Familias. Todos se conocían; habían tenido relaciones comerciales o se habían encontrado en reuniones sociales. El segundo en presentarse fue Joseph Zaluchi, de Detroit, donde su Familia poseía —aunque su nombre no figuraba en ningún documento— un hipódromo, aparte de controlar buena parte del juego. Zaluchi era un hombre de cara redonda y aspecto bonachón, que vivía en una casa de cien mil dólares, situada en el barrio residencial de Grosse Point. Uno de sus hijos se había casado con una muchacha perteneciente a una conocida familia americana, y él era, al igual que Don Corleone, un hombre sofisticado. En Detroit la Mafia era menos violenta que en cualquiera de las ciudades controladas por las Familias. En los tres últimos años sólo habían tenido lugar dos «ejecuciones». Zaluchi desaprobaba el tráfico de drogas.

Joseph Zaluchi estaba acompañado por su *consigliere*, y los dos hombres abrazaron a Don Corleone. Zaluchi hablaba el inglés sin apenas acento italiano, vestía como un típico hombre de negocios, y su buena voluntad era proverbial.

—Sólo su llamada podía haberme traído hasta aquí —dijo a Don Corleone.

El Padrino le dio las gracias con un gesto. Estaba seguro de que dispondría del apoyo de Zaluchi.

A continuación llegaron dos jefes de la Costa Oeste.

Habían hecho el viaje en el mismo automóvil, pues eran íntimos amigos y siempre trabajaban juntos. Se llamaban Frank Falcone y Anthony Molinari. Con poco más de cuarenta años, eran los más jóvenes de cuantos asistían a la reunión, vestían un poco más llamativamente que los demás —influencia de Hollywood— y se mostraban muy amistosos. Frank Falcone controlaba el sindicato de trabajadores de la industria cinematográfica y el juego en los estudios, además de estar al frente de una organización que se encargaba de suministrar chicas a los prostíbulos de los estados del Oeste. Si existiera la mínima posibilidad de que un Don acabara convertido en una figura del *show business*, podía afirmarse que Falcone era, en todo caso, el que más lo parecía. Los otros jefes de las Familias desconfiaban de él.

Anthony Molinari, por su parte, controlaba los muelles de San Francisco y era, además, uno de los peces gordos del negocio de las apuestas deportivas. Procedente de una humilde familia de pescadores italianos, poseía el mejor restaurante especializado en pescado de San Francisco. Aquel local era su orgullo; en él se servía una comida excelente a bajo precio, aun cuando, se decía, perdía dinero con él. Su rostro inexpresivo, propio de un jugador profesional, hacía que los demás sospecharan que también estaba envuelto en el tráfico de drogas, entonces muy extendido a través de la frontera mexicana y de los barcos procedentes del Lejano Oriente. Sus acompañantes eran tan jóvenes y corpulentos, que más parecían guardaespaldas que consejeros; aunque, claro está, no se hubieran atrevido a asistir armados a la reunión. Se sabía que dichos guardaespaldas eran expertos karatecas, pero ello no asustaba a los demás jefes de las Familias, a quienes les hubiera dado igual que sus colegas llevaran encima amuletos bendecidos por el Papa. No obstante, debe señalarse que algunos de estos jefes eran religiosos y creían en Dios.

El siguiente en llegar fue el representante de la Familia

de Boston. Era el único Don a quien sus colegas despreciaban. Tenía fama de no portarse bien con su gente y de ser un tramposo de tomo y lomo. Esto aún podía perdonársele. Pero lo que no tenía perdón era el hecho de que fuese incapaz de mantener el orden en su imperio. En el área de Boston había demasiados muertos, excesivas rencillas y gran cantidad de actividades incontroladas; la ley no inspiraba respeto alguno. Si los mafiosos de Chicago eran salvajes, los de Boston eran *gavooni*, es decir, rufianes. El Don de Boston se llamaba Domenick Panza. Era de baja estatura y muy gordo; como dijo uno de los jefes, parecía un ladrón.

El sindicato de Cleveland, quizás el más poderoso de Estados Unidos en lo que al juego se refería, estaba representado por un anciano de aspecto delicado y cabellos blancos. A sus espaldas le llamaban «el Judío», porque se había rodeado de colaboradores israelitas más que de sicilianos. Incluso se rumoreaba que había estado a punto de elegir a un judío como *consigliere*, pero que finalmente no se había atrevido. Sea como fuere, y del mismo modo que la familia Corleone era conocida como «la Banda Irlandesa» a causa de Tom Hagen, la Familia de Vincent Forlenza era conocida como «la Familia Judía». Y hay que reconocer que el mote respondía bastante a la realidad. Su organización era extremadamente eficiente, y a Don Vincent Forlenza nunca le había asustado la sangre, a pesar de su aspecto personal tan suave y delicado. Mandaba con mano de hierro envuelta en guante de terciopelo.

Los representantes de las Cinco Familias de Nueva York fueron los últimos en llegar. Tom Hagen quedó sorprendido al ver hasta qué punto el aspecto de éstos era mucho más imponente que el de los jefes de las otras ciudades. Los cinco de Nueva York estaban en la más pura tradición siciliana; eran «hombres de pelo en pecho», es decir, enérgicos y valientes, y también, para no desentonar, altos y corpulentos. Los cinco poseían una cabeza leonina, con rasgos acusados y duros. No eran excesivamente elegantes ni parecían conceder mucha importancia a su aspecto personal, sino que tenían el aire de despreocupación de los hombres ocupados y carentes de vanidad.

Uno de ellos era Anthony Stracci, que controlaba el área de Nueva Jersey y el embarque de mercancías en los muelles del West Side de Manhattan. También se ocupaba del juego, y contaba con excelentes contactos en el Partido Demócrata. Poseía una flota de camiones con la que obtenía auténticas fortunas, debido, principalmente, a que sus vehículos podían llevar sobrecarga sin miedo a que algún inspector decidiera impedírselo. Y si sus enormes y sobrecargados camiones estropeaban la calzada, su empresa de construcción de carreteras —beneficiaria de lucrativos contratos gubernamentales— la reparaba. Su situación era la ideal para cualquier hombre de empresa: tenía un negocio que generaba otros negocios. Stracci también era anticuado, por lo que nunca había querido saber nada con la prostitución, y si intervenía en el tráfico de drogas, no lo hacía tanto por deseo propio como obligado por la circunstancia de controlar los muelles. De las Cinco Familias de Nueva York que se enfrentaban a los Corleone, la suya era la menos poderosa, pero la que ocupaba una mejor posición.

La Familia que controlaba el norte del estado de Nueva York, la que se ocupaba de la entrada clandestina de inmigrantes italianos en Estados Unidos —a través de la frontera canadiense—, la que tenía en sus manos el juego en la zona septentrional del estado y la que ejercía el derecho de veto en las licencias para organizar carreras de caballos, estaba encabezada por Ottilio Cuneo. Éste, un hombre de aspecto sosegado, rostro redondo y cuerpo rechoncho de panadero, era propietario de una de las principales empresas lecheras del país. Cuneo amaba a los niños, hasta el punto de llevar siempre los bolsillos repletos de golosinas para sus nietos y los hijos o nietos de sus asociados. Se tocaba con un sombrero de fieltro con el ala vuelta toda hacia abajo —como si fuera un sombrero femenino para el sol— que contribuía a que su cara pareciese aún más redonda y jovial. Era uno de los pocos jefes que nunca había sido arrestado y cuyas verdaderas actividades nunca habían estado bajo sospecha. En alguna ocasión había formado parte de comités cívicos y nombrado «hombre de negocios del año en el estado de Nueva York» por la Cámara de Comercio.

El más firme aliado de la familia Tattaglia era Don Emilio Barzini. Controlaba una parte del juego en Brooklyn y Queens, todas las actividades de la zona de Staten Island y las agencias clandestinas de apuestas del Bronx y Westchester. Era un hombre muy duro. Además, tenía intereses en la prostitución y el tráfico de drogas. Tenía muy buenos contactos en Cleveland y la Costa Oeste, y era uno de los pocos hombres lo bastante inteligentes para interesarse por Las Vegas y Reno, las «ciudades abiertas» de Nevada. Tenía asimismo intereses en Miami y Cuba. Después de la familia Corleone, era, quizá la más fuerte de Nueva York y, por lo tanto, del país. Su influencia llegaba incluso a Sicilia. Estaba metido en todas las actividades ilegales. Se rumoreaba que tenía intereses incluso en Wall Street. Desde el comienzo de la guerra había apoyado a los Tattaglia con dinero e influencia. Ambicionaba reemplazar a Don Corleone como el más respetado y poderoso jefe de la Mafia, y hacerse con parte del imperio de aquél. Era un hombre muy parecido al Padrino, pero más moderno, más sofisticado. Contaba con la confianza de todos los miembros de su Familia, y aunque irradiaba una tremenda y fría energía, carecía de la cordialidad de Don Corleone. En aquel momento, el hombre más «respetado» del grupo tal vez fuera él.

El último en llegar fue Don Phillip Tattaglia, el jefe de la Familia que se había atrevido a desafiar el poder de los Corleone al apoyar a Sollozzo, y que había estado a punto de triunfar. Sin embargo, los otros no le tenían en un concepto muy elevado. Se sabía que se había dejado dominar por Sollozzo, y se le consideraba directamente responsable del actual malestar, que de forma tan negativa influía en los negocios de las Familias de Nueva York. Tenía sesenta años y era un conquistador empedernido. Naturalmente, mujeres no le faltaban, pues la familia Tattaglia se dedicaba al negocio de la prostitución. También controlaba la mayoría de los *night-clubs* de Estados Unidos —cuando le interesaba promocionar a una artista, la hacía actuar en los mejores locales de las más importantes ciudades del país— y varias empresas discográficas que tenían bajo contrato a los más prometedores cantantes. Sin embargo, la principal fuente de ingresos de la Familia era la prostitución.

Los otros jefes encontraban desagradable su personalidad. Siempre se quejaba. De los gastos —facturas de la lavandería, toallas, etc.—, que se comían todas las ganancias; aunque olvidaba decir que la lavandería era suya. De las chicas, que eran perezosas e indignas de confianza, ya que unas huían, otras se suicidaban... De los rufianes, que eran traidores y deshonestos, y no sabían lo que significaba la palabra lealtad. Según él, era difícil encontrar buenos colaboradores. A los jóvenes sicilianos no les gustaba ese tipo de trabajo, pues consideraban que abusar de las mujeres era una vileza, pero en cambio eran capaces de cortarle el cuello a cualquiera por el motivo más nimio. ¡Los muy imbéciles! Por todo ello, los colegas de Phillip Tattaglia encontraban a éste muy antipático. Sus quejas más lastimeras las reservaba para las autoridades que tenían el poder de conceder o negar licencias para expender licores en sus clubs. Juraba que había hecho más millonarios él con el dinero que pagaba a los guardianes de los sellos oficiales, que Wall Street con sus operaciones financieras.

No dejaba de ser curioso el hecho de que su casi victoriosa guerra contra la familia Corleone no le hubiera granjeado el respeto que creía merecer. En realidad, todos sabían que su fuerza había procedido, primero de Sollozzo y luego de la familia Barzini, no obstante lo cual, y a pesar de tener a su favor el factor sorpresa, no había podido vencer. Y eso era otra prueba contra él. Si hubiese sido más eficiente, no habría habido necesidad de convocar aquella conferencia. La muerte de Don Corleone habría significado el fin de la guerra.

Phillip Tattaglia y Don Corleone, que habían perdido sendos hijos en aquella guerra, se saludaron con una leve inclinación de la cabeza. Todos los presentes estaban pendientes de la reacción del segundo de aquellos. Intentaban descubrir qué huella de debilidad habrían dejado en su rostro las heridas y las últimas derrotas, y se esforzaban en adivinar si el Don buscaba la paz, porque, ahora que su hijo había muerto debía de sentirse derrotado y cada día más débil. Pronto saldrían de dudas.

Hubo profusión de saludos, se sirvieron bebidas y pasó otra media hora antes de que Don Corleone tomara asiento en la cabecera de la pulimentada mesa de nogal. Discretamente, Hagen se sentó a la izquierda del Don, pero un poco atrás. Los otros jefes ocuparon también los lugares que les habían sido destinados, con sus *consiglieri* sentados detrás de ellos, dispuestos a ofrecer su consejo en caso de necesidad.

Don Corleone fue el primero en hablar, y lo hizo como si nada hubiese ocurrido, como si no hubiese sido gravemente herido, como si no le hubiesen matado a su hijo mayor. A juzgar por sus palabras, nadie habría dicho que su imperio estaba tambaleándose y su familia dispersa, ya que Freddie se hallaba en el Oeste, bajo la protección de la familia Molinari, y Michael en las áridas tierras de Sicilia, escondido. Con toda naturalidad, en dialecto siciliano, dijo:

—Quiero darles a todos las gracias por haber venido. Considero este hecho como un favor personal, y por ello quedo en deuda con todos y cada uno de ustedes. Ante todo, quiero que sepan que no estoy aquí para discutir ni para convencer, sino para dialogar. Y como hombre razonable que soy, haré cuanto esté en mi mano para que nos despidamos siendo amigos. Les doy mi palabra de que así pienso hacerlo, y aquellos de ustedes que me conocen bien, saben que nunca falto a mi palabra. Ahora, vayamos al grano. Todos nosotros somos hombres de honor, por lo que no será necesario firmar documento alguno. Después de todo, no somos abogados.

Hizo una pausa. Ninguno de los otros jefes habló. Algunos fumaban, otros bebían, pero todos eran hombres que sabían escuchar y que, sin excepción, se habían negado a aceptar las leyes de la sociedad; eran hombres que no se dejaban dominar por nadie. Y nadie era capaz de dominarlos, a menos que ellos se lo permitiesen. Eran hombres que, para mantener su independencia, llegaban al asesinato de ser necesario. Sólo la muerte podía doblegar su voluntad. O la razón.

Don Corleone suspiró y prosiguió:

—El cómo se ha llegado a esta situación, no importa. Ha sido una locura pasajera. Han ocurrido cosas que nunca debieron ocurrir, y por eso las considero errores innecesarios. Pero dejen que les diga lo que ha ocurrido, tal como yo lo veo... —Hizo una pausa como para ver si alguien tenía algo que objetar al hecho de que contara su versión de lo ocurrido—. Ya estoy completamente restablecido, gracias a Dios, y tal vez pueda ayudar a resolver este asunto a satisfacción de todos. Quizá mi hijo era demasiado violento, demasiado testarudo; me guardaré mucho de afirmar lo contrario. Pero esto es otro asunto. Permítanme que les diga que Sollozzo vino a proponerme un negocio, pidiéndome mi dinero e influencia y diciéndome que la familia Tattaglia también participaría en el mismo. Era algo relacionado con el tráfico de drogas, negocio en el que no estoy interesado pues soy un hombre tranquilo y los narcóticos son algo muy complicado. Así se lo expliqué a Sollozzo; con todo respeto hacia él y la familia Tattaglia. Le dije «no», pero amablemente. Le dije que su negocio y el mío eran distintos, pero no que tuviese algo que objetar a que se ganara la vida con las drogas. Él lo tomó a mal, y con ello consiguió llevar la desgracia a nuestras familias. Bien, así es la vida. Todos podemos contar historias tristes. Yo no pienso hacerlo.

Don Corleone hizo otra pausa, y a una señal suya Hagen le sirvió un refresco. Bebió un trago y continuó:

—Deseo que haya paz. Tattaglia ha perdido un hijo, y yo también. Así pues, estamos igualados. ¿Qué ocurriría si la gente no olvidara sus agravios y rencores? Esa, precisamente, ha sido la cruz de Sicilia, donde los hombres están tan ocupados en sus *vendette* que no tienen tiempo de ganar el sustento para sus hijos. Es una locura. Así, pues, propongo que dejemos que las cosas sigan como antes. Nada he hecho para descubrir a quienes traicionaron y a quienes mataron a mi hijo. Si hay paz, no lo haré. Tengo un hijo que no puede regresar a casa, y debo recibir garantías de que cuando vuelva no correrá peligro de que las autoridades lo detengan. Una vez que hayamos arreglado este punto, señores, creo que podremos hablar de otros asuntos que a todos interesan, y estoy convencido de que esta reunión será beneficiosa para todos. —Y terminó su parlamento confesando, con un gesto expresivo—: Eso es lo que deseo de corazón.

Había hablado muy bien. Era el Don Corleone de siempre. Razonable, flexible, suave. Pero todos se habían dado cuenta de que había dicho que volvía a disfrutar de buena salud, lo que significaba que no se consideraba derrotado, a pesar de las desgracias sufridas. También notaron todos que había dicho que no valía la pena discutir otros asuntos, si no se comprometían a garantizar la paz.

Y, finalmente, todos recordaban que había solicitado que todo siguiera como antes, es decir, que los Corleone conservarían su imperio, a pesar de los reveses de los últimos tiempos.

Quien respondió a Don Corleone no fue Tattaglia, sino Emilio Barzini. Habló en tono áspero, aunque no rudo ni insultante.

—Todo lo que ha dicho es cierto. Pero hay algo más. Don Corleone es demasiado modesto. El hecho es que Sollozzo y los Tattaglia no podían emprender su nuevo negocio sin la ayuda de Don Corleone. Su negativa la consideraron como una ofensa. No es culpa de Don Corleone, naturalmente, pero lo cierto es que los jueces y los políticos que estarían dispuestos a recibir favores de Don Corleone, aun tratándose de drogas, no permitirían que influyese sobre ellos nadie que no fuera él. Sollozzo no podía operar si no contaba con la seguridad de que nadie se metería con sus hombres. Eso lo sabemos todos, pues de otro modo seríamos pobres como las ratas. Y ahora que las leyes son más severas, los jueces y los fiscales se muestran tremendamente duros cuando uno de nuestros hombres cae en sus garras. Las drogas son peligrosas. Hasta un siciliano puede quebrantar la *omertà* y decir todo lo que sabe, si lo sentencian a veinte años. Y eso no puede ser. Don Corleone controla todo ese aparato; por lo tanto, su negativa a permitirnos usarlo es impropia de un amigo. Equivale a quitar el pan de la boca a nuestra familia. Los tiempos han cambiado. Ya no es como antes, cuando cada uno podía seguir su camino sin preocuparse de los demás. Si Corleone tiene los jueces de Nueva York, debe compartirlos con nosotros. Puede pasarnos factura por tales servicios, naturalmente, pues después de todo no somos comunistas. Pero debe dejarnos sacar agua del pozo. Ni más, ni menos.

Cuando Barzini terminó de hablar, se produjo una pausa. No podía volverse a la situación anterior. Lo más importante de lo que Barzini había dicho —sin decirlo— era que si no se llegaba a un acuerdo de paz, se uniría abiertamente a los Tattaglia en la lucha contra los Corleone. Y había señalado que la vida y la fortuna de todos ellos dependía de que se ayudaran mutuamente, y que una negativa en este sentido era como un acto de agresión. Los favores no se pedían a la ligera, por lo que tampoco podían negarse con ligereza.

—Amigos míos —repuso Don Corleone—, si me negué no fue por mala voluntad. Todos ustedes me conocen. ¿Cuándo me he negado a negociar? En aquella ocasión, sin embargo, tuve que decir que no. ¿Por qué? Porque pienso que el asunto de las drogas será, en el futuro, nuestra perdición. El tráfico de drogas está muy mal visto en este país. No es como el whisky, el juego o las mujeres, tres cosas que la mayoría de la gente quiere y que sólo son prohibidas por los *pezzonovante* de la Iglesia y el Gobierno. Las drogas son peligrosas para todos los que intervienen en ellas. Podrían perjudicar los demás negocios. Por lo demás, permítanme que les diga que me halaga el que se considere que puedo influir tanto sobre jueces y políticos. Me gustaría que fuese cierto. Poseo cierta influencia, es verdad, pero muchas de las personas que respetan mis consejos dejarían de hacerlo si en nuestras relaciones se mezclaran las drogas. Tienen miedo de verse envueltos en ese negocio, que, además, va contra sus sentimientos. Los policías que nos ayudan en el juego y en otras cosas, no nos ayudarían tratándose de narcóticos, ténganlo por seguro. Así pues, pedirme un favor relacionado con drogas, equivale a pedirme que me perjudique a mí mismo. Sin embargo, estoy dispuesto a hacerlo, si todos ustedes lo consideran indispensable para arreglar otros asuntos.

Cuando Don Corleone hubo terminado de hablar, buena parte de la tensión que reinaba en la sala desapareció. Había cedido en el punto más importante. Ofrecería su protección en el negocio de las drogas. De hecho, aceptaba la proposición de Sollozzo, sólo que ahora eran las Familias más importantes del país las que le hacían las propuestas. Se sobreentendía que él no participaría en la fase operativa ni, a diferencia de lo que Sollozzo había deseado, invertiría dinero alguno en ello. Sólo prestaría su influencia. De todos modos, era una formidable concesión.

El Don de Los Ángeles, Frank Falcone, se dirigió a la audiencia:

—No hay forma de evitar que la gente se dedique a ese negocio. Lo hacen por su cuenta y riesgo, y, como es natural, se meten en dificultades. El asunto de las drogas resulta irresistible, pues es mucho el dinero que se puede ganar. Y si bien es peligroso, el peligro es todavía mayor si no intervenimos nosotros. Por lo menos, nuestra intervención es garantía de una mejor organización, con lo que los riesgos disminuyen. El dedicarnos a los narcóticos no es tan malo, después de todo, pues debe existir un control, una protección, una organización. No podemos dejar que cada uno haga lo que le dé la gana. La anarquía nunca ha sido beneficiosa.

El Don de Detroit, mejor dispuesto hacia la persona de Don Corleone que cualquiera de los otros jefes, habló también en contra de la posición de su amigo, en aras de la razón.

—No creo en las drogas —dijo—. Durante años he estado pagando más de lo debido a mi gente para que no se sintiera tentada de meterse en ese negocio. Pero todo ha sido inútil. Llega alguien y les dice: «Tengo nieve. Si pones tres mil o cuatro mil dólares, puedes ganar cincuenta mil.» ¿Quién es capaz de resistir la tentación? Y están tan ocupados con las drogas, que hacen mal el trabajo por el que les pago. Las drogas dan más dinero. Y creo que los beneficios serán cada vez mayores. Como no hay forma de pararlo, debemos controlarlo y procurar que sea respetable. No quiero que se vendan drogas cerca de las escuelas, no quiero que se vendan a los niños. Eso sería una *infamità*. En mi ciudad, yo trataría de limitar el uso de la droga a los negros. Son los mejores clientes, los que crean menos problemas y, al fin y a la postre, unos animales. No respetan a sus esposas ni a sus familiares; ni siquiera se respetan a sí mismos. Dejémosles que se sacien de drogas... Debemos llegar a un acuerdo, no podemos permitir que cada uno haga lo que le venga en gana.

El discurso del Don de Detroit fue recibido con murmullos de aprobación. Había puesto el dedo en la llaga. Por mucho que se pagara, era imposible mantener a la gente apartada de los narcóticos. Con lo que había dicho de los niños había dado una nueva prueba de su sensibilidad y su buen corazón. Aunque, bien mirado, a ¿quién se le ocurriría vender drogas a los niños? ¿De dónde sacarían éstos el dinero? Lo que había dicho de los negros era hablar por hablar. Se consideraba que los negros carecían de fuerza, que el que toleraran que la sociedad los mirase como ciudadanos de segunda demostraba que no contaban. Por ello, al mencionarlos así, el Don de Detroit había demostrado que no sabía distinguir lo importante de lo que no lo era.

Todos los jefes hablaron, y coincidieron en afirmar que el tráfico de drogas no les gustaba, pero puesto que era imposible evitar que existiera, lo mejor era controlarlo. Había mucho dinero en juego; tanto, que siempre existirían hombres que se arriesgarían a todo para conseguirlo. La naturaleza humana no podía cambiarse.

De modo que se decidió permitir el tráfico de drogas, y se acordó que Don Corleone proporcionaría una cierta protección legal en el Este, mientras que los Barzini y los Tattaglia se harían cargo de la mayor parte de las operaciones importantes.

Una vez de acuerdo en el tema de los narcóticos, los reunidos pasaron a discutir otros asuntos. Los problemas a resolver eran muchos y muy complejos. Se acordó que

Las Vegas y Miami debían ser «ciudades abiertas», es decir, que cualquiera de las Familias podía operar en ellas. Todos coincidían en que eran las ciudades del futuro. Se resolvió asimismo que no se permitirían actos violentos en dichas ciudades, de modo que a los delincuentes se los escarmentaría para que se marcharan a otra parte. Cuando fuera necesario ejecutar a alguien cuya muerte pudiese causar demasiado revuelo, habría que contar con la aprobación de los reunidos en el cónclave. Los «soldados» tendrían que abstenerse de matarse unos a otros por venganzas y cuestiones personales. Las Familias se ayudarían mutuamente en cuestiones tales como préstamo de ejecutores, soborno de jurados, etc.; es decir, en todas aquellas materias que, en ciertos casos, eran de vital importancia. Llegar a acuerdos en este sentido llevó mucho tiempo. Finalmente, Don Barzini pensó que había llegado el momento de poner fin a la reunión.

—Así pues, eso es todo —dijo—. Hemos alcanzado la paz, que es lo importante, y bastantes acuerdos. Ahora quiero presentar mis respetos a Don Corleone, en honor a su justa fama de hombre de palabra. Si en el futuro se producen otras diferencias, volveremos a reunirnos; no hay necesidad de cometer locuras. Por mi parte, lo pasado, pasado. Y estoy muy contento de que todo se haya arreglado.

Sólo Phillip Tattaglia no se mostraba muy satisfecho. Si volvía a estallar la guerra, la muerte de Santino Corleone lo convertía en el hombre más vulnerable del grupo. Por vez primera, Don Tattaglia se extendió al hablar.

—He dado mi conformidad a todo cuanto se ha decidido aquí —afirmó—. Estoy dispuesto a olvidar las desgracias que he sufrido, pero quisiera que Corleone puntualizara ciertas cosas. ¿Intentará vengarse? Si pasado el tiempo su posición se hace más fuerte, ¿olvidará que nos hemos jurado amistad? ¿Cómo puedo estar seguro de que dentro de tres o cuatro años no pensará que las circunstancias lo obligaron a aceptar este acuerdo, considerándose, por lo tanto, libre de todo compromiso? ¿Habremos de estar permanentemente en guardia o, por el contrario, podremos estar tranquilos? ¿Puede Don Corleone darnos su palabra, como yo doy la mía?

Fue entonces cuando Don Corleone pronunció uno de esos discursos que son largamente recordados. En él reafirmó su posición como el hombre con más visión del futuro de todos los allí presentes, así como el que poseía más sentido común. Sus palabras eran sinceras, y llegaron al corazón de todos los presentes. Fue entonces cuando acuñó una frase que se haría famosa, aunque el público no tuvo conocimiento de ella hasta pasados diez años.

Por vez primera, Don Corleone se puso de pie para dirigirse a los reunidos. No era alto, y estaba un poco delgado debido a los días pasados en cama. No obstante, y aun cuando saltaba a la vista que había envejecido, no cabía duda de que había recuperado su antiguo vigor, tanto físico como mental.

—¿Qué clase de hombres seríamos si careciéramos de la facultad de razonar? —comenzó—. Seríamos como las bestias de la selva. Pero la razón preside todos nuestros actos. Podemos razonar el uno con el otro, podemos razonar con nosotros mismos. ¿De qué me serviría reanudar las hostilidades, reanudar la violencia? Mi hijo está muerto, y su muerte es una desgracia que debo soportar. ¿Por qué tendría que hacer que el mundo sufriera conmigo? Doy mi palabra de honor de que no intentaré vengarme y olvidaré las ofensas pasadas. Saldré de aquí lleno de buena voluntad. Permítanme decirles que debemos velar siempre por nuestros intereses. Todos nosotros somos hombres sin un pelo de tontos, que nos hemos negado a ser muñecos en manos de los poderosos. Y hemos tenido suerte en este país. La mayoría de nuestros hijos han encontrado una vida mejor. Algunos de ustedes tienen hijos que son profesores, científicos, músicos. Sus nietos serán, tal vez, los nuevos *pezzonovante*. Pero ninguno de nosotros quiere que sus hijos sigan nuestros pasos, porque sabemos cuán dura es esta vida. Todos creemos que ellos pueden ser como los demás, que nuestro valor servirá para proporcionarles posición y seguridad. Tengo nietos, y espero que sus hijos lleguen a ser gobernadores o, incluso, presidentes. Quién sabe, en América todo es posible. Pero debemos empezar a luchar para ponerlos a la altura de los tiempos. Ya ha pasado la hora de las pistolas y los asesinatos. Debemos ser astutos como los demás hombres de negocios, y ello repercutirá en beneficio de nuestros hijos y de los hijos de nuestros hijos. No tenemos obligación alguna con respecto a los *pezzonovante* que se consideran a sí mismos como rectores del país, que pretenden dirigir nuestras vidas, que declaran las guerras y nos dicen que luchemos por el país. Porque, en realidad, lo que quieren es defender sus intereses personales. ¿Por qué debemos obedecer unas leyes dictadas por ellos, para su propio beneficio y en perjuicio nuestro? Y ¿con qué derecho se inmiscuyen cuando pretendemos proteger nuestros intereses? Nuestros intereses son *cosa nostra*. Nuestro mundo es *cosa nostra*, y por eso queremos ser nosotros quienes lo rijan. Por lo tanto, debemos mantenernos unidos, pues es el único modo de evitar interferencias, o de lo contrario nos dominarán, como dominan ya a millones de napolitanos y demás italianos de este país. Por esta razón resuelvo no vengar la muerte de mi hijo. El bien común es lo primero. Juro que mientras yo sea el jefe de mi Familia, ninguno de los míos levantará un solo dedo contra ninguno de los aquí presentes, salvo que la provocación sea intolerable. Estoy dispuesto a sacrificar mis intereses comerciales en aras del bien común. Esta es mi palabra de honor. Y todos los aquí reunidos saben que mi palabra ha sido siempre sagrada. Pero tengo un problema personal. Mi hijo menor se ha visto obligado a huir, acusado de las muertes de Sollozzo y de un capitán de la policía. Debo hacer cuanto esté en mi mano para que regrese a casa, libre de esos cargos falsos, y sé que ése es un problema exclusivamente mío. Sí, he de buscar a los verdaderos culpables o, en todo caso, convencer a las autoridades de la inocencia de mi hijo. Es posible que los testigos rectifiquen sus declaraciones, que se retracten de sus mentiras... Repito que es un asunto que debo resolver yo, y creo que finalmente mi hijo podrá regresar. Bien. Pero quiero que sepan que entre mis defectos se cuenta el de ser un hombre supersticioso. Es ridículo, lo sé, pero no puedo evitarlo. Y si mi hijo menor sufriera algún desgraciado percance, si algún policía lo matara accidentalmente, si lo encontraran colgado en su celda, si aparecieran nuevos testigos de cargo, mi superstición me haría creer que ello se había debido a la mala voluntad de alguno o algunos de los aquí presentes. Quiero decirles más; si mi hijo resulta herido de muerte por un rayo, culparé de ello a los aquí reunidos; si su avión cae al mar o su barco se hunde en las profundidades del océano, si contrae unas fiebres mortales o su automóvil es arrollado por un tren, mi ridícula superstición me hará creer que la culpa la tienen ustedes. Señores, esa mala voluntad, esa mala suerte, no podría perdonarla jamás. Aparte de eso, les juro por el alma de mis nietos que nunca romperé la paz que hemos acordado. Después de todo, ¿somos o no somos mejores que esos *pezzonovante* que han matado a millones y millones de personas en nombre de la patria?

Pronunciadas estas palabras, Don Corleone se acercó a Don Phillip Tattaglia. Tattaglia se levantó y los dos hombres se abrazaron y se besaron en las mejillas. Los otros jefes se pusieron de pie y, después de aplaudir, se estrecharon mutuamente las manos, celebrando la amistad de Don Corleone y Don Tattaglia. La recientemente sellada amistad tal vez no fuese muy calurosa, pero sí respetable. Aunque jamás se cruzaran regalos de Navidad, por lo menos tampoco se matarían el uno al otro. En su mundo, esa amistad era suficiente.

Dado que su hijo Freddie estaba en el Oeste bajo la protección de la familia Molinari, concluida la reunión Don Corleone dio las gracias al Don de San Francisco y, por lo que éste le dijo, comprendió que Freddie se encontraba muy bien en aquella ciudad, entre otras cosas porque tenía mucho éxito con las mujeres. También parecía poseer grandes condiciones para dirigir un hotel, con lo que Don Corleone quedó agradablemente sorprendido, al igual que ocurre a muchos padres cuando se enteran de que sus hijos poseen talentos que ellos desconocían. Realmente, las grandes desgracias tienen a veces su compensación. Corleone dijo al Don de San Francisco que le debía un gran favor por haber protegido a Freddie, y que echaría mano de toda su influencia para que pudiera seguir controlando las carreras de caballos en el Oeste, más allá de los cambios que en el futuro se operaran en las estructuras políticas. Esta garantía era muy importante, pues las autoridades luchaban contra el monopolio ejercido por los Molinari en los hipódromos, y, además, los de Chicago no paraban de interferir. Pero la influencia de Don Corleone llegaba incluso hasta aquellas tierras salvajes, así que su promesa equivalía a un valioso regalo.

Era ya de noche cuando Don Corleone, Tom Hagen y el chófer y guardaespaldas, Rocco Lampone, llegaron a la finca de Long Beach. Cuando entraban en la casa, Don Corleone dijo a Hagen:

—Nuestro chófer, Lampone, creo que es un hombre valioso. Quiero que lo tengas en cuenta.

Hagen no pudo evitar sentirse extrañado. Lampone no había pronunciado una sola palabra en todo el día, ni siquiera había dirigido la mirada a sus dos pasajeros. Eso sí, era un buen chófer y se había comportado a la perfección, abriendo incluso la puerta al Don para que se apeara, pero eso lo hubiera hecho cualquier chófer conocedor de su oficio. Estaba claro que el Don había advertido algo que a él se le había escapado.

El Don despidió a Hagen, no sin antes indicarle que quería verlo después de cenar y que durmiera un poco, pues la reunión se prolongaría hasta altas horas de la noche. A ella asistirían Clemenza y Tessio, que no llegarían antes de las diez de la noche. Le indicó también que informara a los dos *caporegimi* de lo que se había hablado en la conferencia con los otros jefes de las Familias.

A las diez en punto el Don ya estaba esperando la llegada de los tres hombres en su despacho, delante de su teléfono especial. Sobre la mesa había una bandeja con botellas de whisky, hielo y soda. Cuando se hubieron presentado, el Don dijo:

—Esta tarde hemos acordado la paz. He dado mi palabra de honor y eso debería ser suficiente para todos. Pero nuestros amigos no son muy de fiar, por lo que tendremos que permanecer en guardia. No debemos exponernos a más sorpresas desagradables. —Volviéndose hacia Hagen, añadió—: ¿Has dejado libres a los rehenes de Bocchicchio?

—He llamado a Clemenza en cuanto he llegado a casa —contestó Hagen.

Corleone miró al corpulento Clemenza, quien hizo un gesto de asentimiento y dijo:

—Los he dejado en libertad. Ahora bien, Padrino, ¿es posible que un siciliano sea tan estúpido como los Bocchicchio aparentan ser?

Don Corleone esbozó una sonrisa.

—Son lo bastante listos para ganar dinero de sobra. ¿Para qué iban a serlo más? Por otra parte, los Bocchicchio no son los causantes de los problemas de este mundo. Aunque, ciertamente, carecen de la inteligencia siciliana.

Estaban de buen humor, ahora que la guerra había terminado. Don Corleone preparó bebidas para los cuatro y, entre sorbo y sorbo, encendió un cigarro.

—No quiero que se haga nada para descubrir lo que

le ocurrió a Sonny; la cosa ya no tiene remedio y debemos olvidarla. Quiero cooperar con las otras Familias, aun cuando ello suponga un perjuicio económico para nosotros. Hasta que Michael no esté en casa, la paz no debe romperse, ni siquiera si nos provocan. Y quiero que recordéis una cosa; cuando Michael vuelva, su regreso debe ser absolutamente seguro. No hablo por los Tattaglia o los Barzini, sino por la policía. Sé, naturalmente, que podemos destruir las pruebas que hay contra él; el camarero no declarará, como tampoco va a hacerlo aquel pistolero o lo que fuera. Las pruebas reales son lo que menos debe preocuparnos. Lo que debemos temer son las pruebas fabricadas por la policía. Ésta cree, según algunos confidentes, que Michael es el autor de la muerte de su capitán. Muy bien. Tenemos que pedir a las Cinco Familias que hagan todo lo posible para que la policía modifique esta creencia. Los hombres que tienen dentro de la policía deben contar nuevas versiones. Creo que los otros jefes, después de las palabras que he pronunciado esta tarde, comprenderán que les interesa acceder a nuestra demanda. Pero eso no es suficiente. Debemos procurar que Michael nunca más tenga que volver a preocuparse por la cuestión de la muerte del capitán. De otro modo, no tendría sentido que regresara. Así pues, pensemos en lo que debe hacerse. Eso es lo que más importa ahora.

Don Corleone bebió un poco de whisky y prosiguió:

—Todo hombre tiene derecho a cometer una locura en su vida. Pues bien, la mía es la siguiente. Quiero que compremos las tierras y las casas que rodean la finca. No quiero que nadie pueda ver mi jardín, ni siquiera desde un kilómetro de distancia. Quiero que se levante una valla alrededor de la propiedad y que ésta se mantenga protegida las veinticuatro horas del día. En resumen, quiero vivir en una fortaleza a la que sólo pueda accederse por un sitio único, por ejemplo una puerta abierta en la valla. No volveré a ir a la ciudad a trabajar. En otras palabras, voy a iniciar una especie de retiro. Deseo dedicarme a cultivar mi huerto y a elaborar vino cuando las uvas estén maduras. Quiero vivir en mi casa. Sólo saldré para ir de vacaciones o resolver algún asunto importante, tomando las debidas precauciones, naturalmente. Pero no me entendáis mal. No estoy preparando nada, sino que me limito a ser prudente, como lo he sido siempre. Si hay algo que me disgusta es la despreocupación. Las mujeres y los niños pueden permitirse el lujo de ser descuidados, pero los hombres no. Haced lo que os he dicho y hacedlo con cuidado, para que nuestros amigos no se alarmen. Creo que todo puede hacerse de modo que parezca natural.

El Don hizo otra breve pausa y, tras beber otro trago y dar una larga calada a su cigarro, prosiguió:

—A partir de ahora iré dejando los asuntos cada vez más en manos de vosotros tres. El *regime* de Santino será abolido y sus hombres repartidos entre los vuestros. Eso demostrará a nuestros amigos que deseo la paz. En cuanto a ti, Tom, quiero que envíes algunos hombres a Las Vegas para que informen detalladamente de las posibilidades que existen allí. Infórmame también acerca de Fredo; quiero saber cómo le van las cosas. Me han dicho que está completamente cambiado. Parece ser que se ha convertido en un cocinero y un mujeriego. No tengo nada que objetar. De joven siempre fue demasiado serio y, además, nunca ha sido un hombre adecuado para los negocios de la Familia. Bien, tal y como te he dicho, quiero que estudies las posibilidades que ofrece Las Vegas.

—¿Puedo enviar a Carlo? —preguntó Hagen—. Nació en Nevada, lo que es una ventaja.

Don Corleone negó con la cabeza y explicó:

—Mi esposa se encuentra muy sola sin ninguno de sus hijos. Quiero que Constanza y su marido se instalen en una de las casas de la finca. A Carlo le daremos un empleo de responsabilidad; quizás haya sido demasiado duro con él. Además, estoy algo corto de hijos... Sácale del juego e introdúcelo en los sindicatos. Allí podrá desarrollar un trabajo administrativo y podrá hablar por los codos. Siempre ha sido muy hablador —añadió con un leve sarcasmo.

—Clemenza y yo nos ocuparemos de seleccionar a los hombres para Las Vegas —dijo Hagen—. ¿Quiere que le diga a Freddie que venga a pasar unos días a casa?

El Don negó con la cabeza.

—¿Para qué? —replicó ásperamente—. Mi esposa es una buena cocinera. Dejemos que se quede donde está.

Los tres hombres se movieron en sus sillas, incómodos. Empezaban a darse cuenta de hasta qué punto Freddie había caído en desgracia, e ignoraban el motivo de ello.

Don Corleone dejó escapar un profundo suspiro y agregó:

—Tengo intención de plantar pimientos y tomates en el huerto este año. Más de los que podamos comer. Habrá también para vosotros, desde luego. Quiero un poco de paz, un poco de calma. A mi edad, creo que es lo más conveniente. Bien, eso es todo. Tomad otra copa, si queréis.

Era una invitación a marcharse. Los tres hombres se levantaron. Hagen acompañó a Clemenza y a Tessio hasta sus automóviles. Concertó una cita con ambos para discutir los detalles de la operación de Las Vegas, y se despidió de ellos. Luego regresó a la casa, pues estaba seguro de que el Don estaría esperándolo.

Don Corleone se había quitado la chaqueta y la corbata, y estaba acostado en el sofá. Se lo veía fatigado. Hizo una seña a Hagen de que tomara asiento y dijo:

—Bien, *consigliere*, ¿hay algo que desapruebes de lo que he dicho antes?

Hagen no contestó de inmediato, sino que se tomó unos segundos antes de responder:

—No, pero sus planes están abiertamente en contradicción con su manera de ser, con su naturaleza. Usted asegura que no desea saber quién es el responsable de la muerte de Santino. Dice que no quiere vengarse. Pero no puedo creerle. Usted aceptó la paz, y sé que hará honor a su palabra, pero no puedo creer que esté dispuesto a dar a sus enemigos la victoria que parecen haber conseguido hoy. Y como no entiendo sus propósitos, mal puedo aprobarlos o desaprobarlos.

En el rostro del Don apareció una sonrisa de satisfacción.

—Nadie me conoce más que tú, Tom —dijo—. Y aunque no eres siciliano de nacimiento, lo eres por educación. Todo lo que dices es cierto, pero existe una solución, y estoy seguro de que no tardarás en descubrirla. Tienes razón, mantendré mi palabra. Por ello quiero que obedezcan mis órdenes. Lo más importante, Tom, es conseguir que Michael vuelva a casa cuanto antes; tenlo presente en todo momento. Explota todas las posibilidades legales, y no te preocupes por los gastos. Cuando Michael llegue a casa, debemos estar seguros de que las autoridades no harán nada en su contra. Consulta a los mejores abogados criminalistas. Te daré los nombres de algunos jueces que te concederán audiencia en privado... Hasta entonces debemos cuidarnos de posibles traiciones.

—Lo mismo que usted —reconoció Hagen—, opino que no son las pruebas verdaderas las que deben preocuparnos, sino las fabricadas. Si arrestan a Michael, cabe la posibilidad de que un policía lo mate. Pueden acabar con él en su celda, o bien encargar el trabajo a un recluso. Tal como yo lo veo, no podemos permitirnos el lujo de dejar que lo arresten o lo acusen.

—Lo sé, lo sé. Ésa es la dificultad. Pero debemos resolverla pronto. En Sicilia hay problemas. Allí los jóvenes ya no escuchan a los viejos, y los jefes locales se ven impotentes para manejar a los numerosos deportados de América. Michael podría verse implicado en esta especie de lucha de generaciones. He tomado mis precauciones, naturalmente, y por el momento no corre peligro, pero las cosas quizás empeorasen. Ésa es una de las razones por las que busqué la paz. Barzini tiene amigos en Sicilia, amigos que empezaban a interesarse demasiado por Michael. Busqué la paz para conseguir la seguridad de mi hijo. No podía hacer otra cosa.

Hagen no le preguntó al Don cómo había conseguido esa información. De hecho, ni siquiera le sorprendió el que la hubiese obtenido. Se limitó a decir, cambiando de tema:

—Si le parece, cuando me entreviste con los Tattaglia insistiré en que los hombres que se dediquen a los narcóticos no deben estar fichados. Los jueces se mostrarían reacios a ser benevolentes con hombres con antecedentes.

—Eso es cosa de los Tattaglia. Deben ser lo bastante inteligentes para prever esa clase de detalles. Menciónalo, sin insistir demasiado en ello. Haremos lo que podamos, pero si utilizan a un hombre fichado y éste cae en manos de las autoridades, no moveremos un solo dedo para salvarlo. Les diremos que no puede hacerse nada. Además, Barzini no tiene necesidad de que le adviertan las cosas. Jamás se compromete. Es un hombre que nunca se encuentra en el lado de los perdedores. Nadie sabe que se haya interesado en el negocio de las drogas, por ejemplo, y eso dice mucho en su favor.

—¿Significa eso que estaba detrás de Sollozzo y de los Tattaglia desde el primer momento?

—Tattaglia es un chulo de tres al cuarto. Nunca hubiera podido vencer a Santino. Es por eso por lo que no necesito saber qué ocurrió. Me basta con saber que Barzini intervino en el asunto.

El cerebro de Hagen trabajaba a toda velocidad. El Don estaba dándole una serie de datos, pero omitía algo muy importante. Y él, aun sabiendo de qué se trataba, prefería no hacer preguntas ni comentarios al respecto. Se despidió y se dispuso a salir de la estancia, pero el Don le retuvo un momento para decir:

—Usa de todos tus recursos para disponer la vuelta de Michael. Y otra cosa: preocúpate de obtener una lista mensual de todas las llamadas efectuadas y recibidas por Clemenza y por Tessio. No es que sospeche de ellos, te lo aseguro. Juraría que nunca van a traicionarme. Pero conocer sus andanzas no va a perjudicarnos. El saber no ocupa lugar, ya sabes.

Hagen asintió y salió de la habitación. Se preguntó si el Don estaría controlándolo también, pero al instante se avergonzó de su sospecha. Ahora ya estaba seguro de que la sutil y compleja mente del Padrino había ideado un plan de acción a largo plazo. La aparente derrota a manos de las otras Familias formaba parte de dicho plan.

21

Pasaría cerca de un año antes de que Don Corleone pudiera arreglar la vuelta de su hijo Michael a Estados Unidos. Durante ese tiempo la Familia se devanó los sesos intentando buscar la mejor manera de conseguir el regreso. Incluso se pidió la opinión de Carlo Rizzi, que ahora vivía en la finca y se llevaba más o menos bien con Connie, que había vuelto a ser madre. Pero ningún proyecto contó con la aprobación del Don.

Finalmente, fue la familia Bocchicchio la que, a través de una desgracia propia, resolvió el problema. El protagonista fue un primo del jefe de los Bocchicchio, un joven de unos veinticinco años de edad. Se llamaba Felix, había nacido en América y era más inteligente que todos los demás miembros del clan juntos. Tras negarse a entrar en el negocio de recogida de basuras de su familia, el muchacho se había casado con una guapa chica americana. Por las noches asistía a la universidad, pues deseaba convertirse en abogado, y de día trabajaba en una oficina. Tenían tres hijos, pero como su esposa era muy buena administradora, vivían decentemente de su pequeño salario, esperando que las cosas mejoraran en cuanto tuviese el título en el bolsillo.

Felix Bocchicchio pensaba, al igual que muchos jóvenes, que una vez que se hubiese graduado tendría mil oportunidades de hacerse con una buena posición en la vida. Pero la realidad fue muy diferente. Como era muy orgulloso, no quiso que su clan lo ayudara. Un día, un abogado amigo suyo, joven, muy bien relacionado y con un magnífico empleo en un importante bufete, pidió a Felix que le hiciera un pequeño favor. Era un asunto muy complicado y aparentemente legal, que estaba relacionado con una quiebra fraudulenta. Existía una probabilidad entre un millón de que el fraude fuera descubierto. Felix Bocchicchio se hizo cargo del asunto entre otras cosas porque, dado que la cuestión del fraude llevaba implícito el uso de las triquiñuelas legales aprendidas en la universidad, el mismo no parecía tan reprobable, y, ya puestos, ni siquiera ilegal.

El fraude fue finalmente descubierto. El abogado amigo de Felix se negó a ayudarlo, hasta el punto de que incluso rehusó contestar a sus llamadas telefónicas. Los protagonistas del fraude, dos astutos hombres de negocios de mediana edad, se declararon culpables y se mostraron dispuestos a cooperar plenamente con las autoridades. Acusaron a Felix Bocchicchio de ser el verdadero responsable, pues, argumentaron, pretendía controlar su negocio, para lo que los había obligado a cooperar con él amenazándolos de muerte si no lo hacían. Salió a relucir su parentesco con el clan de los Bocchicchio, y eso fue lo que más perjudicó a Felix. Los dos hombres de negocios fueron condenados y su sentencia suspendida, mientras que Felix Bocchicchio era sentenciado a una pena de uno a cinco años de cárcel. Estuvo tres años en prisión, sin que los suyos pidieran ayuda a ninguna de las demás Familias por considerar que Felix merecía una buena lección. ¿Acaso les había pedido él ayuda al terminar sus estudios? Felix debía aprender a confiar en la Familia, ya que ésta era más leal y digna de confianza que la sociedad.

Cuando Felix Bocchicchio fue puesto en libertad, tres años más tarde, se dirigió a su casa, besó a su esposa y a sus tres hijos y vivió tranquilamente durante un año. Pero finalmente demostró que, después de todo, pertenecía al clan Bocchicchio. Se procuró una pistola y acribilló al abogado amigo suyo. Seguidamente buscó a los dos hombres de negocios y, con extraordinaria sangre fría, los mató a la salida de un restaurante, tras lo cual entró en éste, pidió un café y se dispuso a esperar pacientemente la llegada de la policía.

El juicio fue breve; los jueces, inflexibles. Un miembro de los bajos fondos había asesinado a los testigos que lo habían enviado a la cárcel. El público, la prensa e incluso las organizaciones humanitarias esparcidas por todo el país, se mostraron de acuerdo en que Felix Bocchicchio debía morir en la silla eléctrica. «El gobernador del estado no concederá clemencia a ese perro rabioso», dijo uno de los más cercanos colaboradores de aquél. El clan Bocchicchio gastó enormes sumas de dinero, apeló al Tribunal Supremo, intentó por todos los medios que la sentencia fuera conmutada; pero fue inútil. Felix Bocchicchio debía morir en la silla eléctrica.

Fue Hagen quien hizo que el Don se interesara en el caso, a petición de uno de los Bocchicchio, pues confiaban en que él pudiera hacer algo por el joven. Don Corleone no les dio esperanza alguna; él no era mago, y la gente le pedía imposibles. Pero al día siguiente, llamó a Hagen para que le contara el caso con todo detalle. Cuando su hijo adoptivo hubo terminado de hablar, Don Corleone le ordenó que citara al jefe de los Bocchicchio, para hablar con él.

Don Corleone demostró ser un hombre genial. Le garantizó al jefe del clan Bocchicchio que la esposa y los hijos de Felix recibirían de por vida una elevada pensión. Prometió entregar de inmediato una cuantiosa cantidad, a modo de anticipo... Y todo ello si Felix se declaraba culpable de la muerte de Sollozzo y del capitán McCluskey. En su situación, esto no lo perjudicaría demasiado.

Eran muchos los detalles que había que arreglar. La confesión de Felix debía ser convincente. Por lo tanto, había que ponerlo al corriente de lo sucedido entre Michael, Sollozzo y McCluskey, y convencer al camarero del restaurante de que lo identificara como el verdadero asesino. Esto último no sería fácil, pues la descripción tendría que ser muy distinta de la que había dado; Felix Bocchicchio era mucho más bajo y corpulento que Michael Corleone. Pero el Don se ocuparía de arreglarlo todo. Puesto que el condenado siempre había creído con fervor en los beneficios de la educación y la cultura, y puesto que seguramente querría que sus hijos asistieran a la universidad, Don Corleone pagaría una fuerte suma que aseguraría la educación superior de sus tres hijos. Finalmente, había que convencer a los Bocchicchio de que no existía la menor posibilidad de que la pena de muerte fuera conmutada. Así pues, la nueva confesión no alteraría las cosas.

El Don pagó el dinero prometido y, además, se ocupó de establecer contacto con el condenado y asegurarse de que era debidamente instruido acerca de lo que debía decir. La nueva confesión de Felix Bocchicchio ocupó la cabecera de todos los periódicos. El éxito fue completo. Pero Don Corleone, cauteloso como siempre, esperó a que el joven fuera ejecutado —cuatro meses más tarde— antes de ordenar que Michael Corleone regresara a casa.

22

Había pasado un año de la muerte de Sonny, y Lucy Mancini aún lo echaba terriblemente de menos. Todas las noches soñaba con él, pero los suyos no eran los sueños de una colegiala, ni su cólera la de una esposa enamorada. No estaba desolada por haber perdido al «compañero de su vida»; sus sentimientos no tenían nada que ver con lo sentimental. No. Lucy echaba de menos a su amante porque había sido el único hombre con que había gozado plenamente al hacer el amor. Y, en su juventud e inocencia, pensaba que no encontraría otro hombre capaz de suplantar a Sonny.

Ahora, un año más tarde, Lucy se dejaba acariciar por el sol y el fragante aire de Nevada. A sus pies, un hombre delgado y rubio jugueteaba con sus dedos. Era una tarde de domingo, y estaban junto a la piscina del hotel. A pesar de que alrededor había bastante gente, el hombre se puso a acariciar despreocupadamente el desnudo muslo de la muchacha.

—Por favor, Jules, para ya —pidió Lucy—. Pensaba que los médicos no eran tan interesados como los demás hombres.

—Soy un médico de Las Vegas —replicó Jules en tono burlón.

Lucy se sorprendió al comprobar lo mucho que la excitaba el contacto de la mano del médico. Trató de disimular su emoción, pero sin éxito. En realidad, era una chica muy tosca e inocente. ¿Por qué, entonces, no se decidía a dar el paso definitivo?, se preguntaba el doctor Jules Segal. Aun suponiendo que la chica hubiera sufrido alguna fuerte desilusión sentimental, su resistencia carecía de sentido. De todos modos, confiaba en que Lucy fuese suya aquella misma noche. Y si para ello era preciso recurrir a algún truco, lo haría, pues era hombre capaz de eso y de mucho más. Todo en interés de la ciencia, por supuesto. Además, ¡la pobre muchacha lo deseaba tan ardientemente!

—Deja de tocarme, Jules, te lo ruego —dijo Lucy con voz temblorosa.

Jules obedeció de inmediato. Apoyó la cabeza sobre su regazo y cerró los ojos. Le divertía la excitación de Lucy, y le agradaba el suave calor que desprendían sus muslos. Cuando ella le pasó la mano por la cabeza para alisarle el pelo, Jules le tomó la muñeca y sintió latir su pulso a una velocidad tremenda. Aquella noche resolvería el misterio, aquella noche sabría por qué razón Lucy se le resistía. Plenamente confiado, el doctor Jules Segal se durmió.

Lucy miraba a la gente que estaba alrededor de la piscina. ¡De que forma tan radical había cambiado su vida en menos de dos años! Nunca lo hubiera imaginado, como nunca hubiera creído que no se arrepentiría —sino todo lo contrario— de su «locura» en la boda de Connie Corleone. Era lo más maravilloso que le había ocurrido en su vida, y lo revivía en sueños una y otra vez.

Después de su encuentro, Sonny la había visitado una vez a la semana; en ocasiones más, pero nunca menos. Los días que precedían a la visita de su amante constituían para Lucy un verdadero tormento. Su pasión era de lo más elemental, y en ella nada tenían que ver ni la poesía ni el sentimentalismo. El suyo fue un amor ciento por ciento carnal, casi animal, por así decirlo.

Cuando Sonny le anunciaba su visita, Lucy se aseguraba de que el mueble bar y la despensa estuvieran llenos, pues por lo general Sonny no se marchaba hasta bien entrada la mañana siguiente. Él tenía una llave del apartamento, y ella se echaba en sus brazos en cuanto lo veía entrar. Ambos eran brutalmente directos, bestialmente primitivos. Durante el primer beso se abrazaban con todas sus fuerzas, luego él la entraba en volandas en el dormitorio.

Hacían el amor una y otra vez. Permanecían en el apartamento, juntos y completamente desnudos, durante dieciséis horas seguidas. Lucy preparaba comida en grandes cantidades para no defraudar el descomunal apetito de él. A veces, cuando Sonny recibía alguna llamada telefónica —de negocios, desde luego—, ella prácticamente no se enteraba. Y si él se levantaba para servirse una copa, ella lo seguía, pegada a su piel, para no perder contacto con el cuerpo amado. Al principio, Lucy se había sentido avergonzada de sus propios «excesos», pero ese sentimiento desapareció cuando se dio cuenta de que a su amante le gustaban y se sentía halagado a causa de ellos. La suya fue una pasión instintiva, inocente. Fueron muy felices.

Cuando el padre de Sonny fue tiroteado en la calle, Lucy comprendió por vez primera que su amante podía estar en peligro. Sola en su apartamento, no lloraba, sino que gemía de angustia. Cuando Sonny estuvo casi tres semanas sin ir a verla, consiguió dormir gracias a los somníferos y el alcohol. La aflicción que sentía le producía un dolor físico. Y el día en que él, finalmente, fue a verla, estuvo horas y horas apretada contra su cuerpo. Desde entonces, las visitas se sucedieron regularmente, a razón de una a la semana, hasta que lo asesinaron.

De la muerte de Sonny se enteró por los periódicos. Aquella noche se tomó una sobredosis de somníferos, que por alguna extraña razón no la mató, aunque sí hizo que se sintiera muy enferma. La encontraron desvanecida delante de la puerta del ascensor —al verse en tan mal estado intentó salir de su apartamento—, y la trasladaron al hospital. Como muy pocos estaban al corriente de su relación con Sonny, la noticia sólo ocupó unas pocas líneas en los periódicos sensacionalistas.

Mientras estaba en el hospital, Tom Hagen fue a verla y le ofreció un empleo en Las Vegas, en el hotel dirigido por Freddie, el hermano de Sonny. También le comunicó que recibiría una pensión anual de la familia Corleone, acordada por Sonny en su testamento. Luego le preguntó si estaba embarazada, pues creía que ésa era la razón de su intento de suicidio, y Lucy respondió que no. Finalmente quiso saber si Sonny había ido a verla la noche fatal, o si había llamado anunciando su visita; la respuesta de la muchacha fue negativa, y añadió que después del trabajo siempre regresaba a su casa. Lucy explicó también que Sonny había sido el único hombre a quien había amado, y que nunca podría sentir lo mismo por ningún otro. Al ver que Hagen sonreía, preguntó:

—¿Tan increíble es lo que digo? ¿No fue él quien lo llevó a vivir a su casa cuando usted era un crío?

—Es que de mayor cambió mucho; ya no era el mismo.

—Pues tal vez haya cambiado para los demás, pero no para mí.

Lucy aún se sentía demasiado débil para explicar lo gentil que Sonny había sido siempre con ella. Nunca se había mostrado nervioso ni agresivo.

Hagen se ocupó de todo lo concerniente al viaje de Lucy a Las Vegas, donde estaba esperándola un apartamento alquilado a su nombre. Hagen la acompañó al aeropuerto y le hizo prometer que, si se sentía sola o si las cosas no le iban bien, lo llamaría, pues él haría cuanto estuviera en su mano para ayudarla.

Antes de subir al avión, Lucy le preguntó a Hagen:

—¿Está enterado el padre de Sonny de lo que usted hace por mí?

—Precisamente estoy actuando por su cuenta —repuso Hagen con una sonrisa—. En estas cosas es un poco anticuado, y nunca haría nada que pudiera perjudicar a la esposa de su hijo. Pero considera que usted es una chiquilla inexperta e ingenua. En su opinión fue Sonny el que obró mal. Por otra parte, su intento de suicidio nos ha conmovido a todos. —Se abstuvo de decirle lo increíble que era para un hombre como el Don el que una persona quisiera suicidarse.

Ahora, después de casi dieciocho meses en Las Vegas, Lucy se sentía casi feliz, lo que la sorprendía. Algunas noches soñaba con Sonny. No lo olvidaba. Él había sido, aparte del gran amor de su vida, el último hombre que la había tocado. La vida en Las Vegas le gustaba. Nadaba en las piscinas del hotel, paseaba en canoa por el lago Mead, y en su día libre recorría con su coche las carreteras del desierto. Perdió algunos kilos, lo que mejoró su silueta. Sus encantos ya eran más propios de una americana que de una italiana. En el hotel trabajaba de recepcionista, y se relacionaba poco con Freddie. Cuando se encontraban sólo se cruzaban unas pocas palabras. No obstante, el enorme cambio que se había producido en Freddie le parecía asombroso. Con las mujeres era encantador, vestía con gran elegancia y parecía el hombre adecuado para dirigir un hotel-casino. Debido quizás a los largos y calurosos meses de verano, o tal vez a su activísima vida sexual, también él había adelgazado, lo que, sumado a su estilo hollywoodiense, le daba un aspecto encantador.

Seis meses después de establecerse en Las Vegas, Tom Hagen fue a ver a Lucy para comprobar qué tal le iban las cosas. La muchacha había estado recibiendo todos los meses, además de su salario, el prometido cheque de seiscientos dólares, y Hagen le explicó que era preciso justificar de algún modo el ingreso de esa cantidad. Por ello, creía oportuno pedirle que le confiriera poderes por escrito para poder actuar por cuenta de ella; pero no debía preocuparse por nada, pues él se encargaría del asunto. También le comunicó que, por una cuestión de pura fórmula, figuraría como propietaria de cinco «puntos» (participaciones o acciones) del hotel donde trabajaba. Todo eso debería hacerse de acuerdo con las leyes del estado de Nevada, naturalmente, pero de todas las engorrosas formalidades legales se ocuparía él. No obstante, ella no debía hablar con nadie de todo ese asunto, a menos que él la autorizara a hacerlo. Su futuro quedaría plenamente asegurado y, además, seguiría recibiendo los seiscientos dólares mensuales. Si las autoridades le hacían preguntas, debía limitarse a decirles que hablaran con su abogado. Si así lo hacía, no volverían a molestarla.

Lucy se mostró de acuerdo. Comprendía a la perfección lo que ocurría, pero no consideró oportuno poner objeciones al modo en que estaba siendo utilizada. Parecía un favor razonable. En cambio, cuando Hagen le pidió que vigilara a Freddie y al dueño del hotel, poseedor este último de un gran paquete de acciones del establecimiento, dijo:

—Pero, Tom, ¿me está usted pidiendo que espíe a Freddie?

—No. Lo que sucede es que el padre de Freddie se preocupa por su hijo. Sabe que tiene amistad con Moe Greene, y debemos procurar que no se meta en líos.

No se molestó en explicarle que el Don había patrocinado la construcción de ese hotel en el desierto, no sólo para proporcionar un empleo a su hijo, sino, sobre todo, para introducirse en Las Vegas.

Fue poco después de esa entrevista cuando el doctor Jules Segal se convirtió en el médico del hotel. Era un hombre muy delgado, elegante y atractivo, que parecía demasiado joven para ser médico, o así lo creía Lucy. Se conocieron un día en que ella fue a verlo a causa de un grano que le habría salido en el antebrazo. En la sala de espera se encontraban dos coristas del espectáculo de variedades del hotel, ambas rubias y de piel dorada, a las que Lucy envidiaba precisamente por ello. Su aspecto era inocente. Pero una de ellas estaba diciéndole a la otra:

—Te aseguro que si me da otra pastilla, abandono el trabajo.

Cuando el doctor Jules Segal abrió la puerta para que entrara una de las dos chicas que estaban antes que Lucy, ésta se sintió tentada de marcharse. Y lo habría hecho si lo que la llevaba a la consulta médica hubiese sido algo más serio. El doctor Segal lucía unos pantalones holgados y una camisa abierta. A pesar de sus gafas de carey y de sus modales reservados, su aspecto no era, en conjunto, demasiado serio. Y Lucy, como muchas personas anticuadas, creía que la medicina debía ir acompañada de una gravedad solemne.

Luego, al entrar en el consultorio, todo cambió. Lucy se sintió repentinamente tranquila. Porque en realidad el doctor Segal sabía ganarse de inmediato la confianza de sus pacientes. Habló muy poco, pero en tono firme y, a la vez, amable. Cuando ella quiso saber a qué se debía la hinchazón del antebrazo, el joven médico le explicó pacientemente que no era nada serio. Tomó un grueso libro de la estantería y dijo:

—Mantenga firme el brazo.

Lucy obedeció. Por primera vez, Segal le dirigió una amable sonrisa.

—Ahora voy a golpearle el grano con este libro, y verá cómo desaparece. Es posible que vuelva a salir dentro de un tiempo, pero si empleo el bisturí le costará mucho dinero y, además, tendrá que llevar el brazo vendado. ¿Le parece bien?

Lucy le devolvió la sonrisa. Aunque no sabía por qué, confiaba plenamente en él.

—De acuerdo, doctor.

Un segundo después, lanzaba un grito de dolor cuando él le golpeaba el antebrazo con el grueso libro;

a continuación comprobó que el grano había desaparecido.

—¿Le ha dolido mucho?

—No. ¿Ya está?

El doctor Segal respondió que sí, y de inmediato dejó de prestar atención a Lucy, que salió del consultorio.

Una semana más tarde se encontraron ante la barra del bar del hotel.

—¿Cómo va el brazo? —preguntó Segal.

—Muy bien —respondió Lucy, sonriendo—. Sus métodos no son muy ortodoxos, pero sí eficaces.

—No sabe usted bien lo poco ortodoxo que soy. A propósito, no sabía que fuera usted una mujer rica. El *Sun* ha publicado hace unos días la lista de poseedores de puntos del hotel, y Lucy Mancini figura con diez. Si le hubiese curado ese antebrazo con métodos más tradicionales habría podido ganar una pequeña fortuna.

Lucy se acordó de lo que le había advertido Hagen, y no respondió.

—No se preocupe —prosiguió Segal—. Sé cómo funcionan estas cosas; las acciones figuran a su nombre, pero no son suyas. En Las Vegas esto es muy corriente. ¿Qué le parece si salimos esta noche a cenar y a ver algún espectáculo? Incluso la invitaré a jugar a la ruleta.

Lucy no sabía si aceptar o no. Ante la insistencia de él, respondió:

—Me gustaría, pero creo que se sentiría usted decepcionado. Me temo que soy algo diferente de las chicas de Las Vegas.

—Por eso la he invitado. Precisamente me he recetado una noche de descanso —dijo Jules en tono jocoso.

Lucy le dedicó una melancólica sonrisa y respondió:

—De acuerdo. Acepto que me invite a cenar, pero a la ruleta apostaré con mi dinero.

Durante la cena, Jules se pasó un buen rato hablando, en términos médicos pero con gran sentido del humor, de los diferentes tipos de muslos y senos femeninos, mientras Lucy pensaba que aquel hombre tenía una conversación muy amena. Después estuvieron jugando un rato a la ruleta, y ganaron más de cien dólares. Más tarde, fueron en el coche de él a Boulder Dam, donde Jules trató de hacerle el amor a la luz de la luna. Pero al ver que Lucy, a pesar de sus besos, se resistía, comprendió que por el momento era inútil insistir. La derrota, sin embargo, no le hizo perder el buen humor.

—Ya te dije que no era como la mayoría de las chicas de aquí —le advirtió Lucy en un tono que quería ser de reproche.

—Pero si yo no hubiese tratado de hacerte el amor te habrías sentido ofendida, ¿no es cierto?

Lucy se echó a reír por toda respuesta. Pensó que Jules Segal era adivino.

En el transcurso de los meses siguientes ambos se hicieron buenos amigos. Lo suyo no era amor, pues no se acostaban juntos porque Lucy seguía resistiéndose. Se daba cuenta de que a Jules no le hacían ninguna gracia sus negativas, pero también era consciente de que reaccionaba de modo diferente de como lo habrían hecho la mayoría de los hombres, y eso hacía que lo apreciara todavía más. Supo que era un hombre muy temerario, además de divertido. Los fines de semana los aprovechaba para participar, con su soberbio MG, en las carreras que se celebraban en California. Las vacaciones las pasaba en las montañas de México, lugar donde, según sus propias palabras, asesinaban a los turistas para robarles los zapatos y la vida era tan primitiva como mil años atrás. También supo que era cirujano y que había trabajado en un famoso hospital de Nueva York.

Lucy no se explicaba por qué había aceptado ser médico de un hotel. Cuando se lo preguntó, Jules repuso:

—Si me cuentas tu gran secreto, te contaré el mío.

Ella se sonrojó y no insistió, como tampoco lo hizo Jules. Y entre ambos siguió fortaleciéndose una amistad que para Lucy era cada vez más importante, aunque no se apercibiera de ello.

Ahora, sentada al borde de la piscina y con la cabeza de Jules en su regazo, sintió hacia él una inmensa ternura. Sin darse cuenta, comenzó a acariciarle el cuello con los dedos. Parecía estar dormido, y ella se sentía cada vez más excitada. De pronto, Jules levantó la cabeza y se puso en pie. La tomó de la mano y la condujo por un sendero entre la hierba hasta la casita en que vivía dentro de los límites de la propiedad del hotel. Una vez en su interior, sirvió sendos whiskies. El licor, acompañado del fuerte calor y de los sensuales pensamientos de Lucy, hicieron que ésta perdiera la cabeza. Ambos estaban cubiertos sólo por el bañador, y Jules la estrechaba fuertemente entre sus brazos. «No lo hagas», murmuraba Lucy, pero sin convicción. Él, como si no la oyese, comenzó a quitarle lentamente el bañador y a continuación le besó con ternura los grandes senos; luego fue descendiendo hasta el vientre y las ingles. De pronto se detuvo, se desnudó y volvió a abrazarla. Se dispuso a penetrarla, pero bastó que la tocase para que ella alcanzara el orgasmo. Lucy advirtió que él, a pesar de lo excitado que estaba, la miraba sorprendido. Ella se sentía tan avergonzada como la primera vez que lo había hecho con Sonny, pero Jules, todo un experto en las artes del amor, arrastró su cuerpo hasta el borde de la cama, le abrió las piernas de cierta manera y la penetró aún más profundamente, hasta que al fin también él llegó al clímax.

Cuando él hubo terminado, Lucy se acurrucó en un extremo de la cama y empezó a llorar. Se sentía confusa. Luego oyó la voz de Jules que, riendo, le decía:

—¿De modo que por eso has estado resistiéndote todos estos meses, pobre muchachita italiana? ¡Qué tontuela!

Las dos últimas palabras las dijo en un tono tan cariñoso, que ella se volvió y apretó su cuerpo contra el de él.

—Eres una mujer como ya no existen, te lo aseguro —añadió Jules en el mismo tono afectuoso.

Lucy, sin embargo, siguió llorando.

Jules encendió un cigarrillo y lo puso en los labios de la muchacha, que para no atragantarse tuvo que dejar de llorar.

—Ahora escúchame —prosiguió Jules—. Si hubieras sido educada en un ambiente acorde con los tiempos actuales, si tu familia hubiese tenido una cierta cultura, tu problema estaría resuelto desde hace años. Ahora voy a explicarte cuál es tu problema: si una mujer es fea o bizca, o tiene la piel manchada, por ejemplo, puede decir que el suyo es un caso sin solución, pues ahí la cirugía nada puede hacer. Ahora bien, si sólo tiene una verruga en la barbilla, o si una de sus orejas tiene alguna irregularidad, su problema carece de importancia. Tu caso es equivalente a estos últimos, es decir, que en realidad no es un problema. Deja de pensar en que ningún hombre disfrutará contigo lo suficiente. Lo tuyo no es sino una deformación de la pelvis. Normalmente se produce después de un parto, pero también puede tratarse de algo congénito. Tu caso es muy frecuente, y muchas mujeres son desgraciadas debido a ello; algunas incluso llegan al suicidio. Sin embargo, una sencilla operación basta para corregir el defecto. Jamás hubiera imaginado que sufrías ese pequeño defecto, pues tienes un cuerpo muy bien formado y sano. Cada vez que me contabas tu caso, pensaba que el problema era psicológico, pero ahora veo que no es así. Voy a hacerte un examen físico y luego sabremos exactamente qué debe hacerse. Ahora toma una ducha, te hará bien.

Lucy obedeció, y mientras se duchaba él preparó el instrumental que tenía en la casa. Después, pacientemente y a pesar de las protestas de ella, le indicó que se tendiera en la cama para reconocerla. De pronto Jules había dejado de ser el amante para convertirse en el médico.

Metió los dedos dentro de ella y comenzó a moverlos en círculos. Lucy empezaba a sentirse humillada, cuando él le besó el ombligo y dijo, casi distraídamente:

—Me encanta disfrutar de mi trabajo.

A continuación le indicó que se pusiera boca abajo, le introdujo un dedo en el ano y empezó a explorar mientras con la otra mano le acariciaba tiernamente la nuca.

Cuando hubo terminado, hizo que Lucy volviera a tenderse boca arriba, le dio un beso en la boca y dijo:

—Voy a hacerte una vulva completamente nueva, y luego probaré personalmente qué tal va. Será una verdadera hazaña médica, y podré escribir un informe para las revistas especializadas.

Jules se mostró tan afectuoso y preocupado por ella, que Lucy consiguió superar su vergüenza. Y cuando él le mostró un libro de medicina en el que se hablaba de un caso parecido al suyo y del procedimiento quirúrgico adecuado para corregirlo, hasta se sintió vivamente interesada.

—Hay que operar —sentenció Jules— pues, cuestión sexual aparte, más adelante sentirías dolorosas molestias. Es una lástima que un pudor mal entendido prive a los médicos de curar casos como el tuyo, que, como ya te he dicho, son bastante frecuentes, y que tantas mujeres sufran a causa de ello.

—No hables de eso, te lo ruego —pidió Lucy.

Jules comprendió que a la muchacha seguía avergonzándola su secreto. Si bien como médico él no podía comprenderla, era lo bastante sensible para identificarse con ella, quien se lo agradecía de corazón.

—Bien. Ahora que conozco tu secreto —dijo Jules— voy a contarte el mío. Siempre me preguntas por qué estoy en esta ciudad, siendo como soy uno de los más jóvenes y brillantes cirujanos del Este. —Pronunció estas últimas palabras en tono de sorna, repitiendo lo que habían publicado los periódicos—. La verdad —prosiguió— es que soy abortista, lo que en sí mismo no es excesivamente malo, pues la mitad de los médicos lo son; pero tuve la desgracia de que me descubrieran. Entonces, un doctor amigo llamado Kennedy, que fue compañero mío en la época de internado y que es un hombre de una pieza, prometió ayudarme. Según tengo entendido, un tal Tom Hagen le había dicho que si algún día necesitaba algo se lo dijera, pues la familia Corleone estaba en deuda con él. Así, pues, el doctor Kennedy habló con Hagen, y lo único que sé es que los cargos contra mí fueron retirados, aunque la Asociación Médica y el hospital del Este donde yo trabajaba me pusieron en la lista negra. Luego, para que pudiera resarcirme de esto, la familia Corleone me proporcionó mi empleo actual. Me gano bien la vida y hago un trabajo que debe hacerse. Estas chicas de los *night-clubs* no paran de quedar embarazadas, y claro, después tengo que intervenir. Provocarles un aborto es la cosa más sencilla del mundo. Lo malo es que Freddie Corleone es un auténtico Casanova; desde que estoy en el hotel, ha preñado por lo menos a quince muchachas. Uno de estos días deberé hablarle seriamente de cuestiones sexuales, pues al parecer conoce muy poco. Aparte de lo que te he dicho, he tenido que tratarlo tres veces de gonorrea y una de sífilis. Nunca se ha preocupado de tomar precauciones.

Contra su costumbre, Jules había sido deliberadamente indiscreto, pues quería que Lucy supiera que los demás, incluido alguien a quien ella conocía y temía un poco, Freddie Corleone, también tenían cosas de las que avergonzarse.

—Para decirlo de forma comprensible —prosiguió Jules—, lo tuyo viene a ser como si una pieza elástica hubiese perdido su elasticidad. Si cortamos un trozo de dicha pieza, el grado de elasticidad del resto aumenta. Y eso es lo que voy a hacer contigo.

—Me lo pensaré —dijo Lucy, aunque estaba segura de que aceptaría la intervención quirúrgica, sobre todo teniendo en cuenta que Jules le inspiraba absoluta confianza—. ¿Cuánto me costará? —preguntó a continuación.

Jules enarcó las cejas y al cabo de unos segundos contestó:

—Ni cuento con el instrumental necesario para una intervención de este tipo, ni soy el hombre adecuado para realizarla. Pero en Los Ángeles tengo un amigo que es un gran especialista en el tema y trabaja en el hospital más moderno de la ciudad. De hecho, él es quien se encarga de operar a todas las estrellas del cine cuando se dan cuenta de que la cirugía estética ya no basta para conseguir o conservar el amor de un hombre. Como me debe algunos favores, no cobrará ni un dólar. Cuando se le presenta un caso de mi «especialidad», siempre me lo pasa... Mira, si no fuese una falta de ética, te nombraría a algunas de las más famosas estrellas que se han sometido a esta operación.

Lucy sentía una terrible curiosidad, y le pidió que le dijera los nombres. Una de las cosas que más le gustaban de Jules era que nunca se burlaba de su muy femenina afición al cotilleo.

—Te lo diré, si aceptas cenar y pasar la noche conmigo. Hemos de recuperar el tiempo perdido a causa de tu testarudez.

Lucy, emocionada ante la gentileza de Jules, dijo:

—No tienes obligación de dormir conmigo. Sabes que, tal como estoy ahora, no disfrutarías mucho.

Jules se echó a reír.

—Eres increíblemente ingenua... ¿Nunca has oído hablar de otras formas de hacer el amor, igual de antiguas y civilizadas? ¿Cómo puedes ser tan inocente?

—Ah, te refieres a eso...

—Ah, te refieres a eso... —la parodió Jules—. Las chicas buenas no lo hacen, los hombres de verdad no lo hacen, ni siquiera en el año 1948... Bien, cariño, podría llevarte a la casa de una anciana dama, cerca de Las Vegas, que fue la madama más joven del burdel más famoso del Salvaje Oeste, allá por 1880. Le encanta hablar de los buenos viejos tiempos. ¿Sabes lo que me dijo en una ocasión? Pues que esos recios, viriles y valientes vaqueros siempre le pedían a las chicas que les hicieran un «francés», es decir, lo que los médicos llamamos una felación y tú llamas «eso». ¿Es que nunca hiciste «eso» con tu amado Sonny?

Lucy lo sorprendió de verdad: se volvió hacia él con una sonrisa sólo comparable a la de Mona Lisa y dijo en voz baja:

—Con Sonny siempre lo hacía.

Era la primera vez que admitía algo semejante en presencia de otra persona.

Dos semanas más tarde, en el quirófano de un hospital de Los Ángeles, Jules Segal observaba la intervención a que era sometida Lucy Mancini por parte de su amigo, el doctor Frederick Kellner. Antes de que la muchacha fuera anestesiada, Jules se inclinó sobre ella y le susurró al oído:

—Le he dicho que eres mi chica favorita. Y puedes estar segura de que te dejará unas paredes muy estrechas.

Pero Lucy no se rió, pues el comprimido que le acababan de suministrar la había aletargado. No obstante, la broma de Jules contribuyó a disipar un poco el temor que la operación le inspiraba.

El doctor Kellner hizo la incisión con la seguridad propia de un hombre avezado en trabajos similares. La técnica de las operaciones para reforzar las paredes de la pelvis requería la consecución de dos objetivos: acortar el cabestrillo músculofibroso de la pelvis, al efecto de disminuir la falta de elasticidad, y empujar hacia adelante el canal vaginal hasta colocarlo por debajo del arco pubiano. La reparación del cabestrillo pelviano era conocida con el nombre científico de «perineorrafia»; la sutura de la pared vaginal, con el de «colporrafia».

Jules advirtió que el doctor Kellner ponía los cinco sentidos en su trabajo. Al cortar existía el peligro, si la incisión era demasiado profunda, de dañar el recto. El caso no era complicado, pensaba Jules, de acuerdo con lo que él mismo había visto a través de los rayos X. Sin embargo, en cirugía uno nunca podía estar completamente seguro.

Kellner estaba trabajando en el cabestrillo del diafragma. Los fórceps en forma de T aguantaban el colgajo vaginal, dejando al descubierto los músculos que formaban su envoltura, mientras los enguantados dedos de Kellner iban separando los tejidos conectivos demasiado flojos. Jules observaba las paredes vaginales temiendo que de un momento a otro aparecieran las venas, lo que significaría que el recto había sido dañado. Pero Kellner conocía su oficio. Poco a poco, su obra iba avanzando.

El cirujano procedió a cerrar el hueco dejado por los tejidos que había sacado antes, poniendo en ello toda su atención. Metió tres dedos en la abertura, luego dos. Finalmente, cuando consideró que era lo bastante estrecha, procedió a suturar.

Una vez terminada la operación, Lucy fue conducida a su habitación. Jules aprovechó para hablar con Kellner. Éste se mostró muy optimista, lo que significaba que todo había ido bien.

—No ha habido complicación alguna —explicó—. En realidad, ha sido muy sencillo. Es una chica muy sana, y ahora estará en disposición de hacer feliz a cualquier hombre. Te envidio, muchacho. Tendrás que esperar un poco, desde luego, pero te garantizo que te sentirás satisfecho de mi trabajo.

—Eres un verdadero Pigmalión —dijo Jules, entre risas—. En serio, eres maravilloso.

—En realidad, es un juego de niños. Como tus abortos. Si la sociedad fuera más realista, las personas de talento como tú y yo podríamos hacer maravillas. Por cierto, Jules, ahora que me acuerdo, la semana próxima te enviaré a una bonita muchacha. Cuanto más bonitas, más propensas a crearse dificultades. Así quedará pagado mi trabajo de hoy.

Jules le estrechó la mano y dijo:

—Gracias, doctor. Si algún día te decides a visitar el hotel, procuraré que lo pases en grande.

—No necesito vuestra ruleta, Jules. Mi juego es más peligroso que el del casino. Y el tuyo también, Jules. Dentro de un par de años habrás olvidado por completo lo que es la cirugía. La cirugía seria, quiero decir. Ya lo verás.

A continuación, el doctor Kellner se despidió y se marchó. Jules se quedó pensativo. Sabía que en las palabras de su amigo no había reproche, sino sólo un aviso. Pero a pesar de ello no pudo evitar sentir un profundo remordimiento.

Como Lucy no saldría del hospital hasta doce horas más tarde, como mínimo, él fue a la ciudad y se emborrachó, en parte por el alivio que experimentaba ahora que la operación había resultado un éxito.

A la mañana siguiente, cuando fue al hospital a visitar a Lucy, le sorprendió ver a dos hombres junto a su cama y la habitación llena de flores. Lucy no podía ocultar su satisfacción. La sorpresa de Jules se debía al hecho de que ella había roto con su familia, y le había dicho que no pusiese a nadie al corriente, a menos que algo fuera mal. El único que sabía que iba a ser intervenida —de algo sin importancia— era Freddie Corleone; habían tenido que decírselo para que la autorizase a faltar al trabajo, y la verdad era que se había comportado muy bien: no sólo le dio permiso, sino que le dijo que los gastos de la operación y demás correrían por cuenta del hotel. Pero ¿quiénes eran aquellos dos?

Lucy se los presentó. A uno de ellos Jules lo reconoció de inmediato. Se trataba del famoso Johnny Fontane. El otro era un hombre joven, alto y corpulento, de aspecto italiano, que se llamaba Nino Valenti. Después de estrechar la mano de Jules, ambos dejaron de prestar a éste la menor atención. Estaban hablando con Lucy de los viejos tiempos en Nueva York, de personas y hechos desconocidos para él. Debido a ello, Jules decidió que sería mejor que se fuera.

—Vendré más tarde —dijo—. Ahora debo ver al doctor Kellner.

—¡De eso nada, muchacho! Le dejamos a Lucy —lo atajó Johnny Fontane con su proverbial simpatía—. Nosotros tenemos que marcharnos. Cuide bien de ella, doctor.

Jules notó que la voz de Johnny Fontane era ronca, y entonces recordó que el cantante no actuaba en público desde hacía más de un año. Aunque, eso sí, había ganado el Oscar al mejor actor. ¿No era extraño todo aquello? Resultaba verdaderamente raro que a su edad su voz hubiera sufrido un cambio tan brusco, pero aún lo era más el que los periódicos no hubiesen escrito una sola línea sobre el asunto. Jules, que era un profesional muy curioso, escuchaba atentamente a Fontane en un intento de diagnosticar la razón del cambio. Podía tratarse de algo pasajero, o también la consecuencia del alcohol, el tabaco e incluso una vida sexual demasiado activa. Ahora, al oírlo hablar, nadie podía creer que aquella voz de timbre casi desagradable hubiera sido en otro tiempo tan fantástica.

—Perdón, pero por su voz parece que está usted resfriado —le dijo finalmente Jules a Johnny Fontane.

Amablemente, aunque no sin irritación, Fontane repuso:

—Tengo las cuerdas vocales cansadas, eso es todo. Anoche traté de cantar y... Sospecho que me resultará cada vez más difícil aceptar que mi voz ha cambiado. Es cosa de los años.

En tono casual, Jules le preguntó:

—¿Se ha hecho examinar la garganta por un médico? Tal vez sea algo que pueda curarse con facilidad.

Ahora Johnny ya no trataba de mostrarse cortés. Miró fríamente a Jules y replicó:

—Es lo primero que hice hace ya cerca de dos años. Me examinaron los mejores especialistas, entre ellos mi médico, que está considerado como el mejor de California. Todos coincidieron en que necesitaba mucho descanso. Le repito que no es nada malo, sólo cosa de la edad. Cuando uno se hace mayor, su voz cambia.

Dicho esto, Johnny Fontane dio la espalda a Jules y dedicó su atención a Lucy. Pero el médico siguió escuchando atentamente su voz y se dio cuenta de que las cuerdas vocales de éste debían de estar considerablemente inflamadas, o algo por el estilo. Pero, de ser así, ¿cómo no se habían dado cuenta los especialistas? ¿Acaso se trataba de algo maligno que no podía operarse? Debía de haber algo más.

Jules interrumpió a Fontane, para preguntarle:

—¿Cuándo fue la última vez que lo vio un especialista?

Johnny Fontane, visiblemente molesto, pero procurando disimular por respeto a Lucy, se limitó a responder:

—Hace un año y medio aproximadamente.

—¿Y su médico de cabecera le examina la garganta de vez en cuando?

—Sí, desde luego —respondió Johnny en tono áspero—. Me ha recetado un aerosol de codeína y, además, me examina a menudo. Según él, mi voz está envejeciendo, aparte de que la bebida y el tabaco hacen estragos. ¿A usted se le ocurre otra cosa? ¿Sabe más que él?

—¿Cómo se llama su médico? —preguntó Jules, sin hacer caso del tono irónico de Fontane.

—Tucker, doctor James Tucker. ¿Qué opinión le merece?

Las palabras de Johnny Fontane reflejaban un orgullo evidente. Y, en efecto, el nombre le era familiar a Jules, que lo relacionaba con famosas estrellas de cine, mujeres y un lujoso balneario.

—Como ayuda de cámara tal vez sería muy bueno —dijo Jules, haciendo una mueca.

—¿Es que se considera usted mejor médico que él? —inquirió Fontane, enfadado.

—¿Es usted mejor cantante que Carmen Lombardo? —replicó Jules entre risas.

Le sorprendió ver que Nino Valenti se desternillaba de risa. No había sido un chiste tan bueno, después de todo. Y de pronto notó que el aliento de Nino olía a alcohol. Evidentemente, el señor Valenti, a pesar de lo temprano de la hora, estaba medio borracho.

Fontane, dirigiéndose a su amigo, dijo:

—Eh, tú; se supone que son mis bromas las que debes celebrar, no las suyas.

Mientras, Lucy, que había tomado a Jules de la mano y le había hecho acercar a la cama, comentó:

—No hagas caso de su aspecto, Johnny. Si afirma que es mejor que el doctor Tucker, es que lo es. Hazle caso, créeme.

En ese momento entró una enfermera, quien comunicó a los tres hombres que debían salir de la habitación, pues uno de los médicos tenía que examinar a Lucy. Jules observó que Lucy volvía la cabeza para recibir en la mejilla el beso de despedida de Johnny Fontane y Nino Valenti. También observó que los dos hombres no parecieron extrañarse del pudor de la muchacha, ni de que dejara, en cambio, que él la besara en la boca.

Antes de que Jules saliera, Lucy le preguntó:

—¿Vendrás a verme esta tarde?

—Naturalmente —respondió él.

Ya en el pasillo, Valenti quiso saber:

—¿De qué la han operado? ¿Ha sido de algo serio?

—Cosas propias de mujeres. El cuerpo femenino es muy complicado, ya se sabe. No ha sido nada de importancia, se lo aseguro. Si lo hubiera sido me vería usted más preocupado. Quiero casarme con ella.

Al ver que los dos hombres lo miraban fijamente, Jules inquirió:

—¿Cómo se enteraron ustedes que estaba en el hospital?

—Nos lo comunicó Freddie —contestó Fontane—. Mi amigo y yo nos criamos en el mismo barrio que Lucy. Y cuando la hermana de Freddie se casó, Lucy fue su dama de honor.

Jules no les dijo que conocía toda la historia, quizá porque se dio cuenta de que tenían mucho interés en que no se supiera que Lucy había mantenido relaciones con Sonny.

Mientras caminaban por el corredor, Jules le propuso a Fontane:

—¿Por qué no deja que le eche un vistazo a su garganta?

—Tengo prisa, lo siento.

Nino Valenti dirigió a Jules un guiño de complicidad y dijo:

—Se trata de una garganta de un millón de dólares, no apta para médicos de cuarta categoría.

Jules, siguiendo la broma, dijo:

—Pero yo no soy un médico de cuarta categoría. Era el mejor cirujano y especialista en diagnosis de mi promoción. Tuve la desgracia de que descubrieran que había practicado un aborto y...

Como Jules esperaba, Fontane y Valenti comenzaron a tomárselo en serio. Al admitir su delito, inspiraba confianza en su pretensión de ser altamente competente. Valenti fue el primero en reaccionar.

—Si Johnny no puede utilizar sus servicios, sí puede hacerlo una chica que conozco. Pero no es la garganta lo que le duele.

Fontane, nervioso, preguntó a Jules:

—¿Tardará mucho?

—Diez minutos.

Era mentira, pero creía que en ocasiones había que mentir a la gente. Decir la verdad y la práctica de la medicina no se avenían muy bien, excepto, tal vez, en casos de extrema gravedad.

—Adelante, pues —dijo Fontane, con voz más ronca que antes, debido al miedo.

Jules pidió una enfermera y una sala de consulta. No disponía de todos los instrumentos que precisaba, pero se las arreglaría. En menos de diez minutos supo que en las cuerdas vocales de Fontane se había formado un tumor. No era difícil apreciarlo, y el incompetente de Tucker debería haberse dado cuenta. Quizá ni siquiera fuese médico, y si lo era merecía que le retiraran la licencia. Jules, completamente concentrado en su trabajo, se acercó al teléfono y pidió por el laringólogo del hospital. Luego, dirigiéndose a Nino Valenti, dijo:

—Me temo que esto va para largo. Será mejor que se vaya.

Fontane lo miró con expresión de desconfianza.

—Oiga, ¿es que piensa que va a retenerme aquí? No voy a dejarle jugar con mi garganta, medicucho.

—Es usted muy dueño de hacer lo que le plazca —replicó Jules—, pero le advierto que tiene un tumor en la laringe. Si permanece aquí durante unas horas, sabremos si es maligno o no, y podremos decidir sobre la conveniencia de extirparlo o si bastará con seguir un tratamiento. Puedo darle el nombre del mejor especialista del país, que esta misma noche podría llegar aquí en avión, pagando usted, claro está. Ahora, decida lo que le conviene; permanecer aquí o marcharse con su amigo. Claro que también puede seguir confiando, como hasta ahora, en un médico incompetente. Si el tumor es maligno, llegará el momento en que deberán extirparle la laringe, pues en caso contrario moriría sin remedio. Ahora, dígame: ¿quiere permanecer aquí? Suponiendo que no tenga otra cosa más importante que hacer, naturalmente.

—Quédate, Johnny —sugirió Valenti—. Será lo mejor. Voy a llamar al estudio. No les diré nada, no te preocupes. Sólo que nos es imposible ir ahora. Estaré de regreso al cabo de un momento.

La tarde fue muy larga, pero provechosa. El diagnóstico del especialista del hospital estuvo totalmente de acuerdo con lo que pensaba Jules. En un momento dado, sin embargo, Johnny Fontane, con la boca empapada de yodo, trató de marcharse. Pero Nino Valenti lo agarró de los hombros y le obligó a sentarse nuevamente. Cuando todo hubo terminado, Jules, sonriendo, dijo a Fontane:

—Nódulos.

Johnny Fontane lo miró sin comprender. Entonces, Jules decidió ser más explícito.

—En su laringe han aparecido unas verrugas, por llamarlas de algún modo. No es nada grave. Dentro de unos meses estará usted perfectamente.

Valenti lanzó un grito de alegría, pero Fontane no parecía muy tranquilo.

—¿Podré volver a cantar? —inquirió.

—No puedo garantizárselo, pero, puesto que tampoco ahora puede cantar, ¿cuál es la diferencia?

A Fontane no le gustó la respuesta, por lo que, sin intentar disimular su desagrado, masculló:

—Usted, muchacho, no sabe lo que dice. Habla usted como si estuviese dándome una buena noticia, cuando lo que me dice es que tal vez no pueda volver a cantar nunca más. ¿Es verdad que quizá no pueda volver a cantar?

Finalmente, Jules se enfadó. Había actuado como médico y había disfrutado de su trabajo. Le había hecho un favor a aquel tipo, y éste lo trataba como si hubiese hecho algo incorrecto. Fríamente, le dijo:

—Escuche, señor Fontane. En primer lugar soy doctor en medicina; por lo tanto quiero que me llame doctor, no muchacho. Y en segundo lugar, la noticia que le he dado es muy buena, no lo dude. En el primer momento pensé que tenía usted un tumor maligno en la laringe. Si se hubieran confirmado mis temores, habríamos tenido que extirparle la laringe, con lo que usted se hubiera quedado sin habla. Y hasta es posible que el tumor lo hubiese llevado a la tumba. Por un instante, temí tener que decirle que era usted hombre muerto. Por eso, al pronunciar la palabra «nódulos», no pude disimular mi alegría. Entre otras cosas porque me gustaba mucho oírle cantar, porque su voz me ayudó a seducir a más de una muchacha cuando yo era más joven, y porque es usted un verdadero artista. Pero déjeme que le diga que no le sobra sentido común. ¿Piensa que por el hecho de ser Johnny Fontane es inmune al cáncer? ¿O a un tumor cerebral? ¿O a un ataque cardíaco? ¿Acaso se cree que no morirá nunca? En la vida no todo es bonito. Y, si quiere convencerse, dése una vuelta por este hospital; seguro que terminará alegrándose de tener nódulos. Así, pues, déjese de tonterías y vayamos a lo que interesa. Su médico puede encargarse de buscar al cirujano apropiado, pero si se ofrece a operarlo, le aconsejo que lo impida y que lo haga arrestar de inmediato por intento de homicidio.

Jules se disponía a salir de la habitación, cuando Valenti exclamó:

—¡Bravo, doctor! ¡Así he habla!

Entonces Jules lo miró fijamente y le preguntó:

—¿Siempre se emborracha antes del mediodía?

—Desde luego —respondió Valenti, alegremente.

Aun contra su voluntad, Jules no pudo evitar decirle en tono amable:

—Pero usted seguramente no ignora que si sigue en ese plan no durará ni cinco años.

Valenti se puso a bailar alrededor del médico hasta que, cansado, se abrazó a él. Su aliento apestaba a bourbon.

—¿Cinco años? —preguntó entre risas—. ¿Tantos?

Un mes después de la operación, Lucy Mancini estaba sentada al borde de la piscina del hotel de Las Vegas. En una mano sostenía un vaso, mientras que con la otra acariciaba la cabeza de Jules, que estaba apoyada sobre su regazo.

—No tienes por qué darte ánimos a base de combinados —dijo Jules, bromeando—. En nuestra suite tengo unas botellas de champán.

—¿Estás seguro de que no será demasiado pronto? —preguntó Lucy.

—El médico soy yo. Esta noche será la gran noche. ¿Te das cuenta de que seré el primer médico del mundo en probar los resultados de su operación? Podré comparar el Antes con el Después. Y escribiré sobre la experiencia en las revistas especializadas. Veamos, «mientras el Antes era claramente placentero por razones fisiológicas y la sofisticación del cirujano-instructor, en la fase posterior a la operación el coito se ve altamente recompensado por motivos estrictamente neurológicos...»

Tuvo que dejar de hablar, porque Lucy le tiró de los cabellos con tanta fuerza que no pudo reprimir un grito de dolor, y, con una sonrisa, le dijo:

—Si esta noche no quedas satisfecho, la culpa será tuya.

—Tengo plena confianza en mi trabajo. Kellner se limitó a seguir mis instrucciones. Ahora debemos descansar, pues nos espera una noche de intensas investigaciones.

Cuando subieron a sus habitaciones —ahora vivían juntos— Lucy se encontró con una agradable sorpresa; una cena completísima y, junto a su copa de champán, un estuche en el que había un anillo de compromiso, con un enorme diamante engarzado.

—Eso te demostrará lo mucho que confío en mi trabajo. Ahora, veamos lo que hemos ganado.

Se mostró muy tierno y gentil con ella. Al principio, Lucy estaba un poco asustada y hasta parecía rehuir sus caricias; pero después, una intensa pasión, nueva para ella, se apoderó de todo su cuerpo. Cuando hubieron hecho el amor por vez primera aquella noche, Jules murmuró, plácidamente:

—¡Qué bien he podido trabajar!

Lucy, a su vez, ronroneó:

—Oh, sí, ya lo creo, y muy bien.

Y entre risas empezaron a hacer nuevamente el amor.

SEXTA PARTE

SEXTA PARTE.

23

Después de cinco meses de exilio en Sicilia, Michael Corleone comprendió finalmente el carácter de su padre y su propio destino. Comprendió a hombres como Luca Brasi y el cruel *caporegime* Clemenza, y también la resignación y el papel pasivo de su madre. En Sicilia vio lo que habrían sido si hubiesen escogido no luchar contra su sino. Entendió por qué el Don siempre decía: «Cada hombre tiene un solo destino», así como el desprecio hacia la autoridad y el gobierno legales, el odio hacia quienes se atrevían a quebrantar la *omertà*, la ley del silencio.

Vestido con ropas sencillas y gorra, Michael había sido trasladado desde el barco anclado en Palermo hasta el interior de la isla, concretamente a una provincia controlada por la Mafia, donde el *capomafia* local debía un gran favor a su padre. En la provincia estaba la localidad de Corleone, cuyo nombre había tomado el Don al emigrar a América. Pero ya no vivía ninguno de los parientes del Don; las mujeres habían muerto a edades muy avanzadas, mientras que los hombres, o habían sido víctimas de *vendette* o habían emigrado a Estados Unidos, Brasil o a alguna provincia del norte de Italia. Más tarde, Michael sabría que el porcentaje de crímenes de la pequeña localidad era más alto que el de cualquier otro lugar del mundo.

Michael fue instalado, en calidad de invitado, en casa de un tío soltero del *capomafia*. El hombre, que tenía más de setenta años, era el médico del distrito. El *capo* contaba cerca de sesenta años y se llamaba Don Tommasino. Actuaba como *gabellotto* de las extensas propiedades de una de las más nobles familias sicilianas. (El *gabellotto* era una especie de controlador de las propiedades de los ricos, que se cuidaba también de que los pobres no reclamaran las tierras que no eran cultivadas ni presentaran problemas a los dueños de los latifundios. En resumen, un mafioso que por dinero protegía a los ricos de los pobres, sin importar de parte de quién estuviera la razón. Cuando algún pobre campesino trataba de hacer valer la ley que le permitía comprar tierras no cultivadas, era él quien lo amenazaba con hacerle pegar una paliza o con la muerte. Así de sencillo.)

Don Tommasino controlaba también las aguas de riego de la zona, y se encargaba de torpedear todos los proyectos de construcción de presas. Éstas hubieran arruinado el lucrativo negocio de vender el agua de los pozos artesianos que controlaba, pues al abaratarse su precio, aquel negocio que ya llevaba cientos de años se habría ido a pique. No obstante, Don Tommasino era un mafioso anticuado, que nunca se hubiera dedicado al tráfico de drogas o a la prostitución. En esto, Don Tommasino chocaba con la nueva generación de jefes de la Mafia de ciudades como Palermo, los cuales, bajo la influencia de los gángsters norteamericanos deportados a Italia, no tenían tales escrúpulos.

El jefe de la Mafia era un hombre corpulento y majestuoso al que todos temían. Bajo su protección, Michael nada tenía que temer, pero se prefirió mantener en secreto su identidad. Por eso, Michael tuvo que permanecer dentro de los límites de la finca del doctor Taza, el tío de Don Corleone.

El doctor Taza medía un metro ochenta, por lo que era alto para tratarse de un siciliano, y tenía las mejillas coloradas y el cabello blanco. A pesar de su edad, iba a Palermo una vez a la semana para presentar sus respetos a las más jóvenes prostitutas de la ciudad. El otro vicio del doctor Taza era la lectura. Leía cuanto papel caía en sus manos, y luego hablaba de lo que había leído a sus conciudadanos, todos ellos campesinos y pastores analfabetos. Tal vez por eso, la gente decía que el doctor estaba loco. ¿Qué tenían que ver los libros con ellos?

Por las noches, el doctor Taza, Don Tommasino y Michael solían sentarse en el vasto jardín poblado de aquellas estatuas de mármol que en Sicilia parecían crecer tan mágicamente como los racimos de uvas. El doctor Taza gustaba de contar viejas historias de la Mafia, y Michael lo escuchaba con gran atención. A veces, cuando el fuerte vino y el agradable ambiente del jardín hacían efecto en él, Don Tommasino refería alguna de sus experiencias. El doctor era la leyenda; el Don, la realidad.

En el antiguo jardín Michael Corleone aprendió a conocer las raíces que habían alimentado los primeros años de su padre. Supo que la palabra «Mafia» había significado, en su origen, «lugar de refugio», y que luego que se convirtió en el nombre de una organización secreta creada para luchar contra los poderosos que durante siglos habían manejado a su antojo el país y a sus gentes. Sicilia era una tierra que había sido más maltratada que cualquier otra del mundo. La Inquisición había torturado a ricos y a pobres. Los ricos terratenientes y la numerosa secuela de sus servidores habían ejercido un poder absoluto sobre granjeros y pastores, y la policía no era sino un instrumento de aquéllos (hasta el punto de que la misma palabra «policía» aún constituía el peor insulto que un siciliano podía dirigir a otro).

Los pobres habían aprendido a no demostrar su cólera y su odio, por miedo a ser aplastados por aquella autoridad salvaje y omnipotente. Habían aprendido a no proferir amenazas, pues de hacerlo las represalias hubiesen sido inmediatas y terribles. Habían aprendido que la sociedad era su enemiga, y por ello, cuando querían justicia a causa de alguna ofensa o agravio, acudían a la organización secreta, la Mafia. Y la Mafia había cimentado su poder estableciendo la ley del silencio, la *omertà*. En el interior de Sicilia, si un extraño preguntaba el camino para ir a una localidad próxima, ni siquiera recibía respuesta. Y el peor crimen que un miembro de la Mafia podía cometer era el de decir a la policía el nombre de la persona que había disparado contra él o el de quien le había causado cualquier perjuicio. La *omertà* se convirtió en la religión de la gente. Una mujer cuyo marido había sido asesinado no diría a la policía el nombre del asesino de su esposo, ni el del que había matado a su hijo, ni tampoco el del raptor de su hija.

Las autoridades nunca les habían dado la justicia solicitada, y en consecuencia las gentes acudían a aquella especie de Robin Hood que era la Mafia. Y la Mafia seguía, hasta cierto punto, desempeñando este papel. Ante cualquier emergencia, a quien se pedía ayuda era al *capomafia* local. Él era su previsor social, su capitán, su protector.

Pero lo que el doctor Taza no dijo, lo que Michael aprendió por sí solo en el curso de los meses siguientes, era que la Mafia siciliana se había convertido en el brazo ilegal de los ricos, e incluso en la policía auxiliar de la estructura política y legal. Se había convertido en una degenerada estructura capitalista, anticomunista y antiliberal, que imponía sus tributos en todos los negocios, por pequeños que éstos fueran.

Michael Corleone comprendió por vez primera por qué hombres como su padre habían preferido convertirse en ladrones y asesinos, antes que en miembros de la sociedad legalmente establecida. La pobreza, el miedo y la degradación eran demasiado terribles para que un hombre enérgico pudiera soportarlos. Y algunos emigrantes sicilianos habían supuesto que en América encontrarían una autoridad igualmente cruel.

El doctor Taza se ofreció a llevar a Michael a Palermo —la visita semanal—, pero éste declinó la invitación. Su precipitado viaje a Sicilia no le había permitido hacerse curar debidamente la mandíbula, por lo que llevaba en el lado izquierdo de la cara un recuerdo del capitán McCluskey. Los huesos se habían soldado mal, dando a su rostro un aspecto siniestro. Siempre le había preocupado su aspecto, por lo que se sentía desgraciado. El dolor, en cambio, no le importaba en absoluto, sobre todo desde que el doctor Taza le había proporcionado unas píldoras calmantes. Además, se había ofrecido a operarlo, pero Michael rehusó. Llevaba allí el tiempo suficiente para saber que el doctor Taza probablemente fuera el peor médico de Sicilia. Era un hombre que leía de todo, excepto libros de medicina, de la que él mismo confesaba no entender nada en absoluto. Había aprobado sus exámenes gracias a los buenos oficios del más importante jefe mafioso de Sicilia, que había viajado especialmente a Palermo para indicar a los profesores las notas que debían poner al alumno Taza, lo que constituía una demostración más de que la Mafia era un cáncer para la sociedad siciliana. El mérito nada significaba, ni tampoco el talento o el trabajo. El Padrino mafioso le daba a uno su profesión como si de un regalo se tratara.

Michael disponía de mucho tiempo para pensar. Durante el día paseaba constantemente acompañado por dos de los pastores de Don Tommasino. Los pastores de la isla eran a menudo reclutados como asesinos a sueldo, por lo que realizaban su trabajo sencillamente para ganarse la vida. Michael pensaba en la organización de su padre. Si seguía prosperando, se convertiría en un cáncer similar a la Mafia de la isla. Sicilia era ya una tierra de fantasmas; sus hombres emigraban a todos los países, en su ansia de ganarse el pan o el deseo de escapar a la muerte, pues el solo hecho de ejercer las libertades políticas y económicas bastaba para ser condenado.

Lo que más maravillaba a Michael era la sorprendente belleza del paisaje. Con frecuencia paseaba entre los naranjales, que formaban umbrosas y profundas cavernas de las que salía un agua pura y fresca, que brotaba de piedras horadadas desde hacía siglos. Había muchas casas parecidas a las antiguas villas romanas, con enormes portales de mármol y grandes habitaciones abovedadas, que estaban en ruinas o habitadas por rebaños de ovejas. En el horizonte, los verdes campos brillaban a la luz del sol crepuscular, dando al paisaje un aspecto inenarrable. Y a veces, Michael llegaba hasta la localidad de Corleone, situada al pie de una montaña, donde vivían mil ochocientas personas y en la que el año último habían sido asesinadas más de sesenta. Parecía como si la muerte se hubiese enseñoreado de Corleone. Más allá del pueblo, el bosque de Ficuzza rompía la salvaje monotonía de la llanura.

Los dos pastores guardaespaldas llevaban siempre con ellos sendas *lupare*, una especie de escopeta con el cañón recortado. Era el arma favorita de los mafiosos. El jefe de policía enviado por Mussolini para eliminar a la Mafia siciliana ordenó, como primera medida, que los muros fueran derribados hasta que tuvieran todos menos de un metro de altura, al efecto de que los asesinos no pudieran, con sus *lupare*, parapetarse en los mismos. La medida fue totalmente ineficaz, y la policía resolvió el problema deportando a colonias penales a todo hombre sospechoso de ser un mafioso.

Cuando la isla de Sicilia fue liberada por los ejércitos aliados, los militares americanos creyeron que cuantos habían sido encarcelados por el régimen fascista eran demócratas. En consecuencia, muchos mafiosos fueron nombrados alcaldes o intérpretes del gobierno militar de ocupación. Esto permitió a la Mafia recuperar con creces el poder perdido.

Los largos paseos nocturnos, acompañado de una botella de buen vino para digerir la sabrosa cena a base de pasta y carne, eran lo único que permitía a Michael conciliar el sueño. En la biblioteca del doctor Taza había muchos libros en italiano, y aunque Michael hablaba el siciliano y había estudiado algo de italiano, leer en esta lengua no le resultaba fácil. Al cabo de un tiempo, sin embargo, y a pesar de que nadie lo hubiera confundido con un nativo por su modo de hablar, se habría podido pensar que era un italiano de las provincias septentrionales cercanas a Suiza y Alemania.

La deformación del lado izquierdo de su cara, en cambio, sí le hacía parecer siciliano. En la isla era normal que se padecieran esas deformaciones u otras semejantes debido a la falta de cuidados médicos. Muchos niños y hombres presentaban cicatrices que en América hubieran sido fácilmente borradas con sencillos tratamientos.

Michael pensaba a menudo en Kay, en su sonrisa, en su cuerpo, y sentía una especie de remordimiento por no haberse despedido de ella. Sin embargo, las muertes de Sollozzo y el capitán McCluskey no turbaban en absoluto su conciencia. El primero había tratado de matar a su padre; el segundo le había desfigurado la cara.

El doctor Taza siempre le aconsejaba que se hiciera operar el rostro, especialmente cuando Michael le pedía algún calmante. Y es que el dolor era cada vez más frecuente e intenso. Taza le explicó que por debajo del ojo pasa un nervio muy delicado, del que a su vez emanan una serie de nervios secundarios. En realidad, la búsqueda de ese nervio era uno de los entretenimientos favoritos de los torturadores de la Mafia, que para ello empleaban un punzón para el hielo. En el caso de Michael, ese nervio había sido dañado. Bastaría con que se sometiera a una sencilla operación en un hospital de Palermo para que el dolor remitiese.

Michael se negó. Y cuando el doctor le preguntó el motivo, Michael respondió:

—Es un recuerdo de América.

En efecto, el dolor no le importaba. Consideraba que era algo que podía soportarse perfectamente la mayor parte del tiempo, y estaba convencido de que, en cierto modo, purificaba.

Cuando Michael empezó a sentirse aburrido ya habían pasado cerca de siete meses. Para entonces Don Tommasino apenas si aparecía por la villa, lo que hacía suponer que estaba muy ocupado. En realidad, el jefe mafioso empezaba a tener problemas con la nueva generación de Palermo, que ganaba mucho dinero con el auge de la construcción posterior a la guerra. Convencidos de su superioridad, trataban de imponerse a los mafiosos de antes de la contienda, a quienes consideraban unos anticuados. Don Tommasino debía dedicar todo su tiempo a defender sus dominios. Así pues, Michael tenía que pasarse sin la compañía del viejo y contentarse con las historias del doctor Taza, que comenzaban a repetirse.

Un mañana Michael decidió dar un largo paseo hasta las montañas que se elevaban más allá de Corleone. Naturalmente, tuvo que soportar la compañía de los dos pastores guardaespaldas, lo que no constituía una protección contra los enemigos de la familia Corleone, sino una simple medida de precaución, ya que si un extranjero corría peligro, un nativo... también: la región estaba infestada de bandidos, y de miembros de la Mafia que luchaban los unos contra los otros implicando, a la vez, a todo el que se atrevía a internarse en el escenario de sus luchas. Además, el caminante corría el peligro de ser confundido con un ladrón de *pagliaii*.

Un *pagliaio* era una especie de cabaña con techo de paja que servía para guardar los utensilios de los campesinos y cobijar a los trabajadores en los momentos de descanso, a la hora de la comida del mediodía, etc.; de este modo, los que trabajaban en el campo no tenían que regresar a casa hasta la noche. En Sicilia, el campesino no vivía junto a la tierra que cultivaba. Era demasiado peligroso y, además, las tierras eran pobres. Así pues, vivía en el pueblo y al clarear se traslada a los campos. El trabajador que al llegar a su *pagliaio* lo encontraba saqueado, sufría un grave perjuicio. Y una vez que la ley se había mostrado inoperante a la hora de resolver el asunto, intervenía la Mafia y solucionaba el problema... a su manera, por supuesto. Es decir, asesinando a varios ladrones de *pagliaii* sin más, con lo que resultaba inevitable que se cometieran injusticias. Era por ello por lo que había que estar prevenido: Michael podía pasar por delante de un *pagliaio* recientemente saqueado y ser acusado de haber cometido el robo, a menos que alguien declarara en su favor.

Así pues, una mañana, Michael Corleone salió a dar un paseo por el campo, acompañado como siempre por los dos pastores. Uno de ellos era un individuo muy tosco, silencioso e impasible. Tenía las facciones morunas, y era delgado como suelen serlo los sicilianos jóvenes. Se llamaba Calo.

El otro pastor era más locuaz. Algo más joven que su compañero, había visto un poco de mundo gracias a que había hecho la guerra en la Marina. Sin embargo, apenas si había tenido tiempo de hacer algo más que cubrirse el cuerpo de tatuajes, pues su barco no había tardado en ser hundido, y él fue hecho prisionero por los ingleses. Al acabar la guerra, sus tatuajes lo convirtieron en el hombre más famoso de su aldea, pues los sicilianos no solían llevar tatuajes —quizá no tanto porque no les gustase como porque no tenían oportunidad de hacérselos—, aunque en sus carros y tartanas solían pintar escenas rurales llenas de gracia. A pesar de ello, al regresar a su aldea natal el pastor, que se llamaba Fabrizzio, no se sentía muy orgulloso de sus tatuajes, uno de los cuales (el que llevaba en el vientre, y que tapaba una mancha roja de nacimiento) representaba una escena muy cara al «honor» siciliano; representaba a un marido apuñalando a un hombre y una mujer desnudos en actitud de estar haciéndose el amor.

En ocasiones, Fabrizzio obsequiaba a Michael con queso fresco y lo acribillaba a preguntas sobre América, pues a los guardaespaldas no habían podido ocultarles su verdadera nacionalidad. Sin embargo, ignoraban quién era. Únicamente sabían dos cosas: que había tenido que huir de América y que no convenía meterse en honduras con respecto a él.

Michael y sus dos inseparables compañeros solían dar largos paseos por los polvorientos caminos, donde de vez en cuando se cruzaban con carretas pintadas tiradas por asnos. Los campos ofrecían un aspecto magnífico, rebosantes de flores, naranjos, almendros y olivos. Precisamente, habían constituido una de las sorpresas de Michael. Convencido de la exactitud de la legendaria pobreza de los sicilianos, había esperado encontrar una tierra reseca e igualmente pobre. Y de pronto se preguntaba cómo era posible que los isleños pudieran habituarse a vivir en otra parte. Sin duda, el gran éxodo de lo que parecía ser un Edén demostraba lo malvados que algunos hombres debían de ser con los demás.

Cierto día, Michael salió con la intención de ir hasta la población costera de Mazara, para luego, al anochecer, regresar a Corleone en autobús. Pensaba que si se cansaba lograría dormir toda la noche de un tirón. Los dos pastores llevaban pan y queso para comer durante el trayecto, así como sus *lupare*.

Hacía una mañana maravillosa. Michael se sentía como cuando, siendo niño, salía de su casa temprano, a principios del verano, para ir a jugar a la pelota. Sicilia era una alfombra de flores, y el olor de los naranjos y los limoneros era tan penetrante que podía olerlo a pesar de que la herida que había sufrido en la cara afectaba su sentido del olfato.

A causa de la herida aún sentía molestias en el ojo izquierdo. Además, y por el mismo motivo, tenía que limpiarse continuamente la nariz, debido a lo cual siempre llevaba consigo una buena provisión de pañuelos. No obstante, últimamente, se había acostumbrado a hacer como los campesinos sicilianos, que se sonaban sin pañuelo, a pesar de que siempre le había disgustado siquiera pensarlo. Se notaba la cara «pesada». El doctor Taza le había dicho que ello se debía a la presión causada por la fractura mal curada. Se trataba, en concreto, de una fractura del arco cigomático, y si hubiese sido tratada antes de que los huesos se soldaran, la cosa se habría arreglado sin dificultad; un instrumento parecido a una cuchara, que servía para colocar el hueso en su sitio, habría bastado. En opinión del doctor, ahora tendría que someterse a una intervención quirúrgica maxilo-facial. Michael no había querido oír más. Dijo que ni hablar; aunque, a decir verdad, más que el dolor y demás molestias, lo peor era aquella sensación de pesadez en el rostro.

Aquel día, Michael y su escolta no llegaron a la costa. Después de andar unos veinticinco kilómetros, se sentaron a la sombra de un naranjo para comer y beber un poco. Fabrizzio no paraba de decir que un día se iría a América... Después de comer se echaron, y cuando Fabrizzio se desabrochó la camisa, dejando al descubierto el tatuaje de su vientre, todos se rieron al ver al hombre y la mujer desnudos a quienes el marido burlado apuñalaba. Fue entonces cuando Michael sufrió el ataque de lo que los sicilianos llaman «el rayo».

Más allá del naranjal se extendían los verdes campos propiedad de un barón, y frente al mismo, al otro lado de la carretera, había una villa, de aspecto tan romano que parecía sacada de las ruinas de Pompeya. Era un pequeño palacio, de enorme pórtico de mármol y esbeltas columnas griegas. Procedente de allí, se acercaba un grupo de muchachas campesinas, acompañadas por dos robustas matronas completamente vestidas de negro. Eran del pueblo y acababan de cumplir con sus deberes para con el barón, consistentes en limpiar y barrer el palacio, preparándolo para la estancia invernal de su propietario. En ese momento se hallaban arrancando flores con las que adornar todas las habitaciones, y sin reparar en la presencia de los tres hombres, iban acercándose a éstos.

Lucían delantales multicolores, y aunque ninguna debía de tener más de veinte años, sus cuerpos estaban plenamente desarrollados. Tres o cuatro de ellas empezaron a perseguir a una que corría en dirección al naranjo debajo del cual se encontraban sentados Michael y los dos campesinos. La perseguida llevaba un racimo de uvas, y arrojaba granos a sus perseguidoras. Tenía el cabello negro y brillante, y su cuerpo parecía querer escapar de la piel que lo envolvía.

Cuando estuvo muy cerca del naranjo, se detuvo en seco al ver a Michael y sus protectores. Parecía dispuesta a echar a correr nuevamente, como si la asustase el que éstos la miraran fijamente. Toda ella era un conjunto de óvalos; sus ojos, su rostro, su figura... todo era ovalado. Su piel morena y sus enormes ojos negros, protegidos por unas largas pestañas, eran impresionantes. Su boca, sin ser excesivamente grande, era carnosa y de aspecto dulce, pero en absoluto débil. Era tan increíblemente atractiva que Fabrizzio exclamó, en broma:

—¡Acoge mi alma, Jesucristo, que me estoy muriendo!

Ella como si hubiera oído al demonio, regresó corriendo junto a sus compañeras. Al correr, sus caderas parecían querer reventar el estrecho vestido, aunque era evidente que ella no se daba cuenta de lo sensual que resultaba. Cuando llegó al lado de las otras muchachas, extendió el brazo en dirección al naranjo a cuya sombra se sentaban los tres hombres, y todas se alejaron, riendo, escoltadas por las dos matronas vestidas de negro.

Sin ser consciente de sus actos, Michael, se encontró de pie y con el corazón latiendo más deprisa de lo normal; se sentía un poco aturdido y notaba que la sangre bullía en su cuerpo. Percibía intensamente los mil perfumes de la isla; el aire olía a naranja, a limón y a flores. El cuerpo no le pesaba. Se sentía en otro mundo. Por fin, oyó la risa alegre de los dos pastores.

—¿Ha sido atacado por el rayo, eh? —dijo Fabrizzio, dándole una palmada en el hombro.

Incluso Calo comentó en tono amistoso:

—Tómeselo con calma.

Michael estaba tan anonadado que se hubiera dicho que acababa de atropellarlo un coche. Fabrizzio le pasó la botella de vino, y Michael bebió un largo trago. El vino le ayudó a aclararse las ideas.

—Pero ¿de qué demonios están ustedes hablando? —espetó a sus guardaespaldas, que se rieron.

—No puede usted ocultar que el rayo le ha dado de lleno, ¿eh? —comentó Calo un momento después, con toda seriedad—. Pero no se preocupe; eso es algo que nadie puede ocultar. No se sienta avergonzado, pues no hay motivo. De hecho, muchos rezan para que el rayo los ataque. Incluso me atrevería a afirmar que es usted un hombre afortunado.

A Michael no le gustaba poner de manifiesto sus emociones. Pero lo que acababa de ocurrirle era algo nuevo para él. Sus aventuras de adolescente habían sido otra cosa, y otra cosa era también el amor que sentía hacia Kay, basado en buena medida en la dulzura de ella, en su inteligencia y su capacidad para diferenciar lo claro de lo oscuro. Lo que sentía en ese momento era un irresistible deseo de posesión, y Michael sabía que no conseguiría quitarse de la cabeza el recuerdo de la muchacha si no conseguía que fuera suya. De repente, su vida se había simplificado. Ahora todo convergía en un solo punto, haciendo lo demás indigno de atención. Durante su exilio siempre había pensado en Kay, aunque sentía que nunca más podrían volver a ser amantes, ni siquiera amigos; después de todo, él no era sino un asesino, un mafioso. Pero ahora Kay había desaparecido de sus pensamientos.

—Iré al pueblo a informarme —dijo Fabrizzio ásperamente—. Quién sabe, tal vez sea más asequible de lo que imaginamos. Para el rayo sólo existe un remedio, ¿eh, Calo?

El otro pastor hizo un grave gesto de asentimiento. Michael no pronunció una sola palabra. Se limitó a seguir a los dos pastores, que habían echado a andar hacia el cercano pueblo.

El pueblo, como muchos otros, tenía una plaza con una fuente en medio. Pasaron por una calle en la que había algunas tiendas, unas cuantas tabernas y un café delante del cual había tres o cuatro mesas. Los dos pastores se sentaron a una de las mesas, y Michael se unió a ellos. No había ni rastro de las muchachas. El pueblo parecía desierto. Sólo se veían algunos niños y un hombre que, evidentemente, no estaba en sus cabales.

El dueño del café se acercó a la mesa. Era un hombre grueso y tan bajo que semejaba un enano. Los saludó muy cordialmente y puso un plato de garbanzos encima de la mesa.

—Como ustedes son forasteros, permítanme un consejo: prueben mi vino. La uva es de mi propia viña, y lo han hecho mis hijos. Mezclan las uvas con naranjas y limones. Es el mejor vino de Italia.

Les trajo una jarra de vino, y los tres hombres estuvieron de acuerdo en que era aun mejor de lo que afirmaba el dueño del café. Era de un color casi negro y tan fuerte como el coñac. Dirigiéndose al propietario del establecimiento, Fabrizzio dijo:

—Seguramente conoce usted a todas las muchachas del pueblo. Hace un rato, por la carretera, vimos un grupo de chicas muy bonitas. —Señaló a Michael y añadió—: Una de ellas ha impresionado a nuestro amigo.

El dueño del café miró fijamente a Michael. Su cara le había parecido muy vulgar, indigna de contemplarla por segunda vez. Pero un hombre atacado por el rayo era otra cosa.

—Será mejor que se lleve algunas botellas de mi vino a su casa. Beber le ayudará a conciliar el sueño.

Michael preguntó al hombre:

—¿Conoce usted a una muchacha de cabello rizado? Es muy morena y tiene los ojos grandes y negros. ¿Vive en este pueblo alguna muchacha como la que acabo de describir?

En tono cortés, pero gélido, el hombre respondió:

—No, no la conozco. —Y a continuación entró en el café.

Los tres hombres bebieron lentamente, y cuando hubieron terminado la jarra, pidieron otra. Pero el dueño del café no se presentó a servirles. Fabrizzio entró en el local. Cuando regresó hizo una mueca y dijo a Michael:

—Lo que me figuraba. Se trata de su hija. Y ahora el hombre está pensando en cómo hacernos una trastada. Me parece que lo mejor será que nos vayamos a Corleone.

A pesar de los meses que llevaba en la isla, Michael no había podido acostumbrarse a la susceptibilidad de sus pobladores en asuntos sexuales, y el caso del propietario del café era muy extremado, aun para un siciliano. Pero los dos pastores parecían considerar el asunto de forma diferente de como lo hacía Michael.

—El viejo cabrón ha dicho que tiene dos hijos —añadió Fabrizzio, que ya se había puesto de pie, así como su compañero—, dos tipos duros dispuestos a obedecer ciegamente a su padre.

Michael le dirigió una fría mirada. Hasta entonces había sido un joven tranquilo y amable, un típico americano, pero todos sabían que algo muy viril había hecho, puesto que se ocultaba en Sicilia. Esa era la primera vez que los dos pastores veían la gélida mirada de un Corleone. Don Tommasino, que conocía la historia y la identidad de Michael, lo trató desde el primer momento como a un «hombre de respeto»; pero aquellos rústicos pastores se habían formado su propia y particular opinión sobre el «refugiado», y ésta no era muy elevada, por cierto. La frialdad de la mirada de Michael, la palidez de su cara, borraron instantáneamente la familiaridad con que ambos hombres le habían tratado hasta entonces.

Cuando vio que ambos le prestaban atención con sumo respeto, Michael les dijo:

—Decidle al dueño del café que salga.

Los dos guardaespaldas no dudaron ni por un instante. Se pusieron las armas al hombro y entraron en el local. Segundos después, reaparecían escoltando al dueño del café. El hombre no parecía nada asustado, aunque sí algo preocupado.

Michael se acomodó en su silla y lo estudió atentamente. Segundos después, con toda suavidad, dijo:

—Comprendo que lo he ofendido al hablarle de su hija, señor. Le presento mis más sinceras excusas. Soy forastero y no conozco las costumbres del país. Quiero que sepa que no era mi intención faltarle el respeto, ni a usted ni a ella.

Los dos pastores estaban profundamente sorprendidos. La voz de Michael había adquirido un tono desconocido para ellos. A pesar de que estaba disculpándose, sonaba autoritaria. El dueño del café hizo un gesto de asentimiento con la cabeza, pero estaba más preocupado que antes, pues tenía la impresión de que aquel hombre no era como los demás.

—¿Quién es usted y qué quiere de mi hija?

—Soy americano —contestó Michael—, y he venido a Sicilia huyendo de la policía de mi país. Me llamo Michael. Si informa usted a la policía, seguro que ganará una fortuna, pero si lo hiciera, su hija, más que ganar un marido, perdería un padre. Quiero conocer a su hija. Con su permiso, señor, y bajo la atenta mirada de su familia, naturalmente. Con todo decoro y con todo respeto. Soy un hombre cabal, y en modo alguno quiero deshonrar a su hija. Quiero conocerla, hablar con ella y luego, si ambos estamos de acuerdo, nos casaremos. Si no, nunca más volverán a verme. Quizá no le caiga bien a su hija, y en tal caso no podré hacer nada. Pero si no es así, le diré de mí todo lo que el padre de una esposa debe saber.

Los dos pastores y el padre de la muchacha lo miraban con expresión de sorpresa. Fabrizzio, con temor reverente, musitó:

—Es el verdadero rayo.

El dueño del café, por vez primera, no se mostraba tan desdeñoso ni seguro de sí; su enfado parecía haberse evaporado. Finalmente, preguntó:

—¿Es usted amigo de los amigos?

Dado que un siciliano no podía pronunciar la palabra «Mafia» en voz alta, ésa era la forma en que el padre de la muchacha le preguntaba si era miembro de la misma. Así se hacía siempre, aunque no era habitual dirigirse abiertamente a la persona en cuestión.

—No. En este país soy forastero —repuso Michael.

El hombre le dirigió una mirada escrutadora, fijándose sobre todo en el lado izquierdo de su cara y en las piernas, muy largas en comparación con las de los sicilianos. Miró también a los dos pastores, que llevaban sus *lupare* a la vista, y recordó el tono en que, minutos antes, le habían dicho que su *padrone* quería hablar con él. Había respondido que lo único que deseaba era que aquel hijo de puta se marchara, pero uno de los pastores le había contestado que era mejor que no se negara a hacer lo que le pedían. Algo le dijo que le convenía salir, del mismo modo que en ese momento algo le decía que sería conveniente no mostrarse descortés con el forastero.

—Venga el domingo por la tarde. Me llamo Vitelli y mi casa está en la parte alta del pueblo... Pero venga al café; después iremos a mi casa.

Fabrizzio empezó a decir algo, pero Michael, con una mirada, lo hizo callar. A Vitelli no le pasó inadvertido aquel gesto. Por ello, cuando Michael se levantó para estrecharle la mano, el dueño del café aceptó el apretón y sonrió. Haría algunas investigaciones, y si las respuestas eran desfavorables, sus dos hijos disuadirían a Michael. Vitelli no carecía de relaciones entre los «amigos de los amigos». Pero algo le decía que la fortuna acababa de llamar a su puerta, que la belleza de su hija beneficiaría a toda la familia. Algunos de los jóvenes de la localidad comenzaban a rondarla, pero aquel forastero se encargaría de ahuyentarlos. Vitelli, en prueba de su buena voluntad, regaló a los tres hombres sendas botellas de su mejor vino. Advirtió que las consumiciones las había pagado uno de los pastores, lo que le impresionó todavía más, pues demostraba claramente que Michael era de un rango superior a los dos hombres que lo acompañaban.

Michael ya no estaba interesado en la caminata. Encontraron un garaje, alquilaron un coche y ordenaron al conductor que los llevara a Corleone.

Los dos pastores debieron de informar al doctor Taza, pues después de cenar éste dijo a Don Tommasino, mientras tomaban el fresco en el jardín:

—Hoy, nuestro amigo ha sido atacado por el rayo.

Don Tommasino no se sorprendió.

—Ojalá a esos jóvenes de Palermo les alcanzara algún rayo —se limitó a gruñir—, pero de los que llevan electricidad. Sería la única forma de poder vivir tranquilo.

Hablaba de la nueva generación de mafiosos de las grandes ciudades, que en Palermo pretendían imponerse a los viejos como él.

—Quiero que ordene a esos dos pastores que el próximo domingo me dejen a solas —pidió Michael a Tommasino—. Voy a cenar a casa de una chica y no deseo moscones a mi alrededor.

—Tu padre me hizo responsable de tu seguridad, Michael. No puedes pedirme eso. Otra cosa. Estoy enterado de lo de esa chica, y sé también que has hablado de matrimonio. No puedo permitir que el asunto siga adelante sin antes haber informado a tu padre.

Michael decidió mostrarse prudente, ya que Don Tommasino era un hombre de respeto.

—Don Tommasino, usted conoce a mi padre. Cuando alguien le dice que no, se vuelve completamente sordo y no recupera el oído hasta que la respuesta es sí. Pues bien, mi «no» lo ha oído muchas veces. Comprendo lo de los guardias; no quiero causarle a usted ningún problema y dejaré que vengan conmigo el domingo. Pero si quiero casarme, me casaré. Convendrá usted conmigo en que, si no le permito a él inmiscuirse en mi vida privada, sería insultante, insultante para mi padre quiero decir, que se lo permitiera a usted.

—Muy bien, pues —dijo el *capomafia*—. Pero que sea casamiento. Sé lo que es el rayo, ese rayo. Ten en cuenta que ella es una buena muchacha, y que su familia es muy respetable. Si la deshonras, su padre intentará matarte. Conozco muy bien a la familia, ¿sabes?

—Tal vez la muchacha no me encuentre de su gusto. Es muy joven, y puede pensar que soy demasiado mayor para ella. —Al ver que Don Tommasino y el doctor Taza sonreían, Michael añadió—: Otra cosa: necesitaré algún dinero para hacerle un regalo, y también me hará falta un automóvil.

—Fabrizzio se ocupará de eso —repuso Don Tommasino—. Es un muchacho muy listo; en la Marina le enseñaron mecánica. Por la mañana te daré algún dinero, y luego me ocuparé de informar a tu padre de lo que está sucediendo. Tengo la obligación de hacerlo.

Michael estaba satisfecho. Al cabo de un instante, le preguntó al doctor Taza:

—¿Tiene usted algo para evitar que de mi nariz salgan mocos continuamente? Sospecho que a la muchacha no le gustaría ver que no paro de sonarme.

—Te daré unas gotas antes de que vayas a verla. Se te adormecerá un poco la cara, pero no te preocupes; no creo que vayas a besarla en vuestra primera cita. De todos modos, el efecto será pasajero.

Dichas estas palabras, el doctor Taza y Don Tommasino esbozaron una sonrisa socarrona.

El domingo siguiente, Michael dispuso de un Alfa-Romeo, destartalado pero con el motor en buenas condiciones. Unos días antes había ido en autobús a Palermo a fin de comprar regalos para la muchacha y su familia. Se había enterado de que se llamaba Apollonia, y todas las noches soñaba con su hermosa cara y su bonito nombre. Para conciliar el sueño, Michael tenía que beber mucho vino, hasta el punto de que las criadas de la casa habían recibido órdenes de procurar que en la mesilla de noche del americano nunca faltara una botella llena. A la mañana siguiente, la botella estaba vacía.

Mientras todas las campanas de Sicilia convocaban a los fieles, Michael se puso al volante del Alfa-Romeo y se dirigió al pueblo, donde aparcó el automóvil frente al café. Calo y Fabrizzio estaban en el asiento trasero con sus *lupare*, y Michael les dijo que esperaran en el local, que no era necesario que lo acompañaran a la casa de la chica. El café se encontraba cerrado, pero Vitelli estaba esperándolos, apoyado contra la barandilla de la desierta terraza.

Se dieron la mano y luego Michael cogió los tres paquetes con los regalos y echó a andar colina arriba en dirección a la casa de Vitelli. Cuando él y Vitelli llegaron, se percató de que la casa era más espaciosa de lo normal en Sicilia, lo que demostraba que no se trataba de una familia pobre.

Dentro de la casa había varias imágenes de la Virgen, dentro de campanas de cristal y rodeadas de velas encendidas. Los dos hijos de Vitelli estaban esperándolos, vestidos con el traje oscuro de los días festivos. Eran muy corpulentos y tenían poco más de veinte años, aunque parecían mayores, debido al duro trabajo de la granja. La madre era una mujer tan vigorosa como su marido. De la muchacha, sin embargo, no se veía ni rastro.

Después de las presentaciones, a las que Michael no prestó la menor atención, todos pasaron a una habitación, que lo mismo podía ser una sala que un comedor. Estaba atestada de muebles de todas clases, algo propio de una familia de la clase media siciliana.

Michael dio sus regalos al señor y a la señora Vitelli.

El de aquél consistía en un cortapuros de oro, y el de ésta en una pieza de tela muy fina, la más cara que Michael encontró en Palermo. Faltaba entregar el paquete que contenía el regalo para la muchacha. Los obsequios fueron recibidos con cortesía pero sin muestras de entusiasmo. Era demasiado pronto; no debería haberlos hecho hasta la segunda visita.

—No crea que somos tan poca cosa como para recibir fácilmente a forasteros en nuestra casa —le dijo el padre con rústica franqueza—. Pero Don Tommasino nos lo recomendó personalmente, y en esta provincia nadie se atrevería a dudar de su palabra. Así pues, si es usted bienvenido a nuestra casa, se debe sobre todo a la influencia de Don Tommasino. Si sus intenciones respecto a mi hija son serias, permítame decirle que deberemos saber un poco más sobre usted y su familia.

—Lo comprendo —admitió Michael con cortesía—. Responderé a todas sus preguntas al respecto.

El *signor* Vitelli alzó una mano.

—No me gusta adelantar las cosas. Ante todo, veamos si es necesario. Por el momento es usted bien recibido a esta casa, en tanto amigo de Don Tommasino. Lo demás, si debe llegar, llegará a su debido tiempo.

A pesar de las gotas que el doctor Taza le había puesto en la nariz, Michael olió la presencia de la muchacha en la habitación. Al volverse, vio a Apollonia en el portal que daba a la parte trasera de la casa. Olía a flores, aun cuando no llevaba ninguna prendida en su rizado pelo ni en su severo vestido negro, el cual, evidentemente, era el mejor que tenía. La muchacha le dirigió una leve sonrisa y una fugaz mirada antes de bajar los ojos e ir a sentarse al lado de su madre.

De nuevo Michael sintió que le faltaba la respiración. Lo que sentía por aquella chica era, más que deseo, un ansia loca de posesión. Por vez primera en su vida comprendió por qué el hombre italiano tenía fama de celoso.

En aquel momento, Michael estaba dispuesto a matar a cualquiera que se atreviera a tocarla, que intentase arrebatársela. Deseaba poseerla, como el miserable desea poseer dinero, como el que cultiva la tierra ajena desea poseer su propia tierra. Nadie le impediría poseer a aquella muchacha, nadie le impediría mantenerla prisionera para evitar que otro hombre pudiera mirarla siquiera. Cuando ella sonrió a uno de sus hermanos, Michael dirigió a éste una mirada asesina. La familia se dio cuenta de que se trataba del clásico «rayo». Aquel joven sería, hasta que se casaran, un juguete en manos de Apollonia. Luego las cosas cambiarían, por supuesto, pero no importaba.

Michael se había comprado algo de ropa en Palermo, por lo que ya no tenía aspecto de campesino. Saltaba a la vista, pensaron todos, que aquel joven era un Don. La herida de su cara no le daba un aspecto tan desagradable como él creía. Habida cuenta de que la otra parte del rostro era muy agradable, su deformación podía incluso pasar por interesante. Además, Sicilia era una tierra en la que esa clase de defectos eran tan corrientes, que, salvo en casos exagerados, pasaban prácticamente inadvertidos.

Michael miró fijamente a la muchacha. Sus labios, ahora se daba cuenta, eran morados; tan oscura era la sangre que corría por su interior.

Sin atreverse a pronunciar su nombre, Michael dijo a Apollonia:

—El otro día te vi en el naranjal, mientras corrías. Espero no haberte asustado.

Ella lo miró por una fracción de segundo. En respuesta a la pregunta de Michael, hizo un gesto de negación con la cabeza. Michael no pudo resistir el encanto de aquella breve mirada.

—Dirige la palabra al pobre muchacho, Apollonia —la reconvino la madre con aspereza—. Ha recorrido muchos kilómetros para venir a verte.

La muchacha, sin embargo, seguía con los ojos fijos

en el suelo. Entonces Michael le entregó el paquete envuelto en papel dorado, y ella se lo puso en el regazo.

—Ábrelo, muchacha —dijo el padre.

Pero las manos de Apollonia permanecieron inmóviles. Eran pequeñas y morenas, juguetonas. La madre, impaciente, tomó el paquete y lo abrió procurando no estropear el delicado papel. Al ver el estuche de fino terciopelo rojo se le cortó la respiración, pues nunca había tenido en sus manos nada tan lujoso y, además, no sabía cómo abrirla. Finalmente, por puro instinto, lo consiguió, y entre sus dedos apareció el regalo de Michael.

Era una cadenita de oro. La familia estaba boquiabierta, no sólo por el enorme valor de la joya, sino porque cuando un hombre regalaba un objeto de oro, demostraba que sus intenciones eran serias, muy serias. Con su obsequio, aquel joven acababa de hacer una proposición matrimonial, o, en cualquier caso, tenía intención de hacerla. Ya no existían dudas acerca de la seriedad del forastero. Su regalo no podía ser tomado a broma.

Apollonia aún no había tocado el regalo. Su madre se lo enseñó, pero ella no pareció hacerlo caso, sino que miró a Michael y dijo:

—*Grazie*.

Era la primera vez que él oía su voz.

Apollonia era tímida, y su timidez la hacía, a los ojos de Michael, todavía más encantadora. Él, confuso por el modo en que lo miraba la muchacha, siguió hablando con los padres. No obstante, se dio cuenta de que el vestido de Apollonia, a pesar de que no podía considerarse demasiado estrecho, parecía incapaz de contener su cuerpo. Y se fijó también en que la cara de aquélla parecía todavía más morena, debido, sin duda, a que estaba sonrojada.

Finalmente, Michael se levantó, y lo mismo hizo la familia Vitelli. Se despidieron estrechándose la mano, y él sintió escalofríos cuando la suya entró en contacto con la de ella; era una mano cálida y fuerte, una mano de campesina. El *signor* Vitelli lo acompañó hasta el automóvil y lo invitó a comer con la familia el domingo siguiente. Michael aceptó, sabiendo que no podría esperar toda una semana para ver nuevamente a la muchacha.

Y no esperó. Al día siguiente, sin los dos pastores, se fue al pueblo y se sentó en la terraza del café, para hablar con el *signor* Vitelli. Éste sintió lástima del joven y envió a buscar a su esposa y a su hija, para que acudieran al café a hacerle compañía. La muchacha se mostró menos tímida y más locuaz. Llevaba el vestido estampado de los días laborables, que le sentaba mucho mejor que el negro de los domingos.

El martes ocurrió lo mismo, sólo que Apollonia llevaba puesta la cadena de oro que él le había regalado dos días antes. Michael le sonrió, sabiendo que aquel hecho debía de tener un significado profundo. La acompañó colina arriba, unos pasos por delante de la madre de ella, pensando cuán difícil sería evitar rozar el cuerpo de Apollonia. De pronto, ésta tropezó y chocó con Michael, quien al sostenerla para que no cayese sintió que la sangre le hervía en las venas. Ninguno de los dos pudo ver la cómplice sonrisa de la madre, que sabía que su hija conocía muy bien aquel camino —por lo que era imposible que hubiera tropezado de verdad—, así como que aquella era la única manera de que se dejara tocar por su pretendiente antes de la boda.

Aquello duró unos quince días. Michael le llevaba regalos cada día, y Apollonia iba perdiendo su timidez. Pero nunca podían verse a solas. La chica era una aldeana casi analfabeta que no sabía nada del mundo; pero su ingenuidad y su alegría de vivir, sumadas a la barrera que imponía el lenguaje, la hacían aún más interesante a los ojos de Michael, que tenía mucha prisa por formalizar la relación.

Y como la muchacha no sólo se sentía fascinada por él, sino que sabía que debía de ser rico, la boda se concertó para un domingo, dos semanas más tarde.

Don Tommasino intervino. De América le habían dicho que Michael era libre de hacer lo que quisiera, pero también le advirtieron que debían tomarse una serie de precauciones. Así, pues, Don Tommasino decidió actuar como padre del novio, para asegurar la presencia de sus propios guardaespaldas. Calo y Fabrizzio también formarían parte del grupo de invitados del novio, así como el doctor Taza. El nuevo matrimonio viviría en la villa de éste, cuya tapia de piedra ofrecía bastantes garantías de seguridad.

La boda fue al estilo rural. La gente del pueblo salió a la calle para presenciar el paso del cortejo nupcial, que recorrió a pie el trayecto que separaba la iglesia de la casa de la novia, arrojando almendras garrapiñadas al público. Luego, con las almendras que quedaran, se harían montañitas sobre el lecho nupcial, algo puramente simbólico, pues los recién casados pasarían su primera noche en la villa de las afueras de Corleone. Y finalmente se celebró la fiesta, que duró hasta la medianoche. Los novios, sin embargo, se marcharon bastante antes, en el Alfa-Romeo. Michael quedó sorprendido al ver que la madre de Apollonia, a instancias de ésta, se disponía a acompañarles a la villa de Corleone. El padre le explicó que la muchacha era virgen y, por lo tanto, estaba un poco asustada. A la mañana siguiente, necesitaría a alguien con quien hablar, a alguien que la aconsejara si las cosas no iban tan bien como era de esperar. La noche de bodas podía ser muy difícil para una muchacha sin experiencia. Michael vio que Apollonia le dirigía una mirada de súplica. Sonrió a la que era ya su esposa y asintió.

Así pues, los recién casados se pusieron en marcha en dirección a Corleone, con la suegra en el asiento posterior. Sin embargo, al llegar, la señora Vitelli dio a su hija un beso, la abrazó y desapareció de la escena, dejando que los recién casados entraran solos en el enorme dormitorio que habían destinado para ellos.

Apollonia llevaba todavía el vestido y el velo nupciales. Los criados ya habían subido el baúl y la maleta. Sobre una mesita había una botella de vino y una bandeja con pasteles. La muchacha se quedó quieta en el centro de la habitación, esperando a que Michael diera el primer paso. Pero Michael, ahora que estaba a solas con ella, ahora que era legalmente suya, ahora que nada le impedía disfrutar de aquel cuerpo con el que había soñado todas las noches, no sabía qué hacer. La observó dejar el velo sobre una silla y colocar con cuidado la corona nupcial encima de una de las mesitas, cubierta de los frascos de perfumes y cremas que él había comprado en Palermo.

Michael apagó las luces, pensando que la muchacha prefería que la oscuridad ocultara su cuerpo mientras se desvestía. Pero la luna siciliana que entraba por las ventanas daba una relativa claridad al dormitorio. De modo que también cerró las ventanas, aunque no del todo, pues hacía mucho calor.

La muchacha seguía de pie junto a la mesa del centro, por lo que Michael salió de la habitación y bajó al cuarto de baño. Luego tomó un vaso de vino con el doctor Taza y Don Tommasino, en el jardín, mientras las mujeres se preparaban para acostarse.

Esperaba que, a su regreso, Apollonia estuviera metida en la cama. Le extrañaba que la madre no se hubiese quedado para ayudarla a desvestirse. Tal vez lo que Apollonia deseaba era que la ayuda partiese de él. Pero Michael estaba seguro de que era una muchacha demasiado tímida e inocente para que se le ocurriese siquiera algo así.

Al regresar al dormitorio, Michael se sorprendió de encontrarlo completamente a oscuras. Las ventanas estaban cerradas del todo. A tientas, se acercó a la cama y notó el cuerpo de Apollonia debajo de las sábanas. Se desvistió y se metió en el lecho. Alargó una mano y tocó una piel desnuda y sedosa. Era evidente que Apollonia no se había puesto el camisón, lo cual encantó a Michael. Lentamente, con sumo cuidado, puso una mano en el hombro de ella, para que se volviera hacia él. Ella giró sobre sí misma muy despacio y los dedos de él rozaron un seno suave, pleno. Michael la tomó entonces con fuerza entre sus brazos, mientras le daba un profundo y apasionado beso en la boca.

La carne y el sedoso cabello de Apollonia, que mostraba un súbito entusiasmo, lo envolvieron en un frenesí tan erótico como virginal. Cuando Michael la penetró, ella soltó un grito ahogado, permaneció quieta por un instante y a continuación empujó la pelvis contra él y le rodeó la cintura con las piernas. Cuando ambos alcanzaron el orgasmo estaban unidos con tanta fiereza, y presionaban el uno contra el otro con tanta violencia, que al separarse sintieron un temblor semejante a los espasmos que anteceden a la muerte.

En el curso de las noches y semanas que siguieron, Michael Corleone comprendió el motivo por el cual los pueblos socialmente primitivos concedían una importancia enorme a la virginidad. Fue un período de sensualidad y sentimiento de poder masculino que nunca antes había experimentado. En aquellos primeros días, Apollonia se convirtió casi en su esclava. Existiendo confianza y amor, la conversión de una muchacha virgen en «mujer» es algo tan delicioso como una fruta en su punto exacto de madurez.

Ella, por su parte, hizo que se desvaneciese un poco la atmósfera excesivamente masculina que se respiraba en la villa. Había despedido a su madre al día siguiente de la boda. La mesa de la casa, que ella presidía, tenía un nuevo encanto. Don Tommasino cenaba con la pareja todas las noches, y el doctor Taza, en el jardín, contaba una y otra vez sus viejas historias, mientras bebían unos vasos de buen vino. Las veladas, pues, eran plácidas y agradables. Luego, en su dormitorio, los recién casados pasaban horas haciendo el amor. Michael no se cansaba del escultural cuerpo de Apollonia, ni de su cutis color miel, ni de sus grandes y bellos ojos negros, unos ojos que la pasión embellecía aún más. Su carne perfumada tenía para Michael un enorme poder afrodisíaco, y su pasión virginal prolongaba el anhelo de la primera vez, por lo que en ocasiones, cuando llegaba la aurora los sorprendía exhaustos y todavía despiertos. Otras veces, y a pesar del cansancio, Michael no podía conciliar el sueño. Entonces se sentaba junto a la ventana y contemplaba durante largo rato el dormido y desnudo cuerpo de su esposa. Su rostro, más encantador si cabe cuando dormía, era perfecto; tanto, que Michael sólo había visto rostros parecidos en los libros de arte. Era un rostro de *Madonna*, virginal y sensual al mismo tiempo.

Durante la primera semana de su matrimonio, Michael y Apollonia salieron cada día a merendar al campo y a pasear en el Alfa-Romeo. Pero un día Don Tommasino le dijo a Michael que el matrimonio había hecho que su presencia e identidad fueran conocidas de todos en aquella parte de Sicilia, por lo que sería preciso tomar precauciones contra los enemigos de la familia Corleone, capaces de penetrar incluso en aquel refugio. Don Tommasino puso guardias alrededor de la villa y encargó a Calo y Fabrizzio que protegieran los muros de la finca. Michael y su esposa debieron conformarse, a partir de aquel momento, con permanecer dentro de los límites de ésta. Por aquellos días, además, Don Tommasino dejó de ser el hombre alegre que hasta entonces había sido, para mostrarse preocupado, según dijo el doctor Taza, por una serie de problemas provocados por el nuevo jefe de la Mafia de Palermo.

Una noche, en el jardín, una vieja sirvienta de la casa trajo a Michael un plato de olivas, y preguntó:

—¿Es cierto lo que dicen todos, que es usted el hijo de don Corleone, de Nueva York, el Padrino?

Michael advirtió que Don Tommasino hacía una mueca de disgusto. Sin embargo, a la vieja criada parecía importarle tanto conocer la verdadera identidad de Michael, que respondió que sí, que era cierto lo que todos decían.

—¿Conoce usted a mi padre? —le preguntó a la anciana.

La mujer se llamaba Filomena, tenía la cara tan arrugada y morena como un nogal, y los pocos dientes que le quedaban, amarillentos. Por vez primera desde que Michael estaba en la villa, la mujer le sonrió.

—El Padrino me salvó la vida, por no hablar de mis sesos —apuntó Filomena.

Era evidente que quería añadir algo más, por lo que Michael le dirigió una amistosa sonrisa, como para darle ánimos. Con voz temblorosa, la vieja criada inquirió:

—¿Es cierto que Luca Brasi ha muerto?

Michael asintió y quedó sorprendido al observar que la mujer soltaba un suspiro de alivio y hacía la señal de la cruz al decir:

—Dios me perdone, pero ojalá esté en lo más profundo del infierno.

Michael sintió que aquellas palabras despertaban su antigua curiosidad respecto a Brasi. De pronto intuyó que aquella mujer conocía la historia que Hagen y Sonny nunca habían querido contarle. Así pues, le sirvió a la anciana un vaso de vino y la invitó a tomar asiento.

—Hábleme de mi padre y de Luca Brasi —le pidió—. ¿Cómo se hicieron amigos y por qué Luca Brasi era tan leal a mi padre? No tema, puede hablar con toda tranquilidad.

Los negros ojos de Filomena buscaron los de Don Tommasino, quien con un leve gesto dio su permiso. Filomena, pues, procedió a contar su historia.

Treinta años antes, Filomena había sido comadrona en la ciudad de Nueva York. Prestaba sus servicios exclusivamente a la colonia italiana, y como las mujeres estaban siempre embarazadas, prosperó. Cuando los médicos trataban de interferir en algún parto difícil, Filomena les cantaba las cuarenta. Por aquel entonces, su marido era propietario de una próspera tienda de comestibles. Hacía años que había muerto, y ella rezaba por él todas las noches, a pesar de que siempre había sido muy jugador y nunca se había preocupado de ahorrar para el día de mañana.

Una maldita noche, treinta años atrás, cuando todas las personas honradas dormían, llamaron a la puerta de Filomena. Ella no se asustó, naturalmente, pues era la hora que muchos niños escogían para venir al mundo. Por lo tanto, se vistió y abrió la puerta. En el rellano estaba Luca Brasi, cuya fama era, ya entonces, siniestra. También se sabía que permanecía soltero. Al ver que se trataba de él, Filomena se asustó. Pensó que pretendía causar algún daño a su marido, debido tal vez a que éste se había negado a hacerle algún pequeño favor.

Pero no se trataba de nada de eso. Brasi le dijo a Filomena que en una casa situada a cierta distancia había una mujer que estaba a punto de dar a luz, y que, por lo tanto, debería acompañarlo. Filomena sintió de inmediato que algo no encajaba. Aquella noche, la cara de Brasi, de ordinario tan brutal, parecía la de un hombre pacífico. Para librarse de él, Filomena le dijo que sólo atendía a parturientas cuya historia conocía, pero Brasi le mostró un fajo de billetes y, en tono rudo, le ordenó que hiciera lo que le pedía. Naturalmente, ella no se atrevió a negarse.

En la calle los aguardaba un Ford. Su conductor tenía un aspecto tan amenazador como el de Brasi. En menos de treinta minutos llegaron a una casita de madera, en Long Island, poco después de pasar el puente. Evidentemente, allí vivían Luca Brasi y sus compinches, pues en la cocina Filomena vio a algunos hombres que bebían y jugaban a las cartas. Brasi condujo a la comadrona hasta un dormitorio en el piso de arriba. En la cama había una muchacha joven, con aspecto de irlandesa, muy maquillada y con el pelo de color rojo; tenía el vientre muy hinchado. Cuando vio a Brasi, la muchacha volvió la cabeza, aterrorizada ante el odio diabólico que se reflejaba en el rostro de éste. Al recordarlo, Filomena volvió a santiguarse.

Para no alargar demasiado el relato, diremos que Brasi salió de la habitación y que fueron dos de sus hombres quienes ayudaron a la comadrona. Después de nacer la niña, la madre, exhausta, se sumió en un profundo sueño. Llamaron a Brasi, y Filomena, que había envuelto a la recién nacida en una fina toalla, alargó el bulto a Luca y dijo:

—Si es usted el padre, hágase cargo, Mi trabajo ha terminado.

Brasi la miró, con aire malvado, y repuso:

—Sí, soy el padre. Pero no quiero que viva nadie de esa raza. Llévela al sótano y arrójela a la caldera.

Por un instante Filomena pensó que no había oído bien. Le extrañaba el tono con que había pronunciado la palabra «raza». ¿Se debía a que la chica no era italiana? ¿O quizá porque se trataba de una prostituta? ¿O acaso Brasi había pretendido decir que no quería que viviera nadie de su propia raza? Era imposible, debía de haber hablado en broma. Filomena, ásperamente, replicó:

—Es su hija; haga lo que quiera.

Y trató de entregarle nuevamente la niña.

En aquel momento, la madre despertó, y al ver que Luca Brasi arrojaba violentamente a la recién nacida contra el pecho de Filomena, con voz débil musitó:

—Lo siento, Luca, lo siento.

Rápidamente, Brasi se volvió hacia ella. Fue terrible, realmente terrible. Parecían dos animales salvajes. No eran humanos. El odio que se profesaban estalló con furiosa violencia. En aquellos momentos nada existía para ellos, ni siquiera la niña que acababa de llegar al mundo. Y, sin embargo, era evidente que entre ellos existía una extraña pasión. Pero nada bueno podía esperarse de una pasión como aquélla; estaba condenada. Luego, Luca Brasi miró a Filomena y masculló:

—Obedezca. Le pagaré una fortuna.

Filomena quedó muda de terror. Sacudió la cabeza y, tras un gran esfuerzo, murmuró:

—Hágalo usted, que es el padre.

Brasi no respondió. En su mano apareció un cuchillo, que acercó a la garganta de Filomena.

—Voy a cortarle la cabeza —rugió.

La comadrona sufrió entonces un fuerte colapso, y casi sin darse cuenta se encontró de pronto en el sótano, con Luca. Seguía sosteniendo a la niña, que había permanecido completamente silenciosa. De haber llorado, pensaba Filomena, tal vez aquel monstruo habría sentido lástima de ella.

Uno de los hombres debía de haber abierto la puerta de la caldera, pues se veía el fuego. Brasi volvió a sacar el cuchillo... y a Filomena no le cupo duda alguna de que lo utilizaría. A un lado tenía las llamas; al otro, los ojos de Brasi, unos ojos bestiales, propios de un loco. Sintió que el hombre la empujaba, como si pretendiera arrojarla también a ella a la caldera, y...

Al llegar a este punto, Filomena calló. Juntó las manos sobre su regazo y miró fijamente a Michael. Éste, que comprendió que quería seguir hablando, preguntó:

—¿Lo hizo?

Filomena asintió, y sólo después de beber un buen sorbo de vino, de santiguarse y de musitar una plegaria, pudo continuar su relato. Brasi le dio un fajo de billetes y la condujo hasta su casa. Ella sabía que si decía una sola palabra del asunto a alguien, él la mataría. Dos días después, se enteró de que Brasi había asesinado a la muchacha irlandesa, la madre de su hija, y la policía lo había arrestado. Filomena, presa del pánico, fue a ver al Padrino y le contó la historia. Don Corleone le ordenó que no dijera nada, que él se ocuparía de arreglarlo todo. Por aquel entonces Brasi no trabajaba para Don Corleone.

Antes de que el Padrino pudiera ocuparse del asunto,

Luca Brasi trató de suicidarse en su celda, cortándose la garganta con un trozo de vidrio. Lo trasladaron a la enfermería de la prisión y, mientras se recuperaba, Don Corleone lo arregló todo. La policía se encontró sin pruebas que llevar a los tribunales, y Luca Brasi fue puesto en libertad.

Aunque Don Corleone le aseguró a Filomena que nada tenía que temer de Brasi, como tampoco de la policía, ella sentía remordimientos. Sus nervios estaban destrozados y no se veía con fuerzas para seguir ejerciendo su profesión. Finalmente, consiguió persuadir a su marido de que vendiera la tienda y regresaran a Italia. Él, que era un buen hombre, estaba al corriente de todo y supo comprender. Pero era un hombre débil, y en Italia perdió el poco dinero que habían ahorrado en América. Cuando murió, ella no tuvo más remedio que colocarse de sirvienta. Filomena terminó de contar su historia. Se sirvió otro vaso de vino y añadió, dirigiéndose a Michael:

—Bendigo el nombre de su padre. Siempre que se lo pedía, me enviaba dinero, y me salvó de Brasi. Dígale que rezo por él todas las noches, y que no debe temer a la muerte.

Cuando la mujer se hubo marchado, Michael preguntó a Don Tommasino:

—¿Es verdad lo que ha contado?

El *capomafia* asintió con la cabeza, y Michael pensó que no era extraño que nadie hubiera querido contarle aquella historia.

A la mañana siguiente, Michael sintió deseos de hablar con Don Tommasino de lo que Filomena le había contado, pero le dijeron que había tenido que marchar urgentemente a Palermo. Cuando regresó, por la noche, se llevó aparte a Michael. Habían llegado noticias de América, explicó. Noticias malas, muy malas: Santino Corleone había sido asesinado.

24

Los primeros rayos del sol siciliano penetraron en el dormitorio de Michael. Éste despertó y al sentir el cuerpo de Apollonia junto al suyo, comenzó a hacerle el amor. Cuando hubieron terminado, Michael, como siempre, se sintió maravillado por la belleza y la pasión de su esposa.

Apollonia abandonó la habitación y bajó al cuarto de baño. Michael, todavía desnudo y con los suaves rayos del sol acariciando su cuerpo, encendió un cigarrillo, que fumó tendido en el lecho. Era la última mañana que pasarían en la casa. Don Tommasino lo había dispuesto todo para que se trasladaran a otra localidad, en la costa meridional de Sicilia. Apollonia, que estaba en el primer mes de embarazo, quería ir a pasar unas semanas con su familia, por lo que se reuniría con él más tarde.

La noche anterior, Don Tommasino se había reunido con Michael en el jardín, después de que Apollonia se hubiera acostado. El Don se había mostrado muy preocupado, y admitió que la seguridad del hijo menor del Padrino le quitaba el sueño.

—Tu casamiento ha atraído la atención de todo el mundo sobre ti —dijo Don Tommasino—, y me extraña que tu padre no haya ordenado que te trasladásemos a otro lugar. En lo que a mí se refiere, bastantes preocupaciones tengo con los jóvenes radicales de Palermo. Les he ofrecido algunos arreglos sumamente ventajosos para ellos, que es mucho más de lo que se merecen, pero esos cerdos lo quieren todo. No logro comprender su actitud.

Han intentado asesinarme, pero no soy presa fácil. Todavía sigo siendo demasiado fuerte. Es curioso, pero todos los jóvenes, por inteligentes que sean, tienen el mismo defecto: lo quieren todo.

Luego Don Tommasino le dijo a Michael que Fabrizzio y Calo lo acompañarían, como guardaespaldas, en el Alfa-Romeo. Se despidieron antes de acostarse, ya que a la mañana siguiente el Don debía marcharse muy temprano para resolver algunos asuntos en Palermo. Michael recibió órdenes de no poner al corriente de su traslado al doctor Taza, ya que éste tenía pensado pasar la noche en Palermo y podía irse de la lengua.

Michael había advertido que Don Tommasino tenía problemas por la cantidad de hombres armados que había visto patrullar alrededor de la villa. Además, en el interior de la casa habían aparecido algunos fieles pastores con sus *lupare* a punto. El mismo Don Tommasino iba siempre armado, y un guardaespaldas le seguía constantemente.

El sol calentaba con fuerza. Michael apagó la colilla del cigarrillo, se puso unos pantalones y una camisa, y se caló una gorra como la que llevaban la mayoría de los sicilianos. Todavía descalzo, miró por la ventana y vio a Fabrizzio sentado en una de las sillas del jardín; estaba peinándose y su *lupara* descansaba descuidadamente encima de la mesa del jardín. Michael silbó y Fabrizzio dirigió la vista hacia la ventana.

—Prepara el coche —le indicó Michael—. Saldré dentro de cinco minutos. ¿Dónde está Calo?

Fabrizzio se levantó. Llevaba la camisa desabrochada, dejando al descubierto las líneas azules y rojas del tatuaje que le cubría el pecho.

—Calo está en la cocina, tomándose una taza de café —respondió—. ¿Irá su esposa con usted?

Michael lo miró, malhumorado. Le parecía que Fabrizzio llevaba unas semanas mirando demasiado a Apollonia. Claro que jamás se atrevería a hacer la más leve insinuación a la esposa de un amigo del Don. Semejante cosa era, en Sicilia, el camino más seguro hacia el cementerio.

—No —respondió Michael fríamente—. Primero irá a pasar unos días con su familia. Se reunirá con nosotros más tarde.

Fabrizzio se dirigió rápidamente al lugar que servía de garaje para el Alfa-Romeo. Michael fue a lavarse. Apollonia ya había salido del cuarto de baño y debía de estar en la cocina, preparando el desayuno. Sin duda querría compensar el remordimiento que sentía por el hecho de desear ver una vez más a su familia antes de viajar hacia el otro extremo de Sicilia para reencontrarse con Michael. Don Tommasino se encargaría de trasladarla hasta allí.

Terminado su aseo, Michael se dirigió a la cocina, donde Filomena le dio una taza de café y, con timidez, se despidió de él.

—Cuando vea a mi padre, le hablaré de usted —le prometió Michael.

En ese momento Calo entró en la cocina.

—El coche está preparado —anunció—. ¿Quiere que me ocupe de su equipaje?

—No, gracias —respondió Michael—. Lo llevaré yo. ¿Dónde está Apollonia?

Calo esbozó algo parecido a una sonrisa.

—Está sentada en el asiento del conductor, muriéndose de ganas de apretar el acelerador. Se convertirá en una verdadera americana antes incluso de llegar a América —comentó.

Nunca se había oído decir que una campesina siciliana se hubiera puesto al volante de un automóvil, pero a veces Michael permitía a su esposa conducir el Alfa-Romeo, siempre dentro de los muros de la villa, naturalmente. En tales ocasiones él se sentaba a su lado, para evitar las posibles consecuencias de los errores que cometía, como pisar el acelerador en lugar del freno, por ejemplo.

—Ve a buscar a Fabrizzio y esperadme en el coche —indicó Michael a Calo.

Subió nuevamente al dormitorio, a buscar el equipaje, ya preparado. Antes de coger las maletas, miró por la ventana y vio que el coche no estaba estacionado delante de la puerta de la cocina, sino de los escalones que conducían al porche. En el interior del automóvil, Apollonia simulaba conducir, mientras Calo colocaba la bolsa de la comida en el asiento trasero. Michael sonrió, pero enseguida hizo una mueca de disgusto al observar que, un poco más lejos, Fabrizzio iba de un lado para otro, sin hacer nada y sin motivo aparente. ¿Qué diablos le ocurría? Notó que el guardaespaldas miraba hacia atrás una y otra vez, y le pareció que lo hacía de modo furtivo. Tendría que tomar medidas con respecto a él, pensó. Luego, comenzó a bajar por la escalera, y decidió pasar por la cocina para dar un último adiós a Filomena.

—¿El doctor Taza todavía está durmiendo? —preguntó a la anciana criada.

—Los gallos viejos no pueden saludar al sol —dijo Filomena en tono socarrón—. El doctor se fue a Palermo, anoche.

Michael se echó a reír. Abrió la puerta de la cocina y aspiró el perfume de los limoneros. Vio a Apollonia hacerle señas de que no se moviera, y comprendió que quería llevar el coche hasta el lugar donde él se hallaba. Junto al automóvil, con la *lupara* en la mano, Calo sonreía. De Fabrizzio, ni rastro. En ese instante, Michael lo comprendió todo.

—¡No! ¡No! —gritó dirigiéndose a su esposa.

Pero su grito quedó ahogado por una tremenda explosión, producida al hacer girar Apollonia la llave del encendido. La puerta de la cocina quedó hecha astillas, y la onda expansiva envió a Michael a tres metros de distancia. Algunas piedras que cayeron del techo de la villa lo hirieron en el hombro, mientras que otra, cuando ya estaba en el suelo, le dio en la cabeza. Antes de perder el conocimiento vio que del Alfa-Romeo sólo quedaban las cuatro ruedas y los dos ejes.

Cuando recobró el sentido, Michael se encontró en una habitación oscura. Oía voces, pero eran tan débiles que no llegaba a entender qué decían. Instintivamente, simuló estar todavía inconsciente, pero las voces cesaron. Alguien que estaba junto a la cama dijo:

—Bien, ya ha vuelto en sí.

La luz de una lámpara hirió las pupilas de Michael, que entonces se dio cuenta de que quien había hablado era el doctor Taza.

—Permíteme examinarte. Es cuestión de un minuto. Luego volveremos a apagar la luz —explicó Taza, mientras con una pequeña linterna le estudiaba los ojos—. Te pondrás bien muy pronto —añadió, y volviéndose hacia alguien a quien Michael no podía ver, dijo—: Puede hablar con él.

El médico se había dirigido a Don Tommasino, que estaba sentado en una silla, cerca del lecho. Ahora Michael lo vio, claramente. El Don le decía:

—Michael, Michael, ¿puedo hablar contigo? ¿O prefieres descansar?

Michael hizo un ademán de que hablara.

—¿Fue Fabrizzio el que sacó el coche del garaje? —preguntó Don Tommasino.

Michael, aun sin saberlo, sonrió. Era una sonrisa fría, y con ella quiso decir que sí, que había sido Fabrizzio.

Don Tommasino añadió:

—Fabrizzio ha desaparecido. Escucha, Michael. Has estado inconsciente durante casi una semana. ¿Comprendes? Todos piensan que has muerto. Ahora, pues, es cuando más seguro estás. Ya no se preocuparán de ti. Informé de inmediato a tu padre, y acabo de recibir sus instrucciones. No tardarás en regresar a América. Entretanto, descansarás aquí. Estás en plena montaña, en una granja de mi propiedad. Los de Palermo han hecho las paces conmigo, ahora que suponen que has muerto, lo que demuestra que era a ti a quien perseguían. Querían acabar contigo, pero haciendo creer a todo el mundo que la presa era yo. He pensado que debías estar informado de la situación. En cuanto a todo lo demás, déjalo de mi cuenta. Tú limítate a permanecer tranquilo y a recuperarte.

De pronto, Michael lo recordó todo. Sabía que su esposa había muerto, al igual que Calo. Pensó en la vieja criada. No podía acordarse de si había salido con él de la cocina.

—¿Y Filomena? —murmuró.

—No le pasó nada —respondió Don Tommasino—. Sólo le sangró un poco la nariz, debido a la explosión. No te preocupes por ella.

—Diga a sus pastores que el que me entregue a Fabrizzio será dueño de las mejores tierras de Sicilia —indicó Michael.

Don Tommasino y el doctor Taza soltaron un suspiro de alivio. El primero cogió un vaso que estaba sobre una mesilla de noche y bebió un trago. El licor debía de ser muy fuerte, pues Don Tommasino sacudió la cabeza y se estremeció. El doctor Taza, en tono de resignación, dijo a Michael:

—Eres viudo, muchacho. Y eso es raro en Sicilia.

Tal vez había pensado que el «honor» que suponía ser uno de los pocos viudos de la isla le serviría de consuelo.

Con un movimiento de la mano, Michael indicó a Don Tommasino que se acercara. El Don se sentó en la cama y aproximó el oído a la boca de Michael.

—Diga a mi padre que quiero regresar a casa —susurró Michael—. Y dígale también que quiero ser su hijo.

Pero debería pasar otro mes antes de que Michael se recobrara de sus heridas, y otros dos antes de que todos los papeles estuvieran listos. Sólo entonces fue en avión de Palermo a Roma y de Roma a Nueva York. Habían pasado tres meses, y seguía sin saberse nada de Fabrizzio.

SÉPTIMA PARTE

25

Tras graduarse, Kay Adams se empleó como maestra en una escuela de su ciudad natal, New Hampshire. Durante los seis meses que siguieron a la desaparición de Michael, telefoneó cada semana a la señora Corleone, preguntándole por él. La anciana siempre le decía lo mismo:

—Eres una buena chica, pero debes olvidarte de Mikey y buscar un marido que te convenga.

Las palabras de la señora Corleone no ofendían a la muchacha, quien comprendía que lo decía por su bien.

Cierto día, terminado un primer semestre escolar, Kay decidió ir a Nueva York para comprar algo de ropa y ver a algunas de sus antiguas compañeras de estudios. También pensó que tal vez le convendría buscar un empleo allí. Hacía mucho tiempo que no visitaba la gran ciudad. Durante casi dos años había vivido como una solterona, leyendo y enseñando, sin salir con muchachos ni con amigas. Incluso había dejado de telefonear a Long Beach. Sabía que tenía que cambiar de modo de vida, pues se sentía cada vez más irritable y desgraciada. Siempre había creído que Michael le escribiría o que, al menos, le haría saber de él. Pero no lo había hecho, y eso hacía que se sintiera profundamente humillada; no comprendía por qué Michael desconfiaba de ella.

A la mañana siguiente, Kay tomó el tren, y a media tarde se encontraba ya en un hotel de Nueva York. Pero todas sus amigas estaban trabajando; tendría que llamarlas por la noche. Por otra parte, no tenía ganas de ir de compras, pues el largo viaje en tren la había fatigado. Sola en la habitación del hotel, pensó en las veces que ella y Michael habían hecho el amor, y el recuerdo la llenó de tristeza. Entonces se le ocurrió telefonear a la madre de Michael.

Contestó una ruda voz masculina cuyo acento era típicamente neoyorquino. Kay pidió por la señora Corleone, y al cabo de unos minutos de silencio, oyó la inconfundible voz de la madre de Michael, que preguntaba quién le hablaba.

La muchacha se sintió un poco turbada al responder:

—Soy Kay Adams, señora Corleone. ¿Se acuerda de mí?

—Desde luego que me acuerdo. ¿Por qué dejaste de telefonearme? ¿Acaso te has casado?

—¡Oh, no! Es que he tenido mucho trabajo.

A Kay le sorprendió el que a la anciana le hubiese disgustado que dejara de llamarla.

—¿Ha sabido algo de Michael? —quiso saber Kay—. ¿Está bien?

Tras unos segundos de silencio, la señora Corleone, con voz firme, contestó:

—Mikey está en casa. ¿No te ha llamado? ¿No os habéis visto?

Kay sintió un vacío en el estómago, y con voz temblorosa y lágrimas en los ojos, preguntó:

—¿Cuándo ha llegado?

—Hace seis meses.

Se sentía avergonzada por el hecho de que la madre de Michael supiera que éste la había tratado de modo tan descortés. Luego notó que la cólera se apoderaba de ella. Cólera contra Michael, contra su madre, contra todos aquellos italianos incapaces de mantener una amistad aun cuando el amor hubiera desaparecido. ¿Es que Michael no había pensado que ella sufriría por él? ¿Es que ignoraba que en la vida de una mujer no todo se reducía a hacer el amor? ¿Es que la había tomado por una de esas chicas italianas que se suicidaban cuando el hombre que la había seducido se negaba a casarse con ellas?

—Muchas gracias, señora Corleone —dijo intentando contener la furia—. Me alegro de que Michael haya regresado y de que esté bien. No volveré a telefonear, se lo prometo.

La voz de la señora Corleone llegó impaciente a través del hilo, como si no hubiese oído nada de lo que Kay había dicho:

—Sé que quieres ver a Mikey, y quiero que vengas enseguida. Le darás una agradable sorpresa. Toma un taxi, y cuando llegues, di al hombre que está en la puerta que pague la carrera. Dile al conductor que le pagarás el doble de lo que marque el taxímetro, pues de lo contrario no querrá venir a Long Beach. Pero no le pagues. De eso se ocupará el hombre que estará en la puerta.

—No voy a ir, señora Corleone —repuso Kay, secamente—. Si Michael deseara verme, me habría telefoneado. Es evidente que no quiere reanudar nuestras relaciones.

Con aspereza, la madre de Michael replicó:

—Eres muy simpática y tienes las piernas muy bonitas, pero la inteligencia no te sobra. No vendrás para verlo a él, sino a mí. Soy yo la que quiere hablar contigo. Ven de inmediato. Y no pagues el taxi. Te estaré esperando. —La señora Corleone colgó el auricular.

Kay podría haber vuelto a llamar para decir que no iría, pero sabía que tenía que ver a Michael y hablar con él. Si se hallaba en su casa, significaba que ya no corría peligro. Saltó de la cama y comenzó a arreglarse. Se maquilló y vistió con sumo cuidado, procurando que todo fuera perfecto. Pero cuando se disponía a partir, se miró en el espejo. ¿Era más atractiva que antes? ¿O menos? Sus curvas eran más pronunciadas, sus labios más llenos, y sus senos habían aumentado de tamaño, algo, pensó Kay, que gustaba a los italianos, aun cuando Michael solía decirle que le gustaba el que fuera delgada. Sin embargo, ya nada de eso importaba. Estaba claro que Michael ya no quería saber nada de ella. Su silencio lo demostraba.

El taxista se negó a conducirla a Long Beach hasta que, sonriendo, Kay le dijo que le pagaría el doble de lo que marcara el contador. El trayecto duró casi una hora, y al llegar la muchacha comprobó que la finca había cambiado desde la última vez que estuvo allí. La rodeaba una valla, y una gran puerta de hierro cerraba la entrada. Un hombre vestido con pantalones holgados, camisa de color rojo y chaqueta blanca, abrió la puerta, acercó la cabeza a la ventanilla del taxi, para leer lo que marcaba el taxímetro, y dio unos billetes al conductor. Cuando vio que éste no se quejaba de la cantidad recibida, bajó del coche y se encaminó hacia la casa principal.

Para sorpresa de Kay, quien abrió la puerta fue la señora Corleone, que la abrazó cariñosamente. Luego, con expresión crítica, la miró de arriba abajo, y sentenció:

—Eres una chica hermosa. Mis hijos son unos estúpidos.

Seguidamente condujo a Kay a la cocina. Sobre la mesa había una bandeja llena de comida, y en el hornillo una cafetera.

—Michael no tardará en llegar —dijo la anciana—. Se llevará una gran sorpresa.

Se sentaron la una al lado de la otra, y la anciana insistió en que comiera algo, mientras procedía a interrogarla. Se mostró complacida al enterarse de que era maestra, había viajado a Nueva York para ver a sus amigas y tenía veinticuatro años. A cada respuesta de Kay, la señora Corleone asentía con la cabeza, como si todo concordara con lo que ella había imaginado. La muchacha estaba tan nerviosa, que se limitaba a contestar escuetamente las preguntas que la madre de Michael le formulaba.

A través de la ventana de la cocina, Kay vio que un

coche se detenía frente a la casa. De él se apearon tres hombres, uno de los cuales era Michael, que se puso a hablar con uno de sus acompañantes. De pronto Kay observó que tenía el lado izquierdo de la cara desfigurado. Curiosamente, pensó que seguía siendo igual de atractivo que antes, pero no pudo contener las lágrimas. Le vio sacar un pañuelo del bolsillo y sonarse la nariz, mientras se dirigía a la entrada de la casa. Luego, oyó abrirse la puerta.

Momentos después, Michael apareció en la cocina. Al verla, permaneció impasible para, a continuación, esbozar una sonrisa. Kay, que hubiera querido limitarse a saludarlo fríamente, se puso de pie y se echó en sus brazos. Michael la besó en la húmeda mejilla, y ambos permanecieron abrazados hasta que ella dejó de llorar. Entonces, Michael la condujo hasta donde estaba su automóvil, despidió a los guardaespaldas, y juntos salieron a dar un paseo en coche.

—Siento haber llorado, Michael —se disculpó Kay—. Es que no sabía que la herida fuera tan grave.

Michael rió y se palpó la parte izquierda del rostro.

—¿Te refieres a esto? No tiene importancia. Sólo me produce algunas molestias en el seno nasal. Ahora que estoy en casa seguramente me someteré a tratamiento médico. No podía escribirte, Kay, ni podía comunicarme contigo de ninguna manera. Ante todo, quiero que comprendas eso.

—Lo comprendo, Michael.

—Tengo un apartamento en la ciudad —dijo Michael—. ¿Quieres que vayamos allí o prefieres comer en un restaurante?

Por unos instantes, mientras el coche avanzaba por la carretera que conducía a Nueva York, ambos permanecieron en silencio, hasta que Michael preguntó:

—¿Terminaste tus estudios?

—Sí. Y ahora soy maestra en una escuela de mi ciudad. ¿Encontraron al verdadero asesino del policía? Supongo que sí, puesto que estás en casa otra vez.

Michael tardó unos segundos en contestar.

—Sí, lo encontraron. La noticia apareció en todos los periódicos de Nueva York. ¿No la leíste?

Kay dejó escapar un suspiro de alivio al saber que Michael, según él mismo acababa de declarar, no era un criminal.

—El único periódico neoyorquino que se recibe en mi ciudad es el *Times*. Debí de pasar por alto la noticia. Si la hubiese leído, habría llamado a tu madre de inmediato. Es gracioso, pero por la forma en que tu madre hablaba, casi llegué a creer que eras tú el asesino. Y justo antes de que llegaras, mientras bebíamos una taza de café, me explicó que el criminal había confesado.

—Es que quizá mi madre también pensó, al menos al principio, que había sido yo —dijo Michael.

—¿Tu propia madre?

—Las madres son como los policías: siempre creen lo peor.

Michael aparcó el coche en un garaje de la calle Mulberry. El propietario parecía conocerlo. Luego la condujo hasta una vieja casa situada a la vuelta de la esquina, que era como tantas otras del humilde vecindario. Pero cuando Michael abrió la puerta del apartamento, Kay se encontró con que el interior era sumamente lujoso. Consistía en una enorme sala de estar, una espaciosa cocina y un dormitorio. En un rincón de la primera habitación, había un bar, y Michael preparó bebida para ambos. Se sentaron en un sofá, el uno junto al otro, y Michael propuso:

—¿Por qué no nos vamos al dormitorio?

Kay, después de beber un buen sorbo, sonrió y repuso:

—Bueno.

Para ella, todo fue casi igual a como había sido antes, salvo que Michael era ahora más rudo, más directo, menos tierno. Parecía permanentemente en guardia contra ella. Pero Kay no quería quejarse; los hombres eran más sensibles en situaciones como ésa, pensó. Por otra parte, le sorprendió ver que después de casi dos años de ausencia consideraba la cosa más natural del mundo el acostarse con Michael. Era como si nunca se hubieran separado.

—Podías haberme escrito, podías haber confiado en mí —dijo Kay, acurrándose contra su cuerpo—. Habría practicado la *omertà* de Nueva Inglaterra. Los yanquis somos muy reservados.

Michael rió quedamente y dijo:

—Jamás imaginé que me esperarías después de lo que sucedió.

—Nunca creí que hubieras matado a aquellos dos hombres. A pesar de que tu madre, por la forma en que me hablaba, me hizo dudar, en realidad nunca lo creí. Te conozco demasiado bien.

En la oscuridad de la habitación, Kay oyó que Michael suspiraba.

—Si lo hice o no lo hice, es algo que no importa. Eso es lo que quiero que comprendas.

A Kay le asombró el tono gélido de su voz.

—Dímelo claramente, ¿fuiste o no fuiste tú? —inquirió.

Michael se sentó en la cama y encendió un cigarrillo.

—Si te pidiera que te casaras conmigo, ¿tendría que responder a esta pregunta antes de que me contestaras?

—Te quiero, Michael, y eso es lo único que me importa. Y si tú me quisieras, no tendrías miedo de decirme la verdad. No temerías que pudiera denunciarte a la policía. ¿Que eres un gángster? Me tiene sin cuidado. En cambio, lo que sí me preocupa es el hecho de que no me amas. Y lo prueba el que ni siquiera me telefonearas a tu regreso.

Un poco de ceniza del cigarrillo de Michael cayó sobre la desnuda espalda de Kay, quien, al sentir la quemadura, dijo, bromeando:

—Deja de torturarme; no hablaré.

Michael no se rió. En voz baja y átona, dijo:

—Cuando llegué a casa no sentí auténtica alegría al ver a mis padres, a mi hermana Connie o a Tom. Me gustó volver a estar con ellos, por supuesto, pero nada más. En cambio, esta noche, al verte a ti en la cocina, he sentido una alegría enorme. ¿Es eso lo que tú entiendes por amor?

—Más o menos —repuso Kay.

Volvieron a hacer el amor. Esta vez, Michael fue más tierno. Y cuando hubieron terminado, él saltó del lecho para ir al bar, a preparar una nueva bebida para ambos. Al volver al dormitorio, se sentó en un sillón, frente a la cama.

—Hablemos en serio, Kay. ¿Deseas casarte conmigo?

Ella sonrió y le señaló la cama. Michael le devolvió la sonrisa y prosiguió:

—Hablo en serio. No puedo contarte lo que ocurrió. Ahora trabajo para mi padre. Me estoy preparando para hacerme cargo del negocio de importación de aceite de oliva. Pero ya sabes que mi familia, mi padre, sobre todo, tiene enemigos. Aunque no es probable, siempre existe la posibilidad de que te convirtieras en una viuda joven. Si nos casamos, no te contaré todo lo que ocurra diariamente en la oficina. Nunca te hablaré de mis negocios. Serás mi esposa, si me aceptas, naturalmente, pero no serás mi socio, ¿comprendes? Por lo menos, no un socio con igualdad de derechos. Eso no podría ser.

Kay se sentó en la cama. Encendió la lámpara de la mesilla de noche, se llevó un cigarrillo a los labios, se recostó en la almohada y dijo:

—Me estás confesando que eres un gángster, ¿no es cierto? Me estás confesando que eres responsable de la muerte de algunas personas, además de otras cosas casi tan horribles. Y me dices que no tengo derecho a preguntarte nada, que ni siquiera debo pensar en esas cosas.

Es como en las películas de terror, cuando el monstruo le pide a la bella que se case con él.

Michael hizo una mueca de disgusto, y entonces Kay, apenada, añadió:

—Lo siento, Mike. Te prometo que al decir esto no pensaba en tu cara, te lo juro.

—Lo sé —respondió Michael, riendo—. Incluso he llegado a acostumbrarme. Si no fuera por las molestias de la nariz...

—Ahora soy yo la que te pide que hablemos en serio —dijo Kay—. Si nos casamos, ¿qué clase de vida será la mía? ¿Como la de tu madre, como la de las demás esposas italianas? ¿Mi misión consistirá en tener hijos y cuidar de la casa? ¿Y si te ocurre algo? Porque supongo que siempre existirá el peligro de que te metan en la cárcel...

—No, no es posible. Que me maten, sí puede ser; que me encierren, no.

La seguridad de Michael hizo reír a Kay, que, entre orgullosa y divertida, preguntó:

—¿Cómo puedes estar tan seguro?

Michael suspiró y replicó:

—Esto forma parte de las cosas que no puedo ni quiero decirte.

Kay permaneció en silencio durante un buen rato, hasta que, finalmente, dijo:

—¿Por qué quieres casarte conmigo, si ni siquiera te has molestado en telefonearme durante estos meses? ¿Tan buena soy en la cama?

—Lo eres, desde luego, pero no es por eso por lo que quiero casarme contigo. Comprende que no tendría por qué hacerlo. Mira, no quiero que me respondas ahora. Seguiremos viéndonos. Puedes hablar del asunto con tus padres. Tengo entendido que tu padre es un hombre muy duro, a su manera. Escucha su consejo.

—Todavía no me has dicho por qué quieres casarte conmigo —insistió Kay.

Michael sacó un pañuelo blanco del cajón de la mesilla de noche, se sonó y dijo:

—Ésta es la mejor razón para que no te cases conmigo. ¿Crees que te gustaría vivir con un hombre que continuamente tuviera que sonarse la nariz?

—Vamos, Michael, déjate de bromas. Te he hecho una pregunta.

Con el pañuelo en la mano, Michael dijo:

—Muy bien. Ahí va mi respuesta. Eres la única persona por la que siento afecto, la única persona que me importa de veras. Si no te llamé, fue porque estaba convencido de que ya no sentías interés por mí, después de lo que ocurrió. Y ahora voy a decirte algo que no quiero que repitas, ni siquiera a tu propio padre. Si todo marcha bien, dentro de cinco años la familia Corleone será completamente respetable. La cosa no va a ser fácil, desde luego, pero se conseguirá. Y es en el curso de esos cinco años que existe la posibilidad de que te conviertas en una viuda rica. Me preguntas por qué deseo casarme contigo. Voy a decírtelo: porque te amo y porque me gustaría formar una familia. Quiero tener hijos. Y no quiero que mis hijos reciban de mí la influencia que yo recibí de mi padre. No estoy diciendo que mi padre influyera deliberadamente en mí. Mentiría, si afirmara tal cosa; ni siquiera quiso que me mezclara en los negocios de la Familia. Quería que su hijo menor fuera médico, profesor o algo por el estilo. Pero las cosas vinieron muy mal dadas, y me vi moralmente obligado a luchar por mi familia. Tuve que luchar porque quiero y admiro a mi padre. Nunca he conocido a ningún hombre más digno de respeto que él. Siempre ha sido un buen marido y un buen padre, y también un buen amigo para aquellos a quienes la vida no ha tratado demasiado bien. Hay otras cosas en su personalidad, ya lo sé, pero como hijo no me interesan. De todos modos, no quiero ser para mis hijos lo que mi padre ha sido para mí. Deseo que seas tú quien ejerza influencia sobre ellos, no yo. Deseo que sean totalmente americanos. Tal vez ellos, o sus nietos, puedan llegar a ser políticos destacados. Incluso es posible que uno de ellos llegue a ser presidente de Estados Unidos. —Michael sonrió—. ¿Por qué no? En Dartmouth, en el curso de Historia, al estudiar los antecedentes familiares de los presidentes de Estados Unidos vimos que los padres o los abuelos de algunos de ellos no terminaron en la horca por pura suerte. Me gustaría que mis hijos fueran médicos, músicos o profesores. Nunca los querré en los negocios de la Familia. Antes de que terminen los estudios, yo me habré retirado. Y tú y yo nos haremos socios de algún club de campo. Llevaremos la vida típica de la familia media americana. ¿Qué opinas de mi proposición?

—Maravillosa. Pero me escama lo de mi posible viudez.

—De veras, no es probable que ello ocurra. Sólo lo dije para ver cómo reaccionabas. —Michael volvió a sonarse la nariz.

—No puedo creerlo —dijo Kay—. No puedo creer que seas un hombre así. No comprendo nada, nada en absoluto. ¿Cómo pudiste llegar al asesinato?

—No voy a darte más explicaciones, no puedo hacerlo. Pero recuerda que no tienes que mezclarte en mis negocios. Tú estarás completamente al margen, y nuestra vida en común no será diferente de la de otras muchas familias americanas.

Kay sacudió la cabeza con expresión de desesperanza y dijo:

—¿Cómo puedes querer casarte conmigo, cómo puedes insinuar que me amas, si no confías en mí? ¿Cómo puedes desear una esposa en la que eres incapaz de depositar tu confianza? Tu padre confía en tu madre. Me consta.

—Sí, desde luego; pero eso no significa que se lo cuente todo. Además, tiene mil razones para confiar en ella. Y no por el solo hecho de que sea su esposa. Pero le dio cuatro hijos, en una época en que traer hijos al mundo no era tan fácil como ahora. Fue su ángel tutelar en los momentos difíciles. Creía en él. Durante cuarenta años le ha sido absolutamente leal. Cuando tú hayas hecho todo esto, es posible que te cuente algunas cosas.

—¿Tendremos que vivir en la finca? —preguntó Kay.

—Sí, pero en nuestra propia casa. Mis padres no se inmiscuirán en nuestra vida. Mientras no transcurran los cinco años de que te he hablado, nuestro domicilio estará en la finca.

—Porque si vivieras en otra parte tu vida correría peligro, ¿verdad? —señaló Kay.

Por vez primera desde que lo conocía, vio a Michael furioso. Era una ira fría, una ira que ni los gestos ni la voz exteriorizaban; era una frialdad de muerte, visible sólo a través de la palidez de su cara. La muchacha pensó que, si algo le hacía decidir no casarse con Michael, ese algo sería la ira fría que en ese momento dominaba al hombre a quien amaba.

—Lo que ocurre —dijo Michael— es que has visto muchas películas y has leído demasiados periódicos sensacionalistas. Tienes una idea muy equivocada de mi padre y de la familia Corleone. Voy a explicarte algo más. Mi padre es un hombre de negocios que trata de ganar dinero para mantener a su familia y ayudar a sus amigos necesitados. No acepta los dictados de la sociedad, porque tales dictados lo hubieran condenado a una vida indigna de un hombre de su inteligencia y personalidad. Lo que quiero que comprendas es que él se considera al mismo nivel que un presidente, un primer ministro, un juez del Tribunal Supremo o un gobernador de cualquier estado. Se niega a aceptar que alguien le imponga su voluntad. No quiere acatar las leyes dictadas por los otros hombres, unas leyes que lo habrían condenado a ser un fracasado. Ahora bien, su mayor deseo es entrar a formar parte de esa sociedad, pero como miembro poderoso de ella, ya que la sociedad sólo protege realmente a los poderosos. Entretanto, actúa basándose en un código que él considera muy superior a las estructuras legales de la sociedad.

—Pero eso es ridículo —dijo Kay con expresión de incredulidad—. ¿Qué pasaría si todos hicieran lo mismo? Volveríamos a la época del hombre de las cavernas. ¿Es verdad lo que acabas de decirme, Mike?

—Mi padre piensa así, y te aseguro que no es un loco ni un tonto. Y tampoco está obsesionado por matar, a pesar de lo que puedas pensar.

—¿Y en cuanto a ti? —preguntó Kay.

Michael se encogió de hombros y repuso:

—Yo creo en mi familia. Creo en ti y en los hijos que podamos tener. No confío en la protección de la sociedad, y no tengo intención de poner mi destino en manos de unos cuantos tipos cuyo único mérito reside en habérselas ingeniado para conseguir los votos de la gente. Eso por el momento. La época de mi padre ya ha pasado. Y las cosas que él hizo ya no pueden hacerse, pues el riesgo es ahora mucho mayor que antaño. Nos guste o no, la familia Corleone debe integrarse en la sociedad. Pero cuando lo haga, quiero que tengamos un gran poder, basado, entre otras cosas, en el dinero. Quiero asegurar el futuro de mis hijos, y cuando lo haya conseguido, el destino de la familia Corleone se unirá al destino general.

—Pero tú luchaste como voluntario por Estados Unidos. Incluso llegaste a ser un héroe de guerra. ¿Qué es lo que te ha hecho cambiar?

—Mira, Kay, esta polémica no nos llevará a ningún sitio. Tal vez no sea más que un anticuado conservador. Mis asuntos quiero resolverlos yo mismo. Los gobiernos no hacen gran cosa por la gente. Bueno, pero dejemos de divagar. Todo lo que puedo decirte es que debo ayudar a mi padre, que debo estar a su lado. Y tú debes decidir si quieres o no estar junto a mí. Sospecho que no es una buena idea que nos casemos.

Kay dio un golpecito a la cama y dijo:

—No sé nada del matrimonio, pero he estado dos años sin un hombre. Y ahora que vuelvo a tenerlo, no lo dejaré escapar fácilmente. Ven, Mike.

Una vez en la cama, con las luces apagadas, Kay murmuró:

—¿Crees que no he estado con hombre alguno desde que te marchaste?

—Lo creo.

—¿Y tú? ¿Has estado con otra mujer?

—Sí —respondió Michael, y notó que Kay se ponía tensa—. Pero con ninguna durante los últimos seis meses.

Y era cierto. Kay era la primera mujer con la que había hecho el amor desde la muerte de Apollonia.

26

La lujosa suite daba al jardín de la parte posterior del hotel. Las palmeras y las estrellas se reflejaban en el agua de las dos enormes piscinas. A lo lejos, en el horizonte, se divisaba la silueta de las montañas que rodean la ciudad de Las Vegas. Johnny Fontane dejó caer la pesada y costosa cortina de color gris y regresó al salón.

Un grupo de cuatro personas, integrado por un jefe de sala, un crupier, un ayudante y una camarera vestida con su sucinta indumentaria de *nitgh-club*, arreglaban la sala para una sesión privada. Nino Valenti estaba tendido en un sofá, con un vaso de whisky en la mano, mirando a los empleados del casino colocar la mesa de blackjack y sus correspondientes seis sillas acolchadas. Con voz pastosa, aunque no estaba completamente ebrio, dijo:

—Ven, Johnny, ven a jugar conmigo contra estos cabrones. Hoy es mi día de suerte.

Johnny se sentó en un escabel, frente al sofá, y repuso:

—Ya sabes que nunca juego. ¿Cómo te sientes, Nino?

—Como nunca. A medianoche vendrán algunas mujeres, luego cenaremos, y después volveremos a jugar. Ya sabes que gané a la casa casi cincuenta mil dólares.

—Sí. ¿Y a quién se los dejarás cuando mueras?

Nino apuró el contenido de su vaso.

—Oye, Johnny, ¿cómo diablos adquiriste tu reputación? Eres el aburrimiento personificado. Cualquier turista se divierte más que tú en esta ciudad.

—¿Quieres que te acompañe hasta la mesa? —preguntó Johnny.

Nino se puso de pie con esfuerzo y respondió:

—Puedo ir solo, Johnny.

Dejó que el vaso cayera al suelo y se dirigió a la mesa de blackjack. El crupier estaba preparado. Detrás de él, el jefe de sala observaba. El ayudante se había sentado en una silla, a cierta distancia de la mesa, y la camarera esperaba, sentada en otra silla, en un lugar desde donde podía ver cada gesto de Nino Valenti.

Nino golpeó el verde tapete con los nudillos y dijo:

—Fichas.

El jefe de sala sacó un talonario del bolsillo, rellenó un talón y se lo entregó a Nino, junto con una pluma estilográfica de pequeño tamaño.

—Cinco mil dólares para empezar, como siempre —dijo el jefe.

Nino puso su firma al pie del talón, y se lo entregó al jefe, que se lo guardó en el bolsillo e hizo una seña al crupier.

Éste, con increíble habilidad, cogió pilas de fichas negras y amarillas, de cien dólares cada una, y en menos de cinco segundos Nino tuvo delante cinco pilas de diez fichas.

Sobre el tapete verde estaban marcados seis cuadrados, cada uno de los cuales correspondía a una de las seis personas que podían jugar. Nino colocó tres fichas en otros tantos cuadrados, y ganó, pues el crupier tenía un juego muy malo. Nino recogió las fichas, las suyas y las que había ganado, y dirigiéndose a Johnny Fontane, exclamó:

—¡Así se empieza la noche!

Johnny sonrió. No era normal que un jugador como Nino tuviera que firmar un recibo por las fichas que le entregaban. A los que jugaban fuerte, les bastaba con su palabra. Tal vez temían que Nino, debido a la bebida, olvidara el importe de las fichas que le habían entregado. Y es que no sabían que Nino se acordaba de todo.

Nino siguió ganando, y después de la tercera ronda

hizo una seña a la camarera. La muchacha se fue al bar situado en un rincón de la estancia y le trajo un vaso lleno de whisky. Nino bebió un sorbo, se cambió el vaso de mano y con el brazo libre rodeó la cintura de la camarera.

—Siéntate a mi lado, muñeca. Te dejaré jugar algunas manos, a ver si me das suerte.

La muchacha era muy hermosa, pero Johnny pensó que carecía de personalidad. Miraba a Nino con una sonrisa; se veía a la legua que se moría de ganas de jugar. Johnny se preguntaba qué diablos había visto su amigo en ella.

Nino dejó que la camarera jugara unas cuantas manos y luego le dio una ficha y un golpe en las nalgas, para que se alejara de la mesa. Entonces Johnny le pidió que le trajera una bebida. La trajo, naturalmente, pero al hacerlo parecía estar interpretando la escena culminante de una película dramática. ¡Quería impresionar al gran Johnny Fontane! Le dirigió una mirada invitadora, y al andar se movía sensualmente, mientras que su boca, ligeramente entreabierta, era la imagen misma de la pasión. Parecía un animal en celo. Pero Johnny sabía que se trataba de una comedia. La chica adoptaba la expresión propia de las que querían llevarlo a la cama, sin saber que esa estratagema sólo tenía éxito cuando Johnny estaba muy borracho, lo que no era el caso en ese momento. Dedicó a la camarera una de sus famosas sonrisas, al tiempo que le decía:

—Gracias, encanto.

La muchacha lo miró, separó un poco más los labios, adoptó una expresión aún más soñadora y tensó el cuerpo, hasta el punto que sus senos parecían a punto de reventar la blusa que llevaba. Johnny pensó que aquella chica estaba experimentando el colmo del placer, y todo porque él le había sonreído. Sabía actuar muy bien. En realidad, Johnny tuvo que reconocer que de todas las mujeres que había visto representar ese papel era la que mejor lo hacía. Pero tales mujeres no valían nada a la hora de la verdad.

Vio que la camarera volvía a la silla, y mientras bebía lentamente decidió que la comedia no le había gustado, ni tampoco su intérprete.

Todo marchó normalmente durante otra hora. Pero luego, de pronto, Nino resbaló de la silla en la que estaba sentado. Sólo el jefe de sala y el crupier lograron evitar, gracias a una gran rapidez de reflejos, que cayera al suelo. Seguidamente, ambos lo condujeron al dormitorio de la suite.

Johnny miró cómo los dos hombres y la camarera desnudaban a Nino y lo metían debajo de las sábanas. Luego, el jefe de sala se dedicó a contar las fichas de Nino y luego anotó el total en su libreta.

—¿Desde cuándo le ocurre eso? —preguntó Johnny.

—Sufrió un ataque hace varios días. Llamamos al médico del casino, que lo reanimó y le dio algunos consejos. Pero Nino nos dijo que si volvía a sucederle, no debíamos llamar al médico, sino limitarnos a meterlo en la cama, pues a la mañana siguiente se encontraría perfectamente. Y eso es lo que hemos hecho. Tiene mucha suerte; esta noche estaba ganando otra vez. Casi tres mil dólares.

—Bien —dijo Johnny Fontane—. A pesar de lo que él les ha indicado, llamen al médico. Que venga enseguida. Remuevan cielo y tierra, si es preciso, pero quiero que lo encuentren.

Al cabo de un cuarto de hora, Jules Segal entraba en la suite. Johnny, irritado, se dijo que aquel hombre nunca parecía un médico. Vestía una camisa deportiva color azul, con ribetes blancos, y calzaba unas sandalias blancas, sin calcetines. Su vestimenta no casaba con el serio maletín de médico que llevaba en la mano.

Johnny, muy serio, le dijo:

—Creo que debería usted arreglárselas para llevar su instrumental en una bolsa de golf.

—Sí, creo que no es mala idea. Estos maletines negros y tan serios asustan a los pacientes. Deberían cambiar al menos el color. —Se acercó a la cama. Mientras abría su maletín, dijo a Johnny—: Gracias por el cheque que me mandó en pago de mis honorarios. Fue excesivo.

—Tal vez. De todos modos, olvídelo; ya ha pasado mucho tiempo. ¿Qué es lo que tiene Nino?

Jules lo auscultó, le tomó el pulso y la presión sanguínea, y a continuación sacó una jeringa de su maletín y clavó la aguja en el brazo de Nino, apretando después el émbolo.

El rostro de Nino perdió su blanca palidez, sus mejillas recobraron el color, como si la sangre corriera ahora en mayor cantidad y más deprisa por sus venas.

—El diagnóstico es muy simple —dijo Jules en tono áspero—. Cuando se desvaneció por primera vez, lo examiné e hice analizar su sangre; hice que lo trasladaran al hospital antes de que recobrara el conocimiento. Sufre de diabetes, lo cual no es grave, si uno se cuida. Pero él no quiere saber nada de medicamentos ni de dietas. Además, parece estar firmemente decidido a seguir bebiendo como un condenado. Tiene el hígado hecho cisco, y llegará un día en que incluso su cerebro se verá afectado. Mi consejo es que se lo lleven de aquí.

Johnny suspiró, aliviado. Afortunadamente, la cosa no revestía gravedad. Todo lo que Nino debía hacer era cuidarse.

—¿Quiere decir que debemos llevarlo a un centro de desintoxicación? —preguntó Johnny.

Jules se acercó al bar de la suite y se sirvió una copa.

—No. Quiero decir que deben encerrarlo. En un manicomio, concretamente.

—Usted está de guasa —respondió Johnny.

—No bromeo. No soy psiquiatra, desde luego, pero la psiquiatría no me es desconocida. Su amigo Nino podría recuperarse, suponiendo que su hígado no esté excesivamente afectado, algo que de momento no puedo saber. Pero la verdadera enfermedad está en su cerebro. En realidad, no le importa morir, y hasta es posible que sienta deseos de suicidarse. Si no conseguimos curar su cerebro, no hay esperanzas para él. Por eso considero necesario internarlo. Allí podrá ser sometido al tratamiento psiquiátrico necesario.

Llamaron a la puerta. Al abrirla, Johnny se encontró con Lucy Mancini. La muchacha lo abrazó y besó, al tiempo que le decía:

—Me alegro muchísimo de verte.

—Lo mismo digo, Lucy.

Johnny Fontane se dio cuenta de que Lucy había cambiado. Estaba más delgada y vestía ropas más caras, que le sentaban mejor. Su nuevo peinado la favorecía. Se veía más joven y atractiva que antes, y Johnny pensó que tal vez podría hacerle compañía. Estaba seguro de que con Lucy lo pasaría en grande. Pero de pronto recordó que era la chica del doctor Segal. Eso sin duda explicaba el cambio que había experimentado. Dedicó a Lucy una sonrisa exclusivamente amistosa y preguntó:

—¿Qué te trae al apartamento de Nino, y de noche, precisamente?

—Me he enterado de que estaba indispuesto y habían llamado a Jules. He venido por si podía ser útil. Supongo que Nino se encuentra bien, ¿no?

—Digamos que se repondrá —contestó Johnny.

Jules Segal, que estaba tendido en el sofá, intervino:

—Eso ya lo veremos. Mi consejo es que nos sentemos y esperemos a que Nino recobre el conocimiento. Y luego le hablaremos de la necesidad de que se someta a tratamiento psiquiátrico. A ti, Lucy, te aprecia mucho, y es por ello por lo que pienso que podrás ayudar a convencerlo. Y usted, Johnny, si realmente se considera amigo suyo, intentará convencerlo también. De otro modo, el hígado de Nino irá a parar al laboratorio médico de alguna universidad.

La petulancia del doctor ofendió a Johnny. ¿Quién diablos se creía que era? Iba a hablar, pero en ese momento Nino exclamó:

—¡Eh, tú! ¿Por qué no me sirves una copa? —Se incorporó en la cama, le guiñó un ojo a Lucy y añadió—: Hola, muñeca, acércate al viejo Nino.

Nino tendió los brazos hacia Lucy, que se sentó en el borde de la cama y lo abrazó. Era extraño, pero Nino tenía un aspecto casi normal.

—Vamos, Johnny, sírveme una copa. La noche es joven. ¿Dónde diablos está mi mesa de blackjack?

—No puede beber —intervino Jules—. Su médico se lo prohíbe.

Nino se puso furioso.

—Mi médico... ¡Que se joda! —Luego, con fingido arrepentimiento, añadió—: No se ofenda, no lo decía por usted. No me acordaba de que mi médico es ahora Jules Segal. Oye, Johnny, sírveme una copa. Si no lo haces, me la serviré yo mismo.

Johnny se dirigió hacia el bar. En tono de indiferencia, Jules dijo:

—Insisto en que no debe beber.

Entonces Johnny supo qué era lo que le irritaba de Jules. La voz del médico era siempre fría y controlada, dijera lo que dijera. Cuando avisaba, el aviso estaba sólo en sus palabras, no en su voz, que permanecía neutral. Fue esto lo que impulsó a Johnny a llenar de whisky el vaso de Nino.

Antes de entregárselo a su amigo, dijo a Jules:

—Esto no va a matarle, ¿verdad?

—No, eso no va a matarle —repuso Jules, tranquilamente.

Lucy le dirigió una mirada de preocupación, empezó a decir algo, pero luego se calló. Mientras tanto, Nino se había bebido todo el contenido del vaso que Johnny le había entregado.

Ambos amigos se miraron y sonrieron, satisfechos de haberse burlado del doctor. De repente, la cara de Nino adquirió un tono azulado; no podía respirar, le faltaba aire. Se retorcía como un pez fuera del agua, y sus ojos parecían a punto de salírsele de las órbitas. Desde el otro lado de la cama, Jules miraba fijamente a Johnny y a Lucy. Cogió a Nino por el cuello, para inmovilizarlo, y le dio una inyección entre el hombro y el cuello. Al cabo de un instante Nino dejó de retorcerse, y poco después se quedó dormido.

Johnny, Lucy y Jules salieron del dormitorio y se sentaron alrededor de la mesa instalada en la antesala. Lucy telefoneó pidiendo café y algo de comer. Johnny, entretanto, se acercó al bar y se preparó un combinado.

—¿Sabía usted que el whisky le produciría esa reacción? —preguntó Johnny.

—Sí, lo sabía —respondió Jules.

—¿Por qué, entonces, no me lo advirtió?

—Se lo advertí, Johnny.

—Pues no me lo advirtió debidamente —insistió Johnny, airado, pero controlando la voz—. Usted no sabe hablar, y si sabe, lo disimula muy bien. Sus palabras son molestas y chabacanas. Me dice que debemos encerrar a Nino en un manicomio... Le gusta molestar a la gente, ¿no es cierto?

Lucy permanecía con la mirada baja. Jules seguía sonriendo a Fontane.

—Nadie habría podido evitar que usted diera de beber a Nino —dijo—. Quería demostrar que no aceptaba mis avisos, mis órdenes. ¿Recuerda cuando me ofreció convertirme en su médico personal, después de lo de su garganta? Si no acepté, fue porque sabía que no llegaríamos a entendernos. Un médico piensa que es Dios, que es el sumo sacerdote de la sociedad moderna, uno de sus elegidos. Pero usted nunca me consideraría de ese modo. Para usted yo hubiera sido siempre un Dios algo ridículo. Como esos doctores que tienen ustedes en Hollywood. ¿De dónde los sacan? Realmente, si saben algo, lo disimulan muy bien. Saben, o deberían saber, lo que le ocurre a Nino, pero se limitan a darle drogas y calmantes, sólo para que vaya tirando. Se arrastran a sus pies porque les paga bien y porque Johnny Fontane es un hombre poderoso y célebre; y, claro, usted les considera como verdaderas eminencias de la medicina, sin saber que a ellos les importa un bledo que la gente viva o muera. Pues bien, mi afición, que reconozco es imperdonable, consiste en evitar que la gente se muera. Si he permitido que le diera un vaso de whisky a Nino, es porque he querido demostrarle lo que puede ocurrirle. —Bajando la voz, Jules prosiguió—: Su amigo casi no tiene remedio. ¿Comprende bien mis palabras? No ha recibido los cuidados médicos necesarios. Su presión sanguínea, su diabetes y sus malos hábitos pueden provocar una hemorragia cerebral en el momento menos pensado. Su cerebro dejará de funcionar normalmente. ¿Se da usted cuenta de lo que le estoy diciendo? Sí, he hablado de encerrarlo en un manicomio. Y es que quiero que se dé cuenta de lo grave que está su amigo, pues temo que, de otro modo, no tome usted medida alguna. Voy a decírselo en pocas palabras: si lo encierra, quizá le salve la vida; si no, ya puede darlo por muerto.

—Jules, querido, no seas tan brusco, te lo ruego —susurró Lucy.

Jules se puso de pie.

—¿Piensa que ésta es la primera vez que he tenido que hablar así? —dijo, y Johnny Fontane comprobó, satisfecho, que su voz ya no sonaba fría—. Años atrás, lo hacía a diario. Lucy me pide que no sea tan brusco, pero no sabe lo que dice. Antes, cuando estaba en la Costa Este, solía advertir a la gente: «No coma tanto, o morirá; no fume tanto, o morirá; no trabaje tanto, o morirá; no beba tanto, o morirá.» Pero nadie hace caso de nadie. ¿Y sabe usted por qué? Porque no se les dice: «Morirá usted mañana.» Pues bien, le aseguro que Nino puede muy bien morir mañana. —Se acercó al bar para servirse otra copa, y volviéndose hacia Johnny, le preguntó—: ¿Va usted a internar a Nino?

—No lo sé.

Jules volvió a llenar su copa.

—Es gracioso; uno puede fumar hasta morirse, puede beber hasta morirse, puede trabajar o comer hasta morirse… y todo eso es aceptable. De lo único que uno no puede morir, médicamente hablando, es de hacer en exceso el amor. Y, sin embargo, a eso es a lo que la sociedad pone todos los obstáculos. En el caso de las mujeres, la cosa cambia, naturalmente. A veces, le decía a una mujer que no le convenía tener más hijos. «Es peligroso, podría usted morir.» Pues bien, pasado un mes, la mujer acudía a mi consulta y anunciaba: «Creo que estoy embarazada, doctor.»

Después de llamar a la puerta, entraron dos camareros empujando un carrito con bocadillos y café. Una vez que se hubieron marchado, Johnny, Jules y Lucy se sentaron a la mesa, comieron y tomaron el café. Johnny encendió un cigarrillo y dijo a Jules:

—Así que es usted un salvador de vidas. ¿Y por qué, entonces, se dedicó a practicar abortos?

—Quería ayudar a las muchachas que estaban en apuros —intervino Lucy—, que hubieran podido suicidarse o hacer algo peligroso para deshacerse del hijo que llevaban en las entrañas.

Jules miró a Lucy con una sonrisa y dijo:

—No es tan sencillo. Finalmente me convertí en cirujano. Tengo buenas manos, muy buenas, de hecho, pero era demasiado compasivo, demasiado humano. Abría el vientre de un pobre diablo y sabía que éste iba a morir; operaba un cáncer y sabía que el mal reaparecería un tiempo después. Era terrible. Venía una mujer y tenía que extirpar un pecho; un año después la mujer volvía, y le extirpaba el otro; unos meses más tarde, eran los ovarios lo que tenía que extirparle. Luego, por fin, la mujer moría. Y mientras, los maridos preguntaban: «¿Qué dicen los análisis, doctor?» Llegó el momento en que empleé a una nueva secretaria con el único objeto de que contestara a tales preguntas. A los pacientes los veía únicamente cuando estaban listos para ser examinados o intervenidos. Pasaba el mínimo tiempo posible con la víctima, porque, al fin y a la postre, yo era un hombre muy ocupado. Y luego, una vez acabado mi trabajo, le concedía un par de minutos al marido para que hablara conmigo. «Es el fin», le decía. Pero él nunca oía la última palabra. Llegué a pensar que hablaba en voz demasiado baja, por lo que, deliberadamente, decía «es el fin» en voz más alta de lo normal, para que me entendieran. Un día practiqué un aborto. Aquello era otra cosa; era sencillo de hacer y después todos se sentían felices. Por fin había descubierto el trabajo que me gustaba. Como no creo que un feto de dos meses sea un ser humano, por este lado no había problemas. Ayudaba a muchachas solteras y a mujeres casadas que se encontraban en apuros. Tenía la conciencia tranquila y, además, ganaba mucho dinero. Cuando me descubrieron me sentí como el desertor al que hacen prisionero. Pero tuve suerte, porque un amigo mío muy influyente consiguió que me dejaran en libertad. Desde entonces, sin embargo, no puedo operar en los grandes hospitales. Por eso estoy aquí, dando buenos consejos, y sabiendo que no van a hacerme caso.

—En lo que a mí se refiere, no es que no le haga caso —se excusó Johnny Fontane—, sino que me lo estoy pensando.

Finalmente, Lucy desvió la conversación, preguntando:

—¿A qué has venido a Las Vegas, Johnny? ¿A descansar o a trabajar?

—Mike Corleone quiere verme. Vendrá esta noche, acompañado de Tom Hagen. Tom dijo que también vendrán a verte a ti. ¿Sabes de qué se trata?

Lucy negó con un movimiento de la cabeza y dijo:

—Cenaremos todos juntos mañana por la noche. Freddie también. Creo que quizá tenga algo que ver con el hotel. Últimamente el casino ha estado perdiendo dinero, y eso no puede ser. Tal vez el Don haya decidido que Mike venga a echar una ojeada.

—He sabido que, por fin, Mike se ha hecho arreglar la cara —dijo Johnny.

—Sospecho que fue Kay quien lo convenció de que lo hiciera —señaló Lucy, entre risas—. El lado izquierdo de su rostro era verdaderamente horrible. La familia Corleone quiso que Jules asistiera como consejero y observador a la operación.

—Yo les recomendé que lo hicieran —explicó Johnny.

—No lo sabía —reconoció Lucy—. De todos modos, Mike dijo que quería hacer algo por Jules. Es por eso por lo que mañana nos invitará a cenar.

—No se fía de nadie —señaló Jules, pensativo—. Me dijo que estuviera al corriente de los movimientos de cuantos se hallaban en el quirófano. Pero todo se desarrolló sin problemas. Por otra parte, la operación no era difícil; habría podido llevarla a cabo cualquier cirujano razonablemente competente.

Se oyó un ruido procedente del dormitorio, y los dos hombres y Lucy miraron hacia allí. Nino había vuelto a recuperar el sentido. Johnny fue a sentarse en la cama, y Jules y Lucy se acercaron también, pero permanecieron de pie al lado del lecho. Nino les dedicó una descolorida sonrisa y dijo:

—De acuerdo, me convertiré en un hombre juicioso. La verdad es que me siento muy mal. ¿Recuerdas, Johnny, lo que sucedió hace un año, cuando estábamos con aquellas dos chicas en Palm Springs? Te juro que no sentí celos. Me alegré. ¿Me crees, no, Johnny?

—Desde luego, Nino. Te creo.

Lucy y Jules se miraron. Por lo que de él sabían, Johnny Fontane era totalmente incapaz de quitar la chica de un amigo íntimo. ¿Y por qué decía Nino que no estaba celoso, si había transcurrido ya un año? Por la mente de ambos pasó el mismo pensamiento. ¿Se emborrachaba Nino porque una chica le había dejado por Johnny Fontane?

Jules volvió a examinar a Nino.

—Haré que una enfermera se ocupe de cuidar de usted por la noche. Deberá permanecer en cama durante dos días, Nino. Y no haga tonterías.

—De acuerdo, doctor —respondió Nino, en tono jocoso—. Pero, por favor, que la enfermera no sea demasiado guapa.

Jules pidió una enfermera y, seguidamente, él y Lucy se marcharon. Sentado en una silla, junto a la cama, Johnny esperó la llegada de la enfermera. Nino, que seguía muy pálido, se estaba durmiendo. Johnny pensó en lo que su amigo había dicho acerca de que no había sentido celos por lo ocurrido hacía un año en Palm Springs. Nunca hubiera podido imaginar que Nino fuera celoso.

Un año atrás, Johnny Fontane, sentado en su lujosa oficina de la productora cinematográfica de su propiedad, se sentía mal, muy mal. Sí, la primera película que había producido, en la que él era el protagonista y Nino tenía un importante papel, estaba dando mucho dinero. Todo había ido a la perfección. Todos habían realizado muy bien su trabajo. La película había costado menos dinero de lo calculado. Todos ganarían mucho con ella, y seguramente Jack Woltz se estaría mordiendo los puños de rabia. Johnny estaba produciendo otras dos películas, una protagonizada por él, y la otra, por su amigo. Nino Valenti daba muy bien en la pantalla, y gustaba mucho a las mujeres, cuyos instintos maternales despertaba. Todo lo que Johnny tocaba se convertía en oro. Naturalmente, el Padrino recibía su parte a través del banco. Johnny estaba satisfecho, pues había hecho honor a la confianza que le había dispensado su padrino. Pero todo eso no le hacía sentir mejor.

Y ahora que era un próspero productor cinematográfico, tenía tanto poder como en su época de cantante, o tal vez más. Las mujeres se acercaban a él como las moscas a la miel, aunque por razones más interesadas que antes. Tenía su propia avioneta, vivía en medio del lujo y, como hombre de negocios que era, se beneficiaba de una serie de exenciones fiscales de las que los artistas no gozaban. ¿Así pues, qué le ocurría?

Él lo sabía muy bien. Le dolían los senos nasales y la frente, y tenía la garganta inflamada. Pensaba que si cantaba las molestias de la garganta se aliviarían, pero no se decidía a hacerlo. Había consultado a Jules Segal al respecto, y éste le había contestado que podía hacerlo cuando quisiera. Al fin, se decidió, pero su voz sonaba tan ronca que se dio cuenta de la inutilidad de seguir probando. Además, al día siguiente le dolía mucho más la garganta, aunque de forma distinta de como lo hacía antes de que le extirparan los nódulos. El dolor, ahora, era peor. Temía no poder volver a cantar en su vida.

Y si no podía cantar, ¿qué le importaba todo lo demás? Cantar era la única cosa que sabía hacer realmente bien. Se consideraba un gran cantante, el mejor. Su profesión no tenía secretos para él. Nadie debía decirle lo que estaba bien ni lo que estaba mal. Era un maestro. Y de pronto corría el peligro de perder definitivamente la voz.

Era viernes, y Johnny decidió pasar el fin de semana con Virginia y las niñas. La llamó por teléfono —siempre lo hacía—, para anunciarle su llegada. En realidad, para darle la oportunidad de decir que no. Pero desde que se habían divorciado Virginia nunca le había dicho no. No podía negarse a que sus hijas vieran a su padre; era una verdadera mujer, pensó Johnny. Habría sido feliz con Virginia. Y aunque era consciente de que ninguna otra mujer le importaba tanto, sabía que nunca podrían volver a hacer el amor el uno con el otro. Quizá cuando tuvieran sesenta y cinco años, como cuando uno se jubila, se retiraran juntos, se retiraran de todo.

Pero la realidad se encargó de hacer pedazos estos pensamientos. A su llegada, encontró a Virginia de bastante mal humor y, además, las dos niñas no parecieron alegrarse mucho de verlo. Su madre les había prometido que las dejaría pasar el fin de semana en el rancho de los padres de unas amiguitas suyas, donde pensaban montar a caballo, y la llegada de él les estropeaba el plan.

Johnny le dijo a Virginia que las dejara ir al rancho, y cuando se marcharon las besó cariñosamente. Nada tenía que reprochar a sus hijas. Era muy lógico que prefirieran montar a caballo a hacer compañía a un padre aburrido y malhumorado, pensó. Y dirigiéndose a Virginia, dijo:

—Yo también me marcharé, pero primero tomaré un whisky.

—De acuerdo —repuso ella.

Era evidente que Virginia tenía uno de sus días malos, afortunadamente poco frecuentes. Y es que la vida que llevaba no era nada fácil ni agradable. Su mal humor era justificable.

Mientras observaba a Johnny servirse un whisky doble, le preguntó:

—¿Qué necesidad tienes de beber? Todos tus asuntos marchan viento en popa. Nunca hubiera imaginado que tuvieras madera de hombre de negocios.

—No creas que es muy difícil —repuso él con una sonrisa.

De pronto comprendió el porqué del mal humor de Virginia. Entendía a las mujeres y sabía que ella consideraba que vivía demasiado bien. A las mujeres les disgustaba ver que sus novios, maridos o amantes tenían demasiado éxito; les irritaba que fuesen capaces de vivir sin ellas. Más para animar a su ex esposa que en tono de queja, Johnny dijo:

—¿Y qué me importa el éxito, si no puedo cantar?

—Vamos, Johnny, ya no eres un niño —replicó Virginia, irritada—. Tienes más de treinta y cinco años. ¿Por qué te preocupa el no poder cantar cancioncillas tontas y empalagosas? Ganas mucho más dinero como productor.

—Soy cantante. Me gusta cantar —explicó Johnny—. ¿Qué tienen que ver los años con eso?

—Nunca me ha gustado cómo cantas —dijo Virginia con impaciencia—. Ahora que has demostrado que sabes hacer películas, me alegro de que no puedas volver a cantar.

Con una violencia impropia de él, Johnny gritó:

—¡Lo que estás diciendo es una tontería!

Estaba azorado. ¿Cómo podía Virginia sentir tanta antipatía, tanto odio hacia él?

Ella, que no estaba acostumbrada a que Johnny se mostrara enfadado, había quedado boquiabierta. Segundos después, sin embargo, consiguió reaccionar y arguyó:

—¿Es que crees que puede gustarme mucho el ver que millares de mujeres se enamoran de ti con sólo oírte cantar? ¿Te gustaría que me paseara desnuda por la calle, para que los hombres fueran detrás de mí? Pues algo así es lo que tú hacías cuando cantabas. Por eso yo deseaba que perdieras la voz, que no pudieras volver a cantar nunca más... Pero eso era antes de que nos divorciáramos.

Johnny terminó su bebida y masculló:

—No comprendes nada, absolutamente nada.

A continuación se fue a la cocina y marcó el número de Nino. Se pusieron rápidamente de acuerdo para ir a pasar el fin de semana a Palm Springs, y le dio el número de una muchacha hermosa que le gustaba mucho.

—Dile que traiga a una amiga para ti —indicó Johnny—. Estaré contigo dentro de una hora.

Virginia lo despidió fríamente. A él no le importó mucho, pues aquélla era una de las raras veces en que se había enojado con ella.

Pasaría un fin de semana agradable y sacaría de su cuerpo todo el veneno que llevaba dentro, pensó.

Johnny Fontane tenía una casa en Palm Springs. Cuando llegó, ya se encontraban allí Nino y las dos muchachas, que eran muy jóvenes y, por lo tanto, alegres y poco ambiciosas. Algunos conocidos habían acudido a la piscina de la finca, a bañarse con ellos antes de cenar. Poco después, Nino, acompañado de su chica, subió a su habitación para vestirse y divertirse un poco. Johnny no se encontraba en forma, por lo que envió a su chica, una rubia baja y regordeta llamada Tina, a ducharse sola. Nunca había podido hacer el amor con otra mujer después de discutir con Virginia.

Se dirigió al salón, tres de cuyas paredes eran de vidrio, y se sentó al piano. Muchos años antes, cuando iba con la orquesta, a veces cantaba acompañándose al piano; pero aquello había quedado muy atrás. Se puso a cantar en voz baja, para no forzar las cuerdas vocales. Y antes de que se diera cuenta, Tina estaba allí, preparándole un combinado. Luego, la muchacha se sentó a su lado, y ambos cantaron a dúo hasta que Johnny decidió ir a ducharse. En el cuarto de baño siguió cantando, siempre en voz muy baja, y lo mismo hizo mientras se vestía. Cuando regresó al salón, Tina seguía a solas. Pensó que Nino sólo podía estar haciendo dos cosas: emborrachándose o haciendo el amor con su chica.

Cuando Tina salió a ver la piscina, él volvió a sentarse al piano y comenzó a entonar una de sus viejas canciones. La garganta no le dolía en absoluto. Cantaba en voz baja, pero en el tono adecuado. Dirigió la vista hacia la piscina. Tina permanecía junto a ésta, y como la puerta estaba cerrada, no podía oírlo. Ignoraba el porqué, pero Johnny no quería que nadie lo oyera. Empezó a cantar su canción favorita, en voz alta, como si estuviera delante del público, esperando que de un momento a otro comenzara a dolerle la garganta. Pero esperó en vano. Johnny notó que su voz había cambiado, pero consideró que seguía siendo buena. Era más profunda, más varonil. Terminada la canción, permaneció sentado al piano, pensando en su voz.

—No está mal, viejo amigo, no está nada mal —dijo Nino, detrás de él.

Johnny se volvió. Nino estaba de pie en el vano de la puerta, solo. Su chica debía de encontrarse en otra parte, y Johnny se alegró de ello. No le importaba que su amigo lo oyera cantar.

—Oye, Nino. Tenemos que deshacernos de las chicas. Diles que se marchen.

—Díselo tú. Son buenas, y no quiero herir sus sentimientos. Además, a la mía la he «trabajado» ya dos veces. ¿Crees que puedo despedirla sin darle siquiera de cenar?

Bueno, pues que se quedaran, pensó Johnny. Y que lo oyesen cantar, aunque lo hiciera mal. Telefoneó a un director de orquesta amigo suyo, que vivía en Palm Springs, y le pidió que le enviara una mandolina para Nino.

—Pero hombre, Johnny —dijo el director—. Si aquí en California nadie toca la mandolina.

—Es igual. Tú encuentra una y mándamela.

En la casa había un equipo de grabación, y Johnny instruyó a las chicas para que se encargaran de regular los mandos de tono y volumen. Una vez terminada la cena, Johnny se puso a trabajar de inmediato. Con Nino acompañándolo a la mandolina, cantó todas sus viejas canciones. Lo hizo a pleno pulmón, y notó que su garganta no se resentía. Se sentía capaz de cantar horas y horas sin parar. Durante los meses en que no había podido cantar Johnny había pensado a menudo en cómo entonaría sus canciones si tuviera la suerte de recuperar la voz. Ahora llevaba a la práctica todo lo imaginado. Temía que lo que en su imaginación le había parecido fácil, no lo fuera tanto en la realidad. Las variaciones que efectuaba cantando con la imaginación, y que tan bien sonaban en su cerebro, tal vez no sonaran tan bien al oído. Pero ahora, que no se escuchaba, sino que se concentraba sólo en el canto, creía estar haciéndolo bien, tal y como había pensado. Aunque no tan bien como deseaba, naturalmente, pues le faltaba práctica.

Finalmente, dejó de cantar. Tina se acercó a él y le dio un largo beso.

—Ahora sé por qué mi madre va a ver todas tus películas —dijo.

En otro momento, Johnny se hubiera sentido molesto por las palabras de la muchacha. Pero ahora no; ahora se las agradecía sinceramente. Johnny y Nino se echaron a reír.

Pusieron el equipo de grabación y Johnny pudo por fin escucharse a sí mismo. Su voz había cambiado mucho, pero seguía siendo la voz de Johnny Fontane, pero mucho más rica y profunda, tal como había advertido antes, y más varonil, más sincera, con más carácter. En cuanto al aspecto técnico, su canto era muy superior al de antes. Y si ahora cantaba así, ¿cómo sería después de unas semanas o meses de práctica?

Guiñó un ojo a Nino y dijo:

—¿Canto tan bien como creo?

Nino, pensativo, miró fijamente la alegre cara de Johnny.

—Has cantado condenadamente bien. Ahora falta saber cómo cantarás mañana.

A Johnny no le sentó nada bien la observación de Nino. Y, medio en serio, medio en broma, replicó:

—Eres un cabrón, Nino. Sabes perfectamente que no cantas tan bien como yo. Y no te preocupes por cómo cantaré mañana. Me siento en plena forma.

Por aquella noche no volvió a cantar. Él, Nino y las dos chicas se fueron a una fiesta, y luego, al regresar, Tina se acostó con él. Pero Johnny no se portó tan bien como esperaba la muchacha, que quedó algo decepcionada. ¡Qué diablos!, pensó Johnny, no se podía hacer todo en un día.

Por la mañana, Johnny despertó presa de un vago temor de que sólo hubiese soñado que recuperaba la voz. Luego, cuando estuvo seguro de que no se había tratado de un sueño, el temor se convirtió en pánico. Tenía miedo de que ya no fuera lo mismo del día anterior, de que su voz volviera a ser tan ronca como durante los últimos meses. Se acercó a la ventana a respirar un poco de aire fresco, y luego, todavía en pijama, fue al salón. Empezó a tocar una vieja canción al piano, y momentos después se puso a cantar en voz baja. Se dio cuenta de que no le dolía la garganta y de que su voz no había enronquecido, por lo que se decidió a cantar más alto. Perfecto. «Igual que ayer», pensó. ¡La pesadilla había concluido! Que se fuera a la mierda la producción de películas, que se fueran a la mierda Tina y su decepción. Tampoco le importaba que Virginia lo odiara de nuevo. Lo único que lamentaba era no haber recuperado la voz mientras cantaba para sus hijas. Habría sido sublime.

La enfermera del hotel había entrado en la habitación llevando un montón de medicamentos. Johnny se puso de pie y miró a Nino, que estaba durmiendo o, quizá, muriéndose. Sabía positivamente que Nino, su amigo, no sentía celos del hecho de que hubiera recobrado la voz. Comprendió que Nino estaba celoso únicamente porque él, Johnny, se mostraba extraordinariamente feliz por haber recuperado su voz de antaño.

Lo que a Nino le disgustaba era que Johnny se preocupase tanto por el canto, pues era evidente que ninguna cosa le importaba lo suficiente para hacerle sentir deseos de seguir viviendo.

27

Michael Corleone llegó a última hora de la tarde. Tal como había ordenado, nadie había ido a esperarle al aeropuerto. Sólo lo acompañaban dos hombres: Tom Hagen y un nuevo guardaespaldas llamado Albert Neri.

A Michael y a sus acompañantes les reservaron la habitación más lujosa del hotel. Cuando llegaron, las personas que aquél necesitaba ver ya estaban aguardando.

Se saludaron con un fuerte abrazo. Freddie era mucho más corpulento que Michael, y tenía aspecto de hombre más benevolente y apacible que su hermano. Además, era mucho más elegante que éste. Llevaba un traje gris de excelente factura y el cabello cortado a la navaja, su rostro aparecía impecablemente afeitado y sus manos perfectamente cuidadas. Muy bien habría podido confundírsele con cualquier galán de la pantalla. Era un hombre completamente distinto del de antes.

Se acomodó en su silla y, cariñosamente, dijo a Michael:

—Tienes mucho mejor aspecto ahora que te has hecho arreglar la cara. Tu esposa logró convencerte, ¿eh? ¿Cómo está Kay? ¿Cuándo vendrá a visitarnos?

—También tú tienes muy buen aspecto —dijo Michael con una sonrisa—. Kay hubiera querido venir, pero vuelve a estar embarazada y, además, tiene que cuidar del niño. Por otra parte, he venido en viaje de negocios, Freddie, y debo regresar a Nueva York mañana por la noche o pasado mañana por la mañana a más tardar.

—Primero has de comer algo —propuso Freddie—.

En el hotel tenemos un cocinero de primera; comerás mejor que en cualquier otro sitio. Ve a ducharte y a cambiarte de ropa. De lo demás, me encargo yo. En cuanto lo dispongas, la gente que quieres ver estará aquí. Bastará con que haga unas llamadas.

—Dejemos a Moe Greene para el final —indicó Michael, animadamente—. Ahora di a Johnny Fontane y a Nino que suban a comer con nosotros. Que vengan también Lucy y su amigo, el médico. Podremos hablar mientras comemos. —Se volvió hacia Hagen y preguntó—: ¿Quieres añadir a alguien, Tom?

Hagen respondió que no. Freddie se había mostrado mucho más afectuoso con Michael que con Tom, pero éste conocía perfectamente el motivo. Freddie sabía que estaba en la lista negra de su padre, y se sentía disgustado con el *consigliere* por no haber arreglado las cosas. Hagen lo habría hecho, pero desconocía el motivo por el cual Freddie había caído en desgracia. El Don nunca exponía hechos concretos; se limitaba a expresar su desagrado.

Cuando se sentaron a la mesa dispuesta en la habitación, ya era más de medianoche. Lucy besó a Michael y no hizo comentario alguno acerca de la operación realizada en el rostro de éste. En cambio, Jules Segal le examinó la mandíbula y comentó:

—Buen trabajo. Ha quedado perfecta. ¿Y cómo está su nariz?

—Muy bien —respondió Michael—. Gracias por su colaboración.

Durante la cena, Michael fue el centro de atención. Todos observaron el enorme parecido que guardaba con su padre, tanto en la forma de hablar como en las maneras. En cierto modo, inspiraba el mismo respeto, el mismo temor, a pesar de que se conducía de modo perfectamente natural, esforzándose para que todos se sintieran a sus anchas. Hagen, como de costumbre, se mantenía en un discreto segundo plano. En cuanto a Albert Neri, a quien no conocían, parecía la discreción personificada. Había dicho que no tenía hambre, y permanecía sentado en un sillón, cerca de la puerta, leyendo un periódico.

Una vez que hubo terminado la cena, los camareros fueron despedidos.

—He sabido que tu voz vuelve a ser tan buena como antes —le dijo Michael a Johnny Fontane—. Te felicito.

—Gracias —repuso Johnny, que no podía evitar preguntarse por qué motivo Michael quería verlo. ¿Acaso iba a pedirle un favor?

Michael se dirigió a todos en general:

—La familia Corleone tiene intención de trasladarse a Las Vegas. Venderemos el negocio de importación de aceite de oliva y vendremos a vivir aquí. El Don, Hagen y yo, hemos discutido largamente el asunto y estamos de acuerdo en que el futuro de la Familia está en Las Vegas. Eso no significa que nos trasladaremos ahora o el año próximo. Es posible que pasen dos, tres y hasta cuatro años. Pero ése es el plan. Algunos amigos nuestros poseen un importante paquete de acciones de este hotel-casino, y Moe Greene nos venderá su parte. Así pues, esto pasará a ser propiedad total de la Familia, y constituirá una especie de piedra angular.

Freddie no podía disimular su ansiedad.

—¿Estás seguro, Mike, de que Moe Greene querrá vender? —preguntó—. Nunca me ha hecho ningún comentario en ese sentido, y, además, me consta que el negocio le gusta. No creo que quiera ceder su parte, sinceramente.

—Le haré una oferta que no podrá rechazar —contestó Michael. Su voz al pronunciar estas palabras, carecía de inflexión, pero sus oyentes quedaron impresionados, quizá porque era la frase favorita del Padrino. Se volvió hacia Johnny y añadió—: En los planes del Don, tú, Johnny, eres una pieza muy importante. Nos han explicado que las diversiones son un factor primordial en la atracción de jugadores. Confiamos en que firmes un contrato para actuar aquí cinco semanas al año. No seguidas, desde luego. Y esperamos que tus amigos del mundillo cinematográfico hagan lo mismo. Teniendo en cuenta los muchos favores que les has hecho, no creo que vayan a negarse.

—Seguro que no —dijo Johnny—. Sabes que por el Padrino haré lo que sea, Mike. —En sus palabras, sin embargo, flotaba la sombra de la duda.

—Ni tú ni tus amigos vais a perder dinero con el trato —dijo Michael con una sonrisa—. Tendrás una participación en el negocio, y si consideras que alguno de tus amigos es lo suficientemente importante, también a él se le dará. Si no me crees, Johnny, me permito aclararte que no hago más que repetir las palabras del Don.

Casi sin darle tiempo a terminar de hablar, Johnny Fontane respondió:

—Te creo, Mike. Pero se están construyendo otros diez hoteles y casinos en Las Vegas. Cuando os decidáis a venir, el mercado quizás esté saturado. Hay mucha competencia, pero no es nada comparado con la que existirá.

—La familia Corleone —intervino Tom Hagen— tiene amigos que se ocupan de la financiación de tres de esos hoteles.

Johnny comprendió de inmediato que Tom quería decir que los Corleone eran los propietarios de los tres hoteles, con sus respectivos casinos. Y que serían muchos los «puntos» a distribuir.

—Empezaré a trabajar en el asunto —apuntó Johnny.

Michael se volvió hacia Lucy y Jules Segal.

—Estoy en deuda con usted —dijo dirigiéndose al último—. Me han contado que quiere dedicarse de nuevo a la cirugía, pero que los hospitales se niegan a admitirlo a causa del viejo asunto de los abortos. ¿Es cierto que quiere volver a abrir a la gente en canal?

Jules sonrió y contestó:

—Me parece que sí. Pero usted no se imagina lo que

es la comunidad médica. Todo el poder que usted o su familia puedan tener, no significa nada para ellos. Me temo que le será imposible ayudarme.

Michael asintió, distraído, y repuso:

—Seguramente está usted en lo cierto. Pero algunos amigos míos, todos gente bien conocida, van a construir un gran hospital en Las Vegas. Teniendo en cuenta el elevado índice de crecimiento de la ciudad, se trata de algo absolutamente necesario. Y pienso que es posible que le dejen utilizar los quirófanos, si se les sabe convencer. Dígame, ¿a cuántos cirujanos tan buenos como usted podrán convencer de que se vengan a vivir a este desierto? Y aunque sean sólo la mitad de buenos, ¿cuántos encontrarán? En realidad, haremos un favor al hospital. Así, pues, le aconsejo que no se aleje mucho de aquí. ¿Es cierto que usted y Lucy van a casarse?

—Sí, ésa es nuestra intención. Pero no antes de que tenga resuelto mi futuro.

—Si no construyes ese hospital, Mike, me quedaré soltera —comentó Lucy en tono irónico.

Todos se echaron a reír. Todos menos Jules, que dijo a Michael:

—Si me consigue el empleo, quiero que sea sin condiciones.

Fríamente, Michael respondió:

—Sin condiciones. Estoy en deuda con usted, Jules, y quiero saldarla. Sólo se trata de eso.

—No te enfades, Mike —dijo Lucy, amablemente.

—No estoy enfadado —replicó Michael. Y dirigiéndose a Jules, prosiguió—: Lo que acaba de decir es una estupidez. La familia Corleone, recuérdelo, ha hecho algunas cosas por usted. ¿Cree que yo, ahora, cometería la torpeza de pedirle que hiciera algo que le disgustase? Y si lo hiciese, ¿qué pasaría? ¿Es que hubo alguien, aparte de nosotros, que moviera un solo dedo para ayudarle cuando estaba usted en dificultades? Cuando supe que quería volver a ser un verdadero cirujano, pasé muchas horas intentando hallar la forma de ayudarle. La he encontrado. Yo no le pido nada, absolutamente nada. No obstante, creo que se dignará considerarme como amigo suyo, y supongo que siempre estará dispuesto a hacer por mí lo que haría por un buen amigo. Esa es mi única condición. Pero puede rechazarla, si la considera inaceptable.

Tom Hagen bajó la cabeza y sonrió. Ni el mismo Don lo hubiera hecho mejor, pensó.

—Lo siento, Mike —respondió Jules, rojo como la grana—, temo que no he sabido explicarme. Estoy muy agradecido por todo. Olvide lo de antes.

Michael asintió con la cabeza y dijo:

—De acuerdo. Mientras aguardamos la construcción e inauguración del hospital, usted será director médico de los cuatro hoteles. Ocúpese de reclutar un equipo de ayudantes. Naturalmente, tendrá un aumento de salario; pero esta cuestión será mejor que la trate después con Tom. En cuanto a ti, Lucy —agregó volviéndose hacia ésta—, quiero que te ocupes de algo realmente importante. Por ejemplo, creo que podrías encargarte de coordinar económicamente todas las tiendas que se abrirán en los hoteles. O encargarte de contratar a las chicas que necesitamos para trabajar en los casinos. En fin, no sé, algo por el estilo. De ese modo, si Jules no se casa contigo tendrás el consuelo de ser una solterona rica.

Freddie había estado dando furiosas chupadas a su cigarro. Michael se volvió hacia él y, amablemente, le dijo:

—No soy más que el mensajero del Don, Freddie. Lo que quiere que hagas, te lo dirá él mismo, naturalmente; pero estoy seguro que será algo importante. Todo el mundo nos habla del gran trabajo que has estado realizando aquí.

—Si es así, ¿por qué está enfadado conmigo? —preguntó Freddie—. ¿Sólo porque el casino ha estado perdiendo dinero? Del casino se ocupa Moe Greene, no yo. ¿Qué es lo que nuestro padre quiere de mí?

—Deja de preocuparte por ello, Freddie —repuso Michael. Se volvió hacia Johnny Fontane y le preguntó—: ¿Dónde está Nino? Tengo ganas de verlo.

—Nino está muy enfermo —explicó Johnny—. Una enfermera le cuida las veinticuatro horas del día. Pero el doctor dice que debe ser internado en un manicomio, pues está tratando de matarse.

Con expresión pensativa, Michael, que estaba sorprendido, dijo:

—Nino fue siempre un muchacho excelente. Que yo sepa, nunca hizo nada que pudiera molestar a los demás. En realidad, nada le importaba gran cosa, excepto la bebida.

—Sí —señaló Johnny—. Por el dinero no debería preocuparse, pues siempre podría trabajar como actor o cantante. Por cada película le pago cincuenta mil dólares. Pero gasta a manos llenas. La fama le importa un bledo. Somos amigos desde hace muchos años, y nunca he sabido que cometiera una mala acción. Y el muy imbécil no para de beber.

Jules estaba a punto de decir algo, pero llamaron a la puerta. Le llamó la atención el hecho de que el hombre que estaba sentado en el sillón, junto a la entrada, siguiera leyendo tranquilamente el periódico. Quien acudió a abrir fue Hagen. Y casi lo arrolló el impetuoso Moe Greene, que entró seguido de dos de sus guardaespaldas.

Moe Greene era un sujeto elegante, que había empezado su carrera como asesino a sueldo en Brooklyn. Un día vio posibilidades en el juego y se fue al Oeste, decidido a hacer fortuna. Fue el primero en intuir el porvenir de Las Vegas, y construyó uno de los primeros hoteles-casino de la ciudad. Sus instintos asesinos afloraban de vez en cuando, sobre todo cuando se enfadaba, y en el hotel todos le temían, incluidos Freddie, Lucy y Jules Segal, que procuraban no cruzarse en su camino.

Dirigiéndose a Michael Corleone con el ceño fruncido, dijo:

—He estado esperando para hablar contigo, Mike. Mañana tendré mucho trabajo, de modo que he pensado que podríamos hablar esta noche.

Michael Corleone lo miró con expresión amistosa y respondió:

—Desde luego. —Seguidamente, dirigiéndose a Hagen, añadió—: Sirve una copa a Moe, Tom.

Jules se dio cuenta de que el hombre llamado Albert Neri estaba observando atentamente a Greene, sin prestar atención a los guardaespaldas de éste, que permanecían sospechosamente apoyados contra la puerta. Y comprendió que no existía la menor posibilidad de que las cosas discurrieran por cauces violentos, por lo menos en Las Vegas. Cualquier acción de ese tipo, por pequeña que fuera, resultaría fatal para el proyecto de convertir la ciudad en el santuario legal de los jugadores americanos.

Entonces Moe Greene dijo a sus guardaespaldas:

—Entregad algunas fichas a éstos, para que puedan bajar a jugar.

Evidentemente, se refería a Jules, Lucy, Johnny Fontane y Albert Neri.

Y sólo entonces, no antes, se levantó Neri de su sillón, para seguir a los demás.

En la habitación quedaron Freddie, Tom Hagen, Moe Greene y Michael Corleone.

Greene puso su vaso encima de la mesa y, con furia apenas contenida, preguntó:

—¿Qué hay de cierto en lo que he oído acerca de que la familia Corleone quiere echarme de aquí? Soy yo quien os echará a vosotros.

Sin perder la calma, Michael dijo:

—Por extraño que parezca, tu casino está perdiendo dinero. Eso significa que hay algo que no marcha en tu forma de llevarlo. Tal vez nosotros consigamos hacerlo mejor.

Greene se echó a reír y, con aspereza, replicó:

—¡Jodidos italianos! Os hago un favor empleando a

Freddie, cuando estáis en apuros, y ahora queréis echarme. Pero no lo conseguiréis. No soy nada dócil y, además, tengo amigos que me apoyarán.

Michael siguió mostrándose razonable:

—Si empleaste a Freddie fue porque la familia Corleone te dio dinero para terminar tu hotel. Y porque financió tu casino. Y porque la familia Molinari, de la Costa, garantizó la seguridad de mi hermano y te prestó algunos servicios. Todo ello a cambio de emplear a Freddie. Así pues, la familia Corleone y tú estáis en paz. No sé a qué viene tanta irritación. Estamos dispuestos a comprar tu parte, Moe, y serás tú quien fije el precio. Si es razonable, lo aceptaremos. Entonces, ¿qué hay de malo en ello? Teniendo en cuenta que tu casino pierde dinero, creo que te hacemos un favor.

Greene sacudió la cabeza y dijo:

—La familia Corleone ya no tiene el poder de otros tiempos. El Padrino está enfermo. En cuanto a ti, todas las Familias de Nueva York quieren cazarte. ¡Y todavía piensas asustarme! Voy a darte un buen consejo, Mike: no hagas tonterías.

Michael, lentamente y con voz tranquila, preguntó:

—¿Por eso pensaste que podías abofetear impunemente a Freddie en público?

Tom Hagen, alarmado, miró a Freddie, que palideció y dijo:

—La cosa no tuvo importancia, Mike. Moe es muy impulsivo, ¿sabes? A veces se le va la mano. Pero nos llevamos muy bien, ¿no es cierto, Moe?

—Desde luego —respondió Greene en tono cauto—. En ocasiones tengo que pegar alguna que otra bofetada, para que las cosas marchen. Me enfadé con Freddie porque se entendía con todas las camareras, que se distraían demasiado del trabajo cuando habían pasado por sus manos. Tuvimos una pequeña discusión y lo obligué a sincerarse conmigo...

Michael, impasible, preguntó a su hermano:

—¿Y tú hablaste, Freddie?

Freddie miró a su hermano menor con hosquedad, pero no respondió. Greene se echó a reír y dijo:

—El muy cabrón se las llevaba a la cama de dos en dos. ¡Le gustan los bocadillos, al parecer! Realmente, Freddie, me jugaste muy malas pasadas. Nada ni nadie conseguía hacerlas felices después de que te las habías llevado a la cama.

Hagen se dio cuenta de que aquello había pillado por sorpresa a Michael. Ambos se miraron. Esa debía de ser la verdadera razón de que el Don estuviese disgustado con Freddie. Don Corleone era, en cuestiones sexuales, muy estricto; y el que Freddie hiciese el amor con dos mujeres a la vez era, para él, un signo de depravación. Además, el hecho de permitir que un hombre como Moe Greene lo humillara en público constituía una falta de respeto hacia la familia Corleone. Eso también explicaría, al menos en parte, el porqué de la actitud del Don con respecto a Freddie.

Michael se levantó de su silla y, en tono perentorio, dijo a Greene:

—Tengo que regresar a Nueva York mañana. Así, pues, piensa en el precio.

Furioso, Greene vociferó:

—¿Es que te has creído que puedes manejarme como a un niño, hijo de puta? He matado muchos hombres en mi vida, para dejarme asustar por un tipejo como tú. Iré a Nueva York a hablar personalmente con el Don. Le haré una oferta.

Sin poder ocultar su nerviosismo, Freddie dijo a Tom Hagen:

—Eres el *consigliere*, Tom. Debes hablar con el Don y aconsejarlo en este asunto.

Fue entonces cuando Michael descubrió su actual personalidad a los dos hombres de Las Vegas.

—El Don está casi retirado —explicó—. Soy yo quien lleva los asuntos de la Familia. Y he destituido a Tom de su puesto de *consigliere*. Ahora será únicamente mi abogado en Las Vegas. Dentro de un par de meses se vendrá a vivir aquí con su familia y empezará a ocuparse de los aspectos legales del negocio. Así, pues, lo que tengáis que decir, decídmelo a mí.

Nadie respondió. En tono grave, Michael prosiguió:

—Tú eres mi hermano mayor, Freddie, y como a tal te respeto. Pero no vuelvas a apoyar a nadie en contra de la Familia. Y quiero que sepas que no diré una sola palabra al Don. En cuanto a ti, Moe, no insultes a quienes tratan de ayudarte. Harías mejor utilizando tus energías en intentar descubrir por qué el casino pierde dinero. La familia Corleone ha invertido mucho dinero aquí, y la inversión, por ahora, no es rentable. Sin embargo, te tiendo mi mano. Ahora bien, si no quieres aceptar mi ayuda, allá tú; yo no puedo hacer nada más al respecto.

Durante toda la conversación, Michael no alzó la voz en ningún momento. No obstante, sus palabras habían ejercido un poderoso efecto sobre Greene y Freddie. Michael miró a ambos, mientras se levantaba de su silla, indicando con ello que la reunión había terminado. Entonces Hagen abrió la puerta, y Moe Greene y Freddie Corleone salieron sin despedirse.

A la mañana siguiente Michael Corleone recibió la respuesta de Moe Greene: su parte no estaba en venta. Fue Freddie quien llevó el mensaje. Michael se encogió de hombros y dijo a su hermano:

—Quiero ver a Nino antes de mi regreso a Nueva York.

En la habitación de Nino, encontraron a Johnny Fontane sentado en el sofá, tomando su desayuno. Detrás de las echadas cortinas del dormitorio, Jules examinaba a Nino.

A Michael le sorprendió el aspecto de Nino. Tenía los ojos apagados, los labios descoloridos, y estaba mortalmente pálido. Michael se sentó en el borde de la cama y dijo:

—Me alegro de verte, Nino. El Don siempre me pregunta por ti.

—Dile que me estoy muriendo —repuso Nino con una sonrisa—. Comunícale de mi parte que el negocio del espectáculo es más peligroso que el del aceite de oliva.

—Te pondrás bien —lo tranquilizó Michael—. Si hay algo que la Familia pueda hacer por ti, házmelo saber.

—Nada, Mike, nada en absoluto.

Michael siguió charlando durante unos momentos con Nino, y luego salió de la habitación. Freddie lo acompañó hasta el aeropuerto, pero Michael no quiso que aguardara la salida del avión. Mientras subía a bordo con Tom Hagen y Albert Neri, Michael se volvió hacia este último y le preguntó:

—¿Te fijaste bien en él?

Neri se tocó la frente y respondió:

—A Moe Greene lo llevo grabado aquí.

28

Durante el viaje de vuelta a Nueva York, Michael Corleone se relajó y trató de dormir. Fue inútil. Se acercaba el período más difícil y tal vez peligroso de su vida, y nada podía hacer para demorarlo. Tras dos años de preparativos, todo estaba dispuesto, todas las precauciones habían sido tomadas. La semana última, cuando el Don anunció formalmente a sus *caporegimi* y a otros miembros de la Familia que se retiraba, Michael supo que esa era la forma que había escogido su padre para decirle que había llegado el momento.

Hacía casi tres años que había regresado a casa, y habían transcurrido más de dos desde que se casara con Kay. Aquellos tres años los había invertido en estudiar los negocios de la Familia. Había pasado muchas horas al lado de Tom Hagen y del Don. Ahora que lo conocía, le maravillaba el poder de la familia Corleone, así como su enorme riqueza. Poseía muchos y valiosos inmuebles en la ciudad de Nueva York, tenía intereses en dos financieras de Wall Street, en diversos bancos de Long Island y en algunos grandes almacenes, además de invertir en el negocio ilegal del juego.

Pero lo que le pareció más interesante, al examinar las pasadas transacciones de la familia Corleone, fue que poco después de la guerra ésta hubiera recibido dinero de un grupo de falsificadores de discos. Éstos fabricaban y vendían discos de artistas famosos, y la falsificación, tanto del disco como de la cubierta, era tan perfecta que nunca los descubrieron. Naturalmente, de tales discos los artistas no recibían un solo centavo, como así tampoco las casas discográficas. Michael Corleone se dio cuenta de que Johnny Fontane había dejado de ganar mucho dinero debido a dichas falsificaciones, pues en aquel entonces, poco antes de perder la voz, sus discos eran los más vendidos en todo el país.

Habló de ello con Tom Hagen y le preguntó cómo había permitido el Don que estafaran a su ahijado. Hagen se encogió de hombros. Los negocios eran los negocios. Además, por aquel tiempo Johnny Fontane estaba en la lista negra del Don, a quien le había disgustado profundamente que se hubiera divorciado de su primera esposa para casarse con Margot Ashton.

—¿Y a qué fue debido que dejaran de falsificar discos? —inquirió Michael—. ¿Es que la policía los descubrió?

—No. El asunto terminó en cuanto el Don retiró su protección a los falsificadores, inmediatamente después de la boda de Connie.

Era una pauta que se repetía a menudo, según observaría Michael: el Don terminaba ayudando a aquellos que se encontraban en dificultades que él mismo había colaborado a crear. Tal vez no hubiera en ello ni malicia ni mala intención, sino que quizá se debiera a la gran variedad de intereses de los Corleone o a la misma naturaleza del universo, en el que el bien y el mal se mezclan y confunden.

Michael se había casado con Kay en Nueva Inglaterra. Había sido una boda discreta a la que sólo habían asistido los familiares y algunos amigos íntimos. Luego se habían instalado en una de las casas de la finca de Long Beach, y Michael pronto se dio cuenta, con agrado, de lo bien que Kay se llevaba con su madre y el Don, así como con todos los habitantes de la finca. Pero lo más curioso fue que Kay quedó embarazada enseguida, como cualquier buena esposa italiana, lo que contribuyó a que todos le tomaran mayor simpatía. Y ahora esperaba su segundo hijo.

Kay estaría aguardándolo en el aeropuerto. Siempre lo hacía, y a Michael le gustaba, pues ella se mostraba enormemente feliz en cada reencuentro. En esta ocasión, sin embargo, hubiera preferido que su esposa no hubiese ido a esperarlo, pues el fin del viaje señalaría el momento de entrar en acción, algo que temía desde hacía tres años. También el Don estaría aguardándolo, en casa, así como los *caporegimi*. Había llegado la hora de que él, Michael Corleone, diera las órdenes y tomara las decisiones que decidirían su destino y el de la Familia.

Cada mañana, cuando Kay Adams Corleone se levantaba para alimentar al bebé, veía a Mamá Corleone, la esposa del Don, salir de la finca en compañía de uno de los guardaespaldas, para regresar una hora después. No tardó en enterarse de que su suegra iba todas las mañanas a la iglesia. Y a la vuelta, muchos días, se detenía en casa de Michael y Kay, para tomar café y, claro está, ver a su nietecito.

Mamá Corleone siempre preguntaba a Kay por qué no se decidía a convertirse al catolicismo, ignorando que el hijo de Kay ya había sido bautizado en la religión protestante. Kay aprovechó una de esas ocasiones para preguntarle por qué iba cada día a la iglesia, y si ello era obligatorio para los católicos.

Como si pensase que esa supuesta asistencia diaria obligatoria era lo que impedía a Kay convertirse, la anciana le dijo:

—De ningún modo, querida. Algunos católicos acuden a la iglesia sólo el día de Pascua y el de Navidad. Cada uno va solamente cuando lo desea.

Kay se echó a reír y quiso saber:

—¿Por qué, entonces, usted va todas las mañanas?

—Voy por mi marido —repuso Mamá Corleone, y señalando hacia abajo con el dedo, añadió—: para que no vaya al infierno. Cada día rezo por su alma, para que Dios la acoja en su gloria.

La anciana había pronunciado estas palabras en tono convencido y con una astuta sonrisa en los labios, como si, en cierto modo, con sus plegarias trastornara la voluntad de su marido, o como si la suya fuera una causa perdida. Y, como siempre que el Don no estaba presente, había en su voz una cierta falta de respeto hacia él.

—¿Y cómo está su marido? —preguntó Kay.

—Ya no es el mismo de antes —respondió Mamá Corleone—. Deja que Michael haga todo el trabajo, y él se limita a ocuparse de su huerto, de sus pimientos y de sus tomates, como si todavía fuera un campesino. Pero ya se sabe; son cosas de la edad.

Por las mañanas Connie Corleone solía ir con sus dos hijos a charlar con Kay. A ésta le caía muy bien su cuñada, siempre tan vivaz y alegre. Además, parecía tener mucho cariño a Michael. Connie le había enseñado a Kay a preparar algunos platos italianos que encantaban a su hermano, y a veces solía traer algo de lo que había cocinado para que éste lo probara.

Connie siempre le preguntaba a Kay qué opinaba Michael de Carlo, su marido. ¿Estaba contento de él? Desde el primer momento Carlo Rizzi había tenido pequeños problemas con la Familia, pero últimamente parecía haberse convertido en otro hombre. Desempeñaba muy bien su tarea en el sindicato, pero tenía que trabajar tantas horas... Carlo sentía mucha simpatía hacia Michael, solía repetir Connie. Todo el mundo sentía simpatía hacia Michael, así como hacia su padre. Michael era el verdadero Don, y sería para todos una gran suerte que fuera él quien se ocupara del negocio de importación de aceite de oliva de la Familia.

Kay había observado que cuando Connie hablaba de su marido en relación con los Corleone, esperaba ansiosamente alguna palabra de aprobación para Carlo. Kay habría tenido que ser estúpida para no darse cuenta de la tremenda preocupación de Connie por saber si Michael estaba o no satisfecho con su esposo. Una noche habló de ello con Michael y mencionó el hecho de que nadie hablara de Sonny Corleone, en su presencia al menos. En cierta ocasión, Kay trató de expresar su condolencia al Don y a su esposa, quienes fingieron no haber oído sus palabras. Y otra vez intentó que Connie le hablara de Sonny, pero tampoco tuvo éxito.

La esposa de Sonny, Sandra, se había trasladado con sus hijos a Florida, donde residían los padres de ella. La Familia le pasaba una pensión que le permitía vivir confortablemente, ya que Sonny apenas si había dejado patrimonio propio.

De mala gana, Michael le explicó lo ocurrido la noche en que habían asesinado a Sonny. Le dijo que Carlo había pegado a su esposa, quien telefoneó a Sonny, que, ciego de ira, había corrido a casa de Connie. Por ello, Connie y Carlo temían que la Familia les culpara de ser los causantes indirectos de la muerte de Sonny. Pero al parecer no era así. La prueba estaba en que les habían dado una casa en la finca y, además, a Carlo le había sido confiado un empleo de responsabilidad en el sindicato. Y Carlo se había convertido en otro hombre. Había dejado de beber y de ir con mujeres. La Familia estaba satisfecha de su trabajo y de su conducta en los últimos dos años. Nadie lo culpaba de lo sucedido.

—¿Por qué, entonces, no los invitas a cenar alguna noche, y aprovechas la ocasión para tranquilizar a tu hermana? La pobre está siempre tan nerviosa por lo que puedas pensar de su marido... Dile que se olvide de esas preocupaciones tontas.

—No puedo hacerlo, Kay. En nuestra familia no hablamos de esas cosas.

—¿Quieres que le transmita lo que acabas de decirme? —preguntó Kay.

A Kay le extrañó que Michael meditara tanto la respuesta, que para ella era absolutamente clara. Finalmente, Michael dijo:

—No creo que debas hacerlo, Kay. No serviría de nada. Connie seguiría preocupándose exactamente igual. Es algo que no tiene remedio.

Kay no salía de su asombro. Consciente de que Michael siempre se mostraba algo frío con Connie, a pesar del afecto que ésta le demostraba, preguntó:

—¿Acaso culpas a Connie de la muerte de Sonny?

—Desde luego que no. Es mi hermana menor y la quiero. Siento pena por ella. Carlo se ha reformado, pero no es el marido adecuado para mi hermana... Y ahora, no pienses más en ello.

A Kay no le gustaba insistir, y no lo hizo. Además, sabía que la machaconería de nada servía con Michael, quien acabaría mostrando, si pretendía sonsacarle, una muy desagradable frialdad. Por otra parte, Kay sabía que ella era la única persona del mundo capaz de doblegar su voluntad, pero no ignoraba que si lo hacía demasiado a menudo perdería todo su ascendiente sobre él. Y sus dos años de vida en común le habían hecho amarle aun más.

Le amaba porque siempre se mostraba gentil, no sólo con ella, sino con todo el mundo. Y nunca cometía arbitrariedades, ni siquiera en cosas de poca importancia. Había observado que ahora era un hombre poderoso, y que mucha gente acudía a su casa para hablar con él y pedirle favores, tratándole con deferencia y respeto. Pero una cosa le había sorprendido más que cualquier otra.

Desde el mismo momento en que Michael regresó de Sicilia, todos los miembros de la Familia habían intentado convencerlo de que se hiciera operar el lado izquierdo de la cara. La madre de Michael, sobre todo, no cesaba de insistir en ello. Un domingo, mientras todos los Corleone estaban comiendo juntos, la anciana le espetó a Michael:

—Pareces un gángster de película. Hazte operar. Si a ti no te importa, hazlo al menos por tu esposa. Será la única forma de que tu nariz deje de gotear como si fuera la de un irlandés borracho.

El Don, desde la cabecera de la mesa, le preguntó a Kay:

—¿A ti te molesta?

Kay negó con la cabeza. Entonces, el Don dijo a su esposa:

—Michael ya no está a tu cuidado; lo de su cara no es problema que te concierna.

La anciana no volvió a hablar del asunto. No porque temiera a su marido, sino porque habría sido una falta de respeto discutir delante de los demás.

Pero Connie, la favorita del Don, llegó a la mesa desde la cocina, donde preparaba la comida dominical, y dijo:

—Pienso que debería hacerse operar. Antes de que le hirieran, era el más guapo de la familia. Vamos, Mike, di que lo harás.

Michael, como distraído, miró a su hermana. Parecía como si verdaderamente no la hubiera oído. Y no respondió.

Connie se acercó a su padre.

—Oblígalo a hacerlo —rogó al Don.

Al pronunciar estas palabras, las manos de Connie descansaban sobre los hombros de su padre. Era la única persona que podía permitirse tales familiaridades con el Don. El afecto que sentía por su padre era conmovedor. El Don acarició una de las manos de Connie y dijo:

—Todos tenemos mucha hambre. Trae los espaguetis a la mesa, y luego hablaremos.

Pero Connie se volvió hacia su marido para pedirle:

—Díselo tú, Carlo. Dile que se haga operar. Tal vez a ti te escuche.

El tono de su voz hacía suponer que entre Michael y

Carlo Rizzi existía una relación amistosa más íntima que entre Michael y cualquier otro de los presentes.

Carlo, con la tez bronceada y el cabello muy bien cortado y peinado, bebió un sorbo de vino casero y dijo:

—Nadie puede decirle a Mike lo que debe hacer.

Desde que vivía en la finca Carlo era, en efecto, otro hombre. Sabía qué lugar ocupaba en la Familia, y sabía mantenerse en él.

En todo aquello, sin embargo, había algo que Kay no entendía, algo que escapaba totalmente a su comprensión. Como mujer se daba cuenta de que Connie trataba deliberadamente de encandilar a su padre; sus mimos parecían sinceros, pero no eran espontáneos. En cuanto a Carlo, su respuesta se la había dictado su cerebro, no su corazón. Y Michael había hecho caso omiso de los comentarios de ambos.

A Kay no le preocupaba que su marido tuviera el rostro desfigurado, pero sí lo de su nariz. La cirugía arreglaría ambas cosas. En consecuencia, deseaba que Michael se hiciera operar. Extrañamente, sin embargo, deseaba al mismo tiempo que su cara siguiera siendo deformada. Y estaba segura de que el Don la comprendía muy bien.

Después del nacimiento de su primer hijo, Kay oyó sorprendida que Michael le preguntaba:

—¿Quieres que me haga operar?

Kay respondió que sí y añadió:

—Es por los niños, ¿sabes? Tu hijo hará preguntas, cuando tenga edad suficiente para comprender que lo de tu cara no es normal. En fin, preferiría que eso no ocurriera. A mí, personalmente, no me importa, Mike. Créeme.

—De acuerdo —dijo Michael, sonriendo—. Me haré operar.

La operación fue un éxito. En su mejilla apenas si se apreciaba una leve cicatriz.

Toda la Familia se alegró del nuevo aspecto de Michael, y Connie más que nadie. Iba diariamente a ver a Michael al hospital, llevando con ella a Carlo. Cuando Michael regresó a su casa, su hermana lo abrazó y besó cariñosamente y, en tono de admiración, le dijo:

—Ahora ya vuelves a ser mi hermano guapo.

Sólo el Don permaneció impasible. Encogiéndose de hombros, comentó:

—¿Y cuál es la diferencia?

Kay, por su parte, estaba contenta. Sabía que Michael se había hecho operar contra sus deseos. Lo había hecho porque ella se lo había pedido. Y ella sabía que ninguna otra persona en el mundo habría sido capaz de hacerlo actuar en contra de su voluntad.

La tarde en que Michael debía regresar de Las Vegas, Rocco Lampone fue a la finca a recoger a Kay, para que ésta fuese a recibir a su marido al aeropuerto. Siempre lo hacía cuando éste llegaba de viaje, sobre todo porque se sentía muy sola en aquella especie de fortaleza.

Le vio bajar del avión acompañado de Tom Hagen y Albert Neri. A Kay, el nuevo «empleado» no le hacía mucha gracia, ya que le recordaba demasiado a Luca Brasi. El rostro de Neri expresaba la misma tranquila ferocidad que el del fallecido Luca. Ahora, bajaba detrás de Michael, y su penetrante mirada iba de un lado a otro, intentando descubrir cualquier movimiento sospechoso por parte de quienes aguardaban la llegada de los viajeros. Fue precisamente Neri el primero en advertir la presencia de Kay, y así se lo indicó a Michael.

Kay corrió a echarse en brazos de su marido, quien le dio un rápido beso. Luego, él, Tom Hagen y Kay entraron en el coche conducido por Rocco Lampone. Albert Neri había desaparecido.

Sin que ella se apercibiera, Neri había subido a otro coche, en el que ya había dos hombres, que los siguió hasta llegar a Long Beach.

Kay no le preguntó a Michael cómo le había ido en Las Vegas. Habría estado fuera de lugar, pues antes de casarse habían acordado que ella nunca se mostraría interesada en la marcha de los negocios de Michael. Pero cuando éste le dijo que tendría que hablar largamente con su padre aquella misma noche, para informarle de su viaje, Kay no pudo evitar un gesto de desencanto.

—Lo siento —dijo Michael—. Mañana por la noche iremos a Nueva York a cenar y a ver algún espectáculo, ¿de acuerdo? —Le puso una mano sobre el vientre, ella estaba en su séptimo mes de embarazo, y añadió—: Cuando nazca el niño volverás a encontrarte muy atada. ¡Diablos! Dos niños en dos años... Eres más italiana que yanqui.

En tono de reproche, Kay replicó:

—Y tú eres más yanqui que italiano. Tu primera noche en casa, después de varios días de ausencia, y tienes que dedicarla precisamente a los negocios. ¿Te parece bien? —Hizo una pausa y, con una sonrisa, añadió—: ¿Volverás muy tarde?

—Antes de medianoche —respondió Michael—. Si estás cansada, no hace falta que me esperes.

—Te esperaré —dijo Kay.

En la reunión de aquella noche, que tuvo lugar en la biblioteca de la casa de Don Corleone, estaban presentes éste, Michael, Tom Hagen, Carlo Rizzi y los dos *caporegimi*, Clemenza y Tessio.

La atmósfera no era tan amistosa como solía serlo en otros tiempos. Don Corleone había anunciado que prácticamente se retiraba y que Michael se haría cargo de los negocios de la Familia; y no todos estaban satisfechos con ello. La sucesión en el control de una organización tan vasta como la Familia, en modo alguno era hereditaria. En cualquier otra Familia, unos *caporegimi* poderosos, como sin duda lo eran Clemenza y Tessio, habrían podido aspirar a convertirse en Don. O, cuando menos, se les habría permitido formar su propia Familia.

Además, desde el día en que Don Corleone concertó la paz con las Cinco Familias, el poder de la Familia había declinado. La familia Barzini era ahora, sin disputa, la más poderosa del área de Nueva York. Aliada con los Tattaglia, ocupaba la posición que hasta entonces había pertenecido a los Corleone. Por otra parte, procuraban minar, cada día más, el poder de los Corleone, introduciéndose en su terreno y aprovechando el hecho de que éstos no reaccionaban ante ninguna de sus provocaciones.

A los Barzini y a los Tattaglia les encantó la noticia del retiro del Don. A Michael, por formidable que fuera, le llevaría al menos diez años igualar a su padre en astucia e influencia. La familia Corleone entraba definitivamente en su ocaso.

En efecto, los Corleone habían sufrido algunos reveses y desgracias muy serios. Freddie había demostrado ser sólo un mandado, aparte de un follador compulsivo. La muerte de Sonny había sido, también, un verdadero desastre. Sonny, que era un hombre con quien había que andarse con cuidado, había cometido el grave error de enviar a su hermano menor, Michael, a matar a Sollozzo y al capitán de policía. Por supuesto que el asesinato de los dos hombres había sido necesario desde el punto de vista táctico, pero también había resultado, a más largo plazo, una tremenda equivocación. Entre otras cosas, porque obligó al Don a levantarse de su lecho de enfermo, y privó a Michael de dos años de aprendizaje bajo la tutela de su padre. Por lo demás, el escoger a un irlandés para el cargo de *consigliere* había constituido la mayor locura que el Don había cometido en su vida. Ningún irlandés podía igualar en astucia a un siciliano. Así opinaban todas las Familias, que, por descontado, sentían más respeto hacia la alianza Barzini-Tattaglia, que hacia los Corleone.

De Michael se opinaba que no tenía la energía de

Sonny, y si bien superaba a éste en inteligencia, jamás llegaría, desde luego, a igualar a su padre. En conjunto, se le consideraba un sucesor mediocre al que no había por qué temer en exceso.

Además, y si bien el Don era generalmente admirado por su habilidad de estadista a la hora de buscar la paz, el que no hubiera vengado la muerte de Sonny había hecho que la Familia perdiera buena parte del respeto que siempre había inspirado. Se consideraba que la diplomacia de Don Corleone había sido fruto de la debilidad.

Todo esto lo sabían los hombres que estaban sentados en la biblioteca de la casa del Don, y hasta cabía la posibilidad de que algunos creyeran que en efecto era así. Carlo Rizzi apreciaba a Michael, pero no le temía tanto como había temido a Sonny. Clemenza, a pesar de que admiraba la bravura de Michael en el asunto de Sollozzo y McCluskey, no podía evitar pensar que era demasiado suave para ser Don. Clemenza había esperado que le concederían autorización para formar su Familia y de ese modo crear un imperio propio independiente del de los Corleone. Pero el Don había dicho que ello no era posible, y Clemenza respetaba demasiado al Don para atreverse a desobedecerlo. A menos, claro está, que la situación se hiciera intolerable.

Tessio tenía mejor opinión de Michael. Había visto algo más en el joven hijo del Don: una fuerza que mantenida prudentemente oculta, de acuerdo con el precepto del Don, según el cual los amigos siempre debían subestimar las virtudes de uno, mientras que los enemigos debían sobrevalorar los defectos.

El Don y Tom Hagen sabían valorar a Michael de la forma adecuada. El Don nunca se habría retirado si no hubiese tenido una fe absoluta en la habilidad de su hijo para recuperar la posición perdida de la Familia. Hagen, por su parte, había sido el profesor de Michael durante los dos últimos años, y estaba sorprendido de la rapidez con que su joven hermanastro había aprendido las mil complejidades de los negocios de la Familia. Era digno hijo de su padre.

Clemenza y Tessio estaban molestos con Michael, porque éste había recortado el poder de sus *regimi* y no había reorganizado el de Sonny. La familia Corleone, en efecto, sólo contaba con dos «divisiones de combate», ambas menos numerosas que tiempo atrás. Clemenza y Tessio consideraban esto como un suicidio, especialmente teniendo en cuenta las continuas provocaciones de los Barzini-Tattaglia, que por otra parte crecían en todos los sentidos. Ambos *caporegimi* confiaban en que tales errores se corregirían en el curso de la reunión extraordinaria convocada por el Don.

Michael empezó por relatar su viaje a Las Vegas y la negativa de Moe Greene de aceptar su propuesta.

—Pero le haremos una oferta que no podrá rechazar —sentenció Michael—. Ninguno de los aquí presentes ignora que la familia Corleone piensa trasladar al Oeste su campo de operaciones. En Las Vegas tenemos cuatro hoteles-casino. Pero el traslado no podrá hacerse de inmediato. Necesitamos tiempo para arreglar los detalles. —Dirigiéndose directamente a Clemenza, prosiguió—: Tú y Tessio debéis estar a mi lado durante un año, sin hacer preguntas y sin reservas de ninguna clase. Transcurridos los doce meses, ambos podréis separaros de los Corleone y formar vuestra propia Familia. Por supuesto, no es necesario que os diga que nuestra amistad no se resentiría; si pensara otra cosa, ello constituiría un insulto a vosotros y al respeto que sentís hacia mi padre. Ahora bien, durante un año quiero que sigáis mis órdenes. Y no os preocupéis. Se está haciendo lo necesario para resolver ciertos problemas que en vuestra opinión son insolubles. Así, pues, os ruego que tengáis un poco de paciencia.

—Si Moe Greene quería hablar con tu padre —dijo Tessio— ¿por qué no se lo permitiste? El Don siempre ha logrado persuadir a todo el mundo; nadie ha sido capaz de resistirse a sus razonamientos.

Fue el propio Don quien contestó a Tessio:

—Yo me he retirado. Si yo interviniera, Michael perdería respeto. Y, además, con Moe Greene prefiero no tener que hablar.

Tessio recordó haber oído decir que Moe Greene había abofeteado a Freddie una noche en el hotel de Las Vegas. Empezó a comprender. Moe Greene era hombre muerto, pensó. La familia Corleone no deseaba persuadirlo.

—¿Es que la familia Corleone dejará de operar por completo en Nueva York? —quiso saber Carlo Rizzi.

—Vamos a vender el negocio del aceite de oliva —dijo Michael—. Traspasaremos todo lo que podamos a Clemenza y a Tessio. Pero no quiero que te preocupes por tu empleo, Carlo. Te criaste en Nevada, por lo que conoces bien el estado y a su gente. Cuando estemos allí, tú serás mi brazo derecho.

Carlo se echó hacia atrás en su sillón. Su rostro reflejaba la satisfacción que lo embargaba. Su momento estaba a punto de llegar. En un futuro muy próximo se movería en las altas esferas de la Familia.

—Tom Hagen ya no es *consigliere* —prosiguió Michael—. Será nuestro abogado en Las Vegas. Dentro de un par de meses se trasladará allí, ya de forma permanente, con su familia. Desde este mismo momento, que nadie lo busque para nada que no esté relacionado con leyes ni piense en él más que como abogado. Quiero que sea tal y como he dicho. Además, cuando necesite un consejo, ¿quién podrá dármelo mejor que mi padre?

Todos se echaron a reír. Pero todos, a pesar del tono jocoso de Michael, comprendieron. Tom Hagen quedaba al margen; ya no tenía poder alguno. Los presentes miraron disimuladamente a Hagen, en un intento de descubrir la reacción del ya ex *consigliere*, pero el rostro de éste permanecía impasible.

—Así, pues —intervino Clemenza—, dentro de un año seremos nuestros propios patrones, ¿no?

—Tal vez antes —contestó Michael—. Naturalmente, podréis seguir formando parte de la Familia, si así lo preferís. Pero nuestra fuerza estará casi por completo en el Oeste, y por eso pienso que quizá prefiráis independizaros.

—En ese caso —dijo Tessio—, creo que deberías darnos permiso para reclutar nuevos hombres para nuestros *regimi*. Los Barzini no dejan de meterse en mi territorio. Creo que deberíamos darles una lección de urbanidad.

Michael sacudió la cabeza y dijo:

—No, no estoy de acuerdo. Limítate a permanecer quieto. Todo quedará arreglado antes de irnos a Las Vegas.

Tessio no pareció muy satisfecho. Se dirigió directamente al Don, arriesgándose a provocar el enfado de Michael:

—Perdóname, Padrino, pero pienso que tú y Michael os equivocáis en esto de Nevada. ¿Cómo podéis pensar en triunfar allí, sin la fuerza que aquí os respalda? Las dos cosas van juntas. Cuando os marchéis, los Barzini y los Tattaglia serán demasiado fuertes para nosotros. Pete y yo tendremos problemas, y más tarde o más temprano nos aplastarán. Y Barzini no me cae nada bien. Yo digo que la familia Corleone no debe trasladarse a Las Vegas por debilidad, sino con todo el poder que ha tenido en los últimos años. Deberíamos reforzar nuestros *regimi* y recuperar los territorios perdidos, al menos en Staten Island.

El Don negó con la cabeza y repuso:

—Recuerda que fui yo quien dio los primeros pasos para concertar la paz; no puedo faltar a mi palabra.

Tessio no parecía dispuesto a dar el brazo a torcer.

—Todo el mundo sabe que Barzini no ha dejado de provocarte desde entonces —dijo—. Y además, si Michael es el nuevo jefe de la Familia, ¿qué o quién lo privará de obrar como crea necesario? Tu palabra, en un sentido absoluto, no puede obligarlo.

En tono áspero, y muy en su papel de jefe, Michael interrumpió a Tessio:

—Las cosas que ahora se están negociando resolverán todas las dudas que puedas tener. Si mi palabra no te basta, pregúntale al Don.

Tessio comprendió que había ido demasiado lejos. Si se atrevía a preguntar al Don, Michael se convertiría en su enemigo. Por ello, el *caporegime* se limitó a decir:

—Hablaba por el bien de la Familia, no por el mío. Sé cuidarme perfectamente.

Michael le dirigió una amistosa sonrisa.

—Jamás he dudado de ti, Tessio, y tampoco dudo ahora. Naturalmente, sé que tú y Pete poseéis una experiencia de la que yo carezco, pero tengo la gran suerte de contar con la ayuda y los valiosos consejos de mi padre. Veréis que no lo hago del todo mal. Todo acabará a nuestra entera satisfacción.

La reunión había terminado. La gran noticia era que Clemenza y Tessio podrían formar sus propias Familias. Tessio controlaría el juego y los muelles de Brooklyn; Clemenza, el juego de Manhattan y los contactos de la Familia en las carreras de caballos de Long Island.

Los dos *caporegimi*, a pesar de todo, no estaban plenamente satisfechos. Algo indefinible les inquietaba. Carlo Rizzi salió convencido de que el momento en que empezaría a ser tratado como un verdadero miembro de la Familia aún no había llegado. En la biblioteca dejó al Don, a Tom Hagen y a Michael. Albert Neri lo acompañó fuera de la casa, y Carlo observó que permanecía de pie junto a la puerta, mirándolo atravesar la finca.

En la biblioteca, los tres hombres se relajaron como sólo pueden hacerlo quienes llevan años viviendo juntos en la misma casa, en el seno de la misma familia. Michael sirvió una copa de anís al Don y un poco de whisky a Tom

Hagen. También se preparó algo de beber para sí, pese a que no tenía por costumbre tomar licores.

Tom Hagen fue el primero en hablar:

—¿Por qué me dejas al margen de todo, Mike?

Michael se mostró sorprendido.

—Serás mi brazo derecho en Las Vegas. Nos pondremos dentro de la ley, y tú serás mi consejero legal. ¿Es que hay algún empleo más importante que ése?

Hagen sonrió con tristeza y dijo:

—No hablo de eso, sino de Rocco Lampone, que está organizando un *regime* secreto sin que me informaras de ello. Hablo de Neri, que está a tus órdenes directas, en lugar de estarlo a las mías o a las de un *caporegime*. A menos, claro está, que no sepas lo que Lampone está haciendo.

—Oye, Tom, ¿cómo te enteraste de lo del *regime* de Lampone?

Hagen se encogió de hombros y respondió:

—No te preocupes, la noticia sigue siendo secreta. Pero desde mi posición puedo ver lo que está sucediendo. Diste a Lampone una enorme libertad de acción, porque necesita hombres que le ayuden a llevar su pequeño imperio. Pero se me debe informar de todos y cada uno de los hombres que reclute. Y observo que todos los de su nómina son un poco demasiado buenos para el trabajo a que se les destina, así como que cobran unos salarios más elevados de lo normal. Acertaste al contratar a Lampone, Michael. Está actuando a la perfección.

—No tan perfecto, si te fijaras bien —señaló Michael, sonriendo—. De todos modos, fue el Don quien fichó a Lampone.

—De acuerdo —convino Tom—. Y ahora dime, ¿por qué se me deja al margen?

Michael miró fijamente a Tom, y, sin el menor titubeo, contestó:

—No eres el *consigliere* adecuado para tiempos de guerra, Tom. Las cosas tal vez se pongan difíciles, y hasta es muy probable que tengamos que luchar. Y no quiero que estés en la línea de fuego. Por si acaso, ¿sabes?

Hagen se sonrojó. Si el Don le hubiese dicho lo mismo, lo hubiera aceptado humildemente, pero ¿quién diablos era Michael para emitir un juicio tan tajante?

—Bien —dijo Tom—, pero da la casualidad de que opino igual que Tessio. También pienso que sigues un camino equivocado. El traslado a Las Vegas se hará por debilidad, no por otra cosa. Y eso no puede dar buenos resultados. Barzini es como un lobo, y si lanza dentellada tras dentellada, las otras Familias no correrán a ayudar a los Corleone.

Finalmente, el Don se decidió a hablar.

—Todo esto no es cosa de Michael, Tom —dijo—. Él se limita a seguir mis consejos. Es posible que haya que hacer cosas de las que no quiero responsabilizarme. Ése es mi deseo, no el de Michael. Yo nunca he pensado que fueras un mal *consigliere*. En cambio, sí pensaba que Santino, que Dios tenga en su gloria, sería un mal Don. Tenía buen corazón, pero en ocasión de mi accidente demostró que no era el hombre adecuado para dirigir los asuntos de la Familia. ¿Y quién iba a pensar que Fredo se convertiría en un lacayo de las mujeres? Así, pues, te ruego que no estés resentido. Michael cuenta con toda mi confianza, lo mismo que tú. Por razones que no debes saber, no tomarás parte en lo que pueda suceder. Pero, mira, en lo referente al *regime* de Lampone, le dije a Michael que te darías cuenta. Eso demuestra que tengo fe en ti.

Michael se echó a reír.

—Francamente, Tom, no pensé que te dieras cuenta.

Hagen sabía que le estaban dando coba.

—Tal vez pueda ayudar —balbució.

Michael negó con la cabeza y, con voz áspera, dijo:

—Te repito que quedas al margen, Tom.

Tom Hagen terminó su whisky y, antes de abandonar la estancia, dirigió un leve reproche a Michael.

—Eres casi tan bueno como tu padre —le dijo—, pero te falta una cosa por aprender.

—¿Cuál? —preguntó Michael.

—Cómo decir «no» —respondió Hagen.

Gravemente, Michael asintió.

—Tienes razón. Lo recordaré.

Cuando Hagen se hubo marchado, Michael dijo en tono de broma a su padre:

—Del mismo modo que me has enseñado las demás cosas, enséñame a decir que no a la gente.

El Don fue a sentarse detrás de la enorme mesa y se tomó unos segundos antes de contestar:

—No puedes decir «no» a las personas que aprecias, al menos con frecuencia. Ése es el secreto. Cuando tengas que hacerlo, haz que parezca que dices «sí». Aunque lo mejor es conseguir que sean ellos mismos quienes digan «no». Pero eso es algo que se aprende con el tiempo. De todos modos, yo soy un hombre chapado a la antigua, mientras que tú perteneces a la nueva generación. No me hagas demasiado caso.

Michael se echó a reír y exclamó:

—¡De acuerdo! Sin embargo, te parece bien que Tom quede al margen, ¿no?

—Efectivamente. No debe mezclarse en esto.

—Creo que ha llegado el momento de que te diga que lo que voy a hacer no es sólo en venganza por lo de Apollonia y Sonny —explicó Michael—. Es lo único que cabe hacer. Tessio y Tom tienen razón acerca de los Barzini.

Don Corleone asintió con la cabeza y dijo:

—La venganza es un plato que sabe mejor cuando se sirve frío. Si concerté la paz fue porque sabía que era el único modo de que siguieras con vida. Me sorprende, sin embargo, que Barzini hiciera un nuevo intento contra ti. Quizá la cosa se decidió antes de que se «firmara» la paz y él no pudo evitarlo. ¿Estás seguro de que el objetivo no era Don Tommasino?

—Eso es lo que querían aparentar. Y la cosa les hubiera salido redonda, hasta el punto de que ni siquiera tú hubieses sospechado. Pero resulta que salí con vida. Vi huir a Fabrizzio. Y, naturalmente, desde mi regreso he hecho averiguaciones.

—¿Has encontrado al pastor? —preguntó el Don.

—Sí, lo encontré. Hace un año. Tiene una pizzería de Buffalo, con un nuevo nombre, y un pasaporte y un carné de identidad falsos. A Fabrizzio, el pastor, las cosas parecen irle muy bien.

—Bien. Siendo así, no tiene objeto seguir esperando. ¿Cuándo empezaras?

—Quiero aguardar a que Kay haya dado a luz. Por si algo saliera mal, ¿sabes? Además, para cuando empiece el jaleo Tom tiene que estar en Las Vegas. Así, quedará al margen de todo. Dejaremos pasar un año, más o menos.

—¿Estás preparado para todo? —preguntó el Don, evitando mirar a su hijo.

—Tú no intervendrás —dijo Michael—. No tendrás responsabilidad alguna. La responsabilidad será únicamente mía. Ni siquiera te permitiré ejercer el derecho de veto. Si tratas de hacerlo, abandonaré la Familia y seguiré mi propio camino.

El Don permaneció silencioso durante unos minutos, sumido en sus pensamientos. Luego, sacudiendo la cabeza, dijo:

—De acuerdo. Tal vez es por eso por lo que me he retirado. Ya he cumplido mi misión en la vida. Mis fuerzas, tanto físicas como mentales, ya no son como antes. Y hay algunos trabajos que la mayoría de los hombres no pueden llevar a cabo. De modo que haz lo que estimes conveniente.

En el transcurso de aquel año, Kay Adams Corleone dio a luz al segundo de sus hijos, otro niño. El parto no ofreció dificultades, y cuando Kay regresó a la finca, fue recibida como una auténtica princesa. Connie Corleone regaló al bebé unas prendas de seda, muy bonitas y costosas, confeccionadas en Italia. Dirigiéndose a Kay, le dijo:

—Las encontró Carlo. Recorrió las mejores tiendas de Nueva York, pues nada de lo que yo encontré le gustaba.

Mientras le dedicaba una sonrisa de agradecimiento, Kay pensó que Connie también le contaría la historia a Michael. Evidentemente, Kay empezaba a convertirse en una siciliana.

También durante aquel año, una hemorragia cerebral acabó con la vida de Nino. Su muerte acaparó la primera página de los periódicos sensacionalistas, porque la película que había protagonizado para la productora de Johnny Fontane había sido estrenada unas semanas antes, y estaba siendo un éxito de taquilla. Los periódicos mencionaban el hecho de que Johnny se ocupara de todo lo concerniente a los funerales, que se efectuarían en privado, con la sola asistencia de los familiares y amigos más íntimos. Uno de los periódicos decía que Johnny Fontane se culpaba a sí mismo de la muerte de su amigo, por no haberlo obligado a someterse a tratamiento médico; pero el periodista lo presentaba como un hombre sensible e inocente ante una tragedia que no había podido evitar. Johnny Fontane había convertido a su amigo de la infancia, Nino Valenti, en una estrella del cine, ¿qué más podía esperarse que hiciese?

Ningún miembro de la familia Corleone fue al funeral, celebrado en California, a excepción de Freddie. Asistieron también Jules Segal y Lucy. El Don hubiera querido ir, pero sufrió una leve indisposición cardíaca que le tuvo en cama durante un mes. En cambio, envió una enorme corona de flores. Como representante oficial de la Familia fue Albert Neri.

Dos días después del funeral de Nino, Moe Greene fue muerto a tiros en el apartamento hollywoodiense de una actriz, que era su amante. Albert Neri no volvió a aparecer por Nueva York hasta casi un mes más tarde; se había ido de vacaciones al Caribe, y cuando se reincorporó a su trabajo estaba muy bronceado. Michael Corleone le dio la bienvenida con una sonrisa y unas palabras de agradecimiento. Le dijo también que, a partir de entonces, se le concedían, aparte de lo que ya tenía, los ingresos procedentes de una de las más boyantes oficinas de apuestas ilegales, situada en el East Side. Neri se sentía contento y satisfecho de vivir en un mundo en el que el hombre activo y cumplidor era debidamente recompensado.

29

Michael Corleone había tomado precauciones contra todas las eventualidades imaginables. Sus planes eran perfectos, y sabía ser paciente y meticuloso; esperaba disponer de todo un año para preparar las cosas. Pero el destino intervino, y no de forma favorable. El tiempo se acortó debido a un fallo. Y el que falló fue el Padrino, el gran Don Corleone.

En una soleada mañana de domingo, mientras las mujeres estaban en la iglesia, Don Vito Corleone se puso sus ropas de faena —unos pantalones holgados de color gris, una camisa azul y un viejo sombrero marrón— y se dirigió al huerto. Últimamente, el Don había engordado mucho. Trabajaba en el huerto, decía, para conservar la salud. Pero no conseguía engañar a nadie. Porque la verdad era que le gustaba cultivar sus hortalizas. Se sentía trasladado a la infancia, en Sicilia, sesenta años antes; a una infancia sin temores ni la tristeza que había supuesto para él la muerte de su padre.

Ahora los guisantes presentaban unas hermosas florecillas blancas; y los fuertes y verdes tallos de los cebollinos rodeaban la parcela por completo. En un rincón, había un barril lleno del mejor fertilizante: estiércol de vaca, y cerca de éste se levantaban las espalderas de madera que él mismo había hecho con sus propias manos, y por las cuales subían las tomateras.

El Don se dispuso a regar el huerto. Debía hacerlo antes de que el sol calentara más, pues entonces el agua quemaría las delicadas hojas de las lechugas. El sol era más importante que el agua, por esencial que ésta fuese, y si se los combinaba de forma imprudente podían provocar una verdadera catástrofe.

El Don decidió comprobar si había hormigas en el huerto. Si las había, significaba que las hortalizas tenían piojos, pues las hormigas perseguían a éstos para comérselos. En tal caso, debería espolvorear las plantas con insecticida.

Había regado en el momento preciso. El sol empezaba a calentar, y el Don pensó que había que ser prudente y previsor. Pero entonces se dio cuenta de que había algunas enredaderas que necesitaban varas para dirigirlas. Se inclinó para realizar el trabajo. Cuando terminara con esa hilera, regresaría a la casa.

De pronto pareció como si el sol hubiera bajado a pocos centímetros de su cabeza. El aire estaba lleno de motitas doradas. El Don vio al hijo mayor de Michael cruzar el huerto a la carrera en dirección a él que estaba arrodillado, y le pareció que lo rodeaba una cegadora luz amarilla. Pero el Don no se dejaba engañar; era demasiado viejo para ello. Sabía que detrás de aquella luz cegadora estaba la muerte. Con un ademán, intentó evitar que su nieto se acercara. De pronto, sintió como un fuerte martillazo dentro de su pecho, y le faltó el aire. Cayó de bruces al suelo.

El niño corrió a llamar a su padre. Michael Corleone y algunos hombres que estaban en la entrada de la finca corrieron hacia el huerto y encontraron al Don con las manos y las rodillas en tierra, haciendo un supremo esfuerzo por incorporarse. Lo levantaron y lo condujeron a la sombra. Michael se acuclilló junto a su padre, mientras los otros se ocupaban de llamar a un médico y de pedir una ambulancia.

El Don abrió los párpados, deseoso de ver una vez más a su hijo. Debido al fuerte ataque al corazón, su piel, por lo general rojiza, se había vuelto azulada. Su estado era desesperado. Percibió los olores del huerto, la luz del sol hirió sus ojos, y murmuró:

—¡Es tan hermosa la vida!

Se ahorró la visión de las lágrimas de las mujeres, pues murió antes de que regresaran de la iglesia, incluso antes de la llegada de la ambulancia y el médico. Murió rodeado de hombres, y con las manos del hijo que más había amado entre las suyas.

El funeral fue realmente regio. Las Cinco Familias estuvieron representadas por sus jefes y sus *caporegimi*. También asistieron las Familias de Tessio y Clemenza. Johnny Fontane ocupó la cabecera de determinados periódicos por el hecho de asistir al funeral, a pesar de que Michael le había aconsejado que no lo hiciera. Fontane, en una rueda de prensa, declaró que Vito Corleone era su padrino y la mejor persona que había conocido, y añadió que para él suponía un gran honor que se le permitiera presentar sus últimos respetos a un hombre a quien tanto había admirado.

El velatorio tuvo lugar en la casa de la finca, a la vieja usanza. Amerigo Bonasera efectuó un trabajo perfecto. Abandonó todas sus demás obligaciones y se dedicó de lleno a preparar a su viejo amigo y padrino, con el mismo cuidado con que una madre prepara a su hija para la boda. Todos comentaban el hecho de que ni siquiera la muerte había podido borrar la nobleza y la dignidad de los rasgos del Don, y tales comentarios, como es lógico, llenaron de orgullo a Amerigo Bonasera. Sólo él sabía los ímprobos esfuerzos que había supuesto el dar al Don el mismo aspecto que había tenido en vida.

Al funeral acudieron todos los viejos amigos y servidores. Nazorine, su esposa y su hija, ésta acompañada de su marido y de sus hijos. Desde Las Vegas llegaron Lucy

Mancini y Freddie. También estaba Tom Hagen y su familia. Y los jefes de las Familias de San Francisco y Los Ángeles, Boston y Cleveland. El féretro lo portaban Rocco Lampone, Albert Neri, Clemenza, Tessio y, naturalmente, los hijos del Don. La finca y todas sus casas estaban llenas de coronas y flores.

Fuera de la propiedad esperaban los periodistas y fotógrafos. También había una camioneta en cuyo interior se sabía que varios agentes del FBI filmaban el acontecimiento. Algunos periodistas que lograron introducirse en la finca se encontraron con varios hombres que les cerraron el paso, exigiéndoles que se identificaran y les mostraran la invitación. Y a pesar de que fueron tratados con toda cortesía —incluso les sirvieron refrescos—, no se les permitió entrar en la casa. Intentaron hablar con algunos de los que salían de ésta, pero no consiguieron arrancar de nadie ni una sola sílaba.

Michael Corleone pasó la mayor parte del día en la biblioteca en compañía de Kay, Tom Hagen y Freddie. Recibía muchas visitas, pues todos querían expresarle su condolencia. Michael los recibió a todos con suma cortesía, aun a aquellos que se le dirigieron a él llamándolo Padrino o Don Michael. Kay fue la única en darse cuenta de que en el rostro de su esposo aparecía, cada vez que lo llamaban de cualquiera de esas formas, una leve expresión de disgusto.

Clemenza y Tessio se unieron al pequeño grupo de íntimos, y Michael les sirvió personalmente algo de beber. Se habló algo, no mucho, de negocios. Michael les informó que la finca y todas sus casas serían vendidas a una inmobiliaria. El beneficio sería enorme, lo que demostraba el genio del gran Don.

Todos comprendieron que el imperio Corleone no tardaría en trasladarse al Oeste, que la Familia liquidaría su poder en Nueva York, y que ésta decisión se había demorado hasta el retiro o la muerte del Padrino.

Hacía casi diez años que en la casa no reunía tanta

gente, desde la boda de Constanzia Corleone y Carlo Rizzi, recordó alguien. Michael se acercó a la ventana, dirigió la mirada hacia el jardín, y pensó que mucho tiempo atrás había pasado largos ratos en él, en compañía de Kay, sin sospechar siquiera cuán curioso sería su destino. Y su padre, en sus últimos momentos, había dicho: «¡Es tan hermosa la vida!» Michael nunca había oído a Don Corleone pronunciar ni una sola palabra relacionada con la muerte. Debía de respetarla demasiado para filosofar acerca de la misma.

Llegó el momento de ir al cementerio, el momento de enterrar al gran Don. Del brazo de Kay, Michael salió al jardín y se unió a los que acompañarían el cadáver hasta el cementerio. Detrás de él iban los *caporegimi*, seguidos de sus hombres, y luego toda la gente humilde a la que el Padrino había ayudado en el curso de su vida. El panadero Nazorine, la viuda Colombo y sus hijos e infinidad de personas a las que el Don había mandado con firmeza y justicia. Estaban presentes, incluso, algunos que habían sido sus enemigos, pero que ahora querían rendirle un tributo póstumo.

Michael lo observaba todo con una sonrisa hermética. El largo cortejo no le impresionaba, pero pensaba que si podía morir diciendo: «¡Es tan hermosa la vida!», se sentiría muy satisfecho. Estaba decidido a seguir los pasos de su padre. Lucharía por sus hijos, por su familia, por su mundo. Pero sus hijos crecerían en un mundo diferente. Serían médicos, artistas, científicos. Gobernadores. Presidentes. Lo que quisieran. Procuraría que se integraran en la sociedad, pero él, padre poderoso y prudente, procuraría no perder de vista a esa sociedad.

A la mañana siguiente, los miembros más importantes de la familia Corleone se reunieron en la finca. Fueron recibidos por Michael Corleone. Llenaban casi por completo la espaciosa biblioteca. Estaban los dos *caporegimi*, Clemenza y Tessio; Rocco Lampone, con su aire de hombre razonable y eficiente; Carlo Rizzi, muy tranquilo, como si no le cupiese duda de cuál era su lugar; Tom Hagen, que había abandonado su papel, estrictamente legal, para prestar su concurso a la resolución de la crisis; Albert Neri, que siempre trataba de permanecer lo más cerca posible de Michael, encendiéndole el cigarrillo, preparándole las bebidas, etc., para demostrar su inquebrantable lealtad a pesar del reciente desastre sufrido por la Familia.

La muerte del Don había sido una gran desgracia para todos. Con él parecía haber desaparecido la mitad del poder de los Corleone, que ahora, aparentemente al menos, nada podrían hacer para contrarrestar el creciente poder representado por la alianza Barzini-Tattaglia. Los reunidos se sentían unánimemente pesimistas, y esperaban las palabras de Michael con impaciencia. A sus ojos, éste todavía no era el nuevo Don. No había hecho casi nada para merecer tal posición o título. Si el Padrino hubiese vivido, habría podido asegurar la posición de su hijo, que ahora nada tenía de segura.

Michael esperó a que Neri terminara de servir las bebidas. Luego, con voz tranquila dijo:

—Ante todo, quiero que sepáis que comprendo lo que sentís. Sé que todos respetabais mucho a mi padre, pero ahora es el momento de que os preocupéis de vosotros y de los vuestros. Algunos seguramente os estaréis preguntando hasta qué punto lo ocurrido afectará nuestros planes y las promesas que os hice. Bien, quiero que sepáis una cosa: todo se hará según lo previsto. La muerte de mi padre no hace variar las cosas.

Clemenza sacudió su imponente cabeza. Su pelo tenía el color del acero, y sus facciones, que la grasa en nada favorecía, eran duras.

—Los Barzini y los Tattaglia se nos echarán encima

abiertamente, Mike. Tendrás que aceptar las condiciones que quieran imponerte o luchar —afirmó.

Todos se dieron cuenta de que Clemenza, al dirigirse a Michael, no lo había hecho con mucho respeto y, menos aún, le había dado el título de Don.

—Esperemos a ver lo que pasa —respondió Michael—. Dejemos que sean ellos quienes rompan las hostilidades.

Con su voz grave, Tessio dijo, dirigiéndose a todos los presentes:

—Ya le han ganado la partida a Mike. Esta misma mañana han abierto dos oficinas de apuestas en Brooklyn. Me lo ha dicho el capitán que lleva la lista de protección en la comisaría. Dentro de un mes, me temo que no tendré en Brooklyn un solo lugar donde colgar mi sombrero.

Con expresión pensativa, Michael se quedó mirando fijamente a Tessio.

—¿Has hecho algo al respecto? —preguntó al *caporegime*.

Tessio negó con la cabeza y afirmó:

—No. No he querido crearte más problemas.

—Bien —dijo Michael—. Limítate a esperar. Y creo que eso es todo lo que por el momento tengo que deciros a todos. Limitaos a esperar. No respondáis a ninguna provocación. Dadme unas pocas semanas para arreglar las cosas, para ver por dónde sopla el viento. Luego volveremos a reunirnos y tomaremos una serie de decisiones concretas y definitivas.

Pretendió no darse cuenta de la sorpresa de sus interlocutores, a quienes Albert Neri, comenzó, con toda cortesía, a hacer salir de la estancia.

—Quédate, Tom. Sólo serán unos minutos —dijo Michael.

Hagen se acercó a la ventana que daba al jardín. Cuando vio que los *caporegimi*, Carlo Rizzi y Rocco Lampone, acompañados por Albert Neri, salían por la puerta de la finca, se volvió hacia Michael y preguntó:

—¿Has conseguido asegurar todas las conexiones políticas?

Con gesto de pesadumbre, Michael sacudió la cabeza y repuso:

—No del todo. Necesitaba de otros cuatro meses. El Don y yo estábamos trabajando intensamente en el asunto. Pero tengo a mi lado a todos los jueces y a algunos de los miembros más importantes del Congreso. De lo que primero nos ocupamos fue de los jueces, naturalmente. Las autoridades de Nueva York, las que nos interesan quiero decir, no representaron problema alguno. La familia Corleone es mucho más fuerte de lo que todos piensan. Pero yo esperaba convertirla en algo de una solidez absoluta. Supongo que ahora ya sabes cuáles son mis planes, ¿no?

—No fue difícil. Lo que sí me costó entender fue por qué te empeñaste en dejarme al margen. Finalmente, me puse a pensar como un siciliano y descubrí tus motivos.

Michael se echó a reír y dijo:

—Mi padre aseguró que lo averiguarías. Te necesito aquí, Tom. Al menos durante las próximas semanas. Será mejor que llames a Las Vegas y hables con tu esposa. Pídele que tenga un poco de paciencia.

Hagen, con expresión meditabunda, preguntó:

—¿Cómo crees que intentarán ponerse en contacto contigo?

—El Don y yo hablamos de eso, precisamente. A través de alguna persona de mi confianza, Barzini intentará que vaya a verle por mediación de alguien de quien yo no pueda sospechar.

Hagen sonrió y dijo:

—De alguien como yo.

Michael le devolvió la sonrisa y respondió:

—Tú eres irlandés; no confiarían en ti.

—Soy germano-americano —replicó Hagen.

—Para ellos, eso es ser irlandés —dijo Michael—. No acudirán a ti, como tampoco acudirán a Neri, porque Albert Neri fue policía. Además, ambos estáis demasiado cerca de mí. No pueden arriesgarse tanto. Rocco Lampone, por el contrario, no está lo bastante cerca. Tengo la seguridad de que será Clemenza, Tessio o Carlo Rizzi.

—Apostaría cualquier cosa a que será Carlo —dijo Hagen.

—Ya lo veremos. No tardaremos en saberlo.

Fue durante la mañana siguiente. Hagen y Michael desayunaban. Michael fue a la biblioteca a responder a una llamada telefónica, y cuando volvió a la cocina, dijo a Hagen, riendo:

—Ya está. Tengo que ver a Barzini dentro de una semana, para concertar un nuevo tratado de paz ahora que el Don ha muerto.

—¿Quién te ha telefoneado? ¿Quién ha establecido el contacto?

Ambos sabían que quienquiera que fuese el que hubiera establecido el contacto, se había convertido en traidor.

Michael esbozó una amarga sonrisa y dijo:

—Tessio.

Terminaron de comer en silencio. Mientras tomaban su taza de café, Hagen comentó:

—Hubiera jurado que el traidor sería Carlo. O Clemenza, tal vez. Pero nunca Tessio. Es el mejor de todos.

—Es el más inteligente —replicó Michael—. Y ha hecho lo que le ha parecido más acertado. Me pone en manos de Barzini y luego hereda el imperio Corleone. Como se figura que no puedo vencer, su razonamiento es perfecto.

Hagen dejó pasar unos segundos antes de preguntar:

—¿Y son exactas las suposiciones de Tessio?

—El asunto presenta, al menos en apariencia, mal cariz para los Corleone. Pero mi padre fue el único que entendió que el poder político y las amistades, políticas también, valen más que diez *regimi*. Creo que tengo en mis manos casi todo el poder político que tenía mi padre. Pero nadie, excepto yo, lo sabe. —Dirigió a Hagen una sonrisa llena de confianza y añadió—: Los obligaré a llamarme Don. Pero lo de Tessio me entristece.

—¿Has dado tu conformidad al encuentro con Barzini?

—Sí. Para dentro de siete días. En Brooklyn, en el territorio de Tessio. Suponen que creeré que allí estaré seguro. —Michael volvió a echarse a reír.

—No te confíes —le advirtió Hagen—. Durante los próximos siete días ve con mucho cuidado.

Por primera vez, Michael se mostró frío con Hagen.

—Para darme esa clase de consejos no necesito ningún *consigliere*.

Durante la semana anterior al encuentro entre las Familias Corleone y Barzini, Michael le demostró a Hagen cuán cuidadoso sabía ser. No abandonó la finca ni una sola vez, y no recibió a persona alguna sin que a su lado estuviera Albert Neri. Únicamente surgió una enojosa complicación. El hijo mayor de Connie y de Carlo iba a recibir la confirmación, y Kay le pidió a Michael que fuera el padrino. Michael se negó en redondo.

—No suelo suplicarte muy a menudo —dijo Kay—. Hazlo por mí, te lo ruego. Connie desea tanto... Y también Carlo. Para ellos es algo muy importante. Por favor, Michael.

Kay advirtió que su marido estaba irritado con ella, por lo que pensó que insistiría en su negativa. Por ello, se llevó una gran sorpresa cuando Michael le dijo:

—De acuerdo. Pero no puedo abandonar la finca.

Que lo arreglen todo para que el cura confirme al niño aquí. Pagaré lo que sea. Si los de la iglesia ponen problemas, Hagen los solucionará.

Y así, el día anterior al encuentro con la familia Barzini, Michael Corleone actuó como padrino del hijo de Carlo y Connie Rizzi. Al muchacho le regaló un costoso reloj de pulsera y una cadena de oro. Se celebró una pequeña fiesta en casa de Carlo, a la que fueron invitados los *caporegimi*, Hagen, Lampone y todos los que vivían en la finca, incluida, por supuesto, Mamá Corleone. Connie estaba tan emocionada que se pasó la velada besando a su hermano y a Kay. Y hasta Carlo Rizzi se mostró sentimental, aprovechando el menor pretexto para estrujar la mano de Michael y llamarlo Padrino. Todo al estilo italiano.

En cuanto a Michael, nunca se había mostrado tan afable y extrovertido como aquel día.

En un momento dado, Connie susurró al oído a Kay:

—Creo que Carlo y Mike serán muy buenos amigos a partir de hoy. Estas cosas siempre unen a la gente.

Kay apretó el brazo de su cuñada, y le dijo:

—Me alegro mucho.

OCTAVA PARTE

30

Albert Neri estaba en su apartamento, situado en el Bronx, muy concentrado en cepillar el uniforme de su época de policía. Sacó la placa y la puso sobre la mesa para limpiarla. La pistolera y el arma estaban encima de una silla. Aquella vieja rutina de limpiar, cepillar y abrillantar le hizo sentirse extrañamente feliz. En realidad, ésa era una de las pocas veces en que se había sentido feliz desde que su esposa lo abandonó, casi dos años atrás.

Se había casado con Rita cuando ésta aún asistía al instituto y él era un policía novato. Se trataba de una muchacha tímida, morena, y procedía de una familia chapada a la antigua. Sus padres no le permitían regresar a casa más tarde de las diez de la noche. Neri estaba perdidamente enamorado de ella, de su inocencia, de su virtud y de su belleza.

Al principio, Rita se sentía fascinada por su marido. Era muy fuerte, y ella se daba cuenta de que la gente le tenía miedo, tanto por su poderío físico, como por su recto concepto del deber. Claro que le faltaba diplomacia; si no estaba de acuerdo con una actitud colectiva o con una opinión individual, o bien se callaba, o bien expresaba brutalmente su desacuerdo Su temperamento era verdaderamente siciliano, y sus ataques de furia, terribles. Pero nunca se mostraba irritado con su esposa.

En el espacio de cinco años, Neri se convirtió en uno de los agentes más temidos de la fuerza policial de la ciudad de Nueva York. Y también en uno de los más honrados. Pero tenía su sistema propio de hacer cumplir con la ley. Odiaba a los gamberros, y cuando veía a un grupo de chicos que, reunidos por la noche en alguna esquina, se dedicaban a molestar a la gente que pasaba, entraba decididamente en acción. Empleaba contra ellos su extraordinaria fuerza física, una fuerza que ni él mismo apreciaba en toda su magnitud.

Una noche, en la parte oeste del Central Park, saltó del coche patrulla y se enfrentó con seis jóvenes vestidos con chaqueta de seda negra. El compañero de Neri, que conocía muy bien a éste, prefirió no intervenir y permaneció dentro del coche. Los seis chicos, todos entre los dieciocho y los veinte años, habían estado pidiendo cigarrillos a la gente, de forma amenazadora, aunque en realidad sin hacer daño a nadie. También habían estado molestando a las muchachas que pasaban, haciéndoles gestos obscenos.

Neri los obligó a ponerse de cara a la pared que hacía de frontera entre el Central Park y la Octava Avenida. Aún no era totalmente de noche, pero Neri llevaba su arma favorita, una enorme linterna. Nunca se molestaba en sacar su pistola; no la necesitaba. Cuando estaba enojado, su rostro se tornaba brutalmente amenazador, y esto, combinado con su uniforme, generalmente bastaba para que los gamberros se acobardaran. Si no, usaba su linterna.

Neri preguntó a uno de los chicos:

—¿Cómo te llamas?

El chico dio un apellido irlandés.

—Márchate de inmediato —le dijo Neri—. Si vuelvo a verte esta noche, lo pasarás muy mal.

A un ademán del policía, el chico salió corriendo. Neri siguió el mismo procedimiento con los dos siguientes. Los dejó marchar. Pero el cuarto dio un apellido italiano y miró a Neri con una sonrisa, como si el hecho le diera ciertos derechos. Neri no podía ocultar que era italiano; su acento le delataba. Miró fijamente al muchacho y le preguntó:

—¿Eres italiano?

El chico, confiadamente y sin dejar de sonreír, contestó que sí.

Neri le dio un tremendo golpe en la frente con la linterna. El muchacho cayó al suelo, de rodillas. Tenía una brecha en la frente, de la que manaba sangre en abundancia. Pero la herida no era grave. Con aspereza, Neri le dijo:

—Eres una deshonra para todos los italianos, hijo de puta. Nos das mala fama a todos. Levántate. —Le propinó un golpe en el costado, no muy fuerte, y añadió—: Vete inmediatamente a tu casa. Que nunca más vuelva a verte con esa chaqueta o te prometo que te enviaré al hospital. Y ahora márchate. Tienes suerte de que yo no sea tu padre.

Neri no perdió el tiempo con los otros dos. Les dio una patada en el trasero, advirtiéndoles, como al primero, que no quería volver a verlos en la calle aquella noche.

En tales ocasiones ocurría todo con tanta rapidez, que no había tiempo de que la gente se diera cuenta del incidente, ni tampoco de que alguien pudiera protestar por los métodos empleados por el policía. Neri se subía al coche patrulla y su compañero pisaba el acelerador a fondo, por lo que instantes después ya estaban muy lejos. Naturalmente, en ocasiones Neri se encontraba con alguien que le plantaba cara, bien con los puños, bien con un cuchillo. En tales casos, su oponente u oponentes podían considerarse dignos de lástima. Con terrible ferocidad, Neri los golpeaba sin miramientos, y luego los subía al coche patrulla, arrestados bajo la acusación de haber agredido a un policía. Y lo normal era que la vista del caso tuviera que esperar hasta que los desgraciados fuesen dados de alta en el hospital.

Un día, transfirieron a Neri al distrito donde se levanta el edificio de las Naciones Unidas, por haber faltado al respeto al sargento que era su superior directo. Pronto se dio cuenta de que la gente de las Naciones Unidas aprovechaban su inmunidad diplomática para aparcar donde les venía en gana, sin preocuparse de los ordenanzas. Neri se quejó a sus superiores, pero le dijeron que hiciera la vista gorda. Una noche, sin embargo, Neri se encontró con que una calle lateral estaba completamente bloqueada por los automóviles de los funcionarios del organismo internacional. Era más de medianoche, por lo que Neri sacó del coche patrulla su enorme linterna y empezó a romper los parabrisas de aquellos automóviles. No fue nada fácil, ni aun para diplomáticos de alta categoría, hacer reparar los parabrisas en pocos días. En la comisaría empezaron a llover las protestas. Había que acabar con aquel vandalismo, clamaban los perjudicados. La rotura de parabrisas continuó durante varios días, hasta que alguien descubrió que aquello era obra de Albert Neri, que fue destinado a Harlem.

Poco después, un domingo, Neri y su esposa fueron a visitar a la hermana de él, que era viuda y vivía en Brooklyn. Albert Neri sentía por su hermana un exagerado afecto protector —común, por lo demás, a todos los sicilianos—, y la visitaba aproximadamente cada dos meses, para asegurarse de que se encontraba bien. La hermana era mucho mayor que él, y tenía un hijo de veinte años, Thomas, que, debido tal vez a la falta del padre constituía para su madre una verdadera fuente de problemas. El chico no iba con buenas compañías.

En cierta ocasión, y gracias a la intervención de Neri, Thomas consiguió librarse de una acusación de hurto. No obstante, el policía le advirtió a su sobrino:

—Oye, Tommy: si vuelves a hacer llorar a mi hermana, tú y yo nos veremos las caras.

El tono no había sido realmente amenazador, pues Neri le había hablado más como tío que como policía, pero el chico, a pesar de ser el muchacho más duro del vecindario, se sintió impresionado por la advertencia.

Cuando aquel domingo Albert y Rita llegaron a casa de la hermana de él, Tommy aún dormía, pues el día anterior había regresado muy tarde por la noche. Su madre fue a despertarlo, y le dijo que se vistiera para sentarse a la mesa con sus tíos y con ella.

Albert y Rita oyeron claramente, a través de la puerta semiabierta del dormitorio, que el chico le espetaba con voz áspera a su madre:

—¡Que se vayan a la mierda! Déjame dormir.

Así pues, tuvieron que comer sin Tommy. Neri preguntó a su hermana cómo se portaba el muchacho, y ella respondió que no del todo mal.

Cuando Neri y su esposa estaban a punto de marcharse, Tommy se levantó. Sin apenas saludar, se metió en la cocina, y desde allí gritó:

—¡Eh, mamá! Prepárame algo de comer.

La madre, con voz chillona, replicó:

—Haberte sentado a la mesa con nosotros. No pienso volver a cocinar.

La desagradable escena seguramente se había producido mil veces, pero ese día, Tommy, debido tal vez a que todavía estaba medio dormido, cometió una equivocación.

—¡A la mierda tú y tus regañinas! Comeré en otra parte.

Nada más pronunciar esas palabras, Tommy se arrepintió de haberlo hecho. Su tío Al se le echó encima, como un gato sobre un ratón. No por aquel insulto a su hermana en concreto, sino porque pensó que escenas como ésa debían de repetirse a diario. Tommy nunca se había atrevido a hablar así delante del hermano de su madre, pero una distracción la tiene cualquiera, y Tommy, para su desgracia, aquel domingo la tuvo.

Ante la mirada aterrorizada de las dos mujeres, Al Neri propinó a su sobrino una tremenda paliza. Al principio, el joven trató de defenderse, pero al ver la inutilidad de sus intentos, suplicó a su tío que dejara de pegarle. Sus labios estaban hinchados y sangrantes. Neri golpeó la cabeza del muchacho contra la pared y luego le dio una serie de puñetazos en el estómago, haciéndole caer al suelo. Entonces se dedicó a golpear la cara de Tommy contra el suelo. Dijo a las dos mujeres que esperaran y obligó al sobrino a acompañarlo hasta su automóvil. Entonces le dijo:

—Si me entero de que has vuelto a hablarle a mi hermana de ese modo, te daré una paliza tal que lo de esta tarde te parecerán caricias. Quiero que te reformes. Ahora sube a tu casa y di a mi esposa que la estoy esperando.

Dos meses después, una noche en que Al Neri, a causa de su trabajo, llegó tarde a casa, se encontró con que su esposa lo había abandonado. Se había llevado toda su ropa y había regresado a casa de sus padres. Según le informó el padre de Rita, ella le tenía miedo y no quería vivir con él a causa de su temperamento irascible. Al no lo comprendía. Nunca había pegado a su esposa, nunca la había amenazado siquiera, siempre se había mostrado amable y respetuoso. Pero estaba tan aturdido, que decidió dejar pasar unos días antes de ir a casa de sus suegros a hablar con ella.

Por desgracia, a la noche siguiente, mientras efectuaba su servicio, se metió en dificultades. Su coche respondió a una llamada relacionada con un homicidio cometido en Harlem. Al llegar al lugar de los hechos, Neri saltó del coche antes de que éste se hubiera detenido; como de costumbre. Era pasada la medianoche, y Neri llevaba su enorme linterna. Gran número de personas se apiñaban delante del portal de una casa. Una mujer negra le explicó:

—Ahí dentro hay un hombre que está matando a una muchacha.

Neri entró en la casa. En la planta baja, al final del pasillo, se veía una puerta abierta, y el policía oyó unos quejidos lastimeros. Con la linterna en la mano, atravesó el pasillo y cruzó el umbral de la puerta.

Estuvo a punto de tropezar con dos cuerpos tendidos

en el suelo. Uno era de una mujer negra, de unos veinticinco años; el otro, de una chica, negra también, que debía tener unos doce. Ambas sangraban abundantemente, a causa de múltiples cuchilladas. Y el autor de las mismas estaba un poco más adentro, agazapado en un rincón. Neri lo conocía bien.

Se trataba de Wax Baines, conocido rufián, drogadicto y matón. La mano con la que sostenía el ensangrentado cuchillo le temblaba, y sus ojos indicaban que se hallaba bajo los efectos de los narcóticos. Neri lo había arrestado dos semanas atrás por haber agredido en plena calle a una de sus mujeres. Baines le había dicho:

—No se meta; no es asunto suyo.

Y el compañero de Neri se había limitado a murmurar que si los negros querían matarse los unos a los otros, mejor para todos. Pero Neri había insistido en llevarse a Baines a la comisaría, aunque sabía que su empeño sería inútil. Baines fue puesto en libertad bajo fianza a la mañana siguiente.

A Neri nunca le habían gustado los negros, y después de que lo destinaran a Harlem, le gustaban todavía menos. Los que no se drogaban, se emborrachaban, mientras sus mujeres tenían que trabajar o ganar dinero vendiendo su cuerpo. Por ello, nada tuvo de extraño que aquel nuevo delito de Baines lo sacara de sus casillas. Lo peor de todo era la visión del ensangrentado cuerpo de la chiquilla. Fríamente, Neri decidió que Baines no iría a la comisaría.

Lo malo era que en la vivienda habían entrado varias personas, inquilinos del mismo inmueble, además de su compañero.

Neri le ordenó a Baines:

—Suelta el cuchillo; estás arrestado.

Baines se echó a reír.

—Si quieres arrestarme —dijo—, tendrás que usar tu pistola. —Y mientras se abalanzaba sobre Neri, empuñando el cuchillo, añadió—: O tal vez prefieras esto.

Neri se movió con extraordinaria rapidez, para que su compañero no tuviera tiempo de sacar su pistola. Evidentemente, el negro intentaba clavarle el cuchillo, pero los excelentes reflejos del policía le permitieron asir la muñeca de su agresor con la mano izquierda. Al mismo tiempo, su mano derecha, con la que empuñaba la linterna, golpeó en la cara al negro, que cayó de rodillas al suelo, como si estuviera borracho. Su mano había soltado el cuchillo; estaba indefenso. Por ello, el segundo golpe de Neri era totalmente innecesario, como se demostró posteriormente en el juicio, según declaración de los testigos presenciales, entre ellos su compañero de servicio. Con la linterna, Neri descargó un tremendo golpe contra la cabeza de Baines, tan fuerte que el cristal de aquélla se rompió. Y si el tubo metálico no se partió en dos, fue porque las pilas lo impidieron. Según uno de los aterrorizados testigos, un negro que vivía en el edificio y que declaró contra Neri, éste dijo:

—Tienes la cabeza dura, ¿eh, negro?

Pero resultó que no era lo bastante dura. Dos horas más tarde, en el Harlem Hospital, Baines moría.

Albert Neri fue el único en sorprenderse cuando le acusaron de haber abusado de su fuerza. Fue suspendido de su empleo y llevado a juicio. El jurado le culpó de homicidio no premeditado y le sentenció a una pena de prisión de uno a diez años. Pero estaba tan furioso y era tan grande su odio contra la sociedad, que la sentencia no lo afectó en absoluto. ¡Él, Albert Neri, un criminal! ¡Atreverse a enviarlo a la cárcel por haber matado a aquella bestia! A los jueces no parecía preocuparles mucho aquellas dos negras a las que Baines había acuchillado y desfigurado, y eso que todavía se hallaban en el hospital.

No temía la cárcel. Estaba convencido de que, teniendo en cuenta que había sido policía y, sobre todo, la clase de delito que había cometido, lo tratarían bien. Algunos de sus compañeros del cuerpo de policía incluso le habían asegurado que hablarían con amigos influyentes.

Sólo su suegro, un inteligente italiano que tenía una pescadería en el Bronx, sabía que un hombre como Albert Neri no sobreviviría a un año en la prisión. Si no lo mataba otro presidiario, sería él quien acabaría con la vida de alguien. Y, debido a un sentimiento de culpabilidad motivado por el hecho de que su hija hubiera abandonado a un buen marido como Albert, el suegro de Neri pidió a la familia Corleone que intercediera en favor de su yerno. Creía tener derecho a solicitar su intervención, pues por algo pagaba puntualmente su cuota a uno de los representantes de la Familia, y, además, regalaba al Don el pescado mejor y más fresco.

La familia Corleone sabía quién era Albert Neri. Su fama de policía duro y honrado era legendaria; tenía reputación de hombre con el que había que andar con cuidado, pues era capaz de inspirar temor por sí mismo, independientemente de su uniforme y de su pistola. La familia Corleone siempre estaba interesada en hombres así. El que fuese policía no importaba mucho. Eran muchos los que habían comenzado a andar por el sendero equivocado. Lo importante era que, finalmente, descubrieran su verdadera vocación.

Fue Pete Clemenza, con su fino olfato para descubrir a los hombres de valía, quien habló de Neri a Tom Hagen. Hagen estudió la copia del expediente oficial de Neri y escuchó a Clemenza.

—Tal vez se trate de un nuevo Luca Brasi —comentó Hagen.

Clemenza asintió enérgicamente. A pesar de su gordura, el *caporegimi* no tenía el rostro bonachón típico de los obesos.

—Opino lo mismo que tú. Mike debe preocuparse personalmente del asunto.

Antes de que Albert Neri fuera trasladado desde el calabozo de los juzgados a la cárcel, se le informó de que el juez había reconsiderado su caso, debido a una serie de nuevos datos y testimonios aportados por oficiales de policía de alto rango. La sentencia fue suspendida, y Albert Neri quedó en libertad.

Neri no tenía un pelo de tonto, y tampoco su suegro. El primero supo lo que había sucedido y, en prueba de agradecimiento, consintió en divorciarse de Rita. Luego se trasladó a Long Beach para dar las gracias a su benefactor. Naturalmente, su visita había sido preparada con antelación. Michael lo recibió en la biblioteca.

Neri comenzó a expresar ceremoniosamente su agradecimiento, y quedó sorprendido al ver lo bien que Michael parecía aceptar sus palabras.

—No podía permitir que le hicieran eso a un siciliano —dijo Michael—. Deberían haberle dado una condecoración, pero lo único que preocupa a los políticos son los grupos de presión. Francamente, si no hubiese estado seguro de que iban a hacerle una marranada, le aseguro que no habría movido un dedo en su favor. Uno de mis hombres habló con su hermana, y ésta le explicó que usted siempre se había preocupado de ella y de su hijo, evitando que el joven se descarriara. Su suegro asegura que es usted el mejor hombre del mundo. Eso es raro de encontrar.

Con muy buen criterio, Michael no mencionó que Neri había sido abandonado por su esposa.

Estuvieron charlando durante un rato. Neri siempre había sido un hombre taciturno, pero con Michael Corleone no pudo evitar hablar por los codos. Y aunque Michael sólo tenía cinco años más que él, el ex policía se comportó como si la diferencia fuese mucho mayor y Michael tuviera edad suficiente para ser su padre.

Finalmente, Michael expuso:

—Sacarlo de la cárcel para luego dejarlo desamparado no tendría sentido. Puedo proporcionarle trabajo. Tengo intereses en Las Vegas, y pienso que un hombre de su experiencia sería ideal para el puesto de encargado de la seguridad de un hotel. Y, suponiendo que tenga usted intención de montar algún negocio, puedo conseguir que los bancos le presten dinero con toda clase de facilidades.

Neri se sentía tan agradecido que no sabía cómo demostrarlo. Orgullosamente, declinó la oferta de Michael y dijo:

—La sentencia ha sido suspendida, pero debo permanecer bajo la jurisdicción del tribunal.

Michael replicó, en tono áspero:

—Esos detalles carecen de importancia. Puedo arreglarlo. Olvídese de la sentencia y del tribunal. También puedo hacer limpiar la hoja amarilla para que los bancos no encuentren nada desfavorable.

La «hoja amarilla» era un registro policíaco de los delitos de sangre cometidos por cualquier persona. Dicha hoja se entregaba al juez cuando éste consideraba la clase de pena a imponer a un criminal convicto.

Neri había estado en el cuerpo de policía el tiempo suficiente para observar que, en ciertos casos, la sentencia contra un delincuente era inesperadamente benigna, porque la policía había entregado al juez una hoja amarilla sorprendentemente limpia. Por ello, no le pareció descabellado que Michael pudiera hacer limpiar la suya. Lo que sí le sorprendió, en cambio, fue que se ofreciera a hacerlo.

—Si necesito ayuda, se la pediré, se lo prometo —dijo Neri.

—Bien, bien —contestó Michael.

Cuando su interlocutor consultó el reloj de pulsera, Neri pensó que era una forma de hacerle saber que debería marcharse. En consecuencia, se levantó. Pero se llevó una nueva sorpresa.

—Es la hora de comer —dijo Michael—. Me gustaría que compartiera nuestra mesa. Mi padre desea conocerlo. Podemos ir andando hasta su casa... Mi madre habrá preparado pimientos fritos, huevos y salchichas; una comida típicamente siciliana.

Para recordar una tarde tan agradable como la que pasó con los Corleone, Albert Neri tuvo que remontarse a los días de su infancia anteriores a la muerte de sus padres, ocurrida cuando él sólo contaba quince años.

Don Corleone se mostró muy amable, y pareció encantado cuando supo que los padres de Neri habían nacido en un pueblo situado a escasos kilómetros de Corleone. La charla fue muy agradable; la comida, deliciosa; y el vino, rojo y fuerte. Neri pensó que aquéllos eran hombres como él, con sus mismos gustos e ideas. En su compañía no se sentía extraño. Su mundo estaba entre aquellas personas. Claro que él no era más que un invitado, pero sabía que podría quedarse con ellos permanentemente, que podría vivir y ser feliz en su mundo, en el mundo de los Corleone.

Michael y el Don lo acompañaron hasta su automóvil. El Don le estrechó la mano y dijo:

—Me gusta su manera de ser, Neri. He estado preparando a mi hijo Michael para que lleve el negocio del aceite de oliva, pues me estoy haciendo viejo y quiero retirarme. Pero un día me dijo que quería intervenir en favor de usted, que quería resolver su problema. Yo le contesté que se limitara al negocio del aceite, pero él insistió. Me dijo que se trataba de un siciliano a quien habían hecho una jugada muy sucia. Y fue tanta su insistencia, que llegué a interesarme en el asunto. Le digo esto para que sepa que mi hijo tenía razón. Ahora que lo conozco, Neri, me alegro de haber intervenido. Así, pues, si podemos hacer algo más por usted, no dude en pedírnoslo. ¿Ha comprendido? Estamos a su servicio.

Al recordar la amabilidad del Don, Neri deseó que el gran hombre estuviera todavía vivo, para que pudiera ser testigo del servicio que él, Albert Neri, iba a prestar a la Familia aquel día.

Tardó menos de tres días en tomar una decisión. Se dio cuenta de que a los Corleone les interesaba tenerlo a su servicio; pero también de algo más, de que la Familia estaba en favor de lo que la sociedad había condenado y castigado. La familia Corleone le tenía en buen concepto, la sociedad, en cambio, no. Comprendió que sería más feliz en el mundo de los Corleone, que en el mundo exterior. Y comprendió asimismo que la familia Corleone era, dentro de sus límites, más poderosa que la sociedad.

Visitó nuevamente a Michael y puso sus cartas sobre la mesa. No quería trabajar para la Familia en Las Vegas, pero estaba dispuesto a hacerlo en Nueva York. Cuando juró lealtad a la Familia, se dio cuenta de que Michael se emocionaba. No fue difícil llegar a un acuerdo. Pero Michael insistió en que Neri se tomara primero unas vacaciones en Miami, en el hotel que poseía la Familia, la cual correría con todos los gastos. Además, a fin de que tuviera dinero suficiente para divertirse, se le adelantaría el salario de un mes.

Durante su estancia en Miami Neri entró en contacto, por primera vez en su vida, con un mundo de lujo y abundancia. Los empleados del hotel lo trataban a cuerpo de rey.

—¡Ah! Usted es amigo de Michael Corleone, ¿no? —le decían.

Allí no le dieron una pequeña y mal ventilada habitación, que era a lo que Neri estaba acostumbrado, sino una de las mejores suites, y el encargado del *night-club* del hotel le concertó citas con algunas bellas muchachas, a lo que tampoco estaba acostumbrado. Cuando Neri regresó a Nueva York, su concepto de la vida en general había sufrido un cambio importante.

Lo destinaron al *regime* de Clemenza, y Pete lo sometió, disimuladamente, a una serie de pruebas. Siempre era conveniente tomar ciertas precauciones.

Después de todo, Neri había sido policía. Pero su ferocidad natural consiguió superar cualquier posible escrúpulo que pudiera haber sentido por el hecho de encontrarse al otro lado. No había transcurrido un año cuando ya Neri había vertido sangre por cuenta de los Corleone. Nunca podría volverse atrás.

Clemenza no hacía más que alabarlo. Aseguraba que era el nuevo Luca Brasi. Incluso llegó a afirmar que sería mejor que Luca. Se sentía orgulloso, y no se le podía reprochar. Al fin y a la postre era él quien lo había descubierto.

Físicamente, Neri era una maravilla. Sus reflejos y la coordinación de sus movimientos eran tales, que podía haber sido un nuevo Joe DiMaggio. Clemenza se dio cuenta de que no se trataba de un hombre a quien él pudiera controlar, de modo que fue puesto a las órdenes directas de Michael Corleone, con Tom Hagen como indispensable intermediario. Era un «especial», y como tal cobraba un salario muy alto; pero no tenía medios propios de vida.

Saltaba a la vista que sentía un enorme respeto hacia Michael Corleone. Un día, Tom Hagen le dijo a Michael, bromeando:

—Bien, ya tienes a tu Luca.

Michael asintió. Albert Neri le sería fiel hasta la muerte. Y lo sabía sin sombra de duda, porque había aprendido de su padre. En cierta ocasión, mientras aprendía y se instruía en los secretos del negocio al lado del Don, le preguntó a éste:

—¿Por qué motivo te decidiste por un tipo como Luca Brasi? Era un verdadero animal.

—En este mundo hay hombres que están pidiendo a gritos que los maten —respondió el Don—. Supongo que te habrás dado cuenta de ello. Les gusta jugar, se pelean con cualquiera si les abollan el parachoques del automóvil, ofenden y humillan a personas cuya fuerza desconocen. He visto a un hombre, un loco, provocar a un grupo de tipos peligrosos, sin la menor posibilidad de vencer. Son gente que anda por el mundo gritando: «¡Matadme!» Y siempre encuentran a alguien dispuesto a complacerlos. Todos los días leemos acerca de ello en los periódicos.

Esas personas, naturalmente, se dañan a sí mismas, pero perjudican también a los demás. Luca Brasi era un hombre de éstos, pero tan extraordinario, que durante mucho tiempo nadie consiguió matarlo. La mayoría de estos tipos deben tenernos sin cuidado, pero un Brasi es un arma poderosa que conviene utilizar. Especialmente si tenemos en cuenta que no teme a la muerte, a pesar de que la busca. Todo consiste en procurar convertirse en la única persona del mundo a la que no estaría dispuesto a matar. Conseguido esto, el Luca Brasi de turno es tuyo.

El Don le había dado una lección magistral. Con el tiempo, Michael la aprovecharía para hacer de Neri su Luca Brasi.

Y ahora, finalmente, Albert Neri, solo en su apartamento del Bronx, estaba a punto de volver a ponerse su uniforme de policía. Lo cepilló con esmero. Luego abrillantaría la placa. También tendría que limpiar la visera de la gorra, y los pesados zapatos negros. Neri se sentía a gusto.

577

31

Aquel mismo día, dos lujosos automóviles aparcaron en el sendero de entrada de la finca. Uno de los dos coches llevaría a Connie Corleone, a su madre, a su marido y a sus dos hijos al aeropuerto. La familia Rizzi iba de vacaciones a Las Vegas, antes de trasladarse definitivamente a dicha ciudad. Michael así se lo había ordenado a Carlo, haciendo caso omiso de las protestas de Connie. Michael no se había molestado en explicar que quería que todos se marcharan de la finca antes del encuentro entre los Corleone y los Barzini. En realidad, la reunión era del máximo secreto; los únicos que estaban enterados de ella eran los *capos* de la Familia.

El otro automóvil era para Kay y sus hijos, que iban a New Hampshire, a visitar a los Adams. Michael tendría que quedarse en la finca; sus asuntos no le permitían salir de viaje.

La noche anterior, Michael había ordenado que le transmitiesen a Carlo Rizzi que lo necesitaría durante unos días en la finca, y que después podría reunirse con su esposa y sus hijos. Connie se había puesto furiosa. Trató de hablar por teléfono con su hermano, pero le dijeron que había ido a la ciudad.

Ahora intentaba verlo, pero Michael estaba reunido con Tom Hagen y había dado orden de que no se le molestara bajo ningún pretexto. Antes de que el automóvil se pusiera en marcha, Connie besó a su marido y le dijo:

—Si no vienes dentro de dos días, volveré a buscarte.

—Iré, no te preocupes —repuso él con una sonrisa.

—¿Sabes para qué te necesita Michael? —preguntó Connie, asomada a la ventanilla del coche.

Su cara de preocupación le quitaba atractivo y la hacía parecer de más edad.

—Me ha prometido algo importante. Tal vez quiera hablarme de eso.

Carlo no estaba enterado del encuentro entre los Corleone y los Barzini previsto para esa noche.

—¿Tú crees, Carlo? —dijo Connie.

Carlo hizo un gesto de asentimiento. Luego, el automóvil se puso en marcha y, al cabo de un instante, abandonó la finca.

Sólo cuando el coche hubo desaparecido, Michael salió a despedirse de Kay y de sus dos hijos. Carlo también se acercó para desear a su cuñada buen viaje y felices vacaciones. Finalmente, cuando el automóvil arrancó hacia la salida, Michael le dijo a Carlo:

—Lamento tener que retenerte aquí, pero sólo serán un par de días.

—No importa, Michael —se apresuró a contestar Carlo.

—Bien. Limítate a permanecer junto al teléfono de tu casa. Cuando esté preparado para ocuparme de lo tuyo, te avisaré. Y es que antes tengo otras cosas que hacer. ¿De acuerdo?

—Desde luego, Mike —respondió Carlo.

Carlo Rizzi se fue a su casa, y una vez allí llamó por teléfono a su amante, que vivía en Westbury, prometiéndole que procuraría ir a verla más tarde. Seguidamente, con una botella de bourbon en la mano, se dispuso a esperar. Esperó durante largo rato. Poco después de mediodía comenzaron a llegar coches a la finca. Vio que de uno de ellos se apeaba Clemenza, y que de otro hacía lo propio Tessio. Los dos *caporegimi* entraron en la casa de Michael después de que uno de los guardianes les abriera la puerta. Clemenza abandonó la casa pocas horas después, pero a Tessio, Carlo no volvió a verle.

Carlo salió a dar un corto paseo por la finca. No estuvo fuera más de diez minutos. Conocía a todos los guardianes y tenía algo de amistad con varios de ellos. Pensó que sería una buena idea entablar conversación con alguno, con objeto de distraerse un poco. Pero quedó sorprendido al ver que los hombres que vigilaban la finca ese día le eran completamente desconocidos. Y todavía se sorprendió más al comprobar que montando guardia en la verja de entrada estaba Rocco Lampone. Carlo sabía que la posición de Rocco era demasiado elevada para que se ocupara de semejante tarea, a menos, por supuesto, que ocurriera algo extraordinario.

Rocco lo saludó amistosamente:

—¡Caramba! Pensaba que habías salido de vacaciones.

—Michael me ha dicho que permaneciera aquí por un par de días. Tiene algo para mí, según parece —explicó Carlo.

—Lo mismo me ha dicho a mí, y ya ves, me pone de guardia. Pero bueno, después de todo, él es el jefe.

Por el tono empleado por Lampone parecía deducirse que no consideraba a Michael un hombre de la estatura de su padre.

Carlo, cauteloso, hizo caso omiso de la velada censura y dijo:

—Mike sabe muy bien lo que hace.

Rocco Lampone aceptó en silencio el reproche. Carlo se despidió de él y regresó a su casa. Algo se estaba cociendo, pero fuera lo que fuese, Rocco lo ignoraba.

Michael, de pie junto a la ventana de su despacho, miraba a Carlo pasear por la finca. Hagen le sirvió una copa de coñac, que Michael le agradeció en silencio, y le dijo:

—Debes empezar a moverte, Mike. Ha llegado la hora.

—Preferiría no tener que hacerlo. Ojalá mi padre hubiese durado un poco más.

—No te preocupes, todo saldrá bien —lo animó Hagen—. Si yo no me di cuenta, piensa que los demás tampoco habrán olido nada. Lo planeaste todo a la perfección.

Michael se apartó de la ventana.

—Los planes, en buena medida, los realizó mi padre. Nunca imaginé que fuera tan listo. Tú sí lo sabías.

—Como él no hay dos —respondió Hagen—. Pero tú lo has hecho muy bien. En realidad, no podías hacerlo mejor. Y eso significa que serás un buen sucesor.

—Esperemos a ver qué sucede. ¿Han llegado ya Tessio y Clemenza?

Hagen asintió. Michael terminó su copa y añadió:

—Di a Clemenza que venga a verme. Quiero darle las instrucciones personalmente. A Tessio no quiero verlo. Dile únicamente que dentro de media hora estaré listo para acompañarlo a ver a Barzini. Luego, los hombres de Clemenza se ocuparán de él.

Con voz carente de emoción, Hagen preguntó:

—¿No hay forma de dejar que Tessio siga con vida?

—No la hay.

En el norte de la ciudad de Buffalo había una pequeña pizzería que estaba siempre muy concurrida, menos en las horas siguientes al mediodía; entonces, el trabajo decrecía. Aquel día, el encargado del local metió en el horno las pocas pizzas que quedaban en la bandeja, y guardó ésta junto a la pared del enorme horno, en posición vertical. Luego, echó un vistazo a una empanada que se estaba cociendo, y observó que el queso ya había empezado a derretirse. Cuando volvió al mostrador, una parte del cual daba a una ventana, lo que permitía servir a los que pasaban por la calle, se encontró frente a un hombre joven y de aspecto rudo, que le dijo:

—Déme una pizza.

El encargado tomó una pala de madera y sacó del horno una de las pizzas. Entretanto, el cliente, en lugar de esperar en la calle, había entrado en el establecimiento, que estaba completamente vacío. El encargado puso la pizza en un plato de papel y se lo tendió al cliente; pero éste, en vez de sacar dinero para abonar su importe, lo miró fijamente y dijo:

—Me han contado que lleva usted un tatuaje muy grande en el pecho. Por encima de su camisa veo la parte superior; ¿por qué no me deja ver el resto?

El encargado la pizzería se echó a temblar.

—Venga, desabróchese la camisa —insistió el cliente.

—No llevo ningún tatuaje —repuso el otro con fuerte acento siciliano—. Quien lo lleva es el hombre que hace el turno de noche.

El cliente soltó una sonora y siniestra carcajada.

—Vamos, desabróchese la camisa.

El encargado empezó a retroceder en un intento de huir por detrás del horno. Pero el cliente, desde el otro lado del mostrador, le apuntó con una pistola e hizo fuego. La bala le dio en el pecho y lo arrojó contra la pared del horno. Un nuevo disparo lo hizo caer al suelo. El cliente se acercó al hombre y le desabrochó la camisa. Tenía el pecho cubierto de sangre, pero el tatuaje, con los dos amantes, el marido y el cuchillo, era todavía visible. El caído levantó una mano con esfuerzo, en un desesperado intento de protegerse, mientras el otro le decía:

—Fabrizzio, Michael Corleone te envía sus mejores saludos.

A continuación, apuntó a la sien de Fabrizzio y volvió a disparar. Luego salió de la pizzería. En la esquina lo esperaba un coche, con la puerta abierta. Una vez en el interior, el vehículo partió a toda velocidad.

Rocco Lampone contestó al teléfono instalado en uno de los pilares de hierro del portal. Una voz le dijo:

—Su paquete está listo.

Al oír estas pocas palabras, que para él eran suficientes, Rocco subió a su coche y salió de la finca. Cruzó la carretera elevada de Jones Beach, la misma en que Sonny Corleone había sido asesinado, y se dirigió a la estación de ferrocarril de Wantagh. Aparcó. Otro coche, con dos hombres en su interior, le estaba aguardando. Se dirigieron hacia un motel, situado a diez minutos de allí, y al llegar penetraron en el jardín del mismo. Rocco Lampone ordenó a sus dos hombres que permanecieran dentro del coche, y él fue hasta uno de los pequeños bungalós. Con un fuerte puntapié, abrió la puerta y entró.

Phillip Tattaglia, de setenta años, estaba de pie, desnudo como había llegado al mundo, junto a una cama en la que lo esperaba, tendida, una muchacha. El cabello de Phillip Tattaglia era blanco, y su grueso cuerpo parecía más fofo de lo que en realidad era. Rocco le disparó cuatro veces, todas al estómago. Luego, regresó corriendo al automóvil, que partió a toda velocidad en dirección a la estación de Wantagh. Allí, Rocco subió a su propio vehículo y regresó a la finca. Fue a hablar un momento con Michael Corleone, y luego volvió a montar guardia en la verja de entrada.

Albert Neri, solo en su apartamento, terminó de limpiar su uniforme. Lentamente, se puso los pantalones, la camisa, la corbata, la chaqueta, la gorra y la pistolera. Cuando fue suspendido de su empleo como policía, Neri tuvo que entregar su arma, aunque, no le habían hecho entregar todo lo demás. Pero Clemenza le había proporcionado una pistola del 38 como las que utilizaba la policía, a la que le habían borrado el número de serie. La desmontó, la engrasó, volvió a montarla y comprobó su funcionamiento. Seguidamente, la cargó y la colocó en la pistolera.

Metió la gorra de policía en una bolsa de papel y luego se puso un abrigo por encima del uniforme. Comprobó la hora. Al cabo de quince minutos un coche estaría abajo, esperándolo. Para hacer tiempo, Neri se miró en el espejo. Perfecto. Parecía un policía de verdad.

En el asiento delantero del automóvil había dos de los hombres de Lampone. Neri se acomodó detrás, y cuando el coche se hubo alejado de la zona donde vivía, se quitó el abrigo, abrió la bolsa de papel y se colocó la gorra.

En la esquina de la calle Cinco con la Quinta Avenida, Neri se apeó y echó a andar por la avenida. Volver a vestir el uniforme le producía una extraña sensación, como así también el que de algún modo estuviese patrullando por las calles, como lo había hecho tantas veces. A aquella hora había mucha gente. Siguió caminando hasta llegar al Rockefeller Center, cerca de la catedral de San Patricio. Neri divisó entonces el coche que buscaba. Era una limusina y estaba aparcada, completamente sola, en una zona prohibida. Neri aminoró la marcha. Era demasiado pronto. Se detuvo para escribir algo en su libreta, y luego siguió andando. Había llegado junto al vehículo. Con su porra golpeó suavemente el guardabarros de éste y el conductor lo miró, sorprendido. Neri señaló la señal de prohibición e indicó al conductor que se alejara de allí.

Neri avanzó un poco más hasta colocarse frente a la ventanilla abierta del conductor. Éste era un sujeto de aspecto canallesco, uno de esos tipos a los que tanto le gustaba romperles la cabeza. En tono deliberadamente insultante, Neri dijo:

—Bien, muchacho; ¿qué prefieres, moverte o que te pegue una patada en el culo?

Impasible, el conductor contestó:

—Si eso le hace feliz, póngame una multa.

—Márchate de inmediato —masculló Neri— o te haré salir del coche y te romperé la nariz.

El conductor sacó un billete de diez dólares, que intentó meter en el bolsillo de Neri. Éste retrocedió un paso e hizo ademán al conductor de que saliera del automóvil.

—Déjame ver tu permiso de conducir —exigió Neri. Había tenido la esperanza de que conseguiría que el conductor se fuera a dar una vuelta a la manzana, pero eso ya era imposible. Con el rabillo del ojo vio a tres individuos bajos y corpulentos bajar por las escaleras del edificio Plaza, en dirección a la calle. Eran Barzini y sus dos guardaespaldas, que se disponían a ir a la entrevista concertada con Michael Corleone. Uno de los guardaespaldas se adelantó para ver qué ocurría con el coche de Barzini.

El guardaespaldas le preguntó al chófer:

—¿Qué pasa?

El conductor respondió ásperamente:

—Espero a que me ponga una multa, no te preocupes. Este tipo debe de ser nuevo en la comisaría.

En ese momento, Barzini llegó en compañía de su otro guardaespaldas.

—¿Qué diablos ocurre? —preguntó.

Neri terminó de escribir y devolvió al conductor su carné de conducir. Luego se metió el talonario en el bolsillo, y al volver a sacar la mano, ésta empuñaba la pistola.

Disparó tres veces contra Barzini, a quien alcanzó en el pecho, antes de que los otros tres hombres pudieran reaccionar. Para entonces, Neri ya se había perdido entre la multitud. Rápidamente, llegó hasta donde había dejado el coche. Cerca de Chelsea Park, Neri, que había tirado la gorra y se había puesto el abrigo, se trasladó a otro coche que estaba esperándolo. En el primer automóvil había dejado la pistola y el uniforme. Ya se encargarían de deshacerse de ambas cosas. Una hora más tarde, sano y salvo, se hallaba en la finca de Long Beach, hablando con Michael Corleone.

Tessio estaba aguardando en la cocina de la casa del Don, bebiendo una taza de café, cuando Tom Hagen se acercó a él y le dijo:

—Michael está ya preparado. Será mejor que llames a Barzini y le digas que se ponga en camino.

Tessio se levantó y se acercó al teléfono. Marcó el número de la oficina de Barzini en Nueva York y dijo:

—Salimos para Brooklyn de inmediato.

Después de colgar, Tessio se volvió hacia Hagen y, sonriendo, le dijo:

—Espero que esta noche Mike llegue a un acuerdo ventajoso para nosotros.

Con expresión seria, Hagen contestó:

—Estoy seguro de que así será.

Salieron de la cocina en dirección a la casa de Michael. En la puerta, uno de los guardianes los detuvo y dijo:

—El jefe dice que irá en otro coche, y que partáis sin él.

Tessio enarcó las cejas y dijo a Hagen:

—No puede hacer eso: trastorna todos mis preparativos.

En ese momento se acercaron tres guardaespaldas. Hagen dijo a Tessio, suavemente:

—Tampoco yo puedo ir contigo, Tessio.

Al *caporegime* le bastó una fracción de segundo para comprenderlo todo. Y lo aceptó. Tuvo un momento de debilidad, pero no tardó en recuperarse.

—Quiero que Mike sepa que fue por negocios —dijo—. Nada personal. Siempre sentí una gran simpatía hacia él.

—Así es como lo entiende —repuso Hagen.

Después de unos momentos de silencio, Tessio dijo:

—Oye, Tom. Teniendo en cuenta los tiempos pasados, ¿no puedes evitarlo?

Hagen negó con la cabeza y contestó:

—No puedo.

Vio que los tres guardaespaldas conducían a Tessio a un coche que estaba esperando. Tom sentía una cierta tristeza. Tessio había sido el mejor soldado de la familia Corleone; el viejo Don había confiado en él más que en cualquier otra persona, a excepción de Luca Brasi. Era una lástima que un hombre tan inteligente como él hubiera cometido semejante error de juicio.

Carlo Rizzi, que esperaba todavía el momento de entrevistarse con Michael, se puso nervioso al ver tantas idas y venidas. Algo importante se estaba cociendo, pensó, y parecía que a él querían dejarlo al margen. Impaciente, llamó por teléfono a su cuñado. Recogió la llamada uno de los guardianes, que fue a buscar a Michael, y regresó momentos después con el mensaje de que éste no tardaría en ocuparse de él.

Carlo llamó una vez más a su amante y le dijo que al fin estaba seguro de que podría llevarla a cenar, aunque tal vez un poco tarde, y le prometió que pasarían la noche juntos. Michael había dicho que le llamaría pronto, y la entrevista, por larga que fuera, no duraría más de una o dos horas. Luego, en unos cuarenta minutos, podría llegar a Westbury. Añadió que no se preocupara, que no faltaría a su palabra. Cuando hubo colgado, Carlo decidió vestirse adecuadamente, para no tener que perder tiempo después. Acababa de ponerse la camisa cuando llamaron a la puerta. Pensó que Mike seguramente le había telefoneado y al encontrar la línea ocupada había mandado a buscarlo. Carlo abrió, y sintió que las piernas se negaban a sostenerle. Frente a él tenía a Michael Corleone, y en su cara vio la muerte, aquella muerte que tantas veces había visto en sus sueños.

Detrás de Michael Corleone estaban Hagen y Rocco Lampone. Su aspecto era grave, como si fueran al funeral de un amigo. Los tres hombres entraron en la casa, y

Carlo les condujo hasta la sala de estar. Repuesto del susto, pensó que se había dejado llevar por los nervios. Pero las palabras de Michael volvieron a intranquilizarlo aun más que antes.

—Tienes que pagar por lo de Santino —dijo su cuñado.

Carlo lo miró sin responder, como si no entendiese de qué le hablaba. Hagen y Lampone se habían situado de espaldas a una pared de la habitación, lejos de los otros dos, que quedaron frente a frente.

—Tú serviste en bandeja a Sonny a la gente de Barzini —continuó Michael, con voz carente de emoción—. ¿Es que Barzini te hizo creer que la comedia que interpretaste con mi hermana engañaría a un Corleone?

Carlo Rizzi, con voz temblorosa, sin dignidad y sin sombra de orgullo, gritó, más que dijo:

—Juro que soy inocente. Lo juro por mis hijos. No me hagas esto, Mike, por favor.

—Barzini ha muerto —prosiguió Mike, impasible—. Y también Phillip Tattaglia. Quiero saldar todas las cuentas de la Familia. Y quiero hacerlo esta misma noche. No me digas que eres inocente, porque sé que no lo eres. Sería mejor que admitieras tu culpa.

Hagen y Lampone miraron con asombro a Michael. Seguían pensando que no tenía la talla de su padre. ¿Por qué tratar de conseguir del traidor una confesión? Su culpabilidad estaba más que probada. La respuesta era obvia. Michael no acababa de confiar plenamente en sí mismo, todavía temía ser injusto, aún le preocupaba la posibilidad de equivocarse. Por ello, para tranquilizarse, necesitaba que Carlo Rizzi confesara.

Al no obtener respuesta, Michael añadió, en tono casi amable:

—No estés tan asustado. ¿Crees que voy a convertir en viuda a mi hermana? ¿Piensas que voy a dejar huérfanos a mis sobrinos? Después de todo, soy el padrino de uno de tus hijos, no lo olvides. No, tu castigo consistirá en que no volverás a trabajar con la Familia. Te irás a Las Vegas, con tu esposa y tus hijos, y quiero que permanezcas allí. Connie recibirá una asignación periódica. Eso es todo. Pero no insistas en que eres inocente, no insultes mi inteligencia. Ahora dime: ¿quién fue el que te hizo la proposición, Tattaglia o Barzini?

Carlo Rizzi, en su angustiosa esperanza de conservar la vida, y aliviado por saber que no lo matarían, murmuró:

—Barzini.

—Bien, bien —dijo Michael con voz apenas audible—. Ahora quiero que te marches. Hay un coche esperando para llevarte al aeropuerto.

Carlo salió el primero, seguido muy de cerca por los otros tres hombres. Ya era de noche, pero la finca estaba intensamente iluminada, como de costumbre. Un coche se acercaba, y Carlo se dio cuenta de que era el suyo. No pudo reconocer al conductor ni tampoco a la persona que estaba sentada en el asiento trasero. Lampone abrió la puerta delantera y con un gesto indicó a Carlo que entrara.

—Llamaré a tu esposa y le diré que vas para allá —dijo Michael.

Carlo entró en el automóvil. Su camisa de seda estaba empapada de sudor.

El coche se puso en marcha, dirigiéndose rápidamente hacia la entrada de la finca. Carlo empezó a volver la cabeza para ver si conocía al hombre que iba sentado detrás de él, pero en ese momento, Clemenza, con el mismo cuidado con que una niña pondría un lazo en la cabeza de una muñeca, pasó una cuerda alrededor del cuello de Carlo Rizzi y apretó con fuerza. La cuerda mordía la piel del poderoso cuello de Rizzi, que buscaba desesperadamente un poco de aire. De pronto, el interior del coche se llenó de un desagradable olor. La proximidad de la muerte hizo que Carlo perdiera el control de los esfínteres. Clemenza siguió apretando durante unos minutos más, y luego, cuando estuvo seguro de que el trabajo estaba hecho, se metió la cuerda en el bolsillo. Se arrellanó en su asiento, mirando el cuerpo sin vida de Carlo, que había caído contra la puerta. Después de unos momentos, Clemenza bajó el cristal de la ventanilla para que entrara un poco de aire fresco y puro.

La victoria de la familia Corleone fue completa. En apenas veinticuatro horas, Clemenza y Lampone castigaron a los que se habían infiltrado en los dominios de los Corleone. Neri se convirtió en jefe del *regime* de Tessio. Los corredores de apuestas de Barzini fueron puestos fuera de la circulación. Dos de los miembros más importantes de la Familia de éste murieron acribillados a balazos mientras se lavaban los dientes, después de cenar, en un restaurante italiano de la calle Mulberry. Un conocido corredor de apuestas fue asesinado cuando regresaba a su casa, después de salir del hipódromo. Dos de los más grandes usureros de los muelles desaparecieron, para ser encontrados meses más tarde en las ciénagas de Nueva Jersey.

Con este único y salvaje ataque, Michael Corleone consiguió el respeto de todo el mundo y devolvió a los Corleone la primacía entre las Familias de Nueva York. Fue respetado no sólo por su brillantez táctica, sino también porque algunos de los más importantes *caporegimi* de los Barzini y los Tattaglia se pasaron de inmediato a su bando.

Lo único que empañó aquella aplastante victoria fue un ataque de histeria de Connie Corleone.

Connie y su madre regresaron a casa en avión en cuanto se enteraron de que Carlo había muerto. Los niños quedaron en Las Vegas. Connie dominó su dolor hasta que el coche hubo entrado en la finca. Luego, sin que su madre pudiera impedirlo, corrió a casa de Michael y, una vez dentro, se encontró delante de su hermano y de Kay. Ésta se dirigió hacia ella para consolarla y darle un abrazo fraternal, pero se detuvo cuando vio que Connie empezaba a gritar insultos a su esposo.

—¡Eres un hijo de puta! —vociferó Connie—. ¡Tú mataste a mi marido! Esperaste a que nuestro padre muriera y luego, cuando tuviste el camino libre, lo mataste. Siempre lo consideraste culpable de lo que le ocurrió a Sonny, pero ni por un instante pensaste en mí. Nunca lo has hecho. ¿Qué voy a hacer ahora? Dímelo, ¿qué voy a hacer?

Connie estaba llorando a lágrima viva. Dos de los guardaespaldas de Michael se habían colocado detrás de ella, esperando órdenes de su jefe, pero éste se limitó a permanecer impasible, a la espera de que su hermana se calmara.

—Estás muy nerviosa, Connie —dijo Kay—. Eso que afirmas no es cierto.

Connie se había recuperado de su ataque de histeria. Con infinito rencor en la voz, miró a Kay y masculló:

—¿Por qué piensas que tu marido se mostraba tan frío conmigo? ¿Por qué crees que quiso que Carlo viniera a vivir a la finca? Hacía mucho tiempo que había decidido matarlo, pero mientras vivió mi padre no se atrevió a hacerlo. Él no lo hubiera permitido. Y Michael lo sabía. Por eso decidió esperar. Y luego, para que no sospecháramos, aceptó ser el padrino de nuestro hijo. Tu marido no tiene corazón. ¿Crees que lo conoces? ¿Sabes a cuántos hombres ha matado, además de mi Carlo? Lee los periódicos y te enterarás. Barzini, Tattaglia y otros varios. Mi hermano los mató.

Otra vez volvía a perder el control de sí misma. Trató de escupir a la cara de Michael, pero no tenía saliva.

—Llevadla a su casa y que la vea un médico —dijo Michael.

Los dos guardaespaldas asieron a Connie por los brazos e hicieron lo que su jefe les decía.

Kay aún no había salido de su asombro. Estaba horrorizada.

—¿Por qué ha dicho estas cosas, Michael? —preguntó—. ¿Qué es lo que le hace creer esas barbaridades?

—Está histérica.

Kay lo miró a los ojos.

—Dime que no es cierto, Michael, te lo ruego.

Michael, con expresión de cansancio, respondió:

—Claro que no es cierto. Créeme, Kay.

Nunca se había mostrado tan convincente. Lo dijo mirando a su esposa directamente a los ojos. Ella no podía dudar de la palabra de Michael, del hombre en quien confiaba ciegamente. Kay le dirigió una sonrisa melancólica y se echó en sus brazos esperando que él la besara. Luego dijo:

—Creo que necesitamos un trago.

Fue a la cocina a buscar hielo. Desde allí oyó abrirse la puerta, y al salir vio a Clemenza, Neri y Rocco Lampone, acompañados de los guardaespaldas. Su marido estaba casi de espaldas a ella, pero Kay se movió un poco, lo justo para verlo de perfil. Entonces, Clemenza se dirigió a Michael llamándole Don.

Kay vio que Michael recibía el homenaje de aquellos hombres. Y se acordó de las estatuas de los emperadores romanos, quienes, por derecho divino, eran dueños de la vida y de la muerte de sus súbditos. Tenía una mano en la cadera. El perfil de su cara hablaba de un poder frío y orgulloso, y su cuerpo descansaba sobre uno de sus pies, que quedaba un poco más atrás que el otro. Los *caporegimi* estaban de pie frente a él. En ese momento, Kay comprendió que todo lo que Connie había dicho era cierto. Regresó nuevamente a la cocina, y una vez allí, se echó a llorar.

NOVENA PARTE

32

La sangrienta victoria de los Corleone no fue completa hasta después de un año de delicadas maniobras políticas, que entronizaron a Michael como jefe de la más poderosa de las Familias de Estados Unidos. Durante doce meses, Michael dividió su tiempo en partes iguales entre su cuartel general de Long Beach y su nuevo hogar de Las Vegas. Pero terminado el año, decidió abandonar todos sus negocios de Nueva York y vender la finca, no sin antes llevar a su familia al Este para una última visita.

La estancia duró un mes, que fue aprovechado para clausurar los negocios, mientras Kay se ocupaba de todo lo concerniente al traslado de los enseres de la casa.

La familia Corleone era, al fin, todopoderosa. Clemenza tenía su propia Familia. Rocco Lampone era el *caporegime* de los Corleone. En Nevada, Albert Neri era jefe de seguridad de todos los hoteles controlados por los Corleone. También Hagen formaba parte de la Familia de Michael en el Oeste.

El tiempo ayudó a cicatrizar las viejas heridas. Connie Corleone se reconcilió con Michael. En realidad, una semana después de las terribles acusaciones formuladas contra éste, le pidió perdón, y aseguró a Kay que nada de lo que había dicho era verdad, que todo había sido producto de la histeria.

Connie Corleone no tuvo dificultades para encontrar un nuevo marido; de hecho, no tardó ni un año en volver a llenar su cama con un joven que había sido empleado por los Corleone en calidad de secretario. Era un muchacho de una familia italiana muy formal, que se había graduado en la mejor facultad de Administración de Empresas del país. Naturalmente, el casamiento con la hermana del Don había servido para asegurar su futuro.

Kay Adams Corleone había complacido a la familia de su marido convirtiéndose a la fe católica. Sus dos hijos, como es lógico, hicieron lo propio. Michael no se mostró muy de acuerdo al respecto. Habría preferido que su esposa y sus hijos siguieran siendo protestantes, pues era más americano.

Kay se sorprendió al observar que le gustaba vivir en Nevada. Le gustaban el paisaje, las colinas y los cañones de piedra roja, los ardientes desiertos, los inesperados lagos e incluso el calor. Sus dos hijos montaban sus propios caballos. Además, allí tenía verdaderos sirvientes, no guardaespaldas. Y Michael llevaba una vida más normal. Era dueño de una empresa de construcción, socio de una serie de clubs de hombres de negocios y formaba parte de diversos comités cívicos; también se interesaba por la policía local, aunque no intervenía públicamente.

Aquélla era una buena vida. A Kay le gustaba que los Corleone hubieran cerrado su casa de Nueva York, y no deseaba otra cosa que vivir permanentemente en Las Vegas. Odiaba la mera idea de tener que regresar a Nueva York. Por eso, en aquel último viaje había hecho las maletas con eficiencia y rapidez extraordinarias. Y ahora, en el último día, sentía la misma necesidad de partir que un paciente que ha pasado una larga temporada en el hospital cuando llega el momento de darle de alta.

Aquel último día en Nueva York, Kay Adams Corleone se levantó al alba. Podía oír el ruido de los camiones que, ya fuera de la finca, se llevaban los muebles de todas las casas. Por la tarde, todos, incluida Mamá Corleone, regresarían en avión a Las Vegas.

Cuando Kay salió del cuarto de baño, encontró a Michael sentado en la cama fumando un cigarrillo.

—¿A santo de qué tienes que ir a la iglesia todas las mañanas? —le preguntó—. No me importa que vayas los domingos, pero ¿por qué incluso los días laborables?

Kay se sentó en el borde de la cama para ponerse las medias, y repuso:

—Ya sabes cómo son los católicos conversos. Se lo toman mucho más en serio.

Michael tendió el brazo hasta tocar los muslos de su esposa, más arriba de donde terminaban las medias.

—No me toques, Michael. Esta mañana voy a tomar la comunión.

Michael hizo caso y no trató de retenerla cuando se puso en pie. Esbozando una sonrisa, le dijo:

—Si eres una católica tan perfecta, ¿por qué dejas que los niños vayan tan poco a la iglesia?

Kay se sentía molesta. Su marido la estaba juzgando como haría un Don.

—Tendrán tiempo de sobra cuando lleguemos a casa —respondió—. En Las Vegas los obligaré a ir más a menudo.

Antes de salir, Kay dio un beso a su marido. Fuera, el sol ya calentaba bastante. Kay se dirigió hacia su coche, aparcado cerca de la puerta de la finca. Mamá Corleone, vestida completamente de negro, ya estaba dentro del automóvil, esperando a su nuera. Para ellas, la asistencia diaria a la iglesia se había convertido en una rutina.

Kay besó la arrugada mejilla de la anciana y luego se acomodó en el interior del vehículo. Mamá Corleone le preguntó:

—¿Has desayunado?

—No —contestó Kay.

La anciana inclinó la cabeza en señal de aprobación. En una ocasión Kay se había olvidado de no tomar alimentos antes de recibir la comunión. De eso hacía mucho tiempo, pero Mamá Corleone nunca lo había olvidado; por eso no se fiaba, siempre interrogaba a su nuera.

—¿Te sientes bien? —quiso saber.

—Sí —repuso Kay.

Aquella mañana soleada la pequeña iglesia estaba prácticamente vacía. Las policromadas vidrieras evitaban que el calor entrara en el templo, donde la temperatura debía ser agradable, como correspondía a un lugar de descanso y recogimiento. Kay ayudó a su suegra a subir las escaleras, y al entrar le cedió el paso. La anciana siempre se sentaba en uno de los bancos delanteros, cerca del altar. Kay dudó antes de entrar. Siempre le ocurría lo mismo, tenía que vencer una leve timidez.

Finalmente, se decidió. Mojó la punta de sus dedos en la pila del agua bendita e hizo la señal de la cruz. Alrededor de las imágenes de los santos y del Cristo en la cruz brillaba, temblorosa, la luz de las velas. Antes de sentarse, Kay se arrodilló, y lo mismo hizo antes de tomar la comunión. Después, inclinó la cabeza como si estuviera orando. Pero su estado de ánimo no era el más apropiado para hacerlo.

Era únicamente en la oscura y abovedada iglesia donde Kay se permitía pensar en la otra vida de su marido, en la terrible noche de un año atrás, cuando Michael empleó todos sus recursos para hacerle creer que no había matado al marido de su hermana, lo que era mentira.

Y era precisamente por haberle mentido por lo que Kay lo había abandonado. En efecto, el día siguiente a aquella horrible noche, Kay, acompañada de sus hijos, se había ido a New Hampshire, a casa de sus padres. Sin decir una palabra a nadie, sin darse del todo cuenta de lo que hacía. Michael lo había comprendido de inmediato, y la llamó por teléfono. Pero luego ya no intentó ponerse en contacto con ella. Finalmente, al cabo de una semana, un automóvil procedente de Nueva York se detuvo frente a la casa de los padres de Kay. En el coche iba Tom Hagen.

La tarde que pasó con Tom fue para ella la más espantosa de su vida. Él la había llevado a pasear por el bosque, y no se había mostrado precisamente gentil.

Kay cometió el error de mostrarse indiferente, algo para lo que no estaba preparada.

—¿Mike te ha enviado para que me amenaces? —preguntó cuando lo tuvo delante—. Ya sólo faltaba que te hubieras hecho acompañar por algunos matones y me hubieses obligado a regresar a punta de metralleta.

Por vez primera desde que lo conocía, vio a un Hagen irritado.

—Ésa es la tontería más grande que he oído jamás —replicó secamente—. Nunca lo hubiera esperado de una mujer como tú, Kay. Ven conmigo.

—Muy bien, Tom.

Mientras paseaban por el bosque, él le preguntó:

—¿Por qué te marchaste?

—Porque Michael me mintió. Porque me puso en ridículo al aceptar ser padrino del hijo de Connie. Porque me traicionó. No puedo amar a un hombre así. No puedo vivir con él. No puedo permitirle ser el padre de mis hijos.

—No sé de qué estás hablando —se limitó a decir Hagen.

Con el rostro encendido por la rabia, una rabia completamente justificada por lo demás, Kay repuso:

—Hablo de que asesinó al marido de su hermana. ¿Lo comprendes? —Después de una breve pausa, añadió—: Y además, me mintió.

Siguieron andando, pero ahora en silencio. Fue Hagen quien rompió aquel embarazoso silencio.

—No tienes pruebas de que lo que aseguras sea verdad —dijo Hagen al fin—. Pero, y sólo para evitar discusiones, supongamos que sí, que es cierto. No digo que lo sea, ¿eh?; recuérdalo. ¿Y si te explico algo que justificaría su modo de actuar?

Kay le dirigió una mirada de desdén y dijo:

—Es la primera vez que veo al abogado que hay en ti, Tom. Y no me convences.

Hagen sonrió.

—De acuerdo. De todos modos, te ruego que me escuches. ¿Qué dirías si supieras que Carlo fue el cebo en el que picó Sonny? ¿Qué dirías si supieras que la paliza que Carlo le propinó a Connie fue una comedia ideada para hacer salir a Sonny de su casa? Y ¿qué dirías si supieras que Carlo recibió dinero por colaborar en el asesinato de Sonny?

Kay no respondió. Hagen prosiguió:

—¿Qué dirías si supieras que el Don, un gran hombre, no tuvo el valor suficiente para vengar la muerte de su hijo, matando al marido de su hija? En fin, ¿qué dirías si supieras que el viejo Don prefirió que fuera Michael quien cargara con la culpa de la muerte de Carlo?

Con lágrimas en los ojos, Kay musitó:

—Todo había quedado atrás. Todos éramos felices. ¿Por qué no perdonar a Carlo? ¿Por qué es tan difícil olvidar?

Habían llegado a un frondoso árbol. Hagen se sentó a la sombra, sobre la hierba. Miró alrededor, suspiró y dijo:

—En este nuestro mundo no hay lugar para el perdón.

—Pero Michael no es el hombre con quien me casé —dijo Kay.

—Si lo fuera, estaría muerto —repuso Hagen entre risas—. En este momento serías viuda. No tendrías estos problemas que tienes ahora.

—¿Qué diablos significa eso? —inquirió Kay, furiosa—. Vamos, Tom, habla claro una vez en tu vida. Sé que Michael no puede hacerlo, pero tú no eres siciliano, tú puedes decirme la verdad, puedes tratar a una mujer de igual a igual, como a un ser humano.

Tras otro largo silencio, Hagen sacudió la cabeza y dijo:

—No conoces a Mike. Estás enojada porque te mintió. Bien, recuerda que te dijo que no le preguntases nada relacionado con sus negocios. Te indigna que aceptara ser padrino del hijo de Carlo. Pero tú lo obligaste a ello. Sin embargo, fue lo mejor que podía hacer, si pensaba actuar después contra Carlo: el clásico truco de ganarse la confianza de la víctima. ¿Te basta con lo que te he dicho?

Kay negó con la cabeza.

—Te diré algo más —prosiguió Hagen—. Después de la muerte del Don, alguien planeó asesinar a Michael. ¿Sabes quién fue? Tessio. En consecuencia, Tessio tuvo que ser eliminado. Carlo tuvo que ser eliminado también. Y es que no debe haber clemencia para los traidores. Michael pudo haberlos perdonado, pero ellos nunca se habrían perdonado a sí mismos, por lo que siempre hubieran constituido un peligro. Michael apreciaba mucho a Tessio. Y quiere a su hermana. Pero, si hubiese dejado que Tessio y Carlo viviesen habría faltado a sus deberes para contigo y tus hijos, a sus deberes para con su familia, a sus deberes para conmigo y los míos. Habría sido un peligro permanente para la vida de todos nosotros.

—¿Es para decirme eso que Michael te ha enviado a verme? —preguntó Kay con lágrimas en los ojos.

Hagen la miró, con expresión de sorpresa, y respondió:

—No. Él me dijo que te explicara que podías hacer lo que quisieras y que nada te faltaría, siempre que te ocuparas debidamente de los niños. Me pidió que te dijera que tú eres su Don. Bueno, eso es una broma.

Kay puso la mano sobre el brazo de Hagen y dijo:

—Así, pues, ¿pretendes darme a entender que Mike no te ordenó que me dijeras nada de lo que me has dicho?

Hagen dudó por unos instantes, como si considerara la conveniencia o inconveniencia de confesarle a Kay la verdad desnuda.

—Ya veo que no comprendes, Kay —dijo por fin—. Si le cuentas a Michael lo que acabo de decirte, soy hombre muerto. Tú y los niños sois los únicos seres a los que nunca podría hacer daño alguno.

Kay se levantó y echó a andar. Hagen iba a su lado. Después de cinco largos minutos de absoluto silencio, cuando estaban a punto de llegar a la casa, ella le preguntó:

—Después de cenar, ¿podrás llevarnos a los niños y a mí a Nueva York?

—Éste ha sido el motivo de mi viaje —repuso Hagen.

Fue una semana después de haber vuelto junto a Michael que Kay decidió hacerse católica.

La campana de la iglesia tocaba a penitencia. Como le habían enseñado, Kay se golpeó el pecho, en señal de arrepentimiento. La campana volvió a sonar, y entonces los fieles se levantaron de sus asientos, dirigiéndose a la barandilla del altar. Ella hizo lo mismo. Se arrodilló delante del altar, y cuando la campana volvió a sonar, repitió, con la mano cerrada, el gesto de golpearse el pecho. El sacerdote estaba delante de ella. Kay echó la cabeza hacia atrás y abrió los labios para recibir la sagrada hostia. Fue el peor momento.

Luego, cuando la sagrada forma se fundió en su boca, se sintió feliz de haber hecho aquello que deseaba de todo corazón.

Limpia su alma de pecado, Kay inclinó la cabeza y juntó las manos. Le dolían las rodillas. Elevó el cuerpo, ayudándose de los codos, para repartir un poco el peso.

Entonces vació su mente de todo pensamiento personal. Se olvidó de sí misma, de sus hijos, de su ira, de todos sus problemas.

Y con un profundo deseo de creer, de ser escuchada, hizo lo que venía haciendo todos los días desde la muerte de Carlo Rizzi: orar por el alma de Michael Corleone, que tanto lo necesitaba.